작가가 된 학생, 교단에 선 문인

문단과 학교 사이에서 문학을 읽다

저자

조윤정(趙胤姘, Jo Yun-jeong)

서울대 문학박사. 한국과학기술원 인문사회과학부 초빙교수. 문학평론가.

저서 『백 년 전 수학여행』(2018)과 편저 『노동야학독본』(2012), 공저 『야나기 무네요시와 한국』(2012), 『한국 현대소설이 걸어온 길－작품으로 본 한국소설사(1945～2010)』(2013), 『백 년 동안의 진보』(2015), 『근대 국어 교과서를 읽는다』(2016), 『KAIST 글쓰기 강의』(2017), 『문종의 기원』(2019) 등이 있다.

작가가 된 학생, 교단에 선 문인 문단과 학교 사이에서 문학을 읽다

초판 인쇄 2020년 12월 7일 **초판 발행** 2020년 12월 21일

지은이 조윤정 **펴낸이** 박성모 **펴낸곳** 소명출판

출판등록 제13-522호 **주소** 서울시 서초구 서초중앙로6길 15, 2층

전화 02-585-7840 **팩스** 02-585-7848

전자우편 somyungbooks@daum.net **홈페이지** www.somyong.co.kr

값 38,000원

ISBN 979-11-5905-567-6 93810

작가가 된 학생, 교단에 선 문인

문단과 학교 사이에서 문학을 읽다

Students who become writers and
writers who become teachers
: appreciating literature between the literary world and school

한국연구원
동 아 시 아
심 포 지 아
6
EAS 006

조윤정

책머리에

오랜 기간 문단과 학교 사이에서 문학을 들여다보았다. '한국 근대소설에 나타난 교육장場과 계몽의 논리'라는 박사학위 논문을 기획하면서부터 학교라는 신교육 제도는 나에게 문학을 새롭게 해석할 수 있는 길을 터주었다. 글을 읽고 쓰는 일에서부터 자신이 창작한 작품을 발표할 창구를 마련하는 일까지 학교는 조선의 청년들에게 문학 하기의 가능성을 알려준 곳이었다. 교육 공간을 배경으로 삼은 소설, 독자이면서 작가였던 학생과 교사의 내면, 교과서와 교지를 둘러싼 사회문화적 맥락 등 학교는 당시 문학적 현상을 이해하는 데 많은 단서를 제공한다. 이 책은 문예잡지, 신문 학예면에 넘쳐났던 당시의 향학열과 지적 허영심의 향방을 살피고, 그것이 지닌 문학적 의미를 고찰한 결과이다.

그동안 여러 지면에 발표했던 학술논문을 한 권의 책으로 엮기 위해 오랜 시간 깁고 더했다. 박사논문에 넣었던 3편을 제외한 12편의 논문은 새로 썼지만, 10여 년 동안 축적한 연구들이기에 단행본에 바로 싣기 어려웠다. 그래서 오래전에 발표했던 글은 그사이 새롭게 발견한 자료나 다른 연구자들의 논문을 참고하여 수정・보완하였다.

지식장, 쓰기와 읽기, 교육적 실천, 노동자의 공부라는 표제를 내세워 각 부를 구성했다. 제1부에서는 교사, 학생, 유학생이라는 이름 아래 앎의 경합을 이끌었던 주체의 욕망을 살폈다. 그들은 학교 안팎에서 신지식을 학습하고 전이하며 규율 권력을 전복한다. 제2부는 근대 조선어 및 국어(일본어) 독본, 시험문제, 취의서 등을 읽고 분석한 결과이다. 표준으로서의 교과서와 그것을 전유한 글쓰기에 주목하여 문종 개념, 모범 답안, 작문 수업, 교사용 도서의 의미를 발견했다. 제3부에서는 회람잡지와 교지, 소설을 바탕으로 학생들 사이에 형성된 동호인의 감수성을 탐색했다. 학교뿐 아니라 전장에서까지 서사할 권리를 실천하는 학생들에게서 글쓰기의 자율성과 불온성의 징후를 파악했다. 제4부에서는 노동 개념과 야학을 둘러싼 계몽의 논리에 주목했다. 노동 개념의 번역, 노동자를 위한 교과서, 야학의 집단성은 배움이야말로 자기 각성을 토대로 새로운 삶을 전망하는 실천적 행위임을 일깨운다.

문예부에서 활동하며 작가가 된 학생, 등단 이후 교단에 섰던 수많은 문인은 일제강점기 지식인의 이상과 현실을 그대로 드러낸다. 공부의 장소, 배움의 내용, 앎의 쓰임, 학습의 주체를 바탕으로 당시의 문학열과 향학열 등 문화적 모더니티를 재구성하는 이런 시도는 하나의 출발점에 불과하다. 나는, 학생이자 교사였던 작가들의 글쓰기 이력을 들여다보며, 가르침과 배움이 창작과 구별되지 않는 공명의 체험을 그들이 시대의 숙명으로 안고 있었음을 느낄 수 있었다. 문학과 교육 사이에서 텍스트를 읽으며 시도한 다채로운 연구를 한 권의 책으로 묶을 수 있었던 것은, 그것들 모두가 결국에는 문학의 배경이자 작가의 일로 읽힐 수 있으리라는 확신에서였다. 앞으로 문학을 둘러싼 다양한 현상을 낳은 감정의 구조, 윤리적 지향을 좀 더 설득력 있는 언어로 구체화하겠다는 약속을 이 지면을 빌려 전한다.

박사논문을 쓸 때 꿈꿨던 연구서 간행을 오래도록 미뤄두었다. 논문에 쓰지 못했던 결락을 메우는 일을 하다가 어느새 10년이 흘렀고, 학위논문의 내용은 이제 낡은 것이 되어버렸다고 상심하고 있을 때 책 출판의 길이 열렸다. 동아시아 심포지아 총서로 연구서를 출간하며 한국

연구원(원장 김상원)의 지원을 받았다. 부족한 연구자에게 그간의 공부를 갈무리하여 세상에 내놓을 기회를 주신 데 대해 깊이 감사드린다.

책을 엮으며 많은 분의 도움을 받았다. 백여 년 전의 교과서를 함께 읽었던 교과서 연구 모임의 선생님들, 서울대 대학원의 교수님과 동학들, 휘문고 도서실의 사서 선생님. 그리고 첫 직장 동료로 인연을 맺고 늘 뒤처진 동학을 응원해 준 박진영 선생님이 아니었다면, 이 책은 세상의 빛을 보지 못했을 것이다. 다 갚지 못할 빚을 지고 감사 인사를 드리는 무례를 범하게 되었다. 저자가 보지 못한 작은 실수조차 지나치지 않고 살펴주신 소명출판 편집자들에게도 감사드린다.

논문을 쓸 때나 책을 엮을 때나 가족과 함께 시간을 보내지 못한 데 대한 미안함을 떨쳐낼 수 없었다. 가족에게 느낀 미안함과 고마움이야말로 더딘 연구자가 꾸준히 읽고 쓰는 힘이 되어 주었다고, 꼭 전하고 싶었다. 오랜 시간 나를 기다렸을 가족에게 이 책을 들고 달려가야겠다.

2020년 11월

조윤정 씀

차례

책머리에 3

제1부 앎의 경합과 근대의 지식장

제1장 근대 초기 학교와 조선인의 지적 욕망 13
이광수의 1910년대 문학을 중심으로

1. 지사, 문사, 교사라는 십자가 13
2. 애국심이 고안한 지식인의 두 얼굴 18
3. 우정에 내재한 일탈과 승화의 가능성 28
4. 앎을 전이하는 학교 밖의 여성들 37
5. 유정한 교육과 소설 쓰기의 이상 44

제2장 유학생의 글쓰기, 사상의 오독과 감정의 발현 48
잡지 『여자계』를 중심으로

1. 신시조의 필연성과 사상적 범주의 필요성 48
2. 범주로부터의 일탈, 오독의 창조성 55
3. 수치심을 전이하는 유학생의 글쓰기 65
4. 잡지를 통한 감정과 욕망의 제도화 81
5. 『여자계』의 성과와 한계 100

제3장 이태준 소설에 재현된 식민지 조선의 학교 103

1. 학생이 읽는 소설과 학생을 읽는 소설 103
2. 식민지 교육제도를 전복하는 지적 욕망 110
3. 'control'의 내면화와 규율 권력의 전유 120
4. 학교 밖의 조선인, 남녀공학男女共學의 이상성 131
5. 교육적 불평등에 대한 저항의 글쓰기 140

제2부 — 학교가 가르쳐 준 글쓰기의 방식과 그 전유

제1장 — **근대 조선의 독본과 문종 개념의 인식** 145

1. 지식의 분화와 문종 개념의 필요성 145
2. 근대 초기 독본에 수록된 글들의 분류체계와 특성 149
3. 장르 개념의 도입에 따른 전통문학 양식의 변용 161
4. 문종의 교육과 일반화의 논리 170
5. 답습된 장르 의식을 넘어서기 179

제2장 — **입시지옥에서 읽는 조선어독본** 181

1. 입학시험을 통해 본 근대 조선의 지식장 181
2. 편집된 조선어, 시험문제의 출제 경향 185
3. 바른 답을 위한 전제 조건으로서의 어법 200
4. 기출문제집의 유행과 모범 답안의 계몽성 207
5. 경합하는 지식과 지적 경계, 여전히 답해야 하는 문제들 213

제3장 — **독본의 독자와 근대의 글쓰기** 216

1. 표준으로서의 독본과 글쓰기 공부 216
2. 독본을 읽고 쓰는 국민의 창출 221
3. 청출어람, 교과서를 전유하는 글쓰기 228
4. 쓰기의 규율과 규율을 균열하는 문장들 239
5. '실감實感'을 배우고 표현하는 작문 시간 251
6. 독자 공동체와 독본의 변화 257

제4장 —— **법, 국어, 교육** 261
편찬취의서를 통해 본 『보통학교국어독본』

1. 국어독본을 읽는 법 261
2. 조선인이 일본어를 국어로 학습하기 위한 조건 267
3. 감정 교육과 심정의 발현 276
4. 제국의 언어, 시대정신의 언어 289
5. 이상형으로만 존재하는 교과서의 이데올로기 301

제3부 —— 교육적 실천, 배운 사람들의 목소리

제1장 —— **작문 수업과 문예부, 문학청년의 망탈리테** 305

1. 학교에서 형성된 동호인의 감수성 305
2. 교과서로부터의 이탈, 문인 교사의 작문 수업 311
3. 회람잡지와 교지를 둘러싼 문학열 321
4. 학생의 자율성과 불온 문서의 위반성 335
5. 문학하는 사람의 조건 344

제2장 —— **미션스쿨의 교지를 통해 본 종교적 감성과 글쓰기의 논리** 347

1. 미션스쿨의 문화적 영향과 종교적 감수성의 형성 347
2. 기독교적 수사를 통해 본 동감과 계몽의 메커니즘 353
3. 종교, 교육, 문학의 공존과 서사할 권리의 실천 363
4. 사상의 교섭/경합의 장소로서의 미션스쿨 373
5. 미션스쿨 교지의 문학(화)사적 의의 384

제3장 — **동맹휴학의 사건성과 위반으로서의 소설적 대응** 387

1. 동맹휴학의 시대 387
2. 문명화의 진정성을 논하는 배제의 방식 393
3. 선동자 없는 반역과 위협의 정치성 403
4. 소설을 쓰는 참 목적과 위반의 윤리 411
5. 실상을 전하는 허구의 기획 419

제4장 — **학병세대의 교양과 전장 위의 문학어** 422

1. 강제 지원의 모순과 수치심의 논리 422
2. 역사적 부채감과 학병을 기억하는 글쓰기 428
3. 지식인 병사, 자기 안의 에트랑제 437
4. 기밀문서가 된 학병 수첩과 전장의 동인同人 449
5. 비국민과 불령선인 사이의 존재론 457

제4부 — 노동 개념의 형성과 노동자의 공부

제1장 — **교과서로 배우는 노동, 근대 노동 개념의 감성적 수용** 463
근대 초기 미국·일본·조선의 교과서를 통해 본 노동 개념

1. 노동 개념의 번역과 교육 463
2. 미국-일본-조선의 교과서, 지식의 교섭과 경합 468
3. 계몽의 논리로 변용된 노동 개념의 축소 과정 478
4. 노동 개념을 둘러싼 욕망과 공감의 구조 487
5. 근대 초기 노동 개념의 문화사적 의의 496

제2장 —— **노동자 교육을 둘러싼 지식의 절합과 계몽의 정치성** 499
유길준의 『노동야학독본』(1908) 읽기

1. 노동자의 양의성과 보통지식의 이상성 499
2. 『노동야학독본』의 편찬 배경과 노동자 계몽의 논리 505
3. 유길준의 교육론, 전통사상을 통해 전유한 사회진화론 511
4. 노동자가 읽(지 않)는 교과서, 노동자를 읽은 교과서 520
5. 『노동야학독본』의 의미와 한계 530

제3장 —— **유길준의 『노동야학독본』과 『노동야학』 비교 고찰** 534

1. 1908년의 유길준과 두 권의 노동야학 교과서 534
2. 경성일보사와 동문관 538
3. 삽화를 생략하고 국문체로 글쓰기 546
4. 교과서 검정에 따른 저술과 편집의 변화 556
5. 정치적 맥락에서 본 독본의 변화 570

제4장 —— **식민지 조선의 교육적 실천, 소설 속 야학의 의미** 573

1. 학교 밖의 학습장場, 야학 안의 향학열 573
2. 지식인의 자의식, 계몽운동의 원동력 580
3. 신학문 습득을 통한 각성과 야학 통제의 정치성 591
4. 생生의 열정을 가져온 야학의 집단성 601
5. 문해와 문맹의 이분법을 넘어서기 610

참고문헌 613
초출일람 629
간행사 630

제1부

앎의 경합과 근대의 지식장

제1장 — 근대 초기 학교와 조선인의 지적 욕망
이광수의 1910년대 문학을 중심으로

제2장 — 유학생의 글쓰기, 사상의 오독과 감정의 발현
잡지 『여자계』를 중심으로

제3장 — 이태준 소설에 재현된 식민지 조선의 학교

제1장
근대 초기 학교와 조선인의 지적 욕망
이광수의 1910년대 문학을 중심으로

1. 지사, 문사, 교사라는 십자가

1910년대 이광수의 문학에는 배움을 위한, 배움에 의한 헌신자들의 자기 고백이 자주 나타난다. 그 고백 속에서 이광수는 학생이기도 하고, 교사이기도 하다. 그는 1910년 4월 19살의 나이로 오산학교 교사로 부임하여 학생들을 가르치면서 잡지 『소년』에 논설을 발표하고, 조선 민족의 스승 되기를 자처한다. 메이지학원 보통부를 갓 졸업하고 교사가 된 이광수는 '교사=학도'[1]의 논리로 논설을 쓴다. 이광수에게 오산학교는 민족의 선구자를 자처한 자신의 글쓰기를 유인誘引한 곳이다. 1910년대 이광수 글쓰기에 나타난 지식인으로서의 이상과 환멸은 이 '학교'를 배경으로 발화된다.

---

1 孤舟, 「今日 我韓靑年의 境遇」, 『少年』 3(6), 신문관, 1910.6, 28면.

지금까지 이광수의 초기 문학에 대한 연구는 그의 소설이 어떻게 근대성을 획득하는지, 근대성이 이광수 문학의 계몽성과 어떤 관계를 맺는지에 관한 문제에 초점이 맞춰져 있었다. 특히, 이광수의 대표작 『무정』은 계몽적 '교육소설'로 언급된다.[2] 그의 초기 문학이 계몽적 도구로서 문학의 역할을 강화했다는 연구[3]와 계몽이라는 민족적 실천 과제가 1910년대 이광수 문학의 근대성 성취에 장애가 되었다는 연구[4]는 상반된 결론을 갖고 있지만, 이광수 문학의 특징이 계몽에 놓여 있음을 공유한다. 또한 『매일신보』의 필자가 된 이후의 이광수는 체제 순응적 계몽주의자로 언급되기도 한다.[5] 이처럼 『무정』을 비롯한 이광수의 초기 소설은 교화적 언술의 반복 제시, 사제 관계의 인물 설정[6] 등에서 계몽적 효과를 얻는 것으로 고찰되었다. 그러나 실제 그의 소설에서 교육 공간으로서의 학교는 '가르치다'와 '배우다'의 행위에 '갈등하다'와 '괴로워하다'가 점철된 공간이다. 그런 의미에서 이광수의 학창 시절과 교사 생활에 대한 전기적 사실을 밝힌 김윤식,[7] 메이지시대 말기 일본의 사조와 이광수의 지적 편력을 대비한 하타노 세츠코,[8] 이광수의 오산학교 시절 제자 이희철의 문학 활동에 관한 권두연[9]의 논의는 많은 시사점을 제공한다.

---

2 이재선, 「형성적 교육소설로서의 『무정』」, 『문학사상』 232, 문학사상사, 1992, 86면; 이재선, 「『무정』과 가르침의 시학」, 『문학사상』 317, 문학사상사, 1999, 42면.

3 정희모, 「이광수의 초기사상과 문학론」, 『문학과 의식』 29, 화서, 1995, 258면.

4 손정수 「1910년대 이광수의 문학론과 작품의 관련 양상에 대한 고찰」, 『한국학보』 85, 일지사, 1996, 63면; 박혜경, 「『무정』의 계몽성과 근대성 재고」, 『국어국문학』 129, 국어국문학회, 2002, 461면.

5 김영민, 「이광수 초기 문학의 변모 과정」, 『현대문학의 연구』 34, 한국문학연구학회, 2008, 132면.

6 김윤식 · 정호웅, 『한국소설사』, 문학동네, 2000, 75면.

7 김윤식, 『이광수와 그의 시대』 1, 솔, 1999, 145~394면.

8 하타노 세츠코, 최주한 역, 『『무정』을 읽는다』, 소명출판, 2008, 19~96면.

학교를 배경으로 한 소설에서 이광수의 열정 혹은 이상은 늘 교육에 대한 회의, 학문 습득이 가져온 고독감과 공존한다. '알다'와 '하다'에 수반된 이러한 감정은 '미성년 상태로부터 벗어나는'[10] 정신적 성숙의 과정, '복종하던 규칙에 의문을 일으키기 시작'[11]하는 비판적 태도와 관련된다. 이 과정에서 문제적 개인이 탄생한다. 그는 장편 『무정』을 쓸 때, "그 시대의 조선 청년의 이상과 고민, 진로에 한 암시를 주자는"[12] 의도를 가졌다고 밝힌 바 있다. 이상과 고민이라는 두 개의 심리는 신구新舊, 민족과 개인, 제국과 식민지 사이에서 지식인이 경험하는 갈등을 암시한다. 이광수 문학은 절대화된 집단적 가치체계가 전제되어 있고, 그에 대항할 새로운 체계를 마련하는 일과 관련된다. 감시와 통제라는 식민지 교육제도 안에서 교사와 학생이라는 지적 위계가 전복되고, 지식인의 허무주의가 탄생하며, 계급을 초월한 우정과 사랑이라는 감정이 생겨난다. 당대 지식인들은 조선총독부가 교육제도를 운용하며 기대했던 '하급 기능인'과 달리 조선문화에 새로운 자극점이 된다.

식민국가는 식민지의 주민과 본국의 주민 양자에 대해 보편적, 문명적 기준에 입각하여 식민적 차이를 합리화한다. 또한 '진보'와 '개선'이란 명목으로 식민 지배를 정당화한다. 식민국가의 헤게모니 기획이 후진적인 식민지 주민에게 근대적 삶의 방식을 부여하는 거대한 교육적 실험의 형식을 띠는 것도 이 때문이다.[13] 그러나 이러한 기획은 식민국

---

9 권두연, 「소설의 모델, 독자, 작가—이희철의 문학적 행보에 대한 고찰」, 『비평문학』 42, 한국비평문학회, 2011, 47~60면.

10 임마누엘 칸트, 이한구 역, 「계몽이란 무엇인가에 대한 답변」, 『칸트의 역사철학』, 서광사, 1992, 13면.

11 피터 게이, 주명철 역, 『계몽주의의 기원』, 민음사, 1998, 197~198면.

12 이광수, 「다난한 반생의 도정」, 『이광수 전집』 8, 삼중당, 1972, 452면.

가의 정당성 자체를 위협하는 근본적인 역설을 내재한다. 식민지 엘리트가 제국 권력의 현전에 방해가 될 수 있기 때문이다. 그러므로 식민 권력의 헤게모니 추구 과정은 식민지 행위 주체colonial agency와의 관계 속에서 분석되어야 한다.

조선총독부의 식민지 교육정책은 식민지의 엘리트를 포함한 행위 주체와 어떤 관계를 맺는가. 이광수에게 '학교'라는 교육 공간은 소설에서 어떤 의미를 갖는가. 이것이 바로 이 장의 문제의식이다. 당대 지식인에게 식민지 근대성의 추동력은 교육적 사명이었다.[14] 민족의 성숙을 돕는 것이 자신의 사명이라고 생각한 엘리트에 의해 민족주의적 근대성 기획이 나타난다. 식민지 조선에서 행해진 교육은 강제성만으로는 달성될 수 없었으며 식민지인들의 자발적 동의를 전제한다. 이광수 소설 「헌신자」에 나타난 남강 이승훈의 오산학교 설립, 「무정」에 나타난 경신학교 교사 '형식'의 교원 생활, 「김경」에서 교사로서 자기를 성찰하는 '나'의 내면 역시 가르치는 자가 가진 식민지 지식인으로서의 심리를 드러낸다. 이광수는 『무정』을 발표하기 전에 「대구에서」, 「동경잡신」, 「농촌 계발」과 같은 논설을 발표한 바 있다. 이광수가 논설에서 문명 보급을 위해 우선시한 것은 교육사업이다. 그러나 그가 논설에서 단호하게 주장하는 조선의 교육운동은, 소설 속에서 교사와 학생의 갈등, 위선적 교사의 상 등으로 굴절된다. 지식인의 이상과 조선 현실

---

13 Partha Chatterjee, "A Modern Science of Politics for the Colonized", *Texts of power : Emerging Disciplines in Colonial Bengal*, Minneapolis : University of Minnesota Press, 1995, p.104.

14 파르타 차테르지, 강내희 역, 「탈식민지 민주국가들에서의 시민 사회와 정치 사회」, 『문화과학』 25, 문화과학사, 2001, 137면.

사이의 모순이 논설과 소설 사이의 거리감을 형성해낸 것이다.

식민지 민족주의의 모순적 구조는 문제적인 것the problematic과 논제적인 것the thematic에 기반한다.[15] 전자는 식민주의 담론을 거부하고 민족이 자율적이고 주권적 주체임을 주장한다. 후자는 식민 담론을 정당화하는 인식론적이고 윤리적 체계, 즉 계몽주의의 보편성에 대한 수용을 전제한다. 이와 같이 민족주의 담론 내부의 모순은 기존의 민족주의 담론이 암묵적으로 전제하고 있는 민족의 균질성에 대한 근본적 비판을 가능하게 한다. 식민 상황에서 민족의 독립과 선진문명의 도입을 통한 민족의 계몽이 공존할 수 있는 것은 민족주의 내부에 존재하는 이 두 가지 구조에서 기인한다.

이광수는 1900년대 후반 대한제국의 애국계몽사상과 메이지시대 말기 일본 사조의 영향을 받았던 인물이다. 지사, 문사, 교사라는 세 개의 역할을 지닌 이광수에게 지사와 교사라는 두 개의 축을 이어줄 수 있었던 것은 문사라는 입지였다. 1910년 3월, 오산학교에 부임한 이광수는 『소년』에 「여余의 자각한 인생」을 발표한 이후 작품을 발표하지 않는다. 또한 1918년 조선 청년독립단 조직에 가담하여 「독립선언서」를 집필하고, 1920년 흥사단원이 되기까지의 기간 역시 마찬가지이다. 실제로 그는 "政治 아래서 自由로 同胞에게 通情할 수 없는 心懷의 一部分을 말하는 方便으로 小說의 붓을 든 것"이라 말한 바 있다. 또한 '윤리적 동기 없이 소설을 써본 일이 없다'[16]고도 말했다. 그는 지식인으로서 자기 윤리를

15 Partha Chatterjee, *Nationalist thought and the colonial world : a derivative discourse*, Minneapolis : University of Minnesota Press, 1993, pp.37~39.

16 이광수, 「余의 作家的 態度」, 『이광수 전집』 10, 삼중당, 1972, 460~462면.

다른 이의 것으로 전이하고 은폐하는 방식으로 소설을 썼던 것이다.

이 글은 이광수의 초기 소설과 논설에 나타난 '학교'라는 공간이 지사, 문사, 교사라는 삼위일체의 인생을 살았던 그의 의식을 잘 드러내는 공간임을 전제한다. 이광수가 문명 보급의 두 가지 요건으로 언급한 것은 '학교 교육', '학술잡지와 서적의 간행'[17]이다. 실제로 식민지 시대 많은 작가들에게 민족의 독립을 위해 할 수 있는 일은 학생들을 가르치고 글을 쓰는 일이었다. 그러므로 1910년대 조선의 교육적 상황과 이광수의 소명의식이 만나는 지점에서 탄생한 소설은 당대 교육문화를 드러내는 동시에 지식인의 글쓰기를 유인하는 힘이 무엇이었는지를 밝히는 자료가 된다. 이 장에서는 1910년대 발표된 이광수의 소설을 중심으로 다루되, 이 시기를 회고하는 그의 수필과 논설을 분석 대상으로 삼는다. 그의 글에 내재한 지식인의 심리와 지식인을 바라보는 하위주체의 시선을 통해 통계적 숫자로 설명할 수 없는 식민지 학교문화를 고찰할 것이다.

2. 애국심이 고안한 지식인의 두 얼굴

이광수 소설에는 교육받은 자의 존재 방식에 대한 문제의식이 잘 나타난다. 중학교를 마치고 조선에 돌아오는 이광수의 내면에는 민족 계몽에 대한 열정과 자기 현시욕, 교사라는 직업에 대한 회의가 공존한다. 그는 「여의 자각한 인생」과 「그의 자서전」에서 자신이 조선에 돌아온 이

17 이광수, 「동경잡신」, 『이광수 전집』 10, 삼중당, 1972, 322~323면.

〈그림 1〉 사립 정주 오산학교 학도 모집 광고. 1910년 1~2월, 8월에 학생 모집 광고를 내보냈다. 당시 한문, 작문, 산술, 지지, 역사, 이과, 외국어가 시험 과목이었음을 알 수 있다. 『매일신보』, 1910.1.19.

유를 '민중 각성'에 대한 책임감과 '최고 지식에 달한'[18] 자신의 지적 수준에서 찾는다. 이 글에는 제국 일본의 토카이이의숙東海義塾, 타이세이중학大成中學을 거쳐 메이지학원明治學院을 졸업한 자, 열아홉 살 소년 교사의 지적 오만함이 담겨 있다. 이 글에서 중요한 것은 그가 나라를 "榮枯, 生存慾"만으로 생각하다가 '이상하게도' "열렬한 사랑의 대상물"[19]로 생각하게 되었다는 점이다. 이광수는 나라라는 추상적 대상을 대신해 오산학교라는 구체적 대상을 상정하고, 사랑을 시작한다.[20] 그가 언급한 '이상하게도'란 수식어는 동경에 익숙한 유학생이 자신의 애국심에 대해 느끼는 자의식을 담고 있다.

이광수에게 오산학교의 이승훈과 『무정』의 박진사는 선구자인 동시에 시대적 희생자, 애국심을 현현한 인물들이다. 이 두 인물의 소설적

18 이광수, 「그의 자서전」, 『이광수 전집』 6, 삼중당, 1972, 306면.
19 이광수, 「여(余)의 자각한 인생」, 『이광수 전집』 1, 삼중당, 1972, 577면.
20 하타노 세츠코, 앞의 책, 67면.

형상화는 1910년대 정치 · 문화적 상황을 제시하는 역할을 한다. 1907~1908년 평양에서는 안창호에 의해 발족한 신민회의 두 가지 사업 — 대성학교와 마산동 자기회사의 설립 — 이 이루어졌다. 대성학교는 '민족운동의 인재'와 '국민교육의 사부師傅'를 양성하는 것에 목적을 두고 설립되었다.[21] 대성학교를 '교육의 본보기'로 삼으려 했던 안창호의 뜻을 이어받아 이승훈이 정주군 오산면 용동에 오산학교를 설립하고, 마산동 자기회사를 맡아 운영한다. 이광수는 대성학교와 안창호에 영향 받은 이승훈의 일생을 「헌신자」와 『무정』에 투사한다. 이승훈은 상놈이라는 천대를 면하고자 벼슬을 사서 양반이 되고, 용동의 마을 자제들에게 글과 예절을 가르치고자 글방을 마련했던 인물이다. 그런 그가 기꺼이 상투를 자르고 학교를 세울 수 있었던 것은 상놈인 자신이 조선 민족을 구원할 수 있다는 믿음에 근거한다.

1910년대 교육은 1911년에 공포된 제1차 교육령에 의해 이루어진다. 이 교육령은 '忠良한 국민을 육성하는 것', '보통교육 · 실업교육', '國語(日語)의 보급'을 목표로 삼는다.[22] 그러나 대다수의 사립학교는 조선 역사와 조선어 학습에 중점을 두고, 정부 규정이 아닌 학교의 필요에 의해 교사들을 고용했다.[23] 이런 사립학교의 움직임은 구국운동의 일환이었기에 사립학교에 대한 일본의 지배권을 위협했다. 당대 사립학교에 대한 정부의 방침에서 '학교를 정치 기관에 이용하려는 자', '정치 · 사회 문제를 논의케 하는 자'에 대해 '학교 본연의 목적을 망각한 것'[24]으로 판단하고

---

21 이광수, 『島山 安昌浩』, 대성문화사, 1959, 25면.

22 오천석, 『한국신교육사』, 현대교육총서출판사, 1964, 244~245면.

23 홍문종, 『조선에서의 일본 식민지 교육정책』, 학지사, 2003, 190~192면.

24 高橋濱吉, 『朝鮮教育史考』(帝國地方行政學會 朝鮮本部, 1927, 306~308면), 오천석, 앞

있다는 점이 그것을 증명한다.

실제 이광수가 오산학교에 부임하여 교사로 일하던 시절, 이승훈은 용동에서 '이상향운동理想鄕運動'을 주도한다.[25] 그 이상향운동의 중심에 오산학교가 있었고, 이광수는 그 학교에서 초기 이상향 건설을 주도할 인재를 양성했다. 이상향운동의 세부적 내용은 이광수가 3개월에 걸쳐 『매일신보』에 연재한 「농촌 계발」에도 나타난다. 「농촌 계발」의 주인공 김일은 동경에서 법률을 전공하고 고향에 돌아와 농촌 계발에 힘쓰는 인물이지만, 그는 1914년 동경 유학 후 용동에 돌아와 교육에 힘썼던 이광수의 모습과 다르지 않다. 김일은 그림과 환등회幻燈會를 통해 문명국의 삼림, 도로, 제방, 학교, 병원 등의 사정을 보여주고 농민들을 각성시키는데, 그중에서 가장 심혈을 기울이는 것이 바로 소년들의 교육 문제이다.

이 글에는 김일이 '양반과 상놈'의 수사를 통해 학교 교육이 "입신출세"의 수단이 됨을 강조하는 장면이 빈번히 나타난다. 농민을 설득하기 위한 이 수사는 신지식이 근대 사회에 새로운 계급을 형성하고 있었음을 보여준다. 김일은 교육에 대한 각성뿐 아니라, 입학 수속 및 학생들의 위생 상태까지 점검하고, 하학 후에는 학생들을 집에 데려다 주기까지 한다. 김일은 한 마을에 거주하는 가족사의 내밀한 부분까지 개입하는 자신의 노력을 "宗教家的, 獻身的 熱情"[26]이라 언급한다. 마을 사람들의 문명화에 대한 그의 욕망은 '민족애'로 환원될 수 있으며, 그 욕망은 마을 사람들에게 전이된다.

의 책, 213~214면에서 재인용.

25 김형석, 「理想鄕 龍洞과 五山學校」, 『한국 기독교사 연구』, 한국기독교역사학회, 1985, 16면.

26 이광수, 「농촌 계발」, 『이광수 전집』 10, 삼중당, 1972, 81면.

김일의 문명화 기획이 거부감 없이 마을 사람들의 삶에 삼투될 수 있었던 이유는 양반과 상놈이라는 구시대의 수사가 이들에게 자연스럽게 받아들여졌기 때문이다. 양반과 상놈이 가진 계급적 거리감이 문명국과 조선의 격차에 대응될 수 있었던 것이다. 자신의 뜻에 동조하는 마을 사람들의 수가 늘어나자, 김일은 이를 예수의 제자가 처음엔 12명이었으나, 4억 명으로 늘어나는 데 비유한다. 이때, 김일의 교육사상은 하나의 '복음'으로 승화된다. 이광수는, 신이되 인간의 모습으로 세상에 온 예수의 삶을 김일의 선구자적 입지에 그대로 대입한다. 이러한 양상은 자신을 세례자 요한과 동일시하며 대동강가나 한강에서 "회개하라, 너희 조선 사람들아!"라고 외치는 모습을 상상하는 「그의 자서전」의 남궁석에게서 반복된다. 박계주와 곽학송이 이광수의 생애를 '신에게 접근하려던 인간의 슬픈 역사'[27]라 명명한 것은 그의 계몽적 야망을 대변한다. 문명 제일의 시대에 자기의 가르침이 민족 구원의 원동력이 될 수 있다는 믿음은 이광수가 조선에 대해 가지고 있던 희망인 동시에, 고아였던 작가가 자기를 증명하는 힘이기도 했다.

이광수는 학생들에게 "모든 청년이 교사이자 학도"[28]가 되어야 한다고 주장한다. 기실 그는 자신이 살았던 시대의 교사이자 학생이었다. 이승훈을 모델로 그린 「헌신자」의 '그'나 『무정』의 '박 진사'를 바라보는 이광수의 시선이 대상에 대한 경외심과 안타까움을 함께 지니는 이유도 교육사업을 향한 열정은 공유하되, 교육 방법에서 세대차를 느끼기 때

27 박계주 · 곽학송, 『춘원 이광수』, 삼중당, 1962, 35면.

28 이광수, 「조선 사람인 청년에게」, 『이광수 전집』 1, 삼중당, 1972, 534면; 이광수, 「今日我韓靑年의 境遇」, 앞의 책, 528면.

문이다. 『무정』의 박 선생이 이른 시기에 개명하여 가장 심혈을 기울인 것은 '학교'였다. 형식은 그의 일생을 통해 시대의 선구자는 헌신자가 될 수밖에 없음을 느낀다. 『소년』에 실었던 「헌신자」가 오산학교를 세운 남강 이승훈의 성공담을 담고 있다면, 『무정』의 박 진사는 그보다 앞선 시기에 학교를 세우고 허물어야 했던 아픔을 갖고 있다. 시대가 옮아갈 때마다 희생이 있는 것이라는 형식의 말처럼 형식은 자신이 당대의 희생자라고 생각한다. 「김경」(1915)의 '나'가 느끼는 '허무감'이나, 『무정』의 형식이 느끼는 '선각자의 적막과 비애'는 교육적 희생에 대한 이광수의 자기 연민이라 할 수 있다.

'내가 內弱해 이렇다. 왜 五山 따위를 떼어 놓지 못하고, 거기 매달리어 언제까지든지 이 無意味한 것을 繼續하려는고. 왜 이번 길에 다시 東京으로 달아나지 아니하고, 어슬렁어슬렁 기어 들어왔는고' 하고 當場 일어나 停車場으로 되돌아 나가, 대번 車를 타고 달아나고 싶다 한다. 그러나, 또 생각하여 본즉, '오산은 가난하고 외로운 學校라. 내가 가면 다시 教師를 求하기 어려우려니, 다시 教師를 求하지 못하면, 그 學生들은 어찌 되나. 또 같이 四, 五年 고생하여 오던 同僚, 내게는 어른되는 분들은 얼마나 落膽하여 할까. 옳다, 이곳이 나를 犧牲할 곳이로다. 자기 犧牲 工夫를 여기서 할 것이로다' 하고, 겨우 떠오르는 가슴을 鎭靜한다. 金鏡은 제 行爲에 무엇이든지 高尙한 意義를 붙이고야 마는 버릇이 있다. 이번도 이 '自己犧牲'이란 말에 그만 속아 넘어간 것이다.[29]

---

29 이광수, 「金鏡」, 『이광수 전집』 1, 삼중당, 1972, 571면.

위의 글은 이광수가 1915년 잠시 귀국하여 오산학교에 있을 때 쓴 것으로 교사 생활에 대한 그의 양가감정을 잘 보여준다. 이광수는 『무정』에서 "말이 좀 곁가지로 들어가지마는"이라는 단서를 붙이면서 형식의 교사 생활에 대해 길게 언급한다. 이 부분에서도 형식의 교사 생활은 '사랑과 갈등'으로 집약된다. 가난한 고아로 친구 없이 학창 시절을 보낸 형식은 자신에게 결여된 소년 시대를 학생들을 통해 대리체험하려 한다. 이 과정에서 형식은 학생에게 '사랑'을 경험한다. 그런데 형식의 사랑을 받는 희경은 사년급이 되자, 중학교 교사를 우습게 본다. 이때, 교사와 학생의 위계는 심리적으로 전복된다. 교사와 학생 사이의 지적 경합과 경멸의 의식은 형식이 기대했던 사랑과 존경의 가능성을 폐기한다. 계몽의 이면에 자리한 선망과 감탄, 무시와 비하의 감성은 지식-권력의 문제를 중심에 둔 이광수 문학에서 중요한 부분이다.

오산학교 시절의 추억은 이광수뿐 아니라, 그의 제자들에게도 문학적 자산이 된다. 김억이나 이희철이 회고한 것처럼 이광수는 오산학교에서 조선어를 가르쳤으며, 최남선이 출판한 잡지 『소년』을 가지고 수업을 진행하여 학생들의 문학열을 자극했다.[30] 『무정』에서도 형식이 삼사년급 학생들에게 문학을 장려하자 희경 일파는 소설과 철학에 관한 서적이나 잡지를 들고 다니는 장면이 나온다. 교사와 학생들은 그들을 타락했다고 비난하거나 비웃지만, 형식은 이를 '진보'라 생각한다. 여기서 희경은 이광수의 오산학교 시절 제자 이희철이며, 그가 『아이들보이』, 『창조』, 『동아일보』를 통해 작품을 발표한 사실은 권두연에

---

30 五山人, 「K先生을 생각함」, 『창조』 5, 1920, 90면; 김억, 「나의 詩壇生活二十五年記」, 『신인문학』 2, 1934.10, 43면.

의해 밝혀졌다.[31] 그 밖에도 이광수의 오산학교 제자들은 신문관의 일을 돕거나 그곳에서 발행된 『붉은 저고리』, 『아이들보이』의 독자 투고나 『청춘』의 현상문예에 참여한다.[32]

이런 사실은 이광수, 더 나아가 오산학교가 근대 초기 매체를 중심으로 한 문학열을 형성하는 데 큰 영향을 미쳤음을 의미한다. 이광수가 오산학교에 교사로 부임해 있던 기간 동안 가르친 김도태(1회), 김여제(2회), 서춘(3회), 김억(4회), 이희철(7회) 등의 졸업생이 향후 문학 활동을 했다는 것도 그것을 증명한다.[33] 앞서 제시한 오산학교 학생 모집 광고에서 본 것처럼 아직 취학률이 저조한 1910년에도 오산학교 측에서는 입학시험을 통해 학생을 뽑았다. 특히 그 시험 과목에 한문, 작문, 외국어를 넣어 기본적인 언어 실력을 점검했을 뿐 아니라, 시험 점수에 따라 학급을 편성했다. 이는 학교 입학 전에 기본적인 문해력을 파악한 후 교육활동을 실시했음을 의미한다. 시험을 통과하여 학교라는 신교육 장에 입학한 학생의 향학열은 교사의 지적 욕망을 자극하기도 하고, 교사의 수준을 넘어서려는 지적 우월감으로 발현되기도 한다. 또한 뒤에서 살펴볼 동맹휴학처럼 교육제도를 비판하는 집단정신으로 나아가기도 한다.

사제 관계에 일어날 수 있는 지적 위계화를 경험한 이광수는 교사의

---

31 이희철이 1914년 3월 오산학교 소속으로 「겨울빗」이라는 작품을 『아이들보이』에 투고해 '둘재쟝원'으로 뽑혔으며, 1920년 오산학교 시절 이광수를 추억하는 「K선생을 생각함」이라는 글을 『창조』에 실었고, 1924년 5월 사망하기 전에 「읍혈조」라는 작품을 『동아일보』(1923.6.2~10.28)에 140회에 걸쳐 연재한 사실은 권두연에 의해 밝혀진 바 있다. 권두연, 앞의 책, 36~79면.

32 김억, 앞의 책, 43면; 조용만, 『육당 최남선』, 삼중당, 1964, 116면; 권두연, 앞의 글, 55~56면.

33 오산학원, 『오산 백년사』, 2007, 160~180면.

일방적 자기희생만으로 해결될 수 없는 복합적인 문제와 그에 따른 심리 상태를 드러낸다. 「김경」의 '나'가 학생들에게 존경받지 못한다는 데 대해 초조와 불안을 느낀다면, 형식은 배신감과 두려움을 느낀다. 「김경」은 이광수가 오산학교 교사로 있을 때 창작한 작품이고, 『무정』은 이광수가 와세다 대학에 입학하여 제국의 지식을 한껏 받아들였을 때의 작품이다. 자신의 학문적 정도가 최고에 이르렀을 때, 이광수는 자신을 위협했던 제자들의 시선을 과거와 다르게 기억한다. 형식은 조선 사람이 살아날 유일의 길로, 일본의 문명 정도에 이르기 위한 공부를 주장한다. 그러나 그는 제국의 지식을 모방하여 식민지인들을 가르치되, 자신을 모방하려는 학생들을 차이화한다. 이처럼 식민지 지식인에게 생겨난 애국심은 해방에의 욕망과 자기 현시의 야심을 공유한다.

교사라는 지위가 형식에게 완전한 도달점이 아니라는 것은 그의 교사 생활을 통해서도 알 수 있다. 장편 『무정』에서 형식은 교사 생활을 "임시의 생활, 준비의 생활"로 여겼기에 책을 사고 남은 돈은 가난한 학생에게 나눠준다. 그러나 배학감의 모략으로 학생들에게 추궁당할 때, 형식은 사년급 학생들의 눈에 비친 자신을 깨닫는다. 이 부분에서 학교는 지식을 전달하는 기관이되, 스승이 제자를 통해 자신을 돌아보는 공간이 된다. 지식인으로서 자신이 선택할 수 있는 공간이라 생각했던 학교로부터의 축출은 오히려 교사인 형식에게 '학교'라는 공간이 자신을 지탱해준 생의 근원이었음을 깨닫게 한다. 형식이 경성학교 교사직을 사직하고 나오며, 자신은 "목숨의 뿌리를 잃은 것"이라 독백하는 장면은 사랑의 대상을 상실한 자의 비감을 드러낸다.

형식은 비도덕적인 배학감에 의해 교사로서 입지를 잃었을 때, 사랑의 대상이었던 학생 때문에 상실감을 경험한다. 그리고 그는 상실감의 대응물을 고안한다. 그것은 바로 교육의 장 안에 설 수 있는 방법, 다시 학생이 되는 것이다. 형식은 선형과의 미국 유학을 계획하며, '조선의 페스탈로치'가 되어 돌아올 것을 다짐한다. 일본에 의한 조선의 교육정책이 '하급 기능인' 양성에 초점이 맞춰져 있었음을 생각할 때, 그의 미국행은 식민지 교육정책의 전유라 할 수 있다. 그는 미국으로 가는 길에 자신이 "조상 적부터 전해오는 사상의 계통은 다 잃어버리고 혼돈한 외국 사상 속에서"[34] '표준' 없는 삶을 살고 있음을 깨닫는다. 그리고 수해라는 천재지변 앞에서 교육이라는 것이 조선적 실천력을 전제해야 함을 느낀다.

형식은 조선 민족을 "북해도의 아이누"와 같은 처지에 버려두지 않기 위해 '교육'과 '실행'으로 조선 민족을 일으켜야 한다고 생각한다. "눈에 보이는 사실이 산 교훈을 준 것이다. 그것은 학교에서도 배우지 못할 것이요 큰 웅변에서도 배우지 못할 것이었다"[35]라는 구절은 형식이 얻은 교훈을 집약한다. 이광수는 상해 여행을 하고 쓴 「상해인상기」에서도 '중국의 학교 방문'을 통해 식민적 현실을 느낀 바 있다. 이광수는 '영문英文'으로 수업을 하고 수업을 받아야 하는 중국인들을 응시한다. 그리고 그는 영어를 잘한다는 말을 영광으로 여기는 그들에게서 '사이비양혼似而非洋魂의 침윤浸潤'[36]을 본다. 이광수에게 진정한 배움은 '학문적 독립에 대한 열성'과 등가를 이룬다.

34 이광수, 「무정」, 『이광수 전집』 1, 삼중당, 1972, 193면.
35 위의 책, 205면.
36 이광수, 「上海印象記」, 『이광수 전집』 9, 삼중당, 1972, 134면.

이광수에게 유학은 서양 학문으로의 침윤이기보다 서양 학문의 조선적 계발로 이어진다. 이때, 유학은 애국심이 고안한 조선적 발전의 수단이 된다. 이광수는 소설의 말미에서 독자에게 형식의 지식 정도를 무시했던 이희경, 김종렬, 배학감의 안부를 알린다. 이것은 어떤 방식으로든 자신을 일깨우고 남을 일깨우지 않으면 쉽게 조로早老하거나, 무모해지거나, 타락하게 됨을 보여주기 위함이다. 고아인 이광수에게 자신을 증명할 수 있는 가정, 학교, 민족이라는 준거점은 늘 '생명'과 연결되어 있다. 그에게 참사람은 타자를 통해 자신을 구성해 나갈 수 있는 사람이다. 이 때문에 그에게는 자신을 증명해줄 '관계성'이 매우 중요하다. 이 관계 속에서 이광수는 연인이 되고, 스승이 되고, 조선인이 될 수 있다. 그의 소설이 근대 초기 학교를 향한 열정과 학교를 향한 비판의 목소리를 동시에 가질 수 있었던 것은 교사이자 지사인 자기를 글로써 재현할 수 있었기 때문이다.

3. 우정에 내재한 일탈과 승화의 가능성

교육에 대한 이광수의 열정은 총독부가 기획한 국토 기행문을 교육 논설로 변모시키기도 한다. 1916년 『매일신보』의 기획에 따라 이광수는 오도답파여행을 떠나고, 신문에 그 여행기를 싣는다. 대구에 간 이광수는 때 아닌 강도 사건을 접하고, 그의 대구 여행기는 지식인 범죄에 대한 원인을 규명하는 논설로 변모한다. 병합 전 교육을 받고, 병합 후 자신의 자리를 찾지 못한 청년들의 강도 사건을 보며, 이광수는 그

원인을 "敎育의 未備와 社會의 墮落"[37]에서 찾는다. 1916년과 1917년 『매일신보』에는 사건과 관련한 기사[38]가 실리지만, 피해자들의 피해 정도와 범죄자들의 체포 현황 및 처벌 내용만이 언급될 뿐이다.

이광수가 『매일신보』에 연재할 오도답파 여행기에서 굳이 이 사건을 언급한 이유는 무엇일까. 이 글은 피상적으로 교육의 미비와 사회의 타락을 문제 삼지만, 뒤집어보면 신교육을 받은 지식인이 범죄자로 전락할 수밖에 없는 당대 조선의 현실을 담고 있다. 이광수는 '병합 전' 교육을 받은 청년들이 집단 범죄자로 전락할 수밖에 없는 상황을 자신의 여행기를 통해 폭로한다. 조선총독부는 민족 교육을 말살하기 위해 1908년의 '사립학교령', 1911년의 '사립학교규칙', 1915년의 '사립학교 규칙 개정안'을 발표하고, 조선의 사립학교에 대한 탄압을 전개한다. 애국계몽운동의 일환으로 설립된 수많은 사립학교들이 이 시기 폐교되고 그 일부는 공립학교로 전환된다.[39] 그리고 사립학교 학생들은 관공립학교 졸업생들과 차별 대우를 받는다. 강도들은 교육을 받고, 재산도 있고, 대구 청년의 진보 향상을 도모하던 자신들이 왜 강도가 되었는지 공공연히 발화할 수 없다. 그러나 작가 이광수는 병합 전 사립학교 교육을 받은 조선 청년들이 활동 기반을 잃고 타락한 장면을 조선

37 이광수, 「대구에서」, 『매일신보』, 1916.9.23. 이광수는 피상적으로는 이 사건을 청년들의 '정치적 음모'와 '주색의 쾌락'을 취하기 위한 방편으로 언급한다. 그러나 '격렬한 사상을 고취하던 자가 동경에 와서 2, 3년간 교육을 받노라면 인구몽(引舊夢)을 버려 이전 동지에게 부패하였다는 조소'를 듣게 된다는 말을 통해 이 강도 사건이 교육 문제와 관련되어 있음을 암시한다.

38 「大邱拳銃强盜 全部就縛」, 『매일신보』, 1916.9.22; 「大邱强盜豫審決定됨」, 『매일신보』, 1917.2.24.

39 오천석, 『한국신교육사』, 현대교육총서출판사, 1964, 261~263면; 오성철, 『식민지 초등교육의 형성』, 교육과학사, 2000, 22면.

총독부 기관지에 발표한다.

그렇다면, 오도답파 여행기 이후 『매일신보』에 연재된 『무정』은 어떻게 읽을 수 있는가. 이광수는 이 소설에서 교육의 필요성을 설파하면서도 조선의 학교를 비판받아야 할 장소로 그린다. 그는 『무정』을 발표하기 이전, 「교육가 제씨에게」라는 글을 통해 조선의 교육이 가진 세 개의 '결핍'으로 "教育의 根本思想 不解, 知識과 教育方法의 不足, 教育界에 獻身하려는 精神의 缺乏"[40]을 언급한다. 이 논설에서 이광수는 교사들이 학교를 '열패한 자의 일시적 피난처'로 생각하는 안일함에 대해 비판한다. 그리고 조선에서 교장이나 학감이 될 만한 적임자가 없다고 말한다. 타락한 조선 교육의 상황은 『무정』에서 배 학감에게 투사된다. 학감 배명식은 '동경고등사범학교' 졸업생으로 경성학교에서 유일하게 고등사범을 졸업한 자이다. 그는 자신이 "일본 모든 일류 교육가보다도 뛰어난 새 학설과 새 교육의 이상을 가졌노라"[41]고 자부한다. 또한 그는 "'규칙적'이란 말과 '엄하게'라는 말"을 잘 쓰며, 자신만이 알고 있는 '신학설의 교육 원리'에 입각하여 이백여 조의 대규칙을 제정하고, 일본인보다 심하게 조선 학생을 억압한다. 소설에서 배 학감은 교육에 대한 이상이 없이 '기계적이고 모방적으로' 제국의 교육제도를 따르는, '교육기계'[42]의 형상이다. 이광수는 이 배 학감을 통해 무식하고

---

40 이광수, 「教育家 諸氏에게」, 『이광수 전집』 10, 삼중당, 1972, 54면.

41 위의 책, 54면.

42 미셸 푸코는 『권력/지식』에서 지식이 언제나 권력관계를 동반한다고 강조한다. 또한 『감시와 처벌』에서는 사회제도가 인간의 신체를 조작할 수 있는 대상으로 삼고 규율을 통해 효과적인 '기계-인간'(순종하는 신체)으로 만드는 과정을 보여준다. 그의 이론에 의하면, 교육제도는 권력 전략과 지식기술이 작동하는 '기술-정치'의 영역이라 할 수 있다. 스피박은 『교육기계 안의 바깥에서』에서 푸코의 '지식/권력'과 '기계' 개념을 다

무책임한 교사를 희화화한다.

소설에서 학생들은 배학감을 비롯한 부패 교사를 축출하기 위해 학생운동을 준비한다. 이 시기 조선에는 학교에 저항하는 학생운동으로 인해 퇴학자와 범죄자의 낙인이 찍힌 청년들이 많았다.[43] 이들을 움직이는 것은 학교에 대한 저항과 학문적 열정이다. 이광수는 「신생활론」에서 인류의 신생활을 '인위적 진화'와 '무의식적 진화'로 구별하고, 그 중에서 인위적 진화의 주된 예로 '교육'과 '혁명'을 든 바 있다. 1910년대 이광수는 오산학교 교사로, 「2·8독립선언서」의 필자로 인위적 진화를 몸소 실천하는 삶을 살았던 인물이다. 그런 그가 창조해낸 경성학교 학생 이희경과 김종렬은 인위적 진화의 장 안에서 '혁명'을 꾀한다. 이 두 인물은 형식을 찾아와 "동맹 퇴학"을 예고한다. '학교 교육=문명화'의 시대를 살았던 이들이 제출한 '퇴학 청원서'는 기실 조선 학생이 교육 공간에 던진 집단적 혈서라 할 수 있다.

> "저의 모교 당국은 부패지극에 달하였습니다. 차제를 당하여 저희 용감한 청년들이 일대 혁명을 아니 일으키면, 오히려 모교는 멸망할 것이올시다" 하고 결심의 굳음이 말에 보인다.[44]

배 학감이 동맹휴학의 원인이 된 이유는 월향이라는 기생과의 불미

시 읽으며, 제도권을 유지하고 재생산하는 주요한 기제로서의 교육제도를 거대한 '교육기계'로 언급한다. 그리고 이것이 지식생산에 종사하는 사람들에게 미치는 영향력을 고찰, 비판한다. 미셸 푸코, 오생근 역, 『감시와 처벌』, 나남, 1997, 203~253면; 가야트리 스피박, 태혜숙 역, 『교육기계 안의 바깥에서』, 갈무리, 2006, 107~150면.

43 김호일, 『한국 근대 학생운동사』, 선인, 2005, 81~83면.

44 이광수, 「무정」, 앞의 책, 44면.

스러운 관계 때문이기도 하다. 이는 윤리적으로 완전한 교사를 상상하는 독자들에게 충격과 흥미의 대상이 된다. 이광수의 소설에서 교사로부터 학생을 향한 '감시의 시선'은 학생으로부터 교사를 향하는 '역방향성'을 띤다. 이를 통해 우리는 당대 학생들과 교사가 일방적으로 지식을 전달・수용하는 관계가 아니며, '상호 예속'[45]의 관계에 놓여 있음을 알 수 있다. 동맹 퇴학은 학교에 대한 비판의식과 집단을 형성하기 위한 심정적 옹호, '우정의 관계성'을 필요로 한다. 그러므로 학교라는 공간은 학생 사이의 관계를 창출하고, 그 관계는 상황에 따라 학교를 일탈하는 힘, 혹은 개인을 타락시키는 원인이 된다.

이광수는 소설의 화자가 교사일 때와 학생일 때 글쓰기에 다른 태도를 보인다. 교사가 주요 인물로 등장하는 소설에서 이광수는 문명 보급에 대한 확신, 지적 충만감에 가득 찬 상태의 글쓰기를 한다. 그러나 주요 인물이 학생일 경우, "文明의 보기가 異國 異時代의 風物을 對함과 如히, 生疎하고 難澁"[46]함을 토로하는 글쓰기를 한다. 이 때문에 「동경잡신」과 같이 화자가 학생일 때, 화자는 학습의 나태와 문화적 열등감 때문에 '반성'과 '수치' 일으키기를 반복한다. 그리고 자기 비하가 극에 달했을 때, 주체는 병적 증상을 보이거나, 자살을 생각한다. 이광수가 말했던 "人爲的 進化"라는 문명화의 방법은 '속도의 쾌감'과 함께 '자기 소진'의 고통을 동반했던 것이다.

그런 의미에서 「방황」은 학생을 향한 교사의 애정, 조선인의 교화에 대한 교사의 열정이 받아들여지지 않았을 때 발생할 수 있는 허무감과

45 자크 랑시에르, 양창렬 역, 『무지한 스승』, 궁리, 2008, 173면.
46 이광수, 「동경잡신」, 앞의 책, 323면.

병적 상황이 형상화된 작품이다. 1918년에 발표된 이 소설에는 6년간 매일 6~7시간씩 분필 가루를 먹으며 붓을 잡았던 '나'가 있다. '나'는 자신의 노력이 제 힘을 발휘하지 못한 데 대한 허무와 비애가 병이 된 인물이다. 그가 느끼는 번민은 학교를 일탈한 교사의 심경으로 치환될 수 있다. '나'는 감기를 앓는 와중에 '적막'과 '추위'를 느끼며, 애인이었던 조선이 자신의 사랑에 답하지 않는 데 대한 괴로움을 토로한다.

소설적 정황으로 보아, '나'는 교사 일을 그만두고 유학생이 된 인물이다. 그는 병을 앓는 와중에 친구 K군이 "내 머리를 짚어"줌을 느끼며, "눈을 뜨고 한 팔로 K군의 허리를" 안음으로써 친밀감을 표시한다. K군은 나에게 조선을 위해 일할 것을 당부하지만, "나는 조선을 유일한 애인으로 삼아" 살아갈 결심을 하지 못한다. 조선은 사랑과 욕망의 대상이 되기에 추상적이다. 그에 반해 '나'가 K와 맺는 관계는 자신이 K로부터 이해받고 있다는 믿음에 기인하며, 성취 불가능한 사랑과 욕망을 '가치 있는' 것으로 전환하는 힘을 지닌다.[47] 이 작품에서 중요한 것은 이들이 나누는 동성애적 관계가 '민족의 교화'를 유인하는 '형제애'의 속성을 가지며, '나'를 교육의 장으로 끌어들이려는 K군의 언어가 '조선인 전체'를 발화자로 삼아 '설득'의 형식을 띤다는 점이다.

이 소설은 유학생 기숙사를 배경으로 하며, 소설 말미에는 1917년 1월 17일에 작성된 것이라 밝혀져 있다.[48] 이 시기 이광수는 서춘, 최승만, 김도태, 현진건 등과 함께 조선총독부기숙사에서 생활하고 있었다.[49] 그

47 신지연, 「이광수의 텍스트에 나타나는 동성 간 관계와 감정의 언어화 방식」, 『상허학보』 21, 상허학회, 2007, 187면.
48 春園, 「彷徨」, 『청춘』 12, 신문관, 1918.3, 82면.
49 최승만, 『나의 회고록』, 인하대 출판부, 1979, 71면.

리고 이광수는 최승만, 전영택과 함께 재동경조선유학생학우회在東京朝鮮留學生學友會에서 조선 민족에게 문명을 전달할 목적으로 잡지 『학지광』을 편집・간행한다. 「방황」에서 '나'가 누워있는 병석은 기숙사로, 사적인 장소이되 공공성을 지닌 감시의 공간이다. '나'와 K는 이 기숙사 방 안에서 스킨십을 나누는 동시에 '조선인 전체가 거는 기대'와 같은 담화를 주고받는다. 이 내밀한 몸짓과 조선인의 이상적 발화가 일본 유학생 기숙사에서 이루어진다는 점은 문제적이다. 학생을 통제하고 관리하기 위한 조선총독부의 기획이 기숙사라는 장소에서 전복되기 때문이다.

'나'와 K는 학생, 기숙사생이라는 자격으로 자연스럽게 공공의 장소를 이용하고, 그 안에서 우정관계를 형성한다. K군은 '나'의 곁에 실재하며 감각될 수 있는 존재로, 추상적인 대상으로서의 조선인 혹은 조선이 야기한 공허감을 메워준다. 그럼에도 '나'가 "세상 義務의 壓迫과 愛情의 覊絆 없는 싸늘하고 외로운 生活"을 느끼는 것은, 사랑의 대상인 K군과의 관계성 역시 그 어떤 결실도 맺지 못하고 '공허감'을 가져다주기 때문이다. 결국 「방황」의 '나'는 열정과 사랑이 초래한 허무감이 병이 된 인물이다.

이광수는 1차 동경 유학 시절, 『시로가네학보白金學報』에 실었던 「사랑인가愛か」를 통해 동성애의 관계에서 문길이 경험한 좌절을 그린 바 있다. 그리고 「방황」 이후, 「윤광호」를 통해 청년 이광수가 가진 자기 현시의 욕망과 동정에의 기대가 한 개인을 향했을 때, 열정의 과잉을 낳고 결국 자살에 이름을 보여준다. 이처럼 학생들이 학교라는 공간 안에서 경험하는 정적 관계는 '동맹퇴학'과 같은 사건을 일으키기도 하지만, 다른 한편으로 '연애 사건'의 원인이 되기도 한다. 동맹휴학이 우정의 집단화라면, 동성애

와 연애 사건은 우정이 지극히 개인적으로 내밀화된 상태이다. 『무정』에서 비윤리적인 교사를 축출하기 위해 학생들이 작성한 '퇴학청원서'는 배학감의 모략으로 받아들여지지 않으며, 윤광호의 '혈서'는 P에 의해 무참히 거절당한다. 무언가를 요구하는 이들의 글쓰기는 발신인의 진정성을 받아들이지 않는 수신자를 향할 때, 제 힘을 발휘하지 못한다.

「방황」과 「윤광호」는 학교라는 공간을 중심으로 주체의 사랑과 열정을 공유한다. 그러나 그 감정이 무엇을 매개로 이루어지는지, 누구를 향한 것인지, 무엇을 위한 것인지에 따라 주체의 행동과 주변 인물들의 반응은 달라진다. 「방황」의 '나'가 '민족애'와 '형제애'에 기반한 동정의 시선을 받는 것과 달리, 「윤광호」에서 윤광호는 조소와 냉소의 시선을 받는다. 「윤광호」는 이광수와 동기 유학생인 徐○이란 친구의 동성애를 모델로 한 것[50]이다. 신문에 날 정도로 지식이 뛰어난 특대생 윤광호는 동경 K대학 경제과 2학년 학생이다. 그는 자신이 사랑하는 P에게 '혈서'를 보내지만, 끝내 거절당한다. 그리고 특대생으로 신문에 이름을 올려 유학생 사회의 추앙을 받았던 그는 실연 때문에 자살한 학생으로 세간의 비웃음을 받는다.

특대생이라는 '지적 서열화'와 당대 '동성애 문화' 안에서 공공연하게 실연자로 전락한 윤광호의 상황은 '학교'라는 공간적 배경이 전제되지 않으면 불가능하다. 당대 '와세다 대학'이라는 지적 경계 안에서 조선인의 학문적 성취와 연애열이 발생했기 때문이다. 학교는 '지식욕知識慾'과 '독서열讀書熱'이 발생하는 공간으로, 학생들 사이에 경쟁심과 우

50 심生, 「만히 닑혀진 소설의 모델 이약이」, 『별건곤』 3, 개벽사, 1927.1, 76면.

정, 사랑과 같은 감정이 발현되는 장소이다. 그러나 P는 사랑의 조건으로 "황금과 용모와 재지"를 내세운다. 그중에서 윤광호가 갖추고 있는 것은 오직 지식뿐이다. 그가 자신의 존재 근거로 생각했던 학문적 성취가 사랑의 충분조건이 될 수 없다는 자괴감은 결국 자살을 초래한다. 이광수는 지식인으로서 윤광호가 가진 고독감과 적막을 "空洞"에 비유한다. 「방황」의 '나'가 국가와 민족이 가진 추상성의 대리로 K와의 사랑을 시작했다면, 윤광호는 미소년 P에게 특대생이 아닌 한 개인으로 인정받고자 사랑을 시작한다.

이광수의 첫 작품 「사랑인가」와 「윤광호」에 반복되는 '자살'의 문제는 당대 동경의 학생문화와 밀접한 관련을 갖는다. 이광수는 「동경잡신」에서 당대 동경의 "高等學校는 自殺의 宗家라는 童謠가 生"[51]하게 될 정도로 실연과 염세관에 의한 자살이 빈번함을 언급한 바 있다. 심지어 이광수는 "秀才는 흔히 神經質"이라, 조선에 자살자가 적은 것에 대해 '사상 정도의 저열함'을 수치스러워 해야 한다고까지 말한다. 「윤광호」에서 이광수는 수재들의 열정과 번민이 타인의 동정을 받지 못하고 자기 내부로 향했을 때, 자살이 발생함을 보여준다. 이광수는 윤광호의 자살을 연민하면서도 그의 죽음을 둘러싼 다른 이들의 조소를 통해 죽음의 비극성을 재현한다. 이는 윤광호의 죽음이 「방황」에서의 '나'와 달리 조선 수재의 자기 헌신에 대한 공공의 동정을 획득하지 못했기 때문이다.

---

51 이광수, 「동경잡신」, 앞의 책, 300면.

4. 앎을 전이하는 학교 밖의 여성들

학생과 교사가 식민지 시대 학교 내부의 풍경을 보여준다면, '학교 밖의 여성들'은 학교와 학생을 바라보는 외부적 시선을 통해 당대 '학교의 외연'을 구성하는 역할을 한다. 1910년대 조선에서 여성의 취학률은 4%에 불과했다.[52] 단편 「무정」(1910)에서 남편이 정혼한 부인을 싫어하는 이유를 공공연히 말하기에는 조선 여성의 취학률이 지극히 미미했던 것이다. 그 점에 입각해볼 때, 「농촌 계발」에서 부모의 혼인 계약에 의해 팔려가듯 집을 떠나는 난희가 구제되어 가는 곳이 '숙명여학교'라는 것은 상징적이다. 김일은 노인 안승지에게 250원에 후실로 팔려가는 난희라는 소녀의 운명을 마을 사람들의 운명과 동일시한다. 김일이 마을 사람들 앞에서 그들의 무지를 일깨우는 연설을 했을 때, 가장 먼저 감화된 자는 부모의 강제에 의해 혼인한 부인들이다. 이들의 눈물은 비도덕적인 안 승지를 짐승으로 전락시키고, 난희 아버지에게 "양심"을 불러일으킨다. 혼인과 여자 교육에 대한 김일의 연설은 '말할 수 없는' 여성의 발화, '공동체'에 대한 심리적 자각, '비윤리적 남성'의 단죄를 가능하게 한다.

마을 사람들은 이 사건을 애도하는 김일의 연설에 함께 눈물을 흘리는 "共同感情", 즉 "社會心"[53]을 경험한다. '규범'이 집단의 사회적 행위에 구속을 가하는 것이라면, 규범론에서 중요한 것은 제도화와 개인의 내면화, 그에 대한 동조, 갈등, 일탈 등이다. 김일에 의하면, 여성이 '시

---

52 김부자, 조경희 · 김우자 역, 『학교 밖의 조선 여성들』, 일조각, 2009, 89면.

53 이광수, 「농촌 계발」, 앞의 책, 93면.

대의 희생'이 되는 것은 교육을 받지 못한 까닭이다. 그러나 여성 교육을 강조하는 김일의 언어는 여성을 중심에 두되, 배우지 못한 여성은 더욱 배제될 가능성을 은폐하고 있다. 김일은 농촌계발운동을 진행 중인 금촌의 첫 번째 유학생이 여자인 것이 '이상하다'고 표현한다. 이는 이광수가 여자 교육에 대한 이론과 실천 사이의 괴리감을 느끼고 있었음을 증명한다. 조선총독부에 의한 식민지 교육기관 중에 여성 교육기관이 가장 나중에 설립되었다는 점을 감안하면, 난희의 유학은 '이상한 사건'이기에 충분하다. 제국이 배제한 여성의 교육을 최우선에 둔 김일의 의식과 행동은 식민지 교육정책에서 가장 소외된 자를 중심에 두는 '전복'의 힘을 보여준다.

이상한 사건으로서의 여학생 유학은 장편 『무정』에 이르러서는 영채라는 인물을 통해 나타난다. 배우지 못한 여성에게 느끼는 싫은 감정이 연민으로 변화하고, 선각자로서의 동지애로 변화하기까지 이광수는 '선지자의 숭고한 희생', '여성의 눈물', '대중의 공동감정'을 필요로 한다. 형식은 영채와 처음 만나 이야기를 나누면서 행복한 가정생활을 상상하면서도, 문득 영채가 "교육 없는 여자"면 어쩌나 하는 걱정을 한다. 형식에게 '무식한 여자'와의 결혼은 '행복한 가정' 생활을 가져올 수 없다. 이광수는 단편 「무정」에서 본처를 버리는 남자의 심리를 '이유 없는' 거부로 형상화한 것과 달리, 장편 『무정』에서 영채의 학문적 결핍을 아내로서의 자격 박탈로 형상화한다. "내 마음과 내 사상을 알아줄 만한 공부가 없으면 어쩌나"[54] 하는 형식의 불안감은, 영채의 "말에 문

54 이광수, 「무정」, 앞의 책, 31면.

학적 색채"가 있어 고등교육을 받은 것 같다는 추측으로 해소된다.

학교 교육을 받아보지 못한 영채는, 일본에서 공부하고 온 형식을 선망의 눈으로 바라본다. 그러나 『무정』에서 선형은 교육제도 내부의 서열화를 체험한 자이기에 교사인 형식이 자신의 남편으로 부족한 사람이라 생각한다. 신교육을 받은 여자와 그렇지 못한 여자가 보여주는 의식의 '차이'는 식민지 남성에 의해 더욱 극대화된다. 이광수의 단편 「무정」에서 유학생 남편은 조혼한 여자가 왜 싫은지 말하지 못한다. 그가 배운 것은 조혼이 나쁘다는 것이지, 조혼한 여자가 나쁘다는 것은 아니다. 그럼에도 그의 '그냥' 싫다는 논리나, '왜 싫은지 모른다'는 근거 없는 감정의 고백은, 사실 '교육받지 않은'이라는 이유를 은폐하고 있다.

이광수가 소설에서 내세우는 인물은 대부분 "학교 성적도 매양 일이호를 다투었다",[55] 혹은 "교내에 조선 재원의 명성이 자자하였다"[56]는 수식어를 갖는다. 장편 『무정』에서 선형은 영어를 배우며 "유쾌한 자랑"[57]을 느낀다. 일제는 1911년 조선교육령을 선포하여 관립 외국어학교를 없앤 후, 고등보통학교와 여자고등보통학교를 세우고, 영어교육을 제한한다. 이 시기 고등여학교의 영어 과목은 폐지된다.[58] 선형과 형식이 처음 만난 자리가 학교 밖, '과외의' 장이라는 점은 이러한 시대적 상황과 관련된다. 선형은 정규 교육을 넘어선 과잉 상태의 교육을 받는 인물이다. 그녀는 문명 습득의 수단인 영어를 학습함으로써 자신이 문

55 이광수, 「소년의 비애」, 『이광수 전집』 8, 삼중당, 1972, 28면.
56 이광수, 「어린 벗에게」, 위의 책, 89면.
57 이광수, 「무정」, 앞의 책, 55면.
58 강내희, 「식민지시대 영어교육과 영어의 사회적 위상」, 『안과 밖』 18, 영미문학연구학회, 2005, 273면.

명인이 될 것이라는 환상에 빠진다. 형식이 김장로의 딸 선형과 만날 수 있었던 것은 그에게 붙은 '유학생'과 '영어 교사'라는 레테르에 기인한다. 그러므로 영어 교사인 형식의 실존은 '식민지 학교'라는 특수한 지적 공간, 그 위에 놓인 '영어'라는 특수한 분야와 관련된다. 학교 교육 밖에서 영어를 습득하는 선형은 신문명 습득의 사명에 의해 움직이는 '문명기계'의 얼굴을 가진 인물이다. 부잣집 여학생이라는 위상은 '신문의 삼 면에 보이는 강도, 살인, 사기, 간음, 굶어 죽은 자, 자살한 자 등 범죄들'로부터 그녀를 보호한다. 그러므로 수많은 범죄적 사건 속에서 살아가는 영채의 삶은 작품 속에서 선형의 삶과 대조된다.

식민지 교육제도의 영향력은 '취학'이라는 조선인들의 교육 경험만이 아니라, '불취학'이라는 교육 소외의 경험까지 고찰될 때 비로소 완전해진다. 불취학 상태의 여성들이 보이는 교육에 대한 선망의식이야말로 식민지 시대 '학교'라는 공간을 구축하고, 신교육・신여성이라는 환상을 주조했기 때문이다. 선형과 달리, 영채는 아버지의 자살, 겁탈, 기생으로서의 생활이라는 시련을 겪은 인물이다. 또한 그녀는 학교에 다닌 경험이 없으며, 『열녀전』, 『내칙』, 『소학』이 지배한 일생을 살아간다. 영채가 기차를 타고 가는 길에 만난 부인은 영채가 학교에 안 다녔다는 말을 듣고 '경멸'과 '호기심'의 시선을 보낸다. 경멸스런 무학력자, 유학생이 아니면서도 일본어를 잘하는 비밀스런 여자라는 인상은 학교에 다닌 적이 없는 영채의 외연을 구성한다. 이처럼 1910년대 이광수의 소설에는 배운 여자와 배우지 못한 여자라는 두 개의 표상이 공존한다.

영채의 독서력은 『무정』 연재가 끝날 무렵 발표된 「소년의 비애」에서 난수의 독서력과 상응한다. 학교에 가지 못한 난수와 같은 처녀들은 『열녀전』, 『내칙』, 『소학』을 읽지만, 학생 문호는 자매들에게 언문을 가르치고 언문 소설 읽기를 권장한다. 문호는 자신이 서울 가는 길에 난수를 데려가 공부시키려 하지만, 난수는 부모들의 정혼을 거역하지 못하고 천치에게 시집을 간다. 문호는 이때, 난수를 "죽은 사람"에 비유한다. 학생 문호에 대한 난수의 기다림이나, 신교육에 대한 영채의 선망은 사회로부터 배제된, 학교 밖 조선 여성의 내면을 드러낸다.

이광수 소설에서 조선 여성들이 선망하는 학교의 이상성은 후쿠자와 유키치福澤諭吉의 교육론에 영향받은 것이다. 「동경잡신」에서 이광수는 동창들과 후쿠자와 유키치의 묘를 찾아가며 그의 교육론을 언급한다.

> 그의 敎旨는 去舊就新이요, 個人 個人의 獨立自尊이었다. 獨立自尊이라 함은 個人 個人이 各各 確固하고 權威있는 人格을 備하여 思코 言코 行함을 人에게 盲從하지 말고 自己의 理性을 判斷하라 하며, 個人 個人이 各 一藝一能을 具하여 衣食住와 子女의 敎育 等 萬般社會에 對한 義務를 自力으로 盡하라 함이니 此는 實로 亘萬世不易할 興國策이라.[59]

후쿠자와 유키치에 의하면, 교육이야말로 옛것을 버리고 새것을 받아들여 나라를 살리는 방책이다. 학교는 학생이라는 집단을 교육하지만, 학생 개개인이 자신의 능력을 발현하기 위해 준비하는 곳이다. 「소년의 비애」에서 재주 있는 난수를 시집이 아닌 학교로 보내고자 했던 문호의 심경, 『무정』에서 영채가 음악적 재능을 발현하길 바라는 형식

59 이광수, 「동경잡신」, 앞의 책, 318면.

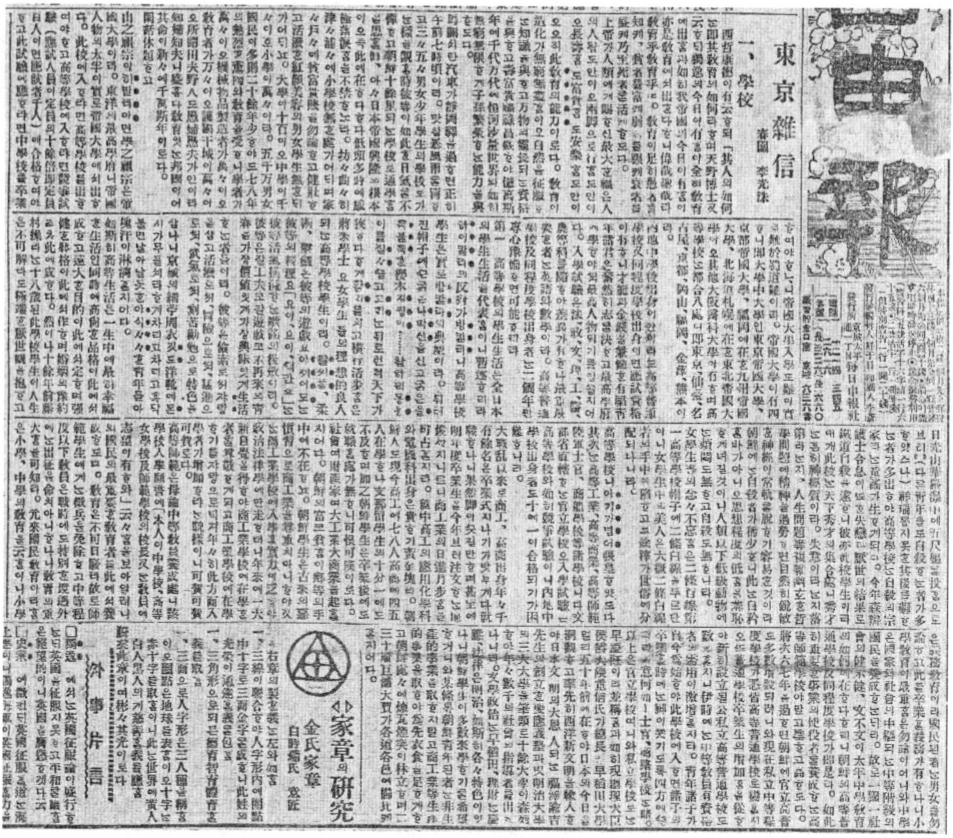

東京雜信

一, 學校

春園 李光洙

家章의 硏究

金氏家章

外事片言

〈그림 2〉 춘원 이광수, 「동경잡신 1. 학교」, 『매일신보』, 1916.9.27.

과 병욱의 심경은 바로 이러한 교육론에 기반한다. 영채는 병욱과 이야기를 나누며 자신이 마음속에 '허깨비' 형식을 만들어 놓고 그를 사랑한다고 속이면서 살아왔음을 깨닫는다. 형식이 자신의 실존과 관계되는 국가나 학생, 교사적 지위의 상실감을 메우기 위한 방법으로 '학생되기'를 고안했던 것처럼, 영채는 자신의 생과 연결되어 있다고 믿었던 형식에 대한 상실감을 극복하기 위해 '향학열'을 불태운다. 이때, 영채가 모범으로 삼았던 대상은 열녀에서 여학생으로 변모한다.

그러나 이광수는 병욱만이 영채에게 신사상을 일방적으로 주입하는 상태로 그리지 않는다. 서양식 감정을 맛보고 낡은 것을 모두 싫어하던 병욱은 영채를 통해 옛날 사상이 가진 맛을 알게 된다.

> 새삼스럽게 『소학』이며 『열녀전』이며 한시 한문을 배우고 싶은 생각까지도 나게 되었다. 집에서 먼지 묻은 『고문진보』 같은 것을 내어서 이것저것 영채에게 배우기도 하고 배운 것을 외우기도 하였다. '참 재미있다' 하고 어린애같이 기뻐하면서 소리를 내어 읊기도 하였다.[60]

영채는 병욱을 통해 음악학교와 예술이라는 것을 알게 되고, 병욱은 영채를 통해서 사현금과 한시, 흙의 아름다움을 알게 된다. 병욱이 학생으로서 영채에게 신교육의 세계를 전달하는 역할을 한다면, 영채는 병욱에게 학교 밖의 조선 여성이 잘 이해한 옛 사상의 미덕을 전하는 역할을 한다. 영채는 병욱을 통해 처음 '사람의 피가 끓기 시작'하는 것, 모형이 아닌 독립한 사람의 삶에 대해 생각한다. 영채를 새로운 삶으로 인도해준 것은 배운 여자가 아니라, '못 배운 여자에 대한 동정'과 '신여성이 발화할 수 있는 사랑'이다. 이광수는 '문명기계'와 같은 선형이나 학교 밖의 조성 여성이 함부로 입에 올릴 수 없는 사랑이라는 단어를 병욱의 입을 통해 발화함으로써 '참지식'의 힘을 보여준다. 알지 못하는 감정을 강박적으로 주입하며 자신을 죽음으로 이끌었던 영채는 병욱과 함께 유학길에 오른다. 이 둘의 관계는 학교 밖에서 이루어진

---

60 이광수, 「무정」, 앞의 책, 157면.

'앎의 전이'에 기인한다. 이 교외의 학습은 식민지 조선의 교육제도에 대한 간접적 비판이 될 수 있다.

형식, 선형, 병욱, 영채가 삼랑진 수해 현장에서 모금운동을 벌이며, 참사람이 되기 위해서는 '사랑'을 알아야 한다고 생각한 것은 하급 기능인의 양성을 위한 일제의 일방적 주입교육과는 반대의 결과를 낳는다. 이때, 형식은 '이상하다'는 생각과 '희미한 기쁨'을 동시에 느낀다. 사랑이라는 단어에 붙은 이러한 수식어들은 '앎을 전이하는 관계성'이 가져온 감각이다. 형식을 포함한 『무정』 속의 인물들은 '유정有情'한 세상이 유정한 교육과 계몽을 통해 유인됨을 보여준다. 일본이 시행한 교육정책이 '충량한 신민'을 양성하기 위한 문명기계를 목표로 한 것과 달리, 이들은 학교 밖에서 각자가 습득한 지식으로 조선인 사이의 계몽적 관계성을 마련하고 그 안에서 개별자로서의 자기를 인식한다. 그리고 이들은 조선의 외부를 경유했다가 참교육을 위해 조선으로 회유한다. 이렇듯 1910년대 이광수의 소설에서 지식인들은 제국의 교육정책을 수용하되, 조선의 현실에 맞게 변용하는 힘을 보여준다.

5. 유정한 교육과 소설 쓰기의 이상

지금까지 1910년대 이광수 초기 문학에 나타난 조선의 향학열과 학교라는 공간의 의미에 대해 살펴보았다. 1910년대 이광수의 소설에는 식민지 교육에 대한 회의, 교사와 학생에 대한 배신감, 교사를 감시하는 학생 등이 나타난다. 이광수 문학에 나타난 조선의 학교 풍경은 충량한 신민을 양성하고자 했던 일본의 교육적 기대감과는 거리가 멀다. 그의 소설에는 동경 유학을 하고 돌아온 청년 이광수의 지적 자만심이 나타나며, 당대 학생들의 향학열은 교사와 학생이라는 지적 위계를 전복하는 힘을 발휘하기도 한다. 민족의 교화라는 대의와 식민지 교사에 안주할 수 없는 당대 지식인의 자기 환멸은 작품 속 인물의 양가감정으로 나타난다. 그의 작품 속에 교육적 열정과 교사에 대한 회의감이 공존하는 이유는 식민지 지식인이 갖는 이러한 양가감정과 관련되어 있다.

이광수 문학에서 학교는 교사인 이광수의 내면을 드러내는 동시에 학생이었던 작가의 기억을 환기하는 장소이다. 식민지 학교는 교사이자 학생이었던 이광수의 의식을 통해 굴절되고 소설로 재현된다. 소설 속에서 학생들은 사제지간의 관계성 이외에 우정이라는 감정을 기반으로 동맹휴학과 동성애라는 사건을 일으킨다. 이러한 사건은 당대 일본과 조선의 학생 사이에 유행처럼 번져 학생문화의 표상이 되었던 것들이다. 식민지 조선의 향학열은 학생들을 학교라는 공간으로 유도했고, 그 안에서 학생들은 교육 공간의 변화와 사랑의 경험을 통해 자기의 내면을 확인하고 표현하는 과정을 거친다. 이 과정에서 주체의 발화가 타자에 의해 받아들여지지 않을 때, 조선의 학생들은 자신이 느끼는 공허감을 병처럼 앓거나, 자살에 이른다. 이는 당대 문명화의 속도가 학생들에게 환상과 동시에 자기 소진의 고통을 가져다주었음을 폭로한다.

학교를 배경으로 한 이광수의 초기 문학은 제국의 교육정책을 모방하되, 그 교육정책을 전유하여 조선의 독립을 열망하는 자들을 담고 있다. 이들은 이광수의 애국심이 고안한 지식인의 윤리를 보여준다. 그들은 학생되기를 열망하는 자들에게 앎을 전이하며, 진정한 교육은 사랑을 통해 성취될 수 있음을 강조한다. 소설 속에서 교사, 학생, 학교를 선망하는 학교 밖의 여성들은 앎의 전이 속에서 관계를 형성하고, 참교육이나 새로운 조선과 같은 삶의 목표를 통해 식민지 교육에 대한 전복을 꾀한다. 학교를 향한 이들의 시선은 학교의 외연을 구축하고, 교육제도에 대한 간접적 비판이 된다. 1910년대 식민지 조선의 학교문화에는 문명화의 열망과 일본의 교육정책에 대한 반감이 공존했던 것이다.

교사, 지사, 문사로서 일생을 살았던 이광수는 소설을 통해 식민지 상황 속에서 교사와 지사로서 발화할 수 없었던 것들을 폭로하고 고백한다. 유정한 세상은 유정한 교육이 만들 수 있다는 믿음. 그 조선적 신념이 지식인 이광수의 글쓰기를 유인했던 것이다. 배움을 얻고, 배움을 전하는 자의 내면을 소설에 투사했던 초기 그의 글쓰기는 세 개의 자기를 어떤 방식으로 현현하느냐에 따라 다른 발화대를 필요로 한다. 교단에 선 문사 이광수의 글쓰기를 추동하는 힘은 민족 계몽의 열정과 자기현시의 욕망이었다.

학교 내부의 풍경을 통해 조선의 교육적 상황과 학생문화를 재현하던 이광수는 이후, 학교를 떠나 조선 청년독립단에 가담하고, 「2·8독립선언서」를 작성한다. "오산학교는 외국 가는 지사志士들의 역원驛院 같기도 하였다"[61]는 김도태의 말처럼, 이광수는 조선으로 다시 돌아오기 위해 문단과 학교를 떠나 지사의 글쓰기를 행한다. 민족의 교화가 조선과 조선인 전체를 대상으로 삼을 때, 열정의 투사 대상인 '조선(인)'은 추상성을 가질 수밖에 없다. 이광수는 감각하거나 가늠할 수 없는 대상에 대한

61 김도태, 『南岡李昇薰傳記』, 문교사, 1950, 236면.

열정을 가지고 있었으며, 그 열정이 초래할 수 있는 추상성과 공허감을 극복하기 위해 독립운동, 독립선언과 같은 '사건성'을 마련한다. 1922년, 이광수가 경성학교와 경신학교의 교사로 돌아오기까지 그의 글쓰기를 유인했던 힘은 바로 이 사건이 갖는 실재성이다. 1910년대 소설에 이광수 자신의 체험이 자주 나타났던 것은 그가 조선의 민족애, 향학열처럼 보이지 않는 것을 보이는 것으로 드러내고자 했기 때문이다.

제2장

유학생의 글쓰기, 사상의 오독과 감정의 발현

잡지 『여자계』를 중심으로

1. 신사조의 필연성과 사상적 범주의 필요성

1915년, 조선의 여자 유학생들은 '재경在京 조선 여자 상호 간의 친목도모와 품성 함양'이라는 취지 아래 동경여자유학생친목회를 조직한다. 그리고 1917년 6월에는 여자유학생친목회 기관지의 성격을 가진 『여자계女子界』를 창간한다.[1] 이 잡지는 조선 최초의 여성잡지이며, 근대 초기 여자

1 잡지 『여자계』 창간호의 발행일은 1917년 당시 『학지광』(1917.7)과 『청춘』(1917.9)의 기사 내용을 통해서만 추론되어 왔다. 그러나 이혜진에 의해 『여자계』 창간호가 '1917년 봄 등사판으로 발표된 소식지 형태의 출판물'과 '일본 당국의 인가를 받아 활판으로 만들고 계몽성을 띤 잡지의 형태로 발간된 1917년 6월 판본' 두 가지임이 밝혀졌다. '평양숭의여중학교 동창회잡지부' 관련 유학생을 중심으로 간행되던 『여자계』는 제2호부터 여자친목회가 발행한다. 『여자계』 창간호에 대한 자세한 사항은 서정자, 「나혜석의 처녀작 「夫婦」에 대하여」, 『여성문학연구』 1, 1999, 312~318면; 이상경, 「여성의 근대적 자기표현의 역사와 의의」, 『한국근대여성문학사론』, 소명출판, 2002; 이혜진, 「『여자계』 연구―여설필자의 근대적 글쓰기를 중심으로」, 연세대 석사논문, 2008, 11~17면.

유학생의 면면을 담고 있다. 특히 기독청년회라는 단체하에서 발간되었기에 잡지 간행을 기획했던 유학생들의 종교·문화적 배경을 드러내기도 한다. 『여자계』의 종교적 속성은 황애시덕, 김마리아, 허영숙, 나혜석 등의 필진들이 유학 전에 이화학당, 정신여학교, 진명여학교와 같은 기독교 계통의 학교를 졸업한 것과도 관련된다. 1913년 남자 유학생 중심의 유학생학우회가 결성되고 기관지 『학지광學之光』이 간행되었다는 사실을 감안한다면, 『여자계』는 여성을 사회의 독립된 주체로 드러내고 발화의 공간을 마련한 여자 유학생들의 자각적 움직임을 엿볼 수 있는 매체라 하겠다.

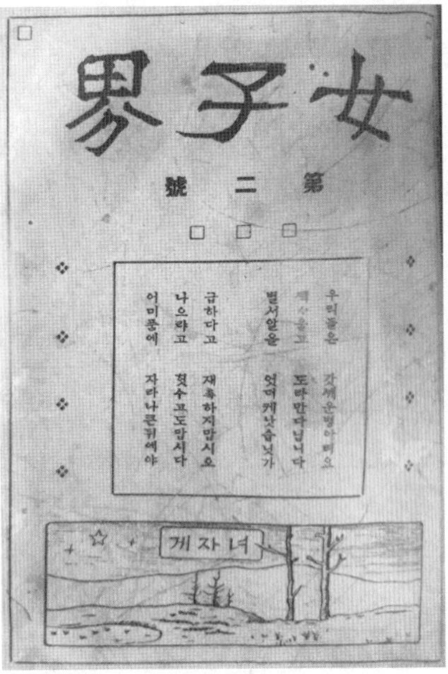

〈그림 3〉『여자계』 2호 표지

1917년부터 1927년까지 출판된 『여자계』는 긴 기간임에도 불구하고, 현재 7호라는 소량의 간행물만을 확인할 수 있다. 이는 잡지 편집여언을 통해 3·1운동, 검열, 재정난에서 비롯된 것임을 알 수 있다.[2] 잡지 간행의 어려움에도 불구하고 『여자계』가 그 명맥을 유지할 수 있었던 이유는, 이 잡지가 여자 유학생들에 의해 간행되었다는 사실과 밀접한 관계를 지닌다. 제1차 세계대전의 영향력 속에서 당시 일본은 민주주의 운동이 활성화되어 있었으며, 러시아와 중국에서 일어난 혁명에 대한 위

2 「여러분씌」, 『여자계』 4, 1920, 68~69면.

기감이 전이되어 어머니의 책임감이 배가된 상황이었다.[3] 이러한 사회적 분위기 속에서 여자 유학생들은 일본 사회의 여성 해방운동에 영향받았고, 조선을 향한 발화의 과정에서도 여성 해방 사상을 기저에 두고 있었다. 또한 이 여성 해방 사상은 국가의 미래가 아동에게 달려있다는 국가주의와도 밀접하게 관련되어 여자에게 아동과 가족, 국가와의 관계성에 대한 새로운 의식을 형성케 했다. 『여자계』의 필자들이 "'時代遲'의 感"[4]이 있음을 불안해하며, "家庭界, 學生界, 幼年界"의 분할된 독자층을 잡지 안에서 통합하려는 시도를 보이는 것도 여성에 대한 시대적 요구와 밀접한 관계를 맺는다.

잡지 창간 시기에 40여 명으로 증가한 여자 유학생들은 하나의 단체를 형성하여 공론장을 마련하고, '유학'이라는 사회문화적 현상 안에서 조선 사회를 위한 발언의 가능성을 열어둔다. 그동안 잡지 『여자계』는 "우리의 아낙네가 입 있는 표를 담대하게 드러낸 효시"[5]라는 최남선의 평을 받은 이래, '최초의' 여성잡지라는 측면이 부각되었다. 이 때문에 근대 초기 여자 유학생의 실태 파악을 위한 자료로 활용되었고,[6] 근대 여성의 자아 각성 및 해방 담론과 관련하여 언급되어 왔다.[7] 그 과정에

3 안태윤, 『식민정치와 모성』, 한국학술정보, 2006, 37면.

4 「編輯餘言」, 『여자계』 4, 1920, 65~66면.

5 최남선, 「女子界」, 『청춘』 10, 신문관, 1917, 11면.

6 박정애, 「1910~1920년대 초반 여자일본유학생 연구」, 숙명여대 석사논문, 1999.

7 신수정, 「한국 근대소설의 형성과 여성의 재현 양상 연구」, 서울대 박사논문, 2003; 노지승, 「한국 근대소설의 여성 표상에 관한 연구」, 서울대 박사논문, 2005; 구명숙, 「『여자계』를 통해 본 신여성 담론과 詩」, 『여성문학연구』 4, 한국여성문학학회, 2000; 엄미옥, 「한국 근대 여학생 담론과 그 소설적 재현 연구」, 서강대 박사논문, 2006; 이태숙, 「여자 유학생의 근대 인식과 공유장」, 『국어국문학』 159, 국어국문학회, 2011; 서은경, 「1910년대 유학생 잡지와 근대소설의 전개과정 - 『학지광』, 『여자계』, 『삼광』을 중심으로」, 연세대 박사논문, 2011.

서 『여자계』에 대한 연구는 근대 초기의 '(신)여성'이라는 범주, 즉 '새로운 기표' 설정의 문제라는 측면에서 고찰되어 왔다. 이러한 문제의식은 자유주의 여성 해방론이 식민지 상황하에서 내셔널리즘과 연동되는 현상을 분석하는 연구,[8] 여성 독자와 내면 묘사를 위한 국문체와 구어체 연구[9] 등으로 확장되었다. 앞선 연구들은 『여자계』 내부의 발화가 식민지 상황과 신문화 유입 속에서 여성의 '주체 구성' 문제로 수렴됨을 보여준다.

당대 여성의 주체 구성 문제는 자유와 평등을 주장하는 사회적 '분위기' 혹은 '신사상'에 대한 반응과 관련된다. 그리고 이 반응은 담론에 대한 편입과 일탈의 문제를 담고 있다. 『여자계』에는 담론의 '범주성'과 그 범주로부터의 일탈이 가져온 '오독 혹은 오해', 그리고 그 오독이 가져온 '윤리적 감정'이 개입되어 있다. 1910~1920년대의 발화자들이 담론적 '진리' 안에 있을 수 있었던 때는 그들이 공유한 담론의 규칙에 반응할 때뿐이다. 이러한 담론이 가진 제한적이고 구속적인 기능을 고려할 때, 우리는 당대 사상적 흐름으로부터의 일탈을 불안해하는 수많은 발화자들을 발견할 수 있다. '불안'은 우리가 속해 있는 공동체로부터 거리를 둘 때, '공동체의 공유된 습성으로부터 거리를 둘 때' 나타난다.[10] 그러므로 불안은 분명히 규정될 수 없는 어떤 대상과 주체가 조우

---

8 최혜실, 『신여성들은 무엇을 꿈꾸었는가』, 생각의나무, 2000, 79면; 이송희, 「신여성 나혜석의 민족의식과 민족운동」, 『여성연구논집』 17, 신라대 여성문제연구소, 2006, 183~186면; 소영현, 「젠더 정체성의 정치학과 '근대/여성' 담론의 기원」, 『여성문학연구』 4, 한국여성문학학회, 2006.

9 김영민, 「근대 유학생 잡지의 문체와 한글체 소설의 형성 과정」, 『현대문학의 연구』 41, 한국문학연구학회, 2010; 이혜진, 「신여성의 근대적 글쓰기-『여자계』의 여성 담론을 중심으로」, 『동양학』 55, 단국대 동양학연구원, 2014.

할 때 생겨나는 정서이다. 잡지 곳곳에 등장하는 "과도기過渡期"라는 단어가 가진 경계성과 불안정성은 당대 여성들이 '개성'을 외치면서도 자기를 "여자계女子界"라는 범주 속으로 포함시키려는 움직임에 상응한다.

담론적 사회 안에서 저자는 스스로 말하거나 쓰는 활동에 끝없이 자신을 대비하며 차이를 만들어낸다. 그리고 이 담론 안에서 많은 개인들이 상호 귀속을 규정할 수 있는 것은 담론이라는 집합의 공유를 통해서이다.[11] 근대 초기 여성들이 자신의 의미를 드러낼 수 있었던 것도 여성해방과 여성 교육 '담론의 교환' 속에서 '자기'를 말하고, 자기의 내면성 속으로 회귀할 수 있을 때뿐이다. 이 때문에 우리는 『여자계』에 틈입한 담론의 불연속적인 계열들 사이에서 의식의 동시성보다 오히려 체계 안에 존재하는 '관계'들을 생각해야 한다. 『여자계』에는 그 관계성 속에서 시대적 흐름을 읽고 쓰는 자들이 경험한 수많은 갈등의 양상이 내재한다. 당대 필자들은 자유, 평등, 인간의 존엄성과 같은 보편적 가치에 호소함으로써 상대에게 차이를 환기한다는 점에서 문제적이다.

특히 민족해방의 움직임으로부터 배제되어온 여성들을 민족의 내부로 포섭하려는 유학생들의 노력은 유학생 내부의 갈등, 여성으로 통칭되는 기표 안에서 분열되는 개인들을 드러낸다. 필자들이 보여주는 의식의 차이는 여자 해방과 같은 신사상의 개념들에 대한 반응과 연결되어 있다. 개념은 지식 표상의 기본단위이다. 수많은 경험 자극에 직면한 상황에서 유학생들이 지닌 일차적 과제는 경험들을 의미 있는 단위, 심리적으로 대처할 수 있는 단위로 분할하는 것이다. 이것이 바로 범주

---

10 진은영, 『니체, 영원회귀와 차이의 철학』, 그린비, 2007, 193면.

11 미셸 푸코, 이정우 역, 『담론의 질서』, 서강대 출판부, 2002, 29면.

화의 문제이며, 범주화는 개념이 가지고 있는 일차적인 기능이다. 개념은 판단자가 가지고 있는 배경지식이나 판단의 맥락에 제약을 받는다. 그러므로 범주의 결정 과정은 개념이 기억에 표상되어 있는 방식에 근거한다.[12] 범주는 '경험적 직관'에 적용할 수 있을 때 대상에 대한 인식을 가능케 한다. 우리에게 가능한 모든 직관은 감정적이기에 개념에 의한 대상의 사유는 감각기관의 대상에 관계하는 한에서만 우리에게 인식된다.[13] 결국 개념이란, 범주의 '심적 표상mental representation'일 수밖에 없다.[14] 잡지의 필자들은 읽고 쓰는 과정에서 신사상의 여러 개념들을 자신의 경험과 관련하여 표상한다. 그리고 유학생들은 유학 체험을 통해 얻은 지식을 자신의 과거와 연결 지으며, 창조적으로 오독한다. 특히 기독교의 종교적 각성을 식민지 조선의 현실에 맞게 이상적으로 굴절시키는 장면은, 신을 자신의 내면에서 재창조한다는 점에서 낭만주의적 속성을 지닌다.

『여자계』에서 필자들은 신사상의 개념들을 접하고, 조선의 문명화에 적용하면서 자신의 내부와 외부를 향해 끊임없이 '수치심'을 전이한다. 수치심은 주체가 삶의 이유라고 간주하는 것 이 외의 타자, 이제껏 그에게 의미 있는 것에 포함될 수 없었던 그 무엇에 스스로를 노출시키는 순간 일어난다. 이때, 주체는 기존의 윤리적 대의를 박탈당하지만, 그것에 집착하지 않고 다른 대의가 들어설 공간을 마련한다. 이처럼 수치심은 윤리가 위기에 처해 있는 국면에서 근본적인 변화를 끌어내야

12 Murphy & Medin, "The role of theories in concepyual coherence"(*Psychological Review* 92, 1985, pp.289~316), 위의 책, 143면에서 재인용.
13 임마누엘 칸트, 정명오 역, 『순수이성비판/실천이성비판』, 동서문화사, 2007, 125~126면.
14 신현정, 『개념과 범주화』, 아카넷, 2000, 14~15면.

할 때 발생하는 정서이다.[15] 조선 여성들은 신문명 혹은 신사상이라는 윤리적 대의와의 조우 과정에서 '불안'을 느끼고 이것을 다시 '수치심'으로 전이하는 과정을 겪는다.

유학생과 조선 내부의 여성 사이에 나타나는 수치심의 전이가 문제적인 것은 그 양상이 제국의 지배 논리를 전유한 데에서 비롯한다. '수치심'은 지배계급이 제정한 '규범'에 의해서 피지배계급을 제재하고 구속할 목적으로 이용된다. 지배자들은 규범의 위반과 수치심을 연결함으로써 피지배자들이 범한 규범의 위반이 피지배자들 자신의 사회적 지위와 명예의 실추임을 의식케 한다. 그리고 이를 통해 피지배자들이 사회적으로 고립되게 하고, 인간관계 속에서 열등의식에 사로잡히도록 유도한다.[16] 규범이 함축한 위반의 가능성처럼, 사회 안에서 '여자계'라는 집단성은 그 내부로부터 '배제'된 주체들을 드러낼 수밖에 없다.

모든 지적 실천에는 지배 사회와 정치 구조들과의 정치적 '공모'의 위험성이 따르기 마련이다.[17] 잡지 『여자계』 안에는 제국과 남성의 사이에서 이중의 타자로 인식되어 오던 여성이 그 내부에서 담론의 공유 여부에 따라 또다시 타자화되는 장면이 나타난다. 또한 '여자유학생친목회'가 갖는 집단적 성격이 사상의 '오독'을 통해 균열되는 지점을 살펴볼 수도 있다. 그러므로 이 장에서는 조선 최초의 여성잡지 『여자계』가, 필자인 동시에 독자인 여성들을 사상의 범주 속에서 끊임없이 이탈자로 규정

---

15 Jacques Lacan, *The other side of psychoanalysis*(New York : W. W. Norton, 2007), 박제철, 「죄책감과 수치심 사이에서의 윤리」, 『문학동네』 55, 2008, 383~388면에서 재인용.

16 G. Piers and M. B. Singer, *Shame and Guilt*(New York : W. W. Norton and Company, Inc., 1953, pp.7~15), 이상린, 『수치심의 철학』, 한울, 1996, 183면에서 재인용.

17 스티븐 모튼, 이운경 역, 『스피박 넘기』, 앨피, 2003, 81면.

지으며, 이 과정에서 '수치심'이라는 감정을 자기와 타자의 변화 동력으로 삼고 있음에 주목한다. 이를 통해 신사조의 필연성과 사상적 범주의 필요성이 가져오는 집단의 분열이 정치제도의 차원과 윤리적 감정의 차원에서 발생함을 살펴볼 것이다. 그리고 당대 매체의 발화자들이 의도적으로 '우정'을 강조하고, 수치심을 '열정'으로 전이하는 과정은 과도기의 균열된 여자계, 분열된 민족의 집단성을 봉합하려는 움직임과 연결되어 있음을 고찰하겠다.

2. 범주로부터의 일탈, 오독의 창조성

'유학생=남자 유학생'으로 환원되던 1910년대, 40여 명의 여자 유학생들은 잡지 『여자계』를 통해 발언권을 획득한다. 그리고 개화에 따른 신사조의 흐름 속에서 당대 필자들은 세력 편승의 필연성을 언급한다. 그리고 그들은 '질서를 유지할 수 있을 정도의 사상적 범위'[18]가 필요함을 주장한다. 이러한 필연성과 필요성이 지닌 당위의 문제는 늘 세계가 갖는 새로운 사상의 수용 가능성과 그 사상으로부터의 일탈 가능성을 전제한다. 『여자계』의 필자들은 당대를 "新舊思想의 衝突, 新舊道德의 相違"[19]로 인한 과도기로 인식한다. 새로운 사상에 대한 서로 다른 해석 속에서 같은 공론장 내의 필자들은 서로를 오해자, 혹은 오독자로 규정하면서 의견의 경합을 벌인다. 그리고 끊임없이 독자를 의식하면

---

18 MC生, 「女子의 自覺과 男子의 反省을 따함」, 『여자계』 6, 1921, 37면.
19 極熊, 「女子解放問題」, 『여자계』 4, 1920, 11면.

서, 자신이 신사조를 오독하지 않았음을 강조한다.

유학생들이 세계를 신사상의 범주로 체계화하는 과정은 세상을 지각하는 방식에 영향을 준다. 잡지 『여자계』에 자주 등장하는 '분위기'나, '범주'는 신사상이 통용되는 담론장의 범위를 의미한다. 오해는 늘 대상에 대한 주체의 반응을 전제로 하는 동시에 그 대상이 속한 범주로부터의 일탈을 유발한다. 이 잡지를 읽을 때 '오해誤解', '오독誤讀' 또는 '오신誤信', '오류誤謬'가 중요한 이유는 잡지에 실린 글들이 많은 부분 당대 신사조에 반응하는 사람들의 다양한 오해를 공유하고 있기 때문이다. 이 때문에 『여자계』는 여자 해방 사상이 왜곡되는 지점을 드러내는 동시에, 새로운 사상의 수용이 조선 사회와 만나 굴절된 양상을 드러낸다. 또한 '해방'과 '자유'에 대한 오신이 "濫用", "囚閉"[20]를 가져올 수 있음을 경계하고, 여자 해방 사상이 조선화하는 과정에서 나타나는 낙관적 이상주의의 양태를 보여주기도 한다.

『여자계』의 필자인 유학생들은 독자들에게 "世界의 大勢"를 직시할 것을 호소한다.[21] 세계의 대세는 항상 '해방解放'의 사상으로 이어지며, 이 해방을 이루지 못할 경우 '불행' 혹은 '불완전'을 면할 수 없다. 이름을 밝히지 않은 「여자교육론女子教育論」에서 필자는 조선의 기독교 학교가 조선의 여자들에게 '교육'을 주는 기관인 동시에 서양 부인들에 의한 '전도'의 수단으로 활용됨을 간파한다. 그리고 러시아와 독일, 일본의 교육제도를 통해 조선의 여자들이 해방될 수 없는 이유를 찾는다. "文明의 精神"을 "解放"으로 꼽은 필자는 조선의 사회제도 및 교육 문제

---

20 MC生, 앞의 글, 38~39면.

21 「女子教育論」, 『여자계』 3, 1918, 7면; 金安植, 「自己를 知하라」, 『여자계』 4, 1920, 7면.

가 모두 '남자를 위한 것'이라 비판한다. 기존의 『소년少年』과 『학지광』 같은 잡지가 청년의 문명화라는 틀 속에서 여성 교육의 결여를 간과한다는 점을 감안한다면, 이러한 시각은 『여자계』가 가진 교육 대상의 확대와 평등의 가능성을 보여준다. 조선 여성을 대상으로 한 평등사상의 설파는 하나의 계보를 형성하기도 하는데, 그 근원에는 "대황조檀君"의 "男耕女織의 가라침"[22]이 자리한다. 민족의 시조 단군 사상을 소급 적용한 여자 해방의 논리로, 서구 사상의 맹목적 적용에 의해 조선의 여자 해방론이 나타난 것이 아님을 강조한다. 이때, 여성 해방론은 민족의 과제라는 당위성을 부여받는다.

『여자계』의 필진은 여자 교육의 필요성을 주장하며, 조선 여성에게 적합한 교육방법을 발견하기 위한 노력을 기울인다. 독일 철학자 '쮜테-'의 교육철학이 "自意"를 존중하지 않는 측면에서 불완전성을 갖는다고 지적하는 「여자교육론」의 논조나, 조선의 교육이 부인의 복종심을 키우는 교육적 "誤謬"[23]라 간주하는 「부인문제婦人問題」의 견해는 모두 현모양처 교육에 대한 비판을 공유한다. 이 글들에서 참교육은 "완전한 사람"을 만드는 교육이며, 여성을 현모양처의 윤리로부터 해방시키는 교육으로 언급된다. 또한 전도 기관으로 전락한 학교가 개인의 '양심'과 '취미'를 존중하는 이상적 방향을 찾은 교육이기도 하다. 그런 의미에서 '페스탈로치'의 교육론은 이상적 교육의 예로 언급된다.

『여자계』의 여자 교육론에서 주의해야 할 것은 필자들이 조선 사회의 교육에 대한 비판을 제시하며 '완전성'에 대한 강박을 보이지만, 총독부

22 김환, 「復活하는 女子界의게」, 『여자계』 4, 1920, 2면.
23 春城, 「婦人問題」, 『여자계』 5, 1920, 14면.

의 학제에서 교육의 진보를 전망한다는 점이다. 교육이 어학과 기예, 논어・맹자에 치중되면 안 된다는 '금지'의 논리를 통해 변화에 대한 당위성을 획득할 뿐, 교육의 이상과 완전성을 실현할 수 있는 구체적인 방안을 제시하진 못한다. 그리고 '자녀생산子女生產'을 여자의 가장 큰 의무로 언급함으로써 자신이 비판했던 현모양처 논리를 답습하는 오류를 범한다. 이 같은 논리의 허약성은 '개성의 자연적 발현'과 '지식 습득의 제도적 기반 마련'이라는 두 가지 과제 사이에서 괴리감을 경험한 유학생의 내면을 드러낸다. 「여자교육론」의 필자 역시 국민을 인간으로서 완전히 교육한다는 피히테의 논리를 비판하고 페스탈로치의 편에 서지만, 피히테가 국민교육을 위해 페스탈로치의 직관교육에 영향받은 경로를 답습한다. 글을 쓰는 주체는 사람의 완전성, 여자의 완전성을 조선의 "維新時代"라는 시대적 사명 속에서 찾지만, 이상적 교육의 상을 발견하는 과정에서 피히테와 페스탈로치의 교육철학을 오독한다.

『여자계』에 실린 글에는 여성 해방에 대한 논리적 균열이 존재할 수밖에 없다. 교육받은 여성상에 대한 오해가 내재하기 때문이다. 이일李一이 쓴 시 「처녀處女의 노래」[24]가 자식의 출생과 학교 보내기에서 일단락되는 것처럼 남자 유학생이 쓴 '처녀의 노래'는 사랑하는 사람에게 훌륭한 어머니가 될 것을 다짐하는 데에서 이상을 찾는다. 교육에 대한 낙관적 이상주의는 남성 필자의 글에서 더욱 두드러지는데, 남성들이 강조하는 여성 교육의 최종적인 목표는 여성의 자유와 평등 지향보다는 구국을 위한 민족 전체의 근대화에 놓여 있다. 교화된 사람, 교육의

24 南星, 「處女의 노래」, 『여자계』 3, 1918, 17면.

혜택을 받은 사람만이 신문명의 숭고함에 접근할 수 있으며, 그 외의 주체들은 문화나 인간성을 박탈당한 채 '재현 불가능한' 타자의 자리로 내쫓긴다. 이 때문에 민족적 상징으로서의 여성은 전통적인 여성의 역할에 동화된다.

남성들의 역동적인 세계에서 어머니는 살아 있는 노스탤지어가 된다. 이광수의 「어머니의 무릎」이란 시에서 민족을 상징하는 여성은 영원한 힘의 반열에 오른다. 그들은 과거를 향하는 동시에 '낭만적 유토피아'의 표상으로 작용한다. 이렇게 낭만화된 여성들은 그들이 지닌 관능성을 상실할 수밖에 없다. 남자가 군사라는 틀 속에서 이론을 실천으로 옮기는 영웅적 인물인 것에 반해, 여성의 '미덕'은 사회의 도덕적 엄밀함에 종속된다.

여성 해방에 대한 당대 유학생들의 독서는 해석의 과정으로 열린 상태를 지향한다. 그러나 남성 필자들은 같은 공론장에서 벌어지는 논리상의 괴리를 은폐하기 위해 자신의 사상이 오독된 것이 아님을 강조한다. 또한 여성 필자 역시 자신이 여성으로서의 책임을 회피하는 것이 아님을 강조한다. 이는 독자를 의식한 글쓰기로, 자신이 여성 해방 사상이라는 시대적 분위기 혹은 범주로부터 일탈한 사람이 아님을 보여주려는 욕망을 드러낸다. 이러한 양상은 세대 간 갈등에 대한 문제가 언급될 때, 한층 두드러진다.

> 東洋의 家庭道德은 싼 團體를 父母의 집에 갓치잇게하고 남편을 사랑하며 섬기려고하고 (쏘그리함이맛당한)子婦를 억지로 시父母를 섬기게하며, 天性으로 안해를 사랑하려고 하는 아달노하야곰 안해에게對한사랑을 犧牲ᄒᆞ야

父母를 섬기게하니 이는 사람의自然性을 無視호 形式的道德에 지내지 못하는거시로다. 그뿐아니라 아모리 父子間이라도 아들이 長成호야 한사람이 되면 그아달된靑年과 父母된老人이 意思와性情이 到底히 合할理가 업나니, 더욱이 近日의 老人과靑年은 合하지못할뿐아니라 衝突이生기며 相馳가됨을免치못하니 이와갓치 合하지 못하는사이에 一家에 同居한들 무슨滋味가 이스며 樂이 이스리오. (…중략…) 그러나 讀者는 부듸 우리나라의 固有한 親子間의 아름다운道德을 니저버리지말지어다. 우리가 萬一에 固有한, 아름다운 道德을 破壞하야 싸뜻호든 家族主義의家庭으로하야곰 冷冷호게 만들면 그는 큰잘못이니 記者가 지금씻 말해온거시 親子間의 義理와 道德을 無視하고 破壞함으로 알면 그는 甚한 誤解로다. (…중략…) 讀者가 記者의 言을 誤解하면 記者의 主唱은 不可不 危險思想이라는 非難과 攻擊을 免치못하리로다.[25]

필자인 추호秋湖 전영택은 조선의 '가족제도'를 비판한다. 무리한 제도가 "사람의 자연성"을 무시한다는 그의 견해는 제도와 개인의 욕망이 상충할 수밖에 없는 조선 사회의 현실과 관련된다. 필자는 그동안 드러나지 않았던 "家庭의 內情"을 글을 통해 "外部"에 드러낸다. 안에만 갇혀 있던 조선 가정의 문제점들을 외부로 끌어내는 필자의 논리는 『여자계』 전체의 구조이기도 하다. '효도'라는 도덕적 의무 속에 은폐되어 있던 세대 갈등을 사회제도의 문제로 전면화하려는 의도는 내밀한 것을 외부로 노출하려는 이 시대의 소설적 특징과도 비슷하다.

전영택은 자신이 조선의 고유한 도덕을 파괴하는 "危險思想"을 가진

25 秋湖, 「家庭制道를改革하라」, 『여자계』 2, 1918, 11~13면.

사람이 아님을 강조한다. 그는 서양의 "個人主義 家庭"에 비해 동양의 대가족이 '부자연不自然'하고 '불의不義'하다고 지적한다. 특히 가옥구조와 의복제도가 조선의 가정상을 결정짓는다는 견해는 전통적인 효 사상이 조선의 대가족 제도를 이끌어가기보다 제도적인 틀이 조선의 가족제도를 고착화한 것이라는 판단을 내포한다. 그의 의식은 서양의 개인주의 가정을 하나의 완전한 모델로 상정하고 있다. 가정의 개혁은 부인들로부터 시작되어야 한다는 전영택의 글은 부인과 아이들을 가정 안에서 하나의 '개인'들로 호명한다. 그러나 부인을 개혁의 주체로 부각하면서도, 구체적으로 그들이 어떤 행동을 취해야 하는지는 알 수 없다.

글 곳곳에 나타나는 '～해야 할 것이니라'와 같은 당위의 표현은 '～하지 말아야 할 것이다'와 연결되어 있다. 담론에 부과된 '금지성은 욕구와 권력 사이에서 담론이 처한 위치'[26]를 드러낸다. 『여자계』에 역설된 수많은 '금지', '금기의 행위'들은 문명 담론 내부에 작동하는 개인의 욕구와 사회 권력을 드러낸다. 부권 중심의 의식주와 축첩제도에서 비롯된 자손들의 "惡感化"에 대한 필자의 경계는 '번역된' 신가정 담론의 제시인 동시에 신세대에게서 획득할 수 있는 '필자의 권력욕'과도 결부되어 있다. 결국 『여자계』의 여성 담론은 당대를 살아가는 여성들의 해방 욕망과 그것을 '바라보는' 자의 권력 욕망이 교차하는 자리에 위치한다. 이처럼 당대 여성 해방론은 지배의 체계들을 번역할 뿐 아니라 유학생들이 그것을 위해, 그것을 통해 탈취하고자 하는 욕망의 이면을 드러낸다. 특히 남자 유학생들의 구체적 대안 없는 글쓰기는 모두

26 미셸 푸코, 이정우 역, 앞의 책, 10～11면.

여성 해방이라는 중심 담론으로의 편입과 연결되어 있다.

유학생들이 (서구)제국주의의 관념을 문명화의 사명으로 정당화하는 데 봉사할 수 있었던 것은, 도덕적 주체에 대한 편협한 서구 중심적 정의를 일본의 교육제도를 통해 숙지했기 때문이다. 춘강春江 전유덕의 「신여자新女子의 자각自覺」이란 글은 아프리카 흑인들이 결혼할 때 사람의 두개골을 신부의 집에 보내는 것처럼 신여자들은 남자들에게 양옥집을 요구한다는 내용을 담고 있다.[27] 신여성의 허영심을 비판하기 위해 동원된 아프리카 풍습은 신여성 비판의 분위기 속에서 사실성의 가면을 쓰고 전파된다. 교육받은 신여성들의 허영심이 오히려 아프리카 흑인들의 문화보다 더 잔인하다고 비판하는 논리는 이처럼 타국문화에 대한 오해와 맞물려 있다. 문명이라는 표준을 세워두고 이루어진 유학생들의 글쓰기 속에서 신여성은 '교육받은 여성'과 '허영의 악마'[28] 사이를 오갈 수밖에 없다. 『여자계』에 실린 많은 논설들이 신여성을 향한 "外界의 모든 誤解"[29]를 푸는 데에서 여자 해방의 가능성을 찾는 것은 이와 관련된다.

『여자계』에서 필자들이 오독의 예로 가장 많이 지적하는 것은 여자를 남자보다 '열등'하거나, 남자보다 '죄악'이 많다고 생각하는 점이다. 최승만은 유명한 플라톤, 아리스토텔레스, 석가모니까지도 여자를 '악'의 범주로 인식했다고 비판한다.[30] 일반적으로 위인으로 인식되던 인물들에 대한 비판은 독자에게 놀라움을 줄 수밖에 없다. 최승만은 위인들

27 春江, 「新女子의 自覺」, 『여자계』 4, 1920, 31면.
28 박순애, 「大門을나선兄弟들의게」, 『여자계』 2, 1918, 25면.
29 玉露, 「우리의온길갈길」, 『여자계』 5, 1920, 17면.
30 極熊, 「女子解放問題」, 『여자계』 4, 1920, 9면.

의 논리에서 읽어내지 못했던 부분을 언급하는 것으로 여자 해방 문제를 거론한다. 그리고 '새로운 사상'의 필요를 주장한다. 그 사상은 "人道的, 內面的, 眞實的인 道德"을 전제로 하며, '남녀 모두 공유'하는 데서 '새로움'의 가치를 획득한다. 그리고 그 새로운 사상은 사회의 전진을 기할 수 있다는 확신을 지닌 채 독자에게 전달된다.

오독에 대한 불안감의 표출은 상식의 재편과 연동되어 나타난다. 우곡생愚谷生은 「월경론月經論」의 말미에 자신의 글이 '스티븐슨 여사'의 글을 번역한 것임을 밝힌다. 그는 월경에 대한 연구가 없기에 "錯誤된 點이 많을 줄 自認"하지만, 스티븐슨 여사의 저서 중 '사실事實'을 취한 것임을 강조한다.[31] 우곡생이 강조하는 '사실성'은 월경론이 지닌 이론상의 사실성이기보다는 저자인 스티븐슨 여사의 글이 '그대로 번역'되었음을 강조하는 데 치우쳐 있다. 이것은 이론 자체의 결여 가능성을 인정하는 동시에, 이론의 신빙성 여부는 번역자인 자신의 책임이 아님을 강조해두려는 불안심리의 표출이다.

현대의 월경 상식과 거의 동일하지만, 이 글에는 여성의 월경이 '선조의 결점이 유전된 신체'에서 비롯된다는 내용이 담겨 있다. 물론 필자는 그 이론을 그대로 번역한 후, 월경에 대한 공포는 월경에 대한 지식이 부족한 데서 비롯된 것임을 강조한다. 필자는 조선 여성들이 경험하는 월경에 대한 공포가 신체에 대한 무지, 오해에서 비롯됨을 언급한다. '백과사전' 혹은 '가정백과'를 방불케 하는 『여자계』의 신체 담론이나 위생 담론에는 소문과 미신, 재래 서적에 대한 비판의 논조가 강하

31 愚谷生, 「月經論」, 『여자계』 3, 1918, 49면.

다. 그럼에도 불구하고 "無學이나 罪惡"이 신체상에 '유전遺傳'[32]된다는 믿음은 여전히 근대의 과학적 상식과 공존한다. 상식의 재편 과정에서 『여자계』의 필자들은 새로운 사조, 사상의 유입 과정을 통해 사람들에게 진리처럼 신봉되었던 이야기들을 근대 지식의 '범주'로부터 밀어낸다. 이처럼 근대 초기 상식의 재편 과정에는 늘 범주로부터 일탈, 오독을 발견하는 과정이 포함된다. 그리고 KW生의 「뱀의 연구」와 같은 글에서처럼 그 비판은 늘 '연구'에 대한 노력을 주장하는 것으로 이어진다. 모든 글쓰기가 독서에 대한 알레고리이며, '독서가 형상적 언어에 대한 오독'[33]의 과정임을 감안한다면, 최승만이나 우곡생 역시 자신의 오독을 여자 해방론의 생산 조건으로 삼고 있다고 할 수 있다.

오해나 오독에도 불구하고, 『여자계』에 실린 많은 글들이 인정하고 있는 바는 여성들의 지위가 변하고 있으며, 그 지위가 '사람됨'의 문제와 연결된다는 점이다. 잡지의 내용을 들여다보면, '현모양처'나 '구여성', '신여성'에 대한 비판은 사람됨, 즉 '인격'의 문제와 결부된다. 인격이란 개별적 존재로서 인간의 정신적 주체성을 강조함과 아울러 그 정신적 경험의 보편성을 바탕으로 한 인격들의 관계성을 내포한다. 그 결과 인격 개념은 '나'에 대한 자각과 나의 자각을 인정해 줄 수 있는 '너'에 대한 자각을 동시에 포함한다.[34] 이는 노자영이 「부인문제」에서 여성 해방을 정치상 혁명이 아닌, "精神革命"[35]으로 인식했던 것과 통한다. 인격은 정신활동의 중심이며, 주체는 그 정신활동 속에서 살아있고

32 愚谷生, 「病의 原因」, 『여자계』 4, 1920, 35~36면.
33 마틴 맥퀼런, 이창남 역, 『폴드만과 탈구성적 텍스트』, 앨피, 2007, 71면.
34 진교훈 외, 『인격』, 서울대 출판부, 2007, 41면.
35 春城, 「婦人問題」, 『여자계』 5, 1920, 7면.

모든 정신활동은 그의 고유한 성향으로 인식된다. 『여자계』에서 정신의 문제와 늘 나란히 등장하는 '生(活)'의 문제는, 삶이 눈에 보이는 물질보다 '눈에 보이지 않는' 주관성과 관계성의 작동에 의해 지속・변화하고 있음을 드러낸다. 이 때문에 『여자계』는 세계의 여성들과 자신을 견주어 본 유학생들이 고국의 여성에게 '내면' 갖기를 종용하는 발화를 담고 있다.

3. 수치심을 전이하는 유학생의 글쓰기

1) 유학생의 사명과 문화적 진화의 이중성

파리강화회의, 링컨의 노예해방에서 '자유'의 사상을 한껏 받아들인 유학생들은 진정한 자유가 주체의 개성 발휘에서 비롯됨을 알게 된다. 인간 생활의 목적이 인격적 가치 발휘에 있으며, 인격적 가치는 자기의 개성 실현에서 비롯됨을 깨닫게 된 것이다. 이 때문에 『여자계』의 필자들은 국가의 제도가 국가를 조직하고 있는 모든 국민의 개성 발휘, 인격적 가치가 실현될 수 있는 방향에서 구성되어야 함을 강조한다. 그리고 이 인격적 가치의 실현이 조선의 문화적 진화를 가져온다고 말한다. "朝鮮婦女社會의 改良進步와 向上"[36]을 도모하기 위해 창간된 이 잡지는 동경 유학생뿐 아니라 조선 내의 독자들에게도 전달되었다. 이 잡지의 창간호를 읽은 개성 호수돈 여학교 교장 엘라수 와그너Ellasue C. Wagner는

---

36 왝널앨늬슨, 「在東京 女學生諸氏의게」, 『여자계』 4, 1919, 41~42면.

학생들에게 『여자계』의 애독을 장려하겠다는 내용의 서간을 『여자계』 4호에 게재하기도 한다.

『여자계』에는 동경으로 간 여자 유학생들이 문명의 맛을 보고 무지한 조선 여자에게 수치심을 느끼는 장면이 빈번히 나타난다. 조선 여성들은 분명히 규정할 수 없는 신문명과 조우하고 불안을 느낀다. 그리고 문명화라는 새로운 대의 앞에 자신을 노출시킬 수밖에 없는 상황에 직면한다. 서양과 일본 여성을 통해 문명화의 기준을 경험하고 조선 여자의 동물적 상황을 직시하게 된 여자 유학생들은 자기 번민에 빠지는 동시에, 조선에 살고 있는 여자들에게 수치심 가질 것을 호소한다. 그리고 조선 여자계를 적나라하게 드러내며, "기생충 노릇", "동물적 생활"에서 벗어나 사람의 이름 가질 것을 주장한다. 이처럼 『여자계』는 자기 '수치심'을 다른 여자에게 '전이'하는 매개물로 기능한다.

한 社會나 國家는 그 社會의 構成員과 그 國家의 國民된 모든 사람으로하야곰 각각 그 個性을 잘 發揮할 수 잇는 것이면 價値가잇는 社會며 國家오 個性發揮를 阻止하는 社會나 國家는 價値觀念이 업는 社會며 國家다 價値觀念이 업는 社會나 國家는 善惡이 업고 秩序가 업스며 進化가 업는것이라고볼수잇다 善惡이업고 進步가업는 社會가 人類界에 잇다하면 그는 滅亡에 갓차온 人類거나 그럿치아니하면 禽獸的 社會에 버서나지 아니하리라 한 社會의 一部分이나 한 國家의 一部分이 그 個性을 發揮할수업는 地位에 잇슴은 事實이다 그는 征服자와 被征服者의 關係에 因함이다 一部分을 構成하고잇는 征服者가 自己의 利益과 安樂을 위하야 被征服者를 機械的이며 方便的 — 즉 奴隷的으로 使役식히는 곳이다 利害와 感情이 正反對되는 兩種의 對峙다. (…중략…)

女子는 어데로든지불상한 處地下에잇섯스나 이것을 自覺지못하고 아조 盲目的으로 男子의 寄生蟲노릇이나하고 남의피를썝아먹으며 살아오지만 이것이 自己의羞恥인지도모르고 맛당히하야할 職責인줄 生覺하고 지내온故로 오늘은나의 數千萬혈족으로 苦痛을當하게하며 눈물을 흘니게하는것이올시다.[37]

이 글에서 필자 최원순은 '문화적 진화'를 '이해利害'와 '감정感情'의 상응에서 찾는다. 그리고 문화적 진화는 국가 안의 종속관계가 소거된 상태, 각각의 개성이 최대한 발휘된 상태로 언급된다. 이 글은 물질문명의 발전성 여부에 따라 종속관계의 문제를 설파하는 사회진화론의 논리를 '개성'과 '감정'의 문화진화론으로 다시 읽은 것이라 할 수 있다. 필자는 세계 식민주의를 작동시키는 사회진화론을 전유하여 국가 내부에 존재하는 식민의 상태를 점검한다. 그리고 조선에서 식민의 '습관이 유전'되는 것을 비판한다.[38] 이 논리에 의해 필자를 포함한 유학생들은 조선 여성들의 개성과 감정의 발현이라는 '정신 혁명'에 집중한다. 이때, 개성과 감정의 발현은 "나의 良心에 順從"하는 상태를 기반으로 한다. 이처럼 『여자계』에는 자기 내면에서 변화의 준거점을 마련할 것을 종용하는 글들이 많다.

'유학'이라는 상황이 이끈 국외의 공간성은 고국 조선과의 물리적 거리감과 조선인들에 대한 심리적 거리감을 야기한다. 이 때문에 『여자계』에는 유학 생활이 가져온 심리적 상황을 담은 글이 많다. 유학 온 자신과 우에노 공원 동물원에 갇힌 곰의 처지를 동일시한 이일의 「고향故鄕

37 崔元淳, 「兩性의地位와貞操의道德的價値」, 『여자계』 6, 1921, 3~4면.
38 위의 글, 11면.

의 곰」에서 시적화자는 곰과 자신을 "조선이란 名詞를 가진 물건"[39]에 비유한다. 화자는 하나의 풍경으로 전락해버린 곰과 고향으로부터 멀어진 자신의 처지를 겹쳐보고 곰을 동정한다. 그리고 창살 속에 갇혀 누구의 동정도 받지 못한 채 자신이 피마저 얼어버린 상태가 되어버리지 않을까 불안해한다. 시적화자가 곰과 자신이 "조선이란 名詞的 形容詞"[40]를 가졌음을 통감할 수 있는 것은 그들이 조선이라는 공간과 거리를 두고 있기 때문이다.

일본 안에 있는 조선인은 '조선'이 갖는 지정학적 위상을 몸으로 느꼈기에 조선 안에 거주하는 조선인을 비참한 처지로 묘사하며 슬픔을 느낀다. 『여자계』 제4·5호의 편집을 맡았던 유영준은 서양이나 일본 여성들'보다' 무지한 조선 여성들, 전족을 한 중국 여성들'만큼' 불쌍한 조선 여성들을 향해 '수치'를 말한다.[41] 그러면서도 동경여자의학전문학교 3학년생인 그녀는 『매일신보』 기자와의 인터뷰에서 조선 부인의 교육이 무시된 상황에서 조혼한 여성의 무식을 이유로 이혼을 요청하는 것은 '학대'이기에 찬성할 수 없다는 입장을 취한다.[42] 당시 여자 유학생들은 교육받지 못한 여성에게 일방적으로 수치나 죄의식을 강요하지 않았다. 그들은 조선의 현실을 인지한 상태에서, 조혼과 이혼 문제가 교육받지 못한 여성에게 가학 행위가 될 수 있음을 적시했다.

1910년대에 조선의 여성 취학률은 4%에 이르지 못했으며, 1923년

39 雪汚堂下人 李一, 「故鄕의 곰」, 『여자계』 4, 1920, 29면.

40 위의 글, 29면.

41 조선 여성들을 중국 여성들의 비참한 상황과 결부지어 보여주는 글에는 『여자계』 제4~5호에 실린 유영준의 「中國女子의굿은절개」, 제5호에 실린 春光의 「婦人金句」등을 들 수 있다.

42 「覺醒혼 婦人의 將來」, 『매일신보』, 1921.2.26.

覺醒한 婦人과 將來

劉英俊女史談

務安梅花島의

住民離散

京城郵便局

〈그림 4〉『여자계』 4~6호의 편집을 맡았던 유영준과의 인터뷰 내용을 실은 『매일신보』 기사

에는 7.3%로 같은 해 남성 입학률(30.3%)의 4분의 1에 불과했다.[43] 매년 유학생들이 졸업생에게 보내는 서간체와 일기체 형식의 글에서는 유학 와서 공부할 수 있는 '행복한 우리'와 '문외門外를 모르는 불쌍한 저네들'의 거리가 내재한다. 그러나 『여자계』의 유학생 필진들은 그 상대적 행복감 속에서 죄의식 또는 책임감을 갖는다. 유학생들은 '저들'을 위해 기꺼이 '나'를 잊어버리고 희생정신으로 분투할 것을 다짐하며, 스스로를 "模範的人格"[44]으로 의식한다. 그리고 "世上萬事를 다 알기에 苦痛과 煩悶의 生活"[45]을 할 수밖에 없음을 토로한다.

그런 맥락에서 볼 때, 유영준이 매일신보사와의 인터뷰 중에 '조선 부인운동의 선구자'로 "감옥에 있는 황애시덕과 김마리아"를 언급하는 것은 다분히 고의적이다. 그녀는 『여자계』 편집자[46]로서 매일신보사 기자

43 김부자, 조경희 · 김우자 역, 『학교 밖의 조선 여성들』, 일조각, 2009, 89면.

44 玄德信, 「졸업생제형의게들이는말슴」, 『여자계』 3, 1918, 5면.

45 『여자계』 6, 1921, 2면.

46 『여자계』 편집 겸 발행인은 제2호 김덕성, 제3호 황애시덕(황에스터), 제4~6호 유영준으로 기록되어 있다. 제2호 편집을 맡았던 김덕성은 오차노미즈여자고등사범학교 출신으로 1919년 경성여자고등보통학교 교유로 부임한다. 이어 동경여자의학전문학교

와 대담하며, 그들을 일본 여성 해방운동가 히라스카 라이초平塚雷鳥와 이치카와 후사에市田房枝에 견준다.[47] 당시 『매일신보』는 황애시덕과 김마리아를 "남녀의 독립음모단"[48]이라는 프레임에 가두었다. 유영준은 두 사람을 부인운동의 선구자의 자리에 놓음으로써 일본과 조선의 여성해방 운동가가 정치인과 정치범으로 달리 해석되는 상황을 폭로한다. 유영준은 일본 여성이 정담연설을 하는 시대에 조선 여성에게도 이 같은 자유가 허락될 수 있을지 알 수 없다고 토로한다. 조선 여성과 일본 여성 사이의 간극을 드러내며, 그녀는 『여자계』 같은 발화대가 조선 여성에게 필요한 이유를 각인한 셈이다.

유학생들의 서간문을 들여다보면, 여자 유학생들의 연민 어린 시선은 사실 '신학문新學問', '신생활新生活'이라는 미명하에 '무식한 조선 여성 밀어내기' 혹은 '첩이 되어갈 공부'를 한다고 비판받는 유학생 자신들에게 향해 있다. 『여자계』에는 이 자기 응시의 비애가 투사되거나, 이 비애를 극복하기 위한 고통과 번민의 과정이 담긴 글이 많다. 그러나 역으로 유학생 필자들은 이 '번민'의 과정에서 자신이 '살아있음'을 느낀다. 그리고 자신들의 각성을 무지한 조선 여자들에게 전할 것이라 다짐하는 데에서 집단정신을 마련한다.

일기의 형식을 띤 춘강의 「나의 일기日記」는 '나와 다른 세상을 사는' "미세쓰"들에 대한 차이의 시선이 담긴 글이다. 춘강은 동경 오빠가 보내준 『여자계』를 읽는 '독자'인 동시에 잡지에 실린 일기의 '작가'이다.

의 황에스터가 편집을 맡았으나 1919년부터 옥고를 치르게 되어 제4호부터 유영준이 『여자계』의 편집을 맡게 된 것으로 보인다.

47 「覺醒훈 婦人의 將來」, 『매일신보』, 1921.2.26.

48 「可驚훌 秘密結社」, 『매일신보』, 1919.12.19.

그녀는 강서여학교 교원으로 가는 기차 안에서 경상도 사투리를 쓰는 아줌마들에게 '한 나라 사람'이라는 동족의식을 느끼면서도 '설명할 수 없는' 고통을 느낀다. 그러나 춘강은 여학교 교원이 되어 학생들을 가르치게 된 자신의 처지를 "하느님의 使命"[49]으로 받아들인다. 그리고 일기의 독자를 유학 생활 중 함께 했던 언니로 상정한다. 아는 사람이 하나도 없는 평양에서 새로운 인생을 시작하는 춘강은 '알 수 없는 자신의 미래'를 재미있게 읽어줄 '동감자'를 독자로 상정한다. 이러한 독자 선택의 논리는 유학생의 직분, 조선 여자의 직분을 각성하고 계열화한 자의 시선에서 비롯한다.

잡지 『여자계』의 필자들은 조선 여자를 독자로 상정하지만, 타자에게 돌렸던 수치의 시선을 유학생 자신에게 투사하는 모습을 보여준다. 자신의 유학체험과 조선에서 졸업생들이 겪는 수난을 하느님의 사명으로 확신하는 기독교적 강박, 나라를 위해 아무것도 하지 못하는 처지에 대한 죄책감이 그와 관련된다. 황신덕의 「어제밤꿈」은 그 죄책감이 꿈을 통해 고백의 형식으로 드러난 작품이다. 고백한다는 것은 잘못과 수치를 진리의 이름으로 극복한다는 것이다.[50] 이 작품에는 나라를 위해 죽은 언니와 그 죽음을 예수의 수난과 겹쳐보는 작가의 번민이 그대로 드러난다. 작가의 고백은 그가 살던 시기의 역사에 대한 숙고를 전제한다. 문학 생산은 본질적으로 심리적 과정 이상의 것이기 때문이다. 그것은 심미적인 동시에 심미 외적인 규범들, 집단 언어, 사회-언어적 상황과 제도화 과정에 대한 반응이기도 하다.[51] 자신의 번민이 독자에게

49 春江, 「나의 日記」, 『여자계』 3, 1918, 41면.
50 마틴 맥컬런, 이창남 역, 앞의 책, 84면.

동감과 동정을 유발할 수 있다는 믿음, 작가의 그 시대적 확신이 1910년대 여성들을 말할 수 있게 한 것이다.

『여자계』에 나타난 수치심은 지식인 남성이 무지한 여성에게 요구하는 수치심을 유학생 여성이 조선의 배우지 못한 여성들에게 재투사한다는 점에서 문제적이다. 송청松靑은 「시간과 노력의 경제」라는 글에서 "준비시대와 활동시대가 번ㄱ불갓치" 지나가는 때에 서양 및 일본인과 달리 국문 아는 여자들이 적은 조선은 경제적으로 "수치"를 면하기 어렵다고 말한다.[52] 필자는 언어적 능력과 국가의 경제성, 문명의 속도감을 모두 인식하고 있다. '시간과 노력의 경제'라는 글의 제목에서처럼 필자는 문명을 향한 여성들의 열정이 국가의 경제를 변화시킬 수 있다고 말한다. 이러한 경제성의 논리는 『여자계』가 여성 독자의 확보와 독서의 경제성을 위해 원고를 투고할 때, 국문 사용을 당부하는 것과도 통한다.

『여자계』에는 문명의 속도감과 열정의 정도에 따라 사람들을 계층화하는 유학생의 시선이 중심에 놓여 있다. 그 계층화는 공간의 차이 혹은 세대 간의 이질성에 기반한다. 공간의 이동이 가져오는 의식의 변화는 유학생 전영택이 동경에서 부산 가는 배 안에서 느끼는 심경의 변화에서 단적으로 드러난다. 전영택은 동경에서 그와 함께 배를 타거나 그를 배웅하는 여자 유학생들에게 '감사感謝'와 '부끄러움'을 동시에 느낀다.[53] 이때의 부끄러움이란 자신이 여자들에게 도움을 준다고 생각했던 일이 여자의 권리를 빼앗을 수도 있다는 것을 느끼는 데에서 나타난

51 페터 지마, 김혜진 역, 『데리다와 예일학파』, 문학동네, 2001, 244면.
52 松靑, 「시간과 노력의 경제」, 『여자계』 4, 1920, 56~57면.
53 秋湖, 「東京에서 釜山까지」, 『여자계』 2, 1918, 57~59면.

감정이다. 이렇듯 여성에게 동료의식을 느꼈던 그가, 배안에서는 "廉恥"를 모르는 조선 여자와 해외 유학을 통해 '절제된 행동'을 보이는 여자 유학생들 사이에서 "콘트라스트"의 재미를 느낀다. 이때, 그가 '재미'를 경험할 수 있는 것은 여자 유학생과 조선 여자 사이에서 '관망자'로 존재할 수 있기 때문이다. 그러나 부산에 도착한 그는 이혼당한 누이를 만나자 "悲哀"를 느낀다. 그리고 유학생들에게 조선 여성의 슬픈 처지에 대한 책임을 묻는다.

이 글에서 우리는 조선 여성들의 처지에 대해 제3자의 입장을 고수하는 남자 유학생의 시선을 포착할 수 있다. 전영택은 여성문제의 책임을 다시 여성에게 돌림으로써 수치심을 강요한다. 수치심은 사회적으로 규정된 어떤 외적인 행동의 '규범', 즉 '타인의 눈'이라는 척도에 의해 느껴지는 것이다. 따라서 타율적 윤리의 기준으로 이해된 수치심은 타인에게 공개되어서는 안 될 하나의 모욕적인 감정이나 감추어져야 할 부정적 정서로 간주된다.[54] 전영택은 동경에서 여자 유학생을 상대로 느꼈던 부끄러움을 은폐하기 위해 자신이 느꼈던 수치심을 여성에게 전이하는 방식을 택한다. 이처럼 당대 유학생들은 여자 해방 담론을 공유하지만, 남성들의 문제의식은 관망자로서의 비애 느끼기에 그친다. 그러나 조선 여성에게 이 '수치심'이라는 윤리적 감정은 '신조선 형성의 원동력'으로 작용한다. 수치심에 수반되는 '도피'보다는 그 수치심을 긍정적으로 '전회'하려는 양상이 강하게 드러난다.

---

54 이상린, 앞의 책, 180면.

2) 잡지를 통한 수치와 불안의 전이

당대 조선인 내부에서 수치심의 전이가 나타난다는 것은 여자 해방 사상을 공유하는 유학생들이 무지한 조선 여성들을 그들의 하위로 배제시켰음을 의미한다. 근대문명의 속도감을 느낀 유학생들의 불안과 수치심은 그 재현 과정에서 문명국과의 비교를 동반한다. 나혜석의 소설 「경희」[55]에서 경희는 하녀 시월이와 불 지피는 일을 하면서도 시월이와 다르게 가사에서 "美感"을 경험한다. 그러나 문명국의 여성과 자신을 비교하는 순간, 경희는 제 눈을 빼어버리고 싶은 심정을 느낀다. 이는 수치와 불안의식을 동반한다. 나혜석은 『여자계』에 소설을 발표하기 전, 『학지광』의 논설을 통해 세계의 여성들이 의식에 따라 서열화될 수 있음을 말한 바 있다. 여기서 우리는 가부장제의 부당성을 비판하는 공동의 실천을 공유하면서도 쉽게 자매애로 연결되지 못하는 여성 내부의 경계를 발견할 수 있다. 그 경계는 배운 여성이 무지한 여성들을 가르치려는 '권력'을 포기하지 않을 때에 발생한다.

> 우리 朝鮮 女子도 인제는 고만 사름ᄀᆞ치 좀 돼바야만 ᄒᆞᆯ 것 아니오? 女子다운 女子가 되어야만 ᄒᆞᆯ 것 아니오? 米國女子ᄂᆞᆫ 理性과 哲學으로 여자다운 여자요, 佛國女子는 科學과 藝術로 여자다운 여자요, 獨逸女子는 勇氣와 勞動으로 여자다운 여자요. 그런데 우리ᄂᆞᆫ 인제서야 겨오 女子다운 여자의 第一步를 밟ᄂᆞᆫ다 ᄒᆞ면 이 너머 늣지 안소? 우리의 悲運은 너머 慘酷하오 그리.[56]

---

55 나혜석, 「경희」, 『여자계』 2, 1918, 66면.
56 晶月, 「잡감」, 『학지광』 12, 1917.

『학지광』에 실린 위의 글에서처럼 나혜석은 미국, 프랑스, 독일 여자 등과 비교하여 조선 여자의 진보에 대한 당위성을 획득한 바 있다. 그가 『학지광』 13호에 "조선 여자 중에 누구라도 가치 있는 욕을 먹는 자가 있다면 우리는 안심"[57]이라는 내용을 설파한 것 역시 수치심을 가치 있게 전환하려는 움직임이 필요함을 보여준다. 소설 「경희」에도 문명국의 여성에 비해서 자각 정도가 낮은 조선 여성에 대한 수치심과 그 수치스러운 상황에서 벗어나기 위한 경희의 노력이 병치된다. 중요한 것은 경희의 이런 태도에 대해 구여성들이 "도무지 이상한" 마음을 느끼거나 하층계급 여성들이 일찍이 느껴보지 못한 "人情"을 느낀다는 점이다. 이 두 가지 심리는 공통적으로 경희에 대한 '경이'를 내포한다. 그리고 그것은 구여성이 신여성에게 갖는 '허영'이라는 고정관념에 균열을 일으킨다. 이 균열은 여성의 수치심이 정신 혁명의 비화로 발전하는 계기가 된다.

『여자계』의 필자들은 지속적으로 "長子的思想"과 '허영심'이 타개되어야만 진정한 '사람됨'을 이룰 수 있다고 말한다. 「우리의 번민煩悶」에서 ML生이 "고래의 가족제도를 타파치 아니하고는 학문적 발달과 고등적 교육을 받는다 할지라도 우리 앞에 오는 번민은 막지 못할 것이다"[58]라고 말한 것 역시 이와 관련된다. 여기서 중요한 것은 그가 가족제도의 문제에 앞서 '인심人心'의 변화가 수반되어야 함을 강조한다는 점이다. 그는 사회의 진보에 따라 "人心의 共鳴"이 "思想의 發生"[59]으로 이어지게 되었다고 말한다. '불효不孝'나 '불초不肖'의 문제도 모든 재산을 장자에

57 CW, 「잡감—K언니에게 與함」, 『학지광』 13, 1917.
58 ML生, 「우리의 번민」, 『여자계』 6, 1921, 28면.
59 위의 글, 23면.

게 준 부모가 부자유한 생활을 자처하는 것으로 파악된다. 이처럼 잡지의 필자들은 문명화에 따른 공간적, 세대적 괴리감 때문에 번민한다.

유학생들은 여러 세대의 공존, 즉 시간과 공간이 한 가족이라는 제도에 압축된 채로 살아가면서 자기의 개성을 발휘할 수 없다고 생각한다. 그들은 대가족이라는 조선의 압축된 시공간 속에서 일탈하려는 욕망을 갖는다. 그리고 각자 자기의 이해와 감정을 자유로이 발현할 수 있는 방법을 강구한다. 이 시기 여성들 사이에 만연한 자유와 평등이라는 '추상적 개념어의 유행'은 자유와 평등의 문제가 남자와 여자 간의 문제로부터 부모와 자식 간의 문제로까지 확대된다는 점에서 중요하다. 이것은 당시 '여자계'에 나타난 자유의 사상이 신구사상의 충돌을 넘어서 사회 전반의 문제로 확대되고 있음을 보여주기 때문이다.

『여자계』의 필자들은 신풍속과 구풍속을 조화하지 못하고 현실에 대한 희망이 절망으로 변할 때 '허영'이 발생한다고 생각한다. 그리고 조선 여자의 허영과 사치를 현실에 대한 비관에서 비롯된 '병'으로 진단한다. 이 문제의식에서 중요한 점은, 현실을 비관하여 허영을 일삼는 비관의 병이 마귀로 비유되며,[60] 이 허영을 '예수 그리스도'만이 치유할 수 있다고 판단한다는 점이다. 신 앞에서 모든 인간은 평등하다는 기독교 정신은 조선 여성을 세계의 모든 여성들과 동등하게 만든다. 이러한 종교적 원칙은 여자 유학생들이 "나의 양심"이 아닌 '남의 양심'에 따라 방황하는 조선 유학생을 비판하는 데 당위성을 부여한다. 그리고 이 종교성은 조선 여성을 비하하는 사람들을 비판하는 잣대로도 활용된

60 玉露, 「結婚과 戀愛」, 『여자계』 6, 1921, 30면.

다. 유학생이 받아들인 기독교 정신은 이처럼 여성 해방 사상과 결합하여 정신(마음)이 여성에게 '生'을 가져다줄 수 있음을 느끼게 한다.

> 熱烈한意志는中天하고活潑한活力은세계를一變할지어늘 분들이시여 진실됨을 求하며 全我을 擧하야此를求합세다 求하면 엇고즐거움이잇쓸지라 誠은 天道니 誠이 在한 處에 光明이 在하고 光明이 在한 處에 聖神이 與在하ᄂᆞ니 肉으로써 心靈을 치지말며 肉으로 心靈을 結縛하지말지어다 肉的生活者ᄂᆞᆫ 心靈의 神秘한 活動을 解得지못하며 心靈에 尊重함과 人啓의 아름다움을 解得지못하ᄂᆞᆫ 者ᄂᆞᆫ 사람을 爲하여 진실노 울눈물이 全無함으로 肉的生活者ᄂᆞᆫ 人格을 無視하고 他人을 奴隷視하며 自己主義를 唱導하야 남이살거나죽거나 吾不關이라하도다. 아! 사랑하ᄂᆞᆫ 男女青年이여 '悔改하라 天國이갓가왓다함은' 至誠으로 天을 信하며 善行道하고 진실노 人을 위하야 사랑의 눈물을 져축함을 意味함이로다[61]

마음의 결집과 생의 문제에서 중요한 것은 '낙관적 정신'의 이상성에 있다. 경제문제로 절도와 살인 사건이 계속되는 당대 사회에서 사람들은 '자연'을 그리거나, 염세와 비관으로 '신경증'에 시달리거나, '자살'을 택한다. 추국秋菊이 「여자의 자각自覺」이라는 글에서 서양인에게 굴종하고, 그들의 동정적 시선에 따라 방황하는 조선 여자들을 "禽獸의 待遇"를 받는 '죄인'으로 전락시키는 것도 당대 상황을 반영한다. 수치는 종교적 윤리의 문제로 치환된다. 당대 유학생들은 조선이라는 공동체

---

61 玄德信, 「식셰계가다시왓네」, 『여자계』 5, 1920, 33~34면.

의 습성으로부터 거리를 둘 때 경험할 수밖에 없는 '불안의 대응물로서 종교적 경험'[62]을 선택한다.

『여자계』에 나타난 종교적 색채는 '낭만주의'의 이상적 속성과 관련된다. 낭만주의는 자연, 영웅적 행위, 심지어 열정의 경험에까지 종교적인 색채가 두드러진 것을 특징으로 삼는다. 따라서 낭만주의적 현상은 신앙의 상실에 따른 결과가 아니라 신앙의 재창조라고 할 수 있다. 낭만주의자들은 심판하는 신을 거부하고, 내면세계에서 신을 찾았다. 즉 지적인 힘보다 감정과 감각에서 종교를 찾았다.[63] 잡지에 나타난 낭만적 속성은 현실의 문제를 타개하기 위해 『여자계』의 작가들이 잡지에 "精神的, 理想的, 實行的" 성격을 꾀하게 되는 것에서도 알 수 있다.[64] 그들은 자신의 이상성을 조선의 상황에 맞게 적용하는데, 죄에서 벗어나기 위해서 조선 여자가 해야 할 일로, "家事의 改良"과 "教育方法의 改良"을 든다. 그리고 잡지를 통해 여성들에게 '낙관적 생활', '양심의 자유'를 존중하는 생활을 당부한다. 『여자계』에 실린 작품들 속에서 신경증으로 고생하는 인물, 자살을 택하는 인물들과 함께 '生'과 '힘', '열정'을 외치는 인물들의 공존을 볼 수 있는 이유는 당대 사회 현실과 낭만적 이상성에서 비롯한다.

『여자계』 4호에 실린 M.K.生의 「Pollyanna 팔늬의나」는 미국 작가 앨리노 포터Eleanor H. Porter가 1913년 2월 발표한 소설을 요약, 번역한 것이다. 이 소설은 부모를 일찍 여의고 이모의 집에서 자라게 된 폴리

62 빠올로 비르노, 김상운 역, 『다중』, 갈무리, 2004, 52면.
63 데이비드 블레이니 브라운, 강주헌 역, 『낭만주의』, 한길아트, 2001, 14면.
64 金良, 「우리의 運命은 어대잇소?」, 『여자계』 6, 1921, 16~17면.

〈그림 5〉 『여자계』 6호 속 운동회 단체 사진

아나가 시련 속에서도 긍정적으로 살아간다는 내용을 담고 있다. 『여자계』에는 이 소설의 첫 부분만 번역되어 미완의 상태로 게재되어 있다. 이 글을 소개하면서 M.K.生은 주인공 폴리아나의 "아름다운 성격이 독자에게 큰 감화를 주게 될 것"[65]이라고 말한다. 현대에 이르러 '낙천주의자'의 대명사로 언급되는 '폴리아나'의 계보를 거슬러 올라가보면, 한국에는 잡지 『여자계』가 존재한다. 여자 해방의 분위기 속에서 번역된 미국소설이 식민지 조선에 미친 감화력은 바로 시대적 '염세'를

65 M.K.生, 「Pollyanna 팔늬의나」, 『여자계』 4, 1920, 61면.

벗어나기 위한 '낙천주의'였던 것이다. 자유주의의 영향에 힘입은 낙관주의와 이상주의는 이처럼 식민지 조선의 상황과 만나 '생'과 '힘', '열정'으로 굴절된다.

잡지에 나타난 민족의 숭배와 종교적 숭배, 기독교적 희생의 지속적인 유비는 개인들의 열정과 욕망이 민족으로 향할 것을 호소한다. 그리고 여성의 섹슈얼리티는 통제 상태에 놓인다. 1920년대 중반 자주 등장하는 조선혼이나 조선심의 수사학은 개인의 감정 혹은 영혼을 국가적 표상으로 은폐한 것이다. 이 시대 여자 유학생들은 '우정'이라는 범주 속에서 사람들과의 관계를 형성, 유지한다. 그러므로 『여자계』에 나타난 '우정'은 감정의 통제, 자기 규율을 상징한다. 개개인들은 자신의 사적인 관심을 초월하는 데서 그의 애국심을 확인했던 것이다.

1910~1920년대 초 여성작가들의 작품은 개인의 삶을 초월하고 사적 관계를 승화하려는 욕구를 예증한다. 나혜석과 김명순의 고통은 자신의 '정적 분자'를 섹슈얼리티와 개성에서 분리해야만 했던 당시의 분위기를 보여준다. 식민지 시대 우정의 감상성은 종교적인 순결과 헌신의 행위로 변질된다.[66] 개성은 한 인간에서 민족으로 전이된다. 그러나 민족으로 대변되는 진리는 사적 차이와 쉽게 조화되지 않는다. 유학생들의 모임이나 단체를 통한 결속은 민족의 재생을 위한 단결로 이해된다. 이처럼 우정은 민족주의에 예속된 채로 전파된다.

『여자계』의 필자들은 경건한 신앙심을 조국을 위한 개인의 성화聖火에 접목한다. 종교적 진리와 유학생이라는 집단성의 공유는 '형제'와

66 조지 모스, 서강여성문학회 역, 『내셔널리즘과 섹슈얼리티』, 소명출판, 2004, 144면.

'자매'의 이정표가 된다. 민족을 향한 경건주의는 사적 관계에서 자율성을 박탈하고 사적 관계를 신성화하여 종교와 애국심 간의 통합을 조장한다. 영혼의 중요성, 정신의 자율성이 부각되면서도 유학생들은 민족이라는 규율과 제도성을 의식할 수밖에 없었다. 자유의 외침에도 불구하고 '공공성'은 오히려 더 공고해지고 있었던 것이다. 이 때문에 남녀 간의 사랑도 서로를 향하기보다 민족을 향해야 했다. 식민지 시기 사적관계의 자율성은 이렇듯 민족주의의 고결함과 늘 양립하고 있었다.

4. 잡지를 통한 감정과 욕망의 제도화

1) 조선 여자를 향한 결여와 배제의 수사

여자 유학생들에게 '선善'은 서양 철학과 기독교의 도덕적 명령을 전유한 결과이며, 이들에게 문명화의 사명은 '신성한 권리'로 표현된다. 『여자계』 필자들은 조선 여성의 결점을 민족 전체의 결점으로 확대하고, 그 결점의 극복 속에서 연대성을 획득한다. 연대된 집단은 모두 '사람다운 생활'에 대한 자각을 주장한다. 이때, 사람이라는 근본 개념은 늘 사랑과 같은 '감정', '욕망'과 등가에 놓인다.

근대 사회에서는 인간의 본능과 그것에 대한 사회적 통제, 그리고 감정과 억압 사이에 존재하는 긴장관계로 말미암아 인간성의 구조 자체가 변형된다.[67] 『여자계』에서 사랑의 감정이 '육아'나 '교육', '친교'와

67 로제 샤르티에, 이영림 역, 『사생활의 역사』 3, 새물결, 2003, 39면.

같은 '관계성'을 통해 재현되는 것도 식민지 사회 안에서 인간성의 구조가 변화했기 때문이다. 하나의 '界'를 표방한 잡지에서 강조된 관계성의 문제는 국가와 개인의 문제로 확대된다. 국가-개인의 관계성은 "大生命-小生命, 大本營-組成分子"[68]로 환원된다. 이에 따라 개개인의 감정과 욕망은 '生'과 동일시되며, 교육을 통해 제도화되어야 할 대상으로 언급된다. 그리고 교육을 통해 제도화된 감정과 욕망은 국가의 재건에 기여하도록 방향이 결정된다.

'습관적 육아'가 조선인의 제일 결점인 "공포심"과 "의뢰심"을 배양한다[69]는 한흥교의 지적은 육아가 문자화, 법칙화되어야 한다는 견해로 이어진다. 이 글을 쓴 한흥교는 '의학'을 전공했으며, 이례적으로 글에 필자의 전공이 밝혀 있어 주장에 힘을 실어준다. 특히 그는 『여자계』가 육아와 교육의 문자화, 법칙화의 과정에 기여할 수 있음을 인식한다는 점에서 눈에 띈다. 민족의 감정과 본성이 제도화된 교육을 통해 쇄신될 수 있다는 믿음을 가진 그의 견해는 문명의 힘을 낙관하는 이상주의를 보여준다. 그의 이상주의에서 눈여겨볼 수 있는 것은 그가 여성을 '현모양처'의 틀 안에서 '민족'으로 호명하고 있다는 점이다. 이때, 『여자계』는 표준화된 육아(교육)법을 전하는 수단이자 여성이 민족의 감수성을 가진 주체로 구성되는 기관이 된다.

『여자계』의 발화자들은 수치심을 전이하는 과정에서 조선 여성들을 '배제'되고, '결여'된 주체로 묘사한다. 조선 여성이 처한 배제와 결여의 상태는 그 상태를 벗어나기 위한 노력과 단합을 필요로 한다. 특히 신여

---

68 金安植, 「自己를 知하라」, 『여자계』 4, 1920, 6~7면.
69 韓興敎, 「兒育에對한二大注意」, 『여자계』 2, 1918, 54면.

성의 '허영심虛榮心'은 "쌕데리아菌"으로 비유되어 그 전염성을 지적받지만, 허영심이 "野心", "生命샘"[70]으로 전환되면 강력한 힘을 발휘하게 될 것이라 전망된다. 춘강의 「신여자의 자각」에서처럼 당시 필자들은 인간의 욕망이 염세와 자살을 가져올 수 있고, 사회 변화의 원동력으로 작용할 수 있다는 것을 파악하고 있었다. 이러한 판단은 "心理學과 修身의 應用"이 조선 사회를 새롭게 변화시킬 수 있다는 낙관론으로 이어진다. 여성의 욕망이 긍정적으로 전회되었을 때, 발휘할 수 있는 힘은 조선의 "冷淡한 家庭"을 "福地樂園"으로 이끌 '열정熱情'과 '우정友情'으로 비유된다. 그리고 여성에게 쏟아지는 관계성의 수사는 늘 '동감동정同感同情'의 전염성을 수반한다.

> 아아 빛아! 빛아! 情火를 키어라. 언제까지든지 내 옆에 있어다오. 아아 빛아! 빛아! 摩擦을 시켜라. 아무것도 모르고 자는 나를 깨운 이상에는 내게서 불이 일어나도록 뜨겁게 만들어라. 이것이 깨워준 너의 사명이요. 깨인 나의 職分일다. 아! 빛아! 내 옆에 있는 빛아![71]

나혜석의 「빛」이라는 시에서 화자는 구체적으로 만져질 수 없는 대상을 호명하고, 그것과의 공존 속에서 자신의 사명을 찾는다. 이 시에서 언급된 "情火"는 '열정'의 다른 표현이다. 자신의 직분 안에서 열정을 찾으려는 시적화자의 언어는 자신이 계몽되었으며, 자신의 직분을 잊지 않겠다는 의지를 드러낸다. 나혜석의 글에서 여성의 자아 각성은

---

70 春江, 앞의 글, 31면.
71 H. S. 生, 「빛」, 『여자계』 2, 1918, 24~25면.

'조선(의)~'라는 수식어와 '하느님의 사명'이라는 기독교적 수사로부터 자유롭지 못하다. 나혜석의 소설 「경희」에서 일본 유학생 경희는 결혼을 강요받고, 불안감 속에서 몸을 움직이며 주변 사물의 명칭을 찾는다. 그리고 자신이 눈과 귀를 쓸 수 있게 축복받은 '하느님의 딸'임을 깨닫는 데에서 환희를 느낀다.

나혜석의 「회생回生한 손녀孫女에게」라는 작품에서는 아픈 소녀를 손녀처럼 돌보는 것을 하느님의 사명으로 받아들이는 할머니가 등장한다. 이러한 종교적 사명에 대한 각성은 잡지 곳곳에 드러나며, 이는 기독청년회관을 본거지로 삼은 『여자계』의 근본정신을 일깨운다. "少女歌劇"[72] 이라는 특이한 형식을 보여주는 오천석의 「소녀가극少女歌劇 초춘初春의 비애悲哀」 역시 어머니를 잃은 주인공 신일이가 "聖經" 안에서 자신의 사명을 찾는 것으로 일단락된다. 『여자계』에 나타난 이러한 종교적 사명은 '국가의 재건'이라는 과제로 축소된다. 이러한 강박증적 의무감은 신일 개인으로부터 소녀들 전체의 합창으로 변모한다. 이때, 소설에는 나혜석의 「경희」에서처럼 "깬사람"의 수사가 나타난다. 그리고 이 작품들에서 '깬 사람'의 수사는 '나이팅게일'의 희생정신을 공유한다.

「회생한 손녀에게」에서 할머니인 나는 병에 걸린 손녀를 보며 잊었던 "열정"이 분출됨을 느낀다. 나이팅게일처럼 "數萬名의 할머니"[73]가 되고 싶다고 느낀 할머니는 죽어가던 손녀를 살린다. 이때, 중요한 것은 할머니가 간호하는 여자아이는 친손녀가 아니며, 병약한 어린 아이를 통해 잊었던 자신의 사명을 자각한다는 데 있다. 이 작품에서도 인

72 天園, 「少女歌劇 初春의 悲哀」, 『여자계』 3, 1918, 42면.
73 晶月, 「回生한 孫女에게」, 『여자계』 3, 1918, 61면.

류애적 사명감은 민족정신으로 축소된다. 어린 소녀에 대한 인도적 동정심은 가족과 민족이라는 '피'의 수사로 변모한다.

「회생한 손녀에게」에서 특이한 점은 자각한 주체가 손녀가 아닌 '할머니'라는 점이다. 여기서 자신의 직분을 자각한 할머니는 손녀에게 서간문의 형식을 빌려 손녀의 정체성을 "깍둑이의 쌀"[74]로 명명한다. 조선의 음식을 통해 '영생永生'을 얻은 손녀의 일화는 '미각'을 통해 자신의 '정체성'을 확인하는 내용으로, 이는 『여자계』에 자주 나타난다. '오무렛쓰'나 '가기후라이'보다도 깍두기를 먹고 '정신精神'이 들었다는 손녀처럼 김환은 평안도 향토음식 "노치"를 만들어 먹고 "固體에서 液體"[75]가 되어버린 자기를 깨닫는다. 이때, 그는 감옥에 들어간 동료를 떠올리며, 고국을 향수한다. 된장국과 김치를 먹어야 살 수 있다는 유학생의 '신생활론'[76]은 이처럼 미각과 민족적 정체성의 결합을 통해 제시된다. 유학 중 음식을 통해 조선에 대한 향수를 느끼는 장면은 이들의 정체성이 민족이라는 제도 안에서 재각인됨을 의미한다.

「회생한 손녀에게」에서처럼 타자의 '결여성'에서 자신의 존재 가치를 찾는 모습은 『여자계』 전반을 관통한다. 『여자계』가 '헬렌 켈러' 여사의 사진을 싣고 시작되는 것도 같은 맥락에서 이해할 수 있다. 『여자계』의 독자는 헬렌 켈러나 나이팅게일이라는 모범을 통해 '되어야 할 당위'를 체험했던 것이다.

---

74 위의 글, 62면.

75 흰뫼, 「RT兩兄의게」, 『여자계』 4, 1920, 17면.

76 李良善, 「새로오신여러형님에게」, 『여자계』 6, 1921, 2면.

> 남존여비 사상이 엄존한 종래의 가족제도 아래서 여성은 "사람된 요소를 잃어버린" 존재로서 남성에게 정복되어 국가에 대한 의무 책임은 조금도 상관없었으며 가정에 권리조차 남자에게 빼앗기고 여자는 한갓 부속물에 불과하여 종의 사역을 할 본무로 알아왔다. (…중략…) 諸姉! 아모를 배호기 전에 맨먼저 켈러여사 — 여사의 정신을 배호고 아모도 본밧지 못할지라도 오즉 켈러여사의 생애 — 그 노력만 본바드면 금일 조선의 여자 — 참으로 자각과 자임잇는 여자노릇하기에 아모 부족함이 업슬가 하노라. 우리의 諸姉에 대한 요구가 그다지 과중치 안토다. 다만 켈러여사 보담 눈과 귀와 입의 자유를 더 가진 갑시 잇슬만큼 自身上 수양과 사회적 공헌이 잇스면 쌍수를 드러 諸姉의 송축을 마지 아니하리로다.[77]

창간호와 3호의 표지, 헬렌 켈러 전기를 비롯한 잡지의 글들은 지속적으로 헬렌 켈러 정신을 강조한다. 위에 인용된 최남선의 글에서도 알 수 있듯이 『여자계』의 독자인 동시에 작가인 필자들은 '헬렌 켈러 정신'을 조선 여성의 지향점으로 상정한다. 잡지가 간행될 당시 39세의 동시대인 헬렌 켈러가 식민지 조선 여성에게 줄 수 있는 감수성은 '눈과 귀가 활동하지 않는' 데서부터 비롯한다. 잡지에서 필자들은 보이지 않는 것들을 감각하는 외국의 여성에게 '눈먼' 조선 여자의 슬픈 현실을 겹쳐본다. 그리고 유학한 자신의 경험을 투사하여 조선 여성들에게 기꺼이 설리반 선생이 되어줄 것을 천명한다. 『여자계』는 구체적 '규범'보다는 '모범' 찾기의 문제가 중심을 이루는데, 이는 구체적 '행동'

77 최남선, 「女子界」, 『여자계』 2, 1918, 12면.

을 끌어내는 '규범'보다 여성이라는 '존재(성)' 자체를 각성시키는 데서 본분을 찾기 때문이다.

일본에서는 청일전쟁과 러일전쟁 시기 사회운동을 하는 여성을 전면화하여 여성들의 사회참여를 유도하는 와중에 헬렌 켈러가 부각되었다. 그러나 제1차 세계대전이 끝날 무렵에는 그가 사회주의자로 활동했던 말년의 시기보다 어린 시절 이야기가 상대적으로 많이 언급된다. 특히 조선의 『여자계』는 헬렌 켈러의 전기를 '신체적 결여'와 그것을 극복할 수 있게 한 '교육' 안에서 이해하고, 그 이미지를 수용한다.

식민 지배가 관료주의적 · 경제적 · 정치적 제도를 통해 경영되었다면, 서구 식민주의 확장의 수사학적 토대를 제공한 것은 문화, 특히 문학과 철학이었다.[78] 일본의 식민주의문화가 문명과 야만의 수사학을 동원해 문명화의 사명을 이룰 수 있었던 것처럼 유학생들의 주장 역시 '비유'를 통해 이루어진다. 헬렌 켈러가 스승 설리반에게 언어를 배우는 과정, 특히 "추상적 관념어"[79]를 배우는 과정은 '계몽'의 과정에 상응한다. 조선 여자를 하나의 결여태로 비유하는 여자 유학생의 수사학은 일본 제국주의가 은폐한 문명화의 방식이 식민지 조선에 전유됨을 의미한다.

자신의 신체적 결함을 극복하고 사회사업을 하며 살아가는 헬렌 켈러의 정신은 『여자계』 전체의 주지로 기능한다. '잘 살려고 하기보다 바로 살기에 힘쓸 것'[80]을 주장하는 사회윤리의 문제는 헬렌 켈러 정신을 거쳐 굴절될 때, "사회사업은 여성의 천직"이라는 주장으로 이어지

78 스티븐 모튼, 이운경 역, 앞의 책, 213면.
79 헬렌 켈러, 윤문자 역, 「나의 생애」, 『헬렌 켈러 자서전』, 예문당, 1998, 38면.
80 秋湖, 「각성하라」, 『여자계』 2, 1918, 3면.

기도 한다. 우리는 조선 여성에게 수치심이 전이되는 과정에서 '시대적 윤리'의 문제와 '여성적 범주의 사명'이 교차하는 지점을 발견할 수 있다. 현재 우리에게 전하는 헬렌 켈러의 이미지 역시 이 지점에서 만들어진 것이라 할 수 있다.

헬렌 켈러의 생애를 소개하는 데 가장 기본이 된 것은 헬렌 켈러의 자서전 『나의 생애生涯』이다. 그의 생애를 소개한 전영택은 자서전에 소개된 헬렌 켈러의 일화 중 "家庭教師 앤만스쐘드 사리반"에게 언어를 배우는 부분을 부각한다. 그 가운데서도 헬렌 켈러에게 무형의 명칭, 추상적 명칭에 대한 언어 습득이 어려웠음을 강조하며, 추상적 개념을 깨닫기 위한 그녀의 "熱心" 설리반 선생의 "教育法"을 높이 평가한다.[81] 그는 조선의 여자 해방 문제를 논하면서 "自由가 무엇인지, 平等이 무엇인지, 解放이 무엇인지, 글字도 몰으겟고, 意味도 몰으겟다는 것을 생각할 때"에는 "暗黑한 늣김"[82]을 받는다고 말한다. 이때, 헬렌 켈러가 보이지 않는 대상, '사랑'이라는 단어를 습득하는 과정은 사랑을 포함한 '문명'의 범주를 학습하는 조선 여성의 처지와 동일선상에 놓인다.

헬렌 켈러가 불쌍한 사람들을 구원하기 위해 결심하는 장면은 억압받는 조선 여성들을 구원하려는 여자 유학생들의 다짐과 겹쳐볼 수 있다. 쇼펜하우어의 비관론을 비판한 헬렌 켈러의 「낙천주의樂天主義」라는 책과 「나의 장래將來」라는 글에 내재한 최승만의 낙관적 시선은 헬렌 켈러의 긍정적 생활이 그를 진정한 사람으로 변모시켰음을 강조한다. 이것은 『여자계』에 대한 낙관적 이상주의와 일맥상통한다. 헬렌 켈러라

81 秋湖, 「헬렌 켈러」, 『여자계』 3, 1918, 47면.
82 極熊, 「女子解放問題」, 『여자계』 4, 1920, 11면.

는 결여된 대상이 조선 여성에게 갖는 감화력은 이처럼 무형의 대상을 학습하는 열정의 주체, 낙관적 정신의 소유에서 비롯한다. 헬렌 켈러의 일화는 '사랑', '생각', '자유'과 같은 추상적 개념이 주체의 사고 안에서 언어화되는 '계몽'의 과정을 보여준다. 조선의 『여자계』와 헬렌 켈러는 관념어의 습득과 주체성 획득의 과정을 공유했던 것이다.

2) 우정과 열정, 민족을 향한 관념어의 공공성

『여자계』를 관통하는 '정신 혁명'의 중요성은 프랑스혁명 정신의 근원인 루소 사상을 반복적으로 제시한다. 루소의 『신엘로이즈*Nouvelle Heloise*』(1761)는 남성과 여성이 그들의 사랑을 우정으로 변화시킬 것을 촉구한다. 그는 이 저서에서 결혼은 섹슈얼리티보다는 우정에 기반해야 한다는 신념을 강하게 드러낸다. 18세기 우정의 숭배는 성적인 열정의 통제와 헌신적인 독일 애국심을 선결 조건으로 삼았다.[83] 개인의 자율성에 근거한 우정은 개성에 대한 존중과 직결되었고, 친밀성을 기반으로 하는 친구들의 모임은 민족에 대한 애정을 지향했다. 1910년대 일본의 여자 유학생 친목회원들 역시 '개성의 존중'과 '민족에 대한 애정' 사이에서 번민한다. 그리고 식민지 조선의 시대적 상황 속에서 개개인의 차이는 "人性"이라는 명목하에 균질화된다.

『여자계』의 필자들은 '남녀 교제'의 원동력으로 "友情"을 꼽는다. 이 때, 우정은 "人格的 理解"에 기반한 "人格과 人格의 結合"이다. 이 우정은 '생식生殖'이 아닌 '원만한 사회생활'과 '행복幸福의 증진增進'을 목적으로

83 조지 모스, 서강여성문학회 역, 앞의 책, 127면.

한다.[84] 남녀 사이에서 '우정'을 강조하는 것은 당시 조선 사회의 남녀 교제가 "연애신성", "자유교제"의 분위기 속에서, 성욕에 의한 교제로 타락해 있다고 생각했기 때문이다. 「남녀교제男女交際에 대對하야」의 필자는 "戀愛"와 "慾愛"를 구별하고 전자가 우정에, 후자가 성적 본능에 해당함을 말한다. 그에 의하면 욕애慾愛를 사회화하고 도덕화할 때 사람다운 결합이 가능한데, 이때 인간의 본성마저도 인간 사회의 윤리적 테두리 안에서만 그 가치를 인정받을 수 있다. 애욕이 사회화, 도덕화한다는 것은 인간 본성의 제도화를 의미한다. 이 과정에서 잡지의 필자들은 '사랑=하나님의 사명=신성한 영혼=정절'의 도식을 통해, 여성의 문제였던 '정절'의 의무를 '인류 공통의 윤리'로 전환한다.

'우정'을 강조하는 글들은 법률이나 규칙으로 질서화되지 않는 개성의 문제를 잡지라는 담론의 장 안에서 의미화한다. 기호 혹은 표상으로서 가치를 획득하는 근대 사회 안에서 문서화되지 않은 개인의 감정과 본성은 그 위치를 상실할 수밖에 없다. '동물의 이름이나 소녀라는 일반 명사를 이름으로 가지고 살아왔던 여성들'[85]이 자기 이름을 찾는 과정은 모두 이 표상화된 자신, 다른 것과 구별된 상태로 지칭 가능한 자신을 만들고자 하는 욕망과 연결되어 있다. 보이지 않는 것에 명칭을 부여하는 과정, 추상적 관념들에 명칭을 부여하는 과정에서 잡지 『여자계』의 의의를 찾을 수 있다. 여기서 『여자계』라는 매체는 인간의 감정과 본성을 '제도화'하는 과정에 기여하며, 사람들의 '관계'에 '윤리적

84 星, 「男女交際에 對하야」, 『여자계』 6, 1921, 21~22면; 玉露, 「戀愛와 結婚」, 『여자계』 6, 1921, 36면.
85 秋菊, 「女子의 自覺」, 『여자계』 6, 1921, 11면.

정당성'을 부여하는 역할을 한다.

서춘은 자신의 글 「남녀상호보단男女相互補短에 취就하야」에서 "이성의 명령"은 "감정의 지시"와 합일하는 경우, 열정으로 변한다고 말한다.[86] 이때, 이성적 남성과 감정적 여성은 상호 보완의 관계에 놓인다. 이 글에서 주목할 점은 필자가 이성의 폐단으로 "건조성"을 꼽는다는 점이다. 서춘은 이성이 가진 건조성을 감정으로 보완하고, 감정의 충동이 갖는 폐단을 줄이기 위해 이성의 수양을 주장한다. 이 글에서 우리는 감정의 지배가 지닌 폐단에도 불구하고, 여성들에게 끊임없이 자기감정에 충실할 것을 요구하는 이유를 찾을 수 있다. 서춘은 『여자계』에서 반복적으로 지시하는 "生(活)"이 근대의 지식만으로 유도될 수 없음을 간파하고 있었던 것이다.

유학을 통해 얻은 지식과 실제 생활에서의 괴리감을 견디지 못하고 번민하던 여자 유학생들은, 저마다의 개성을 발휘하고 있는 자연의 상태에서 위안을 얻거나 '美'를 발견한다. 서간문의 형식으로 창작된 망양초望洋草 김명순의 「××언늬에게」[87] 역시 도시의 '피로疲勞'와 '염증厭症'을 벗어나 시골로 간 주체의 '자연 찬미'와 '자기 각성'의 내용을 담고 있다. 화자인 '망양초'는 자연 속에서 "快樂"을 느끼고, 신에게 "自我를 革命시켜" 주도록 기도한다. 인간은 개인의 힘이 미치지 않는 사회 전체의 동향에 휘말리거나, 스스로 통제할 수 없는 감정이나 정념에 사로잡히는 경우, 불가항력적인 것들의 배후 혹은 자연을 절대화한다.[88] 도시라는 공간을

86 徐椿, 「男女相互補短에就하야」, 『여자계』 6, 1921, 16면.
87 望洋草, 「××언늬에게」, 『여자계』 3, 1918, 34~35면.
88 가메이 히데오, 김춘미 역, 『메이지 문학사』, 고려대 출판부, 2006, 123~124면.

떠난 망양초에게 자연의 섭리는 하나의 커다란 진리로 의식된다.

그러나 그에게 자연은 "恐怖"와 "戰慄"의 대상이 되기도 한다. 그 공포는 벼락 맞은 나무의 '소생 불가능성'에서 비롯한다. 자연 앞에서 신의 섭리에 순종하기로 했던 망양초는 벼락 맞은 나무의 어찌할 수 없는 운명에 자신의 번민을 비춰보며 절망한다. 유학생인 자신에게 불가항력적으로 쏟아진 '문명의 힘'과 '벼락'을 병치한 것이다. 그러나 망양초는 자신의 번민을 '치유'하기 전에는 다시 도시로 돌아가지 않을 것을 결심한다. 이 결심은 자신을 병든 자아로부터 벗어나게 하려는 '生'의 의지로 변모한다. 문명의 힘 앞에서 무기력한 인간을 자연 앞에서 무기력한 인간과 견주어봄으로써 필자는 자기 의지를 획득한다.

『여자계』에서 망양초는 '예술의 창조자'를 "자연의 마리아"[89]에 비유하는데, 이는 모두 '개성의 최대 발현태'라는 점에서 등가성을 갖는다. 망양초의 「영희의 일생」에서는 피아노를 연주하는 주체가 자연 속에서 '생명'의 신비를 느끼고 예술, 사랑의 의미를 생각하는 장면이 나온다. 이는 갈향葛香의 「정오正午」에서도 반복된다. 「정오」에서 피아노 연습을 하던 나는 꿈결에 신의 환영을 경험하며, 자기의 '수치羞恥'를 깨닫기도 한다. 수치의 깨달음은 '참사랑'의 이해, 『주晝의 곡曲』 연주로 이어진다. 그리고 '나'의 이 경험은 "主의 生命錄에 記錄될 復活"에 비유된다. 여성의 개성 발현과 자기 해방을 꿈꾸는 『여자계』의 필자들에게 '예술'과 '신가정'은 이상향으로서의 가치를 공유한다. 이때, 신가정은 구가정의 확장이나 연장의 성격을 띠기보다는 새로운 '창조'로서의 의미를

89 望洋草, 「영희의 일생」, 『여자계』 5, 1920, 48면.

획득한다. 이것은 옥로玉露의 「결혼結婚과 연애戀愛」에서 언급된 신가정의 성격과 통하는 부분이다.

> 구도덕에서 결혼이란 것이 그 당사자의 가정창조가 아니요 부모의 지은 가정의 확장연장으로 생각하든 사회에 적합하든 제도가 각인의 개성이 힘잇게 각성하야 결혼은 자기위하여서의 결혼이요 자기 이상을 출현식힐 새 가정의 창조라고 생각하는 새 사회에 적합지 않을 것은 명백한 사실일 것이웨다.[90]

당대 '사람됨'이 '개성', '인정', '참된 생'과 등가에 놓였다면 자연은 신가정, 예술과 등가에 놓인다. 첩의 딸인 영희는 불안한 생활 속에서도 예술과 자연을 통해 모든 시련을 잊는다. 영희의 불안이 '아버지와 어머니'의 관계에서 기인한 것이라면, 영희에게 구도덕에 얽매인 가정을 벗어나 만난 '자연'과 '예술'은 신가정이 가진 자유와 해방의 이미지와 등가에 놓인다. 영희는 지식에 대한 강박 때문에 신경증을 앓고 있는 인물이다. 문명으로 인한 병을 자연과 예술이 주는 해방감에서 치유하려는 태도는 도시 생활의 피로를 자연을 통해 해소하려는 인물에게 자주 나타난다.

김환의 「RT兩兄의게」[91]에서 일본 유학 중에 미학을 공부하는 '나'는 "自己生命"을 압박하는 모든 제도로부터의 일탈을 생각하다가 자연이 가진 초월성을 떠올린다. 글에서 그가 "所謂富者"를 "社會의 寄生蟲", "小作人"으로 전락시키는 것은 자연을 창조한 '신의 눈'으로 인간세계를 봤을 때이다. 그러나 그는 망양초처럼 도시를 벗어나 자연 속으로

---

90 玉露, 「結婚과 戀愛」, 『여자계』 6, 1921.1, 33면.
91 흰뫼, 「RT兩兄의게」, 『여자계』 4, 1920.3, 16면.

들어가지 못한다. 그리고 고국에 돌아가 생명을 바쳐 투쟁하지도 못한다. 다만, 그는 편지의 발신인인 선배에게 자신을 "極端的個人主義"로 '오해'하지 말아줄 것을 당부한다. 김환은 자신이 사회와 공익을 위해 이상을 실현할 것이며, 그 이상 실현을 위해 철저하게 고통 받고 번민 중임을 토로할 뿐이다.

이 글은 김환이 김동인과 함께 순수문예지 『창조創造』를 간행하고 예술지상주의를 표방하던 시기의 처지를 보여준다. 이 글이 『여자계』의 다른 글과 함께 게재될 수 있는 이유는 '자기'를 통한 '해방의 사상'을 드러내기 때문이다. 김환은 겉으로는 선배들에게 자신을 오해하지 말라고 당부하지만, 그 이면에는 자신을 향한 '동감 동정'의 요구가 자리한다. 잡지를 통해 공공연하게 자신의 사상을 인정받길 원하는 그의 태도는 동감 동정의 문제가 사상적 이해, 담론의 공유에 기반하고 있음을 보여준다. 자연에서 주체의 자유와 개성의 발휘라는 이상향을 발견하는 망양초와 김환의 의식에는 '루소 사상'의 영향력이 내재한다.

루소의 사상은 앞서 살펴본 '사랑의 우정화' 외에도 '자연주의'의 측면에서 그 영향력을 감지할 수 있다. 이는 최승만이 「여자 해방 문제」에서 여자의 '자유'와 해방을 "루-쏘의 民約論"[92]에 근거해 논의하는 부분이나, 노자영의 「부인문제」에서 프랑스혁명이 루소의 사상에 영향을 받은 것을 언급하는 부분에서도 나타난다. 특히 노자영은 프랑스혁명에서 여성의 참정권을 주장한 "온립 도구"[93]에 주목하는데, 이 '올랭프 드 구즈(1748~1793)'야말로 루소의 사상에 깊이 영향받은 여성운동가이다.

---

92 極熊, 「女子解放問題」, 『여자계』 4, 1920.3, 10면.
93 春城, 「婦人問題」, 『여자계』 5, 1920.6, 4면.

노자영은 『여성과 시민의 권리 선언』을 쓴 올랭프 드 구즈가 사회를 교란한다는 명목으로 단두대에서 처형된 것을 역사적 오류라 판단한다. 이것은 '선악의 구별과 같은 형이상학의 이원론이 성차별주의와 인종주의 같은 모든 형태의 집단 억압에 이데올로기적 기반이 됨'[94]을 폭로한 것이다. 초창기 페미니스트들은 정치, 종교적 억압을 부정한다는 점에서 기독교로부터 비판을 받았다.[95] 이점을 감안한다면, 『여자계』를 관통하는 페미니즘의 사상은 기독교 신앙의 실천 논리와 융화되었다는 특성을 지닌다. 이는 기독교적 희생=민족의 문명화=여성의 해방으로 환원되는 시대를 살았던 식민지 조선 여성들의 의식에서 비롯한다.

유학생들에게 끼친 루소 사상의 영향력은 망양초와 김환의 수필뿐 아니라, 나혜석의 유학 시절 교과과정,[96] 최승만의 독서력[97]을 통해서도 알 수 있다. 또한 『여자계』의 주요 필진이었던 전영택은 1917년에 간행된 『학지광』에서 루소 사상을 언급하며 "만민평등"과 "이상적 파괴"를 통한 현대화에 대해 주장하기도 했다.[98] 루소는 자기/타자, 남성/여성의 관계에 '상상력' 개념을 적용하여 억압적 규율로부터의 자유를 주장한 바 있다. 이때, 상상력은 학식이 요구되지 않는 사고 과정이기 때문에 자연과 진실에 근접한 이미지들을 전달한다. 구즈는 자연이 위계질서와 관계없으면서도 조화로운 상태라는 루소의 견해를 전유하여

---

94 벨 훅스, 박정애 역, 『행복한 페미니즘』, 백년글사랑, 2004, 230면.

95 위의 책, 230~231면.

96 나혜석, 「나의 東京女子美術學校 時代」, 『삼천리』, 삼천리사, 1938, 134면.

97 최승만, 『나의 회고록』, 인하대 출판부, 1985, 38면.

98 "나의 파괴는 위대한 원동력과 이상이 있는 파괴다. 그리스도와 루소와 루터와 같은 새로운 것을 토대로 한 파괴다. 묵은 것은 종자까지 대대적으로 파괴하고 모두 다 현대적인 것으로 해야 한다." 전영택, 「구습의 파괴와 신도덕의 건설」, 『학지광』 13, 1917.

여성에게 이성적 훈육만을 강요하는 교육제도를 비판한다. 그리고 여성이 자신의 상상력을 최대로 발휘하여 젠더의 억압적인 경계선을 일탈해야 함을 강조한다.[99] 1920년대 초 노자영은, 구즈가 루소의 사상에 영향 받은 것을 파악하고 있었다. 그는 상상력 발휘를 통한 여성의 글쓰기가 조선의 여성 해방에 원동력으로 작용할 수 있음을 보여준다. 노자영은 루소의 사상을 창조적으로 오독한 구즈를 다시 한번 오독함으로써 자신의 논리적 근거를 마련한다.

여성의 감성과 욕망에 기반한 상상력이 문학 창작을 통해 자기 발현의 기능을 가질 수 있다는 발상은 1910년대 조선의 여성작가들의 글쓰기와도 연결된다. 남아프리카 작가 "오리브슈라이나"가 쓴 『부인婦人과 노동勞動』을 '부인문제의 성전聖典'[100]으로 비유하는 당시의 분위기는 여성의 문제를 거론하는 방식에 대한 이상향이 담겨있다. 남아프리카라는 공간성과 올리브 슈라이너Olive Schreiner(1855~1920)라는 여성작가의 발화는 '성전'이라는 숭고함에 쉽게 다가설 수 없는 요소들이었다. 그러나 옥로玉露는 그 숭고함에 흠집을 내고, 남편을 "各國을 가진 奴主"에 비유함으로써 제국과 남성이 가진 권력을 전복하는 글쓰기를 보여준다. 잡지 『여자계』에 실린 여자 유학생의 글쓰기는 바로 이 균열과 전복의 지점에 위치한다. 이처럼 '비유'는 텍스트의 특성이거나 수사학적 방법일 뿐만 아니라 심리적 방어 기능을 수행하기도 한다.[101] 인간의 욕망을 담지한 상상력, 은폐되었던 여성의 감정을 활자화함으로써 독자

99 조앤 W. 스콧, 공임순 외역, 『페미니즘 위대한 역설』, 앨피, 2006, 93~94면.
100 玉露, 「우리의온길갈길」, 『여자계』 5, 1920, 12면.
101 페터 지마, 김혜진 역, 앞의 책, 241면.

의 공감을 끌어내는 과정. 이 과정이 하나의 문학 '제도'로 편입되는 시점에서 『여자계』라는 잡지가 탄생되었다.

『여자계』에서 여자 교육과 자유결혼은 여자 해방의 '수단'[102]으로 인식된다. 이것은 여자 해방이 교육받은 자를 위한 것이어서는 안 된다는 자각이 있었기 때문이다. 『여자계』는 "無敎育者와 有敎育者 사이에 有力한 媒介物"[103]될 것을 자처한다.

> 심리가 부패ᄒᆞ면 종교로 곳치나 오직우리됴션 녀ᄌᆞᄉᆞ회가 부픠ᄒᆞᆫ 거슨 뉘가구원ᄒᆞ며 무엇이약이되리오 여긔급선무는 학교 교육과 잡지의 견식이 뎨일되는 명약인줄을 셰상이 인증ᄒᆞᆫ바라.[104]

아직 여성 교육이 보편화되지 않은 조선의 상황에서 "文化의 媒介物"을 자임한 『여자계』는 학교 교육을 받을 수 없는 여자들에게 선생의 역할을 한다. 설리반이 헬렌 켈러에게 보이지 않는 추상적 개념을 가르치는 선생이었던 것처럼 『여자계』는 조선의 여성들에게 문명을 둘러싼 개념들을 가르친다. 조선문화의 개혁이 여성의 정신 개혁에 의해 이뤄질 수 있다는 믿음이 이 시기 가정과 교육, 문학 제도의 변화를 이끌어가고 있었던 것이다.

『여자계』는 "女子의 思想과 感情을 表現하는 것을 使命"으로 삼은 매체로, 그 주지는 1927년 사회주의 색채가 짙은 '속간호'에도 이어진다. 속

---

102 玉露, 「우리의온길갈길」, 『여자계』 5, 1920, 17면.
103 安明淑, 「女子界를 歡迎함」, 『여자계』 5, 1920, 24면.
104 「촉불이 꺼지려는 녀ᄌᆞ계의 고통」, 『여자계』 4, 1920, 49면.

간호에서 "熱心"과 "熱情"의 수사는 더욱 강화되며, 자기표현의 방식으로서의 '웅변'이 강조된다.[105] 일본 보통선거제도에 앞장섰던 웅변가 오자키 유키오尾崎行雄가 웅변에 가장 중요한 요소로 꼽은 '열정'은 대중을 움직이는 큰 힘으로 언급된다. 이 변화 속에서 『여자계』의 영웅은 '나이팅게일'이나 '헬렌 켈러'에서 노예해방운동에 앞장섰던 "링컨"과 "크림카 여사"로 변모한다.

1921년 6호에서 1927년 속간호의 간행까지 6년의 격차 속에서 여성 해방은 '남성'에서 '자본소유자'로 그 속박의 주체를 이동한다. 여성해방운동은 무산계급 해방운동의 자장 안에서 진행된다. 이러한 사회문화적 변화 속에서 현모양처 중심주의와 기독교에 대한 비판의 목소리는 더욱 높아진다.[106] 이 시기 『여자계』의 필자 장봉조는 일본에서 모성보호논쟁을 벌인 야마다 와카코山田若子에게서 불완전성을 느낀다. 이것은 나혜석을 비롯한 『여자계』의 필자들이 잡지 간행의 초기에 '원만한 가정'에 이상을 가졌던 요사노 아키코與謝野晶子에게서 느꼈던 부족감[107]과 상응한다. 『흐트러진 머리카락みだれ髪』에서 연애의 주체로서 성애의 욕구를 대담하게 표현한 요사노 아키코[108]는 1910년대 조선의 여성작가에게 불완전한 작가로 언급된다. 그것은 처자가 있었던 요사노 뎃칸與謝野鉄幹과의 연애를 결혼으로 관철시킨 요사노 아키코에게 조선의 신여성이 받았던 질타의 시선을 재투사했기 때문이다. 남녀 간의 사랑

105 張鳳朝, 「女性과 雄辯」, 『여자계』 속간호, 1927, 4면. 장봉조는 일본의 가정제도에서 생겨난 '萎縮'과 조선 여성 생래의 '發剌性'을 대조하며 조선 여성을 일본 여성보다 우위에 둔다.

106 丁七星, 「참自由의길」, 『여자계』 속간호, 1927, 16~17면.

107 羅蕙錫樣, 「理想的 婦人」, 『학지광』 3, 1914, 13면.

108 이지숙, 「1910년대 일본여성문학에 나타난 섹슈얼리티와 주체의식 고찰」, 김은희 외, 『신여성을 만나다』, 새미, 2004, 215~216면.

을 민족적 연대를 위한 '우정'으로 변모시킬 것을 주장한 조선 사회에서 요사노 아키코의 '원만한 가정'은 불완전성을 가질 수밖에 없다.

대신 『여자계』 속간호는 중국의 부인운동을 하나의 전범으로 삼는다. 초기 잡지에서 조선 여성만큼 비참하게 묘사되었던 중국 여성은 1925년 상해 5·30운동의 체험을 통해 여성을 초월한 '민중혁명운동'의 모범으로서 부각된다.[109] 속간호에 두드러진 "集會의 精神"[110]이나 "同性들"[111]의 수사는 1920년대 초 '자기', '개성'을 강조했던 분위기와 달리 집단성을 추구한다. 이는 여성의 해방을 사회운동의 차원으로 확대하려는 노력으로 볼 수 있다. 그러나 『여자계』는 이후 간행물을 내놓지 못한다. 이는 사상적 경향성에 따른 출판 금지 조치에 의한 것으로 파악할 수 있다. 또한 '여자계'라는 집단성의 균열, 그리고 자유, 평등, 인간 존엄성과 같은 보편적 가치에 호소하는 이들의 논리가 당대 지배담론의 논리로 흡수되었을 가능성도 생각해볼 수도 있다. 1920년대 초 개조의 분위기와 1920년대 중반 이후 사회주의운동의 자장 속에서 『여자계』의 발화는 '여자 유학생'이라는 한정된 집단성을 초월할 수밖에 없었다. 동일성이나 보편성에 입각한 호소는 오히려 당대 담론의 중심을 점하고 있는 제국과 국가, 남성이라는 억압자가 그들의 논리를 정당화하는 데 적극적으로 사용하는 경우가 많았기 때문이다.

---

109 郇城, 「中國의 婦女運動」, 『여자계』 속간호, 1927, 11면.
110 위의 글, 10면.
111 丁七星, 앞의 글, 18면.

5. 『여자계』의 성과와 한계

지금까지 조선 최초의 여성잡지인 『여자계』를 통해 당대 유학생들이 신사조에 반응하는 다양한 양상을 살펴보았다. 유학 체험을 통해 신사조를 접하고 이를 조선의 상황 속에서 재조명하는 유학생들의 의식에는 중심 담론을 향한 편입 욕망과 중심으로부터의 일탈이 가져올 불안의식이 공존한다. 지식인으로서의 불안의식은 필자인 유학생들에게 자신이 신사조의 오독자가 아님을 강조하는 글쓰기의 원인이 된다. 이 과정에서 잡지의 필자들은 독자를 의식하는 글쓰기를 했으며, 그들의 글에는 '오해, 오독, 오신'과 같은 단어들이 자주 나타남을 살펴보았다. 그러나 『여자계』의 필자들은 신사상의 오독을 통해 조선의 여자 해방을 주장하는 '오독의 창조성'을 보여준다.

일본 유학 중 신문명이라는 범주를 경험한 유학생은 그 범주로부터 일탈한 조선 여자에게 거리감을 느낀다. '행복한 우리들과 불쌍한 저네들'의 수사는 '수치심의 전이'를 동반한다. 이것은 신문명과의 조우로 겪은 조선 여성의 불안이 수치심으로 변형되고, 그 수치심은 새로운 대의 찾기로 이어진다. 이를 통해 여자 유학생과 조선의 교육받지 못한 여성들 사이에서 이루어지는 수치심의 전이는 근대문명을 위한 '자기 각성'의 지향을 가져오며, 자유와 해방을 위한 '열정'을 낳기도 한다. 또한 민족의 문명화를 향한 남녀의 교제나, 여성들의 집단성은 공통적으로 '우정'이라는 관계성을 공유한다. 남녀 사이에 섹슈얼리티가 소거된 우정, 민족 내부로 틈입하기 위한 '여자계'라는 집단성이 공유한 우정은 남녀 모두의 '개성', 즉 '사람됨'을 실현한 상태로 언급된다.

『여자계』에서 모국을 떠난 일본의 유학생들은 교육받은 여성과 교육받지 못한 여성 사이를 매개하는 역할을 자처하는 데에서 통일된 집단정신을 마련한다. 이때, 중요한 것은 이들이 공통적으로 '하느님의 뜻'에서 자신의 사명을 발견하고 있다는 사실이다. 이 기독교적 사명 하에서 여자 유학생들은 조선의 교육받지 않은 여성들에게 헬렌 켈러의 신체적 결여성을 겹쳐본다. 그리고 설리반 선생에게 '추상적 개념어'를 배우던 헬렌 켈러의 상황을 환기하며, 자신들이 조선 여성들에게 신문명의 관념을 가르치는 '문화적 매개'의 역할을 할 것이라 자처한다. 또한 루소 사상의 수용을 통해 '자연'의 상태, '상상력'의 상태에서 예술을 창조하고, 그 예술을 통해 자기 해방의 가능성을 제시한다. 이 과정에서 올랭프 드 구즈, 올리브 슈라이너 같은 인물은 조선 여성의 해방을 위한 논리적 근거로 작용한다.

『여자계』는 신사상의 수용과 유학생의 집단의식을 통해 조선 여성들에게 '감정과 욕망의 발현-자아의 각성-여성 해방-근대 문명'의 관계성을 제시한다. 그리고 여성 해방이라는 근대화의 사명 속에서 여성의 교육과 글쓰는 행위가 제도화되어가는 시작점을 보여준다. 유학생들은 '시대적 윤리'와 '여성적 직분'이 교차하는 자리에서 자신의 사명을 찾는다. 『여자계』의 여자 해방론은 기독교적 수사와 비유에 의해 지배되는 담론으로 '여자 해방'이라는 개념의 형성과 체계화 과정에 맞물려 있다. 식민지 조선의 여성이라는 이중의 억압 속에서 유학생들은 여자 해방 사상에 반응했고, 신사상의 오독과 그 오독의 창조적 연쇄 속에서 자신의 내면을 언어화할 수밖에 없었다. 인간의 욕망을 담지한 상상력, 은폐되었던 여성의 감정을 활자화함으로써 독자의 공감을 끌어내는 과정. 이 과정이 하나의 문학 '제도'로 편입되는 지점에 잡지 『여자계』가 놓여 있다.

그러나 여자 유학생과 교육받지 못한 하층 여성 사이의 거리감, 현모양처 교육에 대한 여자 유학생과 남자 유학생의 의식 차이에서 알 수 있듯, '여자계'를 둘러싼 '해방'의 목소리는 쉽사리 그 접점을 찾지 못한다. '우정'과 '열정'이라는 관념어의 체계 속에서 '민족의 근대화'를 향해 나아갈 뿐이다. 이러한 문제는 자유, 평등, 인간의 존엄성 등과 같은 보편적인 가치를 통해 '차이'의 인정을 호소했던 당대 필자들의 글쓰기에 기인한다. 동일성이나 보편성에 입각한 호소는 당대 담론의 중심을 점하고 있던 제국과 국가, 남성이라는 억압 주체가 그들의 논리를 정당화하는 데 적극적으로 사용하는 경우가 많았기 때문이다. 여성들이 분열된 자신을 고백의 형식으로 대상화했던 것도 봉합되지 못한 당대 여자계의 상황을 보여주는 것이라 하겠다.

제3장
이태준 소설에 재현된 식민지 조선의 학교

1. 학생이 읽는 소설과 학생을 읽는 소설

학교에 입학한 학생이 입학 첫 날, 가장 먼저 배우는 것은 교사의 '호명'에 대답하는 법이다. 식민지 시대 작가들 역시 학생이라는 이름으로 자기를 지각했던 기억을 가지고 있다. 입학난을 거쳐 들어간 학교라는 공간과 학생이라는 특권을 향유했던 시절의 기억은 작가들의 글쓰기에 투사되기 마련이다. 이태준 수필에 나타난 다음의 회고는 그가 학생으로서 자신을 어떻게 기억하는지, 그가 학교에 대해 어떤 의식을 지녔는지 보여준다.

> 소학교를 졸업하는 날이었다. 그날 졸업식장에서는 내가 제일 빛나는 아이였다. 첫째로 내려오다 졸업에도 첫째로, 우등으로 하는 아이는 나뿐이었다. 상장을 타고 답사를 하는 아이도 나뿐이었다. 나는 제일 빛나는 졸업생이었

다. (…중략…) 그때 상급학교라고는 으레 농업학교로 갈 줄만 알았다. 동무들은 모두 입학원서를 얻어다 쓰는데 나는 구경만 하는 수밖에 없었다. 그들이 한없이 부러웠다. 그러나 입학금과 책값을 달랄 사람이나 보증인에 도장을 찍어 달랄 사람은 없었다. 그렇다고 나뭇짐이나 지고 다른 아이들이 학교 가는 것을 바라보기만 하기는 싫었다. 그때 나에겐 어머니가 돌아가셨더라도 어머니의 혼령은 나를 보호해 주시려니 나를 잘되게 해주시려니 하는 믿음이 어디선가 들리기 시작했다. 그래서 허턱 잘되어보려 고향을 떠났던 것이다.[1]

학교라는 교육 공간은 이태준에게 우등, 입신과 같은 지적 권력을 알려준다. 그리고 그는 학교에서 입학금과 보증인이 결여된 자기 처지에 대한 부정, 상급학교에 지원하는 친구들에 대한 부러움을 동시에 경험한다. 식민지 작가 이태준의 유년 기억에서 우리는 일본이 기획한 식민지 교육제도가 예상치 못한 결과를 초래함을 알 수 있다. 일제의 무단통치 기간과 맞물리는 식민지 교육은 실용을 기조로 한 '저급한 노동력'의 양성과 일제의 '충량한 신민'을 만들 목적으로 진행되었다. 그러나 일본인의 기대와 달리 조선인은 상급학교 진학을 열망하고, 당대 학생들의 향학열은 조선에 입학난을 가져온다. 5%를 넘지 못했던 1910년대의 취학률은 1920년대에는 14.7%, 1930년대에는 33.2%, 1940년대에는 47.7%까지 이른다.[2] 제국은 조선인이 상급학교에 진학할 수 없도록 간이학교와 4년제 보통학교를 설립했다. 그럼에도 불구하고 조선의 많은 학생들은 중등, 전문학교에 입학하기 위해 입시지옥을 치른다. 시험은

---

1 이태준, 「내게는 왜 어머니가 없나?」, 『무서록』, 깊은샘, 2003, 225면.

2 오성철, 『식민지 초등교육의 형성』, 교육과학사, 2005, 134면.

'권력과 지식을 이중으로 겹쳐놓은 상태'를 구현하는 장치이다.[3] 이태준 소설에 자주 등장하는 입학시험 전의 긴장감은 일본이 의도한 계몽의 기획이 굴절된 장소에서 일어난다.

이태준 소설에서 '학교'는 운영 주체, 학습 주체에 따라 다양한 문제적 상황을 만들어낸다. 그의 자전소설 『사상의 월야』(1941~1942)는 서당부터 동경 와세다 대학에 이르기까지 이태준이 체험했던 교육 공간을 배경으로 삼는다. 또한 초기 단편소설 「고향」(1931), 「실낙원」(1932) 뿐 아니라, 역사소설을 제외한 장편소설은 모두 학교를 전경화한다. 그의 장편소설 대부분이 학생과 교사가 겪는 내적 번민을 중요하게 다룬다는 점을 생각해볼 때, 작품에 드러난 사제의 표정은 학교를 축소판으로 삼아 읽은 당대 사회의 단면이라 해도 과언이 아니다. 특히 이태준에게는 1931~1941년 사이 이화여자전문학교, 경성보육학교 등에 출강한 이력[4]이 있다. 그러므로 학생을 그린 그의 소설에는 학생과 교사의 이력을 가진 작가의 기억이 자리한다.

당대 평자들은 이태준의 장편소설을 여학생들의 감상 취미에 호소한 "여학생 소설"[5]로 혹평한 바 있다. 김기림과 백철이 이태준 소설의 잠재적 독자를 여학생으로 상정했다는 것은, 당시 독서에 대한 서열화의 시선을 드러낸다. 서적과 여성 독자의 증가는 역으로 여자의 읽을거리에 대한 규범의 재편과 강화를 초래했다.[6] '여성용 독서 목록'이라는

3 스티븐 J. 볼 외, 이우진 역, 『푸코와 교육』, 청계, 2007, 98면.

4 「文壇風聞」, 『별건곤』 44, 1931.10; 「빛나는 梨花女專門 文科全貌」, 『삼천리문학』 창간호, 삼천리사, 1938.1; 「情報室」, 『삼천리』 13(9), 삼천리사, 1941. 9.

5 김기림, 「작가론—스타일리스트 이태준씨를 논함」, 『조선일보』, 1933.6.27; 백철, 『조선신문학사조사—현대편』, 백양당, 1949, 332면.

6 平田由美, 임경화 역, 『여성 표현의 일본근대사』, 소명출판, 2008. 79면.

범주는 여성의 문학이나 학문 등을 둘러싼 계급적 억압에 대한 은밀함을 드러낸다. 여성 독자의 지적 수준이 남성 독자에 비해 저급하다는 판단은 여성이 "책을 읽는 자가 아니라 책에 읽히는 자"[7]라는 시각을 전제한다. 백철이 이태준의 소설에 대해 던졌던 가혹한 비판을 뒤집어 보면, 이태준 소설을 당대 (여)학생 문화의 관점에서 재독할 수 있는 방법론을 제공한다. 이때, 이태준 소설은 여학생이 읽는 소설인 동시에 여학생을 읽는 소설이 된다. 일제강점기 학생의 표정과 학교의 현실을 읽는 이태준의 시선은 자신의 학생 시절을 투영하는 동시에 작가이면서 교사였던 그의 문제의식을 담고 있다.

그간 이태준 소설에 대한 논의에서 학교는 '근대적 계몽주의의 학습 공간'[8]이나 개인의 성장과 인성이 형성되는 '교양의 공간'[9]으로 해석되었다. 이는 그의 소설에서 학교가 신문명 습득의 통로로 인식되어 왔음을 보여준다. 그 신문명이 민족 전체의 각성이라는 집단적 이상과 연결될 때, 이태준 소설 속에서 교육 공간은 '민족주의적 계몽성'[10]을 획득한다. 그러나 소설에서 인물이 식민지 교육제도와 대립하고 이 때문에 교육적 이상이 좌절될 때, 학교는 '계몽의 실천이 실패한 공간',[11] '개인의 현실적 성공을 보장받는 공간'[12]으로 전락한다. 기존의 연구사를 통

---

7 「小說に對する女子教育の注意」(『少年園』 2(18), 1889.7.18), 위의 책, 86면에서 재인용.

8 양진오, 「이태준 장편소설 분석」, 『서강어문』 10, 서강어문학회, 1994, 272면.

9 안남연, 「이태준 장편소설의 작중인물 유형 연구」, 『한국어문학연구』 4, 한국외대, 1992; 허병식, 「한국 근대소설과 교양의 이념」, 동국대 박사논문, 2005, 141면.

10 채호석, 「이태준 장편소설의 소설사적 의미」, 『상허학보』 1, 상허학회, 1993, 305면; 박헌호, 『이태준과 한국 근대소설의 성격』, 소명출판, 1999, 209~224면.

11 하정일, 「계몽의 내면화와 자기 확인의 서사」, 『상허학보』 3, 상허학회, 1996.

12 송인화, 『이태준 문학의 근대성』, 국학자료원, 2003, 246~247면.

해 우리는 이태준의 소설 속 학교가 신문명을 통한 조선인의 계몽을 전제한 공간임을 알 수 있다. 그러나 기존의 연구는 이태준 작품의 일부를 다루거나 학교라는 공간을 계몽과 동일시함으로써 그 안에서 벌어지는 인물들의 대립과 의식의 변화 양상을 구체적으로 조망하지 못했다. 이는 학교라는 공간을 중심에 놓되, 연구 대상의 폭을 확대하거나, 당대 교육제도가 인물들의 의식과 관계 형성에 미치는 영향력을 추적하는 작업이 필요함을 암시한다. 또한 작가의 전기적 사실과의 관련 속에서 그의 소설을 재독할 여지를 준다.

이태준의 소설에는 계몽의 형식에 대한 작가 개인의 양가적 인식이 자리한다. 이는 기존 연구에서 '교육제도'를 언급하는 논문이 계몽의 이상성과 이상의 좌절이라는 양극의 측면을 부각하는 연구로 대별되는 데서도 알 수 있다. 그런 의미에서 식민지 조선의 교육 공간을 일본인과 조선인 사이에서 형성된 '동상이몽의 장'[13]으로 언급한 오성철의 논의는 시사하는 바가 크다. 그의 연구는 1930년대 초등교육의 형성 과정을 제시하되 통계적 지표를 중심 자료로 활용한다. 그러므로 우리가 당시 교육제도를 둘러싼 주체들 간의 관계, 그 속에서 발생하는 식민지인의 의식 변화, 지적 욕망의 정도를 가늠할 수 있기 위해서는 문학 자료의 분석이 보완되어야 한다. 그런 맥락에서, 작가가 식민지 조선과 제국 일본의 교육제도를 몸소 체험하고 그 구체적 내용을 담은 이태준의 소설은 학교라는 공간을 둘러싼 당대 조선인들의 의식을 고증하는 데 좋은 예시가 될 수 있다. 특히 이태준 소설에 전경화된 학교가 조선

13 오성철, 앞의 책, 5면.

인들에게 편입 욕망의 대상인 동시에 일탈과 개조의 대상으로 그려진다는 점은 문제적이다.

이태준이 소설을 창작한 1920년대부터 1930년대 중등학교 합격률은 40%에도 미치지 못했으며 입학 경쟁은 시간이 지날수록 격화되어, 1939년 전체 중등학교 입학 경쟁률은 5대 1에 육박했다. 식민지 시대 학교의 증가와 향학열의 상승은 다음과 같은 요인에 기인한다. '정치적 실력 양성이라는 공동체적 동기, 개인적 차원에서의 상승적 사회이동 기회의 포착, 사회적 차별에서 탈피하려고 하는 전통적 동기, 식민지적 수탈 경제체제하에서 학교 교육으로 활로를 모색하려는 생존 전략'[14]이 그것이다. 입학난 속에서 학교는 '지식-권력-교육'의 관계에 놓인다. 조선의 젊은이들에게 식민지 교육은 '학생'이라는 이름을 부여하고, 학생들을 규율 권력의 순응자로 변모시킨다. 또한 학생을 권력의 주체로 만들기도 한다. 『제2의 운명』(1933), 『불멸의 함성』(1934~1935), 『사상의 월야』와 같은 소설에서 학생 되기를 열망하는 주체들은 학교 규율을 내면화하는 과정을 거치는 동시에, 대중을 계몽하는 주체가 된다.

이태준 소설에서 두드러지는 '학교'라는 공간성은 여러 개의 관찰적 시선을 내포한다. 관찰은 관찰자에게 권력의 효과를 가져다주는 장치이며, 동시에 피관찰자를 가시적으로 만드는 장치이다.[15] 이태준은 학생-교사, 학생-학생, 교사-교사, 교사-관리 사이에 존재하는 관찰적 시선을 잘 포착해낸다. 이 사이에 형성된 권력과 동정의 효과는 제국과 식민지 사이에 존재하는 경계를 마련한다. 작가는 이 경계를 통해 학교 교육이 식민지

14 위의 책, 175~186면.

15 미셸 푸코, 오생근 역, 『감시와 처벌』, 나남, 1997, 256면.

이데올로기의 교화뿐 아니라, 예상치 못한 모순적 결과를 초래했음을 보여준다. 학생이 되고 싶은 식민지 조선인의 욕망이 식민지 교육제도를 운용하는 일본의 규율 권력을 확대했다면, 그 규율 권력 안에서 지적 능력을 키운 조선인들은 교사를 '응시'하거나, 교사를 향해 자신의 '목소리'를 낸다.

학교라는 동일한 교육 공간이 식민 지배 집단과 조선인에게 각기 다른 것을 의미했다면, 실제로 학교에서 이루어진 교육 역시 식민 지배 집단이 의도하고 계획한 것의 일방적 관철이라 단언하기 어렵다. 교육 담론은 원칙이나 이유를 만들고 정당화하는 데 봉사한다. 그러나 이러한 전략들은 실제로 적용되는 과정에서 저항을 받기도 하며, 변용을 거치기도 한다.[16] 학생이 교사로부터 소외될 수 있는 것처럼, 교사 역시 학생들로부터 소외될 수 있다. 식민지 학교에는 이러한 '상호예속'[17]의 원리가 작동한다. 학교가 만들어준 집단성은 우정과 사랑이라는 정적 관계의 원인이 되고, 이러한 관계와 집단성은 제국이 마련한 교육제도의 기대 효과를 전복한다. 연애와 우정은 지식-권력의 장에 포섭되지 못하지만, 교육 공간의 분위기를 창출한다. 교과서를 암기하고, 시험을 통해 서열화되는 학교 분위기를 둘러싼 인적 네트워크는 제국이 기대한 순종적 학생을 변모시키는 힘을 지닌다.

이태준 소설에 등장하는 학생은 자신의 욕망과 실존적 상황이 필요로 하는 지능을 계발하고, 지적 주체로서의 자기를 만들어간다. 그의 소설에서 권력-지식의 관계는 알게 되는 주체(인식 주체), 알게 되는 대상(인식 대상), 지식 전달의 형식을 통해 분석되어야 한다. 그러므로 이

---

16 스티븐 J. 볼 외, 이우진 역, 앞의 책, 134면.
17 자크 랑시에르, 양창렬 역, 『무지한 스승』, 궁리, 2008, 173면.

글에서는 이태준 소설에 전경화된 학교와 학교문화의 양상이 당대 교육제도와 갖는 상관성을 드러내고, 작가가 식민지 학교를 읽는 시선이 의미하는 바를 구명하겠다.

2. 식민지 교육제도를 전복하는 지적 욕망

1910년대 조선의 학교는 '보통학교 기피', '입학정원 부족' 사태를 겪었다. 서당이라는 조선의 전통 교육에 대한 믿음, 일제의 학생 강제 모집과 순사에 대한 공포가 공교육에 대한 조선인의 반감을 야기했기 때문이다.[18] 이태준의 자전소설 『사상의 월야』는 학동 송빈이 대학생 송빈으로 성장하는 과정, 조선에 '학교'가 정착하는 과정에 중점을 두어 다시 읽을 수 있는 작품이다. 주인공 송빈은 서당 교육을 받다가 사립 봉명학교에 입학한다. 이태준이 입학한 사립 봉명학교는 '용담서당'을 증축하여 만든 학교로, 서당의 공간을 늘리고 운동장을 만들어 설립되었다.[19] 서당이 근대식 학교로 공간적 변이를 겪는 때에, 학생 이송빈의 지적 이력도 변모한다.

이태준이 이 소설을 창작한 시기는 1940년대 초이다. 작가가 된 이태준에게 '분판粉板' 없이 '사판沙板'에 글씨를 써서 배우는 서당 교육은 하나의 "정취"로 기억된다. 그에게 서당은 각기 다른 사투리를 사용하는 훈장과 학생들 속에서 조선어를 '외국어'처럼 들으며, '공부가 아닌 아

---

18 김진균 · 정근식 외, 「일제하 보통학교와 규율」, 『근대 주체와 식민지 규율 권력』, 문화과학사, 1997, 81면.

19 이태준, 『사상의 월야』, 깊은샘, 1996, 45면.

우성을 치는 곳', '천자 한 권을 다 떼고도 실상은 단 백 자도 모르는 곳'이다. 이태준의 이러한 기억은 이미 동경 유학까지 경험한 지식인의 것으로, 근대 학교를 기준 삼아 소급 적용된 서당의 풍경이라 할 수 있다.

학교를 배경으로 한 이태준의 소설들은 근대 교육제도가 자리를 잡은 1930~1940년대에 창작되었다. 『사상의 월야』는 작가가 기억에 의존하여 서당부터 동경 유학까지 식민지 시대를 살았던 당대 젊은이들이 겪을 수 있는 지적 경계의 안팎을 형상화한 작품이다. 서당에서 천자문과 사서삼경을 읽었던 송빈은 학교 입학을 앞두고 산술과 언문, 창가를 공부했으며 상경하여 중학 입학을 앞두고 있을 때에는 '영어'라는 과목을 처음 접하고 당혹스러워 한다. 학교가 만들어 놓은 과목과 시험은 송빈에게 학문적 경계 인식과 '공부=과학'의 동일시를 가져다준다. 송빈은 사립 봉명학교와 휘문중학의 입학시험에서 '입학난'과 서열화된 학교문화를 체험한다. 소설 속 송빈이 지닌 교육적 욕망은 식민지 학생들의 향학열과 치환될 수 있다.

> 서울 가서 공부한다는 매부의 금단추 번쩍거리는 교복을 보고는 '나도 서울로 공부가야 한다!'는 결심만 굳어졌다. 사실 송빈이뿐 아니라 봉명학교 학생들은 모두 '고꼬와 오꾸니노 남바꾸리' 창가도 부르고 싶었고, 일본말로 욕도 할 줄 알고 싶었고, 여기 선생님들도 금테 모자에 금줄친 양복에 칼을 찼으면 싶었다. 한번은 송빈이 반에서도 학감이시오 이야기 잘해 주시는 수염 긴 한문 선생님께 그런 청을 해보았다니
>
> '흥, 이 어리석은 사람들아 군사부일체를 모르나? 어느 애비가 자식헌테 칼을 차구 대허누? 안될 말이지.'[20]

송빈이 다닌 사립 봉명학교 학생들은 학교에서 일본어를 배우지 않기 때문에 4학년은 졸업반이 되어도 중학교에 입학하려면 '일어강습회'에 참가해야 한다. 1911년 학무 당국은 사립학교규칙을 공포하여 사립학교의 감독을 강화하고, 완전한 교육을 지향하는 관공립 교육기관과 동일한 교과과정 실행을 강요한다.[21] 그러나 이태준 소설에서 사립학교 학생들은 상급학교 진학을 위해 이중고를 겪는다. 조선 학생들의 향학열에는 상급학교 진학을 억제하기 위해 4년제 단기 학습기관을 허가한 일제의 교육기획을 전복하는 지적 욕망이 내재한다. 송빈은 봉명학교를 졸업한 후, 간이 농업학교-휘문중학-와세다 대학으로 교육 공간을 이동하는데, 그 추동력은 바로 조선의 학교 제도이다.

간이농업학교에 들어간 송빈은 공립 보통학교 출신 학생들에게 '사립학교에서 온 못난이' 취급을 받는다. 그러나 송빈은 오히려 '면서기, 헌병 보조원, 군청 기수'를 열망하는 공립학교 학생들과 그 학생들을 만족스러워하는 교장의 태도에 냉소한다. 간이농업학교는 '조선교육령'[22]에 의해 설립된 것으로, 실업교육을 통해 조선의 학생을 농촌·농업에 묶어 두고 저급한 노동력으로 활용하려는 제국의 의도가 개입된 교육기관이다. 일본에서 유학하고 돌아온 오문천 선생이 가르쳐준 한시를 가슴

---

20 위의 책, 68면.

21 오천석, 『한국신교육사』, 현대교육총서출판사, 1964, 261~263면.

22 위의 책, 246면.
제20조 실업학교는 농업, 상업, 공업 등 실업에 종사하려는 자에게 필요한 교육을 하는 곳으로 한다.
제21조 실업학교를 나누어 농업학교, 상업학교, 공업학교 및 간이 실업학교로 한다.
제22조 실업학교의 수업 연한은 2년 내지 3년으로 한다.
제23조 실업학교에 입학할 수 있는 자는 나이 12세 이상으로서, 수업 연한 4년의 보통학교를 졸업한 자 또는 이와 동등 이상의 학력을 가진 자로 한다.

에 새기고 있던 송빈은 학교가 많은 서울에 가기 위해 가출한다. 조선 지식인들이 일본의 문명화 이론을 실력 양성론으로 전유하듯, 기쿠테이 고스이菊亭香水의 소설 『세로일기細路日記』(1884)[23]에 등장하는 구절 역시 송빈에 의해 전유된다. 송빈은 일본 메이지 청년의 향학열을 그린 소설 속 주인공과 자신을 동일시하는 상상력을 통해 삶의 방향을 설정한다. 간이 농업학교에서는 자신의 꿈을 이룰 수 없다는 판단, 더 좋은 교육 환경에서 공부해야 한다는 확신은 바로 일본이 조선에 세운 학교가 송빈에게 가르쳐준 것이다.

학력 콤플렉스는 식민지 학교에서 비롯한다. 송빈이 보성중학 학생들의 교모를 몰래 써보다가 수치를 당한 것처럼, 중심과 주변의 정치학은 식민지 학생에게 상대적 박탈감을 가져온다. 교복은 학생과 학생 아닌 사람을 구별함으로써 신분의 상징적인 위계를 유지한다. 보성중학생이 가진 권력과 학생이 아닌 송빈이 느끼는 수치심은 교복에 의한 구별 짓기에 기인한다. 수치심을 느끼는 주체는 기존의 윤리적 대의를 박탈당하지만, 그것에 집착하지 않고 다른 대의가 들어설 공간을 마련한다.[24] 송빈에게 남의 교모를 몰래 쓴 비윤리적 행위는 학생들의 폭력을 감내하는 것으로 지워질 수 있지만, 좋은 학교의 학생이 되어야 한다는

---

23 양문규, 「『탑』과 『사상의 월야』의 대비를 통해 본 한설야와 이태준의 역사의식」, 『이태준 문학의 재인식』, 소명출판, 2004, 115면. 『사상의 월야』에서 송빈은 이 한시를 이토 히로부미의 것으로 기억하고 있다. 그러나 양문규의 연구에 의하면, 이 시는 기쿠테이 고스이의 소설 『세로일기』(1884)에 등장하는 구절로, 『세로일기』는 후쿠자와 유키치(福澤諭吉)의 『학문을 권함』이나 나카무라 마사나오(中村正直)의 『서국입지편』에서 강조한 입신출세적 인간상을 문학적으로 형상화한 작품이다.

24 Jacques Lacan, *The other side of psychoanalysis*(New York : W. W. Norton, 2007), 박제철, 「죄책감과 수치심 사이에서의 윤리」, 『문학동네』 55, 2008, 383~388면에서 재인용.

강박은 지적 사명감을 남긴다. 학교라는 교육제도가 내부에 겹겹의 서열화된 경계를 가지고 있다는 것을 인식한 송빈이나 『불멸의 함성』의 두영이 동경과 미국으로 떠나는 것은 모두 수치의 경험에 기인한다.

어렵게 상경한 송빈은 입학시험을 위해 일어, 영어, 산술, 조선어 작문을 공부한다. 그에게 일어와 영어에 대한 언어적 두려움을 느끼게 한 것은 바로 학교가 마련한 시험이다. 시대가 요구하는 언어력은 학교에 의해 더욱 공고해진다. 시험은 본질적으로 표준화 과정이다. '입학난'[25] 이라는 말이 조선에 처음 생긴 1921년, 송빈은 휘문고보 2학년에 입학한다. 그는 합격의 기쁨을 '세상에 나와 처음 경험해 보는 성공감과 희망의 감격'이라 표현한다. 이처럼 이 시대 청년들은 시험을 통해 '자기(능력)'를 인식한다. 그러나 뒤집어보면, 이 순간 송빈은 교육제도 안에서 다양한 방식으로 분류되는 대상체, 학교에 '종속된 존재' 또는 '정치적으로 지배받는 존재'[26]가 되는 것이기도 하다.

송빈이 휘문의숙에 입학한 1920년대 초, 경제적 여건에 의한 조선 학생의 중퇴율은 20%에 이른다.[27] 송빈이 휘문의숙 학생인 동시에 '고학생 갈톱회'의 회원이 되는 것, 『불멸의 함성』의 두영이 가정교사 일을 하는 것은 모두 학생이 되기 위한 방편이다. 학교 안에 형성된 고학생 문화는 이태준의 소설에서 자주 등장하는 것으로, 이태준의 학창 시절 기억과 관련된다. 그의 학창 시절 추억을 담은 「학창의 추억—P군 생각」[28]에서 W고보 2년급 P군은 월사금을 내지 못해 수업 시간에 쫓겨

---

25 「悲慘! '一對六'의 此悲慘」, 『동아일보』, 1921.3.27; 「悽慘한 入學難의 絶叫」, 『동아일보』, 1921.4.10.

26 스티븐 J. 볼 외, 이우진 역, 앞의 책, 36면.

27 오성철, 앞의 책, 158면.

나고 강제 퇴학을 당한다. 실제로 이 시기 조선에서는 수업료 지불과 관련해 체납과 미납 아동에 대한 독촉, 구타, 퇴학 조치[29]가 빈번히 나타난다.

P군의 일화는 소설 『불멸의 함성』 첫 장면에 반복됨으로써 그 기억이 이태준에게 각인되어 있음을 알 수 있다. 수필과 소설에서 P군의 일화는 '어용'의 일화로 변모한다. 수필과 소설에서 반복되는 내용과 그 내용 사이의 차이는 이태준이 체험한 사실과 기억이 어떤 부분에서 변용되고 굴절되었는지 드러낸다. 소설에서 어용은 돈을 구하기 위해 도둑질을 하다가 잡혀 신문 기사에 등장하고, 그 기사를 본 학교 측은 학교 명예를 위해 어용의 퇴학을 다행스럽게 판단한다. 그리고 두영은 동정심을 갖고 교장을 찾아가 어용을 보호해 줄 것을 요구하지만, 교장은 이를 받아들이지 않는다. 이태준은 소설에서 자신을 반항적 학생으로 부각하고, 학교를 '규율 권력 기관'으로 강조한다. 이는 처벌을 받은 학생이 느꼈을 폭력성과 수치심을 극대화하는 결과를 낳는다.

처벌이라는 단어에는 학생이 자기의 실수를 느끼게 하는 모든 일, 아동에게 수치심을 주고 창피하다는 생각을 일으키게 하는 모든 방법이 포함된다.[30] 이때, 다른 아이들의 동정은 가장 끔찍한 처벌이다. 교사에게 맞는 매에 대한 두려움이 아닌, 같은 교실에서 수업을 받는 학우들에게서 느끼는 수치심은 도덕성과 연관된다. 그러므로 공개적인 처벌

---

28 이태준, 「학창의 추억—P군 생각」, 『학생』, 1930.6.

29 관련된 기사로는 「보통학교 수업료 문제」, 『동아일보』, 1928.2.26; 「수업료의 체납과 강제징수」, 『동아일보』, 1928.5.30; 「수업료 체납자 3백여 호에 차압」, 『조선일보』, 1931.6.17; 「수업료 체납생을 교수 시간에 축출」, 『조선일보』, 1931.7.5 등이 있다.

30 미셸 푸코, 오생근 역, 앞의 책, 269면.

은 하나의 '윤리적 장치'이다.[31] 학력이 있어야만 일자리를 얻을 수 있는 식민지에서 제도가 당대 학생에게 향학열을 요구했다면, 학교는 학생에게 '월사금 미납자=범죄자'의 낙인을 찍고 재생의 가능성을 차단한다. 두영이 어용의 일을 목격하고, 자신이 공부하는 목적이 '세상의 진리를 알'[32]기 위한 데 있다고 되새기는 것은 당대 식민지 교육 환경과 관련된다. 상급학교 진학과 학생 통제를 위해 시험과 규율만을 강조하는 학교 교육을 체험하고, 두영은 '학교가 남이 알아놓은 지식을 암기하는 곳이 아니라'고 독백한다. 그의 독백은 식민지 교육제도에 대한 비판인 동시에 미국 유학의 원인이 된다.

『불멸의 함성』에서 학교의 명예를 위해 고학생을 퇴출하는 장면이 소설화되었다면, 『사상의 월야』에서는 체조 선생이 학교에서 지정한 내의를 입지 않은 송빈을 학생 대열에서 열외시키는 장면이 그려진다. 표준이라는 개념은 '결정된 표준'에 반드시 도달해야 한다는 '강제성'의 의미를 지닌다. 작품에는 사립학교가 '재단법인' 허가를 받기 위해 축구팀을 승리로 이끌어야 하는 상황, 체육 선생이 교주를 만족시키기 위해 학생들에게 모두 웃옷을 벗고 서 있기를 강요하는 상황이 그려진다. 학생의 몸을 교주 앞에서 전시하려는 교사의 욕망은 그것에 순응할 수 없는 송빈의 의식과 충돌한다. 근대 초기, 각 학교에서 학생들의 신체를 강조한 것은 문명국가 건설과 부국강병책을 위해서 학생들의 건강이 매우 중요했기 때문이다.[33] 학생은 그렇게 한 국가의 국민으로 길

---

31 스티븐 J. 볼 외, 이우진 역, 앞의 책, 116면.
32 이태준, 『불멸의 함성』 상, 깊은샘, 1988, 43면.
33 이승원, 『학교의 탄생』, 휴머니스트, 2005, 144면.

들여진다. 체조 선생은 송빈에게 일주일의 정학 처분을 내리고, 그 처분 내용을 학생의 손으로 게시판에 붙이도록 한다. 송빈은 '공적 공간'에서 공개 처벌받는 자신을 응시함으로써 거대한 질서 위에 놓인 자신의 위치를 깨닫는다.

학교는 근대 사회의 원칙과 제도를 표준이자 정상으로 받아들이도록 하는 데 중심적인 역할을 한다. 그리고 비정상인들의 외부적 경계를 규정하려는 끊임없는 노력을 행한다.[34] 이 때문에 학교는 '학생'과 함께 '불취학 상태의 아동'을 만들어낸다. 이태준의 「손거부」(1935)에서 학교에 가고 싶어 하는 아들을 어렵게 학교에 보냈지만 아들이 교과과정을 따라가지 못해 바보로 낙인찍히는 장면은 이와 관련된다. 모든 아동은 교육받을 기회를 가지지만, 학비를 내지 못하거나 학교가 정한 표준에 도달하지 못하는 학생은 학교에 다닐 권리를 행사하지 못한다. 이처럼 교육은 불평등을 평등하게 만드는 수단, 평등을 무한정 불평등하게 만드는 수단이 된다.

이태준의 소설에서 학생은 학교가 가진 권력적 경계를 방관하지 않는다. 송빈은 교주의 손자와 담합하여 학교의 부정한 교사들을 축출한다. 첩의 자식인 교주의 손자와 송빈의 관계는 서자가 가진 결여성과 고학생이 겪는 교육적 소외에 대한 동일시에서 비롯한다. 이때, 학교는 학생들 개개인이 '자기'를 인식하고 '정적 관계'를 형성할 수 있는 장소가 된다. 송빈이 주도한 동맹휴학은 교주와 교장의 교육사업에 변화를 일으킨다. 송빈과 휘문의숙 학생들 간에 형성된 우정은 학교의 규율 권

34 스티븐 J. 볼 외, 이우진 역, 앞의 책, 133면.

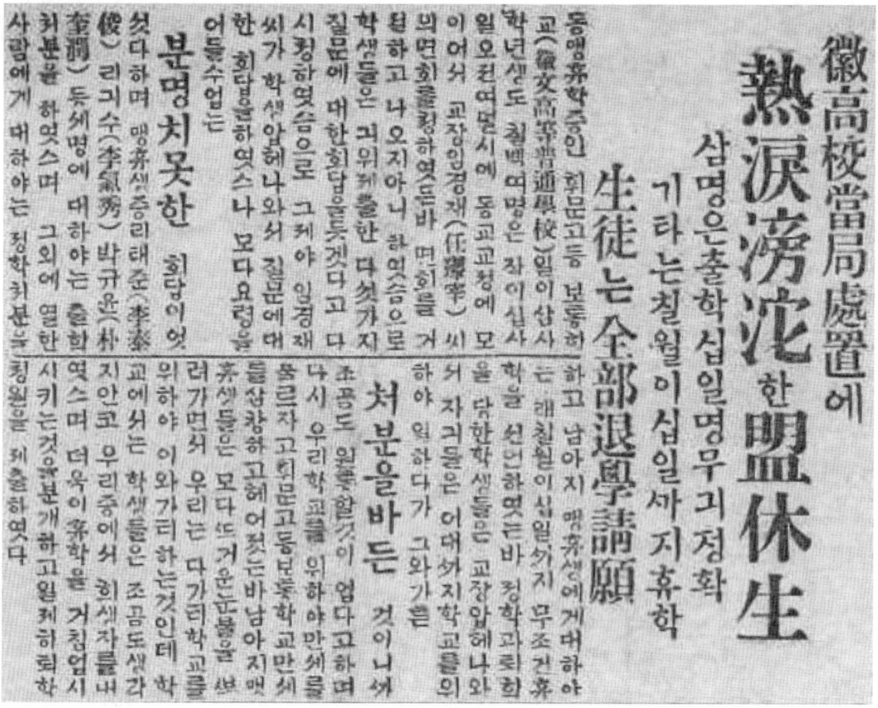

徽高校當局處置에
熱淚滂沱한 盟休生
삼명은출학 십일명무긔정학
기타는칠월이십일까지휴학
生徒는全部退學請願

동맹휴학중인 휘문고등보통학교(徽文高等普通學校)일이삼사학년생도 칠백여명은 작이십사일오전여덜시에 동교교청에 모이어서 교장임경재(任璟宰)씨의면회를청하엿든바 면회를 거절하고 나오지아니 하얏슴으로 학생들은 긔위계출한 다섯가지 질문에 대한회답을듯겟다고 다시청하엿슴으로 그제야 임경재씨가 학생압헤나와서 질문에대한 회답을하엿스나 모다요령을 어들수업는

분명치못한 회답이 엇섯다하며 맹휴생중리태준(李泰俊) 리긔수(李氣秀) 박규윤(朴奎潤)등세명에 대하야는 출학처분을 하엿스며 그외에 열한사람에게 대하야는 정학처분을 하고 남아지 맹휴생에게 대하야는 래칠월이십일까지 무조건휴학을 선언하엿는바 정학과퇴학을 당한학생들은 교장압헤나와서 자긔들은 어대까지학교를위하야 일하다가 그와가튼

처분을바든 것이니까

조금도 원통할것이 업다고하며 다시 우리학교를 위하야만세를 부르자고 휘문고등보통학교만세를삼창하고헤어젓는바남아지맹휴생들은 모다 뜨거운눈물을쓰러가면서 우리는 다가티학교를 위하야 이와가티하는것인데 학교에서는 학생들은 조곰도생각지안코 우리중에서 희생자를내엿스며 더욱이휴학을 거칠업시 시키는것은분개하고일제히퇴학청원을 제출하엿다

〈그림 6〉 당시 신문 기사에서 휘문고보 동맹휴학 사건으로 칠백여 명의 생도 가운데 이태준, 이기수, 박규윤 세 명의 학생이 퇴학 처분 받았음을 확인할 수 있다. 『시대일보』, 1924.6.25.

력을 전복하는 집단적 힘을 생성한다. 그러나 학교는 동맹휴학을 일으킨 송빈을 퇴학시키고, 학교를 졸업하지 못한 송빈은 '맹휴 주동자=범죄자'의 시선을 받으며 조선을 떠나게 된다. 이 장면은 이태준이 휘문고보 재학 중 일으킨 동맹휴학 때문에 퇴학 처분당했던 사실의 반영이기도 하다.[35] 이태준의 휘문고보 학적부에는 1924년 6월 13일 동맹휴교 주동자로 퇴학 처분당한 이력이 기재되어 있다.

---

35 「徽高校當局處置에 熱淚滂沱한 盟休生」, 『시대일보』, 1924.6.25; 「退學願을 一齊 提出」, 『동아일보』, 1924.6.25; 「放免, 檢束 鐘路署에서」, 『동아일보』, 1924.6.30.

동경에 도착한 송빈은 신문 배달을 하는 와중에 만난 베닝 호프의 도움으로 와세다 대학 기독 청년회관(우애학사)에서 거주하고, 와세다 대학 전문부 정경과에 입학한다. 실제로 이태준이 와세다 대학 청강생으로 재적하고, 베닝 호프와 관계한 사실은 구마키 츠토무에 의해 밝혀진 바 있다.[36] 베닝호프는 송빈에게 자신의 노예가 되지 말라고 말하면서도 송빈이 조선 유학생들과 어울리는 것에 반대한다. 그리고 송빈이 미국에 가서 체육을 전공하고 스코트 홀 사업을 해주길 권유한다. 이러한 양상은 『제2의 운명』에서 여학교의 서양 부인 교장에게 후원을 받고 그가 운영하는 학교에 예속된 남마리아와 동일하다. 이때, 서양인이 가진 식민적 속성은 열망을 가진 엘리트의 신념을 학문적으로 후원하는 방식을 통해 은폐된다.[37] 해방의 감격을 안겨주었던 후원자 베닝 호프가 조선인 송빈을 자신의 영향력 아래 두려는 의도는 송빈이 학교에서 경험한 규율 권력의 다른 형태라 할 수 있다.

『사상의 월야』의 후일담인 단편 「고향」은 송빈과 같은 식민지 지식인이 그 규율 권력의 굴레로부터 벗어나기 어려움을 보여준다. "M대학 정치학부 교수들이 혀를 차는 훌륭한 논문을"[38] 쓴 윤건이 서울에 와서 갈 수 있는 곳은 모교 W고등보통학교이다. 그러나 윤건은 자신이 떠나기 전보다 더 타락한 학교의 모습을 목격한다. 동맹휴학 때 스파이질을 했던 친구는 학교 영어 선생이 되고, 자신이 축출하고자 했던 수학 선생은 학교의 교장이 되어 있다. 게다가 자신과 함께 동맹휴학을 주도했던 친구는 감옥

---

36 熊木勉, 「李泰俊の日本体験ー長編小説『思想の月夜』の「東京の月夜」を中心に」, 『朝鮮学報』 216, 朝鮮学会, 2010, 65~113면.

37 가야트리 스피박, 태혜숙 역, 『교육기계 안의 바깥에서』, 갈무리, 2006, 116면.

38 이태준, 「고향」, 『달밤』, 깊은샘, 2004, 123면.

에 가 있다. 신문사와 신간회에 갔다가 아무도 만나지 못한 윤건은 졸업생이 관공서에 취업한 것을 학교의 자랑으로 여기는 교원들을 보고 난동을 부리다 관청에 잡혀간다. 이처럼 이태준은 '학교'가 취업을 위한 수단, 식민지 질서 유지를 위한 규율 권력으로 전락한 상황을 문제적으로 형상화한다. 학교는 학생을 창출하고, 학생은 학교를 구성한다. 그의 소설에서 학생은 교실에서 배운 말하기와 쓰기 방법을 전유하여, 학교를 향해 말하고 쓰는 주체로 성장한다. 학교는 거대한 '지적 경계'를 이루고, 조선인은 그 경계를 넘어서지 못하거나 전복의 장소로 삼는다. 작가는 소설을 통해 지적 평등을 위협하는 불평등의 사유에 맞서 독자에게 지금 여기에 필요한 것이 무엇인지 생각하게 하는 것이다.

3. 'control'의 내면화와 규율 권력의 전유

이태준 소설에 등장하는 여학생의 상은 당대 사회가 '여학생'이라는 주체를 어떻게 구축해 나갔는지 보여준다.[39] 신여성의 탄생은 구한말 사

---

39 이명희, 「이태준 소설의 여성주의적 층위」, 『상허학보』 6, 상허학회, 2000; 심진경, 「이태준의 『성모』 연구」, 『상허학보』 8, 상허학회, 2002; 송명희, 「이태준 소설의 여성 이미지 연구—「신혼일기」를 중심으로」, 『한국문학이론과 비평』 22, 한국문학이론과비평학회, 2004; 송인화, 「이태준 장편소설에 나타난 계몽과 여성의 관계—『청춘무성』을 중심으로」, 『인문연구』 49, 영남대 인문과학연구소, 2005; 김주리, 「이태준 장편소설에 나타난 모성의 의미 고찰」, 『여성문학연구』 14, 한국여성문학학회, 2005. 지금까지 이태준 소설에 나타난 여성상은 '모성성'과 '남성이 요구하는 의존적 여성상'의 형상화에 따라 가부장제 이데올로기, 남성 지배 체제의 강화에 기여한다는 측면에서 주목되어 왔다. 이 장은 이태준 소설에서 여성의 주체 구축의 문제가 모성성 찾기와 관련하여 논의되어야 한다는 기존의 문제의식은 공유한다. 그러나 이태준 소설에 나타난 모성의 문제가 당대 모성 담론과 차이를 지니며, 남성에 의한 계몽의 과정도 문화 사업의 동반자로서

립여학교의 설립에 기인한다. 여성 비율이 가장 높은 조선인 대상 교육 기관은 개학 당초부터 여성 교육을 중시한 종교계 사립학교였다.[40] 이태준 소설에 자주 등장하는 사립 여학교 기숙사는 학교의 출현에 따른 새로운 규범의 창출을 보여준다. 『제2의 운명』, 『구원의 여상』(1931~1932), 『성모』(1935), 『청춘무성』(1940) 등과 같은 작품이 기숙사에 의한 여학생의 사생활 통제를 보여주는 것도 이와 관련된다. 특히 『제2의 운명』의 남마리아는 학교의 교사임에도 불구하고, 여학생 기숙사의 사감으로서 서양 부인 교장에게 감시당하는 입장에 서 있다. 이러한 상황은 교사가 학생을 통제하되, 교사 역시 학교의 관리로부터 지속적으로 감시의 시선에 노출될 수밖에 없음을 드러낸다.

이태준 소설에서 여성 인물이 겪는 시련의 출발점에 놓이는 것은 항상 '학교로부터의 이탈'이다. 이태준은 작품에서 교사 혹은 학생에 대한 사회적 기대와 그들이 보여주는 실제 행위 사이의 간극을 실험한다. 그는 여학생과 여교사에게 요구되는 윤리성에 흠집을 냄으로써 '인격적으로 완성된' 상태로 언급되던 당대 '학생', '교사'의 이미지를 균열한다. 여성 주체에게 자기 통제가 필요한 순간의 형상화는, 독자를 집중시키는 요인이 된다. 식민지 시대 '학교'에 대한 연구가 대부분 '조선인 남성의 교육 경험'만을 추출한다는 점을 생각해볼 때, 이태준 소설

위상을 획득한다는 점에서 남성을 향한 의존성에 한정될 수 없음을 강조한다. 저자는 기존의 이태준 소설에서 여성의 문제가 일부 작품에 대해 제한적으로 이루어졌다는 점을 감안하여 논의의 대상을 확대하고, 특히 소설의 주인공이 여학생 혹은 교사라는 점에 주목한다. 여학생과 교사들은 '교육제도 안에서 내적 번민'을 겪는데, 이는 여성이 자신을 조선의 어머니로 자각해가되 제국의 양처현모 담론을 균열하는 과정, 자신의 지적 욕망을 최대한 발휘하는 과정과 맞물려 있다는 점에서 문제적이다.

40 김부자, 조경희・김우자 역, 『학교 밖의 조선 여성들』, 일조각, 2009, 284면.

에 등장하는 여학교의 교육적 상황과 여학생(/교사)의 심리는 식민지 여성의 상황을 읽는 데 유용한 자료가 될 수 있다.

식민지 조선 여성의 교육 현실은 '상태적 불취학'[41] 으로 요약된다. 취학이라는 교육 체험만이 아니라, '불취학'이라는 교육 소외의 경험을 관찰하는 이태준의 시선은 문제적이다. 이태준 소설에는 초등 교육기관도 경험하지 못한 비식자부터 동경에 가서 음악을 전공한 유학생까지 다양한 여성들이 등장한다. 그리고 그의 소설에서는 정조 문제 때문에 여학생으로서의 자격을 박탈당하는 장면이 자주 나타난다. 『구원의 여상』의 명도, 『성모』의 순모, 『딸삼형제』(1939)의 정매, 『청춘무성』의 득주 모두 그에 해당하는 인물이다. 『딸삼형제』에서 지적 능력과 경제적 능력을 모두 갖춘 정매는 "순결한 여성", "결혼 이전 사람을 표준"[42] 으로 하는 학교의 규칙 때문에 학생이 될 수 없다. 급기야 그녀는 서양 여의사를 찾아가 자신의 처녀성을 증명하는 서류까지 제출하지만, 학교는 정매를 받아들이지 않는다. 이태준은 한 좌담회에서 정조를 잃은 여성이 학교교육을 받지 못하게 된 상황을 사회문제로 생각해야 한다며, 그런 사건을 소설화했다고 술회한 바 있다.[43] 그러므로 『딸삼형제』는 여성 교육에 대한 이태준의 문제의식에서 비롯된 작품이라 할 수 있다.

조선 여성이 학교에 입학할 수 없거나 중도 퇴학당하는 이유가 경제

41 위의 책, 63면.

42 이태준, 『딸 삼형제』, 깊은샘, 2001, 65면.

43 「현대여성의 고민을 말한다」, 『여성』 5(8), 1940. 8, 158면. "어느 소설에서도 그런 장면을 좀 써보았습니다만 학교에서는 흔히들 정조를 잃어버린 사람이 들어오면 입학을 안 시키고 하여 겉으로는 다른 처녀들과 같이 처녀로 꾸미고 처녀 행세를 할 수 있는데 들어갈 적당한 학교가 없어서 나중에는 자포자기하는 수가 많은 걸 압니다. 이것은 사회문제로도 연구해 볼 문제가 아닙니까."

적 원인 이 외에도 정조 문제에 기인한다는 점은 조선의 여학생이 교육 제도로부터 이중으로 소외됨을 의미한다. 실제로 '조선교육령 제2장 제15조'에 의하면, "여자고등보통학교는 여자에게 고등한 보통교육을 하는 곳으로서, 부덕을 기르고, 국민된 성격을 도야하며, 그 생활에 유용한 지식과 기능을 가르친다"[44]고 되어 있다. 이는 여성의 취학 문제가 양처현모, 국민 되기라는 겹겹의 억압 속에서 이루어졌음을 보여준다. 이태준 소설에서 정매와 달리 동생 정란과 정국이 전문학교를 졸업하고 의사와 결혼을 하거나, 애인의 사랑이 자신의 처녀성을 향한 것인지 시험할 정도의 자신감을 수반한다는 점은 그것을 증명한다. 취학・불취학의 분화는 계급 간, 성별 간 서열화를 확대 재생산하며, 결국 불취학・비식자 조선인 여성들은 서열의 가장 아래에 위치하게 된다.

『구원의 여상』의 명도가 사회주의자와 연애를 하다가 아이까지 유산하고 타락하는 인물이라면, 『성모』의 순모는 사생아를 낳아 조선어와 조선문화를 강조하며 아들을 교육하는 인물이다. 그리고 그녀는 아들 철진이 연구회 문제로 검거될 위험에 처하자 그를 망명시키기까지 한다. 두 인물은 모두 임신한 사실을 발견하자마자 학교를 자퇴하는데, 이 두 여성 사이의 거리감은 당대 조선 사회가 신여성에게 거는 기대감이 얼마나 큰 것이었는지를 보여준다. 당대 사회는 여성들에게 '국민'이 되기 위한 '학문 습득'을 요구했다. 결국 '국민화'는 서열을 동반한 통합과 배제를 의미하며, 거기에는 국가의 최소 단위로서의 가정을 경영하는 능력이 '국민'의 안과 밖을 가르는 징표가 되었던 것이다.[45] 그

44 오천석, 앞의 책, 246면.
45 平田由美, 앞의 책, 10면.

러므로 신여성의 성적 일탈은 교육받은 여성에 대한 사회적 기대를 저버린 것으로 간주될 수 있다. 또한 신여성의 관심이 개인 차원의 섹슈얼리티 해방으로 향하는 것은 교육정책을 운용하는 일본인뿐 아니라, 조선인에게도 불안의 대상이 될 수 있다. 두 인물에 대한 이태준의 시선이 보여주는 극과 극의 상황은 신여성을 바라보는 지식인 이태준의 심리와 조선인의 심리를 동시에 반영한다.

「구원의 여상」에서 명도는 사회주의자와의 연애를 성적 해방이라고 생각하는데, 이 작품과 『불멸의 함성』은 사회주의자와 여학생의 연애를 다룬다는 점에서 공통적이다. 두 작품에서 사회주의에 대한 어설픈 인식이 성적 타락으로 이어지는 장면은 당대 학생들에게 사회주의가 하나의 유행 사조로 수용되었음을 보여준다. 『불멸의 함성』에서 천오상이 "생리적인 성욕을 과학적으로 처리해 나간다는 것"은 "방종도 타락도 아니라"[46]고 말하자, 원옥은 '유물론, 새 세계관, 새 정조관' 등을 떠올리며 천오상에 대한 존경의 마음을 갖는다. 그리고 그녀는 천오상이 경찰에 쫓기고 있다는 핑계로 원옥의 방에서 묵으려 할 때에도, 처음엔 거부를 하다가 '시대의식에 대한 부족'이라는 천오상의 비판에 못 이겨 그의 청을 받아들인다. 원옥은 자신을 '콜론타이'에 비견하지만 실제로 그녀는 사회주의(자)에 대한 피상적 인식 속에서 천오상과의 관계를 합리화한다. 명도와 원옥이 연애 중에 가장 두려워했던 것은 여학생과 교사를 바라보는 주위 사람들의 '시선'이다. 이들은 모두 임신을 "수치스러운 비밀"로 은폐한다. 결국 연애는 이들에게 어렵게 들어간 학교를 스스로 이

46 이태준, 앞의 책, 1988, 122면.

탈하는 고통을 가져온다. 그러나 작품에서 영조는 조선의 독립을 위한 희생자로 승화되며, 천오상은 감옥에 들어감으로써 사회적 비난으로부터 비껴나게 된다. 이는 당대 민족주의가 제국 일본에 대한 '저항의 담론'이면서, 단일한 '민족'을 구성하기 위해 내부의 적을 억압하는 속성을 지녔음을 드러낸다.

그런 의미에서 『성모』의 순모가 사생아 철진이를 조선을 위한 인물로 키워낸다는 점은 시사하는 바가 크다. 『성모』는 영어단어 'control'을 복습하는 장면으로 시작한다. 피상적으로 볼 때, 이는 외국어를 습득하는 여학생 표상, 여성의 문명화로 해석될 수 있다. 그러나 작품 내부로 들어가 보면, 'control'의 암기는 여학생 순모가 겪어야 할 '자기통제'의 내면화 과정으로 이어진다.[47] 그러므로 이 소설은 '학교 교육을 둘러싼 젠더 규범'의 자기화로부터 시작한다. 순모가 사생아를 낳아 기르게 되는 것은 여학생의 질투와 성욕이 '통제되지 않은' 상황에서 비롯한다. 순모는 자신이 사랑한 상철이 자기 친구와 함께 있는 것을 본 후, 상철의 친구인 동시에 자신을 모델로 삼아 나체화를 그린 정현과 관계하여 임신한다. 사생아 철진을 임신한 이후부터 순모의 인생은 '자기 통제'로 점철된다. 가난한 정현이 부잣집 딸과 동경으로 간 후 돌아

---

47 심진경, 「이태준의 『성모』 연구」, 『상허학보』 8, 상허학회, 2002, 139~144면. 'control'이란 단어 습득이 순모의 성충동 희생, 조선의 어머니 되기와 연결된다는 논의는 심진경의 연구에서 언급된 바 있다. 그러나 기존의 연구에서 순모가 "전문교육을 받은 여성으로서의 정체성은 배제된 채 민족적 모성을 실천하는 존재로서만 상징화되고 있다"는 논의는 순모의 자녀 양육, 여성을 위한 문화 사업이 교육을 받은 신여성으로서의 측면에서 비롯되었음이 간과한 측면이 있다. 이 장에서는 순모가 보여준 '조선의 어머니'되기가 여학생으로서의 학습 단계와 밀접한 관계를 갖고 있다는 점에 주목한다. 특히 여성과 어머니로서의 정체성이 그녀의 여학생 시절의 독서력과 밀접한 관계를 맺고 있음에 대해 고찰할 것이다.

오지 않는 과정은, 정현이 순모를 대상으로 그린 나체화의 표제가 '희망'에서 '어떤 여자'로 뒤바뀌는 과정에 그대로 대응된다. 이 과정 속에서 순모는 사생아를 낳고 철진을 '민족의 희망'으로 키운다.

조선 여성에게는 '교육의 학교화'에 따라 '식자의 사회화'가 진행되고, '식자라는 가치'가 만들어진다. 이 때문에 여학교의 확대는 글을 배우는 장소와 젠더 규범과의 관계, 자녀 교육과의 관계를 새로운 문제로 부각한다.[48] 순모가 아이를 낳아 기르는 과정은 학교에서 배우고 익힌 지식의 실재화 과정이라 해도 과언이 아니다. 이태준은 "장편 「성모」의 주인공 순모가 아이를 낳아서, 어머니로서 애쓰는 것은 상당히 애를 쓰며 썼다"[49]고 말한 바 있다. 이태준이 애써 공부하여 소설화한 이 부분은 여학생이 고등보통학교 수업 시간에 배운 내용을 실생활에 적용하는 이야기이며, 일부분은 고등보통학교를 자퇴한 순모가 독서로 습득한 지식을 응용하는 과정을 담고 있다. 그러므로 이 작품은 순모가 '배운 여자'가 아니었으면 불가능한 내용이다. 『안산을 위해서』와 『태교란 무엇인가?』란 책을 읽으며 아이 낳을 준비를 하는 순모는 독서를 통해 출산 지식을 얻고, 학교 음악 선생에게서 들은 이야기로 자신의 나약한 정신을 바로잡는다.

또한 이태준은 순모를 통해 학교 교육을 받은 여성만이 할 수 있는 어머니의 상을 보여준다. 순모는 중학생이 된 아들이 지리부도를 펴놓고 공부할 때에는 자신의 수학여행 경험에 비춰 아들을 공부시키며, 아들이 아기 탄생에 대해 묻자 생리 교과서를 펴놓고 성교육을 시키기까지

48 김부자, 조경희 · 김우자 역, 앞의 책, 122면.
49 이태준, 「작품애」, 『무서록』, 깊은샘, 2003, 102면.

한다. 실제로 조선에서는 1920년대 말부터 1930년대 성교육에 대한 관심이 증폭한다.[50] 매체에 실린 논설들에서 성교육은 여성이 정조를 지켜야 한다는 도덕적 당위로 연결되거나, 학생들의 풍기문란을 막기 위해 학교와 가정에서의 성교육이 중요하다는 논의로 이어진다. 특히 당대 수신 교과서는 『여자고등보통학교수신서女子高等普通學校修身書』, 『중등교육여자수신中等教育女子修身』처럼 여학생용을 따로 구분해 놓음으로써 정숙과 온화, 순종, 정조 등 양처현모의 덕목을 강조한다. 『여자고등보통학교수신서』(1926) 2권 8과 '온화와 정조溫和と貞操'와 3권 1과 '인생의 봄人生の春'에는 다음과 같은 내용이 제시되어 있다.

ことに貞操は女子にとつて最も大切な生命でありますからどこまでも堅く之を守らなければなりません。常によく自重して行を正しくし堅固に身を持つならば溫和な中にもあなどり難い品格を保つことが出來るでせう。

특히 정조는, 여자에게 있어서 더욱더 중요한 생명이기에 어디까지나 굳게 그것을 지키지 않으면 안 됩니다. 항상 자중하여 행동을 바르게 하고, 견고하게 몸을 지킨다면 온화한 가운데에서도 업신여기기 어려운 품격을 지닐 수 있겠지요.[51]

女子が一度誘惑に陷つて其の身を誤るやうなことがあれば、一身に治癒出來ないばかりでなく、父母を辱め祖先の名を汚すやうなことになり、はては人

50 김윤경, 「성교육의 주창」, 『동광』 11~12, 동광사, 1927.3~4; 「학교와 가정의 시급문제 성교육 실시방책」, 『별건곤』 19, 개벽사, 1929.2, 54~60면; 주요섭, 「학생풍기문란론」, 『동광』 28, 동광사, 1931.12, 50~53면.

51 朝鮮總督府 編, 「温和と 貞操」, 『女子高等普通学校修身書』 2, 1926, 35면.

をのろび世をはかなみ樂しかるべき人生をあたら悲むべき境遇の裡に過ごさなければならないやうなこととなるでせう。

여자가 한번 유혹에 빠져 그 몸을 망치게 되면 일신에 평생 치유할 수 없는 병에 걸리고, 부모를 부끄럽게 하고 조상의 이름을 더럽히게 되면 나중에는 남을 미워하고 세상을 덧없다 여겨 즐거워야 할 인생을 슬픈 처지 속에서 보내지 않으면 안 되지요.[52]

위의 내용에서 여자의 정조는 품격과 동일시되며, 정조의 상실은 가문 전체의 불행으로 이어진다. 그러나 이태준은 성性 문제가 학교에서의 정조 교육으로 해소될 수 있다는 데 이의를 제기한다. 성에 대한 문제의식은 이태준 소설 『화관』(1937)에서도 반복되는데, 이 소설에서는 남성이 여성에게 정조를 상실하는 상황을 보여줌으로써 여성에게 일방적으로 강요되는 정조 문제를 뒤집어 보인다. 『화관』은 부잣집 부인의 후원을 받고 성관계를 가질 수밖에 없었던 인철에 대해 동옥이 느끼는 사랑을 담고 있다. 학교에서 졸업반 학생들을 모아 놓고 "성문제에 관해서 과외 강좌"[53]가 열리자 동옥은 교수에게 '정조가 없는 남성'에 대해 질문한다. 이에 대한 교수의 답을 들으며 동옥은 "불가항력으로 잃어버린 정조를 문제 삼는 사람은 잔인하고 불의"하다는 판단을 내린다. 인철이 살해자 혐의를 받아 감옥에 갇혀 있는 동안, 동옥은 정조를 상실할 위험을 무릅쓰면서 인철의 여동생 인봉의 보호자가 되어준다.

동옥이 인봉의 손을 잡고 부르는 "슈베르트의 '성모 마리아'"는 앎으

52 朝鮮總督府 編, 「人生の春」, 『女子高等普通学校修身書』 3, 1926, 5~6면.
53 이태준, 『화관』, 깊은샘, 2001, 255면.

로 동옥이 인철과 함께 살아갈 삶이 자기희생에 기반한 것임을 짐작케 한다. 그런 의미에서 『화관』은 『성모』의 연장선에 놓여 있다. 이는 『불멸의 함성』에서 원옥이 교사임에도 불구하고 성적 방종 끝에 얻은 천오상의 아이를 두영의 아이로 둔갑시키려는 비윤리적인 행동을 취하는 것과 상대적이다. 이태준은 『화관』과 『성모』에서 성의식의 불비가 가져온 사생아의 문제가 'control의 내면화'에 의해 극복될 수 있음을 제시한다. 이들의 행동은 교사가 범한 성적 방종, 비도덕과 대척점에 놓인다. 이태준은 조선의 여학생을 일본의 충량한 양처현모로 변모시키려는 수신 시간의 이데올로기를 '조선의 어머니' 상으로 전유한다.

『성모』에서 순모는 철진이 학교 친구들에게 사생아라고 놀림을 받고 돌아오자, 아들에게 '사생아'라는 한자를 써 보이고 그 뜻을 말해준다. 또한 그녀는 아들이 학교 내에서 상처를 받을 수 있다는 판단을 하고, 반장이 된 철진이 친구들로부터 소외되지 않도록 교사와 상담하는 역할까지 한다.

> 이튿날 저녁에 순모는 철진이 모르게 철진이의 담임 선생님을 찾아갔다. 그리고 철진이가 창근이에게 가서 사과하고 온 이야기를 하고 동무들의 잘못을 충고는 시킬지언정 몰래 이르게 하는 직책은 맡기지 말아달라고 청하였다. 그리고 자식의 교육은 학교에만 맡겨 버리는 것이 아니라 가정에서 더욱 책임이 커야 할 것을 절실히 깨달았다. (…중략…) 분업적인 여러 선생님이 그 모두 한 모양의 제복을 입고 한 모양으로 행동하는 여러백 명의 학생을 어느 학생은 성질이 어떻고 어느 학생은 재주가 어떻다는 것을 하나씩 집어서 학생 개인에게 계도할 수는 도저히 없을 것이다. 그러므로 효의 교육, 영혼 교화는 가정에서 책임을 져야 할 것이 현대의 교육 형편이다. 순모는 이점에 새로

관심하게 되었고 따라서 철진의 마음을 늘 들여다보기에 노력하였다.[54]

순모의 행동은 분업화된 학교 교육이 아들의 인성까지 교육할 수 없다는 판단에서 비롯한다. 그녀는 급장인 철진이 친구를 고자질할 수밖에 없는 교육적 상황에 대응한다. 순모의 이러한 태도는 근대 학교가 가정까지도 통제하는 상황을 뒤집어 놓은 형태를 취한다. 이는 순모가 공립학교에 대한 문제의식을 갖고 철진을 관립학교가 아닌 사립 전문학교에 입학시키는 것으로 이어진다. 철진이 전문학교에 들어가 다른 학우들과 비밀결사의 성격을 가진 '연구회' 일로 경찰에 쫓기게 되었을 때, 순모는 기꺼이 아들을 중국으로 보낸다. 이러한 내용은 1936년 4월 검열에서 「성모」의 단행본 출간 금지 조치의 원인으로 작용한다.[55] 이상경의 논의에서 언급된 것처럼 조선어와 조선문화의 옹호, 해외에서 이루어질 저항운동의 언급은 「성모」가 민족의식 고취의 내용을 담고 있는 작품임을 보여준다. 작품의 이러한 성격은 순모가 조선 부인을 위한 기관 설립을 계획하는 내용에까지 연결될 수 있다. 『화관』과 『성모』에서 동옥과 순모는 남녀가 정조 문제와 세대를 넘어서라도 서로에게 스승이 될 수 있음을 보여준다.

54 이태준, 『성모』, 깊은샘, 1988, 403면.

55 이상경, 「『조선출판경찰월보』에 나타난 문학작품 검열 양상 연구」, 『한국근대문학연구』 17, 한국근대문학회, 2008, 407~408면. 이상경의 논의에 의해 「성모」가 단행본 출간을 위해 검열을 받았으며, 결말 부분에서 순모가 '조선의 어머니'된 의무로 아들 철진이에게 조선어의 중요성을 설파는 대목, 철진이가 연구회 조직이 발각되면서 해외로 망명하는 대목 때문에 검열에 통과되지 못했음이 밝혀진 바 있다.

4. 학교 밖의 조선인, 남녀공학男女共學의 이상성

식민지 시대 '일본인'은 본국/식민지에 상관없이 의무교육제도 아래 놓여 있었으나 '조선인'은 그 혜택을 받지 못했다. 이 때문에 식민지 조선에서는 민족·계급·젠더 요인에 의해 규정되는 보통학교 취학 보급 과정 자체가 불취학을 지속적으로 산출하는 결과를 낳았다.[56] 이태준의 『제2의 운명』이나 『화관』, 『청춘무성』과 같은 작품이 교사의 교육·문화운동으로 전이되는 것은 이와 관련된다. 식민지 학교는 '교육적'이라는 이름으로 행사되는 방식들을 통해 권력을 획득하고, 교육이라는 공식적 장치를 통해 '참된 지식과 거짓된 지식'을 수월하게 생산, 분배, 유통한다. 이러한 교육장 안에 놓여 있던 이태준은 학교 밖의 교육장을 창출하여 교육의 재분배, 교육의 재조직화와 같은 가능성을 제시한다.

이태준의 첫 장편 『제2의 운명』은 가난한 동경 유학생 필재가 애인 천숙을 친구 순구에게 빼앗기고, 졸업 후 조선에 돌아와 교사 생활을 하는 이야기이다. 작품의 전체 구조는 필재와 천숙, 순구의 삼각관계를 유지하면서도 필재가 조선을 위해서 할 수 있는 일을 발견하는 과정이 작품의 중심에 놓여있다. 제목에 초점을 맞춰볼 때, 이 작품은 필재가 사립학교 교사직마저 그만두고 남마리아와 조선의 교육사업을 시작하는 것으로 집약된다. 서양 부인 교장이 운영하는 사립학교 역사 선생이 된 필재는 교사가 되어 처음 교실에 들어섰을 때, 조선의 교육자로서 자신이 써야 할 가시관의 아픔을 느낀다.

---

56 김부자, 조경희·김우자 역, 앞의 책, 349면.

필재가 제일 첫 번으로 들어간 교실은 삼학년반 갑조였다. 꽤 큰 학생들이었다. 사오십 명의 동일한 방향으로 앉은 그들의 총명한 시선은 일시에 필재에게로 쏠렸던 것이다. 이 구석을 보아도 자기를 보는 눈, 저 구석을 보아도 자기를 보는 눈, 가까이서, 멀리서 온통이 자기를 과녁으로 바라보는 눈들이었다. 필재는 그 눈들이 한없이 무서웠다. '우리를 가르쳐 주시오' 하고 자기에게 기대가 큰, 그 총명한 눈들이 떨리도록 무서웠던 것이다. '우리는 조선의 딸들이요. 우리는 장차 조선의 어머니들이 될 사람들이요 당신은 우리에게 역사책의 참고서와 같이 기계적으로 교과서나 해석해주면 고만이오?' 하고 쳐다보는 눈들 같아서 필재는 너무나 자기의 준비 없음을 깨닫는 한편 조선의 교육자로서 마땅히 써야 할 가시관의 아픔을 새삼스레 느낀 것이었다.[57]

인용문에서 알 수 있듯이, 교사는 학생이 자신을 응시하는 시선에 두려움을 느낄 수 있다. 그러므로 교사 훈련은 그 출발선에서부터 윤리적 기술들과 관련된다. 교사는 자신을 저항할 수 없을 만큼 '윤리적인 인간'으로 만드는 전략을 필요로 한다.[58] '조선의 어머니'가 될 여학생들 앞에 선 필재는 '기계적'인 교사가 되어서는 안 된다는 사명감을 느낀다. 필재의 이러한 사명감은 '충량한 신민'을 목표로 하는 제국 일본의 교육제도에 순치되지 않는 교사상에 연결된다. 그러나 필재는 자신에게 교사로서의 사명감을 일깨우는 학생들의 시선뿐 아니라, 다른 교사들의 시선을 함께 느껴야 하는 상황에 처한다. 교사들 간의 서열화, 권력 다툼 속에서 필재는 "현대 교육의 적막하고 직업인화한 교원 생활의

---

57 이태준, 『제2의 운명』, 깊은샘, 1988, 250면.
58 스티븐 J. 볼 외, 이우진 역, 앞의 책, 109면.

비애에 눈뜨기 시작"[59]한다. 그리고 "서양의 페스탈로찌와 같은 진정한 인간의 교사 노릇을 해보고 싶"은 마음으로 '농촌'을 생각한다. 필재는 동료 교사의 음모와 그 음모에 휘둘린 서양 교장의 태도, 교장의 종교적 보수성에 분노하며, 학교 교육에 회의를 느낀다. 그리고 자신의 비판이 서양 부인에게 받아들여지지 않자 학교를 그만둔다. 교사는 '권력-지식의 주체'이기도 하고 동시에 '권력-지식의 대상'이기도 하다. 필재가 그 양면성 속에서 자신을 '권력-지식의 대상'으로 형상화하는 것은 자신의 지적 능력을 발휘하지 못하는 식민지 지식인의 상황에 대응한다.

학교를 그만두게 된 필재는 우연히 신문을 통해 '사립 관동의숙의 폐교 위기' 소식을 접한다. 관동의숙의 폐교 위기는 일제의 '사립학교령'[60]에 의한 것으로, 이는 민족 교육 말살 정책과 관련된다. 학무국은 조선의 사립학교가 민족주의자와 선교사에 의해 설립되었다는 점을 고려하여 1911년 교육령을 통해 사립학교를 억압한다. 정부의 설치 허가, 당국에서 허가한 교과용 도서의 사용, 국어(일본어)에 통달한 교원의 임용, 종교상의 교육 금지 등[61]은 당대 사립학교에서 지킬 수 없는 항목들이다. 이태준의 소설에 나오는 관동의숙 역시, 당국이 규칙으로 세워놓은 표준에 도달할 만한 조건을 갖추지 못해 폐교 위기에 처한 곳이다. 필재는 상업화된 교육 공간을 벗어나 관동의숙에서 교육운동을 시작한다. 마리아는 필재를 통해 자신이 '조선의 딸'이라는 자각을 얻고, 서양 부인 교장에게 진 빚을 갚은 후 관동의숙으로 향한다. 그리고

---

59 이태준, 앞의 책, 285면.

60 홍문종, 『조선에서의 일본 식민지 교육정책』, 학지사, 2003, 190면.

61 大野謙一, 『朝鮮教育問題管見』, 朝鮮教育會, 1936, 64~67면.

그곳에서 학생뿐 아니라, 비식자가 될 수밖에 없었던 조선 부인을 가르친다. 필재와 남마리아는 학생들의 가정까지 조사하고 지도하며 교육의 재분배에 힘쓴다. 가정을 조사하는 교사의 모습은 일본인의 조선 통제, 규율 권력으로 언급되어 왔다. 그러나 이 소설에서 교사의 가정방문은 조선인의 생활을 위한 지식인의 희생, 조선인 사이의 정적 관계에서 비롯한다.

필재와 마리아의 노력에도 불구하고, 관동의숙에 대한 정식 보통학교 허가는 철회된다. 그리고 마리아는 주기헌이 경제적 후원을 빌미 삼아 벌인 겁탈 사건 때문에 사망한다. 1930년대 전반기에 실시된 조선총독부의 집중적인 야학 폐쇄와 사립학교 단속은 역설적으로 지식인의 집단적 희생이 다수 존재했음을 말해준다.[62] 이태준은 식민지 조선의 교육 현실을 작품화하면서 남마리아의 겁탈 사건을 첨가함으로써 소설의 비극성을 극대화한다. 불취학과 같은 교육적 소외를 경험한 농촌 여성들에 대한 마리아의 헌신은 이태준에 의해 민족의 '성모'로까지 승화된다. 여성이 성모의 이미지를 갖는 것은 「구원의 여상」의 인애, 『성모』의 순모, 『화관』의 동옥에게서도 반복된다. 이들은 모두 (사회)주의자인 애인 또는 아들을 위해 헌신한다. 인간의 죄를 위해 십자가에 못 박힌 예수를 향한 성모 마리아의 희생이 조선의 독립을 위한 여성의 희생에 투사된 것이다.

『제2의 운명』에서 폐교 위기를 극복하지 못하고 조선인 교사가 자신의 지적 능력을 회의하는 내용은 이태준의 단편 「어떤 날 새벽」(1930)과 「실낙원」에 제시된 바 있다. 「어떤 날 새벽」의 윤 선생, 「실낙원」의 '나'

62 김부자, 조경희 · 김우자 역, 앞의 책, 286면.

는 필재의 다른 모습이다. 「실낙원」의 '나'는 일본 순사에게 일본어 구사 능력에 대한 모욕을 당하고, 오스키 사카에大杉榮의 『선구자의 말』을 압수당하기도 한다. "비밀한 계획"[63]을 가진 주의자로 감시당하는 식민지 교사의 상황은 제국이 만든 지식인을 제국이 역으로 경계함을 의미한다. 조선총독부 산하 조선교육회가 "대학 수재들로부터 사회주의자가 생겨난다"[64]고 판단한 것처럼 학교가 양성한 조선인은 제국에 두려움의 대상이 된다.

윤 선생이 절도범으로 전락하거나 '나'가 "경제적으로 철저히 무능한 조선 청년의 하나"로 자신을 인식하는 것과 달리, 필재는 천숙의 도움으로 관동의숙을 '강습소'로 유지해 나갈 계획을 갖는다. 이를 통해 『제2의 운명』에서 필재와 마리아는 천숙에게 어떤 앎도 전달하지 않으면서 앎의 원인이 되는 스승의 자리를 얻는다. 결국 독자는 학교라는 경계를 벗어나서 '계몽'의 실재를 보게 된다. 근대 학교 제도의 식민지적 양식은 학교 취학을 통한 포섭과 배제의 구조 속에 은폐되어 있다. 그러나 이태준은 담론, 역할, 욕망을 포괄하는 교육제도의 그물망 내부에서 학생, 교사가 재구성됨을 보여준다.

남녀의 개인적 사랑이 민족의 교육·문화운동으로 확대되는 상황은 장편 『화관』, 『청춘무성』에도 반복된다. 특히 『청춘무성』은 교사와 학생이 조선의 학교를 벗어나 새로운 문화공간을 창출하는 노력을 보여준다. 교사 원치원과 학생 은심, 득주가 함께 문화 사업을 하기까지 이들은 교사와 학생의 관계를 넘어 연애의 감정을 느낀다. 학교의 규율

63 이태준, 「실낙원 이야기」, 『달밤』, 깊은샘, 2004, 178면.
64 「第13回朝鮮教育會總會」, 『文教の朝鮮』, 朝鮮教育會, 1935.12, 183면.

권력에 의하면 학생은 교사의 아래 서열에 위치하기에, 교사에게 순응하는 태도를 보여야 한다. 그러나 원치원과 은심의 사랑은 사상 학습과 연결된다. 이들의 사랑이 관념적 형태를 띠는 것은 그들이 책에서 읽은 내용을 연애 과정에 적용하기 때문이다. 치원과 은심의 사이가 '트루게네프, 톨스토이, 알치빠쇼프'와 같은 러시아 작가들에 대한 지적 소통으로부터 시작한다는 것은 시사하는 바가 크다. 이것은 일본이 경계하는 사회주의 사상에 대한 공명을 의미하기 때문이다.

목사이면서 교사인 원치원은 우치무라 간조內村鑑三와 소로우Henry David Thoreau 사상에 영향받은 인물이다.[65] 학교에서 이 사상을 전달하는 원치원의 태도는 공립학교에서 실용주의 교육을 펴는 교사들과는 대척점에 놓인다. 원치원은 '자연에 대한 열렬한 애정과 국가의 권력 행사에 맞서 자유를 옹호'[66]한 소로우의 사상을 학생에게 전달하지만, 학생들은 그 사상의 실현 가능성을 의심한다. 특히 가정 형편상 학교에 다닐 수 없는 득주에게 소로우의 원시공동체주의나, 우치무라 간조의 무교회주의는 비판의 대상일 수밖에 없다. 아나키스트들이 부정하는 것은 권위 자체가 아니라 통제할 수 없는 권력이다.[67] 원치원은 권력을 부정하지만 사회

---

65 『청춘무성』의 원치원이 우치무라 간조의 무교회주의와 소로우의 원시공동체주의의 영향을 받은 점에 대해서는 박진숙, 장성규의 연구를 통해 논의된 바 있다. 선행연구에서 이태준의 무정부주의의 사상은 '기독교적 이상주의'와 '공상적 사회주의'의 속성을 지닌다고 언급된다. 이 장에서는 이태준 사상의 기저에 무정부주의가 놓여 있다는 기존 논의는 수용하되, 이 사상의 전파가 '학교'라는 공간을 통해 이루어진다는 점에 주목한다. 특히 이태준에 의해 학습된 외래 사상이 작품 속에서 교사와 학생이라는 인물을 통해 수용, 비판, 굴절되는 양상에 중점을 두어 고찰할 것이다. 박진숙, 「이태준 문학과 종교적 이상주의」, 『작가세계』 71, 세계사, 2006; 장성규, 「이태준 문학에 나타난 이상적 공동체주의」, 『한국문화』 38, 서울대규장각한국학연구원, 2006.

66 장 프레포지에, 이소희 외역, 『아나키즘의 역사』, 이룸, 2003, 46면.

67 하승우, 『아나키즘』, 책세상, 2008, 118면.

에서 소외된 사람들이 서로 힘을 모아야 한다는 연대의 정신을 실천한다. 그러므로 원치원이 교사 일을 그만두고 돈을 벌기 시작하는 것은 현실과 사상의 접점을 찾는 방법이라 할 수 있다.

학생과 교사로서 문화적으로 많은 것을 향유하는 은심과 달리, 득주는 카페걸이 되어 살아간다. 그녀는 당대 조선의 여성들이 불취학 상태에 놓이거나, 학교에 입학하고도 중퇴할 수밖에 없었던 상황을 환기한다. 카페걸이라는 직업은 그녀에게 가난과 타락이라는 이중의 굴레를 씌운다. 이러한 삶 속에서 득주는 교육을 통해 배운 자유, 평등이 합리적 외피를 쓴 허위의 개념임을 체득한다. 득주가 은심과 치원의 관계를 발견하고 원치원을 모함하는 것은 은심에 대한 상대적 박탈감에서 기인한다. 득주가 원치원에 맞서 기독교나 교육자적 당위를 문제 삼으며, 비현실성을 비판할 수 있는 것도, 그녀가 '학교 밖의 조선 여성'으로서의 체험을 했기 때문이다.

원치원이 동경으로 가버린 후 득주는 카페걸 생활을 하고, 사생아를 가진 동료 도시꼬를 위해 돈을 훔치려다 감옥신세를 진다. 득주가 자신의 범죄를 합리화할 때 떠올리는 것은 바로 학교에서 단체로 봤던 '죄와 벌'이라는 영화이다. 영화 속의 라스꼴리니코프와 자신을 동일시하는 상상력. 그 상상력은 득주가 자신의 도둑질을 인류애적 사건으로 합리화할 수 있는 정당성을 부여한다. 이태준은 일본 여성 도시꼬를 동정하여 범죄를 저지르는 득주를 형상화하는데, 이는 인간적 소통에는 국적도, 민족도, 문화도 문제가 되지 않음을 보여준다. 그리고 득주의 입을 빌려, 진정한 규율이란 소외된 사람을 향한 것이어야 함을 말한다.

무비판한 연애, 무책임한 임신, 가정 없는 사생아들의 운명, 탈선한 모성애의 범죄, 이 길을 헤여나지 못하고 되풀이만 하다 인생을 절망하고 마는 무리들, 얼마나 큰 사회문젭니까? 교육이라거나 교회라거나 인류에게 필요하다면 가장 급선적으로 가장 응급적으로 시켜야 할 인생문맹이 이들인 걸 사회는 왜 모릅니까?[68]

득주의 발화는 '치안유지법 위반'으로 처벌받는 원인이 된다. 검사가 상당한 교육과 철저한 주의 주장이 있는 득주를 '사상운동 자금'을 마련하는 인물로 추정했기 때문이다. 2년 6개월의 형을 받고 출옥하는 날, 득주는 '학교를 졸업하는 기분'을 느낀다. 카페걸이 되어 느끼지 못했던 졸업의 기쁨을 다른 규율 제도를 통해 느끼는 아이러니. 이 소설에는 이러한 시대적 아이러니뿐 아니라, 일본이 조선의 광물자원 수탈을 위해 벌인 금광사업이 조선인을 위한 사회사업으로 전이되는 아이러니가 내재한다. 득주에게 배신감을 느꼈던 치원은 신문 기사를 통해 그녀의 소식을 접하고 그녀를 찾아온다. 원치원의 '토로이즘'이 가진 이상성은 득주의 실천력과 만나 사회사업으로 발전한다.

득주는 원치원을 통해 얻은 사업 자금으로 '재락원再樂園'이라는 사회교육시설을 설립하고, 치원은 '치은 장학금'을 마련한다.[69] 이는 일본의 규율 권력이 행사되는 정식 교육제도로부터 일탈한 형태를 띤다. 재락

---

68 이태준, 『청춘무성』, 깊은샘, 2001, 353면.

69 재락원과 동선당의 상호 연관성은 박진숙, 장성규의 연구에서 '무교회주의의 실현 장소'로 언급된다. 이 장에서는 재락원이 시대의 폭력성에 대한 비판의식을 전제하고 있다는 기존의 관점은 수용하되, 재락원이 교육제도로 기능하며 조선인에게 새로운 삶을 전망케 한다는 점에서 식민지 교육정책을 전유하는 속성을 가지고 있음에 주목한다. 박진숙, 앞의 글, 107~108면; 장성규, 앞의 글, 151면.

원은 만주의 동선당을 소설 속에 차용한 것이다. 일제의 사회사업의 일환이었던 동선당은, 득주에 의해 부모 잃은 조선의 아이들과 여성들이 교육을 받고, 가정을 얻는 곳으로 변용된다. 또한 보성중학을 모델로 한 치원의 장학금 전달은, 위기에 처해 있던 조선의 사립학교가 1934년 이후 활로를 찾은 것과 관련된다. 이태준은 "우리의 교육은 우리의 손으로"라는 무언의 표어 아래 재단이 완성되고, 보성학교와 같은 사립학교의 새 출발이 촉진[70]되었던 역사적 기억을 소설로 재현한 것이다.

이 작품이 발표된 전시 동원 체제하에서 조선의 학생은 군인으로 호명되고, 여성은 군국의 어머니로 미화되었다. 그러나 군인으로 수렴되는 학생과 모성의 표상은 이태준의 소설 속에서 "자기 이상", "가정의 신성", "하트"와 같은 정치 너머의 세계를 지향한다. 전문학교 교사가 된 은심은 원치원과 결혼하면서 사생아 아홉 명이 교육 기회를 가질 수 있도록 호적에 올린다. 해방은 인간이 지적 주체로서의 자기 본성을 의식하는 것이다.[71] 그런 의미에서 교사인 은심과 교사였던 치원, 학교를 졸업하지 못한 득주는 모두 학교 밖에서 지적 해방을 경험한 자들이다. 이처럼 이태준은 학교라는 경계를 넘어선 교육·문화 사업을 통해서 진정한 '남녀의 결합', 서로에게 스승이 되는 관계를 제시한다. 식민지 정책을 모방하되, 조선(인)을 위한 자기 발견을 체험하는 인물들은 진화론의 단선적 학습이 가져온 식민지 청년들의 입신출세담과는 거리를 둔다. 이러한 역사적 아이러니가 바로 소설이라는 형식을 통해 식민지 조선의 독자들에게 전이되었던 것이다.

---

70 오천석, 앞의 책, 313~315면.

71 자크 랑시에르, 양창렬 역, 앞의 책, 77면.

5. 교육적 불평등에 대한 저항의 글쓰기

학교라는 제도는 근대 권력의 출현을 알리는 장치이자, 권력이 행사되는 장소이다. 근대적 학교의 식민지적 형식은 학교 취학을 통해 본 포섭과 배제의 구조 속에 은폐되어 있다. 교육제도를 둘러싼 서열화의 질서는 불평등에 대한 설명, 불평등을 정당화하는 허구를 전제한다. 이태준은 소설을 통해 시험, 학비, 성별 등에 의해 고착화된 식민지 교육제도의 불평등을 재현한다. 그리고 학생과 교사를 통해 학교가 가진 허구를 폭로하거나 비판하는 시선을 드러낸다.

담론, 역할, 욕망을 포괄하는 학교 제도의 그물망에서 학생과 교사는 만들어지고 재구성된다. 이태준의 소설 『사상의 월야』나 『불멸의 함성』과 같은 소설은 학교가 시험과 수업이라는 표준화 과정을 통해 사람들을 대상체로 분류하고, 식민지인에 대한 제국의 '관점'이 학생들에게 '관철되도록' 강제하는 교육제도임을 보여준다. 제국이 마련한 식민지 교육제도는 학생들을 통제함으로써 지배 가능한 개인들을 생산한다. 그러나 이태준의 소설에서 학생들은 학교를 비판하거나 교육제도에 저항함으로써 제국에 오히려 두려움의 대상이 된다. 식민지 조선의 학교에서 이루어지는 '말하기, 읽기, 쓰기'는 규정된 형태로 행동하는 충량한 신민의 양성을 목적으로 삼는다. 그러나 소설 속 학생들은 제국의 기획을 능가하는 향학열을 발산하거나, 교육제도 안에서 우정관계를 형성함으로써 공동체적 힘을 마련한다. 이때, 학교 안에서는 학생과 교사 사이에 형성된 지적 위계가 전복된다.

식민지의 정치적 상황은 표준화 과정으로부터 어긋난 인물들의 행동을 '불법적인' 것으로 간주하여, 학생과 교사를 '죄인'으로 낙인찍는다. 그리고 식민지 학생과 교사들의 목소리가 '표준'을 벗어났을 때, 그들은 학교 밖으로 축출당한다. 특히 혼인과 임신, 연애 사건 때문에 교육제도 밖으로 쫓겨난 식민지 여성들은 이중의 억압 속에서 수치를 경험한다. 그러나 이태준은 조선 여성을 타락자의 낙인 속에 가둬 두기보다는 남성과 함께 '조선인을 위한 문화 사업'에 헌신하게 함으로써 제국의 양처현모론을 내부로부터 균열한다. 이때, 여성들은 학교 밖의 교육장에서 자신의 재능을 발휘하고, 그 속에서 사랑을 실천한다. 식민지 교육장을 벗어난 주체들은 강요되었던 규율 통제의 규범성을 벗어나 새로운 방식의 자기 통제 과정을 거친다.

그리고 학교를 벗어난 학생과 교사들은 학교에서 배운 신지식을 전유하여 조선인을 교육하고, 더 나은 교육적 상황을 만들기 위해 노력한다. 『성모』, 『제이의 운명』, 『청춘무성』 등의 소설이 그 예가 될 수 있다. 조선을 위해 헌신할 다음 세대를 교육하는 일이나, 조선 여성의 교육을 위해 문화 사업을 시작하는 일, 폐교 위기에 처한 학교를 지키는 노력 등은 모두 일본이 의도하지 않은 교육열을 내포한다. 이러한 지식 권력의 전유 양상은 일제강점기 조선의 교육정책에 대한 비판의식으로부터 출발함은 물론이다. 이태준이 지속적으로 보여준 인물들의 지적 모험은 독자에게 교육과 평등 그리고 정치에 대한 재사유의 가능성을 열어준다. 학생이고 교사였던 작가 이태준은 소설을 통해 독자에게 이 역할과 배움을 실천했던 것이다.

제2부

학교가 가르쳐 준 글쓰기의 방식과 그 전유

제1장 — 근대 조선의 독본과 문종 개념의 인식
제2장 — 입시지옥에서 읽는 조선어독본
제3장 — 독본의 독자와 근대의 글쓰기
제4장 — 법, 국어, 교육

제1장
근대 조선의 독본과 문종 개념의 인식

1. 지식의 분화와 문종 개념의 필요성

오늘날 문학 연구의 토대가 되는 문학 관련 개념들은 개념 간의 혼종과 갈등 속에서 조정되고 변화하여 정착한 것이다. 여기에는 몇 가지 요소가 변인으로 작용하는데, '지식의 분화'와 범주 설정 과정, '서구적 문학 개념'의 유입, '글쓰기'를 독립된 교과이자 기능으로 인식하게 된 양상[1] 등을 들 수 있다. 근대 조선에 신교육 제도가 유입되는 과정에서 주목할 수 있는 것은 학교의 계열화, 교과과정의 체계화, 학생의 서열화 등 특정한 기준하에 교육 주체와 내용, 대상의 범주화가 이루어졌다는 점이다. 영역을 나누고 특정 분야의 전문화된 지식을 창출하는 과정은 신교육을 이전의 교육제도와 차별화하는 방식이었다. 또한 신지식인을 양성하는 일은

1 염은열, 「글쓰기 개념 생태계 기술을 위한 시론」, 『한국초등국어교육』 22, 한국초등국어교육학회, 2003, 162면.

'문명'에 도달하는 방법으로 인식되었으며, 그것은 교육과 문학(문화)을 자본화하는 방법이기도 했다. 조선어 급 한문, 작문, 습자 등으로 과목을 나누고 해당 시간에 이용할 교과서를 만드는 과정, 각 단원을 구성하고 전범이 되는 텍스트를 선정한 후, 그 텍스트를 설명 가능한 것으로 재구성하는 과정은 모두 지식의 분화와 교섭을 수반한다.

우리가 익숙하게 사용해온 '문종文種'이란 개념 역시 근대 초기에 글, 문장 또는 학문으로 번역되었던 'literature'를 인식하는 과정에서 창출되었다. 그것은 문학/문화적 범주 안에서 사람들을 계몽하고, 나아가 사람들이 자신의 내면을 발화하고 표현하는 문제의 중심에 놓여 있었다. literature는 '글, 셔'(Underwood, 1890)－'글, 문, 문ᄌᆞ'(Scott, 1891)－'문학'(Jones, 1914)－'문화, 학문'(Gale, 1924)－'글, 학문, 시문, 학, 문화, 져슐, 져셔(Underwood, 1925) 등으로 사전적 정의의 변화를 거친다. 문종의 번역어 'genre'와 방계의 관계에 있는 'style' 역시 '형태, 체격－문체－유행'으로의 의미 변화를 보인다. 이를 통해 볼 때, 문종 역시 시간의 흐름에 따라 의미 변화를 거쳤을 것이라 짐작해볼 수 있다. 여기에는 당대 지식장의 구성과 변화가 크게 영향을 미치게 되는데, 지식의 보편성과 대중성을 지향하는 교과서(로 활용된 자료들)의 역할은 이 지점에서 부각될 수 있다.

여기에서는 교육 현장에서 교과서로 활용된 잡지와 '필독必讀', '필지必知', '독본讀本', '독습讀習', '보전寶典', '작문作文' 등의 제명을 가진 텍스트를 망라하여 '문종'에 대한 인식이 만들어지고, 그것이 교육장을 넘어 대중에게 확산될 수 있었던 논리에 주목한다. 근대 초기 '독본讀本'은 근대적 지식과 이념의 계몽적 전파라는 목적을 갖고, 그 내용을 효과적으로 전달하기 위한 여러 시도들을 담고 있던 텍스트이다. 편찬자들은 전통적인 문종을 발전・변화시켜 근대지知를 전파할 양식을 개발하려 노력한 동시에 외래의 문종을 한국적으로 변용하는 방안을 모색했다.

기존의 문종 관련 연구는 1920~1930년대 특정 독본이나 1910년대 신문잡지의 분석을 통해 이루어졌으며 문학, 소설, 시의 근대성을 묻는 방향에서 진행되었다.[2] 그러나 근대 조선의 문종 개념에 대한 논의는 개화기 전통적인 글의 양식적 분화가 이루어지고, 새로 유입된 문학 개념이 전대의 글쓰기 감각에 자극을 일으킨 시기로 소급될 필요가 있다. 또한 각 장르의 근대성을 묻기 전에 문학이 왜 장르의 분화를 겪었으며, 그것의 관습화가 이루어질 수밖에 없었는지 고찰될 필요가 있다. 일본 문학과 장르 연구에 몰두해온 스즈키 사다미가 일본에 있어 '장르 형성에 대한 문제의식이 형성되어 있지 않다'[3]고 지적했듯이, 장르의 문제는 현재 일반화된 문종의 기원을 살피거나 전대 양식과의 차이 속에서 문종들 사이의 경계를 문제 삼는 방향에서 논의된 바가 없다. 중요한 것은 문종 개념을 그 시대 중심 장르에 비춰 정의 내리거나 문종의 근대성을 확보하는 일이 아니다. 문종 개념이 어떠한 환경에서 만들어지고 학습되었으며, 글쓰기로까지 나아갈 수 있었는지 살피는 작업이 이루어져야 한다.

또한 기존의 문종 개념에 대한 연구는 그것이 교육적 차원에서 창출되고 확산되는 과정을 염두에 두지 않아, 그 개념의 보편성이 형성되고 확산되는 지점을 짚어내지 못했다. 그러나 문종 개념은 각기 다른 분야

2 권보드래, 『한국 근대소설의 기원』, 소명출판, 2012; 김동식, 「한국의 근대적 문학 개념 형성 과정 연구」, 서울대 박사논문, 1999; 김지영, 「문학 개념체계의 계보학－산문 분류법의 변화 과정을 중심으로」, 『민족문화연구』 51, 고려대 민족문화연구원, 2009; 최원식, 『문학』, 소화, 2012.

3 鈴木貞美, 「共同研究「出版と学芸ジャンルの編成と再編成」報告 (一)」, 『日本研究』, 国際日本文化研究センター, 2008, 248면.

의 글들이 상호 교섭하고 길항하며 창출된 것으로, 글의 양식을 총체적으로 조망하는 가운데 살펴질 수 있다. 이 때문에 현재 사용되고 있는 문종 개념을 역추적하는 방식은 문종 개념 연구의 한 방식으로 기능할 수 있으나, 그것이 주요 방법론으로 사용되었을 때에는 특정 문학 양식이 어떻게 소멸되고 다른 양식에 포섭되어 갔는지 진단할 수 없게 된다. 이 장은 기존의 장르 연구 방법론으로는 역사적으로 존재했던 문종 표지들의 의미를 포괄하고, 그것들의 변모 과정을 탐색하는 연구를 진행하기 어렵다는 회의에서 출발한다. 문종 개념은 문학에 대한 전통적 인식, 즉 글을 유형화하고 창작과 학습의 대상으로 삼을 수 있다는 관념의 내발성과 외발성을 모두 아우르는 지점에서 고찰될 필요가 있다.

1900년대 초부터 글文을 분류하고, 분류된 글들에 표지를 붙임으로써 글'들' 사이의 동일성과 차이를 묻는 방식으로 편집된 '독본'은, 문종이 지식을 체계화하고 문학장을 형성하는 데 미친 영향을 밝히는 데 중요한 자료이다. 1895년 최초로 학부 편찬의 교과서인 『국민소학독본』이 발간된 이후, 조선에서는 관찬 독본과 사찬 독본이 지속적으로 출간된다. 그 속에서 교과서 편찬자는 여러 종류의 글을 섭렵하는 한편, 창작될 당시에는 없었던 장르 표지를 붙이기도 한다. 저자는 만들어진 장르체계에 따라 독본 속의 글들을 재분류하는 것이 아니라, 당대 글의 제시 형식에 주목했다. 그것은 어떤 가설에 따라 설정된 것이 아니라 실재하는 것이었기 때문이다. 근대 초기 문종들의 변화, 소멸, 포섭 과정은 현재 일반화되어 있는 장르 개념의 형성과 인식 과정을 추적하는 데 유용한 자료가 될 수 있다.

우선, 문종 개념의 형성 과정을 고찰하기 위해 근대 초기 조선의 독본

(1895~1925)을 총체적으로 살피되, 이 독본들에 영향을 미친 미국과 일본의 교과서를 비교하는 과정을 거쳤다. 1895년부터 1925년까지 시기를 한정한 이유는 다음과 같다. 1895년은 조선의 근대 교육이 시작된 후 최초로 학부 편찬의 교과서인 『국민소학독본』이 발간된 시기이다. 1919년 3·1운동 이후 문화정책의 여파 속에서 1922년 '제2차 조선교육령'이 공포되고 그것을 반영한 국정 교과서가 1924년부터 1925년 사이에 발간된다. 그리고 1928년 강매에 의해 간행된 『중등조선어작문』에서 현재 통용되는 문종과 가까운 분류체계가 나타난다.

이 장에서는 그와 같은 정황을 감안하여 1895년부터 1925년 사이, 문종을 둘러싼 의식이 대두되고 특정 양식의 탄생과 소멸이나 양식 간의 포섭이 이루어진 시기를 대상으로 삼는다. 그리고 그 기간 동안 발간된 독본을 통해 지금 통용되고 있는 문종의 양태와 분화 과정을 추적한다. 이를 통해 지식의 범주화, 작문 교육의 체계화 과정에서 문종 개념이 정립되고 관습화된 양상을 구명할 것이다.

2. 근대 초기 독본에 수록된 글들의 분류체계와 특성

미국에서 사용된 *Union Reader*(1862~1875)와 *National Readers*(1883~1884)에 보면, 대부분의 글이 소재나 인물을 강조하는 형태로 제목이 정해져 있음을 확인할 수 있다. 문종을 표시하는 단어가 노출된 예로는 story[4]와 letter, verse, song 등을 들 수 있다. 고학년 교재로 갈수록 작품뿐 아니라 연습문제나 저자에 대한 소개에서 poem, novel, romance,[5] drama, dissertation[6] 등의 장르명이 다양하게 나타난다. 자세한 경우 각 저자가 가진 작품의 스타일에 대한 언급이 있어 수사법과 관련한 연습 문제로 발전한다. *Union Fourth Reader*(1865)의 서문을 보면, 저자는 이 교과서의 직접적이고 표면적인 목적이 "수사적 읽기Rhetorical reading 연습"에 있음을 밝히고, 이를 위해 "다양한 스타일style과 정서sentiment가 모색되었"[7]음을 언급한다. 미국 교과서에 자주 사용되는 'style'이라는 단어는 '문체'와 '형식', '장르' 모두를 포괄하는 용어로 쓰인다. 이 장에서 분석 대상으로 삼은 초기 미국 교과서에서는 genre라는 단어가 사용된 예를 거의 볼 수 없다. 현재 우리가 이 단어를 사용하는 맥락에서 보면, type, style, form, kind, sort가 genre를 대체하는 경향을 보인다. genre의 어원인 genus가 쓰이는 경우가 있으나, 종류, 속屬의 의미를 갖는 것이 대부분이다.[8] 단, 1900년대 작문법을 다룬 책들에 이르면, genus는 글의 종류에 근접한 의미로 사용된다.

---

4 *Union Reader 2*에서는 'story'를 'tale'로 정의해 두었다. 다양한 영역을 포괄하는 story에서 '상상력을 동원하여 꾸며낸 허구적 이야기'의 의미를 갖는 'tale'로 그 개념을 한정시킨 경향을 엿볼 수 있다. Charles W. Sanders, "Albert and His Dog Carlo", *Union Reader 2*, New York and Chicago : Ivision Blakeman Taylor Company, 1875, p.21.

5 *Union Fourth Reader*에서 romance는 fiction으로 정의된다. 작품의 맥락상 fiction은 '허구'의 의미가 강하다. Charles W. Sanders, "ROBERT BRUCE AND THE SPIDER", *Union Fourth Reader*, New York : Ivision Blakeman Taylor Company, 1869, p.131.

6 현재 '논문'이라는 의미를 갖는 dissertation은 근대 초기 미국 교과서에서 'discourse, essay'로 정의된다. 현재 통용되고 있는 의미는 교과서에 제시된 의미들이 결합되고, 학술 용어로 축소된 결과로 생각될 수 있다. Charles W. Sanders, "MY FIRST JACK-KNIFE", *Union Fourth Reader*, New York : Ivision Blakeman Taylor Company, 1869, p.138.

7 Charles W. Sanders, "preface", *Union Fourth Reader*, New York : Ivision Blakeman Taylor Company, 1869.

8 W. F. Webster, *English : composition and literature*, New York : Houghton Mifflin Company, 1900.

미국 교과서에는 매 단원 연습문제가 달려 있다. 산문의 경우에는 제시문 요약, 사건의 원인 생각하기, 중심 내용(교훈) 새기기의 방식으로 구성되었다. 연습문제 하단의 설명을 통해 교사들이 각 문제에 대해 완결된 문장으로 학생이 생각한 내용을 말하거나 쓰게 했음을 알 수 있다. 편지의 경우에는 한 단락을 옮겨 쓰거나 교과서 속 편지를 전범model으로 삼아 각자 자기의 편지를 완성하게 했음을 추측할 수 있다. 편지의 형식에 대한 설명이 간단히 소개되어 있기도 하다. 시의 경우, 운율적 구성을 갖는 시의 기초 단위인 'stanza'[9]를 사용하여 시에 내재한 비슷한 소리들의 질서 즉, 라임rhyme을 발견하고 새롭게 고안해내는 활동으로 학습이 이루어진다.

주목할 것은, *New National Readers*(1884)의 고학년 교재에는 목차에서 'Lessons in Prose'와 'Lessons in Verse'처럼 산문과 운문을 구별하여 정리해 놓았다는 점이다. 편집자가 교재 안에는 혼종된 상태로 제시된 산문과 운문들을 목차에서 의도적으로 구별해 놓은 것이다. 이에 대한 별도의 교수 방법이나 안내 사항은 없지만, 연습문제를 통해 각 장르가 가진 교육의 목적을 짐작할 수 있다. 산문에 관한 연습문제는 짧은 이야기를 분석하고 그것을 바탕으로 새로운 글을 작문하는 데 초점이 맞춰져 있다. 그에 비해 운문에 관한 연습문제는 시의 감각을 해치지 않는 범위에서 숨을 조절하여 읽는 방법이나 운율을 창출하는 방법에 집중하여 구성되어 있다. 산문이 교재 이 외의 다른 재료의 도입을 허용하며 내용 분석과 주제의 추론 능력을 높이는 방향에서 교육된다면, 운문은 합창

9 Charles J. Barnes, "A song of the sleigh", *New National Third Reader*, New York and Chicago : American Book Company, 1884, p.185.

을 통한 조화concert를 이끌어내는 방향에서 교육된다.

New National fifth Readers(1884)에 이르면, 저자는 이 교과서가 '미숙한 나이의 학생들에게 우리 문학의 걸작을 이해시키는 것을 실현'[10]할 수 있을 것이라 말한다. 이때 저자가 강조하는 것은 교사의 재량이다. 저자는 교사가 교과서 이 외의 자료들을 섭렵하여 문학 이해의 가능성을 높일 수 있다고 말한다. 실제로 이 교재에는 각 단원에 실린 작품의 말미에 저자명과 저자의 약력이 표기되어 있어, 교사와 학생들은 관심 있는 작품을 더 찾아 읽을 수 있다. 산문과 운문의 연습문제는 기존의 경향을 유지하되, 고학년으로 갈수록 중요한 부분을 분석하거나 특정 부분의 수사법에 주목하는 형태를 보인다. 가령, *Union Reader*에서는 알레고리와 우화 관련 제시문을 단원의 내용으로 구성하고, 주석에서 'allegory'와 'fable'에 대해 "좀 더 명확하고 인상적인 전망을 제공하기 위해 설계된 문자", 즉 "비유"[11]로 설명하여 학생들의 이해를 돕는다.

또한 *Union Reader*는 작가를 author, poet,[12] novelist, essayist, dramatist, critic, orator 등으로 구별하여 사용한다. 특히 *Union Sixth Reader*(1862)는 문학 작품뿐 아니라, 서양의 유명한 작가들에 대한 소개가 주를 이룬다. 이 교과서는 각 작가들의 업적을 설명할 때 작가를 장르에

10 A. S. Barnes, "preface", *New National Fifth Reader*, New York and Chicago : A. S. Barnes Company, 1884, p.6.

11 Charles W. Sanders, "FAITH, HOPE, AND CHARITY-An Allegory", *Union Fourth Reader*, New York : Ivision Blakeman Taylor Company, 1869, p.236; Charles W. Sanders, "The Three sisters-An Allegory", *Union Fifth Reader*, New York and Chicago : Ivision Blakeman Taylor Company, 1872, pp.105~106.

12 *Union Reader 2*에서 poet을 "시를 쓰는 작가(writer of poetry)"로 정의한 양상을 살펴 볼 수 있다. Charles W. Sanders, *Union Reader 2*, p.29.

맞춰 계열화하고, 그에 입각하여 작가의 경향을 서술해나가는 양상을 보인다. 이는 'literature'의 장르 분화, 'writer'의 직업화가 반영된 결과이다.

미국 독본의 영향을 받은 근대 초기 일본어 독본에서는 작가의 분화에 대한 의식이 나타나지는 않지만 다양한 장르 명칭을 볼 수 있다. 문부성 발행 『심상소학독본尋常小學讀本』(1896)의 경우, 국가 정신이나 국체를 강조하는 글들이 주를 이루며, 글에 대한 의식이 나타난 단원으로는 '일용서류日用書類'가 있다. 5권부터 8권까지 각 권에는 '일용서류'라는 범주 하에 '편지', '병문안의 글', '신문 주문의 글', '작문의 첨삭을 부탁하는 글' 등이 실려 있다. 중등학생을 위해 문부성이 발행한 『고등소학독본高等小學讀本』(1890)의 경우, '話', '說', '曲', '傳', '記', '論' 등의 장르 표시가 나타난다. 이 책의 서문을 보면, 『고등소학독본』이 아동의 지식을 발달케 하고, 언어와 문장을 가르칠 목적으로 발간되었으나, 그 내용이 "소설, 비유, 속담, 전기, 시가 등을 사용하여, 아동의 유열심愉悅心을 환기하고, 통독할 때 자연히 지용智勇의 기력을 양성하여 순종, 정숙, 우애의 정을 감발하여 아동으로 하여금 그 몸을 사랑하고, 그 뜻을 고상히 하길 기대"[13]하는 차원에서 기술되었음을 알 수 있다. 각각의 글에 대해 특정한 장르적 분류를 시도하지는 않았으나, 교육의 목적을 위해 다양한 글의 종류를 활용하고, 당대 교과서 편찬자들이 문종에 대한 의식을 가지고 있었음을 드러낸다.

실제로 일본에서 시・소설・희곡을 하나로 묶는 언어예술에 상당하는 문학 관념이 생겨나지 않은 도쿠가와기부터 유럽류의 시・소설・희

13 文部省編輯局, 「緒言」, 『高等小學讀本』, 大日本圖書會社, 1890, 2면.

곡 각각에 상당하는 일정한 장르 의식이 등장하는 기운이 있었다.[14] 또한 1897년(메이지 30년)에는 '문단'이 소설가나 시인들의 그룹을 말하는 용례[15]로 사용되었으며, 1898년에 윌리엄 조지 애스턴에 의해 영어로 쓰인 최초의 '일본문학사'가 간행되어 일본의 문학 장르로 '시, 픽션, 일기, 수필(에세이)'[16]이 언급된 바 있다. 이것은 서양인의 시선에 의해 일본 문학이 체계화되고 번역되는 과정에서, 일본문학의 '장르'가 제도화된 예이다. 당대 교과서의 내용 역시 일본 근대문학 개념을 수용하고 자국의 문학을 재배열하는 과정에서 창출된 것이다.

일본의 교과서 편찬자들과 교사들이 문종에 대한 인식을 가지고 있었음을 구체적으로 증명할 수 있는 자료로 『국정독본 교수용 수사법 및 취급國定讀本教授用修辭法及取扱』(1912)을 들 수 있다. 이 책은 국어 교사들에게 수사법과 작문綴方, 독서 교육의 중요성을 강조하고, 국어 수업의 방법을 안내하기 위해 발간된 국정 독본이다. 이 책에서 저자인 이나가키 쿠니사부로우稻垣國三郎는 사상의 배열상으로 보면 각종의 문식文式이 생겨나지만, 배열된 사상의 본질로 보면 여러 종류文種가 생겨남을 언급하며 문식과 문종을 구별한다. 그는 독본에 수록된 글을 율어律語와 대상對象의 유무로 나누고, 율어가 없고 대상이 없는 글을 보통문으로 명명한다. 그리고 그것을 다시 사상의 배열과 사상의 본질에 따라 나눈다. 이때, 문종은 문식에 대응하는 좁은 개념으로 사용된다. 그는 보통문에 부합하는 좁은 의미의 문종을 기사문, 서사문, 설명문, 의론문으로 나누어 상세히 설명한다.[17] 이것은 뒤에서

14 스즈키 사다미, 김채수 역, 『일본의 문학개념』, 보고사, 2001, 185면.
15 위의 책, 349면.
16 위의 책, 340면.
17 稻垣國三郎, 『國定讀本 教授用 修辭法 及 取扱』, 同文館, 1912, 213~214면. 인용한 자료

살펴보게 될 미국 작문 교과서의 분류법과 매우 유사하다. 이나가키는 이것이 당대 일본에서 통용되는 구분법임을 전제한다. 이는 서양의 작문 교재에 나타난 장르 의식이 일찍부터 일본에 영향을 미쳤음을 암시한다.

〈그림 7〉『國定讀本 教授用 修辭法 及 取扱』(1912)의 표지

저자는 책의 말미에 「독본각과의 문종 및 문식讀本各課の文種及文式」을 부록으로 두어 심상과 제1학년부터 6학년까지 독본에 수록된 글의 문종과 문식을 표로 정리해두었다. 다음 표(〈그림 8〉)를 보면, 이나가키가 사용하는 문종이라는 개념이 보통문을 네 종류로 나누는 좁은 개념에서 벗어나 운문까지 포괄하는 넓은 개념으로 쓰였음을 확인할 수 있다. 또한 그는 문종의 범주 안에서 '서사적 설명문', '기사적 설명문' 등 당대 글쓰기에 수용된 문종의 교섭 양상까지 포괄한다.

조선 학생들의 일본어 교육을 위해 조선총독부가 발행한 『보통학교국어독본普通學校國語讀本』(1912~1915)은 소재, 인물, 사건을 강조하여 글들의 제목이 구성되어 있다. 話(이야기)를 제외한 문종의 표지로는 歌(노래), 手紙(편지), 注文書(주문서), 年始狀(연하장), 日記(일기)를 사용했다. 이 독본은 일본의 학교에서 일본 학생들을 위해 문부성에서 발행한 교재를

는 대만국가도서관에 소장된 것임을 밝혀 둔다.

尋常科第五學年

課	卷九 題目	卷九 文種	卷九 文式	卷十 題目	卷十 文種	卷十 文式
一	草薙劍（一）	叙事文	頭括式	日本一の物	說明文	尾括式
二	草薙劍（二）	仝上		葉	說明文	散列式
三	花ノサマ〲	說明文	散列式	保安林	說明文	尾括式
四	舞へや歌へや	韻文	｜	家	韻文	｜
五	註文狀	書簡文	｜	紫式部と淸少納言	叙事文	頭括式
六	利根川	記事文	兩括式	本	說明文	頭括式
七	水兵の母	叙事文	頭括式	張良ト韓信	叙事文	尾括式
八	我が陸軍	說明文	頭括式	入營する友におくる	書簡文	｜
九	靖國神社	記事文	尾括式	冬景色	記事文	散列式
一〇	汽船汽車の發明	叙事文	散列式	甘藷	叙事的說明文	頭括式
一一	昔の旅	說明文	尾括式	たしかな保證	叙事的說明文	頭括式
一二	箱根山	記事文	散列式	水師營の會見	韻文	｜
一三	旅行中の父に送る手紙	書簡文	｜	花莚	叙事的說明文	尾括式
一四	駱駝乘	叙事文	兩括式	模樣と色	說明文	尾括式
一五	かぶりもの	韻文	｜	齋藤實盛	叙事文	追步式
一六	動物の體色	說明文	散列式	兵營內の生活	書簡文	｜
一七	養生	議論的說明文	尾括式	足尾銅山	記事的說明文	散列式
一八	坂上田村麻呂	叙事文	頭括式	捕鯨船	叙事文	追步式
一九	空氣	說明文	散列式	勇ましき少女	叙事文	尾括式
二〇	雨と風	記事文	頭括式	溫泉	記事的說明文	散列式
二一	水害見舞の文	書簡文	｜	人の身體	說明文	尾括式
二二	貯金	說明文	散列式	あいぬの風俗	說明文	散列式
二三	菅原道眞	叙事文	追步式	家畜	說明文	兩括式
二四	競馬	叙事文	兩括式	松の下露	韻文	｜
二五	貨幣	說明文	散列式	講話會の案內文	書簡文	｜
二六	三才女	韻文	｜	大和巡り（一）	叙事的記事文	尾括式
二七	日光山	記事文	尾括式	大和巡り（二）	仝上	

〈그림 8-1〉『國定讀本敎授用修辭法及取扱』(1912)의 부록으로 수록된 「讀本各課の文種及文式」의 일부분

尋常科第六學年

課	巻十一 題目	巻十一 文種	巻十一 文式	巻十二 題目	巻十二 文種	巻十二 文式
一	吉野山	叙事的記事文	尾括式	天皇陛下の御製	説明文	頭括式
二	蜜蜂	説明文	兩括式	日本海海戰	叙事文	兩括式
三	分業	説明文	散列式	造船ノ話	説明文	散列式
四	兒島高徳	叙事文	散列式	天氣豫報及び暴風雨警報	説明文	頭括式
五	瀬戸内海	記事文	兩括式	動物と植物との關係	説明文	尾括式
六	我は海の子	韻文	｜	鎌倉	韻文	｜
七	車と船	説明文	兩括式	鳥居勝商	叙事文	兩括式
八	我が海軍	説明文	尾括式	日本の女子	叙事的議論文	尾括式
九	臺灣より樺太へ	書簡文	｜	學校落成式	叙事的記事文	追步式
一〇	熊王丸	叙事文	兩括式	公事と私事	議論的叙事文	頭括式
一一	アラビヤ馬	叙事文	頭括式	阿蘇山	記事文	頭括式
一二	笑	議論文	兩括式	我が國の農業	説明文	尾括式
一三	少年鼓手	叙事文	兩括式	國産の歌	韻文	｜
一四	出征兵士	韻文	｜	貿易	議論的説明文	散列式
一五	招待狀	書簡文	｜	南滿州鐵道	記事文	追步式
一六	料理	議論的説明文	兩括式	歐羅巴の三大都	記事文	散列式
一七	時間	議論文	頭括式	獸類の移住	叙事文	散列式
一八	畫工の苦心	叙事文	頭括式	苦樂	議論文	頭括式
一九	瀑布	記事文	頭括式	コロンブス	叙事文	兩括式
二〇	鵜飼	記事文	尾括式	辻音樂	叙事文	追步式
二一	紡績	説明文	散列式	烈士喜劍	叙事文	頭括式
二二	蟲の農工業	説明文	散列式	主婦の務	議論的説明文	散列式
二三	物の價	説明文		孔子と孟子	叙事文	散列式
二四	樺太より臺灣へ	書簡文	｜	大國民の品格	説明文	散列式
二五	諸葛孔明	叙事文	頭括式	自治の精神	説明文	尾括式
二六	朝鮮の風俗	説明文	散列式	帝國議會	説明文	兩括式
二七	平和なる村	説明文	兩括式	軍人に賜はりたる勅諭	説明文	兩括式
二八	同胞こゝに五千萬	韻文	｜	卒業	韻文	｜

〈그림 8-2〉『國定讀本教授用修辭法及取扱』(1912)의 부록으로 수록된 「讀本各課の文種及文式」의 일부분

조선총독부에서 거의 그대로 옮겨온 것이다. 이 독본에는 매 단원 '연습문제'가 달려 있는데 대부분의 연습문제는 단원의 내용 요약, 새로운 단어 암기, 편지 모방해서 쓰거나 답장 쓰기, 노래의 의미 말하기, 내용을 바탕으로 자신의 생각 글로 쓰기 등이다. "ソレヲ文ニオ作リナサイ"라는 표현에서 알 수 있다시피 어떤 글의 종류를 선택하여 표현할 것인지는 구체적으로 요구하지 않는다. 그러나 제목에 문종 구분이 없더라도 연습문제에서 단원에 제시된 글을 시 또는 이야기, 편지, 일기 등으로 지칭함으로써 당시 교과서 편찬자들이 문종에 대한 의식을 가지고 있었음을 알 수 있다. 또한 이러한 연습문제를 풀며 전범을 모방하여 새로운 글을 쓰고, 작품을 읽고 자신의 생각을 한 편의 글로 완성했다는 것은, 단편적으로나마 감상이나 논평에 대한 교육이 이루어졌을 가능성을 암시한다.

이에 반해, 조선어독본의 서문에서는 문종에 대한 의식을 찾아볼 수 없다. 조선의 학교에서 독본으로 활용되었던 자료들에서 발견할 수 있는 문종의 표지들을 살펴보면 『국민소학독본』(1895)의 '話', 『신정심상소학』(1896)의 '이ᄋᆡ기', '話', 『고등소학독본』(1906)의 '曲', 『초등소학』(1906~1907)의 '話', 『노동야학독본』(1908)의 '演說', 『최신초등소학』(1908)의 '이약이', 『신찬초등소학』(1909)의 '이야기, 話, 書札' 등이다. 그 이외에도 '조선 여성들의 독학'을 위해 간행된 『부유독습』(1908)을 보면, '儒胥必知 유셔필지'[18]가 언급된다. 『유서필지』는 선비나 서리들이 꼭 알아두어야 할 일종의 공문서 작성의 편람이다. 이를 통해 근대 초기 여성들에게 글의 종류와 그것을 작성하는 방법이 중요한 지식

18 姜華錫, 『婦幼獨習』, 皇城新聞社, 1908, 196면.

의 하나로 강조되었음을 알 수 있다. 다만, 이 교재들은 조선어 습득, 교훈의 내면화, 신지식의 전파 등을 위해 간행되었던 것이기에 언어예술로서 문학 장르체계에 대한 인식을 엿보기는 어렵다.

근대 조선의 초기 독본들에서는 보통 소재를 제목으로 삼고, 장르 표지를 노출하지 않는 경우가 많다. 다만, 편지나 노래(시, 곡, 가)를 제외한 글들에 장르 표시를 할 경우, 일반적으로 이야기/話라는 분류 명칭이 사용됨을 알 수 있다. 이 같은 양상은 『보통학교 학도용 조선어독본』(1911), 『보통학교 조선어급한문독본』(1913)에서도 유지된다. 이전의 독본들과 달리 '일기'가 추가되나, 편지의 경우에도 편지라는 글의 종류 대신 편지를 받는 대상이나 편지를 쓰는 상황이 강조되는 방향에서 제목이 정해진다. 특히 『보통학교 조선어급한문독본』에는 단원마다 연습문제가 실려 있는데, 그 연습문제의 내용이 새로운 단어 익히기, 문장 받아쓰기, 글의 내용 확인하고 암기하기 등으로 구성되어 있다. 간혹 "이약이를 듯고 感動된 것을 말하야라"[19]라는 문제가 제시되기도 하는데, 이는 교훈을 담은 '한문漢文' 관련 단원일 경우가 대부분이다.

근대 초기 교과서에서 살펴볼 수 있는 이 같은 경향은, 당대 교과서가 '배우는 주체'의 신체적·정의적·지적 성장의 특수한 과정을 고려하기보다는 '가르치는 주체'를 중심으로 모든 학생이 도달해야 할 목표를 설정하고 있었기 때문이다. 교과서는 일제 식민정책과의 관련 속에서 실업, 지리, 인물, 문학 영역에 속하는 단원들도 대부분 도덕과 교훈을 전달하기 위한 의도로 채워져 있다.[20] 조선어독본의 경향은 앞서 살

19 「제9과 한문(陰德)」, 『보통학교 조선어급한문독본』, 조선총독부, 1913, 24면.

20 강진호·허재영, 「일제 식민정책과 조선어과 교과서」, 강진호·허재영 편, 『조선어독

펴본 미국과 일본의 교과서와 차이를 보인다. 조선에서 독본으로 활용되었던 자료들에 나타난 문종에 대한 인식은 명확한 체제와 기능의 차이를 지닌 노래, 편지, 일기를 배제한 나머지 산문은 이야기로 분류하는 단순한 구분법에 기반을 둔다. 그것은 글(쓰기 교육)을 기능적인 측면, 문명화의 도구로 부각한 교육 방식에서 원인을 찾을 수 있다. 여기에서 글의 종류(문종)는 한 편의 글이 갖추어야 할 공적인 특성, 체제를 중심에 둔 것이다.

그럼에도 불구하고 근대 초기 조선어독본의 글들에 문종에 대한 의식이 잘 나타나지 않는다는 점을 조선 지식인의 문종의식 부재로 연결시키기는 어렵다. 앞서 언급한 『국정독본 교수용 수사법 및 취급』의 판권지에는 이 책이 일본의 동경과 오사카뿐 아니라, 조선 경성의 일한서방日韓書房에서도 판매되었다는 사실이 명시되어 있다. 이 책의 출판과 유통은 조선인이 미국과 일본 교과서를 읽었을 가능성을 보여준다. 또한 당대 교사들이 참고하고 수업에 적용했을 교사용 도서의 내용은 문종 개념이 조선에 수용되고 전파되어 조선의 지식장에 미쳤을 영향을 암시한다.

본』 2, 제이앤씨, 2010, 739~740면.

3. 장르 개념의 도입에 따른 전통문학 양식의 변용

문종의 형성과 분화는 근대적인 지식과 표현 양식이 형성되어 가는 과정을 나타내는 중요한 지표이다. 애초에 문종은 '서사', '서정', '논', '설' 등 현대적인 관점에서 문학의 양식을 지칭하는 것이 아니라, 다양한 글을 형태나 쓰임 등에 따라 분류하는 과정에서 고안된 것이다. 우리는 앞서 근대 초기 국어독본으로 활용되었던 교과서를 통해 그것을 확인할 수 있었다. 그 양상은 『신찬초등소학』 권6의 2과 「문학의 진보와 쇠퇴」에서 "문학"과 "시문"[21]이 넓은 의미의 '글'이나 '학문'으로 이해되고 있었던 것과 같은 정황에 기인한다.

하나의 텍스트를 다른 텍스트로 번역하는 것은 두 개의 서로 다른 언어의 통일체가 미리 주어져 있기 때문이 아니다. 번역의 행위가 언어를 분절화하고 그 결과 번역의 표상을 통해 마치 번역하는 언어와 번역되는 언어 사이에 자립적이고 폐쇄된 통일체가 존재하는 것처럼, 그들의 언어를 조정할 수 있는 제도가 성립하기 때문이다.[22] 근대 초기 조선에서 문학과 작문을 교육적 층위에서 고민했던 자들에게 문종 개념의 번역은 조선의 전통문학과 서양문학 사이에서 조선의 문학관과 언어를 조정하고, 그것을 대중화할 수 있는 제도를 마련하는 일이었다.

현재 우리에게 익숙한 '문종=genre'의 동일시 현상은 근대 초기 사전이나 독본에서는 찾아보기 어렵다. 『불화사전佛和辭典』(1871)에서 Littérature는 '文學'[23]으로, genre는 '種類, 系, 形'[24]으로 번역된다. 이 사전에

---

21 玄采, 『新纂初等小學』 권6, 日韓印刷株式會社, 1909, 3면.
22 酒井直樹, 『日本思想という問題—飜譯と主體』, 岩波書店, 1997, 4면.

서 style은 '形, 文作, 筆'[25]로 번역된다. 이후, 『법한ᄌᆞ뎐』(1901)에서 Littérature는 '글씨'[26]로, genre는 '~류, 죵류'[27]로 번역된다. 1924년에 간행된 『新佛和辭典』에 보면, genre는 '種類, 作法, 趣味, 質, 性, 文體, 型'[28] 등 애초의 의미보다 더 한정된 범위에서 사용됨을 살필 수 있다. 이 사전에서는 Littérature 역시 '文學, 文學書, 文人の職'[29]으로 번역되어 넓은 의미의 학문 개념으로부터 이행해 근대적 문학 개념에 근접한 형태를 보인다. '문학'이라는 어휘가 '학문'에서 '문예'의 의미로 이행해갔다는 것은 '학문'과 '문학'의 구별이 시작됨을 의미한다. 같은 맥락에서 볼 때, 문종은 문예의 변용 속에서 일어난 일종의 문예 계열화 작업의 결과로 생각해볼 수 있다.

처음에 genre라는 단어는 '종류', '갈래', '형태', '風', '流', '式'의 의미를 포괄했다. 이처럼 'genre'라는 용어에 대한 번역과 해석의 내용은 글의 종류는 물론 지식의 범주에 대한 당대의 인식을 반영한다. 또한 이 단어의 번역은 서양과 일본을 경유하여 문종 개념을 수용한 조선의 상황과 관련되어 있다. 불어 'genre'는 '종류'의 번역어로서 조선에 유입되었으나 조선의 문화 부흥 열기 속에서 '문예의 종류'로 축소, 정착된 것일 수 있다. 미국 교과서에서 genre의 어원인 genus가 '종

23 好樹堂 譯, 『佛和辭典』, 米國長老派傳道教會, 1871, 248면.
24 위의 책, 196면.
25 위의 책, 394면.
26 Charles Alévêque, 『법한ᄌᆞ뎐』, Seoul Press, 1901, 181면.
27 위의 책, 180면.
28 이 사전은 1910년 처음 간행된 이후 1915년에 증정판(增訂版)이 간행된다. 저자가 참고한 사전은 『增訂 新佛和辭典』 제28판이다. 野村泰亨, 『增訂 新佛和辭典』, 大倉書店, 1924, 478면.
29 위의 책, 621면.

류', '속屬'이라는 의미로 쓰이다가 작문 교과서에서 현재 사용하는 장르 개념과 근접한 양상을 보이는 것처럼, '작문'은 자신의 생각에 맞는 '특정 종류'의 글에 대한 선택과 글의 형식적 원리를 모방하고 차용하는 과정에 대한 사유를 전제한다.

실제 독본에 수록된 글의 종류에 따라 체제와 내용상의 차이를 보인다. 또한 그것의 교육적 필요성에 대한 인식이 엿보이는 독본들은 한문학의 전통 속에서 이루어진 글의 분류법이 점차 서양과 일본의 장르 인식에 영향을 받아 어떻게 변화해 가는지 보여준다. 그것은 작문 교재로 활용되었던 독본들에서 뚜렷해진다. 주목할 점은, 현재 통용되고 있는 글의 분류법이 미국의 작문 교재에서 그대로 나타난다는 것이다. 일본 수사학의 대표적 참고서였던 *English Composition and Rhetoric : A Manual*(1867)의 저자 알렉산더 베인은 '작문의 종류'를 'description', 'narrative', 'exposition', 'persuasion', 'poetry'로 구분한다. 1900년 초에 발행된 *English : Composition and Literature*(1900)와 *Composition-Rhetoric*(1905)의 내용 역시 크게 달라지지 않는다. 전자는 '담론의 유형'을 'narration', 'description', 'exposition', 'argument'로 나누고, 여기에 'speech'와 'verse'를 추가하여 작문법을 제시한다. 후자 역시 '담론의 유형'을 'description', 'narration', 'exposition', 'argument'로 구분하고 여기에 'poetry', 'letter'가 추가된 형태로 작문법의 체계를 마련했다. 1918년에 간행된 작문법에서는 verse나 letter 대신 'diary'가 들어서기도 한다.

1900년대 초 일본에서 발행된 작문 교재를 보면, 서양 작문 교재의 영향 속에서 전대 한문학의 전통으로부터 완전히 벗어나지 못한 혼종적 상태를 발견할 수 있다. 오와다 타케키가 쓴 『작문보전作文寶典』(1905)과 쿠보 도쿠지가 쓴 『실용작문법實用作文法』(1906)이 그 예이다. 『작문보전作文寶典』은 글을 '산문'과 '운문'으로 나누고, 산문을 다시 '잡기문雜記文', '자기문自記文', '서사문敍事文' 등으로 분류한다.[30] 조선인 이각종이 발행한 『실용작문법』과 비교 연구[31]가 되었던 쿠보 도쿠지의 『실용작문법』에서 저자는 중국의 문장 분류법은 "비논리적"[32]이라 무가치하게 된 것이 많으므로 문장을 새롭게 대별할 필요가 있다고 전제한다. 그리고 그는 기체문記體文, 서사문敍事文, 설명문說明文, 의론문議論文, 유설문誘說文, 서한문書翰文의 분류법을 보인다.[33] 이 분류의 상위 개념은 '문장文章의 종류'이다. 앞에서 살펴봤던 이나가키 쿠니사부로우는 이 문장의 종류를 '문식'과 대별하여 '문종文種'이란 단어로 집약한 것이라 할 수 있다.

미국과 일본의 교과서가 분류된 글의 개념 정의와 종류, 내용 구성의 방법, 수사학의 법칙 등을 기준으로 작문법을 기술한 데 반해, 조선의 1900년대 초 작문 교재는 각 장을 글의 종류에 따라 배치하고, 전범이 될 글을 제시하는 방향을 취한다. 최재학의 『문장지남文章指南』(1908)의 '論, 說, 記, 傳, 序, 文, 題, 跋, 贊, 頌, 銘', 『실지응용작문법實地應用作文法』(1909)의 '論門, 說門, 傳門, 記門, 序門, 題門, 跋門, 文門, 書門, 贊門, 頌門'이 그 예이다. 이 같은 산문 장르의 구분은 전통적인 한문 문체 분류법을 원용한 것이다. 최재학이 『실지응용작문법』을 간행하면서 저본으

30 大和田建樹, 『作文寶典』, 博文館, 1905.

31 배수찬, 『근대적 글쓰기의 형성 과정 연구』, 소명출판, 2008, 180~184면; 임상석, 「1910년대 초 한일 "실용작문"의 경계」, 『어문논집』 61, 민족어문학회, 2010.

32 久保天隨, 『實用作文法』, 実業之日本社, 1906, 12~13면.

33 이 밖에도 『新體詩作法』과 같은 서적은 근대시의 형식과 내용, 해석의 방법, 외국 시인들의 전기를 수록함으로써 운문으로 뭉뚱그려져 있었던 시가의 장르적 모색이 가능할 수 있음을 제시한다. 河井又平, 『新體詩作法』, 博文館, 1912.

로 삼은 일본의 서적은 『속문법상론續文法詳論』, 『속한문전續漢文典』, 『신정중등작문궤범新訂中等作文軌範』, 『신미사학新美辭學』, 『수사학修辭學』 등으로 밝혀져 있다. 최재학은 전통적인 한문 수사학과 문장학의 성과를 계승하면서 일본 및 서구 수사학의 성과를 적극적으로 흡수하는 절충적 입장을 취한다.[34] 최재학은 『실지응용작문법』에서 이 문종들을 묶는 상위 개념을 '체제體製'로 정한다. 그리고 논문, 전문, 기문의 경우, 문종의 하위 항목을 세분하고 예를 드는 새로운 시도를 보여준다. 물론 그에 따라 구체적인 글쓰기의 방법을 제시하지는 않는다. 그러나 이 책에 실린 글들은 동시대인들에 의해 작성된 것으로, '권리사상론', '국민생기설', '화성돈전', '박람회축사' 등 작문만이 아니라 국민의 계몽을 도모하는 내용으로 구성되어 있다. 이는 조선의 정치적 상황 속에서 교육과 계몽을 통해 나라를 일으키려 했던 지식인들의 글이다.

배수찬에 의하면, 글은 '특정한 세계 인식에 구조적으로 상응하는 문장 조직'[35]이다. 이 말은 사회와 의식이 변화함에 따라 한문학의 전통 속에서 오랜 시간 동안 형식과 의미를 유지했던 글쓰기의 전범이 서구적인 장르 개념의 도입 속에서 소멸되거나 다른 방식으로 변용을 꾀해야 했음을 의미한다. 근대 조선에서 필요한 장르를 선택하고, 그것을 개념화하는 작업이 진행되는 과정에서 '문학'과 '문학 교육' 역시 자기의 외연을 확정해나갔을 것이다.

---

34 남궁원, 「개화기 글쓰기 교재 『실지응용작문법』과 『문장지남』 연구」, 『한문고전연구』 12, 한국한문고전학회, 2006, 200면; 정우봉, 「근대 계몽기 작문 교재에 대한 연구 -『실지응용작문법』과 『문장지남』을 중심으로」, 『한문교육연구』 28, 한국한문교육학회, 2007, 169~172면.

35 배수찬, 앞의 책, 61~87면.

최재학의 작문론에 대해 이정찬이 언급한 것처럼, 전통적 작문에는 '논, 설, 책' 등이 존재할 뿐 설명문, 논설문 등이 부재했다. 일례로 전통적 한문에서 '논', '설'은 격식적이고 관습적인 구분이었지 '설득과 설명'에서 기인한 구분이 아니었다.[36] 그는 최재학의 글을 통해 근대 조선에서 필요한 '계몽적' 글쓰기를 중심에 두고 '논', '설'이 변용될 수 있었던 지점을 언급한다. 이 같은 서양 문종 개념의 변용 논리는 '실용'을 중심에 두고 문종을 분류한 쿠보 도쿠지의 『실용작문법』, 이각종의 『실용작문법』(1912)에도 적용될 수 있다. 미국의 작문 교과서는 실용보다는 문학적 영감을 고양하기 위해 기획되었기 때문이다. 실용을 중심에 둘 때, 글은 형식이나 법칙을 강조하기 쉽다. 형식은 어떤 작품이 장르로서의 성격을 구축하도록 하는 결정 요인이지만, 그 자체가 장르는 아니다. 장르는 형식의 제한과 가능성 속에서 형성된 구체적 작품들의 집합이며, 궁극에는 그 공통 특성들의 총합에 따라 성격이 규정된다.[37] 그러나 일본과 조선의 경우, 문학의 역사화 작업이 수행되기도 전에 서양의 문종 개념에 맞게 문학작품을 대입하는 과정을 경험해야 했다.

이각종의 『실용작문법』 하편에는 '사생문寫生文, 의론문議論文, 유설문誘說文, 보고문報告文, 송서 및 서서문送序及書序文, 변박문辨駁文, 축하문祝賀文, 조제문弔祭文, 금석문金石文, 전기문傳記文' 등 각 장이 글의 종류에 따라 배치되어 있다. 이것을 엄밀히 살펴보면, 편찬자의 관점에 따라 각 개념들의 범위와 경계가 미세하게나마 차이를 보인다. 가령, 1900년대 간

---

36 이정찬, 「작문사적인 관점에서 본 근대 초기 작문 교재 연구」, 『한국언어문학』 79, 한국언어문학회, 2011, 342면.

37 김창현, 『한국적 장르론과 장르 보편성』, 지식산업사, 2005, 96면.

행된 작문 관련 독본에 비해 이 독본의 문종 표지들이 훨씬 더 글의 내용적 특성을 구체적으로 보여준다. 또한 이 독본은 각 글에 대한 개념 정의와 글쓰기 방식 등에 대한 설명을 제시하고 예시가 될 만한 글을 첨부하는 형태를 띤다. 그러므로 이 책은 미국 작문 교재의 영향 속에서 간행되었으나, 일본의 근대화를 경유하는 과정에서 '실용성'이 강조된 조선 작문 교재의 대표적 예라 할 수 있다.

『실용작문법』의 하편은 '문장각론文章各論'으로 문체의 정의와 문체의 종류에 대한 내용이 주를 이룬다.

> 文體ᄂᆞᆫ 文章의 作法上 體裁를 云ᄒᆞᆷ이니 文體ᄂᆞᆫ 文章의 性質을 從ᄒᆞ야 多少相異ᄒᆞᆫ 形式이 有ᄒᆞᆫ지라 故로 今에 其大体上 通用ᄒᆞᄂᆞᆫ 形式의 數種을 知ᄒᆞᆯ 必要가 有ᄒᆞ니라 然이ᄂᆞ 人의 思想은 千變萬化에 其極이 無ᄒᆞᆫ즉 其思想의 表現法된 文體도 從亦 千差萬別이라 如何ᄒᆞᆫ 題目에던지 必其 特定ᄒᆞᆫ 文體가 常有키 不能ᄒᆞ니 故로 必須 其思想과 題目에 相伴ᄒᆞ야 相應ᄒᆞᆫ者를 適宜選擇치 아니ᄒᆞᆷ이 不可ᄒᆞ니라[38] (띄어쓰기는 인용자)

『실용작문법』에서 저자는 문체를 문장의 작법상 체재로 정의하고, 문체는 문장의 성질에 따라 상이한 형식을 갖기에 통용하는 형식의 종류를 알아둘 필요가 있음을 강조한다. 그리고 인간의 사상이 변화함에 따라 그 사상의 표현법인 문체 역시 상응하도록 선택해야 한다고 말한다. 『실용작문법』에서 이각종은 옛날 조선에서는 詩, 賦, 表, 策, 論, 疑,

38 李覺鍾, 『實用作文法』, 博文書舘, 1912, 4면.

義 등으로 문체의 주요 부분을 지었으며, 중국에서는 그 종류가 더욱 번성하였으나, 그것을 모두 밝힐 필요는 없고 "실용상 필요한 자"[39]를 열거하건데 그것이 앞서 언급한 열 가지라 말한다. 이것은 전래하던 문종이 외래 문종의 영향을 받아 변용된 것을 의미한다. 물론 여기에는 조선에 대한 일본의 초기 교육정책과 이념이 반영되어 있다.

이와 달리, 최남선의 『시문독본』(1916)에서는 문종에 따라 장을 구분하지 않았지만, '說, 記, 論, 傳, 時調, ~에서, ~에게' 등의 표제들에서 다양한 양식의 글을 포괄하려 한 편찬자의 의도를 읽을 수 있다. 또한 이 책을 펴낸 최남선은 독본의 예언 제5항에 '이 책의 용어는 통속을 위주 하얏스나 학과에 쓰게 되는 경우에는 사수師授되는 이가 맛당히 합리한 정정을 더할 필요가 잇슬 것'이라고 당부한 바 있다. 이는 각각의 글이 교육의 대상이 될 수 있으며, 교육에 적합한 용어로 그 글들을 지칭할 필요가 있음을 환기한다. 독본의 서문에서 최남선이 말한 '통속'과 '합리한 정정'이라는 말은 조선의 교육 현실과 작문 교재의 경향성 가운데서 음미될 필요가 있다. "단어 및 문장의 의미에 대해 말함으로써 관습적으로 설명하던 차원에 주목"하는 것에서 더 나아가 "어떤 주어진 발언이 특정한 경우에 발설되었을 때 그것이 지니는 특정한 효력을 추가적으로 파악할 필요가 있"[40]음을 생각하게 하기 때문이다.

지금까지 언급한 일본의 작문 교재와 조선의 작문 교재에서 사용된 용어를 살펴볼 때, 흥미로운 점은 분류된 글을 포괄하는 개념이 '문장' 혹은 '문체'라는 점이다. 그리고 아직 중국의 산문 분류법을 따르고 있

39 위의 책, 74면.

40 켄틴 스키너, 황정아 · 김용수 역, 『역사를 읽는 방법』, 돌베개, 2012, 170면.

다는 점이다. 이것은 근대 문학장을 구성하는 일본과 조선의 지식인들이 중국 한문학의 문학적 관습으로부터 완전히 벗어나지 못한 상태임을 보여준다. 중국어에서 문체文體는 두 가지 의미를 가진다. 하나는 '체파體派'의 뜻으로 문학의 작풍을 가리키는 뜻이고, 다른 하나는 '체류體流'의 뜻으로 문학의 유별을 가리킨다.[41] 여기에서 작풍은 style을, 유별은 genre를 뜻한다. 문학의 근대화 과정에서 대두된 문학 형식의 근대화는 조선인의 변화된 의식과 감정을 어떻게 표현할 것인가라는 문제와 결부되어 있었다. 조선의 문종 개념은 조선의 한문학적 전통이 일본을 경유하여 서양의 작문법과 서양의 문학 장르체계의 영향 속에서 재구성된 것이다. 이 점을 감안할 때, 근대 초기 문종 개념은 중국의 두 가지 문체 개념이 서양과 일본의 영향을 받아 문학의 '자율성'에 입각하여 통합되는 과정에서 찾을 수 있다.

미국의 작문 교재에서 주목할 부분이 있는데, 분류된 글들을 포괄하는 상위 개념이 '작문의 종류'와 '담론의 유형'이라는 점이다. 이 개념이 바로 우리가 현재 서정, 서사, 극 혹은 시, 소설, 희곡, 수필, 설명문, 논설문 등을 포괄하여 사용하는 '장르'의 기원이다. 조선의 문종 개념은 애초부터 '문예 양식의 갈래'로서 쓰인 것이 아니라, 중국 한문학의 문체文體 개념과 일본의 문장文章 개념을 서양의 "kinds of composition"과 "forms of discourse"의 번역어로 조선에 유입하는 과정에서 창출된 것이다. 그리고 문종은 근대 작문 교육의 변화 과정에서 현재의 의미에 근접하게 통용되어온 것이다. 작문은 글을 쓰는 주체와 그것을 읽는 주체 사이의 관계를

41 羅根澤, 『魏晋六朝文學批評史』(臺灣商務印書館, 1996, 29면), 임춘성, 『중국 근현대문학사 담론과 타자화』, 문학동네, 2013, 95면에서 재인용.

전제한다. 근대 조선에서 문학 작품이 교환가치로서 의미를 획득해가는 흐름 안에서, genre는 '종류－법칙－작가와 독자 간의 구성적 관례와 규약code'으로 개념의 변화를 거쳐 온 것이라 하겠다.

4. 문종의 교육과 일반화의 논리

글의 제시 형식이 한 장르의 탄생으로 이어지기 위해서는 집단의 호응을 필요로 한다. 장르의 표지를 공유하고, 그것을 이용해 작품을 창작하고 향유하는 집단을 필요로 하는 것이다. 그에 입각해볼 때, 독본의 저자(편집자), 교사와 학생은 문종의 생산자와 수용자라고 할 수 있다. 제시 형식의 생산 경로는 한 사회 전체의 생산력과 생산 관계, 이데올로기, 미학적 전통, 개인적 특수성 등이 상호 보완・대립하는 변증법적 과정이라고 할 수 있다. 여기에는 수용의 조건들이 일정한 영향력을 행사할 수 있다. 장르 유통의 담당층도 자기들의 이해관계에 따라 독자적 의도를 가지고 제시 형식의 생산이나 변형 과정에 영향력을 행사할 수 있다.[42]

『소설신수小說神髓』를 썼던 츠보우치 쇼요坪內逍遥는 1900년에 소학교용 『국어독본国語讀本』을 간행하여 교육계에 커다란 반향을 일으킨 바 있다. 『츠보우치 박사의 독본을 사용하는 국어 교수법坪內博士の読本を使用する国語教授法』에서 이 독본의 취지를 보면, 이 독본은 아동의 지해知解에 적합하고, 감흥과 동감을 촉발하는 내용으로 구성하였으며, 아동의 심리상태心狀를

42 김창현, 앞의 책, 92~93면.

참작하여 '기서법記叙法'을 '문학적'으로 구성했음을 알 수 있다.[43] 『고등 국어독본高等国語讀本』권1의 서언에서도 독본에 실린 글이 "아동의 지능에 적합한 것을 택하는 것은 물론, 문학상의 이익과 흥미를 갖춘 것을 주로 택하였"음을 보여준다. 또한 츠보우치 쇼요는 독본에 실린 많은 "신체가新體歌와 화가和歌"에 대해 언급하며, 대개 "가歌는 문학상의 미술美術이면서, 이로 말미암아 문학의 기호嗜好를 일으킬 뿐 아니라, 또한 애국의 지념志念를 발하는 데 뛰어남"을 강조한다.[44] 소설과 시를 예술art과 등가에 두고, 소설의 공리성을 언급하는 것은 츠보우치가 『소설신수』(1886)에서 보여준 문학론과 연결되어 있다.

츠보우치의 『소설신수』는 우리가 앞서 언급했던 알렉산더 베인의 『영작문과 수사학』을 비롯한 베인 저작의 영향 속에서 작성된 것으로 알려져 있다.[45] 그러나 정병호가 언급한 것처럼 『소설신수』와 베인 사이의 영향 관계를 인정할 수 있더라도, 예술의 근본적이고 직접적인 의도를 '즐거움'에서 찾은 베인과 달리, 소설의 '공리성'을 강조한 츠보우치의 견해 사이에 존재하는 낙차는 주목될 필요가 있다.[46] 그것이 바로 서양의 문학 개념을 일본의 상황에 맞게 변용한 부분이기 때문이다. 알렉산더 베인이 그의 저서에서 예술 작품이 줄 수 있는 '순수한 즐거움', '사람의 품위를 고양하는 기능'[47]을 강조했다면, 츠보우치 쇼요는 그것을 '흥미',

43 長尾松三郎·田村作太郎, 『坪内博士の読本を使用する国語教授法』, 村上書店, 1901, 54~57면.

44 坪内雄藏(逍遙), 「緒言」, 『高等 国語讀本』, 富山房, 1900.

45 츠보우치 쇼요와 알렉산더 베인의 영향 관계에 관한 일본의 선행연구에 대해서는 정병호, 「'예술'의 이데올로기-1880년대의 미술계와 『소설신수』의 교섭」, 『소설신수』, 고려대 출판부, 2007, 224~232면.

46 위의 책, 229~230면.

'기호', '애국의 지념'으로 바꿔 쓴다. 이것은 메이지시대 교육의 중심에 있었던 계몽주의와 국가주의와의 관계 속에서 이해될 수 있다.

당시 일본은 문부대신 모리 아리노리가 1890년에 공포한 '교육칙어'의 영향으로 국가주의 교육사상과 메이지 정부의 교육 통제가 강화된 상황이었다. 교육의 목적 또한 근대 서구의 보편적 교육 이념인 진리 탐구나 개성의 신장에 있다기보다는 헌법으로 보장하고 있는 국체, 즉 천황에게 충실한 신민을 육성한다는, 교육을 통한 천황에 대한 절대 충성과 애국심을 강조한다.[48] 문학을 도덕 계몽과 풍속 교화 같은 국민의 기풍 양성 수단으로 간주하는 츠보우치 쇼요의 견해는 베인의 문학 개념을 국가주의 및 천황제 이데올로기에 입각해 차용한 것이다. 이나가키 쿠니사부로우의 교사용 도서에 이르면, 소학교의 작문은 '미문을 쓰는 것'이 아니라, "네 가지 문종의 지식을 명확히 알고 목적에 맞게 시의에 따라 적합한 문종을 선택"[49]하는 것으로 집약된다. 이나가키는, 문식文式과 달리 문종은 심상 5년에 가르치기 시작하는 것이 좋다고 주장한다. 그리고 지리와 역사 같은 타 교과를 방편으로 삼아 귀납적인 방식의 문종 교육을 제안하기도 한다.[50] 그는 문종이 작문을 하는 데 중요하면서도 어려운 문제임을 감지하고 있었던 것이다.

조선 교과서의 경우, 학부 편집국이 번역, 편집, 검정, 인쇄에 관한 사무를 관장했다. 이후, 1911년과 1922년 조선교육령을 보면 교과 검정과

---

47 Alexander Bain, *English Composition and Rhetoric : A Manual*, New York : D. Appleton and Company, 1867, p.258.

48 이권희, 『메이지기 학제의 변천을 통해 본 근대 일본의 국민국가 형성과 교육』, 케포이북스, 2013, 76면.

49 稻垣國三郎, 앞의 책, 216~217면.

50 위의 책, 231~232면.

인가가 조선총독부에 의해 이루어졌음을 확인할 수 있다. 『대한매일신보』의 기사에서는 "일본서 발행한 서책을 번역"한 교과서 중 국민사상과 관련한 내용은 학부의 일인 관리가 삭제한 사실을 살펴볼 수 있다.[51] 또한 「교과서 검뎡의 죠사」에서는 당시 '일본과 다른 외국의 교과서를 번역하여 쓰는 자가 적지 아니한 것을 의식하여 조선의 풍속과 인정에 적합하지 않은 것을 원본대로 인용하는 것은 매우 위험'한 일로 간주했음을 발견할 수 있다. 이는 근대 초기 교과서 번역의 확산과 그에 따라 유입된 새로운 지식의 문제성이 매우 민감한 교육적 사안이었음을 방증한다. 당시 기사를 통해 학부에서는 사상적인 문제만이 아니라, 교과서 검정의 과정에서 "정도와 분량과 재료를 선택한 것", "편집과 저술의 방법"[52]이 교과서에 적합한지의 여부가 매우 중요한 교육상의 요건이었음을 알 수 있다. 이 같은 내용은 근대 초기 조선의 교과서가 일본을 비롯한 다른 나라의 교과서를 번역하는 가운데 창출되었으며, 일본의 식민지 교육정책이 교과서의 내용, 분량, 편집 방식 선택에 많은 영향을 미쳤음을 드러낸다.

실용문의 작성, 논설문과 설명문 읽기 및 내용 파악을 통한 국어교육은 문해력 증대, 신지식 및 교훈의 주입에 초점을 둔 교육 방식이다. 실제로 1895년에 공포된 소학교령의 소학교 교칙 대강을 보면, 독서와 작문은 "日常須知"의 국문 문법에 비중을 두고 있으며, '사상을 표창하는 능력을 배양하고, 지덕을 계발함을 요지로' 한다. 심상과에 대해서는 '일상생활과 처세'에 필요한 사항을 시술하되 문장 짓는 솜씨가 평이하고 분명해야 함을 강조한다.[53] 한성사범학교 규칙에서도 '작문'은

---

51 「교과서 금사」, 『대한매일신보』, 1909.1.1.
52 「교과서 검뎡의 됴사」, 『대한매일신보』, 1909.3.13.

"일용서류, 기사문 및 논설문" 교육에 방점이 놓여 있다.[54]

1906년 제정된 보통학교령과 1911년 보통학교 규칙의 '교과목, 교칙 및 과정'을 보면 교과목별 교수 요지를 파악할 수 있다. 그것에 따르면, 국어를 가르칠 때 작문과 습자는 특별히 교수 시간을 구별하여 부과할 수 있다. 이때, 독서는 '일상 수지의 문자와 문체를 알게 하며 정확히 사상을 표창하는 능력을 발양하고 덕성을 함양하여 보통 지식을 교수함'을 요지로 삼고 있다. 작문은 일반적으로 '구어체'로 하며, '서한문書翰文'을 가르쳐야 함이 명시되어 있다. 조선어 및 한문의 경우에도 일상적으로 대응하여 용무를 판별하고 덕성을 함양하는 데 기여하는 방식으로 교육이 이루어져야 한다고 언급된다.[55] 흥미로운 것은, 독서 교육의 요지가 1895년에는 '문자文字와 문구文句, 문법文法'을 알게 하는 것이었으나 1906년에는 '문자와 문체文體'를 알게 하는 것으로 변화한다는 점이다. 중학교와 고등보통학교의 경우에도 국어 교육은 '보통의 언어 문체를 알며 정확히 자유 사상을 드러내는' 능력을 얻는 것으로 그 요지가 변화한다.

「사립학교규칙」에 제시된 학교 교과과정을 보면, 1학년 작문 교재로 『실지응용작문법』을, 3학년 한문 교과의 교재로 『문장지남』을 제시한 것을 확인할 수 있다.[56] 조선총독부 학무국 촉탁이었던 이각종의 『실용작문법』은 『조선어급한문독본』에 부족한 "작법상 체재 방식의 연구"[57]를 보완하기 위해 간행된 서적이다. 일종의 참고서라고 할 수 있다. 이

53 「소학교 교칙 대강」(학부령 제3호), 『관보』 138, 1895.8.12.
54 「한성사범학교 관제」(칙령 제79호), 『관보』 16, 1895.4.16.
55 「보통학교 규칙」(조선총독부령 제100호), 1911.10.20.
56 「私立學校規則」, 『畿湖興學會月報』 7, 1909.2, 44면.
57 李覺鍾, 앞의 책, 1면.

같은 정황에 입각할 때, 문종에 대한 인식은 당대 교육장에서 독서와 작문을 포함한 국어 교육 과정에서 확산되어갔음을 짐작할 수 있다. 최재학의 논문, 기문, 전문 등의 분류나 이각종의 사생문, 의론문, 설유문 등의 분류는 오늘날에 와서는 그들이 명시한 '체재', '문체'가 아니라 문장의 종류, 즉 문종文種으로 인식된다. 이각종이 『실용작문법』에서 사용한 '종류'라는 용어는 기준에 따른 분류 단위로, 그 기준은 인간 심리의 발달 가능성이나 글쓰기 제재에 대한 범주론에 의해서 마련될 수밖에 없는 서구식 개념이다. 이각종은 실제 존재하는 문장 양식을 사후적으로 기술하는 동양의 글쓰기 양식 분류법에서 벗어나 서양의 글쓰기 양식 분류법을 도입한다. 전통 사회에서 문체 분류는 단일하고 연역적인 기준에 의거하지 않고 각 시대에 일반적으로 사용되고 숭상되었던 문체를 귀납적 방식으로 정리했다는 게 특징이다.[58] '설명, 논증, 서사, 묘사'의 분류에서 알 수 있듯이 서양의 분류법은 진술 방식이라는 선험적 기준에 입각해 글쓰기 행위를 기계적·추상적·사전적事前的으로 비교함으로써 가능한 것이다.[59] 그러므로 문종이란 개념은 작문법의 수용과 교육 과정에서 일반화되어 간 것이라 할 수 있다.

최재학이나 이각종이 작문 교재에서 가장 상세하게 서술한 문종은 논문, 의론문의 영역이다. 이것은 당대 조선의 상황에서 대상을 이론적으로 고찰하고 논리의 시비를 따지는 글쓰기의 유용성을 암시한다. 그와 같은 특성은 이 작문 교재가 '실용에 적합한' 내용을 위주로 구성되

---

58 김지영, 「문학 개념체계의 계보학—산문 분류법의 변화과정을 중심으로」, 『민족문화연구』 51, 고려대 민족문화연구원, 2009, 372면.

59 배수찬, 앞의 책, 163면.

었다는 사실과 관련된다. 이는 구보 도쿠지가 실용을 표방하면서도 자신의 작문 교재에서 '서사문의 종류'를 '역사, 전기, 기행, 소설'로 재분류하는 양상과 차이를 보이는 부분이다. 이각종의 작문 교재는 일본 작문 교재의 영향을 받았으나, 실용성을 더 강화한 가운데 문학적인 부분이 생략된 체재를 갖추고 있다.

그러나 근대소설의 유행과 문예잡지를 표방한 『청춘』과 같은 매체의 영향 속에서 교과서 역시 교사와 학생의 요구를 의식하는 방향에서 변화를 모색한다. 1922년 고등보통학교 규정 교과 및 편제에 보면, 국어와 조선어 급 한문의 교육이 지덕의 계발뿐 아니라, "文學上의 趣味"[60]를 기르는 데 기여할 수 있음이 명시된다. 이는 점차 국어교육이 '문학'을 의식하며 변화했음을 암시한다. 1922년 '제2차 조선교육령'이 공포되고 그것을 반영한 국정 교과서가 1924년부터 1925년 사이에 발간된다. 1928년 강매에 의해 간행된 『중등조선어작문』에서 현재 통용되는 문종과 가까운 분류체계가 나타나는 것은 이 같은 정황에 기인한다.

중국의 경우에도 1910년대 중반 서양의 literature 개념의 유입에 따라 문체 개혁과 문학 개량론이 전개되는 와중에, 국어 교과서 편찬에 대한 문제 제기가 지속적으로 이루어진다.[61] 천두슈와 류반눙을 비롯한 문사들은 신문체를 '응용문應用之文/문학문文學之文'이나 '문자文字/문학文學' 그리고 '일상문常文/미문美文'으로 이분한다. 그리고 전자의 범주에 평론·공문서·일기·서신 등을 넣는다면, 후자에는 시가·희곡·소설을 넣을

60 「고등보통학교 규칙」(조선총독부령 제16호), 1922.2.20.

61 중국의 신문학운동에 선구적 역할을 했던 잡지 『新青年』을 중심으로 전개된 문학론은 김수연 편역본을 참고했다. 천두슈·후스, 김수연 편역, 『신청년의 신문학론』, 한길사, 2012.

수 있다고 말한다.[62] 그리고 이들은 당대 중국의 국어 교과서에 응용문(문자/일상문)이 많은 것을 비판한다. 후스胡適, 성자오슝盛兆熊, 판궁잔潘公展과 같은 인물들은 국어 교과서의 재료로는 책론이나 오래된 설명문 대신 '아이들의 심리에 잘 부합하는 문학 작품'이나 "소설"[63]을 택해야 한다고 강조한다. 문학의 본질에 대한 이들의 논의는 문학의 범주를 시가희곡, 소설 잡문, 역사전기로 한정한 가운데 전개되었다. 그 논의가 '문학'이 아닌 '문체'로 흐르면서 문학의 미감과 형식적 특성에 주목한 문체 개혁의 성격을 띠게 된다.[64]

또한 중국의 신문학론에서 주목할 수 있는 것은, 문학 혁신이 전개되는 가운데 '모범 문학서', '규범적인 표준'의 마련과 함께 '국어 교습'[65]에 대한 문제의식이 촉발되었다는 점이다. 문학작품이 사상과 감정의 이해에 실효를 가지기 때문에 교육상의 좋은 재료가 될 수 있다는 견해는 최남선과 최두선, 이광수 등이 신문과 잡지에 실은 논설에서 발견할 수 있는 내용이다. 「문학이란 하오」(1916)가 대표적 예이다. 이광수는 「문학이란 하오」에서 '문학의 종류' 부분을 서술하며 산문과 운문을 나누고, 논문·소설·극·시 등을 설명하면서도 문학은 내용과 형식상으로 그 종류의 무한함이 특징이라 언급하며, 문학은 어떠한 분류 내에 들어가지 않아도 되며 천재를 구한 자면 신천지를 개척할 수 있는 영역이 바로 문학이라 강조하는 면모를 보여주기도 한다. 이것은 양식상의 규칙이 정해져 있는

62 위의 책, 163면.

63 위의 책, 302~309면.

64 위의 책, 649면. 특히 중국의 경우 다른 장르에 비해 백화로 창작하기 어려운 시, 독자와의 소통력과 현장감을 가진 희곡의 장르 개혁에 집중하는데, 이는 전통적인 문학 관념에 대한 비판과 신문명에 대한 열망이 담긴 공리주의적이고 계몽적인 문학관에 기반을 둔다.

65 위의 책, 552~555면.

실용문과의 대타적 입장에서 문학을 사유하는 방식과 연결되어 있다.

서양의 문학 개념을 받아들이는 가운데 중국의 지식인들은 문학을 "실증과학과 관계된 것을 제외한 문학적인 생산물"로, "시・에세이・역사・소설 또는 미문처럼 스타일의 아름다움이 두드러진 글쓰기"[66]라 명명한다. 이때, 주목할 것은 현재에는 순수문학, 문학 연구라 번역되는 'belles-lettres'가 근대 초기 중국에서 미문학美文學 혹은 미문美文으로 번역되었다는 점이다. 이것은 영어를 한문으로 번역하는 과정에서 발생한 현상으로, '미문'을 중심으로 문학적 글쓰기를 재구성하려는 움직임이 있었다는 것은 조선의 경우와 흡사하다. 1910년대 중반 (순)문학 개념이 정의 독립성과 미의 가치를 근거로 하여 자신의 정체성을 이론화할 수 있는 논리와 위상을 획득하는 가운데, 문학 개념을 정초했던 지・정・의, 진・선・미의 분립적 병행론은 각각의 가치들이 다른 가치를 매개하고 실현하는 데 기여하기보다는 상호 대립하는 배타적 범주화를 초래했다.[67] 거기에는 실용적 글/비실용적 글(문학적 글)이라는 이분법적 사유를 낳은 당대 국어 교육의 이념이 크게 영향을 미친다.

학부에서 발간한 『보통교육학普通教育學』에서 국어과 교수의 방법 중 작문에 해당하는 철법綴法의 항을 보면, '세상 문인묵객文人墨客을 모방하여 우미優美 장중莊重 위엄威嚴 또는 모두冒頭 억양抑揚 돈좌頓挫와 같이 문장의 결구結構와 수사修辭의 교졸巧拙 등은 관중關重히 할 바 아님'을 분명히 밝혀두었다. 그리고 철법의 요지가 "達意"에 있음을 강조한다.[68] 당대 문학적

66 위의 책, 130~139면.
67 김지영, 앞의 글, 358면.
68 학부 편, 『보통교육학』(한국정부인쇄국, 1910), 허재영, 『근대 계몽기 어문 정책과 국어 교육』, 보고사, 2010, 205면에서 재인용.

글쓰기에 대한 사유는 실용적 글쓰기가 지닌 시대적 당위성에 대한 대타 의식과 긴밀한 관련성을 갖는다. 문학적 글쓰기에 대한 사유가 지・의의 영역에 있는 글쓰기들을 성찰하고 논의할 수 있는 내적 공간을 마련하지 못한 것은 이 때문이다. 논문, 비평, 감상과 같은 비허구 산문 장르들은 새로운 문학 개념 속에서 명확한 위치를 확보하지 못한 채 문학 밖으로 밀려나거나 모호한 위상을 갖게 된다. 현재 우리에게 익숙한 문종 개념은 이처럼 근대 초기 교육장의 계몽 논리 속에서 온전히 이해될 수 있다.

5. 답습된 장르 의식을 넘어서기

지금까지 근대 초기 발간된 교과서 텍스트와 사전을 주요 대상으로 삼아, 문종 개념의 형성과 전파, 전대 개념의 차용 방식에 대해 고찰했다. 이 장에서는 글의 양식을 정리하고 유형화한 행위의 결과로서 도출된 문종 개념의 기원을 묻고, 그에 대한 인식이 정착되는 양상에 주목했다. 이 같은 논의의 결과는 현재 우리가 사용하는 문학 분류체계의 일단을 짚어보고, 그것의 문제점이 무엇인지 점검하는 데까지 나아갈 필요가 있다. 장르는 '특정한 세계관과 문화적・문학적 관습을 반영하고, 장르론자의 관심과 연구 동기가 투사된 전략적 가설의 성격'[69]을 지니기 때문이다.

근대 독본에 나타난 문종 분류체계는 (창작된) 글을 제시하는 형식의

69 김흥규, 「장르론의 전망과 경기체가」, 『백영 정병욱 선생 환갑기념 논총』, 신구문화사, 1982, 145면.

생산과정과 밀접한 관련을 맺는다. 그것은 미국, 일본, 조선의 문학 담당층의 이데올로기와 미학적 전통, 창조자로서 개인의 특수성이 상호 교섭하는 영역이다. 그러나 '문학' 즉 언어예술의 개념이 정착하고 확립된다고 하는 것은, '문학'이 외부로부터 상대적으로 자율적 개념의 시스템으로서 형성되어, 소위 자기 개발할 수 있게 되는 것을 의미한다. 그렇게 되면, 역으로 다시 한번 외부의 모든 개념과의 관계를 되묻게 되는 일은 없어진다.[70] 미국와 일본, 중국의 영향 가운데 정착되고 교육된 현재의 문종 개념 역시 그와 같은 위험에 처한 것은 아닐까 질문해볼 필요가 있다. 조윤제, 장덕순, 조동일 이후 지속적으로 제출되는 문학사가들의 장르론에도 불구하고 학교에서 교육되는 문종 관련 개념들은 여전히 근대 초기의 장르 의식을 답습한다. 이것은 근대 초기 조선의 문종 개념이 형성된 지식장의 이데올로기, 문종의 분류체계, 개념상의 균열 지점을 살피는 과정에서 변화를 모색할 수 있다.

근대 이후 오늘날까지도 그 기본적인 틀이 유지되고 있는 시, 소설, 극의 장르체계는 불변적인 것이 아니다. 서정적인 것, 서사적인 것, 극적인 것 등의 형용사적 분류체계를 통해 그 재고의 가능성이 제기된 바 있다.[71] 또한 장르에 대한 고민은 현대에 이르러 장르의 종합과 해체, 새로운 장르의 개척 등으로 외연이 확장되고 있는 실정이다. 그런 맥락에서 이 논의는 장르 개념의 기원을 묻는 동시에 그것의 미래를 전망하는 자리에서 심화되고, 그 의미를 획득할 수 있을 것이다.

---

70 스즈키 사다미, 김채수 역, 앞의 책, 350면.

71 조동일은 문학사를 기술할 때, 서정, 서사, 극, 교술을 '장르 자체'가 아니라 장르가 택할 수 있는 네 가지 '기본 성향'에 지나지 않는다는 견해를 보였다. 조동일, 『한국문학통사』, 지식산업사, 1982, 20면.

제2장
입시 지옥에서 읽는 조선어독본

1. 입학시험을 통해 본 근대 조선의 지식장

교과서의 권위를 담보해 주는 것은, 그것이 학교에 다니는 학생들에게 필수적인 교육 수단이라는 점과 학생들의 학습 정도를 측정하는 각종 시험의 근거 자료가 된다는 점이다. 다양한 참고 서적의 호황에도 불구하고 "교과서로 충실히 준비했어요"라는 수석 합격자의 말이 반갑고 놀라웠던 이유는 교과서에 대한 믿음이 허물어지지 않은 데 대한 안도감, 공부는 처지와 상관없이 주어진 환경에서 열심히 하면 된다는 자기 설득의 언사가 유효함을 확인한 데서 기인한다.

상급학교 진학을 위한 입시 열풍과 교과서의 강조는 일제강점기에 기원을 둔다. 1912년 『매일신보』는 중학교 입학시험 준비의 폐해를 지적하며, "競爭 試驗"에 응하기 위한 "無理 受驗 準備"가 "兒童의 心身을 永久히 傷"하게 할 수 있음을 경계한다.[1] 또한 학교 측을 향해 "入學試驗 執行

時에 一時的 暗記의 學力에 依치 안이ᄒᆞ고 兒童 平素의 成績을 斟酌ᄒᆞ야 試驗 答案을 審査ᄒᆞ야 其 學力을 判決"하라는 점을 강조한다. 일시적 암기가 아닌 아동의 평소 성적을 짐작하여 그 학력을 판단하라는 요구는 두 가지 의미를 지닌다. 기본 실력을 갖춘 아이들의 학력을 측정할 수 있는 문제의 출제, 채점을 담당하는 교사의 권한이 그것이다. 그리고 그 기저에는 평소 교사와 학생이 공유했던 교과서의 활용이 자리한다.

1910년대부터 언급된 입학시험의 폐해는 조선 학생들의 향학열 증가와 학교 수 부족에 따른 입학난 문제로 심화된다. 이에 따라 1920~1930년대에는 합격 관련 기사와 시험에 실패한 학생의 자살 사건이 나란히 기사화되기도 한다. 이에 따라 조선총독부에서는 학생들의 부담을 가중하지 않도록 입학시험에 응용문제를 출제하지 말 것, 시험문제를 교과서에 입각해 출제할 것을 알린다. 이는 시험에 대한 원성이 높은 조선 학생과 학부형의 요구를 의식한 것이기도 하지만, 그만큼 조선총독부 발행의 교과서를 보급·유통해 교육제도를 장악하려는 당국의 의도를 반영한 것이기도 하다. 이 같은 양상은 조선총독부 기관지인 『매일신보』가 1921년부터 조선 각 학교 입학시험 문제를 연재한 것과도 관련된다.

신문에 시험문제를 공개한다는 것은, 기출문제를 확인하고자 하는 학생 및 학부형과 같은 독자들을 겨냥한 미디어 전략으로 볼 수 있다. 이를 통해 당대 독자들은 조선 각 학교의 경향을 쉽게 인지할 수 있었기 때문이다. 다른 한편, 시험문제의 공개는 조선총독부의 교육정책이 그것의 실천장이라 할 수 있는 학교에서 잘 반영되고 있는지 일괄적으

1 「入試學言 受驗準備弊害」, 『매일신보』, 1912.12.18.

로 확인할 수 있는 방법이기도 하다. 조선총독부는 입학시험 문제뿐 아니라, 내부 시험의 문제도 합철하여 비치함으로써 언제나 시학이 사찰할 수 있도록 법정장부화[2]를 요구하였다. 이는 시험문제의 출제 내용이 식민 권력의 감시하에 놓여 있었음을 의미한다.

시험이라는 것을 전제했을 때, 식민지 조선어 교과서는 어떤 방식으로 재독되었을까. 또한 시험은 그것을 둘러싼 조선의 문화와 출판 지형에 어떤 영향을 미쳤을까. 모든 학생이 가진 교과서의 의미를 부각하되, 입학난 속에서 (불)합격자의 자기 납득을 유도할 수 있는 문제를 출제하는 방법은 무엇이었을까. 이 장에서는 조선어(급한문)가 시험의 과목으로 출제되었던 1920년대 조선 각 학교의 입학시험 문제와 조선어독본, 입학시험 준비서를 대상으로 삼아 앞선 질문들에 답하고자 한다.

입학시험과 관련한 기존 논의는 학력 경쟁에 따른 입학시험 준비 교육의 출현[3]이나 시험의 제도화 과정[4]과 관련되어 있다. 이 논의들은 입시 위주의 교육과 학력 경쟁이 형성된 경위를 살피거나, 입시제도의 변천 과정이나 일제 교육정책의 정치적 의도를 살피는 맥락에서 이루어졌다. 그중 손종현은 시험의 제도화 과정을 살피면서 보통학교 수신 과목의 시험문제가 교사용 도서 속 예시 문제에 근거하고 있으며, 수신과 시험문제가 지배 이데올로기의 내면화 정도를 측정하는 내용으로 구성되어 있음을 간단히 언급한 바 있다.[5] 그러나 교육활동은 국가 혹은 사회

2 손종현, 「일제시대 학교 시험제도의 정치학」, 『교육철학』 31, 한국교육철학회, 2007, 26면.

3 박철희, 「중등학교 입시위주 교육의 기원」, 『교육비평』 5, 교육비평사, 2001; 박철희, 「식민지학력경쟁과 입학시험준비교육의 등장」, 『아시아교육연구』 4(1), 아시아태평양교육발전연구단, 2003; 이승원, 『학교의 탄생』, 휴머니스트, 2005.

4 손종현, 앞의 글; 이경숙, 「일제시대 시험의 사회사」, 경북대 박사논문, 2007.

5 손종현, 위의 글, 25~26면.

차원에서 이것을 행사하는 조건으로서의 '교육적 권위'와 이것을 행사하는 사람의 '상대적 자율성'을 전제한다. 교육활동은 재생산할 만하다고 생각한 것을 선택하고 그렇지 않은 것은 배제하면서 특정한 의미체계를 제공하고 주입하는 것이다. 그리고 그것을 통해서 객관적으로 작동되는 자의적인 선택 기준을 재생산하는 것이다.[6] 특히 시험은 학문의 가치와 교육체계의 암묵적인 선택을 가장 분명하게 보여준다. 그것은 학교와 교사에게 권위를 부여함으로써 '지식에 대한 사회적 규정'과 '지식을 표현하는 방식'을 부과하며, 이를 통해서 지배문화와 이 문화의 가치를 주입하려는 기획에 가장 효과적인 수단 가운데 하나를 제공한다.[7]

이 장에서는 선행한 교육문화사적 연구를 참고하되, 입학시험 문제의 구체적 내용을 면밀히 살피고, 시험이 조선어독본을 반영한 양상, 시험 준비서와 같은 참고서의 출판 상황에 미친 영향을 고찰하여 근대 조선어과 교과서를 둘러싼 지식문화를 조망할 것이다. 이를 통해 식민지 조선인 교사에게 부여된 교육적 권위가 조선총독부의 정치적 권위와 길항하는 측면을 부각함으로써 교사와 학생을 비롯한 지식인이 지녔던 상대적 자율성의 의미를 구명하겠다.

6 피에르 부르디외 · 장 클로드 파세롱, 이상호 역, 『재생산』, 동문선, 2003, 25면.
7 위의 책, 176면.

2. 편집된 조선어, 시험문제의 출제 경향

1920년대 중반까지 조선의 입학시험 문제는 통상 국어, 조선어(금한문), 산술 과목에서 공통적으로 출제된다. 그리고 각 학교의 사정에 따라 역사나 지리 등의 과목이 추가된다. 조선어가 근대 조선의 중등학교 입학시험 문제에 더 오랫동안 출제되지 못한 이유는 교수 용어를 일본어로 한정한 조선총독부 학무국의 방침과 1925년에 개최되었던 전선중학교장회의全鮮中學校長會議의 결과와 관련되어 있다. 입학시험을 철폐해야 한다는 요구의 목소리가 높아지자 학무국장은 시험을 완전히 철폐할 수 없는 상황이므로 중등학교 시험과목을 축소하되 '국어國語'와 '산술算術'에 한정한다고 발표한다.[8] 1920년 이후에도 일부 전문학교와 사범학교에서는 '조선어과朝鮮語科'의 시험문제를 출제하지만, 중등학교의 경우 조선어과 시험문제는 찾아보기 어려워진다. 또한 조선어가 시험문제로 출제되었음에도 불구하고 입학시험 문제집 편집자가 자의적으로 조선어과 문제들을 생략한 상태로 출판, 유통하는 경우가 생겨난다.

현재 조선어과 시험문제를 찾아볼 수 있는 자료로는 당대 『매일신보』에 게재된 주요 학교의 입학시험 문제와 입학시험 준비서가 있다.[9] 그 자료들을

---

8 「中等學校의 試驗工夫의 矯正과 制度의 大刷新」『매일신보』, 1925.11.27. 이 회의에서는 시험문제의 비공개, 시험과목의 축소, 교과서를 참고로 한 이해력 중심의 문제 선택, 학력(學力)의 측정, 각 중학교 시험 기일의 통일 등이 결정된다.

9 당시 입학시험 기출문제는 『매일신보』에서 확인할 수 있지만, 신문에 게재되지 않은 학교의 기출문제를 살피기 위해 당대 입학시험 준비서를 함께 고찰하여 정리하였다. 참고한 입학시험 준비서는 다음과 같다. 柳田文治郎, 『入學試驗準備書』, 以文堂, 1921; 日韓書房編纂部, 『朝鮮各種中學校入學試驗問題集』, 日韓書房, 1923; 以文堂編輯部 編, 『入學試驗問題模範解答』, 以文堂, 1924.

참고하여 3회 이상 반복 출제된 문제를 정리하고, 조선어급한문독본에서 관련 단원을 찾은 내용은 〈표 1〉과 같다.

조선어 시험 문제는 빈칸에 적당한 글자 넣기, 틀린 부분 찾고 고치기, 한문에 토 달기, 한자의 음과 뜻 쓰기, 한자어를 조선어로 조선어를 한자어로 바꿔 쓰기, 주어진 한자로 단어 만들기, 단어의 의미 비교·대조하기, 훈민정음의 자모나 역사 쓰기, 속담俚諺 해석하기와 같이 기본적인 언어 능력을 측정하는 문제가 출제되었다. 여기에 비슷한 꼴의 한자를 구분하여 활용하기, 조선어나 한자어(구)의 뜻을 쉬운 말로 해석하기(설명하기), 상황에 맞는 인사 쓰기, 단어 혹은 숙어를 바탕으로 짧은 글짓기, 부여된 주제로 작문하기와 같이 응용 및 표현력을 측정하는 문제가 추가된다.

이 같은 문제의 패턴은 사실 제1차 교육령기 『보통학교 조선어급한문독본』에 실린 '연습문제'에 근거한다. 이 연습문제는 크게 단어의 뜻을 익히고 활용하기, 토를 달고 읽거나 외우기, 본문 해석하기, 감상 말하기, 본문을 모방하여 다시 쓰기 등으로 이루어져 있다. 제2차 교육령기의 교과서에는 연습문제가 모두 사라지는데, 시험문제의 유형은 신교육령기에 접어든 1923년과 1924년의 입학시험에 이르러서도 변하지 않는다. 시험문제의 유형이 제1차 교육령기 교과서 연습문제에 근거하고 있는 이유는, 조선총독부 학무국에서 교과서를 참고하여 암기력이 아닌 학력學力을 측정하는 수준의 평이한 문제를 출제할 것에 대해 강조한 점, 조선어독본이 개정되었지만 고학년의 교과서가 1924년 1, 2월에야 출간된 것에서 원인을 찾을 수 있다. 또한 조선어 교수의 방식이 국어(일본어) 습득을 위한 도구 교과 차원에서 진행된 데서도 원인

〈표 1〉 1920년대 각 학교의 입학시험 조선어(급 한문)과 기출문제

시험문제의 내용	문제 유형	관련 단원10	빈출 단어 및 문장	출제한 학교 (출제년도)
나은이번에고등보통학교의입학ᄒᆞ라고시험을보어경셩에와소	틀닌곳(/誤字)을바로곳쳐라		학교, 입학, 시험	경성고등보통학교 (1921)
이러분이이학시험를보라고고동보동핫교가오셧스무잇가				광주고등보통학교 (1923)
금연은입퍅지원자장연보다만하다				전주고등보통학교 (1924)
吾兄의學力으로合格되기는萬無疑慮이오나小心用意하심을切望	漢字에音을付하라	권4 제51과 書籍을請借함	學力, 合格, 萬無疑慮	함흥고등보통학교 (1923)
試驗에合格되기ᄂᆞᆫ萬無疑慮이오나凡事가小心이緊要하나이다	文을解義하라			부산진공립상업학교 (1923)
형님의학역으로합격되기은만무의여이외다	틀닌곳(/誤字)을바로곳쳐라			전주고등보통학교 (1924)
言語를삼가써그德을기르고飮食을존절하야써그몸을기르나니일의지극히각가우피관계되ᄂᆞᆫ바이지극히큰자ᄂᆞᆫ言語飮食에지ᄂᆡ임이옵나니라	純漢文으로譯ᄒᆞ고吐를달라	권4 제17과 漢文	言語	휘문고등보통학교 (1921)
愼言語以養其德節飮食以養其體事之至近而所係至大者莫過於言語飮食也	漢文에吐를懸ᄒᆞ라			보성고등보통학교 (1921)
말과말를삼가셔써그덕를길으고음식을졀죠히하야써그몸를길늘지니라	誤字를고치시오			숙명여자고등보통학교(1923)
禮儀를守함은何人을對하야던지必要한事이나特히師에게는더욱言語와擧動을審愼하야敬意를失치아니하도록注意할지니	漢字에音을付하라	권6 제3과 敬師		함흥고등보통학교 (1923)
언어거동	漢字로改하라			공주고등보통학교 (1924)

10 교과서의 단원은 제1차 교육령기에 발간된 『보통학교 조선어급한문독본』의 권호 및 단원 수에 준하여 표기한다. 이 독본은 조선총독부가 1911년 조선교육령을 공포한 후 편찬한 교과서로, 외국어 교과로서 조선어를 교수하기 위해 발간한 것이다. 일본어 습득과 연락을 중시하여 국한문혼용체로 되어 있으며, 단원마다 연습문제가 있고, 상단에 신출문자(新出文字) 및 한자가 정리되어 있다.

도서명	편찬 및 발행	인쇄	발행 연월일
普通學校朝鮮語及漢文讀本 卷一	朝鮮總督府	朝鮮總督府 學務局 印刷所	1915.3.15
普通學校朝鮮語及漢文讀本 卷二	朝鮮總督府	朝鮮總督府 學務局 印刷所	1915.3.15
普通學校朝鮮語及漢文讀本 卷三	朝鮮總督府	朝鮮總督府 學務局 印刷所	1917.3.10
普通學校朝鮮語及漢文讀本 卷四	朝鮮總督府	朝鮮總督府 學務局 印刷所	1918.3.15
普通學校朝鮮語及漢文讀本 卷五	朝鮮總督府	朝鮮總督府 學務局 印刷所	1918.3.25
普通學校朝鮮語及漢文讀本 卷六	朝鮮總督府	朝鮮總督府 學務局 印刷所	1921.3.23

시험문제의 내용	문제 유형	관련 단원10	빈출 단어 및 문장	출제한 학교 (출제년도)
現用하는 諺文의 初聲, 中聲, 終聲을 列記하라		권6 제27과 漢文 (訓民正音)	訓民正音	경성제일고등보통학교(1923)
훈민정음이십팔자	묻는바를答述하라			함흥고등보통학교 (1923)
				전주고등보통학교 (1924)
朝鮮文의正音二十八字를例擧하라				강원도공립사범학교 (1924)
훈민정음은 何時에 出하얏나뇨				이화여자고등보통학교(1924)
훈민정음이무엇이냐				경북공립사범학교 (1924)
善行	漢字에音을써라	권3 제37과 瓜生岩(우리우이와)	善, 善行, 積善之家必有餘慶	부산공립상업학교 (1921)
將爲善思貽父母令名必果	漢文을朝鮮文으로 飜譯ᄒᆞ라	권4 제24과 漢文		중앙고등보통학교 (1921)
				사립배재고등보통학교(1922)
將爲善思貽父母令名必果將爲不善思貽父母羞辱必不果	音讀(漢文에吐를달어라)			전주고등보통학교 (1921)
言其所善行其所善思其所善如此而不爲君子未之有也言其所不善行其所不善思其所不善如此而不爲小人未之有也	文을吐釋하라	권2 제54과 漢文		동광고등보통학교 (1921)
積善之家必有餘慶	漢文을朝漢文으로 答述하라	권5 제47과 漢文		중앙고등보토학교 (1923)
착흠□싸은집□□반다시경사□남아□□불션□싸은집□□반다시지앙□남아□나니라	空間에諺文字를너어라			숙명여자고등보통학교(1923)

시험문제의 내용	문제 유형	관련 단원10	빈출 단어 및 문장	출제한 학교 (출제년도)
出乎爾者反乎爾	漢文을朝漢文으로答述하라(/意味를解釋하라)	권5 제39과 他人의名譽	出乎爾者反乎爾	중앙고등보통학교(1)(1923)
				신의주고등보통학교(1924)
				평양여자고등보통학교(1924)
				충북공립사범학교(1924)
職務	漢字에音을써라	권3 제37과 瓜生岩(우리우이와)	職務, 職業, 業務, 勞動	부산공립상업학교(1921)
一家를豊足케하면一國을富裕케함은勤儉두가지에잇나니근은勞力을앗기지안코그業務를힘쓰는것이오검은자기이身分을쌀어서奢侈치안토록하는것이라	錯誤處를訂正하라	권4 제10과 儉約		경성(鏡城)고등보통학교(2)(1924)
셩실*로써인을교제하야인을감동케하며셩실로써업무에종사하면자연히인에게신용을득하야기업이흥왕하나니라	_표에漢字를書하라	권4 제36과 誠實		진명여자고등보통학교(1924)
勞動	意味를 解釋하라	권3 제10과 勞動	職務, 職業, 業務, 勞動	함흥고등보통학교(1922)
勞動	文句를 읽어(일본어)	권3 제10과 勞動	職務, 職業, 業務, 勞動	평남공립사범학교(1924)
職業의ᄂᆞᆫ精神을쓰ᄂᆞᆫ것도잇고身體**을勞動하ᄂᆞᆫ것도잇고特別ᄒᆞᆫ技能을要하ᄂᆞᆫ것도잇나이라	틀닌곳(/誤字)을바로곳쳐라	권4 제27과 職業		진명여자고등보통학교(1923)
正當한職業에誠實*히勤勵하는일이가장貴重한것이오	漢字에音을써라	권4 제27과 職業		경성제이고등보통학교(1923)
熱心	漢字에音을써라	권3 제10과 勞動 권3 제37과 瓜生岩(우리우이와)	熱心	부산공립상업학교(1921)
열심	漢字로써라			경성여자고등보통학교(1923)
				평남공립사범학교(1924)

<table>
<thead>
<tr><th>시험문제의 내용</th><th>문제 유형</th><th>관련 단원10</th><th>빈출 단어 및 문장</th><th>출제한 학교 (출제년도)</th></tr>
</thead>
<tbody>
<tr><td>勤勉</td><td>漢字에音을달고 또 그뜻을普通말로쓰라</td><td rowspan="4">권4 제10과
勤儉</td><td rowspan="4">勤勉</td><td>휘문고등보통학교 (1922)</td></tr>
<tr><td>勤勉怠惰</td><td>漢字에諺文을달어라</td><td>경성제일고등보통학교(1923)</td></tr>
<tr><td>근면</td><td>朝鮮語를漢文으로譯述하라</td><td>중앙고등보통학교 (1924)</td></tr>
<tr><td>근면신고</td><td>短句右側에漢字를써라</td><td>충북공립사범학교 (1924)</td></tr>
<tr><td>勤儉 誠實</td><td>語句意義의를說明하시오</td><td rowspan="2">권4 제36과
誠實</td><td rowspan="2">誠實
(職務, 職業 관련 문제에 *표 참조)</td><td>진명여자고등보통학교(1923)</td></tr>
<tr><td>誠實한人은其行動에表裏가無하며明과暗을隨하야行動을二로하ᄂᆞᆫ事이無하며안으로省하야小毫도疾ᄒᆞᆫ바이無한故로恒常和平하니라</td><td>文을解釋하시오</td><td>경성여자고등보통학교(1923)</td></tr>
<tr><td>사치검약</td><td>諺文에漢字를달라</td><td>권4 제10과
儉約</td><td rowspan="3">儉約</td><td>경성제일고등보통학교(1923)</td></tr>
<tr><td>검약과 린색의 다름을 쓰라</td><td></td><td>권4 제11과
漢文(儉約)
권6 제64과
儉約</td><td>대구고등보통학교 (1924)</td></tr>
<tr><td>검약을슝상한다</td><td>熟語를 漢字로써라</td><td>권6 제64과
儉約</td><td>평북공립사범학교 (1924)</td></tr>
<tr><td>才性過人者不足畏唯讀書尋思推究者爲可畏耳人一能之已百之人十能之已千之果能此道矣雖愚必明雖柔必强</td><td>漢文을朝鮮語로곳쳐써라</td><td rowspan="3">권4 제13과
漢文</td><td rowspan="3">人一能之己百之</td><td>부산공립상업학교 (1921)</td></tr>
<tr><td>人一能之己百之</td><td>鮮文으로譯하라</td><td>중앙고등보통학교 (1922)</td></tr>
<tr><td>사람이하나를능하거던몸은ᄇᆡᆨ을하고사람이열을능하거던몸은쳔을ᄒᆞᆯ지니라</td><td>말을한문으로쓰라</td><td>배재고등보통학교 (1923)</td></tr>
<tr><td rowspan="3">己所不欲勿施於人(하라)</td><td>意味를 說明하시오</td><td rowspan="3">권2 제15과
漢文
권6 제50과
論難과爭鬪</td><td rowspan="3">己所不欲勿施於人</td><td>배화여자고등보통학교(1924)</td></tr>
<tr><td>諺文으로 고쳐라</td><td>충북공립사범학교 (1924)</td></tr>
<tr><td>意味를 解釋하라</td><td>신의주고등보통학교 (1924)</td></tr>
</tbody>
</table>

시험문제의 내용	문제 유형	관련 단원10	빈출 단어 및 문장	출제한 학교 (출제년도)
身體健康	語句를읽어라	권5 제37과 節制	身體, 健康 (業務, 職業 관련 문제에 **표 참조)	경성여자고등보통학교(1923)
(신테)의 (건강)은 (만사)의 (근본)이라	( )표에 漢字를 書하라			진명여자고등보통학교(1923)
身體가 健康치 못하면 아모리 지덕이 잇슬지라도 事業을 셩공치못할지라 身體의 健康을 보젼코저하면 飮食을 졀제함이 가장 긴요하도다.	線을근것을漢字로 고쳐쓰라			경성제이고등보통학교(1923)
身體에健糠을保全코져하면飮食을節制함이가장緊要하이라	誤字가잇거던訂正하라			진명여자고등보통학교(1924)
勞心焦思	漢字에는諺文을달어라		勞心焦思	경성제일고등보통학교(1923)
	뜻을簡單히說明하라			경성제이고등보통학교(1)(1924)
로심초사	한자를 써라			충북공립사범학교(1924)
路上에서肩擘가相摩할지라도忽然히怒氣가滿面하야사람을大聲叱咤함은賤丈夫의行爲인즉君子의甚히붓그러워하는바이니라	뜻을說明하라	권6 제52과 寬大	大聲叱咤	경성제이고등보통학교(2)(1924)
	다음글을보통말로고치라			평양여자고등보통학교(1924)
엇던부요한집에서진슈셩찬을차리고손님을청하엿는대츄악하고람루한걸인이화문셕우에쒸어들엇다주인이분노함을억졔치못하야대셩질타하며그행동이괴악함을힐책할째에걸인은자기의온당치못함을깁히후회하는드시젼젼긍긍하야근력업는목소리로주인에게사과하는것을본손님들은체면상미안함은고사하고그모양이가련하야황망히주인을만류하고부지즁락루하는이도잇더라	線이有한곳에 漢字를쓰라	권6 제52과 寬大	大聲叱咤	신의주고등보통학교(1924)

시험문제의 내용	문제 유형	관련 단원[10]	빈출 단어 및 문장	출제한 학교 (출제년도)
霄壤之判	뜻을쉬운말로解釋하야라	권4 제21과 老樹의談話	霄壤之判	보성고등보통학교 (1922)
				경성제일고등보통학교(1923)
소양지판	熟語를漢字로改書하라			전주고등보통학교 (1923)
				전주고등보통학교 (1924)
지금은(견고)한다리와(평단)한도로가잇서서(자동차)와(인력거)가(련락부절)하니(증왕)에(우마)가(간신)히(통행)하던것과(비교)하면(소양지판)이잇다	( )이有한 곳에한자를쓰라			신의주고등보통학교 (1923)
溫故而知新(溫故知新)	문구의의의를간단히해석하라	권6 제14과 漢文	溫故而知新	전주고등보통학교 (1923)
				배재고등보통학교 (1924)
온고지신	漢字로改하라			공주고등보통학교 (1924)
喝采	뜻을간단히설명하라	권6 제31과 勇氣잇는兒孩(二)	喝采	경성제이고등보통학교(1924)
	語句에音을 付하고意義를解釋하라			공주고등보통학교 (1924)
박수갈채	漢字를쓰라			충북공립사범학교 (1924)
廢物利用	말의뜻을쉬운말로 解釋하여라.	권4 제12과 廢物利用	廢物利用	경성제일고등보통학교(1922)
폐물리용	漢字로改하라			공주고등보통학교 (1924)
假令今日所用ナキ廢物ニテモ明日ハ利用ノ方法カ發見セラルカモ知レマセン	문장을조선문으로역하라			함남공립사범학교 (1924)
산업	鮮文으로說明하라	권4 제29~30과 朝鮮의産業 권4 제55과 納稅	産業	중앙고등보통학교 (1922)
産業	뜻을쉬운말로 解釋하여라			경성제일고등보통학교(1923)
산업장려	漢字로改하라			공주고등보통학교 (1924)

시험문제의 내용	문제 유형	관련 단원10	빈출 단어 및 문장	출제한 학교 (출제년도)
삼림	漢字로쓰라	권2 제1과 植木 권4 제42과 朝鮮의森林	森林	휘문고등보통학교 (1922)
				중앙고등보통학교 (1922)
森林	文句를읽어라			평남공립사범학교 (1924)
森林은氣候를□□케하며土□의□□을□□하며名勝地에風致를좃케하나니그效力이多大함은이로말하기어렵도다	□표속에漢字를 넣어라			경성(鏡城)고등보통학교(1)(1924)
룸벌	말을漢字로쓰라	권4 제43과 漢文(山林)	濫伐	배재고등보통학교 (1923)
濫伐	뜻을簡單히說明하라			경성제이고등보통학교(1)(1924)
	漢字에音을付하라			이화여자고등보통학교(1924)
珍羞盛饌	漢字에諺文을달어라	권5 제37과 節制	珍羞盛饌	경성제일고등보통학교(1923)
	文句의意義를簡單히解釋하라			전주고등보통학교 (1923)
엇던부요한집에서진슈셩찬을차리고손님을청하엿는대츄악하고람루한걸인이화문셕우에쒸어들엇다주인이분노함을억졔치못하야대셩질타하며그행동이괴악함을힐책할째에걸인은자기의온당치못함을깁히후회하는드시젼젼긍긍하야근력업는목소리로주인에게사과하는것을본손님들은체면상미안함은고사하고그모양이가련하야황망히주인을만류하고부지중락루하는이도잇더라	線이有한곳에 漢字를쓰라	권5 제37과 節制	珍羞盛饌	신의주고등보통학교 (1924)
異口同聲	뜻을簡單한말로解釋하라			전주고등보통학교 (1924)
正善으特異한힝위에對하야生徒들은이구동셩으로칭찬하고內賓중에老人들은박슈하면서不知中落淚하얏소	_선엽혜漢字를쓰라			경성제이고등보통학교(1)(1924)
죠흔힝위를보고이구동셩으로충찬하니라	_에漢字를쓰라			대구고등보통학교 (1924)

<table>
<tr><th>시험문제의 내용</th><th>문제 유형</th><th>관련 단원10</th><th>빈출 단어 및 문장</th><th>출제한 학교 (출제년도)</th></tr>
<tr><td rowspan="3">數罟</td><td>文句를朝鮮文으로 解釋하라</td><td rowspan="3">권4 제45과 漢文</td><td rowspan="3">數罟</td><td>중앙고등보통학교 (1)(1923)</td></tr>
<tr><td>글ᄌᆞ에字音을쓰라</td><td>배재고등보통학교 (1923)</td></tr>
<tr><td>音을付하고意義를解釋 하라</td><td>공주고등보통학교 (1924)</td></tr>
<tr><td rowspan="2">罵詈</td><td>語句의音을쓰라(반다시 標準音을쓸것)</td><td rowspan="3">권5 제21과 眞正한勇者</td><td rowspan="3">罵詈</td><td>신의주고등보통학교 (1923)</td></tr>
<tr><td>뜻을簡單히說明하라</td><td>경성제이고등보통학교(1924)</td></tr>
<tr><td>爭鬪를기호함은혈기의男이니君子의 貴히녁이는바—아니라그러한데 世間에왕왕려력이過人함을밋고진목 양비하야高聲大語로他人을매리하야 勇者로自居하는者는참비열한行動이 니라</td><td>文가운데_線을긋은곳을 漢字로改함</td><td>경성(鏡城)고등보통 학교(2)(1924)</td></tr>
<tr><td>一年之計莫如樹穀</td><td>漢文을朝鮮語로 解釋하라</td><td rowspan="4">권4 제52과 漢文</td><td rowspan="4">一年之計莫如 樹穀</td><td>배재고등보통학교 (1922)</td></tr>
<tr><td>十年之計莫如樹木</td><td>漢文을朝鮮語로解釋하 라</td><td>중앙고등보통학교 (1922)</td></tr>
<tr><td>十年□計莫如□木</td><td>□표에的當ᄒᆞᆫ漢字를記 入하라</td><td>중앙고등보통학교 (1)(1923)</td></tr>
<tr><td>一年之計는莫如樹穀이오十年之計는莫 如樹木이오終身之計는莫如樹人이니</td><td>諺文으로색여써라</td><td>경성제이고등보통학 교(1923)</td></tr>
<tr><td>痘, 疫, 倫, 論, 恕, 怒, 比, 此, 代, 伐</td><td>諺文으로漢字를 反譯</td><td rowspan="3">권4 제28과 漢文(閔損衣單, 伯瑜泣杖) 권4 제33과 漢文(文益漸囊 取棉種) 권4 제43과 漢文(山林)</td><td rowspan="3">恕, 怒</td><td>휘문고등보통학교 (1921)</td></tr>
<tr><td>恕, 絮, 怒/ 矢, 失/ 慾, 欲/ 泣, 位</td><td>漢字를比較ᄒᆞ야, 달은것을말ᄒᆞ여라</td><td>평양공립보통학교 (1921)</td></tr>
<tr><td>快 決 貧 貪 枝 技 怒 恕 切 功</td><td>漢字에다른漢字를 너어두어자單語를지어 써라</td><td>부산진공립상업학교 (1923)</td></tr>
</table>

'*', '**'는 인용자에 의함

학교명 끝에 붙어 있는 숫자는 입학시험을 2회로 나눠본 학교의 제1, 2회차 시험문제를 의미한다.

을 찾을 수 있다. 이 같은 측면은 당대 조선어 교육이 사고하기나 사고를 표현하는 행위의 능동성을 요구하는 교육이 아니라 언어 주체의 주관성을 차단하는 교육, 즉 언어 능력의 점수화나 수량화 가능성에 기초하고 있음을 의미한다. 이것은 학습자 중심 혹은 경험 중심의 언어교육이 아니라, 문법을 기억하게 하는 형태로 언어교육과 언어학습의 상식이 재편되고 있었음을 보여준다.

교사의 측면에서 볼 때, 조선총독부 발행의 교과서 보급과 연습문제의 제시, 그것을 토대로 한 시험문제의 일반화, 응용문제의 차단 같은 정책은 교과서와 학교 시험제도가 교사의 전문성 개입을 최소화했음을 의미한다. 조선총독부가 편찬한 교과서처럼 제도화된 교육 자료는 주입을 위해 충원되고, 교사 집단에게 제도적 차원의 조건들을 확보해주는 경향을 보인다. 그리고 이런 조건들은 교사에게 이질적이고 이단적인 교육을 수행하지 못하도록 유도하고 강요하는 능력을 가진다. 그런 맥락에서 시험은 명료한 금지 조항 없이 지식과 도덕적 측면에서 수용자들의 동질성intégration을 재생산하며, 주어진 교육체계와 양립할 수 없는 행위를 배제하도록 만들어진 조건으로 기능하게 된다.[11] 그러나 이 같은 교육 통제의 상황은 역으로 당대 교사들이 교육 과정 안에서 상대적 자율성을 발휘했음을 방증하는 것이기도 하다. 이 점은 표에서 알 수 있듯이 조선의 각 학교에서 비슷한 내용의 문제를 출제하는 양상을 보이는 것이 1923~1924년에 이를수록 점증한다는 점과도 관련된다. 그러므로 신교육령기 이후 미디어에 의한 입학시험 문제의 공유와 참

11 피에르 부르디외 · 장 클로드 파세롱, 이상호 역, 앞의 책, 88면.

고서의 발달, 공사립을 불문하고 조선총독부 편찬 교과서를 사용해야 하는 상황에 따라 교사들 사이에서 시험문제의 내용이나 형식이 평준화되어 갔다고 볼 수 있다.

조선총독부가 조선어 교사에게 부여한 교육적 권위 중 하나는 시험문제의 출제였다. 교사는 교과서의 범위 안에서 선택과 배제, 난이도의 조정 등을 감행할 수 있었다. 여기에는 교과서의 내용을 어떻게 환기하고 강조할 것인가와 같은 문제도 개입될 수 있다. 조선어 시험문제는 '조선어 및 한문'과로 출제되든 '조선어'과로 출제되든 '罵詈', '數罟'처럼 바르게 읽기 어려운 한자어들, '恕'와 '怒'처럼 비슷하게 생긴 한자의 구분과 비교, 한자의 활용 문제 등이 출제되는데, 이는 교과서 연습문제를 차용한 형태다.[12] 어휘 관련 문제는 기본적인 어휘력을 넘어 면밀히 공부하지 않으면 실수를 범하게 되는 까다로운 단어를 선택함으로써 학생들 사이의 변별력을 높인 것으로 파악된다.

또한 조선어 어휘의 경우에는 다양한 어휘들을 사용하여 거의 반복 없이 출제되는 양상을 보인다. 접사나 부사(쌘아니라, 오히려), 어미(~니라, 듯하오), 조사(은, 는, 을, 를), 의태어(쥬섬쥬섬, 빙긋빙긋) 등을 제시하고 짧은 글을 짓는 문제가 출제되어 언어의 의미뿐 아니라, 어법, 문장 활용 능력까지 측정하는 방식을 지향한다.[13] 오히려 암기력을 넘어선 응용문제는 이 같은 조선어의 활용에서 나타난다. 그런 맥락에서 당대 훈민정음과

12 조선어시험문제는 뒤로 갈수록 '조선어'과 문제로 독립되어 가지만, 배재고보와 같은 사립학교의 경우 조선어급한문독본이 조선어독본으로 개정된 후에도 '조선어급한문'과로 문제를 출제한다.

13 당시의 짧은 글짓기 문제에는 특정 품사가 명시되어 있지 않고, '吐를 달아'라는 기준으로 문제가 출제되어 있다. 「入學試驗問題－培花女學校」, 『매일신보』, 1923.5.7.

관련된 문제는 빈출 문제 중에서도 가장 많이 반복되면서 그 문제의 유형이 다양한 예라 주목된다. 결국엔 그것의 교과서적 정보를 묻는 형태지만, 현재 우리에게 한글에 대해 묻고 답하는 일이 그것의 객관적 정보를 묻는 것을 넘어서 있는 것처럼 당시 '훈민정음'이라는 것을 묻고 답하는 것 — 현용하는 28자를 묻는 문제부터 역사를 묻는 문제까지 — 은 그 자체가 조선어를 통해 조선의 역사, 타국과 다른 조선(의 언어)을 말하는 방식이 될 수 있었을 것이다. 이점은 뒤에서 언급할 조선어 철자법 문제와도 관련된다.

제시된 표의 내용 중 '학교, 입학, 시험'과 관련된 문제의 내용은 교과서에 제시되지 않은 것이다. 실제 입학 지원자였던 학생이 자신의 상황을 바른 언어로 표현할 수 있는지를 판단하기 위한 문제이다. 또한 '학력, 합격'과 관련한 인용문은 '서간문 쓰기' 단원의 일부분을 그대로 옮겨 놓은 것이다. 서간문 쓰기는 일제강점기 실용 교육의 내용 중 중요한 부분을 차지하는 것으로, 입학시험 문제에서 출제하기 어려운 서간문 쓰기의 형식을 한자음 읽기나 의미 해석, 틀린 곳 고쳐 쓰기로 변용한 형태이다.

절제 있는 언어의 사용이나 선행, 근면, 검약(근검), 건강 등 바른 덕목과 연관된 단어 및 어구들은 모두 『논어』, 『맹자』, 『주역』, 『초학지요』, 『중용』, 『소학』, 『예기』 등에서 인용된 내용이다. 조선어 과목에 차용된 유교 경전의 영향은 그 문장의 해석을 넘어 '공자와 맹자의 사적을 간단히 서술하라'(평북사범학교,1924)와 같은 시험문제로 나타나기도 한다. 조선어 시험문제에 근간한 유교 경전의 내용은 한문 실력을 측정하는 동시에 일부 문장만을 문제로 제시함으로써 그 전체 내용에 대한 기본적인 이해 여부를 측정하는 데 활용된다.

또한 갈채, 이구동성의 경우에는 그 앞뒤에 '박수'나 '칭찬'이라는 단어가 따라오는 형태의 문제가 출제되어 갈채 받는 대상, 칭찬의 원인, 이구동성의 대상을 환기한다. 이 단어들이 결과에 전제한 선행을 암시한다면, 직업, 삼림, 산업, 폐물이용과 같은 명사, 소양지판霄壤之判과 같은 한자성어는 암암리에 일본의 식민정책을 환기하는 언어들이다. 삼림은 '산림, 조림'과 같은 단어들과 함께 자주 출제되며, 이와 관련해서는 '자산독봉赭山禿峯', '영림창營林廠'처럼 임야현상, 삼림 벌목에 관한 일을 맡아보던 관아 관련 단어들이 문제로 출제된다. 이 같은 맥락에서 남벌濫伐이란 단어의 빈출은, 단어를 설명하라는 문제에서 알 수 있듯이 단어 읽기를 넘어 그 행위를 경계하는 차원에 연결되어 있다.

당시 시험문제를 보면, 산업이라는 단어는 '산업 장려', '소양지판'과 같은 단어와 연동되어 있는데, 이 역시 산림의 예에서처럼 식민지 경제정책과 관련된 단어들이다. 1923년에 경성제일고보는 조선총독부가 조선에서 농업기술의 시험·조사 및 지도를 위해 설치한 기관인 '권업모범장勸業模範場' 같은 단어를 읽기 유형으로 출제하기도 한다. '소양지판'은 사물들이 서로 엄청나게 다름을 뜻하는 단어로, 교과서에서는 과거와 현재의 도로를 비교하는 내용에서 쓰였다. 학생들은 이 단어를 암기하며 새롭게 변한 도로가 가진 편리함과 산업의 흥왕 같은 긍정성을 부각하는 내용을 몇 번이고 반복해 읽었을 것이다. 그리고 소양지판이라는 단어를 '쉬운 말로 해석'하며 조선의 근대화가 안고 있는 엄청난 간극의 대상들을 되뇌었을 것이다. 언어는 의미를 선택하고 고정할 뿐 아니라 의미를 연결하고 조직한다. 모든 의미는 어떤 상황의 맥락 속에 들어가 있고, 구체적 용도의 모든 단어는 어떤 문장에 속한다. 그리고 문장은 다시 더 큰 이야기, 서술, 혹은 추론 과정에 속해 있다.[14]

학교 수업이나 시험은 언어의 연속성을 창출할 수 있지만, 수용자에 따라 그 내용을 굴절하여 받아들일 수 있다. 교과서가 의도적으로 통일적 이념을 지향하며 구성되어 있다 하더라도, 학생들은 시험이나 평가를 염두에 둔 학습 과정에서 고립된 의미 조각들을 암기하고 실생활에 투사할 수 있다. 시험의 문제 유형에서 파악할 수 있듯이 당시 시험은 암기력 중심의 문제가 주를 이루었다. 과정보다는 '산출'을 중시하여 학생이 습득하는 정보의 양을 증가시키고 자동적인 기술을 획득하게 하는 교육의 목표는 시험, 채점, 점수, 평가, 진급 등의 학교 행정 기제에 적합한 것이다. 수업에서 외적 기준은 '정확한 답변'에 대한 중요성에서 분명히 나타난다. 이점이 의식적, 무의식적으로 가장 중요한 목적이 되는 한, 마음의 훈련은 부수적이 된다. 정확한 암기의 유행은 많은 수의 학생을 다뤄야 하는 상황, 신속하고 가시적인 개선 증거를 요구하는 교육적 성향에 기인한다. 그러므로 식민지 조선의 교육정책은 자기모순 속에서 끊임없이 교육정책의 변화와 갱신을 도모할 수밖에 없었다.

제국 일본에 식민지 교과서가 학생을 문명화하고 이념을 체현하는 텍스트로서 중요했다면, 1920년대 조선의 학생들에게는 유행처럼 번졌던 입신출세의 감각이 교과서를 읽게 했다. 또한 조선어 교사들은 조선총독부 교육정책의 의도와 달리, 식민화의 이념과 연결되어 있는 언어들을 '점수화하기 수월한' 문장과 단어들로 재구성하고, 그것을 '바

14 존 듀이, 정회욱 역, 『How We Think 과학적 사고의 방법과 교육』, 학이시습, 2011, 213면.

른' 조선어로 표현할 수 있는지의 여부를 묻는 방식을 취했다. 이 같은 의도의 불일치를 메우는 방식이 바로 옛 경전에서 충실한 신민의 상을 읽고 해석하게 하거나 식민정책과 관련한 단어를 암기하게 하는 일이 아니었을까. 식민지 조선어 시험은 이처럼 정치적 이념을 균열하는 언어의 파편화 과정 속에서 재생산되고 있었던 것이다.

3. 바른 답을 위한 전제 조건으로서의 어법

시험은 문체와 어법, 작문의 분량에 대한 규칙을 정하고, 이것의 정당성을 확산한다. '朝漢文(鮮漢文交作)', '鮮文', '純諺文' 등으로 문체를 지정하고, '~行 以上, ~行 以內'처럼 분량을 정하며, '쉬운 말로 해석하라', '간단히 설명하라' 등 추상적인 요구를 감행하기도 한다. 이 같은 문제상의 요구는 언어적 지식뿐 아니라, 교과서의 지식을 자기 언어로 발화하되 형식에 맞게 서술할 수 있는지의 여부를 묻는 것이다. 이와 관련하여 문제 출제 유형에서 주목할 부분은 근대 시험제도 안에서 조선어 과목이 거의 단답형의 '주관식'으로 출제되었다는 점이다. 이것은 문제의 난이도를 높이는 방법인 동시에 사소한 실수도 허용하지 않는 완벽성과 관련된다. 또한 점수를 부여하는 과정에서 채점자의 권한을 높이는 방식이기도 하다.[15] 학교 측에서는 채점의 엄격성을 높이기 위해 '보통普通말',

---

15 이는 당시 학교장의 성적 신고에 일정한 표준이 없었기 때문에 학교장의 자유재량에 일임되어 있었다는 사실과 연관지어 생각해볼 때, 문제의 심각성을 보여준다. 「試驗地獄救濟의 制度改正案決定」, 『매일신보』, 1927.9.9.

'표준음', '현용現用하는 언문諺文'과 같은 기준을 제시한다.

이 같은 양상은 당대 교사들의 이목을 집중했던 '조선어 철자법' 문제와 관련되어 있다. 결국 '내면화한 지식'을 '규범화된 조선어'로 말할 수 있는가가 조선어 시험을 둘러싼 이중의 굴레였던 것이다. 그러나 앞서 제시한 시험문제를 통해서도 알 수 있듯이, 당시 조선어과 시험문제를 출제했던 교사들이 사용했던 조선어는 어떤 것이 보통말이고, 표준음인지 알 수 없게 다양한 형태를 보인다. 그것은 당시 교과서 역시 「조선어철자법대요朝鮮語綴字法大要」가 적용되지 않은 부분이 많았고, 교사들 사이에서 조선어 철자법이 신뢰받지 못하고 있었던 정황과 관련된다. 또한 입학시험 문제가 『매일신보』라는 미디어를 통해 다시 한번 활자화된 데서도 이유를 찾을 수 있다. 그렇다면, 경성, 평양, 신의주 등 지역에 관계없이 당시 교사들이 '보통말' 및 '표준음'을 강조했던 것은 채점이라는 교육 절차상의 문제 이 외에 어떤 사항과 결부되어 있을까.

신교육령기의 학제 변화를 위해 조선총독부는 임시교육조사위원회 및 임시교과서조사위원회를 조직한다. 임시교과서조사위원회에 대한 기존의 논의들은 상반된 견해를 보인다. 일제강점기 교육정책에 조선인의 의사가 반영되었다고 보기 어렵다[16]는 견해와 조선인 가운데도 일부 참여자가 있었을 것이며 교과서 재료 선정 문제에 대한 논의 결과는 1922년 이후 개발된 『조선어독본』의 성격 변화에도 영향을 주었을 것[17]이라는 견해가 그러하다. 그러나 이 논의들은 공통적으로 임시교과서조사위원회에 조선인이 참여했을 것이라고 추측하지만, 누구인지 밝히지 않았다.

---

16 윤여탁 외, 『국어교육 100년사』 2, 서울대 출판부, 2006, 80면.
17 허재영, 『일제강점기 어문정책과 어문생활』, 경진, 2011, 182면.

조사한 바에 따르면, 이 시기 임시교육조사위원회에 참여한 조선인은 이완용李完用, 석진형石鎭衡, 고원훈高元勳이며, 임시교과서조사위원회에서 활동한 조선인은 임경재任璟宰, 어윤적魚允迪, 신현정申鉉鼎이다.[18] 1921년 1월 12~15일의 4일간 행해진 임시교과서조사위원회에 참여한 조선인은 교과서 사용 문자 및 교과서 편찬에 사용할 재료 수집과 관련된 안을 논의했다. 이들의 공통점은 모두 과거 학교 교원으로 활동했으며 학교 교장을 역임했거나 역임하고 있는 인물이라는 점이다. 임경재의 경우 조선어학회의 전신인 조선어연구회의 창립 멤버로, 어윤적은 국문연구소 위원과 동경제국대학 강사로 활동했던 인물로 잘 알려져 있다. 신현정은 경성교육연구회장을 역임한 후, 보통학교 교원고시위원으로 활동했다. 이처럼 교과서조사위원들은 모두 조선어독본 간행뿐 아니라 실제 조선의 교육과 교원 양성에 깊이 관여하고 있는 인물이었다.

임시조선교과서조사위원회는 회의를 마치고 학무국제출의 원안原案에 대한 각 위원의 의견을 정리, 취합하여 심의한 후 그 결과를 일본 회의에 제출할 특별위원회를 설치한다. 이때 조선인 중에서는 임경재가 참여하게 된다.[19] 또한 임시교과서조사위원회 이후 조선총독부 학무국에서는 같은 해 3월 14~17일 4일간 보통학교용 언문철자법 조사위원회를 설치하고 개최하여 심의한 후 「보통학교언문철자법대요普通學校諺文綴字法大要」를 정한다. 어윤적은 이때에도 언문철자법조사위원으로 참여한다.[20] 언문철자법

18 「臨時敎育調査委員」, 『매일신보』, 1920.12.28.
19 「敎科書會議經過」, 『매일신보』, 1921.1.18.
20 언문철자법조사위원회의 조직과 그 과정 및 결과에 대해서는 미쓰이 다카시의 논의를 참고. 미쓰이 다카시, 임경화 · 고영진 역, 『식민지 조선의 언어 지배 구조』, 소명출판, 2013, 118~141면.

조사위원에 조선인은 어윤적 이 외에 현헌, 지석영, 신기덕, 현은, 유필근, 최두선, 권덕규가 참여하는데, 이들은 공통적으로 '학교 교원'으로서 조선어 교육 경험자였다. 또한 대부분 국문연구소나 조선어연구회에서 활동했던 인물들이었다. 조선총독부에 의한 조선어 철자법 규정은 「보통학교용언문철자법」(1912), 「보통학교용언문철자법대요」(1921), 「언문철자법」(1930)으로 제정・개정되었지만, 총독부 측의 일차적 목적은 조선어 교과서 편찬 때의 철자법 통일에 있었다.[21] 그러나 '대표성'을 지닌 조선 지식인들의 참여 속에서 창출된 '언문철자법'은, 오히려 그것의 제정 이후 조선 각지의 조선어 교사들이 사용하는 '비문법적'인 언어를 통해 부각된다.

일반적으로 언어나 법뿐만이 아니라 모든 사회 제도는 현실에 대한 직접적이고 구체적 실천을 탈의미화하거나 효력 정지하는 일을 통해 형성된다. 법이 여러 개인의 구체적인 관습이나 습관을 효력 정지시킴으로써 규범과 같은 무언가를 독립시킬 수 있었던 것처럼, 모든 영역에서 문명화라는 활동은 인간의 실천을 구체적인 양상으로부터 분리하고, 그렇게 함으로써 외적 지시를 넘어서는 기호 작용의 과잉을 만들어 내면서 전개된다.[22] 그런 맥락에서 볼 때, 조선어 교사들이 비문법적인 언어를 통해 요구한 '표준'과 '보통'이라는 기호는 조선어 철자법조사위원회가 만들어낸 규범을 환기하는 한편 시험문제를 출제했던 교사의 비문법적인 언어, 즉 예외상태를 포함하게 된다. 이 같은 언어적 균열이 조선어 시험지 위에서도 작동하고 있었던 것이다.

교육활동에서 주입 양식의 특성은, 하나의 원칙을 다른 원칙으로 완

---

21 위의 책, 34면.
22 조르조 아감벤, 김항 역, 『예외상태』, 새물결, 2009, 76면.

벽하게 대체하는 것을 목적으로 작동되는 전환conversion과 초기 원칙을 순수한 형태로 보존할 목적으로 작동되는 유지(혹은 재강화) 사이에 놓여 있다.[23] 조선어 철자법 만들기는 바로 이 교육활동의 양 극단 사이에서 길항의 운동을 야기했던 것인데, 전자가 일본 측의 입장이었다면 후자는 조선 측의 입장이었다고 할 수 있다. 교과서를 간행하는 과정에서 어떤 작품을 자료로 채택할 때, 왜 이것을 채택해야 하는가, 이것을 통해서 무엇을 가르칠 것인가, 그리고 그것은 어떤 의의와 가치를 지닐까 등의 물음을 반복하지 않을 수 없다. 그 물음에 답할 수 있는 텍스트가 교재로 선택되기 쉬운 것이고, 의의와 가치를 담보하는 궁극의 원천이 조선을 생각한다는 내셔널한 문제를 구성한다. 그렇다면, 이 논리를 언어적 차원에 적용해보자. 식민지 조선에서 교사들을 비롯한 지식인들이 일본어와 한자어의 간섭 속에서 '조선어를 생각한다'는 것은, 문법이 '왜' 필요한가를 자문하고, 현재 '주어진' 문법을 다시 생각하고, '과거의' 문법이 가진 의의와 가치를 찾는 일로부터 시작할 수밖에 없다.

교육장에서 사용하는 조선어에 대한 문제의식은 교수 용어를 일본어로 정한 1925년 이후 더욱 심화된다. "不合理한 教授用語의 撤廢"[24]를 주장하는 글이나, 조선의 아동이 "自然의 國語로서 自然한 感情의 流露를 表示"[25]하길 주장하며 기존의 교육정책을 비판하는 글이 그와 같은 맥락에서 발표된 것이다. 정열모는 "말의 교육은 물론 말의 형식을 가르치는 동시에 국민정신을 심어주는 것"임을 강조하며, 당대 학교에서

23 피에르 부르디외 · 장 클로드 파세롱, 이상호 역, 앞의 책, 71면.
24 「畵虎不成의 教育行政」, 『조선일보』, 1925.4.5.
25 「教育과 國語問題」, 『조선일보』, 1925.5.11.

사용하는 조선어독본을 "이름 모를 괴물"에 비유하기도 한다. 그리고 그는 "경성 시내 각 보통학교 교원의 학급 타합회에서 현행 조선어독본의 불완전한 것을 개탄하여 장차 그 개정을 건의하기로 결의"한 소식을 전하는데, 그 내용을 "이론과 합치하는 철저한 형식주의와 사상을 중심한 문학적 교재"[26]로 정리한다.

그의 글에는 당대 교육을 둘러싼 언어의 형식과 그 언어가 가진 사상의 문제, 암기 교육을 넘어선 문학 교육의 필요성 문제가 강조되어 있다. 그리고 그는 그것을 인지하고 있는 조선인 교사들의 지적 열의와 기존 교과서에 대한 비판의 열기가 집단화되어 있음을 암시한다. 그가 이렇게 비판의 집단성을 공공연하게 말할 수 있는 이유는, 이미 조선총독부 학무국이 조선어독본을 둘러싼 철자법 개정 문제에 교사의 이력을 가진 조선 지식인을 대거 개입시키고 그들이 교육과 교과서, 철자법에 대해 발언할 수 있게 했기 때문이다. 결국 조선총독부의 언어력 장악 문제는 조선인의 전문성 확보를 통한 철자법 확정으로 구체화되지만, 조선어 철자법을 둘러싼 교과서, 교수 용어, 교육 방법 문제 등 광범위한 영역에 대한 조선인의 자발적 비판과 저항을 부작용으로 낳게 된다.

교과서와 시험이 교육체계의 특정 조직, 지식장의 구조, 지배문화와 연결된 가치를 표현하고 주입하며 승인하고 정당화하는 것이라는 점을 생각해보면, 언어 규범뿐 아니라, 학습의 정도와 범위, 채점 기준 및 방식 등에 대해 왜 그토록 치열하게 논쟁하는지 이해할 수 있다. 이 같은 맥락에서 조선어 철자법에 대한 당대 조선인들의 관심도 재조명될 수

26 정열모, 「이날을긔렴하야―조선어독본 결뎜과 다행한 소식」, 『조선일보』, 1927.10.24.

있다. 처음 언어 권력을 장악하고 조선인의 언어를 통제하기 위해 마련되었던 조선어 철자법 문제는 1920년대 중반~1930년대 중반 사이 신문 및 잡지와 같은 공론장을 통해 조선인들의 폭발적인 관심을 야기한다. 그와 같은 대중들의 관심은, '국어', '민족어' 혹은 '모어'라는 언어적 통일체가 실재한다는 전제하에 언어적 투쟁을 감행하고자 했던 이념적 차원에서 이해될 수 있다.

다른 한편으로 시험문제 속 보통 말과 표준음 같은 언어적 기준들을 생각해볼 때, 철자법에 대한 조선인들의 관심은 좀 더 실재적인 것과 결부될 수 있다. 언어적 기준이 명시되지 않더라도, 주관식으로 출제되었던 1920년대 입학시험 문제에는 늘 틀린 곳을 바르게 고치라거나 단어의 음과 뜻을 묻는 문제들이 있었다. 이 때문에 그 문제가 요구한 대로 '바르게' 답하기 위해서는 학교에서 강조하는 '철자법'을 의식할 수밖에 없었다. 그것은 답안을 채점해야 하는 교사들, 학생의 주변에서 노심초사해야 하는 학부형도 마찬가지다. 지금의 입시열 속에서 교육정책이 대중들의 관심을 끌듯, 그 시기에 철자법 문제는 조선인의 이목을 집중하기에 충분했다. 조선어 철자법 문제는 세속적이고 실용적인 차원에서 그것에 관심을 가졌던 학생의 향학열에서부터, 민족주의라는 이념하에 조선어를 의식했던 지식인의 사명감에 이르기까지 다양한 스펙트럼을 내포하고 있었다.

4. 기출문제집의 유행과 모범 답안의 계몽성

1920년대 초부터 조선에는 조선 관공사립 학교의 입학시험 문제와 모범 답안을 실은 수험서가 간행된다. 천정환은 동아일보 광고 빈도수의 분석을 통해 1920~1930년대 책 시장을 가장 넓게 점했던 매뉴얼로서의 출판물 중에 가장 대표적인 것으로 수험 준비서와 학습참고서를 언급한 바 있다.[27] 그의 지적처럼 1920년대 초·중반 『동아일보』 광고면에 가장 자주 등장한 조선어 책은 김연배가 펴낸 『고등보통학교입학시험준비서』였으며, 이는 당시 수험서의 인기를 보여주는 근거 자료로 활용될 수 있다. 그 밖에 1920년대 신문 기사에서는 조선도서주식회사, 이문당, 근화사, 덕흥서림과 같은 서적 발행소가 수험서와 참고서 간행의 중심에 있었음을 발견할 수 있다. 이문당, 근화사, 덕흥서림은 지금 우리에게 익숙한 기출문제집, 전과와 같은 참고서의 기원에 놓인 발행소들이다. 수험 준비서 간행의 선편을 잡고, 참고서 간행의 중심에 있던 이문당以文堂은 다른 서점을 의식하며 시험 준비서의 '원조'임을 자청하기도 한다. 이 같은 출판 시장의 경쟁 구도는 교과서를 둘러싼 참고서의 인기와 향학열, 학벌주의, 교육을 둘러싼 시장의 확대를 방증한다.

교육활동을 통해 생산된 자의적인 문화, 교육받은 개인의 가치, 즉 문화자본의 가치를 경제나 상징 차원에서 결정짓는 시장 법칙은 사회를 재생산하는 메커니즘 가운데 하나다.[28] 교육활동과 관련한 다양한 생산물들은 시장에서 경제적 가치와 사회적 가치가 결정된다. 시장의 승인 메

---

27 천정환, 『근대의 책 읽기』, 푸른역사, 2004, 184~187면.

28 피에르 부르디외·장 클로드 파세롱, 이상호 역, 앞의 책, 29면.

커니즘을 통해 유통되는 참고서는 그것이 근저에 두고 있는 교과서나 시험의 교육적 권위를 보증하고 강화하며 정당화하는 역할을 한다. 그리고 그 호황 열풍 속에서 그때까지 지식의 '기본', 수험의 '표준'을 자처했던 교과서의 권위를 실추시키기도 한다. 그러므로 참고서는 교과서의 교육적 권위를 인정해주되 훼손하는 지점에 놓여 있는 것이다.

이 때문에 조선총독부에서는 자습서의 유통을 막고, 독자들에게 자습서의 폐해를 경계하기도 한다. 조선총독부의 움직임 때문인지 당대 입학시험 준비서의 범례에는 "朝鮮語는 中央用語를 標準하엿스며 現行하는 發音을 從하"고 "漢字原音은 仍舊함"[29]과 같이 조선어 철자법 관련 내용이 명시되어 있다. 또한 각 발행소는 현직 교사, 교과서 및 자습서 집필자를 감수 및 교열자로 내세워 참고서 광고를 구성한다. "中東學校敎員 金演培 先生 編述 現高普敎諭 李允熙 先生 校閱", "盧永鎬[30] 先生 監

29 「凡例」, 『入學試驗準備書』, 以文堂, 1921.

30 노영호는 『普通學校漢文及朝鮮語讀本難句文字熟語解釋』 卷二・卷三(槿花社, 1921), 『槿花唱歌』(근화사, 1921), 『泰西雄辯集』(槿花社, 1925), 『中等敎育 朝鮮語及 漢文 讀本學習書』(博文書館, 1936)를 저술한 인물이다. 그는 동인지 『槿花』(1920)를 창간하는 과정에서 작품을 쓰고 편집했던 중심 인물이었으며 문예잡지 『근화』와 함께 조선어와 창가 교육을 위해 『槿花敎育』이라는 자매지를 기획하기도 한다. 그는 주간(主幹)으로서 조선어로 구성된 아이들 잡지 『새소리』를 간행하며, 이 잡지에 「朝鮮어린동모들아우리도살아보자」, 「새해에」 등의 글을 싣기도 한다. 또한 그는 1923년 '소년소녀잡지' 『사랑의 벗』의 주필로 활동하는데 이 잡지는 조선의 역사, 산술, 조선어법 강화, 동화와 동요, 학교 교과서의 해석 등을 내용으로 삼고 있다. 1927년 기록에 보면, 그가 저술한 『朝鮮歷史唱歌集』이 "朝鮮의 名勝地와 名人을 稱讚한 일종의 朝鮮讚美歌"라는 이유로 '불허가 출판물' 판결을 받기도 한다. 삼중당의 사장이었던 서재수의 회고에 의하면 근화사는 노영호가 주인이었으며, 교과 참고서를 주로 발행하며 이문당과 경쟁하다가 패해 문을 닫았다고 한다. 실제로 신문광고를 보면, 근화사는 이문당에서 발행한 『보통학교자습전과참고서』를 판매하는 발매소로 기록되어 있다. 「朝鮮歷史唱歌集」, 『不許可出版物竝削除記事概要譯文』, 京城地方法院檢事局, 1927.8, 1~2면; 『매일신보』, 1920.9.29; 『매일신보』, 1920.11.10; 『동아일보』, 1923.2.15; 『동아일보』, 1924.9.9; 「우리문화 8－도서출판」, 『동아일보』, 1972.11.14; 이경돈, 「잡지 『근화』와 문학동인지 시대」, 『반교

修", "官立高等普通學校 教諭 小出雷吉[31] 校閱", "金甲濟[32] 著述", "高名하신 諸先生의 分擔著述" 등이 그것이다. 이것은 참고서 집필자의 전문성과 답안의 모범성을 강조하는 방식이다. 그리고 제도화된 교육체계가 특정한 원리를 취급하는 태도와 정보의 규준화를 낳았음을 드러낸다. 이 광고들은 참고서가 기존의 교육 메시지를 코드화, 동질화, 체계화하는 기능에 얽매어 있음을 보여준다.

각 출판사가 내세운 수험서는 관공사립학교『입학시험 문제 모범 답안』,『모범 입학준비서』,『최근 시험문제 모범해답 입학준비서』,『입학시험 준비서』라는 제목을 달고 있다. 이에 관한 광고들은 대부분 기출 입학시험 문제의 중요 예시를 총망라하고 '모범적' 해답까지 첨부했음을 강조하며, 이 준비서야말로 입학시험 합격의 비결임을 홍보한다.

> 本年度부터는 普通學校 五六學年 卒業生이 多數養成됨에 因하야 普通學校 四學年制의 卒業程度로는 事實上 高等普通學校 其他 各中等程度學校入學의 榮光을 得하기 難할지라 故로 今番에는 特히 此에 學力補充, 普通知識이 有한 者의 自習, 五六學年生

어문연구』 26, 반교어문학회, 2009, 360~362면.

31 경성제일고등보통학교 강사 고이데는 1889년 일본의 동경음악학교 전수부(專修部)를 졸업하고,『新教育唱歌』(十字屋, 1903)를 저술한 음악교육가다. 그는 1910년대 한성사범학교 교원으로도 활동했으며, 현 경기고등학교의 전신인 경성제일고보에 음악 교원으로 부임하여 1922~1929년 동안 학생들을 가르치며, 교가를 작사한 인물이기도 하다. 그는 1935년에 경성고보 35주년 기념식에서 현구(現舊) 10년 이상 근속 직원 표창을 받기도 한다. 金志善,「植民地朝鮮における中等音楽教育と教員の実態」,『こども教育宝仙大學紀要』2, こども教育宝仙大学紀要委員会, 2011, 34~36면;「京城第一高普校 卅五週年記念」,『동아일보』, 1935.10.5.

32 이문당의 주인인 김갑제는 1914년 조선공립보통학교 훈도로 서임된 바 있다. 그는 1923년 10월에 이문당을 통해 월간 어린이 잡지『新少年』을 편집・간행하는데 이 잡지의 편집에는 국어학자이자 교사였던 신명균과 아동문학가이자 교사였던 이주홍이 함께 참여한다.『朝鮮總督府官報』502, 1914.4.6, 62면.

의 練習으로 能히 入學의 經路를 滿足하도록 內容을 補充訂正하얏습니다[33]

本書는 朝鮮出版界에 未曾有한 入學難을 부르짓는 明春의 受驗準備者를 救濟하랴고 出版되다 受驗準備에 模範되는 參考![34]

優良하고 豊富한 準備書를 選擇하야 活用치 못하면 入學試驗의 難關을 突破하기가 極難합니다.[35]

高等普通學校入學時期가 當前하얏습니다 하로밧비 模範的解答을 附한 大正十四年度試驗問題를 硏究하십시요[36]

今年度入學試驗問題를 無漏蒐集하야 高名하신 諸先生이 各其 全文에 쌀아 分擔著述한 模範的解答을 共編한 空前絶後의 大準備書이라 上級學校를 志願하는 受驗生諸君은 必히 準備하라[37]

이 광고들에서 주목되는 것은 보통학교 제도의 변화에 발맞춰 참고서가 입학시험의 합격을 겨냥하여 간행되었으며, 교과서가 따라갈 수 없는 '지적 속도감'을 조장하고 있다는 점이다. 또한 출판계가 1920년대 초 학년 제도의 변화와 상급학교 진학열에 따라 학생들이 엄청난 입

33 『동아일보』, 1921.12.31.
34 『동아일보』, 1922.9.12.
35 『동아일보』, 1926.2.7.
36 『동아일보』, 1926.2.27.
37 『동아일보』, 1927.12.13.

학난에 노출될 것을 감지하고, 참고서의 '모범 답안'으로 학습하는 일은 스스로를 구제하는 필수사항임을 강조한다는 점이다. 당대 참고서 광고는 대부분 상급학교 입학을 시대적 요건으로 언급하고 있으며, 입학난에 놓인 수험생의 불안 심리를 자극하는 방식을 택한다. 당대 시험이 주관식으로 출제되었기 때문에 학생들은 실수를 피하는 것에 집착할 수밖에 없었을 것이고, 모범을 강조하는 참고서에 현혹되었을 것이다. 이처럼 참고서는 '입학난의 불안감'과 '실수를 피하는 것'과 같은 부정적인 목표와 연동하여 성행했다. 지금 한국 사회에 만연해 있는 학벌주의의 근원에는 이 같은 출판 시장의 광고효과도 한몫을 한 것이다.

앞서 살펴본 것처럼 시험에서는 단어나 숙어, 문장의 '의미를 간단히 설명하라', '의의를 말하라'와 같은 문제가 자주 출제되었다. 당시 참고서들은 이에 대한 답을 사전적 정의로 대체하는 경우가 많았다. 사전적 정의는 설명적 정의의 성격을 띤다. 그러나 설명적 정의는 잘 알려진 의미를 인용하고 그것과 연관하여 대상의 의미를 알기 쉽게 밝혀 말하는 것이다. 그러므로 설명적 정의는 그 자체로는 간접적이며 관습적인 것이다. 참고서의 모범 답안이 설명적 정의를 사전적 정의로 대체했기 때문에, 학생들은 사례를 찾고 검증하는 개인적 경험을 추구하는 대신, '대체물'로서 사전적 정의를 권위적으로 받아들일 위험을 안게 된다.[38] 정확한 답변을 하기 위해, 처방된 분석 공식을 따르는 과정에서 학생의 태도는 사색적이 아니라 기계적이 될 가능성이 높다.

1920년대 기출문제집 모범 답안의 내용을 보면, 기존 조선어 입학시

---

38 존 듀이, 정회욱 역, 앞의 책, 152면.

험 문제 중에 말미에 자리한 '작문' 문제를 누락하는 경우가 많다. 이는 주관적 내용의 답안을 모범적으로 작성하는 데 대한 어려움이나 부자연스러움에 근거할 수 있다. 다음은 강원도공립사범학교 작문 문제와 그에 대한 참고서의 모범 답안이다.

> 作文(七行以內에限함)
>
> 나의 希望
>
> 모범 답안:
>
> 임에普通學校를卒業하고中學教育을바들야고이入學試驗을밧는것인대僥倖히이難關을뚜러나갈지못할지는疑問이지만은萬一通過만된다면모든學科에勉勵하야級中에서는勿論이요全校에서屈指할만한生徒도될決心이다.이것이나의希望일섄이다.[39]

당시 교과서에 활용되었던 한자어를 적절히 활용하여 입학시험의 합격 여부에 대한 의문과 희망, 합격 후의 포부까지 서술하여 수험자의 향학열, 학교가 바라는 학생상을 적절히 담아냈다. 시험문제와 그에 대한 답안을 통해 우리는 학교 시험이 항시 규격화되고 제도화된 언어 모델로 존재하면서 교육 메시지, 어떤 지적 야망에 대한 모든 메시지의 원형으로 자리하고 있음을 엿볼 수 있다. 상급학교에 입학하기 위해 시험을 준비하는 대부분의 학생이 납득할 만한 이 답안은 '나'의 희망이되 당

39 以文堂編輯部 編, 『入學試驗問題模範解答』, 以文堂, 1924, 14면.

대 입학시험을 치렀던 '모두'의 희망이고, '교사'의 희망이기도 하다.

그러나 매년 학교 교사들은 단어 사이의 차이를 서술하는 문제나, 어떤 행동을 하지 말아야 하는 이유에서부터 '공부하려는 목적', '입학 감상'과 같은 작문 문제를 출제하면서 이 같은 모범 답안만을 기다리지는 않았을 것이다. 오히려 그들은 조선어 교과서 밖의 문제로 학생의 조선어 구사 능력을 측정하고, 교과서적 지식으로 다 언급할 수 없는 학생의 목소리를 들으려 했을 것이다. 그와 같은 조선어 교사의 의도 안팎에서 어떤 학생들의 주관은 모범 답안으로 '표준화'되고, 또 어떤 학생들의 주관은 모범 답안을 모방한 '다른' 형태를 띠었을 것이다. 혹은 누락된 모범 답안의 빈 공간 덕에 학생들이 창출한 수많은 자기 이야기가 제출되었을지 모른다. 우리는 조선어독본과 시험을 둘러싼 그 모방과 일탈의 힘을 기억할 필요가 있다. 모범 답안을 썼던 참고서의 집필자들이 입학난의 중심에 존재하되, 참고서로 올린 판매 수익을 이용하여 '조선의 아동', '조선어의 보급', '조선 역사의 학습'을 위한 잡지 및 창가집을 간행했던 인물들이라는 점을 기억할 필요가 있듯이 말이다. 그들의 지적 열망과 자기 발현의 욕망이야말로 식민지 시대 지식장을 이끌어간 원동력이었기 때문이다.

5. 경합하는 지식과 지적 경계, 여전히 답해야 하는 문제들

지금까지 조선어 시험을 둘러싼 교과서의 수용 양상과 교육장을 둘러싼 어법 및 출판문화에 대해 살펴보았다. 교육이 지닌 독특한 생산성이란, 교육이 지닌 문화적 자의성을 수용자에게 얼마나 받아들이게 할 수 있는가이다. 이것은 교육을 통해 생산된 지식과 그 지식의 원리가 가진 전환 및 실천력과 결부되어 있다. 다양한 장의 내부에서 학생과 교사들, 그들을 포함한 지식인은 그 교육의 원리에 부합하는 실천 행위를 얼마만큼 창출해낼 수 있었을까.

일제강점기 교과서는 분명 그 안에 존재하는 정책과 교육적 실천의 간극, 지식 및 언어의 교섭을 보여주었고, 조선어 시험은 그 간극과 교섭에서 발생하는 경합의 양상을 보여주었다. 그러므로 식민지 시대 조선어독본의 수용 양상은 지배 이념의 내면화, 조선총독부와 조선인 사이의 지배-저항의 대립 구도, 개인의 지적 욕망이 낳은 입신출세주의, 그것과 연동하여 발전한 출판문화 등 다양한 스펙트럼 속에서 고찰될 수 있다. 향학열 안에서 다양하게 발산된 이 같은 양상들은 기실 조선총독부가 조선의 교사 및 지식인들에게 부여한 교육적 권위를 시험문제의 출제나 언어적 규범, 출판 행위 등으로 변용하면서 나타난 결과이다. 분명 그들에게 주어진 교육적 권위는 제도적 한계 안에 놓여 있었지만, 우리는 그 교육제도의 표준화와 강요의 심화 과정 속에서 역으로 그들이 발휘했던 상대적 자율성의 흔적을 감지할 수 있다. 조선총독부의 교육 이념에 의해 구성된 교과서로부터 언어력 평가의 수월성에 근거해 편집된 단어들, 훈민정음을 둘러싼 주관식 문항, 학생들의 희망과 입학 소감 등을 묻는 작문 문제는 학생의 언어적 지식을 요구하는 동시에 조선(어)에 대한 역사적 감각과 입신출세의 감각을 촉발하는 기제로 읽을 수 있다. 그들은 지식과 교육이 가진 권위와 상대적 자율성 안에서 학생들을 계몽했고, 학생들 역시 교육적 환경과 교수 언어 등을 주시하며 지식장의 분위기를 만들어갔다. 조선어 철자법 문제를 둘러싼 조선 민중의 열기, 입학시험 준비서 출판의 유행은 합격과 자본이라는 실제적인 목적으로부터 민족 계몽운동의 이념에 이르기까지 교과서를 둘러싼 문명화의 책무가 얼마나 많은 운동성을 함의하고 있었는지 보여준다.

입시 경쟁의 기원으로부터 백여 년이 지난 지금 여기에도 지식장은 교육열로 가득하다. 지적 경합으로부터 자유롭지 못한 우리는 얼마만큼 자의적으로 교과서를 읽을 수 있을까. 1924년 배화여고 조선어 교사가 입학시험에 지원한 학생에게 물었다. "工夫하려는 目的으로 간단히 작문하시오." 지금의 우리는 여전히 '간단히', '공부', '목적'이라는 단어의 교과서적 함의 앞에서, 보이지 않는 채점자의 권위 앞에서, 표준어라는 어법 앞에서, 모범 답안의 평이함 앞에서, 자의식의 표출을 검열한다. 나의 글쓰기를 둘러싼 이 같은 조건들이야말로 당대 지식인을 둘러싸고 있던 지적 경계들이었고, 경합의 요인들이었다. 이 복수의 경계들을 인정할 때, 우리가 과거에 읽었고 지금 읽고 있는 교과서를 좀 더 자유롭게 읽을 수 있을 것이다. 교육이 가진 권위와 상대적 자율성 안에서 창출된 이 복수의 경계들이야말로 주어진 지식을 어떻게 수용하고 다시 발화할 것인지를 묻게 하며, 제도나 이념에 구속될 수 없는 지식(인)의 가능성을 고민하게 하기 때문이다.

제3장
독본의 독자와 근대의 글쓰기

---

1. 표준으로서의 독본과 글쓰기 공부

독서의 최종 심급은 글쓰기이다. 식민지 조선에서 글을 읽고 쓰는 것은 하나의 권력이었다. 식민지 지식인들은 글쓰기를 통해 새롭게 유입된 대상과 개념들을 분류하고, '읽고 쓰다'는 행위를 '가르치다'라는 행위로 변화시켜 계몽의 효과를 얻었다. 이 때문에 근대 조선에서 계몽의 수사학은 자기를 표현할 줄 아는 글쓰기의 능력, 계몽의 대상과 계몽하는 주체로서의 자기를 분할하는 감각에서 비롯한다. 개화기부터 해방 이후까지 편찬된 작문 교과서 및 독본, 강화는 당시 언어와 수사의 특징이 어떤 방식으로 변질되어 가는지 보여주는 자료이다. 해방 이전까지 간행된 독본은 조선총독부와 사립학교, 작가 개인이 간행한 다양한 종류가 공존하며 글쓰기의 전범으로 기능했다.

학교 교육, 특히 근대국가의 의무 교육으로 대표되는 국어 교육의 목표 중 하나는 개인이나 지방의 특수성을 지우고 한 국가 내에서 획일적으로 통하는 언어 능력을 키우는 것이다. 그것은 국민국가를 유지하기 위한 전제이다.[1] 그렇다면, '통한다'는 것은 무엇을 의미하는가. 문법적으로 바른 언어를 구사해도 화자가 말하는 의도는 상대에게 온전히 전달되기 어렵다. 특히 글을 쓰는 주체는 언어를 통해 자신의 의도를 인위적으로 은폐할 수 있으며, 글을 읽는 자 역시 언어의 의미를 자기 의도대로 받아들일 수 있다. 학교 교육과 독본의 독서를 통해 글쓰기의 전범을 학습한 학생들의 경우도 마찬가지다.

근대의 글쓰기는 독서 경험의 고백이자 식민지적 모방의 양상을 띤다. 물론 독본의 내용이 근대의 글쓰기와 동일시될 수는 없다. 그러나 독본은 식민지에서 지식을 습득하는 학생들에게 최초의 독서력일 수 있으며, 지식의 최저선일 수 있다. 그 기반 위에서 글쓰기가 시작되고, 전범으로서의 독본이 모방, 굴절되어 새로운 글쓰기가 창작된다. 근대의 교육제도, 혹은 출판문화의 장이 창출한 독본은 근대적 글쓰기를 고찰하는 데 기본 자료가 된다. 이 시기에 창작된 글에는 피식민자의 문화적 위치를 감득한 자의 과잉 감정이 드러나기도 하고, 그에 대한 저항의 욕망이 내재하기도 한다.

지금까지 근대 독본에 대한 연구는 두 가지 흐름으로 대별해볼 수 있다. 첫째, 독본을 학교 교육제도의 중요 매체로 간주하여 구성과 내용을 통해 식민지 교육정책의 반영 양상을 구체적으로 연구한 논의가 있다.[2] 둘째, 학무국과 같은 공공기관에서 발행한 서적뿐 아니라, 민간 독

---

1 가와다 준조, 이은미 역, 『소리와 의미의 에크리튀르』, 논형, 2006, 295~296면.

2 허형, 「한국 개화기초의 교과서 국민소학독본에 나타난 주제 분석」, 『교육과정연구』

본까지 그 범주를 확장해 '문학'의 범주 안에서 독본을 연구한 논의가 있다.[3] 전자의 경우에는 조선총독부의 '조선교육령'에 근거하여 교육의 도구로서 독본을 연구하되, 교육령의 변화에 따른 독본의 변화 양상에 주목한다. 후자의 경우에는 독본이 문학 장의 형성에 기여한 바에 집중하여, 학교 교육의 중심 재료로 활용되던 독본과 민간 독본이 어떻게 공존하며 근대적 글쓰기 및 정전의 형성에 기여하는지 살핀다. 독본 연구의 두 가지 흐름이 공유하는 바는 그 중심이 일제강점기에 발간된 독본의 구성과 내용 고찰에 놓여 있다는 점이다.

그렇다면, 독본은 당대 조선인에게 어떤 방식으로 향유되었을까. 이 문제에 답하기 위해서는 독본이 학교 안/밖에서 재현되는 양상을 살펴야 한다. 독본의 교육적 효과나 문화적 위상은 당대 독자들이 독본을 바라보는 시선에서 감지될 수 있기 때문이다. 그런 의미에서 이태준과 현진건 소설 속 작가가 읽었던 『시문독본』을 통해 '최신의 문범', '문사文辭'

12, 한국교육과정학회, 1993; 윤치부, 「국민소학독본의 국어 교과서적 구성양상과 그 의미」, 『새국어교육』 64, 한국국어교육학회, 2002; 윤여탁 외, 『국어교육 100년사』 1~2, 서울대 출판부, 2006; 허재영, 『일제강점기 교과서 정책과 조선어과 교과서』, 경진, 2009.

3 천정환, 『근대의 책 읽기』, 푸른역사, 2003; 구자황, 「독본을 통해 본 근대적 텍스트의 형성과 변화」, 『상허학보』 13, 상허학회, 2004; 구자황, 「근대 독본의 성격과 위상 (1) -최남선의 『시문독본』을 중심으로」, 『탈식민의 역학』, 소명출판, 2006; 구자황, 「근대 독본의 성격과 위상 (2)-이윤재의 『문예독본』을 중심으로」, 『상허학보』 20, 상허학회, 2007; 김지영, 「최남선의 『시문독본』 연구」, 『한국현대문학연구』 23, 한국현대문학회, 2007; 구자황, 「1920년대 독본의 양상과 근대적 글쓰기의 다층성」, 『인문학연구』 74, 충남대인문과학연구소, 2008; 구자황, 「근대 독본문화사 연구 서설」, 『한민족어문학』 53, 한민족어문학회, 2008; 문혜윤, 『문학어의 근대』, 소명출판, 2008; 김지영, 「근대적 글쓰기의 제도화 과정과 변환 양상 연구」, 서강대 박사논문, 2009; 김성수, 『한국 근대 서간문화사(書簡文化史) 연구-서간·서간문학의 리터러시와 계몽의 수사학』, 성균관대 출판부, 2014; 이정찬, 「근대 전환기 국어(조선어) 독본과 근대적 문학 교육의 형성」, 『문학 교육학』 46, 한국문학 교육학회, 2015; 강진호, 『국어 교과서의 탄생』, 글누림, 2017; 유용태, 「근대문학독본류의 미의식과 이데올로기 연구」, 『어문논집』 73, 중앙어문학회, 2018.

학습의 가능성을 언급한 기존의 논의[4]는 시사하는 바가 크다. 작가를 포함한 당대 조선인들은 독본의 모방 단계부터 독본을 전유하는 단계에 이르기까지 주어진 텍스트를 수용하고 굴절하여 글쓰기를 사유한다.

근대적 글쓰기는 어떻게 탄생하고 정착하는가. 글쓰기와 관련된 근대적 기획들은 그 기획이 나타나고 수용되었던 시대와의 연관 속에서 고찰되어야 한다. 근대 학생들은 학교 안에서 이전의 서당 교육과 다른 방식으로 책을 읽고 글을 썼다. 그들의 글쓰기는 교육제도 및 교과서와 관계를 맺는다. 이 장은 일제강점기 교과서(독본 및 강화)와 민간 독본이 학생인 '독자'에게 어떻게 인식되고, '글쓰기'에 적용되었지 고찰하는 것을 목적으로 한다. 이를 위해 독본을 읽는 독자가 등장하는 소설, 독본 읽었던 시대를 회고하는 작가들의 회상기, 독본을 제재로 삼은 신문의 논설 등을 중심 텍스트로 삼는다. 식민지 시대 '실제' 독본의 독서 상황과 작가들의 '기억'은 차이를 보일 수 있다. 그러나 그 사이에서 발생하는 간극은 오히려 작가에 의해 사실과 다르게 굴절된 작가의 의식을 드러낸다.

독본의 읽기는 쓰기로 이어진다. 이 과정에서 독자는 교과서처럼 쓰는 모방의 과정을 겪다가, 교과서처럼 쓰지 못하는 자신에게 자괴감을 느끼거나, 교과서와 다르게 쓰기를 감행한다. 이런 글쓰기의 과정은 교과서가 지닌 '표준성'에서 비롯한다. 제국의 교육기관이 기획하고 명령한 표준이라는 경계는 텍스트를 읽는 독자에게 자신이 '읽고 쓰는' 존재, 즉 지식인이라는 자의식을 형성한다. 이 자의식은 표준에 대한 '모방 욕망', 표준에 대한 미달태로서의 '자기 검열', 표준에 대한 '차이화'

4 구자황, 앞의 글, 2006, 114~115면; 김지영, 앞의 글, 2007, 91면.

로서의 글쓰기 과정을 낳는다. 당시 조선에서 교과서를 읽고 자기화했던 주체들은 교과서의 글쓰기를 전유한다.

하나의 글쓰기를 채택하는 것은 선택의 모든 전제들을 거르고, 선택의 이유를 재현함을 뜻한다. 따라서 지식인의 글쓰기는 나의 과거와 현재 상황, 나의 선택을 노출함으로써 그 행위에 역사성을 부여한다. 언어 구사 면에서 자유롭지 못했던 식민지인의 글쓰기는 글을 쓰는 주체를 제도 안에 다시 한번 구속한다. 그러므로 글쓰기는 하나의 자율적인 대상인 동시에 보호받는 집단적 소유물이라는 이중성을 지닌다.[5] 이 때문에 식민지 시대 공교육 정책하에서 간행된 독본과 민간에서 발행한 독본 사이에 발생하는 차이는 의무와 자율 사이에 존재하는 간극을 담고 있다.

자아는 매 순간 파편적 경험들을 인과적 관계로 배열하고, 하나의 서사로 조직함으로써 스스로를 통합된 정체성으로 인식한다. 서사를 통해 자아 정체성을 형성하는 이러한 '서술적 정체성narrative identity'[6]은 새로운 글쓰기의 욕망을 지닌 근대 주체들의 실천적 행위와 통한다. 글쓰기가 자기를 이해하는 '해석'의 과정이자 정체성을 구성하는 '실천'의 과정이기도 하다는 점은 식민지 학생 및 교사, 작가의 글쓰기가 하나의 집단적 힘이 될 수 있었음을 가정해보게 한다. 이 장에서는 일제강점기 소설과 회고담을 자료로 삼아 조선의 학교 안/밖에서 독본을 바라보는 독자의 시선을 고찰하고, 식민지 조선에서 독본이 글쓰기의 전범으로서 지닌 의미를 드러낼 것이다.

---

5 롤랑 바르트, 김웅권 역, 『글쓰기의 영도』, 동문선, 2007, 29면.

6 폴 리쾨르, 김동윤 역, 「서술적 정체성」, 『현대 서술이론의 흐름』, 솔, 1997, 55~57면.

2. 독본을 읽고 쓰는 국민의 창출

근대 계몽기 교육의 특징은 서당 교육에서 학교 교육으로의 전환이라 할 수 있다. 근대 교육은 가르칠 과목을 구분하고 학습 내용의 범위와 학습 과정을 규정하여, 제도적 법규나 일정한 교수법적 장치에 의해 이루어진다. 개화기에 발표된 소설에서 독본 읽기는 학교 안에서 이루어지는 것이기보다는 가정에서 개인교수를 통해 학습하는 단계에 활용되는 경우가 많다. 이는 1910년대에 이르러서도 취학률이 10%에 이르지 못했던 상황[7] 속에서 독본 읽기가 작품에 형상화되는 데 기인한다.

1905년 을사조약으로 인해 조선에는 일제의 통감부가 들어서고, 1910년까지 5년간 식민지 교육을 위한 전초작업이 본격화된다. 1895년 소학교령이 공포된 지 11년 후에 보통학교령(1906.8.27)이 발표되고, 그 내용도 보통학교령시행규칙(1906.9.4)에 따라 개정된다. 이때, 분과주의과목分科主義科目인 '독서・작문・습자'가 국어로 통합되어 독립교과로서 '국어'라는 교과목명을 얻게 된다.[8] 보통학교령 시행규칙 제2장 교과급 편제 중 제9조 2항을 보면 다음과 같은 교수 요지를 볼 수 있다.

> 第9條 普通學校各教科目教授의要旨는左와如홈이라
>
> 二. 국어 日常須知의 文字와 文體를 知케ᄒᆞ며 正確히 思想을 表彰ᄒᆞᄂᆞᆫ 能力을 養하며 兼ᄒᆞ야 德性을 涵養ᄒᆞ고 普通知識을 教授홈으로 要旨를홈이라

---

7 김부자, 조경희・김우자 역, 『학교 밖의 조선 여성들』, 일조각, 2009, 88면.

8 박붕배, 『한국 국어교육 전사』 상, 대한교과서주식회사, 1987, 25면; 윤여탁 외, 『국어교육 100년사』 1, 서울대 출판부, 2006, 177면.

국가 정책의 전달 과정에서 '일방성'과 전달 내용의 '개념성' 때문에 문자는 국가와 같은 대규모 집권 조직에 아주 유용한 것이다. 중앙에서의 지시 통달을 철저히 단행하기 위해서라도 되도록 많은 인원이 문자를 읽을 수 있는 상태가 요구된다. 그런 의미에서 근대 계몽기 소학교 과정에서 국어는 '문식성' 획득이라는 목적을 가진 '도구 교과'로 특화된다.

'국어 교과'는 국가 정책 전달의 목적을 가질 뿐 아니라, 근대 지식과 교양을 획득할 수 있는 기초 능력으로 인식된다. 개화기에는 『국민소학독본』(1895.8), 『소학독본』(1895.9), 『신정심상소학』(1897.2), 『초등소학』(1906.12), 『고등소학독본』(1906.11) 등의 독본이 간행된다.[9] 이 시기 국어독본은 다른 '독본류'와 마찬가지로 일종의 종합 교양서의 성격을 지닌다. 소학령기(1895~1906)의 교칙을 보면 명목상 교과 구분이 되어 있지만, 전 교과가 비슷한 내용을 담고 있다. 특히 수신과 국어는 비슷한 점이 많다. 독본의 주된 교수-학습의 방법은 교과서를 '독서'함으로써 간접적으로 언어 능력을 획득하도록 하는 방식이었다.[10] 『백범일지』에 등장하는 김구의 약혼녀 여옥, 이인직의 『혈血의 누淚』(1907)의 옥련 역시 문식성을 획득하기 위해 독본을 읽는다.

『백범일지』에서 김구는 서른이 가까운 나이에 결혼하지 못하는 자신에게 친척 할머니가 처녀를 소개하자, 두 가지 조건을 내세운다. 첫째, 결혼하기 전에 그 처녀와 자신이 마주앉아 이야기를 해야 할 것, 둘

---

9 '국어'가 독립교과로서 명칭을 얻지 않았을 때에도 독본은 간행되었다. 『국민소학독본』은 소학교령에 따라 학부에서 최초로 편찬한 것으로, 역사상 처음 國文이 교과서에 정식으로 등장하여 국한문 혼용체로 교과서 문장이 작성된 경우에 해당한다. 박붕배, 앞의 책, 97면.

10 위의 책, 280~281면.

째, 약혼하고 혼인하기 전 일 년 정도 상대에게 학문을 가르치는 것이다. 처음에 반대하던 할머니와 처녀의 부모는 김구의 단호함에 못 이겨 두 가지 조건을 허락한다. 김구는 곧 『여자독본女子讀本』같은 책을 만들어[11] 틈만 나면 처가로 가서 미혼처未婚妻를 가르친다. 그는 무식한 여자는 사회에서 받아들여지지 않는다는 일념으로 여옥을 가르친다.

김구는 국민성을 보존하고 수정하고 향상하는 것은 '문화'와 '교육'의 힘에 의해 이루어진다고 생각했다.[12] 그가 여옥을 가르쳤던 시기는 1902~3년으로, 장지연이 『여자독본』을 간행하기 전이다. 김구는 『백범일지』를 쓴 시기에 자신이 여옥을 위해 만들었던 책을 『여자독본』에 비유한다. 이것은 그가 후에 『여자독본』을 보았으며, 자신이 만든 교재에 그것을 소급 적용했음을 의미한다. 그리고 그가 교육적 측면에서 여성을 '독자'로 삼은 독본의 필요를 이전부터 자각했음을 암시한다. 백범 김구는 1921년 이돈화에 의해 주장되는 남편에 의한 여성 교육의 방법[13]을 1900년대 초부터 몸소 실천했던 셈이다.

이돈화는 그의 글에서 여성 교육이 잘 이루어지지 않기 때문에 일어나는 사회적 폐단을 언급한 뒤, 여성의 신교육이 사회의 영광을 불러올

---

11 김구, 배경식 역, 『백범일지』, 너머북스, 2008, 284면.

12 위의 책, 645면.

13 白頭山人, 「社會現象概觀, 나의 생각은 이러합니다」, 『개벽』 10, 개벽사, 1921.4. 51~52면. "개인적으로 각각 자기의 부인을 교육하는 방법입니다. 누구던지 진실로 부인교육의 필요를 感치 아니하면 已어니와 旣히 此를 感覺한 이상은 자기로써 자기부인을 교육함이 한 사랑이 될 것이며 또 가정의 장래와 자손의 장래를 위하야 얼마만한 행복이 될는지 알 수 업는 것입니다. 爲先 普通學校 朝鮮語讀本 제1권을 사가지고 매일 1과에 限하야 가르처 나아가면 오년 후에는 반듯이 그 가정에 지식잇는 부인 하나이 생길 것입니다. 가령 玆에 사십세 되는 부부가 잇다하고 보면 그 사십세되는 부인이 사십일세부터 공부를 시작하야 매일 1과씩 가르친다 할지라도 사십오세에 가고 보면 그 가정에 훌륭한 지식잇는 사람이 하나 늘 것입니다. 이것이 얼마나 영광잇는 일입니까."

것임을 단언한다. 그리고 '보통학교 조선어독본'을 교재의 예로 언급하며 남편의 '가정 교사화'를 주장한다. 한글을 겨우 깨친 여옥에게 『여자독본』과 같은 교재를 만들어 가르친 김구의 경험담에서 알 수 있듯이, 김구는 스스로 부인을 선택하고, 여옥을 지식인이자 사회인으로 '만들어가려' 했다. 여옥의 죽음으로 인해 결혼에 이르지 못했지만 우리는 김구의 혼인 과정에서 김구의 아내이기 이전에 국민이 되기 위해 책을 읽었던 여옥이라는 처녀와 만날 수 있다. 이러한 시대를 반영하듯, 개화기의 '독본'은 글쓰기에 앞서 사회를 살아가기 위한 '문식력'과 관련하여 작품에 등장한다.

가정교사에 의한 독본의 학습은 이인직의 소설 『혈의 누』에서도 볼 수 있다. 이 소설에서 옥련은 일본인 하녀를 통해 독본을 학습한다. 『혈의 누』에서 옥련이 부모와 헤어져 정상 부인 집으로 갔을 때, 가장 먼저 한 일은 바로 '심상소학교尋常小學校 일년급 독본'으로 일본어를 배운 일이다. 정상 부인은 자신의 종 설자에게 옥련을 가르치게 하고, 옥련은 반년도 지나지 않아 일본 아이'처럼' 일본어를 구사하게 된다.

> "너더러 어려운 것을 가르쳐 주라 하는 것이 아니다. 심상소학교 일년급 독본이나 가르쳐 주라는 말이다. 네 동생같이 알고 잘 가르쳐다오. 말을 능통히 알기 전에는 집에서 네가 교사 노릇하여라. 선생 겸 종 겸 어렵겠다. 월급이나 많이 받으려무나." (…중략…)
>
> "설자야, 우리 옥련이 데리고 잡점에 가서 옥련에게 맞는 부인 양복이나 사서 가지고 목욕집에 가서 목욕이나 시키고 조선 복색을 벗기고 양복이나 입혀 보자."

정상 부인은 옥련이를 그렇게 귀애하나 말 못 알아듣는 옥련이는 정상 부인의 쓸쓸한 모양에 축기가 되어 고역 치르듯 따라다닌다.[14]

여기서 중요한 것은 정상 부인이 옥련의 학습 범위를 심상소학교 일년급 독본의 수준으로 한정하고, 그 교사 노릇을 하인 설자에게 시키고 있다는 점이다. 정상 부인–일본인 종 설자–옥련의 위계는 '지知'의 위계라 할 수 있다. 그러나 옥련은 일본 아이 같이 언어를 구사함으로써 일본 학교에 수학할 수 있는 기회를 획득한다. 옥련은 일본인 어머니 밑에서 독본을 학습하여 '신생 일본인'으로 거듭난다. 『혈의 누』에서 독본 읽기는 일본어를 습득할 수 있는 척도인 동시에 일본 교육제도에 편입될 수 있는 기준으로 작용한다. 또한 옥련에게 독본 읽기는 자신이 처한 상황에서 살아남기 위한 생존 조건이기도 하다. 소설 속에서 옥련의 시련은 전쟁으로 인한 가족 해체의 상황이지만, 그녀의 시련 극복은 '언어 습득, 지식 습득' 과정으로 나타난다. 그 시작점에 독본이 놓여 있으며, 가장 기초적인 독본의 독자였던 옥련은 미국 화성돈 신문에 기사화될 만큼 유능한 인재로 거듭난다. 그리고 그 지식의 근원에 독본을 필사적으로 읽었던 옥련의 독서력이 자리한다.

옥련의 독본 학습이 일본 국민 되기의 일환으로 이루어졌다면, 개화기 교육학자 장응진은 조선인에게 자국어 및 자국 문학의 학습이 중요함을 강조함으로써 이인직이 쉽게 허물었던 국가의 경계를 훨씬 견고한 것으로 만든다. 조선 최초 사범학교 졸업생인 장응진은 1909년 일

14 이인직, 「혈의 누」, 권영민 외편, 『한국신소설선집』 1, 서울대 출판부, 2003, 27면.

본 동경고등사범학교를 졸업한 인물로 1907년, 신교육에 입각한 '교과' 개념과 국어교육에 '문학' 도입의 필요성을 언급한 인물이다. 물론 이 시기 '문학'은 'literature'의 역어로 언급된 것은 아니지만, 그의 글에는 국민이 되기 위한 자국어 습득의 중요성 및 글쓰기 교육의 자료로 '자국 문학'의 활용을 제안하는 내용이 담겨 있다. 또한 그는 이 글에서 문학 읽기가 '문장의 정교'를 가져다주고, 국어독본에 수록된 글이 '情'의 환기와 '사상·감정 및 문화' 표출에 영향을 미칠 것이라는 기대를 드러내기도 한다.

> 今日 普通教育을 施ᄒᆞᄂᆞᆫ 學校에셔 程度의 如何를 不問ᄒᆞ고 一般自國語로 中心을 삼ᄂᆞᆫ 거슨 世界各國이 一般이라. 古昔 人道主義가 復興ᄒᆞᆯ 時代에ᄂᆞᆫ 古語를 硏究ᄒᆞ야 古人의 遺書를 理解ᄒᆞᆷ으로써 惟務ᄒᆞ고 外國語를 自國語보다 도리혀 尊重히 ᄒᆞᆫ 弊端이 有ᄒᆞ엿스나 (…중략…) 此等 謬見은 過去時代에 已屬ᄒᆞ고 各國이 다ㅣ 그 自國語로ᄡᅧ 教育의 中心을 삼나니 此ᄂᆞᆫ 卽 國民으로 ᄒᆞ여금 各自의 義務를 盡케 코져 ᄒᆞ면 일즉히 國家名義에 同情을 表ᄒᆞ야 愛國의 情을 喚起케 ᄒᆞᆯ 거시오. 또 國語ᄂᆞᆫ 其 國民의 思想感情을 表出ᄒᆞᄂᆞᆫ 거시ᄆᆡ 同胞를 結合ᄒᆞᆷ에 最有力ᄒᆞᆫ 方便이라. 如此히 國民學校 程度에셔ᄂᆞᆫ 다못 自國語로써 國民現時의 狀況을 了解ᄒᆞᆷ으로써 滿足ᄒᆞᆯ 거시나 萬一 一層을 更進ᄒᆞ야 此 硏究理解의 力을 深遠케 코져 ᄒᆞ면 其 由來의 沿革을 明察ᄒᆞ고 他國의 開化를 比較ᄒᆞ며 他國民의 思想感情을 探究ᄒᆞᆯ 必要가 有ᄒᆞ도다. 然則 國民學校 以上 程度되ᄂᆞᆫ 學校에셔 國語를 課ᄒᆞ며 外國語를 課ᄒᆞᄂᆞᆫ 거슨 不得已ᄒᆞᆫ 理勢라. 特히 他國의 文化를 受入ᄒᆞ야서 自國의 發展을 供給ᄒᆞᄂᆞᆫ 國에셔ᄂᆞᆫ 一層 그 必要를 見ᄒᆞ나니 故로 現時에ᄂᆞᆫ 何國을 勿論ᄒᆞ고 中學程度 以上되ᄂᆞᆫ 學校에셔

는 自國과 最密接혼 關係가 有혼 一二個 外國語를 課케ᄒᆞ고 此와 同時에 自國文學을 一層 더 硏究ᄒᆞ야 自國文學의 眞髓를 翫味ᄒᆞ며 特質과 妙味를 感得케ᄒᆞ야 演說과 文章上에 精巧를 極ᄒᆞ게 務圖ᄒᆞᄂᆞᆫ 거시라.[15]

국어교육에 대한 장응진의 견해는 이해조의 『자유종』(1910)에서 '금운'의 견해와 통한다. 국가 발전을 위한 신교육의 필요성을 강조하는 이 토론체 소설에서 '금운'은 조선의 "지식을 보통케" 하기 위한 방법으로 '중국 글 폐지'를 역설한다. 주장의 이유로 "글의 졸업 기한이 없고, 일평생을 읽을지라도 이태백, 한퇴지는 못 되"는 점, "눈앞에 영웅이 없"[16]다는 점을 든다. '금운'이 글을 읽고 쓰는 일에 '졸업'이라는 시간 설정의 문제를 언급할 수 있는 것은, 학교 교육을 통한 독서와 작문 학습을 전제로 했을 때 가능하다. 또한 실재하는 인물을 모범으로 삼아야 한다는 것은 일상 속에서 위인이 만들어져야 함을 의미한다. 금운이 모범으로 삼는 대상은 '자국 인물, 자국 지리, 자국 정신'을 가르치는 '일본 소학교 교과서'이다. '금운'이 중국의 영향력을 벗어나기 위해 언급한 방법이 일본 교과서라는 점은 문제적이지만, 그것을 모방하여 자국의 국어교육 체제를 일반화하자는 논의는 교육적 전유라 할 수 있다. '자국어'의 필요를 인식하고, 일상 속 영웅의 재현을 요구하며, 이것이 학교 교과서를 통해 일반화되어야 한다는 주장은 장응진의 교육론과도 통한다. 장응진과 '금운'이 말하는 '보통지식(교육)'은 독본이 하나의 '조선적' 교양 습득의 수단으로 인식되고 있었음을 보여준다.

---

15 장응진, 「敎授와 敎科에 對ᄒᆞ야」, 『태극학보』 14, 1907, 27~28면.

16 이해조, 「자유종」, 권영민 외편, 『한국신소설선집』 5, 서울대 출판부, 2003, 189면.

취학률, 식자율은 사회의 문화 수준을 측정하는 지표이다. 학교와 교사가 있고, 구성원이 사회의 공용어인 문자를 읽고 쓸 수 있는 것은 하나의 이상이다. 문자를 익힌다는 지표는 문화라는 말에 '글을 통한 교화'라는 의미를 포함하여 이해하는 사고가 전제되어 있다.[17] 개화 계몽기 '독본'의 문화적 표상은 독본을 읽었던 김구의 약혼녀 여옥, 일본인의 가정에서 '일본 국민 되기'를 실천했던 『혈의 누』의 옥련, '조선적 보통지식'을 열망하는 『자유종』의 금운을 통해 살펴볼 수 있다. 이들이 읽은 독본은 '문식력'과 관련된다는 점, 근대적 앎에 대한 의욕을 고취하는 교양 습득의 수단으로 기능한다는 점, 그 교양이 '국민 되기'의 사명과 연결되어 있다는 점에서 공통적이다.

3. 청출어람, 교과서를 전유하는 글쓰기

조선총독부는 1911년 '조선교육령'을 공포하고 제1차 조선교육령(1911.8.23)을 통해 조선의 학제를 개편한다. 보통학교 4년제, 고등보통학교 4년제로 각 조선의 교육 연한을 단축했으며, 수업시수도 절반으로 축소했다. 조선총독부는 한국인에게 저급한 교육을 실시하기 위해 초등교육에 치중했으며, 중등교육에서는 근로자를 양성하기 위한 실업교육 내지 직업교육을 하도록 했다. 또한 조선총독부에서 발행되는 교과서 중, 『조선어급한문朝鮮語及漢文』(1915~1923)을 제외한 모든 교재를

17 가와다 준조, 이은미 역, 앞의 책, 290~291면.

일본어로 표기하게 했다.

독본은 식민지 어문 교육을 실현하는 주된 매체이다. 일정한 형식의 글쓰기가 '통용된다'는 것은 통용되도록 만들고 가르쳤다는 것을 의미한다. '바르게', '기대한 바대로', '규격화된 의미'를 전달하는 언어의 마련과 그것을 가르치는 교육을 단일화하는 일이 근대 국민국가의 형성과 더불어 진행되었음은 우연이 아니다. 그러나 일제강점기 조선의 글쓰기는 '충량한 신민'의 글쓰기가 전제하는 동일한 목적과 달리, 여러 층위를 보인다. '의미가 만들어진다'는 것, '의미가 전해진다'는 것은 실제로 수많은 '자기'의 표현 방식을 내포하기 때문이다.

김동인은 소설 「김연실전金姸實傳」(1939), 「선구녀先驅女」(1939), 「집주름」(1941)을 통해 조선의 1세대 여성작가 김명순을 작품화한 바 있다. 이 소설에서 김동인은 김명순이 진명여학교 보통부를 다녔던 시절부터 1913~1915년 사이 동경 유학시기까지 지적 허영심과 애정 편력 속에서 타락해 가는 과정을 그린다. 「김연실전」에는 진명여학교 보통과를 퇴학하고 동경 유학을 열망하는 김명순이 연실로 등장한다. 이 소설 속에서 연실은 3개월 만에 "히라가나로 적은 『심상소학독본』 3권쯤은 읽을 수 있도록 진전"[18]을 보이며, 어떤 때는 선생보다 연실이가 먼저 뜻을 알아내기도 한다. 학교를 그만 두고 '가정교사'를 통해 독본을 학습하는 연실은 내밀한 학습의 장에서 순결을 잃는다. 어학력과 순결이 맞바뀌진다는 설정은 표면상으로는 연실의 성적 무지를 드러내는 것처럼 보인다. 하지만, 그 이면에는 유학에 대한 연실의 열망이 숨어 있다.

---

18 김동인, 「김연실전」, 『김동인 전집』 4, 조선일보사, 1988, 25~26면.

「집주름」에서는 김명순의 전기적 사실이 왜곡되어 있다. 타락한 김명순은 동경에서 돌아와 문학과는 멀어진 채 남성과 동거를 시작한다. 이 소설에는 김동인의 남성적 시선이 투사되어 있다. 왜곡의 여부는 박화성의 자서전 『눈보라의 운하』와 비교해 보면 명확해진다. 1차 동경 유학을 끝내고 돌아온 김명순은 1916년 4월에 숙명여자고등보통학교에 편입하여 1917년 3월에 졸업한다.[19] 박화성은 그의 기억 속에 존재하는 숙명여자고등보통학교[20] 학생 김명순을 다음과 같이 회고한다.

> 상급생들은 김명순과 어울리지 않고 명순은 언제나 외톨이었다.
>
> "경순인 작문을 잘 짓는다지?"
>
> 한번은 그가 내게 그렇게 물었다. 내가 가만히 서 있으려니까
>
> "내가 보니깐 경순인 어려도 내 맘을 알 거 같애. 내 뭐 하나 읽어 줄게 들어봐!"
>
> 그는 자기가 지었다는 시를 신이 나서 억양을 붙여가며 읽었다. 그 읽는 모습이 주책없는 것 같으면서도 황홀경에 들어 있는 것 같이 경건하게도 보여서 나는 가끔씩 조용히 그의 상대자가 되어 주었다.
>
> 그가 후일에 여류문단에 선구자가 될 줄이야 어린 내가 어찌 알았으리오마는, 지금도 김명순을 숙명여자고등보통학교 제8회 졸업생이라는 것을 알아보려고도 하지 않고 되는 양 소개해버리는 무책임한 문인이 있는 것에 놀라지 않을 수 없는 것이다.[21]

---

19 박영혜 외, 『한국 근대 여성 연구』, 숙명여대 출판부, 1987, 203~204면; 최혜실, 『신여성들은 무엇을 꿈꾸었는가』, 생각의나무, 2000, 350면.

20 김명순과 박화성이 졸업한 숙명여자고등보통학교는 1906년 5월 22일 엄귀비(嚴貴妃)가 사립 명신여학교(明新女學校)로 설립했으며, 1909년 5월 숙명고등여학교로 개칭, 1911년 4월 사립 숙명여자고등보통학교로 교명을 변경했다.

21 박화성, 「눈보라의 운하」, 『박화성 문학전집』 14, 푸른사상, 2004, 71면.

이미 동경 유학을 경험한 김명순에게 후배 박화성(본명 박경순)은 자신의 시세계를 이해해줄 만한 존재로 인식된다. 당시 숙명여자고등보통학교는 일어, 산술, 작문 시험을 보고 입학해야 했는데, 박화성은 『고등국어독본』을 통으로 외워서 시험을 치르고, "우리 집"이라는 제목의 작문을 써서 선생님의 칭찬을 받기까지 한다.[22] 김명순과 박화성의 관계를 통해 우리는 당대 학생들이 '작문의 교감'으로 관계를 형성했음을 알 수 있다. 박화성의 기억 속에서 김명순은 '황홀경에 들어 경건하게' 자신의 시 읽기를 즐겨하며, 졸업을 할 때에는 후배에게 '시 공부'할 것을 당부하기도 한다. 두 사람 사이에 형성된 이 '관계성'은 식민지 학교나 독본이 가르쳐줄 수 없는 문학적 심상을 담고 있다.[23]

이러한 양상은 '소학교에 들어가면서부터 작문 짓는 데 우수하여 언제나 선생님으로부터 칭찬을 받았고, 중학교에 올라가면서부터는 붓장난을 하여 동무들에게 읽어주곤 했다"[24]는 강경애의 회고에서도 나타난다. 정적 관계가 글쓰기와 글 읽기의 과정 속에서 창출될 수 있다는 것은, 이미 이 시기 많은 학생들이 글쓰기를 독본의 암기 혹은 학습 단계를 넘어서 사유하고 있었음을 보여준다. 또한 독본을 지식의 최저선으로 상정하고, 더 높은 수준의 작품을 향유하거나 모방하며 창작하는

---

22 위의 책, 64면.

23 여학생들의 독본 읽기가 학생들의 신지식에 대한 열망과 우정 등 관계성의 문제와 결부되어 있음은 저자에 의해 고찰된 바 있다. 이 장에서는 당대 학생들의 독본 읽기가 '글쓰기 욕망'으로 발전된 양상 및 독본 읽기와 글쓰기의 상관성에 주목하여 논의를 진행한다. 조윤정, 「한국 근대소설에 나타난 교육장(場)과 계몽의 논리」, 서울대 박사논문, 2010, 81~82면.

24 강경애, 「自叙小傳」, 『여류단편걸작집』, 조광사, 1939; 이상경 편, 『강경애 전집』, 소명출판, 1999, 789면.

단계에 이르렀음을 암시한다.[25] 이처럼 일제강점기 교육제도 내의 독본은 보통지식의 표상이었으며, 학생들은 그것을 넘어선 단계의 지식을 습득함으로써 지적 우월감을 맛본다.

동경 유학 후, '문학'이라는 것에 심취한 김명순에게 글쓰기가 이미 학교 교육의 영역을 넘어선 것처럼, 어린 시절 박화성에게도 소설은 '창작 가능한 것'으로 인식된다. 항상 우등의 자리를 놓치지 않았던 그녀는 『정부원』, 『무쇠탈』과 같은 번안소설을 읽고, 파리를 배경으로 하는 소설을 창작한다.[26] 이는 당대 학생들의 문학적 열망이 읽기를 넘어서 쓰기, 즉 창작의 단계에 이르렀음을 의미한다. 김명순과 박화성의 욕망이 '바른 글'에 대한 열망이 아니라, '자기 글'에 대한 열망이라는 점에서 우리는 '올바른 국민'에 종속되지 않는 '개별자의 글쓰기 욕망'을 엿볼 수 있다.

박화성은 졸업을 한 후에도 『소설작법』과 『희곡작법』[27] 같은 책을 읽으며 창작을 한다. 졸업 후 여성 교사, 현모양처라는 억압적 상황에 놓여있던 그녀는 자신을 해방시켜 줄 수 있는 유일한 통로로 '소설 쓰기'를 상정한다. 이렇게 시작된 여성의 글쓰기에는 억압된 여성으로서의 '자기'와 그 어디에도 얽매이지 않는 이상적 존재로서의 '자기'가 공

25 이는 작문뿐 아니라, 언어 습득에서도 마찬가지이다. 이광수의 『무정』에서는 학교 교사인 형식의 지식에 대한 학생 희경의 냉소가 나타나는데, 이는 독본을 가르치는 교사보다 독본 이 외의 서적을 향유하는 학생 자신의 지적 정도에 대한 우월감에서 비롯된다. 이광수, 『이광수 문학전집』 1, 삼중당, 1972, 123~124면. "희경의 생각에 삼 년만 지나면 자기는 생각으로나 지식으로나 말로나 모든 것으로 형식보다 나으리라 한다. 사년급이 되어 독본 사권을 배우게 되매 형식도 혹 모른다는 글자가 있고 문법 관계도 분명히 설명하지 못하는 것이 있게 되매 희경은 영어로도 형식을 그렇게 우러러보지 아니하게 되었다.(…중략…) 학생들은 아이로부터 어른이 되었다. 일년급부터 사년급이 되었다. 아무 지식도 없던 것들이 보통지식을 얻게 되었다."

26 박화성, 앞의 책, 56면.

27 위의 책, 114면.

존할 수밖에 없다. 여성의 경험적 글쓰기는 시대적 상황과 자기 감정에 솔직하게 반응한 결과라는 점에서 '현모양처론'과 같은 고정된 담론에 균열을 일으킬 수 있다. 순응하는 사회, 동일한 글쓰기의 전범을 넘어서려 했던 박화성과 김명순의 글쓰기에는 확고히 고정된 것을 전복하는 기술이 내재한다. 이때, 정립된 것, 올바른 것, 불변하는 것에 대한 여성의 자기 현시욕은 하나의 실천적 속성을 띤다.

김명순과 박화성이 독본을 뛰어넘는 글쓰기를 열망했다면, 이익상의 「번뇌의 밤」에 등장하는 숙경은 그 독본을 암기하고도 잘 쓰지 못해 번민하는 여성이다. 일본으로 유학 간 남편에게 소식이 없자, 아내인 숙경은 『언문간독』을 펴놓고 '모방'하며 편지를 쓴다.

> 諺文簡牘에서 몃번이나 보고외다십히한 例套의 말노 五六行 끄적거리고보니 다시무엇이라할말도 別로업섯다. 그서툴은 글시와 빗들빗들한글줄을 볼때마다 그의눈에도 不快하엿섯다. 그대로 보낼수는 果然업섯다. 前日보다도 더욱 苦悶하는것을 그는 스사로 우숩게생각하면서도 몃번이나 써든편지를 두손바닥으로뭉치어바리고 다시쓰기를 始作하엿섯다. 그는 四五次나 正書한 뒤에 겨우 國文편지한章을 써노앗섯스나 封套눈 自己의 시동생 永熙의 어린 손을빌게되엿섯다. 淑卿은 그의男便이 그 無識함을 嘲笑할때마닥 아모리女子라도 편지나한장쓰고 新聞이나 볼줄알어야지 다른 女子들은 國事를하느니 社會를爲하는이하는때에저런 爲人은 무엇을하노! 이즐수업다.(…중략…) 淑卿은 自己의 精力을 다하여 쓴이편지가 自己의 맘의 萬의하나라도 自己의 맘을 말하지못한것을 슬퍼하며 自身의無識한것이 男便에對한 한罪惡갓치생각하여진다.[28]

숙경은 '서툰 글씨'를 불쾌하게 생각하다가, 자기 글이 '자신의 맘을 말하지 못한 것'을 슬퍼한다. 이것은 그녀가 『언문간독』을 학습한 대로 편지를 썼으나, 그 학습한 형식으로 자신의 내면을 잘 표현한 것인지 모름을 의미한다. 또한 그녀가 암기하다시피 한 독본을 자기화하지 못했음을 드러내기도 한다. 남편에게 편지를 쓰며, 그녀는 자신의 무식을 비난했던 남편에 대한 기억을 떠올린다. 신여성과 자신을 비교하는 남편의 발화 때문에 숙경은 자신의 편지를 검열한다. 자신의 무식을 '죄악'으로 생각하는 그녀의 심경에는 유학 간 남편과 신여성이 습득한 첨단 지식에 대한 열등감이 작용한다.

근대의 글쓰기가 '개인의 내면을 형상화'하는 데서 비롯한다고 했을 때, 숙경에게 문제가 되는 것은 '간독'에 편집된 편지의 형식을 모방하는 것이 아니라, 자신의 감정을 문장으로 표현하는 일이다. 그녀는 남편으로부터 격려의 편지를 받고도 "불안과 비애"를 느낀다. 이 감정은 신문명을 살아가는 사람과 신문명을 학습하기 시작한 사람 사이의 '간극'에서 비롯된다. 숙경은 '간독'을 학습했지만, 남편이 말했던 신여성들의 반열에 오를 수 없다는 열패감을 경험한다. 그 열패감을 몸으로 느끼게 한 것이 바로 '편지 쓰기'이다. 그녀는 편지를 쓰면서 자신이 구사하는 언어와 자신의 내면이 '분열'됨을 느낀다. 이처럼 언어와 내면 사이의 틈은 글을 쓰는 주체에게 불안의 심리를 초래한다. 조선의 근대를 살았던 학생들이 학교 교육을 받고도 글을 제대로 쓰지 못했다는 것은 최남선의 『시문독본』 광고를 통해서도 알 수 있다.

---

28 星海, 「煩惱의 밤」, 『학지광』 22, 1921.6, 94~95면.

조선총독부에서 간행한 독본 이 외에 크게 유행한 독본은 최남선의 『시문독본』(1916)이다. 『청춘靑春』 14호에 실린 최남선의 『시문독본』 광고는 당시 "靑年의 가장 苦痛을 感하는 者"를 "文章練習"의 방법이 막혀 있는 데에서 찾는다.[29] 광고는 당대 청년들이 어떻게 "思想을 表現하며 事物을 記載"해야 좋을지 판단할 "準的과 模範"이 없는 상태에 놓여 있음을 강조한다. 그리고 『시문독본』이 독자들에게 "文思를 助長하고 詞藻를 涵養하는 同時에 知識을 增進하고 修養에 補益할 要品"이 될 것이라 단언한다. 이처럼 최남선의 『시문독본』은 '문장文章'과 '상식常識', '수양修養'을 위해 가장 좋은 지침이 될 것을 자처한다. 『시문독본』은 영웅 전기의 형태보다는 실존했던 인물들의 일화로 교훈을 전달한다. 그리고 모범이 될 만한 인물들의 일상을 통해 근면 성실, 노력, 인내 등의 미덕을 부각한다. 최남선은 일찍이 『시문독본』과 『청춘』에 앞서 간행했던 『소년少年』에서도 '일기'를 강조한 바 있는데,[30] 실존 인물의 내밀한 일상을 담은 독본의 내용은 실상 그 '일기'가 가진 실재성과 구체성의 정신과 연결된다.

『소년』지 창간호 「소년문단」의 글을 모집하는 광고문에는 "眞景을 그리고 實地를 잃지 말" 것과 "거짓말이 아닌 듯한 것", "首尾가 相接하여 나타난 것"을 선택할 것이라는 내용이 담겨 있다. 현채의 『유년필독』(1907)이나 『국민소학독본』 같은 개화기 교과서들이 내용 위주로 글을 선정한 것과 달리, 이윤재의 『문예독본』(1931)이나 이태준의 『문장강화』(1939)는 문

29 『청춘』 14, 신문관, 1918.6.

30 최남선은 『소년』에서 일기 쓰기를 강조하며, 잡지의 부록에는 '일기장'을 싣기도 한다. 이 일기장은 일, 월, 년의 계획 속에서 자기의 하루를 돌아보도록 기획되어 있어 자기의 하루를 구체적으로 돌아보고, 체험에 대한 자기감정을 표현하며, 앞으로의 일을 전망하게 한다.

장을 중심으로 글을 선정했다.[31] 최남선의 『시문독본』은 그 사이에 놓여, 글을 쓰는 자의 상식과 수양 그리고 문체의 습득 모두에 새로운 표준을 마련하려는 의도를 담은 매체이다. 이는 읽기와 문식력 위주의 쓰기 교육이 새로운 체제로 나아가는 과도기적 양상이라 할 수 있다.

『시문독본』은 자신이 체험한 것을 '실감'있게 제시하는 방법을 보여주는 동시에 주체의 감정과 사상이 표현되는 여러 경로를 보여준다. 그 방법은 일기, 편지, 기행문, 소설, 시 등 다양한 외형을 지닐 수 있다. 존 머리John Middleton Murry에 의하면 문체의 참된 특이성이란 작가가 자신의 경험 양식에 맞도록 언어를 만드는 데 성공한 경우에 나타나는 것이다. 그러므로 문체는, "근원적인 감정"과 "경험의 제 양식"을 포괄하여, 인생의 본질을 식별하고 자기 안에 감정의 습관을 형성하는 데서 비롯한다. 문체는 작가 개인의 경험과 그에 따른 개성이 나타난 것이지만, 다른 한편으로는 자기 자신을 객관화하려는 노력에서 생겨난다. 다시 말해 "문체의 참된 개성은 우리가 그것을 필연적인 것으로 느껴, 쓰는 주체의 경험에 지속적으로 연결시킬 수 있느냐의 여부에 달려 있다.[32] 공공 교육기관에서 교재로 사용하던 독본은 대중을 상대로 계몽과 근대 지知의 빠른 보급에 주안점을 두었기 때문에 개별적 문체의 가능성을 연기할 수밖에 없었다. 그러나 민간 독본은 표준적 지식체계를 정립할 뿐 아니라, 새로운 것으로서의 '내면 창출', '복수의 내면'이 언어로 표현 가능한 상태를 지향한다. 글을 쓰는 주체는 자신의 감정을 언어로 표현하지만 동시에 언어는 글을 쓰는 주체에게 의미와 사건을 발생시킨

---

31 김지영, 앞의 책, 2009, 122면.

32 J. M. 머리, 최창록 역, 『문체론 강의』, 현대문학, 1990, 46면.

다.[33] 독본은 경험과 감정을 재현하는 언어들이 하나의 글쓰기가 되고, 그것이 재생산 구조로 나아갈 수 있음을 드러내는 매체였던 것이다.

현진건의 「타락자」(1922)에서 모범적인 일본 유학생이었던 '나'는 기생 춘심春心에 대한 자신의 그리움을 『시문독본』에서 봤던 시조 암송으로 대체한다. '나'가 암송하는 시조는 『시문독본』 "第三十 古今時調選"에 수록된 것으로, '다정가多情歌'로도 알려진 이조년李兆年의 "이화에 월백하고"이다. '나'는 자신의 감정과 춘심에 대한 사랑을 과거의 독서력을 바탕으로 음미한다. 이는 문학작품을 자신의 일상적 감정에 대응하는 것으로, 시조의 '언어적 감각'은 사랑과 그리움의 정서를 재생해낸다.

> 이화에 월백하고 은한이 삼경인데
> 일지춘심을 자규야 알라마는
> 다정도 병인양하여 잠 못 들어 하노라.

> 시문독본(時文讀本)에서 읽은 이 시조를 이따금 이따금 목을 빼서 청청스럽게 읊조렸다. 또 붓을 들면 이 글을 적기도 했다. 그리고 춘심이란 두 글자를 뚫을 듯이 들여다보니 정신을 잃었다. 그 두 글자가 굼실굼실 움직여 엄청나게 굵고 크게 되어 시커멓게 눈을 가리기도 했다. 봄 춘(春)자의 '삐침'과 '파임'이 그의 가냘픈 팔이 되어 나의 허리에 감기도 하였다.[34]

'나'는 시조가 가진 봄밤의 서정을 춘심의 이름에 대응해보며, 글자

---

33 김석, 『에크리』, 살림, 2007, 83면.
34 憑虛生, 「墮落者」, 『개벽』 20, 개벽사, 1922.2, 27면.

를 '삐침과 파임'이라는 감각으로 느껴본다. 욕망은 대상을 향하지만 궁극적으로 그것은 대상에 대한 욕망이 아니라 존재에 대한 열망이다.[35] 춘심은 시어에 의해 표현되면서도 사라지는 것이기에 '나'는 그리움의 대상인 춘심과 부재하는 춘심 사이의 틈을 시조로 보충한다. 작품에서 그녀에 대한 욕망은 사랑에 대한 요구처럼 표현된다.

유학생의 일상 속에서 기억되는 『시문독본』은 1910년대 말부터 1920년대 초까지 베스트셀러였다. 그것은 이태준을 통해서도 알 수 있다. 이태준이 1918년 사립 봉명학교를 졸업하면서 받은 우등 상품이 『시문독본』이었다[36]는 것, 그가 상급학교에 진학하기 위해 팔았던 그 독본을 나중에 다시 구입해서 본다는 것이 그점을 증명한다. 이태준의 자전소설 『사상의 월야』(1941~1942)에서 송빈은 1921년 휘문의숙에 입학시험을 치르기까지 돈을 벌며, 틈이 나는 대로 문학작품을 읽는다. 이때, 그가 읽는 책은 『시문독본』, 『추월색』, 『옥중가화』, 『부활』 등이다. 그가 산술과 조선어 작문, 영어 시험을 보는 배재학당과 휘문의숙의 입학시험에서 합격할 수 있었던 것은 바로 독본의 학습에 기인한다. 특히 작문에 대한 자신감은 그가 글쓰기에 대해 남다른 열의를 가지고 있었음을 보여준다. 이는 『상허문학독본』에서 "말은 일부러 연습을 하지 않아도 날마다 하는 것이 연습이나 다름없어 절로 잘하게 되는데 글은 일부러 지어 보지 않으면 연습도 안 되고 연습이 없이는 잘 쓸 수가 없는 것이다"[37]는 이태준의 말과 통한다. 독본의 교수와 대중적 유통은 작문 능력이 학습에 의해 배양될 수 있음을 보여준다. 작문

---

35 김석, 앞의 책, 184면.
36 이태준, 『사상의 월야』, 깊은샘, 1996, 72면.
37 이태준, 『상허문학독본』, 서음출판사, 1988, 214면.

실력을 시험으로 평가받고, 학년별로 학습한다는 점이 그것을 드러낸다.

이태준과 동갑인 작가 계용묵은 1955년에 「한국문단측면사韓國文壇側面史」라는 글을 통해 식민지 시기 문단을 돌아보며, 『시문독본』이 문예서와 혼동되어 지식 청년층으로부터 열애가 되었으며, 이 책을 읽는 학생들을 순사가 주목했다고 말한 바 있다. 그리고 학생들의 독본 읽기가 한국의 문학 발달에 많은 도움이 되었다고 회고한다.[38] 계용묵은 자신 역시 『시문독본』의 '애독자'였음을 말하는데, "문예서와 혼동되어"라는 구절, 당시 『시문독본』을 읽는 학생들을 "순사들이 주목"했다는 언급을 통해 『시문독본』이 문예서 이상의 사상을 함축한 책이었음을 짐작할 수 있다. 그것은 조선인이 '집단적'으로 읽는 책, 혹은 조선인을 '변화시킬' 수 있는 책이라는 위험성에서 비롯된 사상일 수 있다. 보통지식의 대명사로 인식되었던 독본은 문학적 전범이 되기도 하며, 근대의 청년들이 뛰어넘어야 할 기본선으로 기능하기도 한다. 당시의 학생들은 독자로서 이 독본을 모방하고, 전유하며, 자기의 글쓰기를 만들어나갔던 것이다.

4. 쓰기의 규율과 규율을 균열하는 문장들

제2차 조선교육령(1922~1937) 시기에 일본은 '국어 상용자/비상용자'의 구분을 통해 학교 제도를 운영했다. 그러나 1938년 제3차 조선교육령 시기부터는 내선인 공학제(단선학제)에 기반해 조선인과 일본인이 동일한

38 계용묵, 「韓國文壇側面史」, 『현대문학』 10, 1955.10, 183~184면.

교육제도 속에서 학습하게 된다. 이는 내선일체를 앞당기려는 일본의 정치적 의도가 은폐된 것이지만, 이 교육령 공포와 함께 교육제도가 확대되었다는 사실은 무시할 수 없다. 총독부는 보통학교의 수업연한을 4년에서 6년, 고등보통학교는 4년에서 5년, 여자고등보통학교는 3년에서 4년으로 연장하여 일본의 학제와 평행선상에 둠으로써, 조선인들 중 일어를 상용하는 학생들은 '보통학교-고등보통학교'가 아닌, 일본인들과 동일한 '소학교-중학교' 학제로 옮겨가고, 입학할 수 있도록 조치했다.

교육제도가 확대되고, 학생들이 증가한 20년대 중반부터 일제 말기에 이르기까지 독본은 예시와 상식의 전형, 일반에게 공유된 지식으로 인식된다. 실제로 이 시기에는 조선어독본을 가르치는 방법, 독본을 읽는 방법 등 표준적 지식을 읽는 정형화된 방법이 제시된다. 이는 독서하는 방법마저 규율화하는 것으로, 식민지 학생들이 문명화의 사명, 신지식 습득이라는 여러 겹의 의무에 노출되어 있음을 의미한다.

> 讀書 卽 글을 읽는다는것은 어떤자의 思想과 感情을 말하는 대신에 文字를 늘어놓아 表現한것 卽 文章을 解得하야 그 文의 作者와 같은 心情을 갖게 되어야 비로소 그 글을 읽었다 할것입니다.[39]

1929년 4월부터 『조선의 교육연구朝鮮の教育研究』에 「보통학교 3학년 학급경영의 개요普通學校第3學年學級經營の概要」, 「제3학년 조선어과 지도안第3學年朝鮮語科指導案」 등 국어교육에 대한 글을 싣던 심의린[40]은 1931년 4월

---

39 심의린, 「讀本朗讀法에 對하야」, 『한글』 3(10), 조선어학회, 1935.12, 1면.
40 1894년에 서울에서 태어난 심의린(1894~?)은 1917년에 경성고등보통학교 사범부

부터 1936년 2월까지 학년별로 「조선어독본의 해설朝鮮語讀本の解說」을 연재하기도 한다. 그는 독본을 통해 언어를 가르치는 방법뿐 아니라 낭독, 학습하는 방법까지 상세히 언급한다. 그가 제시한 독본 낭독법에 의하면, 독자는 글쓴이가 가진 사상과 감정을 체화해야 한다. 특히 독본의 낭독이 필요한 이유는 "自己를 爲하야 읽을뿐더러, 여러 사람에게 들리기 爲하야 읽는 境遇"[41]를 위함이다. 이처럼 독본 낭독은 '모두 함께' 읽는 법을 숙달하는 것을 목표로 한다. 국가 제도적 차원에서 간행된 독본의 경우, 그것을 읽은 학생들은 독서 과정 중에 국가사상의 체화를 강요받을 수밖에 없었으며, 학교에서 함께 읽을 때에는 모여 읽는다는 공동체 의식을 '실감'할 수 있었다. 그러나 이때의 실감은 자율적이기보다는 규율로서 강요된 것이라는 속성을 지닌다.

실제로 일본에 의한 학교 교육은 복장, 두발에 이르기까지 '금욕적인 엄격함'이 강조되고 학생의 자주성이 '축소되는' 방향으로 나아간다. 학생들은 그 규율 권력을 일탈하는 행동을 통해 교육제도를 내부로부터 균열한다. 다음은 『신여성』의 「젊은 여자女子의 고적孤寂한 심리心理 속續」과 함께 실린 안석영의 삽화 하단 메모에 적힌 글귀이다.

> 서울學校工夫 (1) 싀골 女學生이 서울오면 學課보다 먼저 배호은 것 一. 치마잘너입기 二. 압머리잘르기 三. 굽놉흔 구두신고 거름배호기 四. 편지쓰기[42]

(대한제국 시기의 한성사범학교)를 졸업하였고, 교동보통학교와 경성사범학교 부속보통학교의 교사로 있었다. 교사로 재직하던 중, 1921년 조선어연구회가 만들어지자 여기에 가입하여 활동하였다. 그는 『한글』지에 '보통학교 조선어독본 지도례'를 연재하기도 하였고, 교과서 교육용 음반을 제작하는 데 관여하기도 하였으며, 학습용 사전을 만들기도 했다. 최경봉, 『우리말의 탄생』, 책과함께, 2006, 128면.

41 심의린, 앞의 글, 1면.

위의 제시문은 상경한 학생들의 허영심이 초래한 행동을 풍자한다. 네 번째 항목이 눈에 띄는데, 이는 당대 편지 쓰기가 유행처럼 번졌음을 암시한다. 편지는 1920년대 여학생들의 독서와 글쓰기에서 유행하던 문종이며, 기행문은 당시에 새롭게 인식되던 문종이다.[43] 1920년대 간행된 『고등조선어급한문독본』(1924.2)과 같은 독본들에서부터 편지, 기행문, 일기와 같은 형식의 글이 나타난다. 그 후, 1930년에는 처음으로 "朝鮮文士의 글들을 敎科書에 採錄"하여 문예의 비중을 높이고 "朝鮮語讀本의 文章이 流行과 時代에 符合하도록 개정"[44]할 것임을 밝힌 기사가 발표된다. 또한 1934년 조선총독부 학무국에서는 고등보통학교 조선어독본 권2를 "조선인 문사의 손으로 된 논문, 기행문, 소설문을 재료로 편찬"하여 "조선 정서"[45]를 많이 첨가할 것임을 언급하기도 한다. '문예', '시대에 부합하는 문장', '조선 정서'와 같은 단어들을 통해 당시 조선총독부 학무국이 조선인의 문명화 기획에 심혈을 기울이고 있음을 알 수 있다. 이는 수신과 국어 교과의 내용이 비슷하던 제1차 교육령기와는 큰 차이를 지니는 것으로, 식민지 학생과 교사들이 조선어 시간 단축에 저항하거나 질 좋은 교육 환경에 대한 요구를 지속적으로 행한 것에 기인한다.

42 SD生, 「젊은 女子의 孤寂한 心理 (續)」, 『신여성』 3(6·7), 1925.

43 윤여탁 외, 『국어교육 연구』 2, 서울대 출판부, 2006, 108면.

44 「諺文綴字法 改正과 敎育行政의 新紀元」, 『매일신보』, 1930.2.17.

45 「朝鮮 事情을 多分으로 敎科書 改正 今春 完成」, 『매일신보』, 1934.2.2. 이 기사에서 기자는 학무국이 교과서 개정을 위해 교과서에 적당한 것만을 채록할 것인지, 새로이 글을 받아 채록할 것인지는 고려 중이라고 언급한다. 채4차 교육령 시기에 발간된 『중등교육 조선어급한문독본』에 실린 조선 문사의 글은 이병기, 현진건, 최남선의 기행문으로, 이 기행문은 조선총독부의 고적 조사사업에서 비롯한다.

교육령과 교과서의 개정에도 불구하고, 당대 학생들은 교과서나 교사의 수업 내용을 자기식대로 '전유'하는 방법에 골몰한다. 이태준의 소설 「화관」(1938)에서 동옥은 학교 작문 선생이 말한 '편지'에 대한 설명을 상기하며, 선생과 다른 목적으로 편지 쓰기를 욕망한다. 동옥은 조선의 문화운동을 꿈꾸는 인철을 사랑하는 여성으로, 후에 농촌에 가서 학생들을 가르치며 여학생들에게 배움을 전이한다.

> '편지!'
>
> 학교에서 작문선생이 하던 말이 생각난다. 만날 수가 없으니까 할 말을 글로 써보내는 것이 편지란, 그러니까 만나서 말하듯이 쓰면 된다는, 동옥은 고개가 저어진다.
>
> '만나서 말한 듯…… 사람이 그런 사무적인 사연들만 적는다면 편지는 얼마나 슬퍼할까. 만나서 하지 못하는 말을 그런 감정을 편지에서니까 표현할 수 있는 것 아닐까? 편지의 미덕이 그 점에 있는 것이 아닐까?'
>
> 상대도 없이 다시 불을 밝히고 긴 편지를 써보고 싶은 충동도 일어난다.[46]

소설 속에서 동옥은 학교 교사가 말한 편지의 기능을 훨씬 더 내밀한 글쓰기로 변질시킨다. 동옥이 교사가 된 후에도 조선의 교육문화 발전을 위해 자금 모금운동을 하는 인철을 돕게 된다는 점, 둘의 동지애적 사랑이 외부에 노출되어서는 안 된다는 점을 생각하면, 동옥에게 편지의 기능은 인철에 대한 사랑의 표현인 동시에 교육사업에 대한 비밀스런 대

46 이태준, 『화관』, 깊은샘, 2004, 179면.

화라 할 수 있다. '만나서 하지 못하는 말과 감정을 표현하는 것', 개인의 내밀한 감정을 '충동적'으로 표현하는 것. 이것은 편지를 실용문으로부터 구제하는 속성이다. 공공의 글쓰기로부터 구제된 글쓰기, 자기감정을 중심에 세운 글쓰기를 통해 식민지 학생들은 제국이 가르쳐준 글쓰기의 규율을 위반한다.

여성들의 글쓰기 욕망은 후에 여학교에서 작문을 중요 과목으로 편입시켜 줄 것을 주장하는 글로 발표된다.[47] 이 글에서 저자 정순정은 "意思表示의 媒介로서 文學이 얼마만큼이나 重大한 役割"을 하는지 모르기 때문에 여성 자신이 사회에 자신의 의사를 표시할 기회가 줄어들 수밖에 없음을 비판한다. 그녀에게 모범이 되는 인물은 "문장을 통해 汎世界的으로 그의 意慾을 表示하는" '엘렌 케이 콜론타이'[48]로 나타난다. 김명순과 박화성이 가졌던 글쓰기 욕망은 정순정과 같은 필자를 통해 외부에 드러나고, 이는 당대 교육령에 대한 비판을 함축한다. 엘렌 케이의 정신을 정점에 둔 정순정의 글쓰기 욕망은 기실 일본 교육제도가 억압하거나 은폐하려던 것이다. 그러므로 당대 여학생들은 학교에서 배운 글쓰기 방법을 통해 일본인 및 조선 남학생과 동등한 수준의 작문 수업을 요구하고, 자유로운 글쓰기 방식을 고안함으로써 당대 교육제도를 전유한다.

조선총독부에서 간행한 독본뿐 아니라, 1916년에 간행된 최남선의 『시문독본』 개정판의 유행, 『어린이 독본』과 같은 민간 독본의 인기를 통해, 개인의 내면을 담은 글쓰기는 학생들을 통해 일찍부터 향유된다.

47 정순정, 「여학교와 작문」, 『조선중앙일보』, 1934.10.7~10.17.

48 정순정, 「여학교와 작문(5)」, 『조선중앙일보』, 1934.10.14.

독본은 '문학을 제도적 학문으로 자리 잡게 한 핵심적 매개체'[49]인 동시에 '독본'의 이름을 가지면서도 기존의 독본을 문학적으로 뛰어넘는 또 다른 형태를 지향한다. 1930년대 초에는 『문예독본』이 간행되어 인기를 얻는다. 이 시기 여름방학을 맞은 여학생들에게 명사들이 추천한 책으로는 여인들의 전기를 비롯하여 이윤재의 『문예독본』(1928), 주시경 선생의 유고집, 조선의 역사, 『돈키호테』, 정탐소설, 『부인문제 10강』, 톨스토이의 『부활』, 『我者의 성교육』, 『세계명부전世界名婦傳』, 『돈의 경제학』 등이 있다.[50] 이는 『문예독본』의 인지도를 말해주는데, 실제로 당시 잡지에는 "李允宰씨의 著書인 『文藝讀本』 上卷 下卷 2책은 모다 4천部式을 넘겨 판매되여 不遠 再版을 출판할 예정"[51]이라는 내용이 발표된 바 있다.

조선총독부가 조선인의 평준화, 충량한 신민을 목표로 독본을 간행한 것과 달리, 식민지 조선의 학생들은 이 독본을 전유하여 새로운 글쓰기를 창출하고, 제국이 기대하지 않았던 향학열을 발산한다. 이 향학열은 학교를 넘어선 자리에서 하나의 사건성을 획득하는데, 그 예가 바로 '야학'에서 이루어지는 '독본 읽기'이다. 독본은 농촌 사람들을 새로운 독자와 필자로 호명하는 역할을 한다.

①

讀本을 인쇄하여 사백만 명에 주고십다 李相協

나는 십 만원의 돈이 내 손에 드러온다 하면 온전히 이 문맹타파운동의 자

49 구자황, 앞의 글, 2008, 18면.
50 「방학과 여학생」, 『신여성』, 개벽사, 1933.7.
51 「書籍市場調査記」, 『삼천리』 7(9), 삼천리사, 1935.10, 137면.

금으로 쓰고저 합니다. 그 방법은 약 백만 부의 「讀本」을 인쇄하여 널니 배포하는 동시에 농촌의 지식계급적 청년들을 모다 동원식혀서 우리글을 가르치게 하도록 하겟습니다. 얼는 들으면 십 만원이라면 큰 돈가치 생각되나 실상 큰 사업에 쓰자면 그것이 여간 부족하여야지요.[52]

②

世界人으로서 朝鮮人으로서 또는 農村人으로서 必要한智識을取하얏스며 그文章과 描寫가 極히 平易한것이며 其外 여러가지點으로보아 이 讀本이 朝鮮敎育協會의손으로發行된것은 極히 時宜에 適當한일이라아니할수업는이다 (…중략…) 이교과서는 우리계몽운동에 대하야 공헌하는바가 결코 少치아니함을늣기는것이다.[53]

위에 제시된 ①의 인용문은 '십만 원이 있다면 무엇을 할 것이냐'는 설문에 대한 이상협의 답변이며, ②의 인용문은 조선교육협회가 간행한 『노동독본』에 대한 기사이다.[54] ①과 ②의 인용문에서 필자들은 모두 세계인, 조선인, 농촌인을 아우르는 지식과 평이함을 지닌 독본을 강조한다. 그러나 그 평이함은 저열한 지식이 아니라, 지식의 평등성을 목표로

52 이상협, 「돈 十萬圓이 잇다면?」, 『삼천리』 창간호, 삼천리사, 1929.6, 2~3면.

53 「『노동독본』과 계몽운동」, 『중외일보』, 1929.11.15.

54 1929년 1월 2일 『동아일보』 기사에는 南宮薰, 兪昌煥, 兪鎭泰, 李時琓, 申明均, 金敎英 등이 노동자와 농민의 교육을 위해 노동야학이나 농민 학원 등에 필요한 교과서의 편찬 및 보급, 강좌 실행에 주력하는 내용이 담겨 있다. 또한 이들이 결성한 조선교육협회가 '文盲群의 退治'를 목적으로 하여 이미 『勞動讀本』 1~3, 『勞動算術』 1, 『漢字初步』 1, 『課外讀物이야기주머니』 1 등 여섯 권의 교재를 발행한 점도 알 수 있다. 「團體推移－三千會衆을 擁한 兩大勞動會 創立」, 『동아일보』, 1929.1.2.

한다는 점에서 문제적이다. 이는 『농민독본』의 경우도 마찬가지다.

『농민독본』은 이성환이 1925~1928년 『조선농민朝鮮農民』에 연재한 내용을 모아 1930년 4월에 단행본으로 간행한 것이다.[55] 잡지를 통해 『농민독본』 상권이 '발행한 지 일 년이 되지 않아 수만 권이 팔려나갔다'는 사실을 알 수 있다.[56] 이 독본은 무산 농민과 그 자제들의 계몽을 위해 간행된 것으로, '문맹퇴치의 교재'이면서 '기관', '전문가' 되기를 자처한다. 교재는 전체적으로 "독립적 정신"과 "공동정신"을 강조하며, '양반과 농민', '노동 신성', '지혜와 권세', '허식의 탈', '조혼의 폐', '위생과 건강', '자유', '평등' 등과 같은 내용으로 구성되어 있다. 각 과에는 새로 익힐 단어에 대한 뜻풀이가 이루어져 있어, 농민들은 문식력을 획득하는 과정에서 자신이 지금까지 알아온 농민에 대한 의식이 잘못된 것임을 깨닫게 된다. 그리고 농민들은 자신이 천부적으로 자유와 평등을 가진 주체, 신성한 생산의 힘을 가진 주체임을 알게 된다. 브나로드운동에 기인한 농촌소설이 '야학'과 '독본'을 통한 지식의 평등성 실현과 농촌인의 '내면' 발견, '조선 독립'을 위한 향학열을 담고 있는 것은 이와 무관하지 않다.

이광수의 『흙』(1932~1933)이나, 이기영의 『고향』(1933~1934), 심훈의 『상록수』(1935)는 농촌의 계몽운동에 기반한 작품이다. 소설에서 지식인과 농민들이 야학에 모여 행하는 '글 읽기와 글쓰기는 역사적인 결속 행위'이다.[57] 『고향』에서 희준이가 가르치는 야학에 다니며 『조선

55 李晟煥, 「現代農民讀本」, 『朝鮮農民』, 朝鮮農民社, 1925.12~1926.2; 李晟煥, 「文盲退治用 農民讀本」, 『朝鮮農民』, 朝鮮農民社, 1928.1~2. 「現代農民讀本」의 내용이 『농민독본』 상권으로 간행되고, 「文盲退治用 農民讀本」의 내용이 『농민독본』 중권으로 간행된다.

56 李晟煥, 「文盲退治用 農民讀本」, 『朝鮮農民』 4(1), 朝鮮農民社, 1928.1, 30면.

어독본』을 읽는 청년과 부인들, 『상록수』에서 영신과 함께 '발악하듯' 『농민독본』을 외는 어린 학생들은 독본을 읽으며 그 안에서 관계를 형성한다.[58] 그러나 소설 속에서 글을 읽고 쓰는 주체들은 동일한 지향성이 담긴 언어를 읽되, 다른 방식으로 그 앎을 실천한다.

『흙』에서 유순은 보통학교를 졸업한 후, 보성전문학교 법과생 허숭이 가르치는 야학에서 다시 공부를 시작하는 인물이다. 그녀는 허숭에게 글짓기를 비롯한 신학문을 배우는 과정 중에 허숭을 사랑하게 된다. 그녀는 살여울에서 농촌 사업을 하는 허숭을 통해 '사랑'이라는 감정을 처음 경험하고 허숭이 도시로 가서 돌아오지 않자, 편지로 자신의 감정을 표현한다. "보통학교 작문 책장을" 이용해서 쓴 편지는 "선생에게 바치는 작문 글씨 모양으로" 작성되었으며, 끝에는 "자유로운 글씨로 서명"[59]까지 되어 있다. 고등문관 시험에 합격하고 부잣집 딸과 결혼한 숭은 이 편지를 읽고 동요한다. 작문 책을 전범으로 삼되, 자신의 감정을 자유롭게 전달하고, 자기 글에 대한 표지까지 마련한 유순의 편지는 보통학교 작문 교재가 지향하는 '실용문'의 단계를 넘어서는 자리에 놓인다. 유순은 허숭을 매개로 농촌에서 할 수 있는 일에 대한 깨달음을 얻었다. 이 점을 감안한다면, 유순은 '허숭을 사랑하는 여성'과 '살여울이라는 공동체' 사이를 오가며 '자기(의 내면)'를 지각하고 표현하는 단계, 타인의 의식에 변화를 일으키는 단계에 이른 인물이라 할 수 있다.

---

57 롤랑 바르트, 김웅권 역, 앞의 책, 19면.

58 조윤정, 「식민지 조선의 교육적 실천, 소설 속 야학의 의미」, 『민족문화연구』 52, 고려대 민족문화연구원, 2010, 247~248면. 소설 속 야학과 야학생들이 가진 집단적 향학열에 대해서는 필자에 의해 고찰된 바 있다. 이 장에서는 야학에서의 독본 읽기가 야학생의 각성과 글쓰기로 이어지는 양상에 주목하여 논의하고자 한다.

59 이광수, 「흙」, 『동아일보』, 1932.6.19.

『고향』의 인동이는 야학에서 '조선어독본'을 읽으며 "글자 세계의 신비한 문이 열리고", "이 세상의 꼬투리를 엿볼 수 있"게 된다. 그가 후에 농촌운동을 하는 희준과 농민들 사이를 이어주는 역할을 할 수 있게 된 것은 야학과 독본을 통해 계몽되었기 때문이다. 인동은 "개명한 글"[60]을 읽고 난 후, 자신이 무엇을 '생각할 수 있음'을, 그리고 그 '생각이 절실'해짐을 느낀다. 대상을 바라보는 '선험적 인식틀의 탈피가 근대적 자아와 내면의 탄생을 가져오는 것'[61]처럼, 인동은 절대적으로 믿었던 땅과 자신을 분리해 생각함으로써 '내면'을 갖고, 내면을 가진 자기를 응시하게 된다. 이처럼 야학과 독본 속의 개명한 글은 인동에게 새로운 실천성을 가져다준다.

근대적 글의 습득이 신사고를 창출하고, 행동으로 나아갈 수 있다는 작가의 생각은 여학생 갑숙에 의해 승화된다. 갑숙은 인동에게서 기대할 수 없었던 것, 즉 주체의 내면이 글쓰기를 추동하는 힘이 될 수 있음을 보여준다. 소설에서는 농민뿐 아니라, 여학생 갑숙의 의식 변화가 중요하게 드러나는데, 농민들을 착취하는 안승학과 그의 딸 갑숙을 그리는 작가의 의식이 '편지'를 통해 대별될 수 있다는 점에서 흥미롭다. 작가 이기영은 안승학의 출세담을 편지 보내기로 제시한다.

> 그는 엽서한장을사서 자긔집 통호수와 자긔일홈을쓰고 편지사연을써서 우편소안으로 집어느엇다. 그리고 그들에게 장담하기를 이것이 오날해전 안에,

---

60 이기영, 「고향」, 『조선일보』, 1934.6.9.

61 가라타니 고진, 박유하 역, 「내면의 발견」, 『일본 근대문학의 기원』, 소명출판, 1996, 62~102면.

우리집으로 드러갈터이니, 가보자는것이엿다.

과연, 그날저녁때 — 지옥사자가튼 누렁옷을입은 사람은 안승학의집에, 엽서한장을 던지고갓다.

"참! 조화속이다!"

하고, 그들은 일시에 소리를 질넛다. —

비행기가 잠자리처럼 날느고 인조인간이 발명된 지금 세상에서 이런소리를 드르면 누구나 코우숨을치리라마는, 그때시절에는 사실로 그러하엿다. 말하자면, 그때무렵에, 안승학은, 이고을에서, 우편으로보내는 편지를 제일 먼저써본이중에도 한사람이었든 위대한 선각자엿다.[62]

작품에서 안승학의 엽서 보내기는 비행기와 인조인간의 발명에 비유된다. 근대 과학의 발전과 나란히 놓이는 편지 보내기의 사건성은 안승학을 '위대한 선각자'의 반열에 올려놓는다. 이때, 시대의 흐름에 잘 적응한 그의 인생담은 '출세담'으로 변모한다. 작가가 안승학의 출세담과 엽서 쓰기를 대응해 형상화할 수 있었던 것은, 근대적 글쓰기가 근대 매체(우편제도)와 함께 연동되어 나타났음을 자각하고 있었기 때문이다. 그러나 안승학의 세대를 지나 갑숙의 세대로 왔을 때, 일상 속에서 행하는 편지 쓰기의 유행성은 냉소의 대상으로 전락한다. 갑숙은 자신에게 연애편지를 보낸 경호가 당대 유행하는 "연애 서간집"의 "미사여구"를 이어 붙여 편지를 쓰고, 자기의 동생 경준이의 글씨를 "모방"한 것을 보고 편지를 찢어버린다. 갑숙의 행동에는 편지의 내용과 문체

62 이기영, 「고향」, 『조선일보』, 1934.1.6.

가 글을 쓰는 자의 것이어야 한다는 의식이 전제되어 있다. 부잣집 학생이라는 점을 이용하여 여학생인 자신을 겁탈한 경호의 행동과 그가 보낸 편지에 대한 반응은 갑숙의 현실 인식을 함축하고 있다. 갑숙이 후에 여직공이 되어 아버지 안승학을 배척하는 농민들의 편에 서는 것은 '앎'이 "옳은 길", "새로운 생활"로 이어져야 함을 드러낸다. 이기영은 인동과 갑숙의 각성 과정을 통해 "이론과 실천이 합치돼야 할 시대를 타고"[63]난 자기 세대의 의무감을 투사한다.

5. '실감實感'을 배우고 표현하는 작문 시간

단순한 어구의 조합이 좋은 글을 만들어낼 수 없다는 비판은, 글을 쓰는 주체의 의식이 문장 안에 긴밀하게 조응되어야 함을 전제한다. 이는 당대 교사였던 이병기의 글과 박화성, 안수길의 소설을 통해서도 엿볼 수 있다. 이병기의 경우에는 「조선어와 작문」에서 조선말을 잘 안다고 "思想感情을 自由롭게 發表"할 수 있는 것이 아님을 주장한다. 그리고 "作文法을 잘 알자면 作文練習"이 필요하기에 "教育令에도 朝鮮語科程에 반듯이 作文이란 名目을 너흔 것"[64]이라고 언급한다. 짧은 글임에도 불구하고 유난히 삭제된 부분이 많은 이 글의 저변에는 이병기의 언어 내셔널리즘이 자리한다. 그의 글에서 살펴볼 수 있는 점은 좋은 글이 '교육과 연습을 통해 연마될 수 있다'는 것, 한편의 글에는 '언어와

63 이기영, 「고향」, 『조선일보』, 1934.4.5.
64 이병기, 「조선어와 작문」, 『학생』 1(2), 1929.4, 16면.

사상 · 감정이 긴밀하게 연동되어 있어야 한다'는 것, 무엇에 얽매이지 않은 상태의 '자유를 전제해야 한다'는 것이다. 이는 독본이라는 모범 혹은 표준은 가능하지만 그것을 단순 모방하는 수준이 아니라, 개인의 '자율성'을 중심에 둠을 의미한다. 작문에 대한 의식은 박화성에 이르러 더욱 구체적으로 승화된다.

> 그는 학생들에게 단순히 글자만을 가르치려 하지 않고 높은 생각을 불어넣으려고 애를 썼다. 그리고 커다란 처녀들에게는 세상에 대한 지식과 알아야 할 숙어와 상식을 가르치는 한편 그들의 여러 가지의 질문을 듣기 위하여 자유로운 빈 시간을 주었다.
>
> 그는 학생들에게 작문을 장려하였다. 좋은 글을 택하여 읽어 들려주기도 하고 아름답고 쉬운 시를 가려서 J에게 번역해 달라 하여 등사판에 박아서 교재로 돌려주기도 하였다. 그리고 철이 바뀔 때마다 학생들을 데리고 산이나 들에 나가서 실경(實景)을 보여준 후에 글을 짓게 하여 실감(實感)의 표현이 곱게 그려진 작문은 추려서 교실에 붙여 놓았다.
>
> 효순의 이러한 노력이 헛되지 않아 일 년이 지난 후에는 삼사 학년 생도들의 작문의 정도가 놀랍게 진보되었고 남녀학생 중에는 뛰어나게 문예의 소질을 가진 사람이 나타나게 되었다.[65]

박화성은 소설 『북국의 여명』(1935)에서 작문법 교육에 대한 내용을 구체적으로 제시한다. 이 작품은 작가의 자전적 사실을 바탕으로 창작

---

65 박화성, 『박화성 문학전집』 2, 푸른사상, 2004, 185~186면.

된 작품으로 주인공 효순이 주의자가 되어가는 과정이 담겨 있다. 효순이 학교 작문 교사로 간 것은 S학교를 졸업하고, C공립학교 교원을 거쳐 R읍의 중학 교원이 된 때로, 이때 효순은 농민들을 대신해 글을 써주고, 농촌에서 제대로 교육받지 못한 여학생들의 실력을 양성하기 위해 노력한다. 박화성은 교사였던 자신의 이력에 기반하여 효순의 작문 수업 시간을 서술한다.[66] 그리고 소설을 통해 어떤 형태의 작문 수업이 학생들의 문예적 소질을 발현할 수 있는지 드러낸다. 박화성이 교사 효순의 의식을 통해 보여주는 것은 글쓰기에는 "높은 생각"과 "자유", 모범이 될 만한 "좋은 글", "실감의 표현" 등이 필요하다는 점이다. 그리고 당대 조선어독본이나 작문 교재가 학생들의 문예적 소질을 발현하기에 부족했음을 암시한다. 효순의 교수법에 의하면, 좋은 글은 개인의 고양된 의식을 글 속에 '자유롭게' 투사한 것, 교과서를 넘어선 높은 수준의 글을 모방하되 새롭게 '자기 방식'으로 창출한 것, 글을 쓰는 주체가 '실제 감각'한 것을 아름답게 드러낸 것이다.

효순이 여학교 작문시간에 행한 이러한 교수법은 안수길의 『북향보』에서 소설가 현암이 행한 작문 시간과 비슷한 양상을 보인다. 『북향보』가 만주에 거주하는 조선 민족의 가난과 갈등을 형상화한 소설이라면, 현암은 만주의 농민 작가로서 농촌 현실을 알고, 위기에 처한 만주의 학교를 살리기 위해 교사일을 시작한 인물이다. 그는 아동교육에 향하는 열의에 힘입어 자신의 창작욕이 생겨남을 느낀다. 현암은 작문 수업 시간에 글을 쓸

66 박화성은 1918년 숙명여자고등보통학교를 졸업하고, 동경 유학을 위해 천안공립보통학교, 아산공립보통학교 교원으로 일한다. 이후 1920년 부녀 야학에서 교사 생활을 하다가, 1921년 영광중학원 교사로 부임한다. 위의 인용문은 영광중학원 시절의 내용을 담고 있다.

때는 "보는대루, 느끼는대루, 생각하는대루, 조금도 거짓말이 업시 쓰면"[67] 된다고 가르친다. 어떻게 하면 글을 잘 쓸 수 있느냐는 학생의 질문에도 그는 보고 느낀 "그대로"를 글로 쓰면 된다고 강조한다. 이는 현암 자신이 "북향정신"을 작품화하기 위해 "작가가 되기 전에 농촌인이 되자"[68]고 독백하는 장면과 통한다. 쓰는 주체가 살고 있는 '지금-여기'를 강조하고, 그것을 실천하는 방식은 작가와 교사를 통해 학생들에게 전파된다. 앞에서 살펴본 유순의 편지나, 편지에 대한 갑숙의 비판적 안목이 가능한 것은 당시 많은 학생들이 이미 '좋은 글'이 갖춰야 할 덕목을 학습하고 있었기 때문이다.[69] 이는 학교 교육과정을 벗어나 당대 잡지를 통해서도 충분히 가능한 일이었다.

『신여성』 제4권 제3호에 수록된 「글도 참된 글을 쓰라」에서는 '참글', '좋은 글'이 "작자作者의 생활이라든지 작자의 친히 목격한 사실"[70]을 그려낼 때에 가능하며, 이때 글은 힘과 정情을 갖춰 감화력이 많아진다고 언급된다. 이 논설은 '사실'과 '독자에게 미치는 영향력'을 강조하고, '글=인생'의 동일시를 보여준다는 점에서 근대적 글쓰기의 요건을 함축한다. 자기를 '표현'하는 일은 사실을 단순히 전달하는 것과는 다르다. 여기에서 '개성적 글쓰기'의 가능성이 생겨나며, 이태준의 '개성적 표현'이 연결될 수 있는 여지도 마련된다. 특히 일제강점기 학교의 작문

---

67 안수길, 「북향보」, 『재만조선인 친일문학 작품집』, 보고사, 2008, 361면.

68 위의 글, 364면.

69 근대적 지식의 계몽수단으로 교본화·규식화된 서간 문범의 용도, 출판 상업주의 시스템 속에서 기획 유통된 근대 서간의 문학 지향과 상업화에 대해서는 김성수의 논의(『한국 근대 서간문화사(書簡文化史) 연구—서간 · 서간문학의 리터러시와 계몽의 수사학』, 성균관대 출판부, 2014)를 참고할 수 있다.

70 박경식, 「글도 참된 글을 쓰라」, 『신여성』 4(3), 개벽사, 1926.

시간에 가장 많이 언급된 것은 "우리 집"이나 "우리 가족"이다.[71] 제1차 교육령기 『보통학교 조선어급한문독본』 권2에는 「아가(1)~(2)」, 「아가의 가축」 등의 단원을 통해 "우리 집의 모습과 생활"에 대한 수필 형식의 글이 구성되어 있다. '우리 집'이라는 소재는 이후에도 학생들의 작문 시간에 자주 활용되었으며, 이는 앞서 살펴본 박화성의 숙명여자고등보통학교 입학 장면에서도 확인된다. 이러한 양상은 안수길의 『북향보』에서도 반복된다. 소설가 현암은 작문 수업 시간에 '우리 집'이란 제목으로 학생들에게 글을 짓게 한다.[72] 이처럼 교사들은 학생들에게 자신을 드러내는 가장 쉬운 방법으로, 가족이라는 외연 안에서 자기를 드러내는 글쓰기를 유도한다. 일제강점기 학생들은 학교라는 공적 공간 안에서 자연스럽게 내밀한 자기를 이야기할 수 있었던 것이다.

> 나는 어렸을 적부터 글짓기를 매우 좋아하였고 학교 다닐 때는 작문시간마다 선생님께 칭찬을 들었다.[73]

> 내가 문장 수업을 하면서 자주 들여다본 건 이태준의 『문장강화』와 정지용의 『지용 문학독본』이다. 특히 상허尙虛 이태준의 『문장강화』는 일정 치하에 있던 우리의 말과 글을 지키고 일러주기 위한 목적은 접어 두고라도, 읽는 재미가 여간 쏠쏠하지 않았다. 풍부하기 이를 데 없는 예문의 양과 질에서, 전무후무한 작문 교사 구실을 했다고 해도 과언이 아니다.[74]

---

71 박화성, 「눈보라의 운하」, 『박화성 문학전집』 14, 푸른사상, 2004, 64면.
72 안수길, 「북향보」, 앞의 책, 360면.
73 안회남, 「명상」, 『조광』, 1937.1, 334면.
74 최일남, 「평생을 해도 받을 수 없는 졸업장」, 강신재 외, 『좋은 글 잘된 문장은 이렇게

작문 시간에 자유제로 글쓰기를 하게 되어 소풍담을 적어내었다. 당시 학교에서는 국어 시간에 작문 시간을 배당해서 정규적으로 글쓰기를 시켰다. (…중략…) 말하기와 글쓰기 능력의 훈련이 곧 교육의 기초이기 때문이다. 얼마 후 최선생이 불러서 가보니 작문 시간에 써낸 글을 '중앙탑'에 싣겠다고 하면서 붉은 줄 친 곳을 잘 고쳐서 원고지에 정서해 오라고 일렀다.[75]

위에 언급된 회고는 식민지 시대 학교를 다녔던 안회남, 최일남 그리고 유종호 글의 일부이다. 작가가 된 세 사람에게 이러한 회고가 가능할 수 있었던 것은 작문이나 독본이 자신의 문학적 소질을 계발하고, 지적 만족감을 가져다주었기 때문이다. '글쓰기'가 자기를 부각하는 기회가 된다는 것은 과거제도를 등용문으로 삼았던 이전과 다르지 않다. 그러나 그 글쓰기가 '근대 교육 제도' 안에서 지속적으로 연습되었다는 점, '자기의 감정'을 소재로 삼아 자유롭게 이루어졌다는 점, 글쓰기가 직업으로서의 일과 관련되어 강의되었다는 점에서 차이를 지닌다.

일제강점기 독본은 근대적 글쓰기의 장에서 하나의 문범文範 혹은 정전正典으로서 넓은 의미의 근대 지知를 전달하는 표준적 매체로 기능했다.[76] 교육령에 영향받으며 독본을 읽었던 당대 교사와 학생들은 독본의 내용과 교육령에 '균열'을 일으키며 '자기의 글'을 만들어간다. 근대 독본은 교육과 연동된 제도화의 산물로 기능하면서도 교육제도를 전복하려는 힘을 추동했던 것이다. 중요한 것은 근대 독본과 작문 수업이

쓴다』, 문학사상사, 1993, 425면.

75 유종호, 『나의 해방 전후』, 민음사, 2004, 274면.

76 구자황, 「1920년대 독본의 양상과 근대적 글쓰기의 다층성」, 『인문학연구』 74, 충남대 인문과학연구소, 2008, 53면.

읽고 쓰기의 규율을 제공한다는 점에서 문범화의 기초를 마련했지만, 당대 학생들은 그것과 다른, 혹은 그 경계를 넘어서는 수준을 열망하며 글쓰기를 감행했다는 점이다. '국민적' 글쓰기라는 단일한 목적을 가진 공교육 제도의 독본과 그 독본과 다른 민간 독본이 공존할 수 있었던 것은 문학 제도가 당대 학생들의 글쓰기 욕망, 그 일탈의 감각을 유인했기 때문이다.

6. 독자 공동체와 독본의 변화

지금까지 식민지 시대 소설과 회상기, 신문의 논설에서 볼 수 있는 독본의 독자상과 작문에 대한 당대 조선인들의 의식을 살펴보았다. 식민지 시대 독본은 조선인에게 교육정책의 수단이 되는 동시에 학생들의 향학열을 자극하는 매체가 되었다. 조선교육령 발표 이전, 개화기에는 독본이 문식력 획득의 수단으로 이용되었다. 특히 이 시기 소설에 나타난 독본은 여성들이 가장 기본적인 지식을 습득하기 위해 가정에서 읽던 교재로 등장한다. 이때, 독본은 신생 일본인, 독본을 읽는 국민을 창출하는 매체로서의 위상을 갖는다.

식민지 학생들에게 학교 안/밖에서 접할 수 있는 독본은 최초의 독서력인 동시에 지식의 최저선으로 기능했다. 당시 학생들은 학교 안에서 독본을 읽으며 규율 속에서 강요된 공동체 의식을 실감하고, 더 높은 수준의 학습을 열망했다. 공교육 안에서 모두가 똑같이 행해야 하는 독본 읽기의 균질성은 학생들에게 교과서를 넘어서는 글쓰기를 욕망하게 한다. 김명순을 대상화한 김동인의 소설과 박화성의 자서전에서 학생들은 서로의 글을 읽으며 교유하는 모습을 보인다. 또한 현진건과 이태준의 소설, 계용묵의 회고담 속에서 학생들은 순사의 감시에도 불구하고 당대 유행했던 『시문독본』을 읽는다. 이러한 현상의 이면에는 교육정책과 공교육 독본이 가진 억압성으로부터의 일탈 욕망이 내재한다.

1920년 중반이 넘어서면서부터 교사와 학생들은 독본을 읽는 방법, 독본 읽기 해설이 담긴 글을 접한다. 그러나 향유할 수 있는 교육제도의 확충에도 불구하고, 학생들은 조선어 수업 축소에 반대하거나, 질 좋은 조선어 수업에 대한 목소리를 내기 시작한다. 이에 조선총독부 측에서는 1924년부터 독본에 편지, 기행문, 일기와 같은 형식의 글을 싣고, 1930년에 이르러서는 조선어독본의 문장을 수정하거나, 조선인 문사가 쓴 논문, 기행문, 소설을 재료로 독본을 편찬한다. 이 시기 학생들은 학교에서 배운 글쓰기 능력을 통해 학교 정책을 비판하거나, 수업이 지향하는 실용문 단계를 넘어서는 글쓰기의 전유 양상을 보여준다. 학교에서 가르치는 규율적 글쓰기를 넘어 행해진 내밀한 형태의 편지 쓰기가 그 예이다. 또한 여학생의 작문 수업 확대를 주장하며 엘렌 케이나 콜론타이의 글쓰기를 동경하는 여학생의 논설 역시 당대 학생들의 글쓰기 욕망을 노출하는 예이다.

조선총독부가 조선인의 평준화, 충량한 신민을 목표로 독본을 간행한 것과 달리, 식민지 조선의 학생들은 이 독본을 전유하여 새로운 글쓰기를 창출하고, 제국이 기대하지 않았던 향학열을 발산한다. 이 향학열은 학교를 넘어선 자리에서 하나의 사건성을 획득하는데, 그것이 바로 '야학'이다. 이 공간에서 독본은 문식력 획득을 넘어 옳은 길과 새로운 생활을 가져다주는 앎의 전이체가 된다. 이광수와 이기영, 심훈의 소설에서 학생은 독본을 통해 문자의 세계를 알게 되고, '생각하는 주체', '글을 쓰는 주체'로서 자신을 발견한다. 이때, 편지는 글을 쓰는 주체가 자기 내면을 드러내는 방식으로 기능할 때 의의를 획득하며, 연애서간집의 모방 단계에 그쳤을 때에는 오히려 냉소의 대상이 된다.

교사였던 이병기의 논설, 박화성과 안수길의 소설에서 교사들은 모범으로서의 독본을 단순 모방하는 수준이 아니라, 개인의 '실감'을 자유롭게 표현하는 글쓰기를 강조한다. 일제강점기 학생들은 '우리 집'이라는 제목으로 작문을 하는데, 이것은 교사들이 가족이라는 외연 안에서 학생들에게 자기를 드러내는 글쓰기를 유도했기 때문이다. 일제강점기 학생들은 학교라는 공적 공간을 통해 자연스럽게 내밀한 자기를 이야기하는 방법을 터득해갔던 것이다. 작가들의 회상기 속에는 작문시간에 칭찬을 받았던 일, 민간 독본에서 재미를 얻었던 학창 시절의 추억이 자주 나타난다. 이것은 독본 읽기와 작문 시간이 과거 작가들에게 자기를 현시할 수 있는 지적 만족감을 가져다주었기 때문이다.

독본은 근대적 글쓰기의 장에서 표준적 매체로 기능했다. 그러나 당대 교사와 학생들은 독본의 내용과 교육령에 균열을 일으키며 '자기의 글'을 만들어갔다. 그리고 '국민적' 글쓰기라는 균질적이고 단일한 목적을 가진 공교육 제도를 비판하는 전복의 힘을 보여주거나, 민간 독본을 향유한다. 체계화되어 있는 식민지 교육제도 안에서 공교육 독본과 민간 독본이 공존할 수 있었던 것은 식민지 학생들에게 표준을 넘어서는 향학열과 글쓰기 욕망이 잠재해 있었기 때문이다. 독본의 내용은 독본을 편찬하는 주체가 자의적으로 선택하지만, 그것이 시간에 따라 변해갔다는 점은 그것을 향유하는 독자 공동체의 요구가 반영되었음을 의미한다. 독본에 대한 저항과 순응의 양상은 지식문화의 외연을 확대하고 있었던 것이다.

제4장
법, 국어, 교육
편찬취의서를 통해 본 『보통학교국어독본』

1. 국어독본을 읽는 법

3·1운동 이후 일본은 문화정치를 표방하면서 1922년 '일시동인一視同仁'을 중심에 둔 제2차 조선교육령을 공포한다. 조선총독부는 이 시기에 제2기 『보통학교국어독본普通學校國語讀本』(1923~1924) 여덟 권을 발간한다.[1] 조선총독부에서 조선인을 위한 국어독본(일본어 독본)을 '별도로' 발간했다는 것은 주목을 요한다. 이는 1922년 2월 15일 조선총독부령 제8호로 공포되었던 보통학교 규정 제2장 제1절의 교과목 및 교칙 제11조 가운데 "조선어를 가르칠 때는 항상 국어와 연계하도록" 한다는 구절을 통해서도 알 수 있다. 지금까지 한국에서 이루어진 근대 국어

1 조선총독부는 제2차 교육령기에 보통학교 수업 연한을 6년으로 늘렸으나, 지역의 정황에 따라 5년 또는 4년으로 할 수 있도록 했다. 그리고 5학년과 6학년의 교과서는 문부성이 편찬한 『尋常小學國語讀本』 제9~12권으로 대신했다.

교과서에 대한 연구는 조선어독본을 중심에 두고 있었다. 그러나 조선(인)의 상황을 반영한 국어독본을 편찬했고 그것으로 교육활동이 이루어졌다는 것은, 조선인의 언어 교육적 환경에서 일본어 교육을 도외시할 수 없음을 의미한다.

기존 연구에서 언급된 것처럼, 일제강점기에 공식적으로 이루어진 '국어교육'의 실상을 외면하거나, 일본어 교육을 일본인의 조선 침탈이라는 관점에서만 바라보는 태도는 바람직하지 않다.[2] 오히려 근대 조선인이 경험한 언어 교육의 상황을 복원해내고, 그것이 일본인이나 조선인에게 미친 영향을 추론하는 과정에서 일본어 교육에 대한 당대의 관점과 교육의 실상을 구체적으로 밝힐 필요가 있다. 일제강점기 교과서는 일본어와 조선어독본 사이의 상관성 속에서 사유되었으며, 교과서가 단순히 교육 내용 차원의 수준을 넘어 식민 권력의 이념이나 가치를 전파하는 수단이라는 관점에서 적극적으로 분석의 대상이 되고 있다.[3] 그러나 일본에서 교과서 편찬자에 대한 업적을 바탕으로 국어독본에 대한 연구가 축적되고 있는 것과 달리, 한국에서는 국어독본 편찬자의 존재가 알려진 지 얼마 되지 않았다.[4] 식민지 조선에서 국어교육이라는

2 배수찬, 「일제강점기 '국어교육'의 식민지 근대성 연구 서설」, 『한국언어문화』 39, 한국언어문화학회, 2009, 6면.

3 강진호, 「'국어' 교과서의 형성과 일제 식민주의—국어독본(1907)과 조선어독본(1911)을 중심으로」, 『현대소설연구』 46, 한국현대소설학회, 2011, 66~67면; 강진호, 「일제강점기 『국어독본』(일어)과 차별적 위계 교육」, 『문학 교육학』 49, 문학 교육학회, 2015, 93면; 방은수, 「일제강점기 보통학교 국어 교과서의 식민주의 연구—2기 보통학교 국어독본에 수록된 서사물을 중심으로」, 『청람어문교육』 55, 청람어문교육학회, 2015, 242면.

4 장신, 「조선총독부 학무국 편집과와 교과서 편찬」, 『역사문제연구』 16, 역사문제연구소, 2006, 44~45면; 김광식, 「조선총독부 편찬 일본어교과서 『국어독본』의 조선설화 수록 과정 고찰」, 『연민학지』 18, 연민학회, 2012, 95~112면; 김광식, 「조선총독부 편수관 아시다 에노스케와 조선동화 고찰—조선총독부 『조선동화집』과의 비교를 중심

이름으로 시행된 일본어 교육의 체제와 그것의 영향성은 편찬취의서와 같은 교과서 외 자료를 바탕으로 논증될 필요가 있다.

교육제도가 조선인에게 제국의 사상을 내면화하는 통로였다면, 그것을 외연화하는 법령과 교과서, 교수법은 그 사상을 얼마만큼 단일하게 전달할 수 있었을까. 문자 텍스트는 그것을 구성하거나 수용한 주체의 의식에 따라 다른 해석을 낳는다. 그러므로 교육령과 교과서 그리고 실제 교육 현장 사이에 존재할 수 있는 균열의 가능성이 살펴져야 한다. 이 장은 선행연구의 문제의식과 업적을 수렴하되, 국어 교수법의 기준이 되었던 편찬취의서를 하나의 렌즈로 삼아 국어독본을 재독하는 방식을 취한다. 그것은 문화통치 시기 교육적 이상형을 제시한 제2차 조선교육령과 실제 교육장에서 활용된 교과서 내용의 유사성을 확인하기 위함이 아니다. 오히려 조선교육령에 내포된 교육적 완미함이나 정치적 단일화는 성취 불가능한 것이었음을 증명하기 위함이다.

『보통학교국어독본편찬취의서』의 주요 내용은 교과서 간행의 취지와 교수법에 대한 설명이다. 편찬취의서는 당대의 교육적 관점을 보여주어 교과서가 간행된 시기의 사상적 배경과 교과서 편찬자의 기획 의도를 드러낸다. 또한 편찬취의서는 교과서만을 분석 자료로 삼았을 때, 과거의 자료를 현대의 관점으로 해석할 때 범할 수 있는 편향성을 줄일 수 있다. 제2차 조선교육령의 취지를 교육적 도구로 실현한 것이 '국어독본'이라면, 편찬취의서는 교육령이라는 법령과 교과서라는 실제 학습 자료 사이의 간극을 메워주고 교육의 수준을 구체화하는 보완재로

으로」, 『일본연구』 37, 중앙대 일본연구소, 2014, 110면. 『보통학교국어독본』 편찬자인 아시다 에노스케를 중심으로 일본에서 진행된 연구는 김광식의 두 논문을 참고.

서 요청된 것이다. 이 같은 가설이 성립할 수 있는 이유는 교육령과 교과서가 모두 다양한 해석의 가능성을 가진 언어로 이루어졌기 때문이다. 또한 교육령이 매우 압축적으로 구성되었다는 점에서도 이유를 찾을 수 있다.

조선의 전국 각지에 유통된 『보통학교국어독본』은 가르치는 사람에 따라 자의적으로 해석될 여지를 안고 있다. 그리고 그 해석의 다양성을 차단하고 바람직한 교수의 상을 구체적으로 제공하기 위해 마련된 편찬취의서 역시 교과서 편찬자의 주관성이 개입된 문자 텍스트이다. 그러므로 교과서나 편찬취의서는 교육령에 내재한 정치적 의도를 편찬자나 독자의 입장에서 해석할 가능성을 내포할 수밖에 없다. 다음은 제2차 조선교육령 보통학교 규정 제2장 1절 교과목 및 교칙 중 제10조 '국어'에 대한 내용이다.

> 제10조. 국어는 **보통의 언어, 일상에서 마땅히 알아야 하는 문자 및 문장을 알게 하고 정확하게 사상을 표창하는 능력**을 양성하고 아울러 지덕을 계발하는 것을 요지로 한다.
>
> 국어는 처음에는 주로 근이한 말하는 법을 가르치고 발음을 정확하게 하며 가나의 읽기・쓰기・작문을 알게 하고 점차 나아가서는 **일상에서 마땅히 알아야 하는 문자 및 보통문에 이르게 하거나 언어를 연습**하게 하여야 한다.
>
> **읽기·말하기·작문쓰기는 각각 주로 하는 것에 의하여** 교수시간을 구별할 수 있어도 특별히 주의하여 **서로 연락**하게 하여야 한다.
>
> 독본의 문장은 평이하고 국어의 모범이 되며 **아동의 심정을 쾌활 순정하게 하는 것**이어야 하며 그 재료는 수신・역사・지리・이과 기타 생활에 필수적인

사항을 들어 **취미가 다양한** 것이어야 한다.

문장의 작문은 읽기 또는 다른 교과목에서 가르친 사항을 **아동이 일상에서 견문하는 사항 및 처세에 필수적인 사항을 기술하게 하고**, 그 행문은 평이하고 취지가 명료한 것이어야 한다.

쓰기에 사용하는 한자의 서체는 해서·행서의 2종으로 한다.

국어를 가르치기 위하여 항상 **어구문장의 의의를 명료하게 하고** 그 용법에 숙달되게 하거나 발음 및 어조를 정확하고 유창하게 하는 데 힘써야 한다.[5]

위의 교육령에서 강조한 부분은 국어 과목을 가르칠 때, 교수자가 염두에 두어야 할 사항이다. '사상과 지덕', '보통문', '국어 과목의 연계', '심정 계발', '의미의 명료성' 등이 강조되어 있다. 이 같은 교육적 목적이 교과서를 바탕으로 실현되는 과정에 편찬취의서의 역할이 놓여 있다.

일본 문부성에서는 1918~1923년 1~12권의 『심상소학국어독본尋常小學國語讀本』을 간행한 이후 1924년에 『심상소학국어독본편찬취의서尋常小學國語讀本編纂趣意書』를 펴낸다. 그것은 총 94쪽 분량이다. 각 권의 형식, 단원의 수, 내용에 대한 특성이 간단히 기록되어 있다. 내용에 대해서도 교과서 각 단원의 성격을 수신, 역사, 지리, 이과, 실업, 국민과, 문학적 교재敎材 정도로 간단히 표로 분류해 놓았다. 그리고 부록으로 목차, 신출한자 표, 단원 내용의 출처 등을 정리해 두었다. 이 같은 형태의 편찬취의서가 발간된 이후 일본의 여러 출판사에서 그것을 보완하는 새로운 형태의 교수법 관련 참고서를 출간한다.[6] 그 서적들은 1권부터 12권까지

5 「普通學校規程」, 『朝鮮總督府官報』, 1922.2.15.

6 대표적인 예로 동경의 目黑書店에서 발행한 『國語讀本讀方敎授の理論と實際』(1923)를

각 권에 해당하는 교수법이 300쪽이 넘는 경우도 있다.

조선총독부는 『보통학교국어독본』의 1·3·5권(1922)과 2·4·6권(1923), 7·8권(1924)을 발행하고 1925년 1월에 각 권의 편찬취의서를 합본하여 간행한다. 조선총독부에서 발행한 『보통학교국어독본편찬취의서』는 1권부터 8권까지 총설과 각설을 포함하여 권당 평균 40쪽 정도로 모두 합하면 300쪽이 넘는다. 문부성에서 발행한 편찬취의서보다 분량이 훨씬 많지만 체제가 완전히 다르다. 이는 '교사용 자료'로 활용되었을 가능성이 큰데, 각 권의 총설總說에 분량, 재료, 문자, 교재의 배열, 교수에 관한 편찬자의 희망 등이 서술되어 있고, 각설各說에는 각 단원의 내용과 편찬 의도, 교육의 방법 및 주의 사항이 서술되어 있기 때문이다. 또한 이 책은 국어독본의 간행 취지가 기록되어 있어 언어 교육의 방향과 수준을 통괄한다. 이 때문에 편찬취의서는 '조선교육령'과 『보통학교국어독본』 사이에 놓여 법령의 문면에 다 드러내지 못한 국가적 이념과 교육 내용 및 방법을 상세히 기록해 놓은 인상을 준다.

이 장은 다음과 같은 질문에 근거한다. 조선총독부가 이민족의 국어 교육에 대해 가지고 있는 이상적 상은 무엇인가. 이민족에게도 쉽게 일본어를 학습할 수 있도록 간행한 국어독본은 어떻게 조선인에게 적합한 형태를 취했을까. 국어 교과서를 통해 국가적 사상과 아동의 심정은 어떻게 결합하는가. 편찬취의서나 교과서는 조선총독부가 의도한 교육적 목적을 실현할 수 있었는가. 이 장에서는 제2차 교육령기 『보통학교국어독본』과 『보통학교국어독본편찬취의서』를 기본 자료로 삼는다. 이를

들 수 있다.

토대로 조선총독부 발행 교과서에 투영된 이데올로기를 분석하고, 법령과 교과서 사이에서 실제적 법의 역할을 했던 취의서를 바탕으로 조선인에게 효과적으로 일본어를 학습시키기 위해 시도된 교육 방법은 무엇인지 고찰한다. 이를 통해 조선교육령 — 편찬취의서 — 보통학교 국어독본 사이에 존재할 수밖에 없는 '균열'의 가능성을 드러낼 것이다.

2. 조선인이 일본어를 국어로 학습하기 위한 조건

조선총독부는 『보통학교국어독본편찬취의서』의 서언에 가타가나와 히라가나가 제시된 방식, 신출 한자의 수가 문부성 저작의 『심상소학국어독본』에 준거하여 고학년과 저학년에 따라 조절된 점을 언급한다. 각 권의 총설을 보면, 조선 학생들이 교과서로 활용한 『보통학교국어독본』이 문부성 편찬의 『심상소학국어독본』의 각권과 많은 부분 동일하게 기획되었음을 알 수 있다. 또한 문체의 경우 권6 이하는 구어체로, 권7 이상은 문어체를 더해 서술했음을 밝혀 『보통학교국어독본』이 구어의 숭경체崇敬體[7]와 상체常體의 학습을 중심에 두고 있음을 보여준다. 이 부분은 내지의 교육과 조선의 교육에서 차별성을 없앤다는 제국의 정치적 의도를 가시화하고, 동화정책을 실제 교과서에 적용한 사례라

7 숭경체(崇敬體)는 자신보다 나이가 많은 사람을 대할 때, 경의를 표시하는 문체이다. 동년배보다 나이가 많은 사람을 대하는 경우가 많은 아동들에게 숭경체를 가르쳐 적응시키려는 인식이 있었기 때문에 일본의 제1기 국정독본 단계에서부터 숭경체의 문장이 산견된다. 邢鎭義, 「近代日本における「國語」構築と「口語」概念の發生」, 一橋大學大學院博士學位論文, 2004, 82면.

할 수 있다. 선행연구에서 밝힌 것처럼 조선총독부는 조선의 교과서에서 대만식 발음과 일본 문부성 교과서 표기 방식을 절충한 독자적 표기법을 시도했다.[8] 또한 내지의 국어독본이 역사적 가나 표기였던 것과 달리, 조선의 국어독본은 표음적 가나 표기법에 따라 간행되었다.[9] 그리고 『보통학교국어독본』의 재료를 내지인의 취미・풍속・습관 등에 관한 것뿐 아니라, 조선아동의 생활에 가까운 것에서 채용한다. 여기에는 일제의 동일화와 차이화라는 이중의 교육적 전략이 작동한다.

교과서 간행에서 일어난 일련의 선택과 배제의 과정은 차이화・방어・고착화・위계화의 양식으로서 식민 전략과 장치에 적합한 지식들을 고르는 '지식의 코디네이트coordinates'라는 접합 방식[10]을 전제한다.

---

8 김광식, 「조선총독부 편수관 아시다 에노스케와 조선동화 고찰—조선총독부 『조선동화집』과의 비교를 중심으로」, 『일본연구』 37, 중앙대 일본연구소, 2014, 108면.

9 국어독본에 사용된 역사적 가나표기와 표음적 가나표기에 대해서는 모리타 고로와 형진의의 논의를 참고할 수 있다. 森田悟郎, 「普通学校国語読本の仮名遣」, 『文教の朝鮮』 128, 1936, 137~145면; 邢鎭義, 「近代日本における音聲中心主義と假名遣」, 『日本語教育』 42, 韓國日本語教育學會, 2007, 105면. 가나즈카이는 일본어를 일본 문자인 가나로 표기하는 법칙으로 일본어의 전통 규범에 따른 표기법인 역사적 가나즈카이와 발음에 근거한 표음식 가나즈카이로 나눌 수 있다. 일본의 경우 근대국가 시스템의 매개 언어로서 '국어'를 구축하는 과정에서, 음성언어를 중심으로 표준어를 제정하고 언문일치 문장을 확립하는 등 일련의 '국어' 개혁을 이끌면서 표기법에서도 일본어 전통의 표기법으로 여겨지던 역사적 가나즈카이를 발음에 근거한 표음 가나즈카이로 개정할 것을 시도한다. 표준어 제정이나 언문일치체 문장 확립은 큰 무리 없이 진행되었으나 가나즈카이에 한해서는 일본어의 전통으로 여겨지는 역사적 가나즈카이를 주장하는 세력의 힘이 컸기 때문에 1946년 '현대 가나즈카이'가 시행되기까지 표음식 가나즈카이는 여러 차례에 걸쳐 개정되면서 실제로 시행되지는 못했다. 그러나 같은 시기 식민지조선에서의 '국어(일본어)' 정책은 일본에서와는 달리 처음부터 표음식 가나즈카이를 시행했다. 조선에서의 '국어(일본어)' 교육은 '국민정신이 깃드는 곳'이라는 이념 하에 동화정책의 일환으로 실시되었는데, 그 과정에서 전통이라고 여겨지는 역사적 가나즈카이가 아닌 일본어의 음을 그대로 옮긴 표음식 가나즈카이가 채용된 것이다. 이것은 문자가 아닌 음성의 공유를 통해 국민으로서의 연대감을 갖게 하는 것을 목표로, 근대 일본의 '국어' 구축을 이끌었던 '국어' 개량론자 우에다 가즈토시의 언어관에 기인한 것이다.

10 호미 바바, 나병철 역, 『문화의 위치』, 소명출판, 2003, 158~159면.

조선인이 일본어와 국가사상을 습득하기 위해 필요한 문체, 소재, 양식들을 가려내고, 조선적인 것과 일본적인 것을 하나의 국어(일본어) 교과서 안에 봉합하는 작업이 필요한 것이다. 그리고 국어 교과서는 조선의 역사와 문화를 제국의 관점에서 고착화하는 정형화stereotype[11]를 거친다. 교과서는 문화적·역사적 차이들을 인정하면서 부정하게 하는 장치로 기능한다. 여기에서 중요한 것은, 식민 정치의 실행과 그 전략적·담론적 고착화의 구성에서 모순과 이질성이 촉진적인 역할을 한다는 점이다. 일시동인의 이념하에 일본, 대만, 조선에서 각기 다른 '국어 교과서'가 만들어지는 모순과 이질성은 교육과정에서 끊임없이 남을 수밖에 없다. 이처럼 제국과 식민지 사이의 완전한 동일화가 불가능하기에 정형화는 더욱더 조장된다. 식민 통치의 필연성이나 식민주의의 책략은 문명화와 같은 개량주의 이데올로기와 근대적 교육체계 및 지식과 같은 과학의 병존 속에서 정당화된다.

제2기 『보통학교국어독본』의 편찬을 담당한 사람은 조선총독부 학무국 소속 교과서 편수관 아시다 에노스케芦田恵之助, 곤도 도키지近藤時司, 아소 이소지麻生磯次, 교과서조사위원회 위원 야마구치 기이치로山口喜一郎, 오우치 이노스케大内猪之介 등이었다. 아시다는 1899년 동경고등사범학교부속소학교 교사가 되어 1917년부터 문부성 국정교과서 편찬에 참여한 후, 1921년 10월부터 조선총독부 학무국 편집과 편수관으로 임명되어 1924년 4월까지 근무했다.[12] 곤도는 1917년 4월부터 1923년까지 대구고등보

---

11 위의 책, 146면.

12 김광식, 「조선총독부 편수관 아시다 에노스케와 조선동화 고찰－조선총독부 『조선동화집』과의 비교를 중심으로」, 『일본연구』 37, 중앙대 일본연구소, 2014, 109면.

통학교 교유教諭로 지내다가 1923년부터 1924년 사이 조선총독부 학무국 편집과 편수관으로 일한다. 그리고 1925년부터 경성제국대학 예과 교수로 재직하며 조선의 민속문화와 관련한 자료를 수집하고, 1929년에는 『사화전설조선명승기행史話伝説朝鮮名勝紀行』(博文館)을 간행한다. 아소는 1922년 3월부터 1924년 사이 조선총독부 학무국 편집과 편수관으로 일하고, 1924년 4월 일본으로 돌아가 교사 생활을 하다가 1928년 4월 경성제국대학 법문학부 조교수로 임용되어 다시금 조선에 건너온다. 보통학교 국어독본 편찬자로 아시다의 역할이 크게 부각되지만, 앞서 언급한 곤도와 아소 이 외에 편찬에 관여했던 이들은 모두 교사 생활을 하다가 조선총독부 편수관이나 교과서위원회 위원이 된 인물들로, 조선의 학계에 큰 영향을 미쳤다. 야마구치, 오우치 역시 교과서 간행 이후 각각 경성고등보통학교 교장, 경성의학전문학교 교수로 일한다.[13] 이들은 자신의 교육 경험을 토대로 조선의 국어 교수법을 비판하고, 학생의 자발적 학습 태도를 유도하는 일본의 국어 교수법을 역설한다.

> 배우려고 하는 마음에서부터 자학(自學)의 길이 열린다. (…중략…) 언어의 교수(教授)가 주입에 빠져 연습이 기계적으로 되면, 자발적 학습태도를 해칠 우려가 있다. 조선의 국어 교수는 이 점에서 십분 반성하지 않으면 안 된다.[14]

---

13 교과서 편찬자들의 이력은 『朝鮮總督府及所屬官署職員錄』과 『朝鮮人事興信錄』의 자료를 연도별로 정리한 것임을 밝혀 둔다. 朝鮮總督府, 『朝鮮總督府及所屬官署職員錄』, 朝鮮總督府, 1918~1943; 貴田忠衛, 『朝鮮人事興信錄』, 朝鮮人事興信錄編纂部, 1935, 9~187면.

14 朝鮮總督府, 「總說」, 『普通學校國語讀本卷一編纂趣意書』, 朝鮮印刷株式會社, 1925, 3~4면. 이하 취의서에서 인용된 일본어 원문의 한국어 번역은 저자의 직역에 의함.

편찬자는 취의서에서 일본과 조선의 국어 교수 방법을 비교한다. 그에 따르면, 일본의 국어 교수는 '문자의 교육'에 노력한다. 그 방법은 "한 단원에 대해서 1. 내용의 정리, 2. 말의 연습, 발음의 교정, 3. 문자의 교수, 4. 읽는 방법 쓰는 방법의 연습, 5. 응용이라는 교수의 순서에 따른다."[15] 그러나 "조선에서는 말의 교수에 무게를 두어서 문자의 습득은 받아쓰기書取에 따른 자학自學으로 할 수밖에 없다. 따라서 1. 교재에 관한 말하기 방법(―실물・표본・회화 등을 관찰시키면서) 2. 말의 교수, 발음 교정 및 연습, 3. 문자의 교수, 4. 읽기 방법 쓰기 방법의 연습 등의 순서"에 따른다.[16] 교과서 편찬자들은 조선의 교수자가 스스로 적당한 교육 순서를 공부해야 한다고 주장한다.

실제 교육 체험을 지닌 교과서 편찬자들은 한 학급의 아동이 학습한 것이 동일하기 어렵다는 점을 전제한다. 이는 교육의 상대성을 의미한다. 편찬자는 학생이 "가령 오해하고 있는 것이 있어도, 시정에 시정을 반복해서 진정한 의의를 깨닫는 것이며, 우리가 가진 어의語義도 모두 이 방법을 밟아서 학습된 것"[17]이라 말한다. 교육령이 학습자 전체에 대한 교육적 효과를 단일한 수준으로 서사화했다면, 취의서는 학습자의 개별성이나 언어 교육에 내재된 오해의 가능성을 외연화한다.

제2기 『보통학교국어독본』에는 '연습문제'가 없다. 이는 제1기 국어독본과 제2기 조선어독본 사이의 차이이다. 연습문제의 부재가 제2기 국어독본 편찬 준비 과정의 미흡에서 기인한 것이 아닌가 추측할 수 있으

15 위의 책, 4면.
16 위의 책, 5면.
17 위의 책, 5면.

나, 제3기 『보통학교국어독본』에도 연습문제가 생략된 점을 미루어볼 때, 교과서 급조에서 원인을 찾기는 어렵다. 오히려 문부성에서 발행한 국어 교과서의 체제와 교육 방침이 조선총독부 발행 국어 교과서의 간행에 영향을 미쳤을 가능성이 높다. 제2기 『보통학교국어독본』의 저본이 된 문부성 발행 『심상소학국어독본』에도 연습문제가 없고, 문부성에서 1930년대에 발행한 『소학국어독본』에도 연습문제는 없기 때문이다.

제2기 『보통학교국어독본』의 편찬자는 이 부분에 대해 다음과 같이 말한다. "연습의 과가 이 독본에는 없다. 신자新字가 없는 과에서도 내용은 독자적인 상想이 있다. 독자적인 상을 읽는 체험은 연습이 아니다. 그런 생각 때문에 연습의 과를 두지 않았다."[18] 편찬자는 익숙한 단어만으로 이루어진 자료를 읽을 때에도 그 자료를 읽는 이에 따라 의미가 달라질 수 있음에 주목한다. 이는 모범 답안의 획일성을 비판적으로 바라보는 시각이다. 편찬자는 언어를 학습하고, 그것을 단순히 응용문제로 푸는 과정이 오히려 국어 교육에 방해가 되기에 작자의 내면과 독자의 내면을 동일시하는 데까지 나아갈 것을 강조한다. "작자와 같은 경우·사정이 되어서 어語, 구句, 문文을 맛보는 데까지 도달하는 것이 좋다. 이 일이 충분히 되기 전에 응용에 마음을 쓰는 따위는 무익하다. 이 불순한 생각 때문에 국어 교수가 방해받는 일이 적지 않다."[19]는 내용에 편찬자의 견해가 집약되어 있다.

국어 학습은 모범 답안을 만들어내는 연습이 아니라 주체적인 생각의 체험에 있다는 그의 의식은 과거의 국어독본에서 찾아보기 어려운

---

18 위의 책, 6면.
19 위의 책, 6면.

부분이다. 당대 학생들이 교육제도 안에서 '주체성', '문학적 감성', '근대적 글쓰기'라는 것을 자각했다면, 거기에는 모어인 조선어 교육뿐 아니라 일본어 교육의 영향이 크게 작용했을 것이다. 교육정책상 조선어 교육과 일본어 교육은 대척 관계에 놓인 것으로 이해되었다. 그러나 언어 교육의 수용 과정과 그 효과를 고려할 때, 두 언어의 상호보완적 가능성을 전제할 필요가 있다. 일본어 시간에 이루어진 교수법은 학생들의 조선어 읽기와 쓰기에 영향을 미칠 수 있기 때문이다.

근대 조선의 국어독본이나 조선어독본을 읽을 때, 놀라운 것은 그 내용의 방대함이다. 위에서 인용한 교육령의 일절[20]에서 알 수 있다시피, 내용의 방대함을 무시할 경우 국어는 그 자체의 효력을 상실하게 될 위험을 안고 있다. 국어독본이 다양한 지식 영역을 언어 학습에 차용한다는 것을 감안할 때, 교과서 편찬자는 국어 교과를 가르치는 교사의 이상적인 모습을 어떻게 상정하고 있을까. 제2기 『보통학교국어독본』 1권의 삽화에서 교사는 양복을 단정하게 입고 학생과 대화를 나누는 모습으로 등장한다. 학교나 수업 내용을 소재로 삼은 다른 권의 독본에서도 교사는 학생들의 이야기를 듣고, 그에 대해 자신의 견해를 발화하는 모습으로 나타난다. 권8의 7과 「도서관圖書館」에서도 마찬가지다. 이 단원은 학생들이 학급 도서관을 만드는 과정을 담고 있다. 학생들은 전학간 학생의 자리에 여러 가지 책을 넣어 두고, 읽고 싶은 사람은 읽고 가져다 놓을 수 있도록 규칙을 만든다. 학생들 스스로 책을 모으는 과정에서 느끼는 즐거움과 보람이 담긴 글로, 학교를 구성해가는 학생들을

20 "아동의 심정을 쾌활 순정하도록 하기 위해서 그 재료는 수신, 역사, 지리, 이과 기타 생활에 필수적인 사항을 선택하여 취미가 풍부해지도록 해야 한다."

그린 미담이다.

취의서를 통해 이 단원을 재독하면, 교수자-학습자의 관계가 확대되어 보인다. 편찬자는 "학급을 하나의 작은 사회로 본다면, 여기에서 발견할 수 있는 사회적 사상事象의 맹아는 대단히 많다"[21]고 말한다. 그리고 그는 이 단원을 다룰 때 "아동에게 그 소감을 말하게 하고, 그것을 모방하여 도서관을 개시할 때까지의 계획에 도달할 수 있게" 지도하라고 권한다. 이 단원의 내용은 학생에게는 스스로 도서관을 만들고 운용하는 것의 의의를 사유하게 하고, 교사에게는 학생의 자율성을 도모하는 방법을 깨닫게 한다. 도서관을 어른의 전유물로 인식하지 않고, 더 나은 도서관을 열망하는 과정에서 학생과 교사의 '역량'은 재발견된다. 편찬자는 이 단원의 내용이 동경고등사범학교 부속 소학교에서 실제 본 것이라 덧붙인다. 그리고 "교사가 칭찬과 비난의 말을 마음대로 하면 실행을 강권하는 것이 되어버리므로, 아동의 창조를 기대하는"[22] 입장에 서라고 당부한다. 실제 사례임을 알리는 말에 덧붙은 조심스러움은 무엇에 기인하는 것일까. 그것은 역으로 조선인 학생과 일본인 교사 사이에 존재하는 위압감을 드러낸다.

제국의 교사가 식민지 아동의 동화를 유도하는 데에는 각고의 노력이 필요하다. 편찬자가 취의서의 서두에 강조한 '자학自學'의 중요성은 교사에게도 예외가 아니다. 권6의 13과 「교토」는 숙부와 내지의 교토로 여행을 떠난 학생의 기행문이다. 글에는 옛 도읍지를 걸으면서 경험한 재미, 황궁 앞에서 느낀 경외감, 조선과의 풍속적 유사성을 떠올리

---

21 朝鮮總督府, 『普通學校國語讀本八編纂趣意書』, 朝鮮印刷株式會社, 1925, 8면.
22 위의 책, 8면.

게 하는 가모강 동쪽(오하라 지방) 여인에 대한 인상[23]이 두드러진다. 이 단원은 국어독본이 지속적으로 환기하는 내선일체의 이념과 연결되어 있다. 학생들이 그것을 자연스럽게 받아들일 수 있도록 기행문과 대화체를 차용했다. 이 단원에 대한 취의서의 내용을 보면 편찬자는 내지문화에 대한 학습의 중요성을 강조하면서도 식민지 아동에게 제국의 역사를 학습할 근거를 마련하는 일의 곤란함을 드러낸다. 그리고 학생의 역사의식을 고취하는 교수자가 되기 위해 교사 역시 공부가 필요하다고 강조한다.

취의서에서 편찬자는 "조선 아동에게 내지의 역사를 학습할 소지를 만드는 것은, 몹시 공부를 요하는 일이다. 교수자는 교토의 지도, 그림엽서 등에 의거해, 이 여행기를 읽는 상상을 도울 수 있도록 준비하는 것이 좋다"[24]고 기록해 두었다. 이 같은 문장은 식민지 조선인에게 제국의 언어와 역사를 가르치는 어려움을 그대로 노출한다. 교과서 편찬자 스스로 식민지인의 언어 교육에서 가장 필요한 전제는, 자신이 가르치는 아동이 일본인이나 조선인이 아니라 '일본인이 될 수 있는' 가능태라고 인식하는 태도임을 보여주는 대목이다. 이는 교육령이나 교과서에서는 찾아볼 수 없는 부분이다.

---

23 숙부는 "저 여인네들을 보면 조선이 떠오르지? 저 풍속은 조선에서 전해졌을지도 몰라. 여름날 아침에 예쁜 화초를 키에 담아 머리에 인 시골 여인네가 꽃을 팔고 다니는 모습은 마치 그림 같구나"라고 하셨습니다. 朝鮮總督府, 김순전 외역, 『보통학교국어독본』 2, 제이앤씨, 2014, 191면.

24 朝鮮總督府, 『普通學校國語讀本卷六編纂趣意書』, 朝鮮印刷株式會社, 1925, 18~19면.

3. 감정 교육과 심정의 발현

1) '마음의 발달' 론에 개입된 교육적 당위성

『보통학교국어독본』에는 학생의 글, 편찬자의 경험을 반영한 글, 실제 인물의 일화가 많은 비중을 차지한다. 이것은 실제 있었던 사건, 그때 느낀 생생한 감정을 토대로 학생들의 감정 교육을 실시하는 자료로 활용된다. 취의서는 교과서의 글을 읽는 과정에서 교수자의 역할과 그것의 교육적 효과를 추론하는 데 도움을 준다. 특히 국어독본의 교수법이 이야기를 통한 교훈보다는 단어가 가진 '정취', 사건에 대한 '감상', 주인공이 느낀 '행복'과 같은 감정을 '상상'하도록 지도하는 방식을 취한다는 점은 매우 주목할 만하다. 국어독본의 문면으로는 국가사상이 강하게 개입된 텍스트에 대해서도 취의서에서는 '인간 보편의 신앙심'이나 '인정'에 호소하는 경우가 많다.

권3의 18과 『빨간 구슬赤い玉』은 딸기와 앵두를 빨간 구슬에 빗대어 지은 시이다. 딸기와 앵두가 빨갛게 익기를 기다리는 어린 아이의 간절한 마음이 투영된 작품이다. 취의서를 보면, 이 작품을 통해 보여주려는 것이 대상을 보고 상상하는 행위와 상상을 하는 작자作者임을 알 수 있다. 편찬자는 딸기와 앵두를 보고 빨간 구슬에 비유한 작가의 상상력을 언급하며, "이런 상상은, 작자가 상정하는 것에 따라 얻을 수 있다"[25] 고 환기한다. 그리고 그 상상의 중심에는 "兒童의 心"이 놓인다. 권4의 3과 「산에 외로이山にぽっつり」 역시 무덤을 보고 무덤의 심정을 추측한

25 朝鮮總督府, 『普通學校國語讀本卷三編纂趣意書』, 朝鮮印刷株式會社, 1925, 25면.

아동의 감상感想을 반영한 운문이다. 취의서에는 이 작품이 '동요'이며, "마음에 있는 것으로 시를 쓰는 것을 아동에게 알려 주는"[26] 데 취지가 있다고 기록되어 있다. 학생들은 시를 읽으며, 대상을 다른 것에 비유하고 사물의 마음을 상상하는 능력을 기르게 된다. 그리고 자신의 상상에 따라 대상이 다르게 살아날 수 있음을 깨닫게 된다. 교과서 편찬자는 시 읽기 수업을 통해 아동이 세상을 변화시키는 가장 큰 힘을 가진 주체임을 부각한다.

국어 수업이 지향하는 바를 반영하듯, 『보통학교국어독본』에는 학생의 글이 수록되어 있다. 권4의 21과 「동그란 모자를 쓴 사람ムルイボウシノ人」, 권6의 9과 「귤 장수みかんや」, 권6의 24과 「걱정心配」, 권7의 14과 「낚시釣」가 대표적인 예다. 각각의 작품에는 노인에 대한 어린 아이의 걱정, 큰 귤을 갖고 싶어 하는 동생의 욕심과 형의 배려심, 아버지의 무사귀환을 비는 아들의 마음, 두 명의 낚시꾼을 관찰하는 아이의 순진한 시선이 잘 드러나 있다. 대상에서 어떤 의미를 찾기보다는 자신의 솔직한 심정을 꾸밈없이 드러내거나 자신이 관찰한 대상을 있는 그대로 묘사하는 태도가 두드러진 글들이다. 취의서를 보면 이 글의 원작자가 각각 "동경의 심상 3학년생",[27] "조선 아동",[28] "내지의 심상4년생",[29] "보통학교의 4년생"[30]임을 알 수 있다. 교사의 이력을 가진 편찬자들이 과거에 가르쳤던 학생의 글을 수집, 정리하여 수록했을 가능성이 크다.

---

26 朝鮮總督府, 『普通學校國語讀本卷四編纂趣意書』, 朝鮮印刷株式會社, 1925, 6면.
27 위의 책, 23면.
28 朝鮮總督府, 『普通學校國語讀本卷六編纂趣意書』, 朝鮮印刷株式會社, 1925, 13면.
29 위의 책, 32면.
30 朝鮮總督府, 『普通學校國語讀本卷七編纂趣意書』, 朝鮮印刷株式會社, 1925, 19면.

학생의 글이 수록된 이유는, 편찬자가 보기에 그 작품이 좋은 글의 요건을 갖추었기 때문일 것이다. 공통적으로 언급된 것은 작자의 마음이나 작자가 속한 집단의 감성이 잘 반영되어 있다는 점이다.[31] 「동그란 모자를 쓴 사람」에 대해 편찬자는 "학생의 글이지만, 그간의 마음을 대단히 잘 표현했다"고 평한다. 그리고 그는 교수자가 아동에게 반복적으로 통독을 시켜 스스로의 생활에서 강하게 여운을 남긴 바를 말해보게 하는 것이 좋다고 권고한다. 그 후에 그것을 자연스럽게 "작문綴り方"으로 인도하면 된다고 안내한다. 「귤 장수」는 기존 연구에서 '자본주의 경제 체제에 속한 개인의 합리적 계산 정신의 내면화를 강조'[32]한 글로 언급된 바 있다. 교과서 편찬자는 이 글에 대해서 "아동은 사회의 실상에 접촉하여 그것을 글로 써서 응시하며 인생을 이해하고, 살아가는 방법을 깨닫는다"고 말한다. 그는 이 과를 가르칠 때에는 이야기의 중심에 있는 아이와 귤 장수 그리고 형의 "마음"을 충분히 이해시켜야 한다고 강조한다. 「걱정」에 대해서도 순진한 작자의 마음을 알게 하고 아동의 일상생활 중에 흡사한 사실이 있다는 것을 생각하게 하여, 반성의 재료로 삼아야 함을 강조한다.

여기서 알 수 있는 것은 국어독본의 편찬자가 독서와 그에 대한 감상을 작문의 단계로 연계시킨다는 점이다. 학생들은 모범적인 글을 반복적으로 읽으면서 자신의 마음을 돌아보고, 그것을 글에 투영하는 연습을 하게 된다. 이는 "읽기, 말하기, 글짓기, 쓰기는 중요한 요소에 따라"

31 권7의 14과 「낚시(釣)」에 대해서 교과서 편찬자는 "조선정미(朝鮮情味)가 풍부한 글"이라 평했다.

32 방은수, 앞의 글, 257면.

연계할 수 있다는 조선교육령의 내용이 교육장에서 실천되는 양상을 보여준다. 자신의 학년에 따라 비슷한 나이의 아동이 쓴 글을 읽고, 그것을 모방하는 과정을 거치며 학생들은 마음의 성숙이나 내적 발달이라는 것을 생각할 수 있다.

우리는 교과서의 글을 통해 편찬자가 강조하는 '작자의 마음'이라는 것에 대해 생각해볼 필요가 있다. 이 글들에 개입된 아동의 마음은 '진정성authenticity'[33]에 토대를 둔다. 진정성은 진짜, 진심, 본래성 등으로 해석될 수 있다. 교과서 편찬자가 아동의 글에서 강조하는 것은 '본래성'에 가깝다. 진정성이 말하기와 글짓기라는 언어 행위와 연동되면 '진심'과 '진짜'의 의미까지 추궁당하게 된다. 가령, 오늘 있었던 일에 대한 나의 '말'이 '일기'로 기록되는 순간의 문제와 비슷하다. 진정성은 세상을 논하는 방식이며, 우리가 타인・세계・사물과 맺는 관계에 대해 판단하고 주장하고 선호를 표현하는 방식이다. 그러나 그런 판단, 주장, 선호는 어떤 실체적 속성을 가려낼 수 있는 것이 아니다. 식민지의 국어 교육에서 '진정성'이 강조되었다면, 그것은 진정성과 관련해 일종의 이데올로기가 작동하고 있기 때문이다. 그 핵심에는 국가주의가 자리한다. 국가 발전을 위한 식민지 문명화의 과정 속에서 감성의 문제가 호출되었기 때문에 마치 인간의 마음 역시 발달 단계를 거쳐 진보 가능한 것처럼 그려질 수 있는 것이다.

권3의 23과 「세 아이」는 내면의 성장을 알기 쉽게 이야기로 풀어서

---

33 이 장에서 사용하는 '진정성'이라는 개념과 그것의 허구성에 대한 비판적 관점은 앤드류 포터의 논의에서 차용한 것임을 밝혀 둔다. 앤드류 포터, 노시내 역, 『진정성이라는 거짓말』, 마티, 2016.

보여준 단원이다. 이 글에는 신을 만난 세 명의 소년이 등장한다. 신이 소원을 들어주겠다고 하자, 한 아이는 과자를, 한 아이는 장난감을, 한 아이는 선생님께 배운 바를 완전히 알게 되는 것을 소원으로 말한다. 앞선 두 아이가 소원 성취에 따라 괴로움을 느낀 것과 달리, 마지막 아이는 그 앎의 기쁨이 지속되기를 소원한다. 이 단원은 배움의 행복과 그것의 지속성을 강조한다. 취의서에서는 그것으로부터 더 나아가 아이들의 소원이 모두 인간의 소원이자 "마음의 발달" 단계라고 설명한다.

> 선생에게 배우는 것에는 한계가 없다. 잘 알면 알수록 자신의 마음이 발달한다. 그 기쁨은 끝끝내 멈추는 바가 없다. 세상 안의 모든 일은 인간에게 신의 손으로 보여주는 교재이다. 그것을 모두 이해하는 것이 가능하여, 마음의 발달이 멈추는 바가 없으면 얼마나 유쾌할 것인가. 세 아이의 소원은 모두 인간의 바람이다.[34]

편찬자는 인간 내부에 존재하는 욕망을 인정하고, 그것에는 단계가 있음을 언급한다. 상상이나 마음心은 아동에게 한정되지 않고 인간 본연의 문제로 확장된다. 그 과정에서 배움이나 교육은 당위성을 획득한다.

권5의 1과 「조회朝會」는 학교에서 매일 아침 수업 전에 실시하는 조회에 대한 아동의 감상을 담고 있다. 화자는 교장 선생님의 훈시가 매일 똑같지만 자신은 매일 새로운 말을 듣는 듯한 느낌이 들어 그것을 할아버지께 말씀드린다. 할아버지는 손자의 말에 그것이 교장 선생님

34 朝鮮總督府, 『普通學校國語讀本卷三編纂趣意書』, 朝鮮印刷株式會社, 1925, 30면.

의 덕망이 높기 때문이라고 알려준다. 이 단원은 근대 조선의 학교에서 실시되는 조회의 교육적 효과를 미화한 것으로 이해된다. 취의서에서 이 단원에 대해 강조하는 것은, 어린 학생들이 이해하기 어려운 "아름다운 마음이 되다", "덕이 높다"와 같은 추상적인 개념을 학습하는 과정에서도 교사가 "분석적으로 해설을 시도해서는 안 된다"[35]는 점이다. 교과서 편찬자는 교사의 설명을 일방적으로 주입하기보다 어린 학생들이 이해하기 어려운 말일수록 마음으로 느낄 수 있도록 해야 한다고 주장한다. 국어 시간의 언어 교육이 암기나 설명보다 '감성적 교화'에 의해 이루어지고 있음을 보여주는 부분이다. 이는 조회와 같은 집단 활동이나 교장의 위상이 강압적으로 이해될 때 초래할 수 있는 부작용을 완화하기 위한 교수법이기도 하다.

현존하는 인물의 실제 사건을 다루는 것만큼 학생들의 감정 교육에 탁월한 방법도 드물다. 학생들이 직접 접하는 것은 교과서이지만, 그것을 어떻게 전달하느냐에 따라 반응의 진폭은 달라질 수 있다. 일본 헤이안 시대의 무장 미나모토 요시쓰네와 관련된 사건을 다룬 6권 10과의 「떠내려가는 활弓流し」과 일중日中 친선 비행 중 추락사를 면하고 살아난 비행사와 관련된 사건을 다룬 권8의 26과 「하늘을 헤매다空に迷ふ」가 그 대표적 예다. 전자는 일본 무사의 중요한 덕목을 강조한 글이다. 후자는 일본 비행사의 애국심과 일본-중국 사이의 친연성을 부각한 글이다.

교과서의 편찬자는 두 단원 모두 생사를 초월한 일본인의 위대함에 방점을 두어 읽으면서도 두 인물의 일화를 일본인이 아닌 인간의 문제로

35 朝鮮總督府, 『普通學校國語讀本卷五編纂趣意書』, 朝鮮印刷株式會社, 1925, 6면.

확장하여 의미 부여한다. 「떠내려가는 활」에서는 일본 무사의 진수는 수치를 아는 것에 있으며, "수치라는 것은 시대에 따라 차이가 있을 수 있어도 수치를 안다는 것은, 즉 명예를 아낀다는 것은 어느 때 어느 곳이라도 중요한 점"이라고 강조한다. 이 단원의 교육적 가치는 수치恥라는 단어의 일반적 의미를 학습하는 것이 아니라, 자존심의 소중함을 알고 부끄러움을 느낄 줄 아는 마음의 절대적 중요성을 인지하는 데에 있다.

「하늘을 헤매다」는 1921년 9월 27일부터 시행되었던 일중 친선 비행에서 방향을 잃고 추락 직전에 중국인 촌장의 도움으로 살아난 비행사의 심경으로 채워져 있다. 취의서에서 교과서 편찬자는 이 내용이 '1922년 1월 자신이 비행사 오자와小澤 하사관을 면회하여 사실과 감상을 적어 온' 것이라 밝힌다. 그리고 그는 오자와가 최후에 "생사를 초월해서 신격神格을 가진 것"이라 말한다. 이는 일본의 신도神道와 연결하여 이해할 수 있는 부분이다. 그러나 편찬자는 이야기의 방향을 일본인의 충성심만으로 한정하지 않고, 인간의 초월성이나 일본-중국-조선의 민족적 관계 속에서 사유하도록 유도한다. "인간 물욕을 떠나 생사를 초월한 때의 마음을 상상하는 것, 내선지內鮮支의 관계는 지극히 근거리에 있어 깊이 결탁하지 않으면 자위自衛의 도를 잃게 되는 것, 일지日支친선은 촌장 손 씨孫氏에 의해 사실로 드러나는 것"[36]에 주의하라는 내용이 그러하다.

허구처럼 인식될 수 있는 이야기가 역사적 기록이나 근래의 인터뷰의 내용에 토대를 둔 것이라 밝혀지면, 학생들의 독서 효과는 증폭된다. 이처럼 『보통학교국어독본』은 인물의 실재성과 사건의 사실성을

---

36 朝鮮總督府, 『普通學校國語讀本卷八編纂趣意書』, 朝鮮印刷株式會社, 1925, 29면.

토대로 그 사건을 '나'와 관계 짓고, 내면화하는 과정을 기저에 둔다. 인간의 존엄성을 중심에 둔 '진정성 추구는 상실된 화합을 복구하려는 시도'[37]다. 대상을 독자적으로 느끼되 그것을 인간의 마음으로 귀결시키고, 조선과 일본의 역사적 문화를 배우되 그것을 하나의 뿌리로 이해시키려는 교육적 발상 역시 그 시도의 일환이다.

2) 조선인이 조선(인)을 일본어로 학습하는 마음

『보통학교국어독본』에는 조선을 소재로 삼은 단원이 많다. 조선 아동에게 친숙한 것을 토대로 일본어를 학습하게 하려는 의도가 개입된 결과다. 조선의 지명에 대해 다루는 권5의 2과 「조선朝鮮」은 조선 지도를 바탕으로 큰 강과 산, 교통의 요지, 산물 등을 간단하게 설명한 글이다. 이 글에 대해 교과서 편찬자는 다음과 같은 교육적 의도를 밝힌다.

> 매일 발생하는 사건이, 자신과 관계 지어 느껴지는 것은, 조선의 개념이기 때문이다. 여기에 이 재료를 채택한 것은 이 뜻에서이다. 이 과는 명사가 많아서, 무미건조한 모양이 있지만, 자신의 국토라는 따뜻한 정 위에서 귀에 익은 지명의 위치를 배우기 때문에, 일종의 시적 정취가 일어날 것이라고 생각한다. 그런 마음으로 취급하는 것이 중요하다.[38]

편찬자는 지명과 산물을 암기하는 수준에서 이해하기 쉬운 단원에 대해 자기 국토를 지시하는 명사가 불러일으키는 '온화한 정', '시적 정

37 앤드류 포터, 노시내 역, 앞의 책, 20면.

38 朝鮮總督府, 『普通學校國語讀本卷五編纂趣意書』, 朝鮮印刷株式會社, 1925, 7면.

취'를 강조한다. 이것은 국어를 문학적 차원에서 사유했음을 의미한다. 조선인이 사회와 자신을 연결하여 감각할 수 있는 가장 빠른 방법이 조선에 대한 개념어를 학습하고, 그것이 불러일으키는 정취를 느끼는 것이라 할 때, 그것은 일종의 '심상지리'의 관점에서 이해할 수 있다. 단어가 각자의 방식대로 재해석되고 이미지화될 수 있다는 것. 교과서의 편찬자는 국어독본을 통해 조선의 학생들을 감성적 차원에서 국토나 사회에 연결하고자 했다.

국어독본에는 지도가 자주 등장한다. 권8의 20과 「일본해日本海」에도 조선과 일본의 사이에 위치한 일본해 관련 지도가 삽입되어 있다. 그리고 지도 보는 것을 좋아하는 화자가 '일본해'의 지리적 특성을 제시하고, 그에 대한 자신의 생각을 묘사한 글이 실려 있다. "나에게는 일본해가 자신의 것처럼 생각된다", "먼 옛날에도 이 조류에 따라 내지와 조선 사이를 서로 이주하거나 왕래했으리라 생각한다"[39]는 구절에서 알 수 있듯, 이 단원에는 조선 아동의 목소리를 빌려 내선융화의 이념을 각인하려는 의도가 집약되어 있다.

교과서 편찬자는 취의서에서 기존의 지리 교육 방법에 대한 문제제기로부터 이야기를 끌어낸다. "지리과를 기억의 학과로 취급한 여파는, 지도를 각자의 생활로 떨어뜨려 보는 안목을 양성하지 않는 폐단을 낳았다"[40]는 구절이 그 부분이다. 그는 지리 교육의 폐단을 각성하고자 내선관계에서 가장 친밀한 일본해를 다루게 되었다고 말한다. 이는 지도를 주관적으로 해석할 수 있는 가능성을 암시하며, 그것이 국어독본을

---

39 朝鮮總督府, 김순전 외역, 『보통학교국어독본』 3, 제이앤씨, 2014, 220~222면.

40 朝鮮總督府, 『普通學校國語讀本卷八編纂趣意書』, 朝鮮印刷株式會社, 1925, 22면.

통한 교육에서 시도되었음을 의미한다. 지도를 보되 사실의 암기를 넘어 주체의 관점에서 내면화할 수 있다는 심상지리의 감각이 개입된 것이다. 편찬자는 교수법을 설명할 때에도 "지도를 각자의 생활에 끌어들여 보는 관점을 터득"시키는 것이 중요하다고 언급한다. 그리고 그는 지도 속 일본해에 대해 '일본해의 한류와 난류가 옛날부터 내선의 교통을 돕고, 내선의 피가 그에 따라 혼화混和된 것'이라 표현한다. 결국 편찬자에게 중요한 것은 '나'의 관점에서 지도를 해석할 줄 아는가보다는 '제국'의 관점에서 해석할 수 있는가의 여부이다.

국어독본에 개입된 심상지리는 공간뿐 아니라 시간적으로도 확대된다. 권8의 8과 「석굴암石窟庵」은 편찬자가 석굴암을 방문한 경험을 담은 기행문이다. 석굴암에 대한 객관적, 주관적 묘사가 길게 서술되고, 신라시대의 미술을 토대로 조선문명의 뛰어남을 추측하는 면모를 보여준다. 이 단원에서 학생들은 신라시대 유물을 통해 과거를 추체험하고, 신라 사람들의 신앙심을 상상하게 된다. 다만, 이 단원은 화자가 석굴암으로부터 나와서 보는 것이 "일본해"[41]라는 점에서 신라문화의 우위성을 떠나 일본과의 관계성 속에서 조선의 문화를 인지하는 태도를 보여준다. 이는 조선 아동의 역사의식을 고취함과 동시에 신라의 문화와 밀접한 관련을 맺었던 일본을 떠올리게 하는 방식이다.

취의서에 보면 석굴암을 교과서의 재료로 채택한 이유가, "조선 민족이 신라시대에 대단한 발전을 이룩한 것을 알게 하기 위함"[42]이라고 서술되어 있다. 또한 교과서 편찬자는 이 글을 읽고 독자가 가질 수 있

41 朝鮮總督府, 김순전 외역, 『보통학교국어독본』 3, 제이앤씨, 2014, 174면.
42 朝鮮總督府, 『普通學校國語讀本卷八編纂趣意書』, 朝鮮印刷株式會社, 1925, 10면.

는 느낌에 대해서도 말한다. 그는 조선 사람들이 고요하게 선조의 작품을 응시할 때 "유쾌한 마음"을 경험하고, 신라시대 사람들이 대작을 남길 때 가졌을 "경건한 기분"에 대해 생각하게 될 것이라 단언한다. 이 단원에서 주목할 것은 석굴암을 본 화자가 불상에 매료된 상태가 길게 진행되다가 마지막에 갑자기 일본해로 마무리된 느낌을 준다는 점이다. 그러나 편찬자는 취의서에서 일본해에 대한 언급은 하지 않는다. 다음의 예시문을 보자.

> 나는 불상을 보고 이 정도 감회에 젖은 적이 없었고, 또 이 30여 개의 석상을 보았을 때만큼 좋은 느낌을 받은 적은 없었다. 이 정도의 대작을 남긴 사람의 이름이 전해지고 있지 않은 것은 아쉬운 일이다. 신라시대에 이 정도의 미술을 가지고 있었던 조선문명은 분명히 뛰어난 것이었으리라. 이런저런 생각을 하며 약수터 근처로 나왔다. 가을 햇빛은 일본해를 두루 비추고, 두세 개의 흰 돛과 대여섯 척의 어선이 보이고 있었다.[43]

> 대전에서 경성으로 돌아가지 않고, 부산으로 가서 나라를 향했습니다. 반나절 박물관에 들어가 수많은 불상을 보았습니다. 모두가 명작임에 틀림없지만, 석굴암 석가를 대하고, 관세음을 대하고, 사보살을 대하는 것 같은 그리움을 느낄 수 없었습니다. **경주는 역시 나라의 형인가, 하고 조금 섭섭함을 느꼈습니다.**[44]

위에 제시된 예문은 국어독본에 수록된 「석굴암」의 마지막 부분이

43 朝鮮總督府, 김순전 외역, 앞의 책, 173~174면.
44 芦田惠之助, 『第二讀み方教授』, 芦田書店, 1925, 134면.

다. 아래 제시된 예문은 교과서 편찬자 아시다가 1925년 일본에서 간행한 『제2독법교수第二讀み方敎授』에 서술한 내용의 일부이다. 이 책에는 그가 조선에서 국어독본을 발간하며 경험한 일들이 상세하게 묘사되어 있다. 그가 조선인에게 적합한 국어독본을 만들기 위해 조선을 여행하고 그때 조사한 것들을 어떻게 교재화했는지 보여준다. 그는 이 책에서 나라 박물관의 전시물을 보고, 경주 석굴암을 볼 때의 느낌과 비교하며 신라 예술의 우위성을 인정한다.[45] 그리고 그것에 서운함을 느낀다. 이것은 교과서와 취의서에는 생략되어 있는 심정이다. 교과서에서는 '일본해'를 비추는 경주라는 부분에서 뛰어난 신라의 문화가 일본의 문화로 포섭되어버리지만, 편찬자는 취의서에서 노출하지 못했던 일본인으로서의 심경을 드러낸다. 그것이야말로 교과서 편찬자로서 느꼈으나, 조선총독부 간행 편찬취의서를 통해서는 발화할 수 없었던 진정성의 영역이 아니었을까. 석굴암 불상의 아름다움이 편찬자에게 야기한 '이전에는 없었던 감회', '좋은 느낌', '대작에 대한 아쉬움'과 같은 감정들은 일본해의 '자연미' 앞에서 잦아든다. 자연의 절대적 아름다움으로만 봉합될 수 있는 이 같은 감정적 잔여에 대한 경험이야말로 그가 편찬취의서에서 감정 교육의 중요성을 지속적으로 환기한 이유일 것이다.

'일시동인'이라는 제국의 이념은 '신도神道'라는 신앙의 문제를 조선

45 일본인 편수관 미츠지 주조(三土忠造)가 실질적인 영향력을 행사하고, 다나카 겐코(田中玄黃) 등 일본인이 주도적으로 편찬에 참여했던 대한제국 시기의 『보통학교학도용 국어독본』(학부, 1907)의 「삼한」(5권 7과), 「삼국과 일본」(6권 2과)에도 조선이 일본에 문화를 전해준 보다 발전된 나라였다는 것을 인정한 양상이 나타난다. 그러나 일본이 조선을 강제 병합한 상황에서 발행된 『보통학교국어독본』(1912)에 수록된 신화에서는 일본이 형이고 조선이 동생이라는 일본 우위의 견해를 드러낸다. 근대 초기 교과서 간행 과정에서 일본이 조선의 역사를 왜곡한 양상에 대해서는 강진호의 논의를 참고할 수 있다. 강진호, 앞의 책, 2015, 101~105면.

인에게 내면화시켜야 한다는 점에서 교육제도를 더욱 필요로 한다. 권 8의 1과 「황대신궁皇大神宮」은 일본의 황조 아마테라스오미카미를 모시는 신궁에 대한 것으로, 일본 국민이 황대신궁에 대해 갖고 있는 존경과 신앙심을 강조한다. 독본의 내용은 조선인이 일본인과 같이 되기 위해서 갖춰야 하는 국가주의 정신의 주입으로 이해될 수 있다. 기존 연구에서도 독본 내 황조나 황궁에 대한 내용은 내선융화의 재료로 해석된다. 그러나 취의서에 보면, 황대신궁을 교과서의 재료로 선정한 이유는 "조선인을 내지인과 같은 신앙심을 갖게 하기 위함이 아니다. 일본 민족정신이 의지해온 바를 알게 하기 위함"[46]이라고 명시되어 있다. 이것은 교과서의 편찬자가 조선인이 일본인처럼 황조를 추모하는 마음을 갖기 어려움을 알고 있었음을 암시한다. 여기에는 황조를 '안다'는 것과 '신앙한다'는 것의 차이를 엄격하게 구분하되, "국민적 추모"의 대상인 황조의 존재를 알게 하는 것이 중요하다는 판단이 담겨 있다.

오히려 편찬자는 취의서에서 "경신숭조敬神崇祖는 아세아를 관통하는 사상, 융화친선의 계"라 서술한다. 그는 국가신도의 문제를 일본과 조선을 넘어 아시아의 사상으로 확장해 조선인이 제국의 종교에 대해 가질 수 있는 거부감을 소거하고자 했다. 이것은 조선인의 일본인화를 위한 교육적 전략이다. 그러나 국가신도란 메이지 정부가 권력의 정통성과 근대국가의 정신적 원류를 토착 신앙과 결부시키려 한 제도이다. 메이지 정부는 일본 고유의 신도라는 개념을 성립하기 위해 불교 등과의 혼합적 상태를 배제하고 전국의 신사를 일원적으로 관리하는 시스템을 구축하

46 朝鮮總督府, 『普通學校國語讀本卷八編纂趣意書』, 朝鮮印刷株式會社, 1925, 3면.

고자 노력하여, 천황을 정점으로 하는 국가주의적 정교 정책을 행한다.[47] 이런 맥락에서 볼 때, 교과서 편찬자가 시도한 국가신도에 대한 설명법은 일본이 근대국가의 정신적 원류로 삼았던 종교적 견고함을 스스로 와해시키는 일이라 할 수 있다. 이것은 일본이 문화통치기에 표방했던 일시동인의 정치적 이상을 실현하는 과정에서 경험한 자기모순이다.

4. 제국의 언어, 시대정신의 언어

1) 언어 학습에 개입된 오해의 가능성

국가주의나 식민주의와 같은 정치성의 문제를 중심으로 독본을 읽을 때 유의해야 할 것은, 제국이 교과서에 투영한 이념이 학생에게 관철된다는 결과론으로 귀결될 수 있다는 점이다. 그러나 취의서에 보면, 교과서의 편찬자는 이미 관과 민, 제국과 식민지인 사이에 발생할 수 있는 오해의 가능성을 염두에 두고 있다. 일방적인 지식의 전달이나 기계적인 이념의 학습은 애초부터 불가능하다는 점, 오독이나 오해는 존재할 수 있으며 오히려 이야기는 시대에 적합하게 개조될 수 있기에 새로운 해석이 필요하다는 점이 강조된다. 이것이야말로 조선에서 일본어를 국어로 학습하는 조선인에게 가장 필요한 교육적 전제였을지 모른다. 하나의 단어가 다르게 읽힐 수 있으며, 그와 같은 언어적 유연성이 '국어' 학습이 초래하는 거부감이나 이질성을 상쇄할 수 있기 때문이다.

---

47 磯前順一, 심희찬 역, 『상실과 노스탤지어』, 문학과지성사, 2014, 118면.

권2의 14과「경찰 아저씨巡査サン」는 장날에 길을 잃은 아이에게 길을 찾아주는 자상한 순사의 모습을 담고 있다. 우리가 당대의 소설이나 신문 기사에서 접하는 순사의 모습과는 매우 다르다. 취의서를 보면, 이 단원은 인민 보호의 의무를 가진 순사에게 사람들이 '반항反抗'하는 경향이 있지만 그것은 어리석은 것이라 서술되어 있다. "보호자와 피보호자와의 사이에, 이런 감정의 어긋남이 있는 것은 사회의 안녕질서를 유지한 이상, 어느 정도의 손실로 존재할지 모른다"[48]와 같은 내용에서 알 수 있듯이, 이 단원은 "관민官民이 서로 이해를 가지고 국리민복國利民福의 증진을" 도모해야 함을 강조하기 위해 구상되었다. 이 단원에서 눈여겨보아야 할 것은, 교과서의 편찬자가 관官과 민民 사이에 존재하는 '감정의 어긋남'을 포착하고, 그와 같은 '손실'을 해소하기 위한 방법으로 미아를 끌어안고 길을 찾아주는 순사의 모습을 그렸다는 점이다. 결국 이 단원은 순사에 대한 국민의 오해를 불식하기 위해, "순사에 대한 감사"와 "직무에 대한 이해"를 강조한다. 국어가 일상생활에 필요한 언어 능력 함양을 목표로 둘 때, 이 같은 단원은 식민지 국어교육에서 순사라는 직업에 대한 개념 이해를 넘어 대상에 대한 이미지를 재구성하는 과정이 불가피했음을 보여준다.

교과서에 제시된 조선의 신화와 전설 역시 조선과 일본의 관계에 대한 조선의 이미지를 재구축하는 데 활용된다. 그것은 조선인의 역사와 문화를 학습시키기 위해 교과서에 호출된 자료이면서 식민 지배를 정당화하기 위해 내선융화의 재료로 변용된 구성물이다. 1921년 학무국의

---

48 朝鮮總督府, 『普通學校國語讀本卷二編纂趣意書』, 朝鮮印刷株式會社, 1925, 14면.

내부용 문서 『현행 교과서 편찬의 방침現行教科書編纂の方針』에는 "내지 조선 간의 친밀한 관계를 보여주는 전설 사화에 주력해 이를 선택"[49]할 것을 강조하는 내용이 담겨 있다. 신화와 전설 같은 이야기는 아동의 심성과 흥미를 자극하는 요소이면서 역사의식을 고취하는 재료이다.

국어독본 권5의 3과 「삼성혈三姓穴」은 제주도의 삼성혈에 대한 유래를 담고 있는 신화이다. 취의서에는 이 신화가 "제주도의 창세기"이며, 신화는 도민島民에게 그 토지를 사랑하는 마음을 배양하고, 타지방의 사람에게 친숙함을 갖게 하기에 선택된 것이라 서술되어 있다. 그리고 편찬자는 '전설'에 대해 "오전誤傳과 개조改造는 면할 수 없는 것이다. 그러나 그 오전 또는 개조는 알든 모르든 간에, 시대정신의 영향을 입는 것이기 때문에 현대인에게는 지금 말로 전해진 전설이 최고로 적합한 것이다"라고 강조한다. 그는 교과서에 수록된 이 전설의 근거가 주로 실제로 도민이 말하는 것에 따른다고 부기했다. 전설의 전승 과정에 개입할 수 있는 변화의 가능성이나 언어의 현재성을 강조하는 이유는 이 뒤에 전개된 내용을 보면 알 수 있다.

> 제주도의 개척이 내선(內鮮)의 악수에서 시작한 것은 이 전설과 같이 모두 사실이다. 인접한 것은 서로 상조하여 함께 복리의 증진을 꾀하지 않으면 안

49 朝鮮總督府學務局, 『現行教科書編纂の方針』(1921, 7면), 김광식, 앞의 글, 2012, 90면에서 재인용. 『보통학교국어독본』에 수록된 신화, 전설의 개작 양상과 그것의 정치적 이념 문제는 김광식(2012; 2014)에 의해 논의된 바 있다. 그가 교과서 편찬자 중 아시다를 중심에 두고 조선 설화의 교과서 수록 과정을 고찰한 내용은 제2기 보통학교 국어독본 발간 정황을 이해하는 데 많은 도움을 준다. 이 장에서는 신화나 전설을 중심 자료로 두기보다 그것을 교육의 재료로 차용한 교과서 편찬자의 의도와 설화나 전설 읽기의 다양성을 국어 교육에 적용한 방식에 주목한다.

된다. 이런 의의를 가장 구체화한 것이 이 전설이다. 이 과를 취급할 때는 원시인의 생활을 상상하게 하지 않으면 안 된다. 생활을 향상하는 데에는 노력과 협력이 중요한 것을 알게 해야 한다. 사회가 점점 복잡하게 되면, 통치자·피통치자의 구분이 일어나고, 차차 발달한다는 것도 알게 해야 한다. 현대의 복잡한 국가조직을 창세기의 지극히 간단한 형태에 적용하여, 국가 발전의 정신을 알게 하는 것이 가장 중요하다.[50]

인용문에서 알 수 있듯이, 취의서의 편찬자는 제주도의 삼성혈 신화를 '내선內鮮'의 신화로 변용했다. 그는 이 신화를 바탕으로 학생들이 식민화의 당위성을 거부감 없이 받아들이도록 유도한다. 편찬자는 "원시인의 생활"에 불과했던 조선인의 삶이 "동쪽 나라에서 온 사신"[51] 덕에 "현대의 복잡한 국가조직"이나 "국가 발전의 정신"을 갖게 된 것이라 강조한다. 이때, 제주도는 화합과 협력으로 내선일체를 이룬 상징 공간이 된다. 취의서에서 강조된 전설의 변용 가능성은 '제주도 개척기'를 '내선의 창세기'로 재독하기 위해 필요한 전제이다. 취의서에 기록된 이 같은 교육적 전제는 국어독본의 행간에 은폐된 국가주의를 드러내는 동시에 서사의 정치적 읽기에 필연성을 부여한다.

국어독본의 문면에서는 읽을 수 없지만 취의서에서 일본과 조선 사이의 관계성을 강조한 양상은 '나라奈良', '석탈해昔脫解', '교토京都', '신라의 금관金の冠'을 소재로 삼은 단원에서도 찾아볼 수 있다.[52] 「석탈해」

50 朝鮮總督府, 『普通學校國語讀本卷五編纂趣意書』, 朝鮮印刷株式會社, 1925, 8면.
51 朝鮮總督府, 김순전 외역, 『보통학교국어독본』 2, 제이앤씨, 2014, 41면.
52 朝鮮總督府, 김순전 외역, 「奈良」, 『보통학교국어독본』 2, 제이앤씨, 2014, 127~131면; 「昔脫解」, 위의 책, 159~163면; 「金の冠」, 『보통학교국어독본』 3, 제이앤씨, 2014, 85~

에 실린 내용에 대해서 편찬자는 석탈해의 일대기가 한편으로는 일본해를 교통로로 삼아 고대민족과 신라의 관계를 이야기로 만든 것 같다고 언급한다. 그리고 이것이 "조선 최고의 사적 삼국유사를 근거로 한다"[53]는 점을 강조한다. 조선의 역사서에서 일본과 조선 사이의 친밀성을 추론하고, 그것을 학습의 재료로 활용했음을 부각하는 대목이다. 그러면서도 편찬자는 "사실史實같기도 전설같기도 동화같기도 하다"고 말한다. 편찬자는 사람이 알에서 태어난 일에 대해 학생들이 의문을 가질 수 있으나 그것에 대해서는 '전해진 것'임을 강조하며, "고대사가 신화적 분자를 많이 함유한 것은 엄밀히 조선에서만 나타나는 것은 아니다"라고 단언한다. 신화는 그 역사성 때문에, 조선과 일본의 친연성을 부각할 수 있는 자료이면서 사건의 실재성 여부는 중요하게 다루지 않아도 되는 이야기이다. 교과서의 편찬자는 이 같은 신화의 속성에 입각하여 학생들을 감화하려 한 것이다.

권5의 25과 「나라奈良」와 권6의 13과 「교토」는 내지를 여행한 학생의 기행문 형태를 취한다. 어린 화자는 내지의 옛 도읍지를 돌아보며, 재미있고 아름답다고 느낀 것을 간단히 정리하고 옛것에 대한 자신의 감상을 술회한다. 이것은 위에서 살펴본 전설의 역사성과 매우 밀접한 관련을 갖는다. 일본의 고도古都를 통해 일본과 조선이 고대부터 친연성을 갖고 있었음을 부각하기 위한 것이기 때문이다. 취의서에는 이 두 단원을 모두 "여행체旅行體"[54]로 쓴 이유가 기록되어 있다. '여행체가 아

87면.

53 朝鮮總督府, 『普通學校國語讀本卷六編纂趣意書』, 朝鮮印刷株式會社, 1925, 8면.

54 朝鮮總督府, 『普通學校國語讀本卷六編纂趣意書』, 朝鮮印刷株式會社, 1925, 18면.

동에게 여행의 취미를 알게 하고, 역사적 사정을 현생활에 연결짓는 것'이라는 부분이 그러하다. 편찬자는 나라의 사슴이나 교토의 오하라 지방 여자大原女가 조선 아동에게 깊은 인상을 주어 그곳의 역사 연구에 실마리가 될 것이라고 말한다.

특히 편찬자는 「나라」의 내용에 대해 신라의 영향을 받은 나라를 '불교예술'로 설명하는 것은 보통학교 아동에게는 어렵기 때문에 불교에서 강조하는 "자비의 마음"을 보여주기 위해 사람과 사슴이 공존하는 '나라'의 모습을 이야기의 소재로 삼았다고 밝힌다. 이것은 일본과 조선의 영향 관계를 직접적으로 주장하기보다는 어린 아이들이 일본의 옛 도읍지에서 "가장 아름다운 것"으로 느끼는 부분을 자연스럽게 조선의 문화와 연관 짓게 하는 방식이다. 취의서에는 경주와 부여를 여행한 편찬자의 경험을 바탕으로 교수법이 안내되어 있다. 조선의 문화에서 일본의 한 지역을 연상한 자신의 경험처럼 조선의 학생들이 일본문화에서 조선문화를 '상상'할 수 있도록 지도하라는 내용이 그것이다. "자비의 마음"을 바탕으로 제국과 식민지의 관계성을 상상하라는 것은 제국주의의 억압성을 지우는 방법이다.

백제의 옛 수도 부여를 여행하고 돌아온 아버지가 기와 조각을 주워와서 아들에게 기와에 있는 손가락 흔적에서 "옛 사람의 손을 만지는 듯한 기분"을 느끼게 하는 권6의 11과 「낡은 기와古イ瓦」도 같은 맥락에서 주목할 수 있다. 이 단원에는 '옛 사람들에 대한 그리움'이 강하게 드러난다. 『보통학교국어독본』이 가장 강조하는 것은 신라의 문화이지만, 이 단원에서 주인공의 아버지가 그리워하는 백제의 문화 역시 일본의 고대문화 형성에 막대한 영향을 미쳤다. 교과서의 편찬자는 취의서를 통

해 조선 도자기의 파편 한 조각에서도 "선조가 가지고 있었던 문화를 그리워하는 것이 가능하다"고 언급한다. 그리고 그는 "고대의 예술문화를 연구하는 것은 신시대의 예술문화를 장차 이끌기 위해 중요"[55]하기에 자신의 부여 여행 경험을 바탕으로 이 이야기를 만들었다고 덧붙인다. 이는 고대 역사를 바탕으로 한 내선 관계에 대한 공적 추론 과정에서 인간의 감정이 적극적으로 활용[56]된 양상을 보여준다.

2) 일본의 역량과 은인의 수사학

국어독본에서 조선을 배경으로 한 단원은 많은 부분 일본(인)에 의해 발전한 조선의 상황을 강조하는 내용으로 구성되어 있다. 일본인의 역량을 강조하고 일본을 조선의 은인으로 재구성할 때, 일본(어)는 진정한 학습 대상으로 거듭나게 된다. 뒤집어보면, 제국은 식민지인에게 제국의 위대함을 자기 입으로 발화하는 부끄러운 상황을 연출한 것이다. 그와 같은 고의성을 가리기 위해 교과서가 차용한 방법이 의인체나 서간체이다. 또한 교과서에는 일본인이 겪는 사건을 인류의 사건으로 확장시키는 관점이 보이는데, 그때 비로소 일본인이 제국의 폭력성을 지우고 세계인과 공존한다는 인식을 확보할 수 있기 때문이다.

권7의 11과 「가로수道路樹」는 가로수가 화자로 등장하는 의인체의 글이다. 이 단원에는 어린 나무와 크게 자란 나무의 모습을 비교하는 그림이 실려 있다. 가로수는 10년 동안 자신이 겪은 '인간의 장난질'을

55 朝鮮總督府, 『普通學校國語讀本卷六編纂趣意書』, 朝鮮印刷株式會社, 1925, 16면.

56 문학적 서사에 대한 독자의 감정과 상상력이 공적 사유와 맺는 관련성에 대해서는 마사 누스바움의 논의를 참고했다. 그는 역사와 전기 역시 독자의 내적 세계에 영향을 미친다고 언급한다. 마사 누스바움, 박용준 역, 『시적 정의』, 궁리, 2016, 31~33면.

폭로한다. 그리고 10년 전 가로수 13만 그루를 심어준 '은인'에 대해 말한다. 그 은인은 10년 전 가로수가 자라고 있는 곳의 '도지사'이다.[57] 이 글은 아동에게 가로수의 소중함을 일깨우기보다는 미래를 내다보고 가로수 심기 사업을 계획했던 도지사의 업적을 기억하는 데 초점을 맞춘다. 취의서를 보면, 이 글은 "충청북도"를 배경으로 한 것임을 알 수 있다. 취의서에는 "병합 당시의 장관 스즈키 류우鈴木隆 씨에 의한 계획"이 실현되어 "황량한 조선의 새로운 도로"가 만들어졌으므로, "이 위대한 선물에 감사해야 한다"고 서술되어 있다.[58] 교과서 편찬자는 타도他道의 각 학교에서 이 글을 읽고 자신의 지역과 비교하여 차이를 명확하게 발견할 수 있도록 지도하라고 권고한다.

이 글은 자연의 목소리를 빌려 과거 충청북도 도지사의 식수 사업을 기리고, 그를 일반인과 차별화하는 전략을 취한다.[59] 이처럼 국어독본은 개인의 업적을 기리면서 그 인물의 '역량'을 매우 국가적인 것으로 만든다. 의인체의 글은 도지사를 향한 감사뿐 아니라, 각 지역의 식수 사업에 당위성을 확보한다. 의인체의 구성을 보여주는 「우체통」이라는 단원에 대해 교과서 편찬자는 의인체의 글이 문인에게 쓰이면 경망함의 느낌을 수반하지만, 그것은 그 방면에서 우려해야 할 것이라 단언한 바 있다.[60] 오히려 편찬자는 국어 시간에 수사법 학습의 단계를 넘어 학

57 朝鮮總督府, 김순전 외역, 『보통학교국어독본』 3, 제이앤씨, 2014, 71면.

58 朝鮮總督府, 『普通學校國語讀本卷七編纂趣意書』, 17면.

59 권7의 13과 「압록강의 철교(鴨綠江の鐵橋)」 역시 그러한데, 일본이 조선에서 시행한 사업과 관련한 글에는 사업의 시작 단계에서 사람들이 보이는 비웃음이나 냉담한 반응이 강조된다. "보통 이하의 약자"는 장기적 사업을 무모한 것으로 보지만, "훌륭한 지자(知者)"는 그 일의 성공과 실패를 미연에 볼 수 있다는 논리가 깔려 있다.

60 朝鮮總督府, 『普通學校國語讀本卷五編纂趣意書』, 朝鮮印刷株式會社, 1925, 31면.

생들에게 공감 능력을 키우고, 그것이 곧 사회를 구제하는 원동력이 될 수 있다는 것을 보여준다. 그와 같은 교육적 의도 속에서 의인체는 보통학교 학생들이 국가주의에 기반한 공감 능력과 세계관을 키우기 위한 교육 방법으로 선택된 글쓰기 방법이다.

『보통학교국어독본』에는 '행복'이란 단어가 자주 등장한다. 대부분 그 행복은 국가적 사업과 연결되어 있다. 권7의 9과 「소를 사기까지」에서는 가난한 소작농의 아들이 화자이다. 가난하지만, 가족의 건강을 '행복'으로 생각하는 이 아동은 군청에서 장려하는 양계를 시작하여 결국 소를 사게 된 경위를 서술한다. 목돈을 만들어 소를 사고 싶다는 '희망'이 언제 달성될 수 있을지 '불안'해 하던 아동은 양계 장려사업 '희망자'가 되어 불안을 떨치게 된다. 기존 연구에서는 이 단원에 대해 '조선 아동을 노동하는 어린이, 합리적인 경제 주체로 구성해내려는 권력의 의도'가 엿보인다고 언급한다.[61] 그러나 교과서 편찬자는 취의서에서 조선의 소작농을 환기하며 조선인의 가난을 부각하고 가난 속에서 '자포자기'하거나 자기 삶을 '악화'시키는 사람이 많지만, 행운이 자기 앞에 놓였을 때, 그것을 발견하여 포착할 수 있어야 한다고 강조한다. 편찬자는, 교수자가 이 이야기를 바탕으로 "자신의 운명을 스스로 개척하는 것"[62]이 '생활의 지속'을 가능하게 한다는 점을 학생에게 알려주라고 말한다. 그리고 군청의 양계 장려 사업을 토대로 마침내 송아지를 구입한 이야기를 언급하며 '가난한 백성'에게 관청이 줄 수 있는 '기회'를 부각한다. 조선인이 느끼는 "희망", 행복"에는 '군청의 보조'같은 국

---

61 방은수, 앞의 글, 258면.

62 朝鮮總督府, 『普通學校國語讀本卷七編纂趣意書』, 朝鮮印刷株式會社, 1925, 15면

가사업이 연결되어 있다. 교과서 편찬자는 조선인의 행복 조건으로 국가(사업)를 전제하고, 그것을 바탕으로 국민의 감정을 매우 현실적인 것으로 만든다.

권7의 23과 「연락선을 탄 아들의 편지連絡船に乗つた子の手紙」는 부산에서 일본으로 가는 연락선에 탄 아들이 아버지와 자신의 대화 내용을 편지 형식으로 정리한 글이다. 이 글의 중심 내용은 "옛날 조선이나 중국의 문명이 이 바다를 건너서 내지로 흘러들어 왔지만, 지금은 내지의 문명이 이 연락선으로 조선이나 지나支那로 흘러나간다"라는 아버지의 말에 집약되어 있다. 취의서에서도 상호 장점을 배우고 단점을 보완하는 것은 인류 향상의 길이기에 과거와 현재를 비교하여, 내선內鮮 간에 수많은 생각을 해야 한다는 점이 강조된다.[63] '인류 향상'의 보편론을 내세웠지만, 취의서의 내용은 시세의 변화 속에서 일본과 조선 및 중국의 위상이 전복되었음을 생각하게 한다. 서간체 형식을 차용한 이 기행문은 연락선을 매개로 문명의 유입 경로를 가시화하고, 시혜자 일본과 수혜자 조선 및 중국의 관계를 부각한다.

『보통학교국어독본』을 보면, 편지의 형식적 특성에 대한 설명은 거의 찾아볼 수가 없다. 조선어독본에서 '편지'에 관련한 단원은 학생들이 그 형식과 내용을 구성하는 방법을 배우는 것에 중심을 둔다. 그러나 『보통학교국어독본』에서 편지는 "생각하는 바를 그대로 적으면 되는 것"[64]으로 교육된다. 실제로 권5의 23과 「편지」에는 여행지에서 학생이 교사에게 보낸 편지의 내용이 실려 있으나 편지의 형식으로 갖추

63 朝鮮總督府, 『普通學校國語讀本卷七編纂趣意書』, 朝鮮印刷株式會社, 1925, 26면.
64 朝鮮總督府, 김순전 외역, 『보통학교국어독본』 2, 제이앤씨, 2014, 119면.

어야 할 '전문前文'이나 '결미結尾'가 생략되어 있다. 오히려 취의서에는 교과서에 실린 글을 읽고 이것이 편지인가 하고 놀랐다면, 먼저 자신의 문장관이 무언가에 사로잡혀 있음을 자각해야 한다고 서술되어 있다. 이는 형식으로부터 자유롭게 자신의 의사를 표현하는 글쓰기의 중요성을 부각한다.

취의서의 편찬자는 다음과 같이 말한다. "근래 사회생활에서 진지한 마음을 잃은 탓인지, 기계적인 편지가 많아졌다. 편지를 실용적인 글로서, 특별히 취급하는 경향이 있지만, 편찬자는 편지만큼 진지한 것은 없다고 생각한다."[65] 조선어독본과 국어독본의 거리감을 느낄 수 있는 부분이다. 동시에 편지에 대한 이 같은 전제는 교과서 편찬자가 국어독본에 자주 서간체를 차용하는 이유를 드러낸다. 편찬자는 편지에 담긴 국가사상이야말로 조선인에게 저항감 없이 진실하게 수용될 것이라고 생각했던 것이다. 이처럼 의인체와 서간체에 담긴 이야기와 그것의 감화력은 '공적 상상력public imagination'의 형성[66]에 중요하게 기능한다.

조선인에게 일본의 중요성을 느끼게 하는 방식으로는 긍정적인 측면을 부각하는 관점도 있지만, 역으로 일본의 불행이 조선에 미치는 영향을 자각하게 하는 관점도 있다. 권6의 3과 「일본日本」에서는 마지막에 "국민이 모두 안심하며 일하고 있다"고 서술되어 있다. 그러나 취의서의 내용을 보면, 이 과를 취급할 때에는 일상적으로 국내의 이변 등을 언급하여 점차 이해를 더할 수 있도록 하는 것이 중요하며, 그 예로 동경대진재를 든다.[67] 이는 교과서에 언급되지 않은 국가의 현실, 실재

65 朝鮮總督府, 『普通學校國語讀本卷五編纂趣意書』, 朝鮮印刷株式會社, 1925, 32면.
66 마사 누스바움, 박용준 역, 앞의 책, 28면.

성을 바탕으로 시의성 있게 학생들이 국가와 자신의 관계를 사유하게 함을 의미한다.

교과서 편찬자는 동경대진재를 겪은 일본인에 대한 해외 여러 나라들의 구제 활동을 바탕으로 인류 공존의 근본의眞諦를 명시하기도 한다. 권7의 25과 「동경대진재東京の震災」가 그 대표적 예다. 이 단원은 당시의 상황 묘사, 참상의 보도, 동경 시민에 대한 국민들의 동정, 세계 여러 나라의 박애 정신 등을 보여준다. 교과서의 편찬자는 취의서를 통해 대진재의 참상을 설명하는 것에 그치지 말고, "인간의 고귀한 번뜩임을 설명하는 것에 힘쓰는 것이 좋다"[68] 고 말한다. 이것은 동경대진재 후의 끔찍한 상황을 세계인의 감수성 속에서 사유함으로써 일본 국민을 비롯한 세계 여러 나라 사람들의 숭고한 정신을 기리고, 그들의 동정에 감사를 표하는 방식이다. 그리고 이것은 세계 속에서 제국 일본의 폭력성을 상쇄하는 방식이기도 하다. 동경대진재의 상황에서 일본인은 희생자의 위치에 놓인다. 이처럼 일본을 향한 세계인의 동정을 부각하는 방식은 일본을 세계 여러 국가와 공존하는 "우방"[69] 으로 가시화할 수 있다. 국어독본의 편찬자들은 제국의 언어로 식민지인을 설득하면서 일본의 사상을 매우 인류애적인 것으로 확장하는 딜레마를 경험했던 것이다.

67 朝鮮總督府, 『普通學校國語讀本卷六編纂趣意書』, 朝鮮印刷株式會社, 1925, 6면.
68 朝鮮總督府, 『普通學校國語讀本卷七編纂趣意書』, 朝鮮印刷株式會社, 1925, 27면.
69 朝鮮總督府, 김순전 외역, 『보통학교국어독본』 3, 제이앤씨, 2014, 125면.

5. 이상형으로만 존재하는 교과서의 이데올로기

일본 작가 나카지마 아쓰시中島敦의 소설「호랑이 사냥虎狩」(1934)에는 1920년에 일본에서 조선의 경성에 와서 용산 공립 심상초등학교 5학년에 전학했던 작가의 이력이 반영되어 있다. 주인공은 전학의 고통을 "다른 습관, 다른 규칙, 다른 발음, 다른 독본의 읽는 법, 거기다 이유도 없이 새로 온 전학생을 괴롭히려고 하는 짓궂은 많은 눈들" 앞에서 위축됨을 경험하는 상태로 묘사한다. 이것은 같은 교과서를 가지고도 지역, 학교, 교사에 따라 교육 방식이 매우 달랐음을 암시한다. 이 소설은 내지에서도 조선에서도 애초부터 전일적인 교육은 불가능함을 알려준다.

이 장의 논의는 제국의 교육령이 교과서에 투영되는 과정에서 굴절이 나타날 수밖에 없다는 전제를 깔고 있다. 국가 이념을 교육제도에 반영한 교육령과 아동의 감성적 수준에 맞춰 발간된 교과서, 교육 현장에서 실천될 교수법 사이에는 기본적으로 차이가 존재할 수밖에 없다. 그것은 법령과 이론 그리고 실제 사이에 존재하는 균열의 지점을 의미한다. 식민지에서 제국의 언어를 국어로 가르치는 중에 발생하는 균열이나 모순은 일본이 식민지 조선을 상대로 차이화와 동일화 전략을 차용한 교육을 실시하고, 지식의 정형화를 도모하는 원인이 된다.

문화통치기 일본은 국어독본으로 '일시동인'을 표방하며 식민지 조선인에게 감정 교육을 실시한다. 역사적 진실보다 감정이 더 중요하다는 발상은 객관적 사실의 발견보다 개인의 감정과 신념에 주목하게 만들었다. 이 시기의 국어독본은 그 점에서 우리가 현재 근대적 문학 혹은 문학적 감성이라는 차원에서 이해하는 주체의 문제와 연결될 수 있다. 그러나 근대 조선에서 행해진 보통학교 국어교육의 가치는 아동을 감성이나 상상의 주체로 부각하되, 국가주의 안에서 불평등하고 협소하게 상상이나 인간적 공감을 체험하게 했다는 점에서 결함을 지닌다.

정신의 교화를 중심에 둔 제2차 교육령기의 교수법은 지속적으로 '마음'의 문제를 환기하고 '진정성'을 확인하는 방식을 취했다. 그러나 다음과 같은 이유들 때문에 그 진정성은 존재할 수 없거나 일본인 스스로에게 되물어져야 한다. 첫째, 제국은 내지의 국어독본과 '다른' 형태로 조선의 국어독본을 편찬했다. 둘째, 일본은 신화와 고도古都 이야기를 통해 내선융화의 '정통을 만들었다'. 셋째, 교과서 편찬자들은 제국과 식민지인 사이의 '감정적 어긋남'과 '오해의 가능성'을 인정했다. 이 같은 자기모순은 교과서 편찬 과정에 애초부터 내재되어 있었다. 법-국어-교육은 모두 언어를 도구로 삼아야 하며, 가르치고 그것을 수용하는 주체의 해석을 조건으로 삼기 때문이다. 또한 교과서 편찬자들은 일본인과 교육자 사이, 이념과 감성 사이, 국가와 인류 사이에서 동요할 수밖에 없는 지식인이었기 때문이다. 우리가 식민지 시대 교과서를 읽으며 떠올리는 이데올로기는 국가, 교사, 학생 사이에서 늘 이상형으로만 존재하는 것인지 모른다.

제3부

교육적 실천, 배운 사람들의 목소리

제1장 — 작문 수업과 문예부, 문학청년의 망탈리테

제2장 — 미션스쿨의 교지를 통해 본 종교적 감성과 글쓰기의 논리

제3장 — 동맹휴학의 사건성과 위반으로서의 소설적 대응

제4장 — 학병세대의 교양과 전장 위의 문학어

제1장
작문 수업과 문예부, 문학청년의 망탈리테

1. 학교에서 형성된 동호인의 감수성

작가들에겐 저마다 문학소년 시절의 추억이 있다. 그 추억은 교사 및 학우와 연결되어 있는 경우가 많다. 소설가나 시인이라는 명성을 얻기 전, 그들은 학생이라는 이름 안에서 작품을 읽고 글을 썼다. 작문 수업이나 국어 교사, 문예부나 교지 편집과 같은 단어는 학생들을 둘러싼 학교라는 공간을 환기하는 동시에, 문학소년들이 자신을 발현할 수 있었던 통로를 암시한다. 학교는 다양한 학생들의 집합 장소였다. 문예부와 같은 집단이 창출되기 이전에도 학생들은 집단을 형성해서 각자의 작품을 평하고, 회람잡지를 만들었다. 작가의 학창 시절에 대한 회고담 속에 등장하는 교사나 학우에 대한 기억은 그들을 재현하는 동시에, 말하는 자기의 위치를 드러낸다는 점에서 문제적이다. 작가의 기억 속에서 그룹을 형성하고 문학을 향유하는 문학청년의 자율성은 교육장場과

접속하기도 하고, 길항하기도 한다.

본격적인 동인지 시대가 시작되기 이전, 작가들의 관계는 학연이나 지연에 의존했을 가능성이 크다.[1] 박영희는 자신과 같은 시대의 문사들의 교우에 대해 서술하며, "그 時代의 浪漫的 要素"로 인해 교우라는 것이 "情的"이었음을 강조한다. 그에 뒤이어 언급되는 박월탄, 김팔봉, 김복진, 나도향을 수식하는 것은 '한 동리同里에서 자라난'이라든가 '동교同校 동급생同級生', '동교생同校生'과 같은 단어들이다. 박영희는 이들을 중심으로 해서 홍사용, 현진건, 이상화, 안석주 등으로 교우 관계를 넓혀간다. 『백조白潮』를 간행하기 전, 그들은 이 관계를 통해 『시詩의 구락부俱樂部』나 『피는 꽃』과 같은 회람잡지를 만든다. 작가에게 회람잡지에 대한 기억은 문학 활동의 근원으로 작동하는 경우가 많다. 박태원은 문학에 뜻을 두기 시작한 것이 언제인지를 묻는 설문조사에서 "中學 1年에 同好者 數人과 幼稚한 回覽雜誌를 만든 것"[2]을 언급한 바 있다. 유진오 역시 문학청년 시절을

---

1 문학 수업, 문예부 등의 학교 체험이 문학청년이나 문학적 글쓰기의 형성에 미친 영향은 조선의 신교육 제도나 해외 유학 경험을 하지 않았던 최서해와 같은 작가를 통해서 반증될 수 있다. 최서해에 대해 회고하고 비평하는 글에서 그의 친구 박상엽은 서해가 누렸던 신교육의 전부는 "普通學校 三學年도 채 마치지 못한 것 뿐" 임을 말한 바 있다. 그리고 김동인은 가난한 방랑생활을 하다가 이광수를 통해 조선문단사에서 일하게 되었던 최서해의 소설이 "아직것 朝鮮의 小說家가 그리지 안든—혹은 못하든 社會의 일"을 담고 있었으며, 그리하여 "센세이슌을 니르켯다"고 언급한다. 그리고 그는 최서해를 "책상머리 출신만인 조선문단에서 한 이채"로 평가한다. 최서해에 대한 평가에는 당대 학생 출신 문인들이 작품 경향에 어느 정도의 공유 지점을 가지고 있었으며, 그 가운데에서 작품 활동을 시작했던 최서해가 기존 작가들이 보여줄 수 없었던 생활과 사회의 일면을 보여주고 있었음을 드러낸다. 개별적인 지식인이되, 집단을 형성하여 잡지를 만들던 근대 문인들의 이력 속에서 최서해와 같은 문인을 바라보는 김동인의 시선 역시 학생 출신 문인들의 이력과 작품 경향이 문단 내에서 일반적인 양상으로 간주되고 있었음을 보여준다. 金東仁, 「作家 四人 (5)」, 『매일신보』, 1931.1.8; 金東仁, 「文壇 30年의 자취」, 『신천지』, 1949.2; 朴祥燁, 「曙海와 그의 劇的 生涯」, 『조선문단』, 1935.8, 160면.

2 박태원, 「文人멘탈테스트」, 『白光』, 1937.4, 92면.

회고하는 글에서 중학생 때, 이재학과 화가 김주경 등 급우들이 모여 간행한 등사판 『십자로十字路』를 먼저 떠올린다.[3] 경성제대에 입학해서 학생회잡지 『청량淸凉』이나 조선어잡지 『문우文友』를 발간했던 유진오에게도 문학의 근저에는 등사판 회람잡지가 자리하고 있었던 것이다.

학교를 둘러싼 작가들의 관계망은 초기 동인지까지 이어진다. 잡지 『문우』(1920)의 필자들은 경성고보와 휘문고보 출신으로, 『백조』는 배재고보와 휘문고보 중심으로 구성되어 있다. 문학적 경향에 따라 동인을 형성하기 이전, 작가들을 응집할 수 있었던 원동력은 같은 지역이나 교육장을 공유하는 감각일 수 있다. 조선의 많은 학교는 졸업생과 재학생을 총망라한 대규모 기구로서 학생회나 문우회라는 이름의 단체를 만든다. 학교 교지의 간행은 근대 학교, 학생 수의 증가와 맞물려 있다. 특히 1920년대 초는 학교의 입학난이 고조되어 학교를 홍보하는 일이 무엇보다 중시된다. 교지는 학교를 홍보하고 학교 단위의 공동체 감각을 불러일으키며, 학생들의 창작욕을 자극하는 역할을 한다. 그러므로 교지는 학교의 공신력과 학생의 자치력이 만나는 곳에서 생산되는 매체라고 할 수 있다.

학교라는 교육장 내에서 학생들은 자신에게 맞는 부部를 선택하고 활동한다. 박종화와 정지용, 이태준 등의 작가가 휘문고보 문우회 학예부에 소속되어 있었으며, 여기서 이병기와 관계를 맺었던 일은 유명하다. 자신이 속한 그룹 안에서 학생들은 정기적으로 문학작품을 발표하고 타자의 글을 비평하는 토론 활동을 벌인다. 여기서 그들은 학생으로서

3 유진오, 「나의 文壇交友錄」, 『사상계』 문예특별증간호, 1962.12, 230~231면.

의 의식, 자기 글에 대한 의식을 형성한다. 또한 타자의 견해에 견주어 자신을 응시하는 기회를 얻기도 한다. 이러한 집단 활동의 체험은 공동체 의식과 함께 동류의식에 내재한 구별 짓기의 감각을 끌어낸다.

교육은 문화적 욕구를 생성케 하며, 개개인에게 예술적 감상 능력 또는 예술적 코드와 분류체계에 대한 감식 능력(아비투스)을 부여한다.[4] 문학 혹은 문화에 대한 감식 능력은 개개인의 수준에서 실현되지만 개인의 능력과 습관을 초월한다. 이 과정에서 집단이 형성되고, 문우회 혹은 동인 집단을 형성했던 문학청년들은 사상적 차이, 예술적 경향의 차이로 인해 분열을 겪기도 한다. 실제로 『백조』의 간행에 뒤늦게 가담한 김기진 역시 『백조』 동인들이 결국 사상적 갈등 때문에 와해되었다고 말한 바 있다. 또한 정지용, 김화산, 김용준 등과 『요람搖籃』이라는 회람잡지를 만들었던 박팔양은 휘문고보와 경성제일고보, 배재고보 출신으로 이루어진 동인들이 사상과 문학적 경향의 차이로 인해 흩어져, 결국 잡지가 중단되었음을 암시한다.[5] 이는 작가들이 자신의 문학적 경향을 감지하고, 학연이라는 공동체성을 벗어나야 한다는 절박함을 체득한 순간을 보여준다. 예술적 감식 능력은 구조와 실천을 매개하는 지속적이고 이항移項 가능한 성향들의 체계이다. 이 성향들은 최초의 장이 아닌 다른 장에서도 실천을 이끌어낸다.[6] 문학청년들은 학교 안팎에서 구락부, 문우회, 문예부, 편집부 등을 창출·해체하고 이동하며, 또한 여러 단체를 공유하기도 한다.

4 피에르 부르디외, 정일준 역, 『상징폭력과 문화재생산』, 새물결, 1997, 35면.
5 박팔양, 「搖籃時代의 追憶」, 『중앙』 4(7), 1936.7, 149면.
6 피에르 부르디외, 정일준 역, 앞의 책, 62면.

작가들이 작문 수업과 문예부 활동을 통해 글쓰기에 영향받은 양상을 고찰하기 위해서는 작가의 회고, 학창 시절의 작품, 작가를 둘러싼 네트워크 등에 대한 고찰을 요한다. 이에 관련한 선행연구들은 창조 충동을 가진 주체로서 문학청년의 낭만성을 고찰하거나, 교지를 포함한 매체 간행의 동기를 살피는 맥락에서 이루어졌다. 초기 문예지를 둘러싼 문학적 경향과 인적 네트워크를 조망한 논의,[7] 교지의 매체적 특성을 통해 근대 학생들의 자기 발현 욕망을 고찰한 논의[8] 등을 그 예로 들 수 있다. 지금까지 대부분의 논의가 등단, 혹은 그 이후 승인의 과정에 입각해 문학적 글쓰기의 형성 과정을 고찰한 데 반해, 이 장에서는 작가들의 회고, 소설을 통해 교육장이 작가에게 미친 영향을 중점적으로 다룬다. 특히 글쓰기가 학습되고 점수화될 수 있다는 감각, 학생이 매체를 만드는 저자 혹은 편집인이 될 수 있다는 공동체적 감수성이 생겨난 시기의 교육장에 주목한다.

회고는 과거를 의도적으로 선택해서 소환하는 속성을 지닌다. 그러므로 문단이 형성된 이후에 작성된 작가들의 회고는 문학의 재생산 제도가

---

7 소영현, 「근대소설과 낭만주의」, 『한국 근대문학 양식의 형성과 전개』, 깊은샘, 2003; 조영복, 『1920년대 초기 시의 이념과 미학』, 소명출판, 2005; 박헌호, 「식민지 조선에서 작가가 된다는 것」, 『상허학보』 17, 상허학회, 2006; 박현수, 「김기진의 초기 행적과 문학 활동」, 『대동문화연구』 61, 성균관대 대동문화연구원, 2008; 박현수, 「박영희의 초기 행적과 문학 활동」, 『상허학보』 24, 상허학회, 2008; 정우택, 「『문우』에서 『백조』까지」, 『국제어문』 47, 국제어문학회, 2009.

8 박지영, 「『학생계』 연구」, 『상허학보』 20, 상허학회, 2007; 박헌호, 「근대문학의 향유와 창조」, 『한국문학연구』 34, 동국대 한국문학연구소, 2008; 박헌호, 「근대지식과 근대문학의 교호 양상에 대한 한 고찰」, 『외국문학연구』 31, 한국외대 외국문학연구소, 2008; 여태천, 「교지의 글쓰기 양식과 문학적 반응」, 『한국학연구』 31, 고려대 한국학연구소, 2009; 장석원, 「『徽文』의 이태준」, 『한국학연구』 31, 고려대 한국학연구소, 2009; 전도현, 「『배재』를 통해 본 高普 학생들의 현실인식과 문예의 특성 고찰」, 『한국학연구』 31, 고려대 한국학연구소, 2009.

구축된 상태의 의식에 영향받을 수밖에 없다. 매체가 유도하고, 작가가 서술하는 문학청년 시절의 이야기가 작가의 자기 발현 욕망이나 낭만성, 창조적 열정 등을 확인하는 데서 벗어나기 힘든 이유가 여기 있다. 이 장에서는 작가들의 문학적 출발점을 구체적으로 조망하기 위해 같은 시기를 기억하는 작가들의 회고를 비교·대조하고 당대 학교 역사와 교지의 내용, 재판 기록 등과 같은 사료를 근거로 삼아 접근하는 방법을 취한다.

누가 글을 쓰는가, 누가 글쓰기의 흔적들을 만들어내는가. 작가들의 회고에 등장하는 문학 그룹, 문예부의 구성원들 중에는 익숙하지 않은 이름들이 많다. 그들은 작가가 된 친구의 회고담에서 '글을 쓴 주체'로 호명된다. 그리고 지금은 사라진 많은 잡지들이 존재했음을 증거한다. 여기서 그들이 작가인지 작가가 아닌지, 그것들의 실체를 확인할 수 있는지 없는지는 중요하지 않다. 이 장에서는 집단을 창출하고, 글을 쓰고, 간행물을 내놓음으로써 수많은 저자가 다른 텍스트들의 형성 가능성과 질서를 만들어낸 양상을 살핀다. 그들은 문학을 할 수 있는 장을 열어놓았고 관계들, 문체들, 기호들, 구조들을 포함하고 있어서 다른 사람들이 그것을 이용할 수 있도록 만들었다.[9] 작문 수업과 문예부를 둘러싸고 만들어진 매체는 문학청년들의 '예술적 충동'과 '작품', '예술적 충동'과 '행위'를 연결한다는 점에서 의미가 더욱 강화되어야 한다.

근대 학교는 아카데미적인 권위를 통해 학생들에게 '인정의 정체성'을 부여했다. 문학청년들은 자신이 느끼는 영웅적 흥분을 문학적 이미지로 표현한다. 그리고 식민지 조선의 교육적 질서 속에서 배제되었던 '감

---

9 미셸 푸코, 김현 편, 「저자란 무엇인가」, 『미셸 푸코의 문학비평』, 문학과지성사, 1989, 257면.

동', '독창성', '주체성'과 같은 것들을 사유하게 된다. 문학청년들은 회람잡지와 교지를 통해 시와 소설을 창작하고, 고전을 읽은 후 감상문을 발표한다. 이 과정 안에서 그들은 작품에 의거하여 자기들의 취향과 감수성을 가치화하며, 자기들의 해설을 작품 위에 포개거나 그것으로 작품을 대체하려고 한다. 조선의 학생들에게 작문 수업, 구락부, 문예부는 다양한 '인정의 심급들'[10]에 해당한다. 그들은 작문 점수와 회람잡지, 교지와 같은 인정의 표시들 속에서 문학장을 형성했던 것이다. 이 장에서는 문학청년들의 글쓰기를 둘러싼 인정의 메커니즘을 추적하고, 제도화된 규율과 위계의 영향 속에서 형성된 문학장의 의미를 구명할 것이다.

2. 교과서로부터의 이탈, 문인 교사의 작문 수업

작문을 향한 학생의 열정과 작문 선생에게 칭찬받은 학생의 자부심은 학교가 만들어준 감정이다. 동인이라는 집단은 학교가 만들어준 것이 아니지만, 문예로 향하는 젊은 청년들의 의기 밑바닥에는 좋은 글을 읽고 쓸 줄 알고, 알아야 한다는 자각과 책임감이 자리한다. 여기에는 차이, 구분, 분리를 도입하면서 신성한 것을 만들어내는 교육의 논리가 작동한다. 지식인으로서의 자의식은 학교 수업, 사제 관계, 교우 관계에서 형성되는 경우가 많다. 장덕조와 노천명은 보통학교 시절부터 작문시간을 즐기고 늘 점수 '갑'을 받았던 것이, 문예에 대한 취미와 재미

10 피에르 부르디외, 하태환 역, 『예술의 규칙』, 동문선, 1999, 297면.

를 가져다주었다고 회고한 바 있다.[11] 이들은 교사의 찬사를 듣고 작문이 "활자화"되는 과정에서 '기쁨과 희망', '문학적 생활에 대한 의무'를 느낀다. 또한 학교에 다니는 중에 "작문에 큰 趣味"를 갖게 된 박종화, 작문선생이 글을 "잘 짓는 사람"[12]으로 지목한 정백과 홍사용 사이에는 글 잘 짓는 사람에 대한 경외심 뿐 아니라, 자신을 알아봐줄 사람에 대한 동류의식, 상대를 알아본 데 대한 자긍심이 작동하고 있다. 작문을 둘러싼 이들의 다양한 감정은 교육제도의 체험에 기반한다.

박영희, 김기진, 홍사용, 박종화와 같은 작가들에게는 최남선이나 이광수와 같은 1세대 작가들에게는 부재한 '습작'이라는 관념이 존재한다. 그들에겐 작문이 학습될 수 있다는 의식, 습작을 실을 수 있는 지면을 스스로 만들 수 있는 감각이 있다. 그들은 자신의 작품에 '습작'이라는 레테르를 붙이고, 작품을 일정 수준 이상으로 구획짓는 역할을 하기도 한다. 이는 그들에게 글쓰기를 연습하고 검증받을 수 있는 교육장과 문학장이 존재한 것과 관련된다. 다음의 인용문은 나도향의 학창 시절을 회고하는 박영희의 글이다.

> 培材 校舍 裏庭에 有名한 老松 밑에서 지금은 世上에서 없어진 稻香君의 검은 얼굴을 때때로 發見하였다. 君은 어느때나 百點이라고 朱書한 作文紙를 나에게 보이면서 自矜하였다. 아마 君은 小說家로의 길이 이곳에서 싹이 트기 始作한 듯하다. 만나면 무슨 冊을 보았다고 서로 이야기하였으나 그는 대개가 小說이고 나는 全部가 詩였다.[13]

11 「女流文章家의 心境打診」, 『삼천리』 7(11), 삼천리사 1935.12, 93~97면.

12 박종화, 「白潮時代의 그들」, 『靑苔集』, 영창서관, 1942, 161면.

점수 매겨진 글에 대한 '자긍심'은 학생인 나도향을 소설가의 세계로 이끌었다. 여기에는 교사로부터의 인정뿐 아니라, 나도향을 둘러싼 학생들 간의 교유가 크게 기능한다. 박영희와 김기진, 나도향 등의 작가들은 모두 배재고보에서 함께 읽고 쓰는 감각을 익히고, 그 안에서 시와 소설 중 자신의 취향을 선택하는 과정을 겪었던 것이다. 이러한 양상은 같은 배재고보에서 공부하는 박세영에게도 나타난다.

> 나에게 문학을 가르쳐 주던 선생님은 내 짐작에도 우국지사이어서 우리 조국에 대한 이야기를 많이 해주었다. 그가 창작한 시 가운데는 억울한 조선 인민의 처지를 노래한 것도 더러 있었던 것을 나는 기억한다. 학교에서도 나는 적지 않은 작문에 취미를 가지었다. 특히 역사와 작문을 가르쳐주던 두 선생님은 인격자이어서 학생들에게 많은 존경을 받았다. 나도 이 두 선생님에게서 적지 않은 영향을 받았다고 생각된다. 더욱이 문학에 조예가 있던 양심적인 작문 선생님에게서는 미학에 대한 개념을 얻게까지 되었다. (…중략…) 송영은 작문의 경쟁자 중의 한 사람이 되었다. 이듬해 봄, 나는 송영을 위시한 기타 몇 동무들과 더불어 문학동인 잡지 『새누리』를 발행하였다. (…중략…) 나는 이때부터 시 문학을 전공하기로 결심하고 거의 매호마다 시를 수록하였다. 『새누리』는 동인들이 다만 윤독에 그치는 것이 아니라 작문 선생님에게서 모든 작품에 대하여 단평을 받았던 것이다. 이 같은 방법은 나의 습작 시기에 큰 도움을 주었다.[14]

---

13 박영희, 「나의 文學青年時代 (2)」, 『신동아』 4(9), 1934.9, 133면.

14 박세영, 「인민을 위하여 복무하고저」(『작가수업』, 조선작가동맹출판사, 1959), 박세영, 「인민을 위하여 복무하고저」, 『우리시대의 작가수업』, 역락, 2001, 142~143면에서 재인용.

박세영은 학교에서 작문에 취미를 갖게 되었으며, 특히 작문선생에게 적지 않은 영향을 받았다고 고백한다. 그는 배재고보 시절 회람잡지를 만들던 기억과 함께 그 잡지의 내용을 단평해주던 작문 교사를 떠올린다. 이 시기 배재고보에서 작문을 가르치던 사람은 강매姜邁이다. 그는 1912년부터 약 20여 년간 배재학당에 재직하면서 『한문문법제요漢文文法提要』(1917), 『조선문법제요朝鮮文法提要』(1921), 『잘 뽑은 조선말과 글의 본』(金鎭浩 공저, 1925)을 저술한다. 또한 그는 일제강점기 조선어 교원으로서는 최초로 작문 교재 『중등조선어작문법中等朝鮮語作文法』(1928)을 출간한다.[15] 강매의 작문 교재는 1920년대 중반을 지나 간행되지만, 그 책에 그가 학생들을 가르치며 축적한 작문법이 담겨 있을 것이라 짐작할 수 있다. 그는 작문의 주체와 태도를 중시하여 교재를 서술했으며, 특히 개인이 보고 생각하는 것, 즉 개인의 사상과 감정이 작문의 중요한 요소임을 강조했다. 그는 文章을 "自己의 思想을 文辭로 表現하는것, 自己를 文辭라는 記號에 依하야 表現하는 것"이라 말한다. 그리고 "文章을 쓰려하는 者는 自己가 그題目의 主人公이되여 思想을 充分히 生發하여야" 한다고 주장한다.[16]

강매의 작문법은 '개성'을 중심에 둔 것이라 할 수 있다. 이것은 당시 실용문 위주의 작문 수업을 강조하던 일제의 교육정책을 벗어난 형태이다. 강매는 자기의 생각과 감정을 그대로 쓰는 것으로서의 평이함, 실감(생동감), 진정을 중시함으로써 주체적 글쓰기의 전범을 보여준다. 이 과정에서 일기와 편지 쓰기 등 사적 글쓰기 양식이 부각되는데, 이는 글쓰기에 대한 인식의 변화와 함께 양적 확대와 연결된다. 서당에서

15 이정찬, 「근대 전환기 작문론 연구」, 서울대 석사논문, 2006, 79면.
16 강매, 『中等朝鮮語作文法』, 창문사, 1928, 48~49면.

한문교육을 받다가 학교에 입학한 박세영처럼 이 시기 많은 작가들은 한시에 익숙한 상태로 근대 교육제도에 편입한다. 그리고 그곳에서 일본대학 고등사범과를 졸업하고 배재고보에 온 강매와 같은 교사를 만난다는 것은 문화적 충격일 수밖에 없었을 것이다. 특히 강매가 한문적 소양을 갖춘 인물인 동시에, 기독교와 사회주의에 대한 글을 쓸 만큼 신사상에 민감한 인물이라는 점을 감안한다면 그 파급력은 더욱 커질 수 있다. 배재고보 시절 박영희와 김기진이 매일 주고받던 편지, 문학 동호인들이 돌려봤던 회람잡지에 담긴 감수성은 이러한 시대적 분위기 속에서 배태된 것이다.

여기서 이들이 학교에서 교육받은 글쓰기의 기본 형식이 일기와 편지 쓰기이며, 글쓰기가 기본적으로 자기를 질료로 하는 경우가 많다는 것에 주의할 필요가 있다. 1920년대 백조파를 위시한 작가들과 송영의 초기 작품은 자신의 처지와 흡사한 젊은이를 화자로 내세워 격렬한 감정과 부조리한 상황을 폭로하고 영탄하는 양상을 띤다. 이들의 문학은 고백적, 회상적 형식 혹은 자기 드러내기를 문학의 출발점으로 삼고 있다. 고백체의 기술 방식이 아마추어리즘의 기본항[17]이라는 점을 감안할 때, 이들의 문학적 출발은 자기를 중심에 둔 글쓰기에 대한 직・간접적 학습과 연결되어 있다고 하겠다. 그리고 그 문학의 가치와 지속성은 근대 조선의 사회 안에서 그들이 겪은 경험의 증폭과 관련된다.

작문 수업에 대한 기억은 조선인 교사에 한정되지 않는다. 배재고보를 졸업한 박영희는 자신에게 영향을 준 교사로 일본인 국어 교사를 꼽는다.

---

17 김윤식, 「고백체와 소설 형식」, 『우리 소설을 위한 변명』, 고려원, 1990, 15~18면.

> 培材 二三學年 때에 山縣이라는 老先生이 있었는데 그는 自己 時間에는 어느 때나 文學이야기에다가 짤분 한 時間을 虛費하였다. 이 老先生은 대단히 文學에 興味를 가졌으며 英文學에 關한 硏究도 있는 듯하였다. 情熱에 두 눈을 반짝이는 우리들 몇 사람은 이 時間에는 아름답고 崇嚴한 感激을 매양 느끼었다. 그는 '쉑스피아'를 말하며 '스코트'의 '湖上의 美人'을 이야기하며 '빠이론'의 情熱의 詩를 읊으며 '쉘리'의 詩를 禮讚하였다. 이럴 때마다 다른 사람은 몰으나 나는 이 老先生의 말 가운데로 홀리여서 끌리여 드러갔다. 法悅을 느꼈다. (…중략…) 이것이 漸漸 커갈수록 나는 벌서 한 사람의 詩人이 된 듯하였다.[18]

그의 회고를 통해 사립학교인 배재고보에서 행해진 국어교육이 교과서를 충실히 따르는 형태는 아니었음을 알 수 있다. 그리고 그러한 교과서로부터의 이탈이 오히려 학생 박영희에게 문학, 시에 대한 환상을 심어주었음을 보여준다. 박영희의 회고에 등장하는 야마가타山縣는 배재고등보통학교에서 국어를 가르치던 야마가타 데이자부로山縣悌三郎(1858~1940)이다. 1917년 배재학당 이사회 회의록 명단에도 그의 이름이 있으며, 1918년 배재의 교사 명단과 과목 분담표에 보면 그는 특별한 사무 분담 없이 '국어國語'를 가르치는 것으로 나타난다.[19] 배재고등보통학교의 국어 과목은 '독법, 해석, 작문, 습자'로 구성되어 있다.[20] 그는 1920년대에는 조선총독부 직속 기관인 교과서조사위원회 위원으로 일한다. 그는 일본의 교육가이자, 영문학자, 저널리스트로 『소학교용 일본역사小

18 박영희, 「나의 文學靑年時代 (2)」, 『신동아』, 1934.9, 133면.
19 『培材學報』 창간호, 1918, 33~34면.
20 배재백년사편찬위원회, 『배재 백년사』, 학교법인 배재학당, 1989, 199면.

學校用日本歷史』(1888), 『고등독본高等讀本』(1894) 등 다수의 청소년 교육용 서적을 저술했다.

특히 그는 메이지에 형성된 소년 저널리즘의 중심에서 일본의 본격적인 소년잡지라 할 수 있는 『소년원少年園』(1888), 『소년문고少年文庫』(1889)를 편집・간행한 인물이다.[21] 『소년원』은 지식욕에 불탔던 일본 소년에게 "課外教科書"였으며, 『소년문고』는 "新進文士의 登龍門"[22]이었을 만큼 문화적 중심에 놓여 있었다. 그러나 그가 일본 교육계를 비판하는 기사를 『소년원』에 발표하여 그 잡지는 폐간된다. 그 후 그는 출판협회 일을 하다가 조선의 배재고보와 연희전문에서 교직활동을 한다. 그가 배재에서 재직한 것은 윤치호의 영향이 컸던 것으로 짐작된다. 윤치호 일기에 보면, 그는 윤치호와의 대화에서 "당국이 배재고보의 운영방식을 달갑게 여기지 않고 있으며, 이 학교 학생들이 외관상으로는 매우 훌륭해 보이지만 정신적인 측면에서는 불온하다"[23]고 말한다. 이처럼 야마가타는 배재라는 교육장을 통해 조선의 사상적 움직임을 간파하고 있었으며, 교육자・저널리스트로서의 역량을 통해 조선의 학생들에게 영향을 주고 있었던 것이다.

박영희는 일본 근대문학과 교육계의 중심에 있었던 야마가타의 수업을 들으며 그의 문학적 지식에 감화된다. 교사가 언급하는 서양 작가

---

21 山口昌男, 오정환 역, 『패자의 정신사』, 한길사, 2005, 66면. 야마가타 데이자부로는 연희전문 교수를 지내기도 했으며, 1920~1927년 송도고보 교사로도 재직했다. 그는 통감부 기관지 『서울프레스(Seoul Press)』 제2대 사장인 야마가타 이소오(山縣五十雄)의 형이다.

22 西川暢也, 「山縣悌三郎著『小学国文読本』について」, 『국어과교육』 42, 전국대학국어교육학회, 1995, 155면.

23 윤치호, 『윤치호 일기』, 역사비평사, 2002, 23면.

들에 자신을 견주어 봄으로써 박영희는 '법열'을 느낀다. 그가 야마가타의 수업을 들으며 이런 황홀경을 느끼는 것은, 그에게 문학은 이미 진리, 종교의 의미와 같음을 뜻한다. 소년잡지로 일본 학생들의 문학적 열정을 이끌어냈던 야마가타는 조선에서 교과서에도 없는 국어 수업으로 배재의 문학청년들의 감수성을 자극했던 것이다. 박영희를 비롯한 배재의 학생들이 야마가타의 수업에 반응하는 양상은 당대 교과서 제도와 관련된다.

조선총독부는 국어와 조선어만이 아니라, 수신 교과에서도 학생의 정서를 나약하게 하는 문학적 자료를 배제할 것을 명령하여 교과서를 편찬한다. 그리고 국어도 구어체를 중심으로 가르칠 것을 강조하며, 일용日用에 필요한 서간문 작성법을 중시한다. 그러나 식민지 조선의 학생들은 "쎈티멘탈 同好者끼리 一週日에도 두세 번씩 편지질"을 하고, "同人雜誌를 한답시고 밤중에 남의 學校 謄寫板을 집어내다가 바들바들 떨면서 骨筆을 잡고"[24] 밤을 지새운다. 이렇듯 학생들의 문학적 욕망은 규율을 넘어선 자리에서 극대화된다. 그리고 작가가 된 그들은 학창 시절을 회고하는 수필에서 교과서 밖의 세계를 전망하게 해준 교사와의 만남을 학창 시절 자신이 문학의 길에 들어설 수 있었던 계기로 기억한다.

작가들의 회고를 읽다 보면, 서로에 대한 기억이 교차하는 지점이 보일 때가 있다. 1923년 이화전문의 영어와 작문 강사로 부임했던 변영로와 그의 수업을 들었던 모윤숙의 회고가 그러하다. 변영로는 수필에서 자신의 작문 시간에 기억나는 학생으로 모윤숙과 노천명, 이선희를

24 이태준, 「青春告白－空想時代」, 『학생』 2(1), 1930.1, 47면.

꼽는다.[25] 그리고 모윤숙은 문학 수업 시대를 회상하는 글에서 자신에게 문학적 영향을 준 인물로 이화전문의 작문 강사 변영로를 꼽는다.[26] 모윤숙은 영어 실력과 문학적 비판력을 갖춘 인물, 자신의 시와 수필을 기탄없이 평하고 고쳐준 은사로 변영로를 떠올린다. 변영로는 학생들 사이에서 외국어 능력을 갖춘 문인 강사라는 화려한 이력의 작문 선생이었던 것이다. 이미 문단에 등단한 교사가 학생들에게 줄 수 있는 관심과 영향력은 클 수밖에 없다. 이화여전 문과 강사로 재직했던 이태준의 경우도 그러하다. 다음은 이화여전 졸업생을 대상으로 한 좌담회의 일부분이다.

> 記者　이화에서는 이태준(李泰俊)씨의 작품을 제일 많이 읽는다는데 그것이 사실입니까?
>
> 一同　많이 읽지요.
>
> 記者　이씨의 것을 많이 읽는다는 것은 인간관계가 아닙니까? 선생이라는 그런 관계에서……. 이화를 나오신분의 글에는 이태준씨의 영향이 많습니다. 문장이나 스타일같은데—
>
> 李種瑞　사 년간이나 배웠으니까 그렇죠.[27]

좌담회의 사회자인 기자는 이화여전 학생들의 문장이나 스타일에서 이태준의 영향력이 느껴진다고 말한다. 그리고 이 말을 들은 이태준의

---

25 변영로, 『수주 변영로 전집』 1, 한진출판사, 1981, 304면.
26 모윤숙, 「나의 수업시대」, 『동아일보』, 1937.8.12.
27 「梨花女專 今春 卒業生 가슴속을 들여다보는 좌담회」, 『여성』 4(6), 1939.6, 26면.

제자들은 기자의 견해에 수긍하는 태도를 보인다. 4년간 이태준의 작문 수업을 듣고, 이태준 소설의 애독자였던 제자들에게 그 영향력은 막대한 것일 수밖에 없다. 이미 문단에서 스타일리스트로 평가받고, 많은 여성 독자들을 확보한 장편소설 작가인 이태준의 입지를 생각해본다면, 기자의 지적이나 그에 대한 제자들의 수긍은 무리가 아니다. 기자와 학생이 주고받는 대화 속에서 간취할 수 있는 것은 이태준과 이화여전 학생들의 영향 관계만이 아니다. 이미 이화여전 학생들이 자기 글을 발표하고 문학세계를 구축하고 있었다는 사실이다. 모윤숙과 같은 이화여전 출신의 학생들은 학습한 내용을 모방, 응용하면서 자기 글을 만들어나가고 있었다.

이화여전 학생들과 이태준의 사제 관계는 스승인 이태준과 이병기의 관계를 떠올리게 한다. 이태준은 휘문고보를 떠나고 10여 년이 지난 뒤 『황진이』(1936)를 창작하면서 휘문의 조선어 선생이었던 이병기의 자문과 교정을 구한다.[28] 그리고 이러한 과정에서 간행된 『황진이』의 서문은 이병기가 작성한다. 이처럼 작가들의 작문 수업에 대한 기억 속에서 작문 교사는 (외국)문학에 대한 감수성을 촉발시킨 선진 지식인으로, 작문은 교육과 모방 속에서 계발될 수 있는 대상으로 인식된다. 이때, 작문은 '학문'으로부터 '취향'이나 '감수성'으로 변질되고, 글을 쓴다는 행위는 '창조적'인 것으로 비약한다. 근대 조선의 청년들은 사제 관계, 교우 관계 속에서 창작 욕구를 발산했으며, 교육장의 경계 안팎에서 새로운 문학장을 형성했던 것이다.

---

28 이병기, 『가람일기』 2, 신구문화사, 1976, 466면.

3. 회람잡지와 교지를 둘러싼 문학열

작가들은 문학소년 시절의 추억을 회고하며, '회람잡지'에 대한 기억을 떠올리는 경우가 많다. 작가들의 회고에 등장하는 회람잡지의 공통점은 동호인이 있었다는 것, 유치하다는 것, 지금은 존재하지 않는다는 것이다. 회람잡지에 대한 기억에는 문학을 둘러싼 우정과 열정에 대한 향수, 저자로서의 자의식, 지워지지 않는 글쓰기의 흔적이 각인되어 있다. 실체를 알 수 없는 회람잡지는 작가들이 문학청년 시절 썼던 글에 대한 구체적인 내용을 보여주지 못한다. 대신, 그 시절에 대한 회고는 회람잡지를 만들었던 동기와 그것을 둘러싼 감정들을 엿볼 수 있게 한다. 그리고 그것은 등단하기 이전의 작가를 문학으로 견인했던 힘이 무엇인지 드러낸다.

이광수는 한 좌담회에서, 『대한흥학보大韓興學報』와 『황성신문皇城新聞』에 두 편의 글을 투고하고도 "表現慾을 滿足식킬 수 업서" "青山學院다니든 文學青年들끼리" 등사판 회람잡지를 만들고 20여 명의 회원이 일주일에 한 번씩 모여 소설과 시 이야기를 했다고 회고한다.[29] 또한 그는 이 모임에서 남들에게 "文藝에 趣味붓처주기 위하여" 연극도 하고 소설 이야기도 했다고 말한다. 이처럼 회람잡지를 둘러싼 이광수의 기억에는 조선의 문화적 상황에서 표현욕을 충족하지 못했던 문학청년들이 존재한다. 또한 '문학청년들끼리'라는 말에서 알 수 있듯이 문학적 취미를 가진 자들의 교유와 연대의식이 일찍부터 형성되어 있음을 알 수 있다. 이들은 자기 개인의

---

29 「春園文壇生活 20年을 機會로 한 『文壇回顧』 座談會」, 『삼천리』 6(11), 삼천리사, 1934.11, 240면.

표현욕을 해소하는 수준에서 모임의 의의를 한정하지 않고, 모임 외부의 학생들에게도 문예에 대한 취미를 자극하기 위해 애쓴다. 그것은 이광수가 속한 이 모임의 구성원들이 문예에 대한 계몽 의도를 가지고 있었음을 암시한다.

1910년대 중반을 넘어서면서부터 회람잡지를 만드는 학생들의 활동은 계몽으로 확산되기보다는 문학청년의 예술적 향유, 3·1운동을 전후한 대중의 선동으로 분열되는 경향을 보인다. 박종화는 휘문 시절 정백, 홍사용과 친밀하게 지내는데, 나중에 사회주의자의 길을 걷는 정백과 박종화를 연결해준 것은 정백이 쓴 기행문이었다. 박종화가 정백의 글에 감동하여 편지를 보내고, 정백은 박종화에게 홍사용을 소개하면서 이들의 관계는 시작된다. 박종화는 수필집에서 자신들이 "文學中毒"[30]에 걸려서 학교 공부는 안하고 소설과 시집만 읽었다고 회고한 바 있다. 박종화와 홍사용은 이 관계를 넓혀 안석주安碩柱, 김장환金章煥, 송종현宋鐘鉉 등과 함께 1918년 『피는 꽃』이라는 등사판 회람잡지를 만든다. 나중에 박종화, 홍사용과 함께 『백조』 동인으로 활동한 박영희와 김기진 역시 배재고보 시절 "『詩의 俱樂部』라는 複寫式印刷의 팜푸레트"를 만든다.[31] 그리고 이적효와 함께 염군사를 조직한 송영과 박세영도 배재고보 시절 『새누리』라는 윤독잡지를 만든다. 이것은 『서광曙光』, 『문우』, 『신청년新青年』이 간행되기 이전이다. 다음의 인용문 ①은 박종화가 홍사용을 그리며 쓴 글이고, ②는 송영이 쓴 회고이다.

---

30 박종화, 「나도향 10년기 추억 편편」, 『青苔集』, 영창서관, 1942, 179면.
31 박영희, 앞의 책, 1934.9, 133면.

①

내가 노작을 처음 알게 된 것은 徽文義塾에 한 동리에서 같이 다니던 소년 鄭栢을 통하여 비로소 알게 되었다. 내가 열여섯, 그가 열일곱, 정군이 열일곱, 이때 세 소년은 어리고 순결한 마음을 서로 털어놓고, 인생의 진리를 탐구하고, 동경하고 이렇게 해서 한 걸음 한 걸음 문학청년의 길을 지향해 나가 보려 했던 것이다. 이 세 소년은 몇 사람의 동지를 더 얻어서 학창 시대에 일본 사람들이, 사용하는 것을 제일 꺼려하는 등사판을 몰래 빌어서 『피는 꽃』이라는 조그마한 회람잡지를 박아보고는 서로들 정열과 기염을 터뜨렸던 것이다. 이러한 싹이 나중에 『白潮』라는 純文藝 同人誌를 갖게 되는 萌芽였던 것이다.[32]

②

중학 2학년 때 세영은 나와 『새누리』라는 륜독 문예 습작 잡지를 내었다. (…중략…) 당시의 배재중학에는 대부분 량심적 민족주의 학자들이 교편을 잡고 있었기 때문에 우리들은 그 선생들의 영향으로 반일적인 민족주의 사상을 가지게 되었던 것이다. 때문에 『새누리』 내용은 비록 개발 괴발 습작들이었으나 비분강개한 민족주의 사상이 농후한 시와(주로 세영 등) 산문이(주로 나) 실리였었고 그 외에 을지문덕 장군, 리순신 장군 등 애국 장군들의 전기문들과(이것은 주로 다른 문헌에서 베껴 가지고 제 글 같이 발표한 글들이였었다.) 금강산 기행 박연 폭포행, 설봉산기 같은 조국 산천을 례찬한 글과 심지어는 세계 위인전 같은 것도 실었다. (…중략…) 세영과 내가 『새누리』를

32 박종화, 「孤高한 선비 詩人 露雀 洪思容」, 『달과 구름과 思想과』, 휘문출판사, 1965, 181면. 회람잡지 「피는 꽃」에 대한 정황은 신천지사에서 기획한 「40年 文壇回顧座談會」에서 월탄의 발화를 통해서도 살펴볼 수 있다. 「40年 文壇回顧座談會」, 『신천지』 52, 신천지사, 1953.5.

발간하고 있을 때 배재중학교에는 많은 문학청년들이 있었다. 우리들보다 한 학급 우에는 박팔양, 김복진(카프 조각가)을 위시하여 또 그 웃학년에는 김정식(소월), 라빈(도향)들과 부르죠아 작가 박룡철(시인), 방인근(통속작가) 등 무려 수십여 명이 있었다.(우리들 후배로는 박승극, 리지용, 김만선, 라웅, 김욱, 황철 등이 있었다.) 우리가 『새누리』를 발간할 때 많은 동인 문학 륜독잡지들이 나왔었는데 그중 몇 가지만 례로 든다면 박팔양은 (당시의 필명은 김려수(金麗水))『요람(搖籃)』이란 잡지를 발간했고 윤기정은 『신청년』이란 잡지를 발간했었다.[33]

①의 회고에 나타난 '어리고 순결한 마음', '몰래', '정열과 기염' 등의 단어들은 모두 문학청년으로 수렴된다. 홍사용 역시 자신의 산문에서 "청춘의 정열을 순결 경건한 예술의 法悅로 轉向해 보려고"[34] 했다고 고백한 바 있다. 함께 문학활동을 했던 홍사용과 안석영, 동아일보 기자가 된 김장환, 나중에 사회주의 운동가로 유명해진 정백 등은 한 그룹 속에서 '톨스토이, 투르게네프의 작품을 읽고 토론하며, 또한 괴테와 하이네를 논하면서 문학소년의 시절'[35]을 보낸다. 이들은 세계적 문호의 작품을 독서하며 고전에 대한 모방과 재해석을 경험한다. 그와 같은 문학 행위를 통해 이들은 관점의 복수성을 체험했던 것이다. 이들의 아마추어리즘은 문학적 실험을 가능케 하고, 다양한 사상에 대한 교감

33 송영, 「자서전에 없는 이야기」, 『조선문학』 179, 조선문학예술총동맹출판사, 1962, 100~101면.
34 홍사용, 「白潮 흐르던 그 時代」, 『나는 王이로소이다』, 근역서재, 1976, 186면.
35 윤병로, 『미공개 월탄일기 평설 박종화의 삶과 문학』, 성균관대 출판부, 1998, 181~182면.

을 끌어낸다. 이 과정에서 글쓰기는 권위적인 작가와 수동적인 독자라는 경계를 허무는 역할을 한다.

②의 회고에서 눈에 띄는 것은 김기진, 박영희와 같은 학교를 다녔던 송영과 박세영이 서로 다른 문학 그룹을 형성하고 회람잡지를 만들었다는 사실이다. 이는 "그 당시 동창생들 가운데는 문학열이 비상히 앙양되어 있었"으며, 배재고보에 '나도향, 김소월, 박팔양, 김복진, 박영희, 김기진 등이 그룹은 다르나 다 각기 문학에 열중했던 것은 사실'[36]이라는 박세영의 회고를 통해서도 알 수 있다. 송영은 비슷한 내용의 글을 「어두운 밤 폭풍을 뚫고」라는 제목으로 발표한 바 있다.[37] 이 글에서 그는 윤독잡지 『새누리』와 비밀프린트 발간 시기를 뒤바꿔 진술한다. 그러나 『새누리』가 3·1운동 이후에도 발간되었다는 박세영의 진술을 참고한다면 3·1운동을 기점으로 서술된 후편의 내용이 아예 잘못된 것이라 보기 어렵다. 또한 송영은 『독립신문』이라고 썼던 부분을 뒤에 '『자유신종보』'라고 고쳐쓴다. 이 부분은 『조선독립신문』과 『자유신종보』의 관계를 놓고 봤을 때 송영이 혼동을 일으킨 것으로 보인다. 박세영은 자신의 회고에서 이 부분을 '『독립신문』의 일종이던 『자유신종보』'라고 서술함으로써 당시 비밀 프린트(지하신문) 발간의 정황을 암시한다.

---

36 박세영, 앞의 책, 143면.

37 "나는 동급 동창생인 박세영 등 몇몇 청년들과 같이 『自由晨鐘報』라는 비밀프린트 신문을 발행하는 데 참가하였다. 한 5, 6호까지 이 비밀 신문은 무사히 발간되었다. 편집, 프린트, 송포 등은 분공이 되었었는데 낮에는 등사판을 油紙에 싸서 우물 속에 감추어 두고 밤늦게야 비밀 인쇄를 하였고, 새벽 일찍 이것을 직접 대문 안에 집어넣었다. 그러나 이것도 얼마 오래 계속되지 못했다." 송영, 「어두운 밤 폭풍을 뚫고」(『작가수업』, 조선작가동맹출판사, 1959), 송영, 『우리시대의 작가수업』, 역락, 2001, 101~102면에서 재인용.

송영과 박세영이 만들었다는 『자유신종보自由晨鐘報』는 현재 4, 7, 12호가 발굴되어 있다. 이 신문은 3・1운동 직후 만들어진 지하신문 중 하나로, 1919년 6월 초부터 10월 28일 사이 1호에서 16호까지 발행되었다.[38] 이 시기에는 『조선독립신문』을 시작으로 『목탁의 소리』, 『자유민보』, 『혁신공보』 등과 같은 지하신문이 간행된다. 『자유신종보』는 중앙학교 출신의 유기원柳基元과 박민오朴玟悟,[39] 배재고등보통학교 3학년 송영과 박세영이 주축이 되어 간행한 등사판 신문이다. 이 신문의 발행 주체는 중앙과 배재 출신의 학생으로 구성되어 있다는 점에서 흥미롭다. 이는 4월 1일부터 12일 사이 간행된 『반도의 목탁』과 공통된 점이다. 『반도의 목탁』을 간행한 인물 중 장용하張龍河와 염형우廉亨雨는 배재고보 3학년, 이봉순李鳳舜은 2학년 학생이었다. 이들은 이 신문을 간행하기 이전 『조선독립신문』 16호(1919.3.28)를 간행한다.[40] 여기서 주목할 점은 그들이 『조선독립신문』을 간행하게 된 것이 그 신문을 발행하고 있던 배재고보 교사 강매의 체포에 기인한다는 점이다.[41] 또한 이 신문에 이어 『반도의 목탁』을 발행한 인물 중에 김기진이 끼어 있다는 것도 주목할 만하다.[42] 장용하를 비롯한 인물들이 체포된 후에 이 신문을 간행한 것은 장채극張彩極이다. 그는 신문을 만들며 신문과 함께 「독립선언서」를 등사하

38 한상도, 「3・1운동 직후 『自由晨鐘報』 간행을 통해 본 국내 독립운동계의 동향」, 『한국근현대사연구』 52, 한국근현대사학회, 2010, 84면. 저자는 한상도 선생님을 통해 진관사에서 발굴된 『自由晨鐘報』 제4, 7, 12호를 접할 수 있었다. 지면을 빌려 선생님께 감사 인사를 드린다.

39 위의 책, 84~86면.

40 박찬승, 「3·1운동기 지하신문의 발간경위와 기사내용」, 『동아시아문화연구』 44, 한양대 동아시아문화연구소, 2008, 230~244면.

41 金正明 編, 『朝鮮獨立運動』 1, 原書房, 1967, 427면.

42 독립운동사편찬위원회, 『독립운동사』 2, 독립유공자사업기금운용위원회, 1971, 127면.

고, 각 학교 대표에게 전달하여 민가에 배부한다.[43] 송영, 박세영과 함께 『자유신종보』 간행에 관여했던 유기원 역시 그에게서 『조선독립신문』과 '임시정부 선포문 및 임시정부령'을 배부받는다.[44] 이처럼 『자유신종보』는 3·1운동 직후 간행된 지하신문 특히 『조선독립신문』을 중심으로 형성된 배재와 중앙학교의 관계망 속에서 탄생한 것이라 할 수 있다. 이 점은 박세영이 자신의 회고에서 "당시의 『독립신문』의 일종이던 『자유신종보』를 송영과 더불어 나의 집에서 비밀히 발행하였다"[45]는 내용을 통해서도 암시된다. 이 신문의 내용은 독립 의지 촉구, 일본의 탄압에 대한 고발, 부일 협력자들에 대한 경고, 만세 시위 상황에 대한 보도가 주를 이룬다. 이 때문에 『자유신종보』는 발각되어 모든 기구를 빼앗기는 파국을 맡는다.[46] 다음의 판결문은 당시 지하신문과 관련된 학생들의 관계망을 드러낸다.

> 조선약학교 학생 김공우(金公瑀), 휘문학교 학생 정지현(鄭志鉉)은 학생들이 선편을 잡은 3·1운동을 일반 근로대중에게까지 확대, 보다 강력한 시위운동을 전개하기 위하여 그들의 세력을 흡수하는 방책으로서 3월 중순 『노동회보(勞動會報)』를 발행하였다. 그리하여 이것을 중림동(中林洞) 일대의 서민층에게 배부하여 3월 21일 노동자대회를 열어 만세시위를 하는데 성과를 올렸던 것이다. 3월 2일부터 4월 21일까지 사이에 배재고등보통학교 학

43 독립운동사편찬위원회 편, 『독립운동사자료집―3·1운동사 재판기록』, 고려서림, 1973, 134면.
44 위의 책, 137면.
45 박세영, 앞의 책, 143~144면.
46 「敵의 暴虐日增」, 『독립신문』, 1920.1.1.

생 장용하(張龍河)는 김팔봉(金八峰) 등 동료 3인과 함께 '반도목탁(半島木鐸)' 이라는 팜플렛을 등사하여 독립운동의 소식을 전하고 '한인은 일제에게 납세하지 말라'는 등의 독립사상을 고취하였는데, 선린상업학교 학생 최진순(崔瑨淳), 경성고등보통학교 학생 김기영(金基英) 등이 이를 송현동(松峴洞) 등 시내 민가에 배부하였다. (…중략…) 4~10월 사이에 김해룡(金海龍)은 수하동(水下洞) 보통학교에서 이 학교 사환 서대순(徐大順)을 시켜 『혁신공보(革新公報)』 3천 매를 등사하여, 독립운동을 찬동·원조할 것을 호소하였으며, 6월 초순~10월 28일 사이에 유기원(柳基元)은 박민오(朴玟俉)로부터 『자유신종보(自由晨鍾報)』 제1~16호의 원고를 받아 종로에서 매호 50~4백 매씩을 등사, 군중에게 배포하였다.[47]

판결문의 내용은 당시 조선의 많은 학생들이 지하신문에 가담했던 상황을 보여준다. 『노동회보』를 간행한 인물로 언급된 정지현은 바로 휘문고보에서 박종화와 노자영 등과 함께 『피는 꽃』을 간행했던 정백이다. 이를 통해 휘문고보에서 '작문 잘 짓는 사람'으로 통하던 그가 학교라는 경계를 넘어 윤독 신문을 발행하고, 독립운동에 가담하고 있었음을 추측할 수 있다. 이후, 정백은 종합지 『신생활新生活』의 「지식계급知識階級의 미망迷妄」을 통해 중학 정도 이상의 학생들이 지식계급의 명칭을 가지게 됨을 언급한다. 그리고 그 지식계급이 특권계급의 노예 되기를 거부하고, 무산계급적 심리를 가져야 함을 강조한다.[48] 그는 만인이 노동자와 예술가 되기[49]를 희망했던 것이다. 그런 의미에서 박종화, 홍사

47 독립운동사편찬위원회, 앞의 책, 1971, 126~127면.
48 정백, 「知識階級의 迷妄」, 『신생활』 3, 1922.4, 18~20면.

용과 함께 잡지를 만들던 정백이 사회주의 노선을 선택한 후, 이들 사이에서 번민과 갈등이 있었다는 것[50]은 의미심장하다. 문학을 매개로 한 집단 내부에 균열이 생겼다는 것, 문학의 대중화를 위해 기존의 문학 공동체를 이탈하는 일이 발생했음을 의미하기 때문이다. 이러한 양상은 식민지 시기의 문학이라는 범주가 여타의 학문적/사회적 영역과 분리되어 독립된 영역으로 처리되기 힘들었던 상황에도 불구하고 조선의 학생들 사이에서 '문학적인 것'에 대한 범주 설정 문제가 제기되었으며, 그에 대한 의식이 관계의 변화와 갈등을 초래했음을 보여준다. 문인이 학자와 기자를 겸하면서 대사회적 발언을 병행했던 역사적 정황 속에서 청년들은 '문학적인 것'의 외연을 넓혀가며 글쓰기의 욕망을 충족해 나갔던 것이다.

이처럼 『피는 꽃』과 『시의 구락부』, 『새누리』를 통해 시, 소설, 감상문 등을 자유롭게 발표하던 학생들의 일부는 3·1운동을 기점으로 지하신문을 발행하는 일에 가담한다. 그리고 함께 회람잡지를 만들던 학생들은 새로운 공동체를 형성하거나, 기존의 공동체를 확대·축소하는 과정 속에서 다른 글쓰기 장으로 분화해간다. 이들의 글쓰기는 학생들의 창조적 열정이 역사적 분위기 속에서 혁명의 언어로 변질되어가는 과정을 보여준다. 그런 맥락에서 송영이 '『백조』를 보고 난 후의 분격'[51]을 염군사 조직의 계기로 언급했던 것은, 한때 지하신문을 발행하던 인물들에 대한 배신감의 다른 표현일 수 있다.

---

49 정백, 「勞農露西亞의 文化施設」, 『신생활』 6, 1922.6, 18면.
50 윤병로, 앞의 책, 114~119면.
51 송영, 앞의 책, 106면.

회람잡지와 지하신문을 만들었던 학생들은 '창조에 대한 충동'과 '지식인으로서의 발화 욕망'을 공유한다. 이들은 청춘의 에너지를 보존하기 위한 코드로 지하신문과 회람잡지를 연상한 것이다. 이들의 글쓰기는 작가가 가진 권위를 해체한다. 그것은 공적 발언과 사적 발언 사이의 구분을 모호하게 하는 '글의 재정의'로 이어질 수 있다. 이때, 글쓰기는 독특한 개성이 영웅적으로 발현하는 매체라는 점에서 낭만주의적 개념을 획득한다.[52] 이들은 생활과 감정이 모두 '문학화'된 상태를 보여준다. 잡지 발간을 둘러싼 인쇄문화의 체험, 청년기의 정열을 일정 부분 보상받은 기억은 이들이 문인으로 성장하는 데 동기로 작용한다.

인용문에서 '일본 사람들이 제일 꺼려하는 등사판'이나 '비밀 인쇄'와 같은 표현에서 알 수 있듯이, 이들의 문학적 기획은 애초부터 검열에 대한 불안 속에서 창조적 긴장이나 희열을 내포한다. 회람잡지를 만드는 등사판은 문학청년 시절의 회고에 자주 나타나는 대상이다. 1920~30년대 신문에서는 회람잡지를 인쇄하는 데 쓰이는 등사판이 소년 및 청년동맹(결사)의 불온 문서, 비밀문서 혹은 격문을 찍는 도구로 표상된다. 이 과정에서 등사판은 압수, 유력 증거, 혐의, 발각, 검거 등의 단어와 함께 등장하는 경우가 많다. 김기진, 박영희, 박종화, 홍사용 등의 작가는 등사판으로 문서를 찍어낸다는 기념비적인 행위를 통해 문학이 주는 두 가지 전율을 맛볼 수 있었던 셈이다.

회람잡지와 지하신문이 학생들 사이에서 비밀리에 생산되고 있었다면, 학교 측에서는 문학에 대한 학생들의 관심을 계발하기 위해 문예부

---

52 수전 손택, 홍한별 역, 『우울한 열정』, 이후, 2005, 42면.

라는 단체를 결성하고, 교지라는 매체를 발행하여 학교 홍보의 방식으로 이용한다. 청년으로서 반항기, 낭만기를 거치고 있던 당대 학생들에게 이러한 문학장은 자신의 열정을 글쓰기로 전환할 수 있는 통로로 기능한다. 이효석은 1920년대 초 "문학열"을 언급하며, "진귀한 현상"이었다고 표현한다.[53] 기숙사는 '세계문학의 조그만 문고'였고, 푸쉬킨, 고골리, 톨스토이, 투르게네프의 작품이 입에서 입으로 옮겨져 "통속적으로 전파"되었다는 언급에서 알 수 있듯이 당대 학생들에게 문학은 생활이었다. 세계문학을 통속화한 자리에 들어서는 것은 그 작품을 능가하는 글을 쓰는 것, 자신이 쓴 글에 신성함을 각인하는 일일 것이다. 그러므로 입학난과 첨단의 학생문화 속에서 간행된 교지는 학생들의 문학열을 해소하는 창구였다고 하겠다. 정서가 소거된 교과서에 대한 불만족을 각종 문학 서적으로 보충하던 학생들은 스스로 간행물을 만들고 그 출판물에 자신의 이름을 기입하는 데 대한 만족감을 느끼기 시작한다. 이때, 문학청년들의 글쓰기는 내면적인 '자기-증명'의 절차나 과정으로 치환될 수 있다.

자신의 글이 맨 처음 활자화되었을 때의 희열은 작가에게 오래 기억된다. 양주동은 가장 처음 발표된 글로, 평양고보 시절 작문 시간 과제로 쓴 「나의 고향」이란 글을 꼽는다. 이 글은 교지 『대동강大同江』에 게재되는데, 그는 자신의 글에 "대단한 秀作", "담임교사의 격찬", "전교의 평판거리"와 같은 화려한 수식어를 덧붙인다.[54] 사후적 기억이긴 하지만, 이 회고담에는 학생에게 학교라는 공간이 줄 수 있는 희열이 교지를 통해 극대

53 이효석, 「나의 수업시대」, 『동아일보』, 1937.7.26.
54 양주동, 『文酒半生記』, 신태양사, 1960, 40면.

화된 양상이 나타난다. 그리고 '교지에 실린 글=인정받은 글'이라는 당대의 심상이 담겨 있다. 교지에 대한 학생들의 반향은 교지를 대중화해야 한다는 논리로 이어진다. 1918년에 간행된 『배재학보』 2호의 발행소는 배재학보사로, 편집 겸 발행인은 羅慶孫(나도향)으로 되어 있다. 이후 『배재학보』는 1921년 4월에 『배재』로 명칭을 바꿔 간행되며, 배재학생회(종교부, 사교부, 문학부, 운동부, 음악부, 의사부) 중 문학부가 교지 편집을 담당했다.[55] 『배재』 1호에는 교지 간행의 의도가 "一般 社會 及 他學校 生徒에게까지 文學的 思想의 普及을 計하"[56]기 위함으로 언급되어 있다.

『배재』가 간행된 지 2년 뒤에 1923년 휘문 문우회는 표현 기관으로서 『휘문徽文』을 창간한다.[57] 교사 이병기李秉岐, 아라가키 에이쇼新垣永昌, 이윤주李潤柱, 이일李一, 장발張勃 등과 학생 박종화, 홍사용, 정지용, 이태준, 박노갑, 오장환 등이 이 교지 간행에 참여했다. 이 학교에서 아라가키는 수신, 법경, 국어를 담당했으며 『휘문』의 편집 겸 발행자로 표기되어 있다. 이것은 발행자가 일본인일 경우, 매체의 검열 수위가 낮아졌던 당대 상황과 관련된다. 그러나 교지 『휘문』의 실질적 책임은 이병기가 맡아보았는데 당시 그는 조선어 급 한문을 담당하고 있었다.[58] 『휘문』 2호에는 현상 모집된 원고 중 이태준의 기행문 「부여행」이 1등

55 배재백년사편찬위원회, 앞의 책, 246면.

56 「本會略史와 事業」, 『배재』 창간호, 배재학생청년회, 1922, 98~99면.

57 휘문70년사편찬위원회, 『휘문 칠십년사』, 휘문중·고등학교, 1976, 152~176면. 휘문 문우회는 1914~1915년경 재학생과 졸업생을 총망라한 대규모의 기구로, 학생자치회와 동문회를 연합한 의결기관의 성격으로 시작한다. 문우회의 집행부는 총무, 재무, 편집, 학예, 웅변, 체육, 감찰의 7부로 구성되었다. 학예부에서는 講話, 文藝, 會報編輯에 관여했으며, 매주 토요일 문학작품을 발표하였다.

58 「職員受持時數及擔任事務表」, 『휘문』 4, 1927.1, 155면.

으로 뽑히며, 박노갑의 「개성여행기」 역시 입선작으로 발표된다. 11호에는 시인 오장환의 시와 함께 '탐정소설' 「그들의 형제兄弟」가 발표되기도 한다.[59] 이는 당대 학생들이 교지라는 매체를 통해 다양한 장르의 경계를 넘나들며 자신의 창작욕을 충족해나갔음을 보여준다.

박태원은 작가로서 이태준의 작품을 만나기 이전, 이미 그를 '재사才士'로 인식하고 있었는데, 그것은 교지 『휘문』을 읽은 데서 기인한다. 1934년 『조선일보』에 발표한 글에서 박태원은, 10여 년 전 석왕사에 갔을 때 그곳에서 사귄 휘문고보생이 자신을 '문학소년'으로 알고 『휘문』을 보여주며 시와 수필을 쓴 이태준을 칭찬했다고 회고한다.[60] 이 글에는 당대 학생들 사이에서 향유되었던 교지의 위상이 담겨 있다. 또한 학생들이 이미 다중 속에서 문학소년을 알아보고, 자신의 감식안을 타자의 작품을 통해 점쳐볼 줄 아는 수준에 이르렀음도 드러난다. 박태원이 석왕사에 갔던 시기와 이태준이 교지에 시와 수필을 실었다는 내용을 감안하면, 그것은 『휘문』 2호일 가능성이 높다.[61] 이 호에서 문예부는 학생들의 작품을 공모하고, 이태준은 여기서 여행기 부분 1등상, 감상문 부문 2등상의 영예를 얻는다. 박태원은 다른 학교의 교지를 통해 이태준의 작품을 접하고, 그에 대한 첫인상을 갖게 된다. 후일 구인회의 멤버로 활약하는 박태

---

59 오장환, 「그들의 兄弟」, 『휘문』 11, 1933.12, 119면. 그의 작품은 쌍둥이 형제 Q와 P의 이야기이다. 형 Q는 자신보다 뛰어난 동생 P를 질투하여 그의 행동거지를 학습한 후 그를 죽이고 동생 행세를 하려 한다. 그러나 동생 P는 형이 함께 음모를 꾸민 H에게 보내는 편지를 통해 계획을 눈치 채고 살아난다. 소설에는 형이 동생의 행동을 모방하기 위해 몰래 염탐하는 장면, 글자를 불에 쬐어 숨은 글자를 읽는 장면, 살인의 현장에서 동생이 벗어나는 장면 등 탐정소설이 주는 긴장감을 갖추기 위한 작가의 구상이 엿보인다.

60 박태원, 「이태준 단편집 『달밤』을 읽고」, 『조선일보』, 1934.7.26.

61 가람 이병기 선생의 選으로 이태준은 수학여행을 다녀와서 쓴 기행문 「夫餘行」이 1등상을 타고, 「바람에 불녀 白月을 안고」가 감상문 부분에서 2등상을 탄다.

원은 이태준을 한 번도 만나지 않고도 일찍부터 그의 실력을 알아본 독자였던 것이다. 이처럼 교지는 학교를 넘어 학생들의 감수성을 연결해주는 통로로도 기능한다. 글을 쓰는 사람에 대한 (자)의식, 좋은 글에 대한 감각이 교지를 통해 학생 지식인들 사이에서 전파되고 있었다.

근대 작가들에게 자기 발현, 낭만성, 창조적 열정이 만들어지는 계기 중의 하나는 점수화나 지적 우월감 그리고 차이와 구분 같은 논리이다. 이러한 논리와 감정이 내면에 집약된 작가들의 존재는 문학의 근대적 운명을 상징하는 동시에 조선 문학의 한계를 내포한다는 점에서 문제적이다. '문학-작가-지식인'의 위상은 매체를 통해 재생산되고 강화되기 때문이다. 동인을 구성하는 최대 동력은 학연이나 지연과 같은 인맥이었다. 이 관계망 안에서 '권력이 형성되고 이양'될 위험이 생긴다.[62] 그들은 '고독한 선구자'로 자신들을 인식함으로써 집단적 특권의식을 강화했고, 이것은 동인 내부의 결속력을 높일 뿐만 아니라 다른 동인지의 동인들에 대해서도 경쟁 속의 동지의식을 만들었다.[63] 학생의 문학에서 지식인의 문학으로 영역을 넓히고 그것이 조선에서 문학적 글쓰기라는 대표성을 갖는다는 것은 문학을 일부의 전유물로 만들 수 있다. 그러나 학생들은 자신이 가진 의식을 대중에게 표현하고 전파하는 방법을 강구했으며, 자신의 지적 능력을 바탕으로 제국에 저항하는 태도를 취하며 대중과 연대하기도 했다. 각 학교에서 학생들이 교지를 대중화하고 지하신문을 배포하려 했던 움직임이 그것을 방증한다. 학교 안팎에서 이

62 박지영, 앞의 책, 155면.

63 박헌호, 「동인지에서 신춘문예로－등단제도의 권력적 변환」, 『대동문화연구』 53, 성균관대 대동문화연구원, 2006, 15면.

루어진 학생들의 글쓰기는 자기 발현 영역의 확대뿐 아니라 문학적 글쓰기의 대중화, 문학적인 것의 외연 확대라는 의의를 내포한다.

문학 제도가 마련된 이후 작성된 작가들의 회고에서 작문 수업, 기숙사에서의 책 읽기, 독서회 활동, 잡지 만들기는 마치 식민지 교육제도의 반대편에 놓인 것처럼 형상화되지만 이 모든 것들은 학교를 둘러싸고 일어난 일이다. 이 점을 인정할 때, 조선의 근대문학이 가진 속성을 제대로 파악하고 비판할 수 있게 된다. 이들은 교육제도의 체험을 통해 자신을 지식계급으로 인식하게 된다. 지식인으로서의 인식은 특권의식을 강화하는 요인인 동시에 조선 사회의 변화를 이끌어가는 원동력이기도 하다. 식민지 학생들은 지식인으로서의 자의식이 '길항'하는 가운데에서 글쓰기를 감행했다. 그러므로 조선총독부가 학생들의 글쓰기를 허용하되 그에 대해 민감하게 반응한 것은, 학생들의 활동이 제국이 만든 교육제도를 중심으로 일어나고 교육 내용이 전유된 데 원인이 있다고 하겠다.

4. 학생의 자율성과 불온 문서의 위반성

예술적 감식 능력은 관행과 표상을 발생케 하고 구조화하는 원칙으로서, 규칙을 강제하지 않고도 규제될 수 있다.[64] 그러나 문학청년들은 자신이 향유했던 예술적 자율성이 침해되고 간섭받자, 비판적 글쓰기를 감행하고 집단행동을 취한다. 졸업생과 재학생으로 결성되었던 배

64 피에르 부르디외, 정일준 역, 앞의 책, 61~62면.

재고보의 문예부, 휘문고보의 문우회, 보성고보의 이습회而習會가 검열과 학교의 관리체제에 저항하고, 문우회의 '학생 자치'를 주장하는 동맹휴학을 벌인 것은 이러한 맥락에서 살펴볼 수 있다.

배재학생 기독교청년회는 1903년 가을에 조직된 것으로, 종래 의사부, 종교부, 사교부, 운동부이던 4개의 부서가 1922년 문학부와 음악부까지 포괄하게 된다. 문학부에서는 배재 학생들의 문학 활동을 장려하며 학술 강연회를 주최한다. 그리고 "학생들에게 문학적 사상을 보급하고 소질을 길러주며 또는 도서실을 경영하고 배우는 과정 외에 문학, 실업, 과학 등의 실사회에 대한 지식을 얻게" 한다.[65] 그러나 조선총독부는 교지에 대한 검열의 수위를 높이고 결국 압수를 단행한다.

"培材" 雜誌는 培材基督教青年會文藝部에서 發行하는 雜誌입니다. 三年前까지만하야도 每學期一回式 年三回를 發行하는것인데 여기에도 經費縮小財政整理의 影響을바더 不得已年一回로 退步를 하엿습니다. 아즉 中心思想이 잡히지못하고 專門知識의 造詣가 업는 中學生들의 좁은 頭腦에서 되어나는것이라 雜誌로서의 獨特한 主義와 綱領이잇서서 言論界의 무슨 權威를 把持하랴하지안코 오즉 모든 것을 修養하는時代에잇서서 한便으로 우리 人生과 文學이 떠나지못할 深奧한 因緣을가젓다는 것을 보여주며따라서 文學方面에目的을가지고잇는사람을 勸奬하는대主力을써왓습니다. 이意味에잇서서 培材出身인羅稻香, 方仁根, 朴八陽其外諸氏는 만흔 期待를 가지시고 갑잇는옥고로써 만히 助力하야주섯습니다. 그리하야 十號에이른 今日에잇서서 量으로나質로나 그 收

65 배재백년사편찬위원회, 앞의 책, 175면.

穫이 不少합니다. (…중략…) "培材"도 雜誌라 그여히 押收를한번 當하엿습니다. 今年正月에 發行된 第十號의 실닌 中에 朱耀翰先生님의 글 "八年前일"과 方淳模氏의 글이 過激하다하야 이제 製本을맛친 冊全部를 本町署에서 押收하야갓습니다. (…중략…) "培材"잡지는 學生雜誌라하지만 그 裏面에는 여러가지 苦心談이 숨어잇섯다는 것을 社會의 여러분에게 알녀드립니다.[66]

1927년 6월 27일 본정 경찰서의 형사는 배재고보에서 그동안 발행한 10권의 교지를 전부 압수해간다. 배재기독청년회 문예부장으로 활동하던 최병화라는 학생은 이러한 사정을 『동아일보』에 싣는다. 그의 글은 언론통제 속에서 발행되던 당대 교지의 사정을 보여준다. 그는 학생 잡지의 이면에 '여러 가지 고심담'이 숨어 있다고 말함으로써 교지에 대한 압박과 통제가 여러 방면에서 이루어졌음을 암시한다. 그리고 '문학 방면에 목적을 가진 사람을 장려'하기 위해 간행된 교지 『배재』가 배재 출신의 나도향, 방인근, 박팔양과 같은 선배 작가, 주요한과 같은 문인의 조력을 받고 있음도 보여준다. 이 글은 이미 독자들에게 명성을 얻은 작가들이 교지 출판에 관여하는 사실에 총독부가 민감하게 반응했음을 드러낸다.

배재고보가 겪은 교지의 검열과 압수는 휘문고보에서도 반복된다. 이병기는 『가람일기』에 교지 『휘문』에 대한 검열이 어떤 절차를 거쳐 이루어지는지 서술한 바 있다.[67] 그는 학교와 총독부, 한성도서주식회사를 오가며 납본된 교지의 삭제 부분을 점검하고 통과하는 과정뿐 아

66 培材高等普 崔秉和, 「學校通信 十號를 넘는 『培材』 雜誌」, 『동아일보』, 1927.7.1.
67 이병기, 앞의 책, 389~390면.

니라, 1932년 『휘문』 10호 전부가 발행금지 처분을 받고 학교의 임시 직원회가 열리는 상황까지 기재한다.[68] 『휘문』 10호는 기성 문인들의 글을 대거 싣는 특별호로 기획되어 있었다. 앞서 살펴본 『배재』의 검열 상황에서도 알 수 있듯이 『휘문』의 압수 방침은 조선총독부가 기성 문인들의 교지 간행 참여를 경계하는 것과 관련된다. 기성 작가들이 학생을 선동할 수 있다는 불안 요인, 교지라는 매체가 학생들을 집단화할 수 있다는 가능성은 교지에 대한 감시의 수위를 높인다. 간행되지 못한 두 학교의 교지는 학교 문예부장과 학예부 담당 교사의 글쓰기를 통해 그 흔적을 남긴다. 교지는 간행되지 못했지만, 조선 학생의 투고 기사나 교사의 일기는 사라진 교지에 담긴 이념을 복원한다.

학생회와 교지에 대한 조선총독부의 감시는 1920년대 중반 이후 급격히 증가한 동맹휴학의 분위기와 관련되어 있다. 1928년 휘문고보 4학년생 100여 명은 맹휴 과정에서 장문의 성명서를 발표하여 학교의 학생 기관인 '문우회文友會'의 자치를 허락해달라는 뜻을 밝힌다.[69] 이렇듯 학생들이 연대하는 분위기 속에서 조선총독부는 학생과 작가들이 관계를 맺고 집단행동을 벌일 수 있다는 가능성을 배제할 수 없게 된다. 배재고보와 휘문고보의 검열 및 압수는 '과격하고 불온한 표현'을 원인으로 삼고 있지만, 그 이면에는 학생회와 학교 출신 작가의 단합, 교지를 둘러싼 학생문화가 자리한다.

이러한 정황은 교지의 내용보다 '동맹휴학' 사건을 통해 유명해진 보성고보의 이습회를 통해서도 알 수 있다. 보성고등보통학교에서는

---

68 위의 책, 417~418면.

69 「昨日부터는 1학년도 盟休」, 『조선일보』, 1928.10.26.

1925년에 문예부가 『시종時鐘』(1925.1)을, 교우회가 『보성普成』(1925.5)을 간행한다. 그러나 이 잡지들은 각각 4호와 3호로 종간된다.[70] 그리고 1928년 '이습회而習會 문예부文藝部'가 『이습而習』이라는 잡지를 간행한다. 이 잡지는 수학여행기와 일기, 졸업과 계절에 대한 감회를 담은 감상문, 시가 중심을 이룬다. 이 잡지에서 알려진 문인의 이름을 찾아보기 힘들지만 보성학교에 '문예부'라는 집단이 유지되고, 문학이 개인적 유대를 넘어 학교 단위의 대표성을 띠고 향유되었음을 보여준다. 잡지의 창간사를 보면, "生徒相互間에 文藝의 趣味를 助長하기 위하여 平素生徒의 作品中으로서 佳作을 選拔하여 刊行"한 것을 알 수 있다.[71] 보성고보 학생들은 이습회 자치권이 박탈되자, 1927년 6월부터 10월에 걸쳐 동맹휴학을 벌인다. 그리고 1931년에는 신임 교장 취임 때 부활한 이습회 관련 규정을 거부하여 17명이 퇴학 처분을 받고, 40명이 교내 근신 처분을 받는다.[72] 그런 맥락에서 볼 때, 『이습』은 문예의 취미를 조장하려는 의도를 넘어 학생의 자치권 획득을 위한 절박함을 담고 있는 매체라 할 수 있다. 이때, '매체'의 성질은 그것이 행위의 수단이 아니라 행위 자체를 규정하는 것으로 추상화된다.

문학 생산의 자율화와 다양한 독서 방식의 발명은 읽을 가치가 있는

---

70 오문석, 「식민지 시대 교지 연구 (1)」, 『희귀잡지로 본 문학사』, 깊은샘, 2002, 24면.

71 보성학교의 교지인 『普中親睦會報』에서부터 보중친목회는 1907년 2월에 '討論會'라는 이름으로 역사가 시작된다. 『普中親睦會報』는 1910년 6월 10일에 간행되며, 교우회가 토론부, 운동부, 편집부로 나뉜 후, 편집부가 교지의 간행을 맡는다. 여기에 1908년 『초등작문법』을 간행한 원영의가 교사로서 개입하며, 작문 교사인 주시경 역시 저술원으로 활동하고 있음을 알 수 있다. 보성80년사 편찬위원회, 『보성 80년사』, 학교법인 동성학원, 1986, 132~135면.

72 「臨時로 休學 1학년만은 명일부터 수업」, 『조선일보』, 1931.6.18; 「普成高普暴動 生徒背後를 嚴調」, 『조선일보』, 1931.6.19.

대상들을 재생산하는 구조를 요구한다. 문예부를 비롯한 학생회가 글쓰기와 동맹휴학을 통해 학생의 자치권을 위한 실천 행위를 벌인다면, 교사들은 교육에 조선적 문화, 정서의 계발에 대해 고려해줄 것을 주장한다. 공공적인 글쓰기와 말하기를 향해 있던 문학 교육은 학생들의 집단행동, 새로운 문학 교육의 불가피함을 역설하는 교사들의 비판적 시각 속에서 '감정과 상상력을 계발하는' 교육으로의 전환을 감수할 수밖에 없게 된다. 조선총독부의 교과서 편찬 방침 중에는 "我國 特有의 文學的 趣味를 發하야 心情을 高昧케 함에 適切한 資料 選擇에 留意할 事"와 "懦弱한 性情을 執致할 慮가 有한 文學的 資料를 排除할 事"[73]라는 항목이 있다. 이러한 조건 하에서 만들어진 교재를 사용하던 교사 및 작가들은 '조선의 실정'에 맞는 교과서를 요구한다. 정인섭은 조선 내 문예적 교육의 부족을 비판하는 글에서 세계 여러 나라에서 실시되고 있는 "自由作文", "文藝的 內容을 가진 讀本"의 간행 등을 언급한다. 그리고 문예적 교재의 편찬과 예술적인 '애트모스피어'의 조성이 필요함을 주장한다.[74] 조선총독부 학무국에서는 조선어독본 교과서가 "현대 朝鮮에 적합하지 못한 것"이 많고, "教材 採擇에 잇서서도 엇던 一個人의 意見만으로 된 것"이 있어 "불만족한 점이 만히 발견"되어 개정하게 되었다고 발표한다. 여기서 '불만족한 점의 발견'이라는 내용은 바로 교육 현장에서 활동하는 조선인 교사들, 문인들이라는 발견의 주체를 은폐하고 있다. 문학 교육에 대한 사회적 비판의 목소리를 방관할 수 없었던 조선총독부는 1930년 교재 개편을 실시한다.[75] 학무국은 조선 작가

73 「教科改善의 基本으로 爲先 教科書를 改訂」, 『매일신보』, 1928.8.4.
74 鄭寅燮, 「文藝的教育의 處地와 所感 (4)」, 『동아일보』, 1929.5.7.

들의 문장을 조선어독본에 채록하고, 학생들의 "情緖觀念을 高調"하는 교과서, "시대에 적합한 교과서"[76]를 만들 것이라 발표한다. 조선총독부는 조선 문사의 논문 및 기행문, 소설을 재료로 삼아 "조선 정서"가 담긴 조선어독본을 만든다.[77] 이병기가 1933년 4월 11일 자 일기에서 조선어 급 한문 독본의 체제와 내용의 변화를 포착하며, "이제야 朝鮮 말답다"[78]라고 언급한 구절은 이러한 정황 속에서 이해될 수 있다.

조선 문사의 글을 교과서에 채록한다는 것은 조선 문단이 성립된 이후 처음 이루어지는 일이다. 이러한 변화는 교과서에 대한 당대 교원들의 비판과 원성이 컸음을 방증한다. 교과서의 개정은 교육제도를 경험했거나, 학교에서 학생들을 가르치는 문사들이 다수 있었던 것과도 관련된다. 제4차 교육령기의 『조선어급한문독본』에는 문예 관련 제재가 다수 포함되어 고시조, 소설, 설화뿐 아니라, 이병기와 현진건 등 작가들의 시조와 기행문이 삽입된다.

장혁주는 조선어 교과서와 교육정책에 대한 당대의 정황을 담아 소설로 형상화한 바 있다. 1934년에 『동아일보』에 연재되던 『무지개』가 그것이다.

---

75 허재영은 조선적인 것을 지향하면서 조선 문학, 조선어사 관련 자료가 대폭 증가한 이 시기의 교과서가 편찬에 있어 조선인의 역할이 적지 않았음을 보여준다고 언급한 바 있다. "제4차 교육령기 중등용 조선어과 교과서는 '좀 더 조선적인 것'을 지향하는 가운데 편찬되었다. '조선 문단의 중론을 모아 조선 문사의 글들을 채록'한다는 원칙 아래 조선적인 것을 담고자 하였다. 이 시기 조선어 교과서 편찬에는 '중등조선어교원회'의 활동과 직접적인 관련을 맺고 있다." 허재영, 『일제강점기 교과서 정책과 조선어과 교과서』, 경진, 2009, 139면.

76 「諺文綴字法 改正과 敎育行政의 新紀元」, 『매일신보』, 1930.2.17.

77 「朝鮮 事情을 多分으로 敎科書 改正 今春 完成」, 『매일신보』, 1934.2.2.

78 이병기, 앞의 책, 425면.

남철이가 교실에서 아이들에게 조선어를 가르키고 잇스니 교장이 숙 들어왓다. 남철이는 보통학교의 조선어독본이 넘어도 내용이 빈약하므로 각금 조선문인들의 좋은 글이나, 제가 지은 글을 가르키엇다. 그때 그는 이광수의 "마이태자" 가운데 잇는 글을 한편 칠판에 써서 가르키고 잇섯다. 등사를 해서 아이들에게 주랴고 햇스나 그것은 허락지 안엇다.

교장은

"이선생 칠판에 슨 것 뭐요."

하고 아이들의 독본을 빼앗듯이 잡어들어 마초아보고,

"그글 교과서에 잇소."

하고 물엇다.

"교과서에는 없습니다."

(…중략…)

"교과서에 없는걸 왜 가르키오. 누가 가르키라고 그랫소. 학무과의 허락을 마텃소."

교장은 더한칭 어성을 높이어

"불온한 글을 함부로 가르키는 법이 어디잇나."

하고 얼골을 빨가이 하며 대어 들엇다.

"불온타니오. 이글은 조선서 가장 훌륭한 소설가의……."

"훌륭한 소설가? 당국에서 허락지 않은 글은 누구의 것이든 다 불온한 것이다. 검방지게."[79]

79 장혁주, 「무지개 (95)」, 『동아일보』, 1934.1.3.

소설 속에서 조선어 교사인 남철은 부족한 조선어 교과서를 보충하기 위해 1926년부터 1927년 사이 『동아일보』에 연재된 이광수의 『마의태자』를 인용한다. 학교 수업 교재가 된 이광수의 장편소설은 후삼국시대의 흥망사를 담고 있는 역사소설이다. 세부적인 내용을 차치하더라도 역사소설은 구국의 이념을 담고 있으며, 역사가 작가에 의해 선택 및 배제될 수 있다는 감수성을 심어주는 텍스트이다. 특히 소설에서 장혁주가 강조하는 것은 소설의 내용이기보다는 "조선에서 가장 훌륭한 소설가"의 작품이 불온한 것이 되고, 교실에서 조선 작가의 이름이 언급되는 것이 '위반' 행위가 된다는 사실이다. 소설에서 남철은 결국 사상범 혐의를 받아 이 학교를 떠나게 된다. 훌륭한 작가의 소설로 학생들에게 학습효과를 고취하려 했던 교사는 교과서의 이념으로부터 이탈하고 범죄자의 낙인을 얻는다. 장혁주는 실제 교사의 이력을 가지고 있는 작가이다. 그러므로 그의 소설은 문인 교사가 경험했던 생활과 감정을 담고 있다는 측면에서 의미를 획득할 수 있다.

장혁주가 소설을 통해 보여주는 교장의 감시, 교장이 조선 교사의 수업을 단죄하는 행동은 1920년대 중반 이후 학교를 둘러싼 사회주의적 경향에 근거한다. 당대 조선의 많은 학생회는 사회주의에 경도되어 있었으며 교사가 학생들을 상대로 "불온작문"[80]을 작성케 한 사건이 발생한다. 교사들은 학교 교재를 전유하여 학생들에게 계급의식을 각성케 하거나 "푸로教材"[81]의 작성에 가담하기도 한다. 교육과 글쓰기에 대한

80 「學生의 家宅搜索 '不穩作文' 押收」, 『동아일보』, 1928.3.10.

81 「教科를 逆用, 赤色講義」, 『동아일보』, 1933.9.15; 「教壇에서 赤色講義, 兒童에게 ○○精神注入, 現教科書를 逆用 教授」, 『조선중앙일보』, 1934.4.22.

억압과 감시가 가중된 상황에서도 학생과 교사, 작가는 쓰는 행위를 멈추지 않는다. 문학청년들은 등단하여 소설을 창작하거나, '불온'이라는 레테르가 붙은 작문을 내놓는다. 이 때문에 학생들의 창작욕 증가, 교지의 대중화를 위한 노력은 상대적으로 학생 활동과 교지 간행에 대한 조선총독부의 감시체계를 강화하고 교과서 개편을 단행하는 원인이 된다. 식민지 조선의 문학청년들에게 '지속적으로 쓴다'는 것은 그들이 보고, 생각하고, 느낀다는 것을 방증하는 행위이다. 학교에서 배운 읽고 쓰기의 방식은 학생, 독자, 교사, 작가의 위치에서 끊임없이 실천되었다.

5. 문학하는 사람의 조건

지금까지 작가들의 소설과 회고를 통해 작문 수업과 문예부가 식민지 조선의 학생들의 글쓰기에 미친 영향에 대해 살펴보았다. 국어 수업의 일환으로 행해진 작문 수업을 통해 조선의 학생들은 글쓰기에 대한 감각을 갖게 된다. 박영희, 박세영, 변영로, 모윤숙 등 작가들의 회고나 장혁주의 소설에 언급된 작문 수업은 교과서의 일반성을 넘어선 자리, 학교 교육의 표준을 이탈한 자리에 놓여 있다. 이러한 작문 수업은 학생들의 향학열을 고취하고, 자기 발현 욕망을 자극하는 역할을 한다. 또한 당대 학교 교육이 가진 결핍의 요인들을 드러낸다.

작문 수업은 학생들에게 글쓰기가 점수화될 수 있다는 의식, 잘 쓴 글에 대한 우월감과 감식안을 갖게 한다. 그러므로 글을 잘 읽고 쓰는 학생들 사이에는 동호인의 감수성이 형성되며, 그것은 이들이 집단을 조직하고 회람잡지를 만드는 원동력이 된다. 회람잡지는 현재 그 실체를 알기 어렵지만, 매체를 둘러싼 문학청년들의 문학열과 글쓰기의 욕망을 보여준다. 열정, 기염, 문학병과 같은 단어들은 문학청년들의 예술적 낭만성을 느끼게 한다. 또한 읽고 쓰는 행위를 둘러싼 학연의 지형도를 드러내기도 한다. 단일하게 규정된 학교 교육에 대한 권태는 교육장 밖의 문학장에 대한 환상을 낳는다. 질서정연을 강조하는 사회 속에서 억제할 수 없는 청년의 열기는 창조적 열정으로 굴절된다. 작가들의 기억으로만 추측할 수 있는 회람잡지는 글쓰기의 흔적으로서, 당대 학생들에게 존재했던 발화 욕망과 집단적 감성을 암시한다. 그리고 일본인이 싫어했다는 등사판은 학생들이 글쓰기 욕망을 굽히지 않았음을 증명하는 철필의 상징성을 획득한다.

학교 교육의 중요성 강조와 입학난 등의 분위기 속에서 조선의 학교와 학생들 사이에서는 자기 학교에 대한 자부심과 공동체 의식이 싹튼다. 이 과정에서 교지는 학생들의 교우애를 형성하는 동시에 학생들의 문학적 감수성을 계발하고, 학교를 홍보하는 매체로 기능한다. 그러므로 교우회의 문예부 혹은 학예부, 편집부 등을 통해서 간행된 교지는 학교의 홍보열과 학생들의 자율성이 교차하는 지점에 놓여 있다. 그러나 작문 수업과 문예부는 식민지 교육제도 안에서 그 자율성이 점차 축소되고, 교육장 안에서 감시의 대상이 된다. 작문 수업 중에 작성된 학생들의 글이 불온 문서로 낙인찍히는 사건, 교지의 간행 과정에서 검열을 감수해야 하는 문인 교사의 수기 등은 이를 증명한다.

작문 수업, 회람잡지, 문예부의 교지는 학생들에게 함께 생각하고 쓴다는 감각을 가져오는 동시에 그 안에서 취향과 사상의 분열을 야기한다. 그리고 그 경험은 자기를 질료로 삼은 글쓰기의 가능성을 시험하게 하고, 인정의 메커니즘 안에서 '문학적인 것'에 대한 범주를 사고하게 하며, 문학청년들의 이합집산을 낳는다. 청년들의 이러한 의식 변화의 과정은 역사적 정황 속에서 문학의 외연을 축소·확대하는 양상을 가져온다. 식민지 조선의 역사적 상황에서 학교 교육의 공공성은 단일한 국민의 양성을 기획했지만, 그 안에서 학생들은 교육제도의 의도와 다른 글쓰기로 길항한다. 선진적 작문 교사에 대한 선망, 회람잡지에 대한 기억은 실용적 글쓰기를 강요했던 교육 제도에서 이탈했던 문학청년들의 열정을 반영한다. 아카데미적인 권위를 벗어난 영웅적 흥분, 동호인 사이에 형성된 인정의 정체성은 문학하는 사람의 이미지가 되고, 예술을 사는 방식이 된다. 그리고 그들의 글쓰기는 작가인 자신만이 아니라, 그들과 함께했던 이름 모를 주체들을 환기한다.

제2장

미션스쿨의 교지를 통해 본 종교적 감성과 글쓰기의 논리

1. 미션스쿨의 문화적 영향과 종교적 감수성의 형성

근대 조선의 기독교를 문화 수용사적 관점에서 볼 때 중요하게 살펴야 할 대상으로 미션스쿨을 들 수 있다. 미션스쿨은 기독교라는 종교의 확장 과정뿐 아니라, 그것이 조선의 대중들에게 끼친 영향, 종교의 문화적 수용과 전유의 가능성을 구체적으로 보여줄 수 있는 제도이다. 그간 한국 기독교의 전래와 수용은 주로 그리스도교 신앙의 전달과 교세의 확장이라는 선교사적 관점에서 논의되어 왔다.[1] 그러나 외래 종교의

1 민경배, 『한국 민족교회 형성사론』, 연세대 출판부, 1974; 민경배, 『한국기독교회사』, 연세대 출판부, 2007; 이승익, 「기독교 학교 교육이 한국 근대문화에 미친 영향에 관한 연구」, 『원광대학교 학위논총』, 원광대, 1984.8; 손인수, 『한국근대교육사』, 연세대 출판부, 1992; 이만열, 『한국 기독교 문화운동사』, 대한기독교출판사, 1989; 정선이, 「1910년대 기독교계 고등교육의 특성」, 『교육사학연구』 19, 교육사학회, 2009. 기독교 선교 과정에서 이루어진 번역과 출판 활동에 관한 최근 연구로 김성연의 저서를 참고할 수 있다. 김성연, 『서사의 요철』, 소명출판, 2017.

수용과 성격의 형성 과정에는 선교사들뿐 아니라 수용 사회의 내재적 상황과 수용자들의 수용 동기도 중요한 요인으로 작용하기 마련이다. 근대 조선의 기독교 수용과 발전 과정은 조선의 식민 상황과 겹쳐 있었으며, 종교가 주체에 의해 선택될 수 있고 타자와 공유될 수 있다는 감각이 생성되는 가운데 이루어졌다. 따라서 근대 조선에서 기독교의 수용과 특성에 대한 논의는 선교사적 관점에서뿐만 아니라 수용사적 관점에서도 논의되어야 한다. 이 장은 근대 기독교의 영향이 한글의 보급, 교육기관의 설립, 서양에 대한 인식 영역의 확대 등 기존의 일반화된 가치들을 넘어선 영역에서 재고될 수 있다는 판단을 전제한다.

근대 선진문화의 수혜자로서 지식인들의 발화와 행동이 집약된 교지의 체제와 내용은 당대 조선인의 종교의식과 감성의 문제를 가늠해 볼 수 있는 중요한 자료다. 그럼에도 불구하고 지금까지 미션스쿨의 교지를 대상으로 삼아 기독교 수용의 양상, 종교적 감수성의 발현 문제, 문학 생산의 구조를 살피는 연구는 진척되지 못했다. 더욱이 근대 조선의 미션스쿨 교지를 종합하여 그 속에서 기독교가 민족 계몽의 논리로 전화되는 연속성을 살피고, 글쓰기의 망탈리테나 동감을 유도하는 심리적 기제들을 추출하는 작업은 이루어진 바가 없다. 최근까지 일제강점기 조선 학교의 교지가 담고 있는 내용과 발간 상황에 대한 개괄을 시도하거나, 교지 연구의 필요성을 환기하는 논의[2]가 있었다. 또한 앞선 시도들을 심화하는 방향에서 특정 시기 혹은 개별 학교에서 간행된

---

2 오문석, 「식민지시대 교지 연구 (1)」, 『상허학보』 8, 상허학회, 2002; 박헌호, 「『연희』와 식민지 시대 교지의 위상」, 『현대문학의 연구』 28, 한국문학연구학회, 2006; 최동호 외, 『한국 근현대 학교간행물 연구』, 서정시학, 2009.

교지를 통해 글쓰기의 아마추어리즘을 살피고 학생들의 자의식과 문학적 반응 양태에 주목하는 연구[3]가 진행되었다. 이들 연구는 학생들의 글쓰기에 나타난 사회적 소명의식이나 낭만주의를 언급하는데, 이는 근대 사상으로서 기독교와의 영향 관계 속에서 추적될 가능성을 암시한다. 특히 이 장과 일정 부분 문제의식을 공유하는 기존 연구로는 박헌호와 정경은[4]의 논의를 들 수 있다. 전자의 경우, 연희전문의 교지를 통해 지식인의 감정 표현과 윤리의식 속에서 기독교와 사회주의의 사상적 교호작용과 대칭적 관계를 고찰한 논의이다. 후자는 연희전문의 교지에서 기독교 인식을 탐색하고, 1920~1930년대 미션스쿨 잡지의 시에서 희생양 이미지를 추적한 논의다. 앞선 두 연구는 개별 대상이나 장르를 통해 미션스쿨 교지에 나타난 기독교 의식을 고찰함으로써 미션스쿨 교지의 기독교적 의식과 그 표현 양상에 대한 연구를 구체화하되, 그것이 총체적으로 정리될 필요성을 환기한다.

미션스쿨은 '선교와 교육을 목적으로 선교사들이 설립한 그리스도교 계통의 학교'이다.[5] 당대 외래어 사전에서 미션스쿨은 "敎育과 傳道를 兼

3 박지영, 「식민지 시대 교지 『이화』 연구」, 『여성문학연구』 16, 한국여성문학학회, 2006; 박헌호, 「근대문학의 향유와 창조―『연희』의 경우」, 『한국문학연구』 34, 동국대 한국문학연구소, 2008; 여태천, 「교지의 글쓰기 양식과 문학적 반응」, 『한국학연구』 31, 고려대 한국학연구소, 2009; 전도현, 「『배재』를 통해 본 고보 학생들의 현실인식과 문예의 특성 고찰」, 『한국학연구』 31, 고려대 한국학연구소, 2009.

4 정경은, 「『연희시온』에 나타난 1930년대 중반의 기독교 인식과 문화사적 의의」, 『한국학연구』 29, 한국학연구소, 2008; 정경은, 「1920~1930년대 학생문학에 나타난 희생양 이미지의 의의」, 『문학과 종교』 15(2), 한국문학과종교학회, 2010.

5 이 장에서는 개화기부터 일제강점기까지 조선에 설립된 '서울'과 '평양' 소재의 미션스쿨에서 간행된 교지를 연구 대상으로 삼는다. 서울은 조선문화의 중심지인 동시에 기독교 선교의 구심점으로 기능하면서 처음으로 미션스쿨이 세워진 지역이다. 또한 평양은 1897년 숭실학교 설립 이후 1897~1898년을 기점으로 기독교도의 증가와 기독교 세력의 확대 정도가 서울지부를 넘어서게 된다. 이후 각 지역의 선교지부는 지속적으로

한 慈善學校"라는 의미 이외에도 "傳道師 養成學校", "傳道團體에서 經營하는 學校"라는 협소한 의미로 통용되고 있었다.[6] 미션스쿨은 선교사 아펜젤러가 설립한 배재학당(1885), 스크랜턴이 설립한 이화학당(1886)을 효시로 삼는다. 이후 선교사들의 교육사업은 더욱 활발해져 조선이 일본에 의해 강제 병합되던 1910년 2월에는 미션스쿨의 수효가 950여 개에 달한다.[7] 조선 문단에는 미션스쿨 출신의 작가들이 많으며, 그들의 실질적 체험을 차치하더라도 미션스쿨이라는 교육제도는 지식인들의 문학(화)적, 지적 배경으로 기능하는 바가 많았다. 그러므로 미션스쿨 출신의 지식인들이 보여주는 글쓰기, 계몽의 논리, 매체 발간과 같은 활동은 종교의 문화적 영향력뿐 아니라, 문학작품의 창작과 매체 생성의 원동력을 파악하는 데 중요한 요소로 재고될 수 있다.

또한 교지의 간행은 종교가 전제하고 있는 관계성, 글을 쓰는 주체와 독자 사이의 관계를 내포한다. 여기서 중요하게 언급될 수 있는 것이 개개인의 감정을 융합하는 '동감'의 논리와 체계들이며, 그것의 '문화적 활용'이다. 모든 동감에는 감정 재생산이 선행하며, 주체가 체험한 감정을 타인 속으로 옮겨놓는 '감정이입'의 과정이 수반된다. 이때, 동감은 주체들이 관계 속에서 공동체의 삶을 위해 목적론적으로 질서를 이루고 있음을 인식하게 한다. 미션스쿨 교지에서 교리가 민족 계몽의 논리로 계승/굴절되는 양상은 이러한 동감의 원리에 기초한다.

미션스쿨을 설립・운영하게 되는데, 그 지역이 전국으로 확대되는 중에도 서울, 평양 지역의 보급력을 능가하지 못했다. 이는 서울과 평양이라는 두 도시가 교회를 통한 복음 전파뿐 아니라 기독교 교육에서도 중심적 역할을 했음을 증명한다.

6 이종극, 『모던朝鮮外來語辭典』, 한성도서주식회사, 1936, 175면.

7 손인수, 『한국근대교육사』, 연세대 출판부, 1992, 79면.

식민지 시대 교지가 동감의 논리에 근거해 독자의 관심을 유도했다면, 그 매체에서 강조하는 사랑과 연대의 정신은 기독교적 교리가 조선 민족의 집단적 활동으로 변용된 양상을 취한다. 미션스쿨 학생회에는 그 중심에 종교부가 있었으며, 그들의 활동은 주일학교 교사, 고학생 원조, 빈민 구제사업, 위문, 야학 및 국문강습회, 강연 등 실로 다양했다. 이들은 조선의 학생문화를 넘어 조선 계몽운동의 분위기를 이끄는 역할을 했다. 진리, 희생, 사랑, 선, 천국과 같은 기독교적 언어들이 남녀의 연애나 개인의 갱신, 조선 민족의 문명화를 위해 동원되는 원리는 미션스쿨 교지가 애초에 의도한 선교의 문제를 넘어선 지점에 놓여 있음을 보여준다. 이것은 조선인 안에 잠재되어 있던 종교적 성향이 교회와 미션스쿨 같은 제도를 통해 가시화되고, 식민지라는 시대적 상황 속에서 사고될 수 있던 것과 관련된다.

1920~1930년대 학교 교지의 발행은 '유행'으로 받아들여질 정도로 성행했다. 이 현상은 평양 최초의 미션스쿨인 숭실학교가 1915년에 교지를 간행한 후의 일이다. 미션스쿨 교지는 학교의 학생회, 학생회 소속 문학부, 학생기독청년회 등에 의해 간행된다. 기독청년회에 근거를 둔 만큼 교지는 기독교적 정신세계의 추구와 인격 도야, 학생 간의 사교를 표방하고 있었다.[8] 미션스쿨 청년회의 창립 이념은 보통 '그리스도의 품격을 함양하며 영적 생활이나 외적 생활에 있어서 수양을 도모하는' 데에 놓여 있었기 때문이다. 초창기 미션스쿨 교지의 간행에

8 각 학교 기독청년회는 연합회를 갖는데 윤치호, 김활란, 조만식 등 당대 지식인들의 영향 속에서 이루어진다. 또한 종교를 매개로 당대 학생들이 향유했던 집단 활동의 구체적 정황에 대해서는 다음의 글을 참조할 수 있다. 金元子, 「夏令會生活」, 『배화』 2, 1930.5, 207~212면.

대한 축사 역시 당대 조선인들이 이 매체에 '주의 영광이나 사랑을 증거할 바를 알지 못하는 동포를 구제'할 방도를 구하고 있었던 정황을 보여준다.[9]

종교와 교육, 문학의 공존 속에서 근대 조선의 종교적 감수성을 살필 때 주목할 것은 종교를 수용한 주체가 그것을 내면화하여 표현하고 변용하는 방식이다. 그러므로 이 장에서의 고찰 대상은 우리가 익히 알고 있는 특정 작가들의 글에 한정되지 않는다. 오히려 기독교라는 종교 체험 속에서 자기의식을 재고하고 감정을 표현하는 복수의 발화자들이야말로, 미션스쿨이라는 제도가 근대 조선인의 종교적 감수성을 형성하는 과정에 미친 영향을 재구하는 데 도움을 줄 수 있기 때문이다. 그와 같은 관점에서 다음의 내용들에 집중한다. 첫째, 선교의 방식과 기독교적 수사를 계승하되 민족 계몽의 논리로 전유한 담론들이다. 둘째, 초월적 존재나 성스러움과 관계 맺기를 갈망하는 주체가 그 대상을 인식하고 관계 맺는 방식을 드러내는 표상들이다. 셋째, 교리가 제시하는 인간상이나 인격 도야의 문제에 한계를 느끼고 새로운 지식을 탐독하거나 기존의 지식체계와 감성의 문제를 재고하는 문학청년의 망탈리테다. 이를 통해 이 장에서는 이상적인 인간상을 양성하기 위해 감정교육에 적극적으로 개입했던 종교, 특히 미션스쿨이라는 문화적 기획이 조선인의 감수성 발현과 계몽의 논리, 지식장의 구조에 미친 영향을 고찰한다.

9 「祝崇實學報」, 『숭실학보』, 1915.9, 99면.

2. 기독교적 수사를 통해 본 동감과 계몽의 메커니즘

미션스쿨 교지의 시발점에 놓인 『숭실학보』를 제외하고, 식민지 시대 미션스쿨 교지는 공통적으로 교사와 학생의 논설, 학술 기사, 소설, 시, 희곡, 수필, 전기, 학교 소식, 동창회 명부, 편집 여언으로 구성되어 있다. 학교에 따라 격언(명언), 만평이 수록되기도 한다. 그리고 교지들은 점차 문학작품의 수를 늘려가는 양상을 보인다.

초기 미션스쿨 교지를 보면, 세계 종교의 역사나 기독교에 대한 기본 지식이 많은 부분을 차지한다. 그러나 1910년대를 넘어서면, 성경의 내용이나 종교적 지식은 논설에 인용되거나 문화 비판의 논리로 활용된다. 또한 기독교는 성경의 해석과 이해의 과정을 거쳐 구원과 속죄에 대한 갈망, 천국처럼 보이지 않는 세계에 대한 집념, 지옥에 대한 공포 등을 낳는다. 이 같은 영향 속에서 성경적 수사, 신에 대한 예찬의 어조, 기도의 형식은 문학작품 창작의 기법으로 활용된다.

교지에 나타난 이상화된 사랑의 관념, 정열과 자연 예찬, 영혼과 정신에 대한 숭상 등 주관적인 정서를 표출하는 글쓰기는 아마추어리즘으로 평가되었다.[10] 사회주의를 비롯한 근대의 사상이 지식인들에게 영향을 미칠 때에도 미션스쿨의 교지에는 사랑, 희생, 자유, 생명에 대한 이상화 그리고 속물근성에 대한 터부와 죄의식이 자리한다. 창조와 혁명의 정신을 삶의 주요 내용으로 삼고, 자신을 넘어 친구와 독자, 민족 전체의 변화를 열망했던 그들의 글쓰기는 낭만주의와 맞닿아 있다. 교

10 박헌호, 앞의 글, 2008, 325면.

〈표 2〉 서울과 평양 소재 미션스쿨에서 간행된 교지 목록

교지명	발행소 (인쇄소)	발행연도	비고
崇實學報	숭실학교 학생회 (平壤崇實學校)	1915.9	현재 창간호만 확인 가능 시와 소설 등 문학작품은 수록되지 않았으며, 전기와 단상이 수록되어 있으나 비중이 적다. 종교 관련 논설과 학술기사가 주를 이룸 (대부분 필자 미상의 글)
培材學報	배재학보사 (新文館)	1921.4	현재 창간호만 확인 가능 소설, 논설, 기행문 · 일기 등의 수필로 구성 나도향의 권두언, 수필, 소설 수록
培材	배재학생 기독청년회 (新生活社)	1922.11 ~ 1934.3	연 2회 발행(편집과 검열의 문제로 발행 시기가 불규칙) 시(신시/시조/번역/동시), 소설(창작/번역), 기행 · 소감 등의 수필, 논설, 학술기사로 구성 강매, 주요한, 박팔양, 박승극의 논설, 방인근의 시 수록
崇實活泉	숭실학교 학생회 (株式會社光文社)	1922 ~ 1932.12	연간 발행 논설, 시(한시/시조/신시/동시/와카), 소설(창작/번역), 희곡, 감상 · 기행 · 일기 등의 수필이 주를 이룸 목사 홍병선 · 김양선 · 채필근의 논설, 극작가 김건의 시론, 황순원의 소설 수록 (특히 논설은 수양론과 문명론이 주를 이룸. 1930년대로 갈수록 논설의 비중이 줄고 소설과 시의 비중이 늘어남)
延禧	연희학생회 지육부 (漢城圖書 株式會社)	1922.5 ~ 1931.12	발행 간격 불규칙 시(시조/신시/민요/동시/번역), 소설, 희곡, 논설, 학술기사, 기행문 · 편지 · 단상 등의 수필, 전기가 주를 이룸. 만화와 만평, 격언이 수록 (특히 문학 · 정치 · 역사와 관련한 논설의 내용이 점차 과학 · 경제학 관련 내용의 학술기사로 비중을 높여감) 이은상의 기행문, 전영택의 문학론, 주요한의 시조와 번역시, 김윤경의 국어론, 정인섭의 문학론과 시, 최현배의 기행문, 박영준의 시가 수록
梨花	이화전문학교 학생기독교 청년회 문학부 (彰文社)	1929.2 ~ 1937.6	연간 발행 시(신시/시조/동시/노래가사/번역/와카), 소설(번역/창작), 논설, 학술 기사, 일기 · 감상 등의 수필, 전기, 희곡이 주를 이룸 (특히 논설 및 학술 기사 중 여자 교육과 기독교, 문학 관련 내용이 많은 비중을 차지) 김활란의 논설, 모윤숙의 논설 · 소설 · 시 · 수필, 신백희의 시, 노천명의 소설, 최정희의 시, 김상용의 시 · 소설, 변영로의 논설과 시, 이태준의 수필 수록

교지명	발행소 (인쇄소)	발행연도	비고
白合花	경성협성 여자신학교 학생청년회 문학부 (漢城圖書 株式會社)	1927.3 · 1929.3	연간 발행 논설, 시(신시/번역), 소설(창작/번역), 동화, 수필, 희곡, 전기, 격언이 주를 이룸 (학교의 특성상 기독교적 색채가 농후함) 전영택의 논설 · 소설 · 시 · 희곡, 장정심의 논설 · 시 · 수필, 홍에스더의 소설, 최용신의 논설 수록 (전영택이 교사 및 학생회 고문으로 활동하며 교지의 편집을 맡았으며, 늘봄 · 秋湖 등의 필명을 사용하여 많은 글을 게재)
儆新	경신학교 동창회 (漢城圖書 株式會社)	1929.4	현재 창간호만 확인 가능 논설, 학술기사, 시(신시/한시/시조/동시/번역), 소설, 동화, 감상 · 기행문, 소품 등의 수필이 주를 이룸. 전기, 격언도 수록 (특히 학술기사의 경우 역사 관련 내용이 많은 비중을 차지) 이윤재의 학술기사, 안수길의 시 · 수필 수록
培花	배화여자고등 보통학교교우회 (漢城圖書 株式會社)	1929.5 ~ 1943.2	연간 발행(1939년에는 발행되지 않음) 시(한시/신시/동시/와카), 기행문 · 편지 · 일기 · 단상 등의 수필이 가장 많은 비중을 차지. 논설과 학술기사는 수록되나, 소설은 수록되지 않으며, 제5호(1933년 6월)에만 동화와 희곡이 수록 창간호부터 일문이 섞여 있으며, 1940년부터는 모든 글이 일문으로 구성 이만규, 주기용, 김윤경, 맹원영의 논설과 학술기사 및 수필 수록, 정인보의 시, 정인섭의 극본, 문장희의 시와 수필, 장덕조의 시와 수필 수록
梨高	이화여고학생 기독청년회 문학부 (彰文社)	1934.3	창간호만 발행 시, 기행문 · 편지 · 감상 등 수필로만 구성 김활란, 여운형의 축사 수록
貞信	정신여학생 기독교청년회 (漢城圖書 株式會社)	1935.3 ~ 1937.3	창간호 발굴 연간 발행 논설이 적고, 감상과 기행문 등의 수필, 시(신시/번역/하이쿠/와카)가 주를 이룸. 명언 수록 백낙준과 최승만의 축사, 황신덕의 논설, 노천명의 시 수록

지에 공통적으로 나타나는 특정 주제의 지속성과 감상적 언어의 표출은 종교적 감수성의 측면에서 재고될 수 있다. 학생들에게 중요한 것은 성경의 '확실성'이 아니라, 무한함 속에서 유한한 것을 상대화하고 숭고의 세계에 접근하는 '자기 방법'을 개척하는 것이었기 때문이다. 이

때, 종교는 타율이나 초월적 신의 계시가 아니라, 인간이 창조적 자유를 통해 신의 위치에 서는 것이다. 또한 종교적 실천은 인간이 자기의 중심을 발견하고 '매개자'됨을 자처하는 것이다. 이때, 매개자란 자기 안의 신성을 감지하고 이 신성을 인륜과 행위, 언어와 작품을 통해 모든 사람에게 전달하기 위해 스스로를 파괴하고 갱신하는 자이다.[11] 기독교는 이처럼 주체의 자각과 발현 과정에서 수용되었으며, 그것이 공동체 안에서 사유됨으로써 시대적 의미를 획득할 수 있었다.

1915년에 발행된 『숭실학보』는 미션스쿨 교지의 전범이다. 교회와 학교의 역사, 교회와 학교의 관계, 찬송가의 내력, 조선 각 지역의 전도 상황 등 기독교와 직접적으로 관련된 글 이 외에도 사치에 대한 경계, 직분론, 위생 담론, 신사상 등 청년 수양의 덕목과 관련된 대부분의 논설이 성경의 내용을 중심에 둔다.[12] 이 같은 양상은 교지가 일반화되어 있지 않은 상황에서 기독교 신자를 학생 모집 대상으로 삼았던 숭실학교에서 교지의 독자를 신자인 학생으로 삼은 것, 교지가 선교를 목적으로 간행된 것에 기인한다. 스스로 "수양잡지"[13]를 표방한 『백합화』를 제외하면, 『숭실학보』 이후에 간행된 교지들은 점차 종교적 색채가 옅어

11 이 같은 관점은 뤼디거 자프란스키가 낭만주의 작가 노발리스와 슐레겔이 종교를 미학화하는 방식을 고찰한 내용에서 차용한 것임을 밝혀 둔다. 뤼디거 자프란스키, 임우영 외역, 『낭만주의, 판타지의 뿌리』, 한국외대 출판부, 2012, 136~138면.

12 『숭실학보』에 실린 「純金精玉」이란 글은 근대 조선에 유행하던 위생 담론에 기독교의 영육의식과 금욕주의가 개입된 양상을 보인다. 이 외에도 예수의 '神德'에서 조선 청년이 나아갈 길과 직분을 찾으라고 주장하는 글, 無欠無缺한 예수를 통해 조선인의 결점을 고쳐나가기 당부하는 글 등은 성경이나 교리의 내용에 근간하여 조선 청년을 계몽하는 내용으로 귀결된다. 「純金精玉」, 『숭실학보』, 1915.9, 78~80면.

13 협성여자신학교에서 발행된 『백합화』는 이 교지가 "가뎡잡지"가 아닌 "종교덕신앙과 정신수양의인도자가되고벗이되고저하는" 수양잡지라는 점을 강조한다.

진다.[14] 대신 학생들은 종교체험과 교리의 내용을 전유하여 글을 쓴다.

미션스쿨 교지의 내용에는 지식인의 종교적 감수성이 윤리의식을 추동하고, 계몽의 글쓰기로 이어지는 과정이 나타난다. 이러한 양상은 교육의 차원에서 일상화된 종교적 사유와 발화의 형식, 현실 너머에 대한 사유, 경건주의와 금욕주의에 대한 의식이 식민지 조선의 상황과 만났을 때 나타나는 경우다. 교지에서 제시하는 사회적 이상은 사실 '주기도문'의 조선적 수용이라고 해도 과언이 아니다.[15] 주기도문의 내용은 하나님 나라 건설의 이상이 조선 민족의 해방과 관련한 도덕, 교육, 정치라는 실제적 문제로 사유된다.

다음의 시는 『배재』 창간호에 실린 작품이다. 권두언을 대신하는 시에서 화자는 배재의 학생을 "牧者이른羊과갓흔 나의 同族"을 구원할 주체로 호명하고 있다.[16] 이것은 배재학교의 주지主旨인 "天父의 大慈大悲인 基督普及의 사랑" 실천과 관련되어 있다.

牧者이른羊과갓흔
나의同族을
힘이잇는네에게맛겨주노니
千辛萬苦기리참고引導하여라
不平不足업는幸樂時代가

14 실제로 『배재』는 제5호를 펴내며, 文藝評壇과 地方欄을 신설하였음을 광고하며 "우리의 意思로서 文藝라는것을배호는 重大機關"을 자처한다.

15 姜流頭, 「基督教人의 社會理想」, 『이화』 2, 1930.12, 28면.

16 목자 없는 양의 비유를 통해 '자기' 혹은 '조선 민족'의 상황을 환기하는 글로는 다음의 예를 들 수 있다. 秋湖, 「어린양을일희무리에」, 『백합화』 3, 1929.3, 35면; 吳河東, 「黃昏의 길」, 『경신』 창간호, 1929.4, 66면.

必然코오리라이다음에는 (…중략…)

前날의잘못된것곳처가면서

六大洲에가득한

奸姣한精神들을

勢力이만흔正義의손으로

征服하리라[17]

시에서는 배재 학생이 동족을 구원하고 육대주를 정의의 손으로 정복하는 날에는 하나님이 그 공을 갚아주실 것이라 예견된다. 『배재』의 같은 호 논설뿐 아니라, 다른 교지에서도 신神-세계-조선을 위해서는 조선 학생 각자가 자신의 '십자가'를 지고 희생할 수밖에 없다고 강조된다.[18] 그것은 '천국'을 세상에 건설하는 일에 비유되는 경우가 많다. 이 때문에 "自己를 이긔고 제 十字架를 지고 나를 따라오라",(마가 8장 34절; 마태 16장 24절) "나의 멍에를 메고 나를 배와라 나의 멍에는 쉽고 내 짐은 가비얍다"(마태 11장 28~29절)와 같은 성경 구절은 학생들의 희생과 고군분투를 유도하는 데 자주 인용된다. 또한 애굽 땅에서 종살이하며 살아가던 이스라엘 민족을 '모세'가 가나안 땅으로 이끌어 해방시킨 성서의 내용은 조선 청년의 민족주의를 환기하는 대표적인 이야기 중 하나다.[19] 사도 바울이 전도 여행에서 겪는 핍박과 극기의 과정은 조

---

17 「培材의 使命(詩)」, 『배재』 창간호, 1922.11, 2~3면.

18 盧明愚, 「寶訓」, 『배재』 창간호, 1922.11, 8~10면; SC生, 「自我의 犧牲」, 위의 책, 84면; 뎐영택, 「人格의香氣」, 『백합화』, 1927.3, 3면; 박순신, 「각각짐을지자」, 『백합화』 3, 1929.3, 44면; 李德鳳, 「信仰中心의 人生觀」, 『배화』 창간호, 1929.5, 28면; 朱基瑢, 「諸君의 任務」, 위의 책, 34면; 金蘭姬, 「克己」, 『배화』 2, 1930.5, 41면.

19 朱雲成, 「生命的條件上에셔 우리의趨向할方途!!」, 『숭실활천』 4, 1925.12, 100~101

선인의 동포 구원 사업에서 겪는 곤궁을 위로하는 맥락에서 이해된다.[20] 이는 기독교적 소명의식이 조선의 민족주의로 전유된 사례다.

선교의 논리와 기독교적 수사를 계승하되 민족 계몽의 논리로 전유한 담론들은, 성경을 비롯한 기독교 교리가 인용이나 선문選文, 에피그램을 통한 쓰기의 방식을 산출했음을 보여준다. 성경 구절의 인용 뒤에는 학생들 사이에 많이 알려져 있는 크롬웰, 링컨, 짠닥크, 비스막, 간디, 나이팅게일, 스토우 부인, 프란시스 윌라드와 같은 위인의 기도나 편지, 행적을 인용함으로써 희생과 사랑, 노력, 희생과 같은 추상어를 구체적 행위로 형상화한다. 이때, 예수의 자취를 따르는 일은 조선 청년이 두려움의 대상으로 여겼던 죽음을 '숭고한 행위'로 받아들이는 계기가 된다.[21] 그러므로 당대 학생들에게 십자가는 '행동'의 표상이었으며, 십자가에 대한 발화는 구원의 신성한 사건과 그것의 가능성에 대한 자기 암시였던 것이다.

면; 李永禮, 「해보자」, 『백합화』 3, 1929.3, 5면; 朴淳信, 「각각짐을지자」, 위의 책, 44면.

20 高貞煜, 「慰勞는 무엇인가」, 『배화』 4, 1932.7, 18면.

21 당시 학생들의 글에는 유난히 죽은 자를 애도하는 글이 많다. 글의 주조는 슬픔이지만, 그것은 신의 세계 혹은 영원의 세계로 간 자와의 대화 속에서, 죽은 자의 삶을 숭고한 것으로 승화하고, 인간인 자신이 발휘할 수 있는 절대적 힘—사랑, 정의—에 대한 열망을 담고 있다. 직접적으로 신, 내세 등에 대해 언급하지 않을 경우 작품이 가져오는 연상(모성, 사랑, 자비, 희생)들은 간접적으로 신성함을 주목하게 하는 효과를 지닌다. 또한 죽음의 순간에 대한 인식은 자신의 생을 의식하게 하고, 죽음에 관한 감정을 숭고의 방향에서 사고하게 한다. 사후세계를 의식하여 현세의 삶을 가치 있게 살아야 한다는 계몽의 논리도 찾아볼 수 있다. 이 같은 인식은 사회주의와 만나 '혁명'에 대한 열정을 낳고, 집단 형성에 대한 운동성을 낳기도 한다. 想波, 「故金鳳來君을 追慕하면서－생명」, 『연희』 6, 1926.5, 109면; 金明燁, 「悲慘한그의죽엄을슬퍼하면서」, 『배재』 창간호, 1922.11, 86~91면; C생, 「옵바를일허버린H씨의게」, 『백합화』, 1927.3, 7면; 안수길, 「삶과 희망」, 『경신』 창간호, 1929.4, 19면; 文章姬, 「故崔孝善 벗을 追慕하면서」, 『배화』 2, 1930.5, 132~135면; 李桂順, 「가신벗을 追憶함」, 위의 책, 174~175면.

우리는 꿈꾼다 理想境을꿈꾸고 天堂을꿈꾸고 蓮花臺를꿈꾸고 仙國을꿈꾸고 모-든幸福과 安樂을 꿈꾸다 그러하나 우리의몸은 어느때든지 迷路와 峻險과 恐怖와 殺害와 怨呌와 모든 苦痛과 不平사이에서 구러다닌다 우리는 痴人이다 惰者이다 (…중략…) 이世上엇더한自然속에든지 우리가꿈꾸는바理想鄕과 天堂과 蓮花臺와 仙國이잇나니 '하나님은어대든지게시니라' 한예수의말을듯는우리는 맛당히 우리에눈압과우리의周圍에서 그모든것을엇을줄알것이안이뇨? 아아 情다웁고 그리운우리同窓이여 우리는먼저쌘者이다 우리는東奔西走하야 우리同胞의이불을벗기라 그의몸둥이에시내물의洗禮를주라[22]

인용문은 소설가 나도향이 『배재학보』 머리말에 실은 내용이다. 그는 당대 조선인들이 꿈꿨던 "행복과 안락"을 표현하기 위해 '理想境, 天堂, 蓮花臺, 仙國' 등 다양한 종교가 말하는 이상향을 병렬하여, 그것을 특정 종교에 귀속하지 않는다. 그러나 "하나님은어대든지게시니라"와 '동포에게 洗禮를 주라'는 표현에서 알 수 있듯이, 그는 기독교적 수사를 사용한다. 이는 조선인이 열망하는 삶은 특정 종교에 귀속된 형태가 아니지만, 그들이 원하는 행복과 안락을 얻는 방식은 기독교적일 수 있음을 의미한다.

당대 학생과 교사들에게 기도를 통한 성스러움의 의식은 비참한 처지에 놓여 있는 세계의 민족들을 기억하고 그들을 위해 자신이 할 수 있는 일을 간청하는 일로 나아간다.[23] 기독교는 세계 속의 조선을 상상케 했으며, 협소한 민족주의를 넘어서는 통로로 인식된다. 학생들은 국

22 隱荷, 「머리말」, 『배재학보』 창간호, 1921.4, 1면.
23 金鎭浩, 「배재기도실에서」, 『배재』 5, 1924.3, 4면.

경을 초월한 보편적이며 정신적인 공동체를 열망하는 가운데 민족을 사유한다. 따라서 지식인의 의식에 틈입한 낭만주의는 현실과 이상의 괴리 속에서 존재론적 갈등에 처해 있던 청년들이 자신과 민족의 고통을 대상화하는 과정에서 작용한 것이라 할 수 있다. 그리고 조선인이 초월자와 관계할 수 있는 방식은 비참한 현실로부터 민족을 구원하는 문제로 구체화된다.

당대 학생과 교사들은 선교의 방식이면서 후원의 방식이었던 미션스쿨의 교육방식을 내면화하여 조선의 현실을 응시했다. 종교부를 중심에 둔 기독교청년회 활동이 그 정신을 집약한다. 학생들의 글 역시 인간의 의식과 감성이 문화적 계기를 통해 변화될 수 있음을 전제한다. 친구가 사는 마을에 화재 사건이 났다는 기사를 접하고 자선음악회를 벌이는 여학생들의 이야기를 담은 소설 「아릿다운 보은報恩」[24]은 '우정', '자선'이라는 감성과 행위가 문화 활동으로 확대되는 과정을 제시한다. 또한 협성여자신학교 교사였던 전영택이 쓴 희곡 「죽음의 그늘에 헤매이는 이들」은 학교 성탄축하식에 실연하기 위한 것으로, 관북지방의 수해민들을 생각하며 작성된 것이다. 머리카락을 팔아 연명하는 모녀의 행위를 통해 이 작품이, 오 헨리의 단편소설 「크리스마스 선물」을 차용하여 창작된 것임을 알 수 있다.[25] 이 작품들은 자선음악회와 연극 공연이 조선인들에게 '후원', '동정'과 같은 심성을 창출하고 공론화될 수 있다는 믿음을 보여준다. 또한 여학생들 사이의 보은報恩을 화재민과

---

24 池貞順, 「아릿다운 報恩」, 『이고』 창간호, 1934.12, 63~66면.

25 오 헨리의 이 작품은 1932년 교지 『숭실활천』에 「賢人의 선물」이란 제목으로 번역되어 실린 바 있다. 오 헨리 作, 田春湖 역, 「賢人의 선물」, 『숭실활천』 12, 1932.10, 103~109면.

수재민 구제의 문제로 확대함으로써 '우정'을 '인간애'의 차원으로 승화하는 양상을 보인다.

종교를 통해 인간의 유한성에 대해 사유하고, 인간의 불완전성을 극복하는 계기들은 소설의 형식을 띨 때 그 감동과 효과를 배가한다. 「K장로長老의죽음」,[26] 「피랴는국화菊花」[27]와 같은 작품은 종교소설의 형태이다. 「K장로의죽음」에서 병상에 누운 K장로를 찾은 박장로와 C목사의 대화 내용은, 목사의 '기도'와 장로의 '간증'이 대부분을 이룬다. 이 소설은 가난하고 무지한 조선인이 교회와 학교에 헌신한 끝에 죽음을 맞는 장면을 형상화하여 인간이 성스러움과 관계 맺는 방식을 보여준다. 「피랴는국화」는 교회 주일학교에 모여든 청년들의 자유연애 사상이 교회의 '수치'임을 강조하는 작품이다. 이 소설은 연애와 참사랑을 구분하고, 세속화된 신앙생활에 대한 경계를 보여주기 위해 서술자가 개입하여 신의 자비를 비는가 하면, 주인공 O와 K가 "세상의 그리스도化"의 방법에 관해 대화를 나누는 장면이 많은 부분을 차지한다. 이 같은 소설은 당대 교회문화에 대한 비판의 시도인 동시에 쾌락을 추구하며 살아가는 사람들의 죄의식과 수치심을 자극하는 방법이다. 이 작품의 서술 방식은 속됨과의 대조 속에서 성스러움을 창출하고, 성과 속의 구별을 유지하고 고정한다는 점에서 특징적이다. 이처럼 지식인들은 성과 속의 영역을 지키기 위한 인간적 노력 속에서 자신이 나아갈 방향을 찾고 타자의 실천을 유도하는 방식을 고안했던 것이다.

---

26 李學鳳, 「K長老의죽음」, 『숭실활천』 4, 1925.12, 43~48면.
27 翠圃, 「피랴는菊花」, 『숭실활천』 4, 1925.12, 105~119면.

3. 종교, 교육, 문학의 공존과 서사할 권리의 실천

미션스쿨 교지의 작품들은 고통의 감수와 희생, 절제 등을 예수의 삶에 겹쳐 놓되, 신지식과 신사상을 통한 조선의 근대화를 지향하는 데까지 나아간다. 그리고 각성된 개인들은 연대와 우정의 필요성을 강조한다. 그러므로 미션스쿨 교지에 담긴 서사들의 정리와 분석은 종교적 기제들이 주체를 호명하고, 호명된 주체가 자신의 감수성과 지적 배경 속에서 글쓰기에 임했던 상황, 그 상황 속에서 '쓴다'는 행위가 갖는 의미를 추출하는 과정이 될 수 있다. 당대 학생들은 종교문화, 교육문화를 변용할 가능성을 탐구하며 '서사할 권리'[28]를 실천한다. 그들의 글쓰기는 고정되지 않은 위치에서 자기와 자기를 둘러싼 세계에 대해 말하고, 그것을 인간세계 너머까지 확장할 수 있음을 보여준다. 그들은 학교에서 학습하는 기독교 교리를 다른 지식체계와 비교, 대조하고 사상적 길항 속에서 변용한다. 그러므로 미션스쿨 교지에 나타난 지식인의 문학 활동은 '종교 변용'의 측면에서 재해석할 수 있다.

삼위일체론을 통해 욕망, 품성, 이성을 가진 주체로서 인간 이해의 방식을 보여주는 글,[29] 과학의 평화적 사용을 강조한 글, 세계 공용어로서의 에스페란토어의 주장을 보이는 글 등을 그 대표적 예로 들 수 있다. 특히 교지에는 점차 '과학'의 중요성을 강조하는 글이 많아지는데, 미션스쿨 교지에 실린 글에는 근대문명으로서의 과학이 제국주의와 같은 폭력적이고 침략적인 형태가 아니라 "强者나 弱者나 다 平和의 樂園

28 데이비드 허다트, 조만성 역, 『호미 바바의 탈식민적 정체성』, 앨피, 2011, 249면.
29 文世榮, 「修養의 方法에 對ᄒᆞ야」, 『배재』 5, 1924.3, 16~21면.

에서 생활"할 수 있는 것이어야 함이 강조된다.[30] 이러한 양상은 세계공통어의 필요성을 역설하는 글에서도 찾아볼 수 있다. 배재학교 조선어 교사였던 강매姜邁는 국가와 민족의 협소함을 넘어설 수 있는 방법으로 세계공통어의 필요를 주장한다. 그는 이 글에서 "基督의 精神을 活用" 하는 데 에스페란토주의자 됨이 가장 광영있는 일이라 말하며, 에스페란토주의를 "救世의 福音"에 비유한다.[31] 그는 조선인이 민족 단위의 문명화를 넘어서는 방식으로 기독교의 인류애를 들며, 과학 및 언어를 수용하는 방식에도 그 관점을 적용한다. 특정 지식의 수용 이 외에도 조선의 문명화를 위해 동원되는 추상어들은 성경의 인용을 통해 권위를 획득하는 경우가 많다.

> 오직우리는 우리가 播하고 우리가收할것이다. 聖書中에 너는네땀으로살나하엿고 레-닌氏는勞動하지안는者에게 먹지도말나하엿나니 人生이苦海에立脚하매 일하는것이우리의天職인以上에 엇지 苟苟히安逸을圖하야 하염업는隻身으로 一生을終하리요. (…중략…) 文明의 母는 英雄도時勢도運數도아모것도 안이고오직勞力일分이니 勞力거긔에 文明도勝利도幸福또安樂도다잇슬것이다.[32]

위의 글에서 글쓴이는 조선인이 잘 살아나갈 방법으로 인격자 양성,

---

30 이 같은 관점에서 미션스쿨 교지의 글에는 카이제르, 진시황, 알렉산더, 나폴레옹 등 일국의 영웅을 세계 평화를 저해한 인류의 적으로 언급한다. 崔鍾玉, 「사랑과 事業」, 『이고』 창간호, 1934.12, 7면.

31 姜邁, 「世界共通語의 史的考察과 人類人主義」, 『배재』 5, 1924.3, 9면.

32 明信弘, 「잘살어보쟈」, 『숭실활천』 4, 1925.12, 89면.

노력, 단결, 도덕의 필요를 든다. 위의 인용문은 그중 두 번째 항목인 '노력'의 일부이다. '문명=노력'이라는 논리 속에서 성경의 구절과 레닌의 언어가 동시에 인용되고 있음을 볼 수 있다. 글쓴이가 인용한 성서의 구절은 창세기 3장 19절 내용으로, 선악과를 따먹은 아담에게 내려진 노동의 고통과 관련된다. 조선문명화에 대한 사명은 인간이 가진 원죄와 노동에 대해 언급한 성서의 구절을, 자본가를 향한 레닌의 비판적 언설과 하나의 맥락에서 읽게 한다. 기실 이 글에서 레닌의 말로 인용된 '노동하지안는자 먹지도말나'는 구절은, 성경 데살로니가 후서 3장 10절의 표현이다. 데살로니가 교회 사람들이 예수에 대한 기대가 지나쳐 노동을 소홀히 하자 사도 바울이 그들을 꾸짖으며 한 말이다.[33] 1917년 레닌은 『국가와 혁명』의 5장 "국가 사멸의 경제적 기초"의 3절인 "공산주의 사회의 첫 단계"에서 이 표현을 공산주의의 원칙으로 천명한다. 역사적 전언들은 이처럼 시대의 변화 속에서 끊임없이 갱신되고 재해석되면서 인간의 운동성을 이끈다.

글을 쓰는 주체들이 신지식을 수용하고 자신의 감정을 발현하는 과정에서 기독교적 관점이나 수사를 동원하는 양상은, 미션스쿨이 성경 읽기와 교리의 내면화를 교육과정 중에 일상화한 것과 관련되어 있다. 당대 학생들은 독서하거나 성경 교리를 학습한 후 자신의 견해를 말하는 독후讀後의 발화, 기도와 고백의 형식을 자연스럽게 향유하고 있었다. 교지에 보면, 학교에서 배우는 과목에 대한 학생의 소회를 담은 글들이 묶여 있는 경우를 자주 볼 수 있다. 그중 성경 과목이 가진 재미는

33 바울의 이 말을 조선 동포와 사회를 위한 희생의 논리로 해석한 글로는 다음을 들 수 있다. 李永禮, 「해보자」, 『백합화』 3, 1929.3, 5면.

종교학, 철학, 사회학, 심리학적 해석, 선과 악에 대한 분별 등에서 기인한다. 학생들은 자신이 쉽게 발화할 수 없었던 인생이나 죽음에 대한 문제, 악과 그에 대한 처벌 등에 대해 논하되, 교사 및 학생의 생활에 기초하여 학습하고 느낄 수 있도록 진행되는 성경 시간을 다른 과목에 비해 이채롭게 인식하고 있었다.[34] 기도하는 자의 감수성은 자신의 내면을 들여다보거나 자신의 이상을 구체적으로 표현하고, 타자의 동감을 유도하는 형식의 말하기(쓰기)의 일반화와 연결될 수 있다.

학생들이 종교를 수용하는 방식은 문학에 대한 이해에도 동원된다. "人生을 淨化하고 聖化하는 機能"을 가진 문학의 필요가 주장되는 양상이 그러하다.[35] 이때, 문학은 "共同의 즐거움을 위하는 積極的 愛他의 境地"에 오른다. 이 같은 문학 이해의 방식은 종교의 공리성을 문학에 투사하여 사유하는 태도에 근거한다. 기독교는 그 공리성으로부터 더 나아가 신성한 세계에 대한 표상, 상징에 대해 사고하고 표현하는 감수성, 숨겨진 실재를 감각적으로 드러내고자 하는 열망을 낳는다. 작가가 된 학생들은 세계의 물질적 거기-있음을 비가시성, 사유, 영靈에로 확장한다. 다른 한편으로 그들은 대상과 그 대상을 인식하는 주체 사이에 놓인 '존재론적 차이'에 대한 의식을 경험한다.[36] 낭만주의자들은 유한한 인간이 느끼는 무한의 영역이 종교와 예술이 갖고 있는 공통점이라 말했다.[37] 그들이 무한을 느끼고 체험하는 것에 대한 찬사를 예술적 열정과 연관시킨

34 孫孝順, 「聖經」, 『배화』 창간호, 1929.5, 113면; 尹福女, 「聖經」, 『배화』 2, 1930.5, 204~205면; 金葉同, 「아침 祈禱會」, 위의 책, 205~206면; 權貞淑, 「聖經과 나」, 『배화』 4, 1932.7, 144면.

35 任貞嫐, 「文學의 必要」, 『이화』 2, 1929.12, 51면; 秋湖, 「지난일」, 『백합화』 3, 1929.3, 34면.

36 리차드 빌라데서, 손호현 역, 『신학적 미학』, 한국신학연구소, 2007, 290면.

37 뤼디거 자프란스키, 임우영 외역, 앞의 책, 151면.

것처럼 학생들은 세계에 대한 감각을 미의 문제로 전환한다.

"人生과 詩魂"의 관계에 대해 서술하거나,[38] 매튜 아놀드Matthew Arnold와 같은 시인의 시론을 이해하고, 윌리엄 브레이크William Blake의 시를 교지의 권두로 삼는 문학적 감수성에서 그 일면을 엿볼 수 있다. 당대 아놀드의 시론을 이해하는 학생은 종교와 과학, 철학적 진眞이 문학의 가치를 평가할 수 없으며, 시는 작자의 "늣김"이 표현된 것, "心靈에 正直한 부르지즘이 되도록 充實하게 表現"[39]된 것이라는 부분에 방점을 두고 있다. 그러므로 문예는 "生命 그 自身의 絶對的 自由의 表現"이 된다. 학생들은 육체적인 차원, 가시적인 차원에서 감각하고 있었던 '생'의 문제를 기독교의 영향 속에서 정신의 문제로 확장하여 사유하기 시작했다. 학생들은 더 나아가 '생'이라는 것을 신에게 예속된 상태로만 표현하지 않고, 진선미를 넘어 악과 추까지도 느끼는 그대로 표현하고 가치 평가받을 수 있음을 자각하게 된다. 그러므로 종교는, '심(령)'의 차원에서 인간을 사유하고 보이지 않는 대상에 대한 자유로운 표현이 인간을 더욱 가치 있는 존재로 만들어준다는 논리를 이해하고 발전시키는 데 촉매제 역할을 한 것이다.

그런 맥락에서 『연희』 6호의 권두에 실린 브레이크의 시 「순수의 전조Auguries of innocence」의 일부분은 의미심장하다.[40] 영국의 낭만주의 시

---

38 沈曜燮, 「人生과 詩魂」, 『경신』 창간호, 1929.4, 23면. 이 글에서는 詩魂을 기독교의 영혼 개념과 등치시킬 만큼 문학을 종교와 동일시하는 양상을 보인다.

39 金鍵, 「詩의 眞價」, 『숭실활천』 4, 1925.12, 33면.

40 윌리엄 브레이크의 시는 이후 『연희』 속간호의 마지막 페이지를 장식한다. 1931년 1월 『연희』에 실린 브레이크의 시는 『순수의 노래(Songs of Innocence)』(1784)에 실린 「목동(the shepherd)」이다. 이 시는 예술을 통해 인류의 황금시대를 복원하고 자신의 신학사상을 드러냈던 윌리엄 브레이크가 연희전문 학생들에게 미쳤던 영향을 드러낸

인이자 화가인 브레이크의 시 속에는 일반론에 대한 반향으로서의 '순수'가 있고, 무한에 대한 동경과 이상이 있다. 이것은 감성의 해방을 의미한다. 기독교의 영향을 받으면서 시작 활동을 하면서도 자기의 직관과 환상을 통해 신의 세계를 보여주었던 브레이크의 시는 자신이 가지고 있던 상징체계 안에서 종교, 나아가 사랑과 아름다움의 영원성이 재창조될 수 있음을 보여준다. 아놀드와 브레이크의 시 세계를 이해하는 과정에서 학생들은 시적인 것을 인간 안의 '창조적 힘', 자연이 가지고 있는 '생산적 원리'와 동일시한다. 이를 통해 그들은 의도적으로 시의 좁은 문학적 의미를 깨뜨리는 낭만적 성향[41]을 보인다.

그러므로 상상력과 감정, 상징을 통해 창출된 미션스쿨 교지의 문학작품은 기독교 신앙과 교육의 영향력을 드러내고, 그것을 넘어서는 장소가 된다. 종교는 사유 양식과 연관이 있는데, 그것은 신과의 관계에서 세계를 사유하는 방식일 뿐 아니라 개인이 그 세계를 대상화하는 방식이다. 이는 모윤숙이 종교교육의 필요를 주장하며, "宗教는 사람을 最初根性에 歸化식히는 힘"[42]을 가졌다고 말한 바와 통한다. 자기와는 다른 초월적이고 완전한 존재와 접촉하거나 그를 모방하기를 갈망하고, 때로는 스스로 인간의 한계를 초월하는 존재가 되려고 시도하는 모든 행위는 인간의 종교성과 관련되어 있다. 이때 인간이 갈망하고 지향하는 존재, 의미, 상태, 속성을 아울러 '성스러움'이라 할 수 있다.[43] 성스럽다고 여겨진 것을 중심으로 세계를 조직하는 언어와 행위의 체계가 바로 종

다. 「the shepherd」, 『연희』 속간호, 1931.1, 176면.

41 프레더릭 바이저, 김주휘 역, 『낭만주의의 명령, 세계를 낭만화하라』, 그린비, 2011, 44면.

42 毛允淑, 「宗教教育의 必要」, 『이화』 창간호, 1929.2, 31면.

43 유요한, 『종교적 인간, 상징적 인간』, 이학사, 2009, 45~46면.

교다. 종교는 성스러움을 경험하는 방식의 체계, 결국 초인간적 의미를 지닌 대상을 경험하는 방식의 체계인 것이다.[44] 그러므로 조선인이 성스러움을 경험하고 성스러움과 관계 맺는 방법을 고찰하는 것은, 조선인의 종교적 감수성을 이해하는 방식이며 조선인이 자기 외부의 세계를 이해하고 현실의 한계를 벗어나려는 열망을 이해하는 경로다.

학생들의 시에는 조선이나 학교를 에덴동산에 비유한 시,[45] 새벽 종소리를 예수의 부활에 비유한 시,[46] 하나님을 대상화한 시[47]뿐 아니라 신과의 관계에서 자신의 내면을 들여다보고 생에 대해 생각하는 작품이 많다. 특히 기도 형식의 시들은 성경을 읽은 독후의 감상을 담거나, 고백의 형태를 띠면서 신과 소통하는 방식을 보인다.[48] 학생들은 개인의 기도문을 교지에 실음으로써 기도가 문학작품을 창작하는 방식이 될 수 있다는 의식을 보여준다. 대부분 이러한 시들은 시적화자가 신에게 '참사람' 되기를 간청하거나 조선인의 '단결'을 호소하면서 작자와 독자의 마음을 정화하고 계몽하는 속성을 보인다. 조선문화의 향상 발전을 위해 노력하자는 학생들의 글에는, '생명生命, 창조創造, 부활復活, 갱생更生'과 같은 단어들이 빈번히 나타난다.[49] 학생들은 지금-여기에서

---

44 윌리엄 페이든, 이민용 역, 『성스러움의 해석』, 청년사, 2005. 132면.

45 尹禎晧, 「江山의黃昏」, 『배재』 창간호, 1922.11, 57면; 金禮均, 「培花야」, 『배화』 4, 1932.7, 162면.

46 姜淑卿, 「새벽 鐘소리」, 『배화』 4, 165면.

47 ㅎ.ㅎ.ㄷ, 「하느님」, 『이화』 창간호, 125면.

48 A生, 「기도」, 『연희』 6, 1926.5, 121면; 張貞心, 「이잔을밧으서요(詩)」, 『백합화』, 1927.3, 25~27면; 崔直順, 「내긔도」, 『梨花』 창간호, 78~79면; R生, 「내가아는예수」, 위의 책, 80면; S.W, 「몸부림」, 위의 책, 130면; 김종희, 「새벽긔도」, 『백합화』 3, 1929.3, 32면; 劉道順, 「웃음」, 위의 책, 36면; 임해득, 「나의 노래」, 『배화』 4, 165~166면.

49 OYS生, 「活氣가잇자」, 『배재』 창간호, 1922.11, 27면; 朱壽元, 「生命의 延長線」, 『이화』 2, 1930.12, 31면.

'생명, 창조, 부활'의 주체가 될 수 있는 것은 자신이라고 말한다. 그것은 자연과 생명 앞에서 느끼는 조물주에 대한 경탄이나 겸허함과 짝패를 이룬다.[50] 생명 앞에서 신에게 느끼는 순응의 감정과 가난이나 불평등 속에서 신의 존재를 의심하는 반역의 감정은 그들이 믿고 있는, 혹은 믿었던 대상을 통해 '자기'를 지각하는 과정을 내포한다. 이는 당대 미션스쿨의 주의主義가 "自己個性을 씃까지 向上시킨 基督의 人格으로 標準人格"을 삼아 "各 사람의 自體內에 숨어잇는 참사람을 차저내는 것"이라는 점과 관련된다. 기독교는 신과의 소통 혹은 신과의 합일이라는 종교적 비전 속에서 '숭고한 정서'를 경험하고, '자기의 의의'를 인식하는 단계로 나아가는 데 기폭제 역할을 했다.

"하나님이시여 어리석고 맘이 약한제게 굿건한 심지를 밧고아 주시옵소서 제압길에 엇더한 쟝해물이잇던지 백절불굴하는 그런 튼튼한 힘을 주시옵소서 그럼으로 제가 제압길을 개척해나가서 영원한목뎍디에이르도록 도아주시옵소서 이세상인정에구해되지안토록 인도해 주시옵소서" 하는 의미의 긔도를 경셩껏 오래동안 하고일어낫다. (…중략…) 나는 온몸에 가득찬 쓰거운 끌는피를 다리와 팔에모하가지고 힘차게 버틔고서서 서광이 명랑한 동녘한울을 뚜러지게 처다볼때 나는거긔서 나의압길의광명과 희망을 차저내엇다.[51]

위의 인용문은 소설 「남비기記」의 일부분으로, 고학하는 남학생이 자

---

50 金顯淳, 「田園生活의 一夜」, 『이화』 3, 1931.3, 93면; 金千蘭, 「自然과 나」, 『이고』 창간호, 1934.12, 39면; 金鍾熙, 「生의 意義」, 『백합화』 3, 1929.3, 14면.

51 方烋南, 「남비記」, 『배재』 11, 1928.3, 90면.

신의 처지를 생각하며 사랑하는 여자에 대한 번민과 갈등을 기도로 극복하는 내용이다. 「남비기」는 신앙을 매개로 자신의 욕망과 이성을 봉합하는 형태를 취한다. 이에 반해 소설 「전후前後」는 결혼한 여인에 대한 성충동을 기도로 억제하던 청년의 간통 사건이 결국 꿈이었다는 결말을 보임으로써 신앙의 힘으로도 통제할 수 없는 인간의 무의식을 드러낸다.[52] 이 작품은 두 가지 관점에서 해석될 수 있다. 우선, 간통이라는 죄를 저지른 사람의 심적 고통에 대한 문제이다. 그것은 인간이 겪는 심리적인 죄책감에서 비롯된 고통과 불안이다. 그러나 이보다 더 중요한 문제는 종교적 진리, 즉 어떤 종교나 사회 관습이 규정하는 죄악의 여부가 인간을 얼마나 고통스럽게 하는가이다. 이것은 전체 앞에서 개체가 겪는 실존적 갈등의 문제이다. 이 때문에 기도 형태의 작품에는 신에 대한 원망의 목소리를 담는 경우도 나타나는데, 이 작품들은 사회적 불평등과 모순에 대한 자각 속에서 인간의 불완전성을 직시하는 태도로 나아가는 경우가 많다.[53] 이점은 개인 스스로 신적인 것을 선택하는 일이 자신의 무력함을 고백해야 하는 일이며, 자기희생적 태도를 증명하는 일[54]이라는 것과 관련된다.

이 같은 양상은 시와 수필에서도 나타난다. 시인 장정심이 교지 『백합화』에 실은 「이잔을밧으셔요」라는 시는 『마태오복음』 26장 42절의 내용을 읽고 감화된 내용을 담은 작품이다. 겟세마니 동산에서 예수가 올

---

52 金鎭炫, 「前後」, 『연희』 8, 1931.12, 124~127면.

53 愚人, 「못난이의설음」, 『이화』 창간호, 1929.2, 53~54면; 金基炳, 「어떤날아츰」, 『경신』 창간호, 1929.4, 68면; 車應烈, 「우리 故鄕의 밤」, 위의 책, 70~71면; 延甲順, 「나의 祈禱」, 『배화』 2, 1930.5, 124~125면.

54 William James, 김재영 역, 『종교적 경험의 다양성』, 한길사, 2002, 111면.

린 기도를 담은 성구는 장정심의 작품 이 외에도 여러 글에서 반복된다. 그것은 당대 학생들이 '인간의 허물을 대신해' 희생한 예수의 죽음을 성스럽게 느끼는 동시에, 예수가 죽음 앞에서 보여준 '인간적' 번민을 인상 깊게 받아들이고 세속적 삶에 대해 사유할 수 있었음을 드러낸다. 이 때문에 미션스쿨 교지에는 식민지 조선에서 경험하는 비극에 대한 인식과 그것을 극복하기 위한 '생에 대한 열망'이 두드러진다. 가난 속에서 학업을 유지하며 힘들게 살아가는 고학생이 꿈에서 "善과 美가 躍動하는 에덴동산"을 본 체험에 대한 감상문,[55] 졸업 후 사회에 나가 경험하게 된 인간에 대한 환멸을 신앙심으로 극복하며 "哀心을 呼訴"하는 자기 고백의 서사[56] 등이 대표적이다. 이는 고학과 사회적 모순이 초래한 슬픔과 고통 속에서 학생이 가지고 있던 평화와 자유에의 욕망을 드러낸다. 또한 감상문의 말미에 나타난 에덴동산의 환상이나 변함없는 하나님의 사랑에 대한 갈구는 글쓴이의 무의식에 잠재된 '종교적 이상주의', '신비주의'[57]를 보여준다.

이 글들에서는 당대 학생들의 신앙심 밑바닥에 '애수', '애심'과 같은 쓸쓸하고 적막한 마음이 자리한 것을 발견할 수 있다. 슬픔은 '자신이 통제할 수 없는 어떤 것을 겪으면서 느끼는 박탈의 양태'이다.[58] 이

55 鄭在洽, 「苦學生의서름(感想)」, 『숭실활천』 4, 1925.12, 66면.

56 申伯姬, 「옛날을그립워하면서」, 『이화』 3, 1931.3, 70면; 園影, 「S여」, 위의 책, 88면.

57 기독교와 관련한 논설에서는 기독교를 "神人交通의 生活", "神人合體"의 신비적 체험으로 언급하고, 인간의 "直觀生活", "自己體驗"의 중요성을 강조한다. 이 같은 의식은 종교에 이미 '신비주의'가 내포해 있으며, 그것이 생활 차원에서 의식되고 표현될 수 있음을 보여준다. 이 글은 시인 장정심의 것으로 추측해볼 수 있다. S.C.S, 「宗教生活의 神秘」, 『백합화』 3, 1929.3, 21~24면.

58 주디스 버틀러, 양효실 역, 『불확실한 삶－애도와 폭력의 권력들』, 경성대 출판부, 2008, 28면.

박탈의 양태는 '내가 누구인가'라는 질문의 근원에 놓여 있다. 미션스쿨이라는 교육장 안에서 그와 같은 비애의 감정은 우정과 연동하며, 그 우정은 기독교라는 종교적 감수성과 만나 희생, 사랑의 실천이라는 운동성을 낳는다. 이것은 테리 이글턴이 새로운 윤리의 기반으로 제시했던 사랑(우정)이 아가페나 자선 같은 전통적 의미의 사랑이라 강조한 맥락과 통한다.[59] 가난하고 고난 받는 자들에게 종교는 현재를 초월해 선을 향해 나갈 수 있는, 소멸될 수 없는 '가능성'이었으며 새로운 '관계의 구성 원리'로서 작동했다. 이것은 미션스쿨에서 강조했던 신의 현존이 조선인에게 희망으로 경험되었으며, 고난의 조건을 전복시키라는 명령으로 인식되었음을 의미한다.

4. 사상의 교섭/경합의 장소로서의 미션스쿨

미션스쿨의 교지에는 종교적 관점에서 신지식을 이해한 경우뿐 아니라, 종교 역시 근대 사상체계의 간섭 속에서 이해되고 내면화되는 양상이 나타난다. 자신의 기독관을 설파하는 글에서 한 학생은 '인류가 진화함에 따라 신관이 진화'한다는 전제하에 성경 속 예수 표상의 변화를 언급한다. 이 학생은 '진화'의 관념에 기초한 기독관이 "宗敎心의 基礎가 되었다"[60]고 고백하며, 기독교 안에서 자신이 행한 정신적 수양과 생에 대한 책임감이 자신을 발전시켰다고 단언한다. 종교적 신앙도 "懷疑의

59 테리 이글턴, 이재원 역, 『이론 이후』, 길, 2010, 229면.
60 李順祚, 「나의 基督觀」, 『이화』 3, 1931.3, 64면.

洗禮" 속에서 "進步"를 추구해야 한다는 논리는 여러 글에서 반복되는데, 이는 『누가복음』 제2장 52절 예수의 성장에 관한 내용에 비유되기도 한다.[61] 반면, 학교 입학 전에 가지고 있던 "盲目的 信仰"이 미션스쿨 입학 후에 "모든 科學과 衝突"되고 "矛盾"됨을 느껴, "自覺的"인 신앙을 갖게 되었다고 고백하는 학생도 있다.[62] 학생들은 이처럼 사회 변화와 신지식의 간섭 속에서 신앙의 진화를 사유하고 종교적 회의를 경험한다.

종교의 변화는 사회문화적 진화 과정과 밀접하게 관련된다. 그러므로 진화의 관점에서 자신의 종교관을 설파한 글은 신앙인이 종교진화론의 논리를 자기 삶의 가치화에 투사한 결과다. 여기서 진화는 시간의 흐름에 따라 단선적으로 성장해감을 뜻하는 것이 아니라, '분화되면서 자기수정self-revising이 일어나는 과정'[63]이다. 다른 지식을 참조한 종교 이해의 방식은, 종교가 본래 지녔던 경직성을 넘어 다른 사회체계를 이입하고, 스스로를 정예화하는 절차다. 이는 어떤 지식이든 그 실효성을 문제 삼을 수밖에 없었던 일제강점기에 종교가 시대적 당위성을 획득하기 위한 하나의 방법이었다. 미션스쿨이 "宗教學校가 科學的教養에 缺陷이 있"음을 비난받던 시대는 지나갔음을 천명하며 "宗教的 信念"을 가지되, "時代에 適應한 科學的氣分이 充溢"[64]해 있음을 강조하는 것은 이 같은 맥락에서 읽을 수 있다. 교지를 보면, 당대 학생들이 실로 다양한 사상과 지식에 노출되어 있음을 보게 된다. 이 때문에 학생들은 어떤 사상 및 학설에 '감화'되거나 '지배'당할 가능성을 의식하며, 사상의

61 蔡弼近, 「青年哲學(大學에서)」, 『숭실활천』 12, 1932.10, 9면.
62 李喆卿, 「過去四年間의 나의 生活을 回顧함」, 『배화』 4, 1932.7, 132~133면.
63 김종서, 『종교사회학』, 서울대 출판부, 2005, 27~28면.
64 孟元永, 「우리 培花의 校風」, 『배화』 2, 1930.5, 25면.

구별이나 적합성의 여부를 따져본다.[65] 이것은 정치, 경제, 사회, 문예, 종교를 포괄하며, 사상이나 학설을 받아들이는 주체의 조선적 '模倣'과 "남의 思想의 奴隷"가 되어서는 안 된다는 경계를 중심에 둔다.

지식의 접합과 이접 속에서 종교를 사유하게 된 교사와 학생들은 기독교에 근원을 둔 이상주의나 계몽의 논리가 사회문제를 해결할 수 없다고 판단했을 때, 기독교의 자리에 과학, 사회주의, 무정부주의와 같은 새로운 지식체계를 대입하기 시작한다. 과학의 경우 지식 자체의 중요성이 강조되기도 하지만, 과학적 연구의 정신 즉, "他助의 精神"이나 철학과 같은 타학문과의 "相互關係"가 강조된다.[66] 이는 지식인들이 종래의 종교, 문학, 철학과 같은 인문학적 견지에서 과학을 사유하고 응용하는 주체로서 자기를 의식하게 된 것을 의미한다. 또한 사회주의가 가진 투쟁의 실천성과 개혁의 선진성은 지식인들이 기존의 종교문화로부터 이어받은 낭만적 감수성이나 계몽의 방식을 유지하되, 현실의 빠른 변화를 전망할 수 있는 새로운 대안으로 떠오르게 된다.[67] 무정부주의의 경우 크로포트킨의 상호부조론이 대표적인데, 단체나 사회의 발달을 인류의 "同情本能"[68]에 근거한 것임을 강조함으로써 자유와 비폭력에 기초한 상호협력이 사회 변화의 원동력이 될 수 있다는 감성을 낳는다.

이 같은 분위기 속에서 1920년대 중반에 들어서면 미션스쿨의 교지

65 洪秉璇, 「思想과吾人의態度와注意」, 『숭실활천』 4, 1925.12, 10~12면.

66 金鳳集, 「科學者와 社會」, 『연희』 속간호, 1931.1, 84면; 申雄均, 「自然科學이란 무엇인가」, 위의 책, 86~89면.

67 맑스주의는 의지의 필연성을 강조하고, 사물의 구조 및 엄격화게 조직화된 삶의 형태에 대해 부정하는 측면에서 낭만주의의 후예라고 할 수 있다. 낭만주의의 출발점과 그 영향력에 대해서는 Isaiah Berlin, 강유원 외역, 『낭만주의의 뿌리』, 이제이북스, 2005, 216~231면.

68 李萬珪, 「學生의 할 일」, 『배화』 2, 1930.5, 4면.

는 사랑과 헌신의 중요성을 말하되, 기독교의 허위성을 비판하는 방향을 취한다. 미션스쿨 청년회의 가장 중심에 놓였던 종교부는 외부적 선교사업 이 외에 내부적으로는 유익이 없었다는 주의를 받기도 한다. 이 때문에 배재고보 청년회에서는 1928년 "一般學生의 多數를 基督信者로 看破치 못함으로 '基督'이라는 名稱을 除去하고 새 名稱을 引用"하기로 결정한다.[69] 연희전문에서는 이미 1923년부터 『연희』를 기독교청년회가 아닌 학생회 지육부智育部가 맡아 발간한다.[70] 이 같은 움직임 속에서 교지에는"在來의 絶對論과 眞理論을 攻擊하는 新理想運動으로서 實際主義"[71]가 역설되며, 완미한 진리로서의 생명이 아닌 "(분투적)活動"으로서의 생명이 강조된다. 또한 '종교와 예술이 붕괴한 폐허'에서 "實際的激越的社會主義"는 조선 학생들에게 새로운 '정의'로 부상한다.[72] 이처럼, 생명과 정의와 같이 기독교의 핵심어로 기능했던 언어들은 창조적 진화론이나 계급문제를 이해하는 언어들로 거듭난다. 이는 당대 사상전환의 분위기 속에서 이루어진 기독교와 사회주의의 헤게모니 장악과 관련된 것이기도 하다. 그러므로 미션스쿨의 교지에서 사회주의의 영향을 발견하되, 감상성으로부터 벗어나지 못한 서사들은 근대 지적체계의 전환 과정과 그 한계 속에서 재고될 수 있다.

「어떻게할까?」에서 학생은 "오늘날 모든 思潮와 思想이 물ㅅ결치듯 부딪"히는 상황에서 학생들이 목적을 잃고 방황한다고 말한다. 그리고 조선의 기독교적 상황을 비판하며, 사회주의자들의 발언을 의식한다.[73]

69 「培材學生基督青年會臨時總會報告」, 『배재』 11, 1928.3, 42면.
70 「延專學生會沿革」, 『연희』 속간호, 1931.1, 174면.
71 金英豪, 「實際主義의 立脚地에서 創造的進化를 論하노라」, 『연희』 6, 1926.5, 11면.
72 H生, 「過渡期에臨하야 歷史的正路에서大勢에順應하라」, 위의 책, 8면.

유물론의 관점에서 종교를 비판했던 포이어바흐,[74] 그의 영향을 받아 종교가 "억압받는 자들의 탄식"이며 "인민의 환상"이라 비난한 맑스[75]는 종교를 실재가 아니라 환상에 근거해 날조된 것이라고 말했다. 그러나 이들은 공통적으로 종교가 무언가를 갈망하고 지향하는 인간의 근본적 성향으로 인해 발생한 것임을 주장하는 것이기도 하다. 종교를 비판하는 인물들도 인간의 종교적 성향, 즉 인간 안에 잠재한 종교적 감수성의 존재 여부는 인정한다. 조선인에게 잠재된 종교적 감수성은 기독교를 둘러싼 제도—교회, 미션스쿨, 출판물—를 매개로 발현되었으며, 표상체계를 획득할 수 있었다.

1920년대에 이르면 신사상들은 기독교 교리와 교섭하고 경쟁하는 양상을 보인다. 이 과정에서 종교적 감성은 수업, 당대 독서문화의 혼재 속에서 발현된다. 일본인의 소작인으로 살아가는 조선인의 현실을 개탄하는 배재학생의 글에는 중학 시절 교사로부터 들은 강의 내용이 글쓰기의 동기가 되었다는 서두가 있다. 그리고 그 학생은 당대 농촌의 소작인들에게 충동적 행동을 촉발하는 신사조 수입의 폐단과 연애 서적의 범람을 비판한다. 이때, 조선 청년은 "天의 使命"을 깨닫고 "朝鮮의 公僕되기"를 자처해야 함을 역설한다. 이 글은 유난히 생략된 부분이 많은데, 식민지 조선 농촌의 경제와 조선 내 사회주의의 영향에 대한 부분이 그러하다. 그에게 강의를 했던 선생은 CCH로 기재되어 있다. 사실 그는 이준, 이동녕과 함께 을사조약 폐기 상소운동을 벌이고

---

73 盧咸安, 「어떻게할까?」, 『배화』 2, 1930.5, 29면.

74 루드비히 포이어바흐, 강대석 역, 『종교의 본질에 대하여』, 한길사, 2006, 290면.

75 칼 마르크스, 강유원 역, 『헤겔 법철학 비판』, 이론과실천, 2011, 8면.

『문장지남文章指南』과 『실지응용작문법實地應用作文法』을 펴낸 최재학이다. 교사 최재학의 강의를 듣고 조선 민족의 현실을 깨닫게 된 학생은 당대 신사조로서의 사회주의를 의식하면서도 그 신사조의 자극성을 비판하며 조선 민족의 구원자 되기를 자처한 것이다.

1920년대 후반에 이르면, 학생들은 노골적으로 '비과학적非科學的, 안락적安樂的, 이기적利己的, 자본주의적資本主義的, 고식적姑息的'인 학생들의 사상적 경향을 비판하며, '과학적 방면의 사상적 통일' 및 '통일기관統一機關'을 꿈꾼다. 이 주장은 조선 청년의 희망이 종교적 낙관주의로부터 벗어나야 함을 강조하는 글들[76]과 공존한다.

> 以前에는 우리全社會를通하야 區區한思想界가分立되어 恒常派閥의爭鬪가連續되엇섯다 그러나 今日에잇서서는 ×××××××××××× ×××× ××××××× 이에對하야는우리學生도 存心할必要가잇는줄안다. (…중략…) 그리고아직것 우리朝鮮學生의思想界가統一되지못한것은무엇보다도遺憾이다 우리는統一한機關알에에서굿게握手하고나가면 얼마나進步될것이며배우는것도얼마나意味잇게될것인가? 우리朝鮮學生도좀더 科學的方面에 思想을統一하는同時에 우리의 根本問題解決策을講究하자. 現在우리學生機關으로 科學硏究會가매우必要한줄안다 그러나좀더全朝鮮的으로 前途有望한學生을 網羅하야보자. 그리하야統一機關알에서 奮鬪的氣分으로나가보자.[77]

위의 글에서 박승극은 '학생 기관'이 미션스쿨이라는 범주를 벗어나

76 崔泰翼, 「希望」, 『배재』 11, 1928.3, 24~25면.
77 朴勝極, 「現下朝鮮學生界의 偏論」, 위의 책, 23~24면.

전 조선의 학생으로 확장될 것을 강조하되 그 학생이라는 단어 앞에 항상 '우리'라는 수식어를 붙인다. 또한 그는 '전도유망한 학생'들로 조직된 '과학연구회' 같은 '사상 통일 기관'을 강조한다. 그는 조선 학생 전체의 사상적 각성을 유도하되, 미래의 가능성을 가진 학생만이 통일된 기관의 주체로서 '분투적 기분'을 행위로 전화할 수 있다고 언급한다. 이것은 일종의 수치심의 전략이자, 사상적 선별의 문제다. 이 같은 글쓰기는 미션스쿨의 자장 안에서 자아의식, 집단적 운명에 대한 감정, 정의감 등의 심리를 활성화한 상태에서 발현된 것이다. 이제 사회주의와 관련한 글들은 프롤레타리아를 "同情할 만한 불상한 弱子"로 아는 "空想的 社會主義"에 대한 비판을 수반하게 된다. 또한 진화를 위한 "不可避的 鬪爭"을 "自己運動"으로 역설하는 "科學的 社會主義"를 중심에 두게 된다.[78] 이것은 사회주의 내부의 자기비판이면서 종교적 숙명론과 이상주의에 대한 부정이다.

1920~1930년대 미션스쿨 교지에 실린 사회주의에 대한 글은 기독교 교리를 대체하는 새로운 지식체계의 가능성을 보여준다. 여기서 주목할 것은 당대 학생들이 자본주의를 "善惡의 倫理的動機로 批判"하는 것을 경계하고 있다는 점이다.[79] 이는 당시 자본주의에 대한 윤리적 판단이 사회주의를 향한 막연한 희망으로 이어질 가능성에 대한 경계이다. 또한 폭력을 혁명의 수단으로 삼는 것을 비판하고 경쟁이 아닌 협력에 근거하여 국가와 경제를 유지해야 한다는 주장도 눈여겨 볼 수 있다. 이러한 견해는 '기독교사회주의'와 그와 관련한 인물을 소개하는

78 吳吉萬, 「事物發展過程의 辨證法的一考察」, 『연희』 속간호, 1931.1, 59면.
79 林貞姬, 「近世社會思想의 發生」, 『이화』 3, 1931.3, 11면.

글에서 나타난다. "쭈레데릭 데니슨 모리스Frederick Denison Maurice"와 "킹슬레Charles Kingsley"에 대한 소개가 대표적이다.[80] 이들은 공통적으로 노동계급의 비참한 상태에 동정하여 노동자와 여성 교육에 힘쓰고 잡지를 발간하거나 소설을 썼던 인물이다. 이들은 기독교의 정신을 토대로 사회문제를 해석하려 했다. 이에 관한 글은 사회모순에 대한 자각과 실천성을 가진 사회주의가 당대 조선인들에게 관심을 불러일으키는 바가 많았지만, 사회주의가 내포하고 있는 폭력성에 대한 터부의식이 기독교사회주의 같은 사상적 절합을 꾀하게 했음을 드러낸다.[81]

사상의 수용과정에서 나타난 지식의 교섭과 경쟁의 양상은 문학작품에서도 살펴볼 수 있다. 모윤숙은 18세기 말 프랑스혁명의 영향으로 "在來의 國民的 道德과 宗教的 束縛"에서 벗어난 문학적 경향이 사회주의화되어가는 과정을 소개한 바 있다.[82] 이는 다양한 사상이 시대적 상황 속에서 변용되고 문학화된 과정을 언급한 것으로, 사회주의 역시 다른 사상과의 혼종 속에서 갱신되었음을 보여준다. 모윤숙은 같은 호의 교지에 「계승자繼承者」[83]라는 작품을 게재하는데, 이 작품은 주의자와 전향자 사이의 갈등과 여성 지식인의 각성을 그린 단편소설이다. 모윤숙은 『이화』 2집에 실

80 圓峴學人, 「基督教社會主義의 起源」, 『백합화』 3, 1929.3, 28면.

81 기독교가 새로운 사조의 도전과 비판 및 공격으로 위기에 처했을 때, 사회주의와의 조화의 가능성을 모색하며 조선의 현실을 타개하고자 했던 움직임은 YMCA에 속한 청년 기독교인들이 중심이 되어 이루어졌다. 사회주의운동을 기독교적 원리로 해석하고, 사회주의의 도덕적 이상을 기독교에서 찾고자 했던 기독교사회주의의 출현 배경과 논리에 대해서는 다음의 논의를 참고할 수 있다. 노치준, 「일제하 YMCA의 기독교 사회주의 사상 연구」, 『사회와 역사』 7, 한국사회사학회, 1987, 112면; 서정민, 『이동휘와 기독교』, 연세대 출판부, 2007, 490~500면.

82 毛允淑, 「近代露西亞文藝思潮」, 『이화』 3, 1931.3, 20면.

83 毛允淑, 「繼承者」, 위의 책, 153~162면.

은 일기에서 "코론타이 여사의 赤戀"을 읽은 감상을 실은 바 있다.[84] 그러므로 이 소설은 모윤숙이 일기에서 말했던 "와-샤의 魂을 가진" 조선 여성을 소설화한 것이다. 이 소설의 인물들은 레닌, 맑스, 코론타이, 간디 등을 거론하며 타락한 친구와 자신의 삶, 더 나아가 사회를 바로잡으려는 의지를 노골적으로 드러낸다. '투사', '혁명적 새 여성'되기를 갈망하는 인물들의 모습 역시 그러하다. 이 작품에서 두드러지는 것은, 자유연애에 빠졌던 여성이 보여주는 자기 설득의 언사가 사회주의와 기독교 담론이 접합된 양상을 띤다는 점이다. 투사가 되기로 작정하는 여성 인물은 '민중民衆이라는 사랑', '동지자同志者의 신성神聖한 사업事業', '인생人生의 최고목적最高目的인 선善을 발휘發揮하는 순서順序' 등의 단어로 스스로를 독려한다. 이 작품은 당대 지식인이 사회주의를 수용하되 민족주의, 기독교 사상 등의 영향 속에서 계급적 각성이나 투쟁보다 민중을 위한 사랑과 헌신, 신성한 사업, 선의 발휘 등에 더 감화되었던 정황을 드러낸다.[85] 이것은 폭력성을 지운 형태의 혁명이라는 이상, 종교적 실천성과 연결될 수 있다.

사회주의의 영향 속에서 이상, 영혼, 동정 등과 같은 시어들이 범람했던 교지에는 점차 분투, 열정, 기개, 힘 등과 같은 시어들이 거룩함, 희생(자)과 같은 시어들과 접속하는 양상을 보인다. 특히 절박한 지경에 봉착한 인간의 심리나 현대 지식인의 자의식, 인간의 잔인성 고발

---

84 MYS, 「日記몃편」, 『이화』 2, 1929.12, 109면. 모윤숙은 1929년 이화전문학교 학생기독청년회 농촌부장으로 활동하면서 농촌 아동과 여성을 위한 국문 강습, 농촌 강연 등을 시행하는데 그 이력이 작품 창작과 사상에 영향을 미친다.

85 이 같은 양상은 심훈의 『상록수』의 모델이 되었던 최용신의 글에서도 발견할 수 있다. 협성여자신학교 농촌부장이었던 최용신은 "理論으로만말할것이아니라 우리의知識階級의靑年들은 誠心誠意로써犧牲的奮鬪를가지고 農民으로더브러 호미와광이를같이쥐고 合力할 것"을 강조한다. 崔容信, 「農村의 참指導者가되자」, 『백합화』 3, 1929.3, 30면.

등을 자주 발견할 수 있다. 창간호에서 가장 기독교적 색채가 농후했던 숭실학교의 교지도 12호에 이르러서는 시, 소설, 희곡이 거의 사회 비판적 태도를 취하거나 가난 때문에 생긴 갈등과 폭력을 작품화하는 양상을 보인다. 작품들은 극도로 비참한 지경에 이른 인간이 선택하는 죽음과 폭력성, 자의식의 과잉 상태를 드러낸다.[86] 이런 경향의 원인은 당대 문학적 환경을 잘 보여주는 학생의 소설 「과도기過渡期의 시인詩人」에 집약되어 있다. 자신의 시를 지면에 발표하고자 신문사와 잡지사를 전전하던 시인의 이야기를 담은 소설에서 주인공 안백安白은 잡지사에서 다음과 같은 이야기를 듣는다.

> 도대체 당신의 작품이란 시대에 뒤써러진 리상주의(理想主義)에다가 신비적(神秘的)색채가 농후하엿으며 엇던때에는 센치멘탈니즘에 치우친 염세적 "그락겟상"에 지나지못하엿습니다. 그런관게상 독자대중에게도 아무런 호감도 주지못하엿습니다. "써너러리스트"인 우리들에게도 아무유익이 업슬줄암니다. 원하는것은 당신은 묘사보다도 취재에 류의(留意)하십시오. 또 보수적(保守的)보다도 혁명적(革命的)활긔를 씌워야됩니다. 현실을 초월한것보다도 현실그것을 주관점(主觀点)으로하야 시를쓴다면 그것은 반듯이 현금 ××위긔(××危機)의 대중에게 엇던 늣김을줄줄암니다. 현실을알녀면 현실의 접촉이 필

86 柳根錫, 「그대여 거리로 나아가자」, 『연희』 8, 1931.12, 108면; 朴榮濬, 「눈물은 다 말랏다」, 위의 책, 109면; 大同江人, 「젊은 哲學者의 自殺」, 『숭실활천』 12, 1932.10, 82면; 金朝奎, 「오날도 붉은피는 거리를 물드렷나니」, 위의 책, 91면; 黃彈, 「미치광이의 헛소리」, 위의 책, 99면. 후에 단층파 동인으로 활동하는 시인 김조규는 숭실학교 재학 중 『숭실활천』에 후에 고향 상실의 비애, 인간의 폭력성을 고발하는 시를 발표한다. 같은 호의 교지에는 "硬化한 自負心에서 階級의 軋轢이 시작"됨을 경계하며, 학생이 농부와 노동자의 심경을 그린 시들도 게재되어 있다. 이 시들은 조선의 현실을 그리되, 지식인이 의식적으로 하층민을 대변한다는 점에서 이념성을 띤다.

요하며 접촉은 경험(經驗)을 낫습니다. 우리들은 너무 학자적(學者的)인詩人을 환영하지안으며 좀더진취적 흥분을 가진 건실한 시인을 환영합니다.[87]

잡지사에서 나온 안백은 미美, 사랑, 의리, 선악을 노래했던 그간의 자기를 생각한다. 그리고 감옥에서 세상을 떠난 아우가, 낭만주의 시인을 탐닉하고 있던 그에게 "우리들생활가온대서만 차즐수잇는 우리들의 참된시를 써"달라고 부르짖었던 것을 떠올린다. 교지에 실린 논설이 사상적 탐색과 종교적 감상성에 대한 비판을 담고 있다면, 시와 소설들은 그와 같은 분위기 속에서 지식인이 겪을 수밖에 없는 번민을 소재로 삼는다. 여기서 중요한 것은 종교적 낙관주의가 사회주의의 현실논리에 의해 비판받고 있다는 데에 그치지 않는다. 오히려 학생이 인물의 입을 빌려 주장하는 어떤 사상, 참됨에 대한 '신념'에 주목해볼 필요가 있다. 그 신념은 이상주의와 신비주의에 대한 대타의식에서 발로한 것처럼 보이지만, 그것으로부터 자유롭지 못하다. 그가 안백에게 요구한 '혁명적 활긔'와 '진취적 흥분'을 가진 건실한 시인은, 여전히 어떤 변화에 대해 '굳게 믿는 마음'이 있어야만 창출될 수 있는 주체다. 불안정하고 불완전한 세상에 살면서 유의미한 성스러움을 경험하려 한다는 것은 인간이 한계를 자각하고 그 너머를 갈망하는 종교적 주체임을 의미한다. 이 시대에 기독교는 분명 비판의 대상이었지만, 인간의 한계 인식과 한계 극복에 대한 갈망, 지식인이 의식할 수 있었던 도덕적 이상, 그리고 이에 대한 상징적 표현 등 기독교에 많은 부분을 빚지고 있

87 朴陽兒, 「過渡期의 詩人」, 『숭실활천』 12, 1932.10, 114~115면.

다. 근대 조선의 학생들은 그 종교적 감성 속에서 과학과 종교 그리고 사상의 절합을 도모하고, 스스로를 갱신하며 세계 변화의 꿈을 꿀 수 있었던 것이다.

5. 미션스쿨 교지의 문학(화)사적 의의

근대 조선의 미션스쿨이라는 교육제도는 조선인에게 종교 혹은 종교적 신념이라는 것이 집단적으로 향유될 수 있으며, 학습될 수 있고, 표현될 수 있음을 경험케 했다. 미션스쿨의 교지는 기독교가 근대 조선인의 종교적 감수성을 추동하고, 그 감성이 신지식과 만나 계몽의 논리로 전이되며, 지식인의 감성과 지성이 글쓰기 욕망으로 발현되는 양상을 담고 있다. 그리고 문서선교의 목적으로 간행된 미션스쿨 교지는 조선의 교육장 안에서 기독교 교리와 근대 지식과의 상호교섭을 겪고, 기독교적 수사와 비유, 인용의 방식을 동원해 문학장 · 지식장을 구성해가는 구조를 보여준다. 이는 근대의 종교와 교육, 문학의 상관성을 암시한다.

우리는 교지를 통해서 미션스쿨에 의한 감정교육이 보이지 않는 대상과 수치심에 대한 인식, 사생관死生觀, 인용과 비유의 글쓰기 방식, 표상체계, 계몽 담론, 신사상에 대한 요구와 같은 변화에 원동력이 되었음을 알 수 있다. 교지는 근대 조선의 교육문화, 문인들의 이력, 당대 신지식의 유입과 교섭 현상을 고찰하는 데 중요한 자료다. 교지에 실린 글들은 당대 교육기관에서 행했던 교육의 실제, 학생들의 교내 활동, 시대 상황을 관통하는 담론을 보여준다. 더불어 각 학교의 청년회 같은 학생의 집단화와 글쓰기를 유인했던 시대적 배경에 대한 고찰은 일제 강점기 작가들의 습작기에 영향을 미친 종교적 성향을 추출하는 데에 도움을 준다. 교지는 재학생 이 외에도 졸업생, 교사들이 필자로 참여했다. 미션스쿨 교지를 보면 문단에 들어선 작가들의 교사 활동, 예비 작가였던 학생들의 면면을 찾아볼 수 있다. 주요한, 전영택, 나도향, 변영로, 김윤경, 이윤재, 박영준, 안수길, 양주동, 모윤숙, 박승극, 노천명, 전숙희, 장정심, 유도순 등이 그 예다.

또한 교지라는 매체에 실린 학생과 교사들의 글쓰기는 당대 독자의 글쓰기 양식과 문학적 반응이 변모 · 발전해 가는 과정을 확인케 한다. 실제로 미션스쿨의 교지는 초창기에 종교적 색채를 보이다가 점점 문화 일반에 대한 관심, 종교에 대한 비판, 더 나아가 지식인이 취해야 할 사상적 방향을 제시하는 담론을 이끌어낸다. 또한 문학 영역에서도 신에 대한 찬미나 경외, 희생을 강조하는 내용의 작품들이 죽음에 대한 인식, 성스러움에 대한 갈망, 거룩한 행위에 대한 전망 등으로 나아가는 경향을 보인다. 특히 초기 기사와 논설로 기독교적 색채를 강하게 보였던 숭실학교의 교지가 1930년에 이르러 가장 적극적으로 사상적 교섭의 가능성을 모색하고 그 과정에서 지식인이 느끼는 번민을 문학 작품에 반영하는 양상은 주목할 만하다.

조선의 학생과 교사는 지적 권위들의 경쟁 속에서 종교적 감수성을 변용하고, 종교적 권위와 제국의 문화적 권위를 균열하는 글쓰기 방식을 고안했다. 미션스쿨의 교지는 기독교적 수사를 넘어, 교지의 글쓰기가 조선 대중의 동감을 유도하는 구조, '의를 실천한다'와 '사랑을 체험한다' 같은 종교적 윤리가 조선 사회에서 문화적으로 발현되는 양상,

십계명과 주기도문 같은 전언이 조선 사회 안에서 재해석되는 국면들을 보여준다. 이것은 기독교가 계몽주의, 민족주의, 사회주의, 무정부주의와 교섭하고 길항했던 양상과 관련되어 있다. 종교와 매체 간행의 상관성, 신지식의 교섭에 대한 연구는 식민지 조선의 학교에 한정되지 않는다. 근대 초기 일본에 유학했던 학생들의 면면을 볼 수 있는 기독청년회, 기독교 단체 산하 유학생회에서 간행한 잡지들 역시 그 배경에는 종교가 존재한다. 이러한 측면은 유학생 문화와 교지의 상관성, 식민지 조선과 제국 일본이 공유하는 기독교의 연속과 단절의 일면을 드러낸다는 점에서 새로운 가능성을 안고 있다.

제3장
동맹휴학의 사건성과 위반으로서의 소설적 대응

1. 동맹휴학의 시대

1920년대는 일본의 식민 통치 기간 중 동맹휴학이 가장 많이 일어난 시대였다. 1920~1929년까지 집계된 발생 건수만 502건이다.[1] 조선에서 동맹휴학은 일종의 유행 현상처럼 확대된다. 동맹휴학은 3·1운동 이후 민족의 부흥이 민족의 문명화에 달려 있다는 각성과 맞물린 교육열과 향학열의 발흥에서 비롯되었다. 조선의 학생 수가 증가한 데 비해 학교의 수용 능력과 시설, 교사의 자질이 부족했으며, 식민지 동화정책에 기반을 둔 일제의 교육정책은 일본과 비교했을 때 매우 차별적으로 진행되었기 때문이다. 이에 대해 학생들은 교육 설비의 개선과 교육 기회 확대, 무능하거나 부적격한 교원에 대한 배척, 조선인 본위 교육의 실시를 요구하는

1 장규식, 『1920년대 학생운동』, 독립기념관 한국독립운동사연구소, 2009, 211면.

동맹휴학을 벌였다.[2] 그러나 근대 조선의 학생운동은 언제나 동일한 양상으로 전개된 것은 아니다. 학생과 교사의 관계 또는 제국의 통치 정책, 그리고 주체의 성격에 따라 몇 개의 국면들로 구분된다. 당시 일제 경찰 당국에서 동맹휴학의 성격을 시기별로 구분한 양상은 다음과 같다.

· 1919~1923년 : 배일(排日) 맹휴시대
· 1924~1925년 : 주의적(主義的) 맹휴시련시대
· 1926~1930년 : 주의적 맹휴시대
· 1931~1935년 : 단순한(사상적 배경 없이) 맹휴시대[3]

위의 시대 구분은 동맹휴학을 근본적으로 저지하고, 탄압하기 위한 목적에서 기인한다. 별다른 자의식 없이 위와 같은 시대 구분을 상식으로 받아들인다면, 일제강점기 동맹휴학은 정치적으로나 문학적으로 어떤 진리를 산출하는 사건이 되기 어렵다. 바디우에 따르면 '사건'이란 "상황 · 의견 및 제도화된 지식과는 '다른 것'을 도래시키는 것"[4]이다. 이미 주어지고 굳어진 채로 어떤 진리를 산출하지 못하는 '의견'들만이 난무하는 상황에서 한 번도 고려의 대상이 되어 본 적이 없는, 기존과 완전히 다른 존재 방식을 요구하는 것, 그것이 바로 사건이다. 사건의 의미를 문학과 연결하여 사유하면, '기존의 문학을 부정하는 행위, 기존의 문학에 대한 위반'[5]으로서의 문학 개념을 떠올리게 된다. '모든 것

2 위의 책, 208~209면.
3 朝鮮總督府 警務局, 「學生の盟休と秘密結社」, 『高等警察報』 5, 1935, 37~38면.
4 알랭 바디우, 이종영 역, 『윤리학』, 동문선, 2001, 84면.
5 미셸 푸코, 허경 역, 『문학의 고고학』, 인간사랑, 2015, 22면.

을 뒤집어보면서 자신의 문화에 저항하는 것'으로서의 문학에 대해 언급했던 푸코는, 작가야말로 '규칙을 어김으로써 자신의 문화를 함정에 빠뜨리는 사람'[6]이라 말했다. 이 같은 맥락에서 보면, 문학과 작가는 시대적 사상이나 재현 방식 그리고 문학적 통념을 넘어 인식의 확장이나 감성의 분기를 낳으며, 체제 전복적으로만 존재할 수 있다.

동맹휴학, 6·10만세운동, 더 나아가 광주학생운동이 사건이었다면, 그 이유는 거기에 레테르처럼 붙곤 하는 '학교 투쟁', '민족주의', '항일운동'과 같은 상식적인 수사들 때문이 아니다. 이 혁명이 이전의 식별체제를 부수고 감성적인 것이 분기하는 인식적 공백 상태를 가져왔기 때문이다. 작가들은 소설에서 그것을 "적막한 빈집", '무엇이라 대답해야 옳을는지 모르는 상태', "불평과 반역과 또는 공포가 싸인 여러 학생들의 시선과 시선의 충돌", "혼란과 난무", "자신도 모를 괴상한 힘" 등의 언어로 표현한다. 복합적인 충격 상태, 다시 말해 사건에 대한 충실함에서 이 시대 작가의 윤리나 존재 가능성을 발견할 수 있다.

광주학생운동을 정점에 두고 볼 때, 그 이전과 이후에 일어난 동맹휴학은 정치적 혁명의 전 단계나 소수정예화로 해석되어 왔다.[7] 당대에는 불미스러운 일로 기사화되었던 동맹휴학이 현대에 이르러서는 『○○학교 백년사』에 항일투쟁 열기를 가진 교풍처럼 미화되어 있기도 하다. 당대 기사를 놓고 보면 잦은 동맹휴학이 결국엔 '학생들의 무리한 요구', '경거망동'에서 비롯되었다는 비판적 관점이 등장하기도 하며, '책임은 학교 당국에', '문제의 원인은 교육의 직업화'처럼 책임 추궁의 논

6 김현, 『시칠리아의 암소』, 문학과지성사, 1990, 65면.
7 장규식, 앞의 책, 210면.

리가 만들어지기도 한다. 또한 동맹휴학의 빈도 증가에 따른 피로감을 호소하는 경우도 발견된다. 물론 이런 기사들이 증가한 추세에 대해서는 미디어의 검열을 무시할 수 없다. 가령, 동맹휴학 특집을 기획했던 잡지 『현대평론』 1927년 8월호(호외)의 기사들은 많은 부분 복자 처리되거나 글 전체가 누락되었다.[8] '권두언'에서부터 삭제된 내용을 추적해보면, 학생의 동맹휴학을 학교 내부의 문제로 치부하는 데 문제제기하고 이것을 사회문제로 확대하여 동맹휴학의 필요성을 주장하는 담론들임을 알 수 있다. 이 같은 검열 환경은 동맹휴학에 대한 부정적 견해를 양산하는 한편 동맹휴학에 대한 학생들의 입장이나 사상가들의 공명의식을 '비가시적'으로 드러내게 한다.

동맹휴학을 중심 사건으로 형상화한 소설은 무엇보다 그것이 전개된 역사·사회적 맥락 속에서 고찰되어야 한다. 조선 학생운동의 가장 중요한 두 가지 배경은 식민 통치 권력의 성격과 지배의 양식, 그리고 교육 정책과 제도였다. 당시 조선은 정치, 경제적으로 일본의 영향 하에서 문명화를 도모했다. 그리고 사회적으로 학생들과 학부모의 향학열이 점차 높아진 상태에서 학교는 공공성을 담보한 공간이 되었다. 또한 문화적으로 '학생'에 대한 사회적 선망과 지지가 광범하게 존재하고 있었다. 학생운동의 목표와 이념들은 이 같은 정치, 경제, 사회, 문화적 배경과 조응하면서 정립되었다.

---

8 특집호에서 「日本學生運動에 대한 概觀」과 같은 사적 고찰이나, 「教育者排斥은 들을 수 업는 問題」나 「일어버러진뒤의 解決은 難問題」와 같은 학교의 입장은 잡지에 실려 있으나, 「絶對로 非妥協」, 「初志를 貫徹하겟습니다」와 같은 학생의 입장은 전문이 누락된 상태이다. 또한 박영희의 「教育의 殿閣은 엇지하야 破壞하려는가?」, 김윤경의 「同盟休學에 對한 나의 意見」과 같은 글들 역시 전문이 누락되어 확인 불가능하다.

실제로 소설을 보면, 동맹휴학은 다양한 스펙트럼 속에서 확산된다. 작품에는 동맹휴학의 주된 요구가 교사 배척과 같은 학교 내의 문제에서부터 계급운동으로 전환하는 것이라든가, 학생운동의 조직이 학교별 조직을 넘어서 전국적 협의나 연합조직으로 전환되는 시점이 담겨 있다. 특히 문학작품은 역사학에서 동원하는 통계나 재판 기록 등에 생략된 조선인의 감정과 의식의 흐름을 보여준다는 점에서 주목할 수 있는 자료이다. 이를테면 작가들은 말과 소음, 가시적인 것과 비가시적인 것 등을 배분하고 그것을 통해 감성의 분할을 시도하고, 새로운 대상들과 주체들을 공동 무대 위에 오르게 한다.[9]

지금까지 근대 조선의 학생운동에 관한 논의는 주로 역사학적 관점에서 학생운동의 이념과 전략 또는 노선의 분화에 초점을 맞추고 있었다.[10] 역사학 쪽의 연구 성과들은 기왕의 동맹휴학 전개 과정과 분기의 지점들, 일제강점기 동맹휴학이 지닌 정치적 성격과 역사적 맥락 등을 잘 보여준다. 동맹휴학에 관한 연구는 학생운동의 요소들, 즉 이념이나 조직 그리고 문화가 당대인에게 어떻게 인식되고, 왜곡될 수 있었는지 검토하는 데까지 나아갈 필요가 있다. '학업의 중단'이 '처벌의 대상'이나 '범죄'가 된다는 관점은 근대적 교육제도 안에서 교육과정과 교칙이 정해진 상태에서 형성되었다. 이것은 조선을 통치하거나 학교를 운영하는 권력자들에 의해 고안되고 고정된 분할이다. 작가들은 동맹휴학을 둘러싸고 형성된 관념과 감성에

---

9 문학의 정치, 문학이 수행하는 감성의 분할에 대해서는 랑시에르의 논의를 참고했다. 자크 랑시에르, 유재홍 역, 『문학의 정치』, 인간사랑, 2009, 11면.

10 김호일, 『한국 근대 학생운동사』, 선인, 2005; 장규식, 앞의 책; 한규무, 『광주학생운동』, 독립기념관 한국독립운동사연구소, 2009; 김성은, 「1920년대 동맹휴학의 실태와 성격－선교회 여학교를 중심으로」, 『여성과 역사』 14, 한국여성사학회, 2011.

개입하여 언어를 통해 그것을 재분할한다. 저자는 동맹휴학이 서사화된 사례를 통해 식민지 규율 권력에 대한 거부와 부정의 양상을 고찰한 바[11]가 있으나 분석 대상에 1920년대의 작품이 누락되었다. 이 장에서는 기존 연구에서 언급하지 못했던 작품을 통해 동맹휴학을 주요 사건으로 소설화하는 작가의 욕망, 서사 전략에 개입될 수 있는 위반의식을 살필 것이다.

근대 조선의 작가들 중에도 동맹휴학으로 학업을 중도 폐지한 인물들이 많다. 가령 이태준, 한설야, 강경애, 유진오, 김사량, 임순득, 송계월, 안수길 등이 그러하다. 그들은 자신이 사는 시대에서 정치적 또는 사회적 투쟁을 몸소 실천하는 참여를 했으며, 그것을 자신의 소설이나 수필에 기록한 바 있다.[12] 이 장은 작가의 정치 행위나 학생운동 시절을 추적하는 것에 목적을 두지 않는다. 오히려 동맹휴학의 시대에 역사적 가치 평가나 원근감이 형성되지 않은 상태에서 학생운동을 바라보는 '당대의 관점'을 노출하는 작가의 의도를 분석하고자 한다. 이를 위해 1920년대 동맹휴학을 주요 사건으로 다룬 소설을 고찰 대상으로 삼아, 그것이 기존의 통념과 다른 방식으로 형상화된 양상에 주목한다. 이를 통해 작가가 감행한 위반으로서의 소설 쓰기가 사건에 대한 충실함이자 작가적 윤리였음을 살피겠다.

---

11 조윤정, 「한국 근대소설에 나타난 교육장과 계몽의 논리」, 서울대 박사논문, 2010, 92~102면.

12 동맹휴학과 관련하여 이 작가들의 전기적 사실과 서사화에 주목한 연구들로는 다음의 논저를 참조할 수 있다. 안우식, 심원섭 역, 『김사량 평전』, 문학과지성사, 2000; 이상경, 「1930년대 후반 여성문학사의 재구성」, 『페미니즘 연구』 5, 한국여성연구소, 2005; 이상경, 「임순득, 대안적 여성 주체를 향하여」, 소명출판, 2009.

2. 문명화의 진정성을 논하는 배제의 방식

6·10만세운동 이전 1920년대 전반기의 동맹휴학은 당시 민족운동이 실력양성운동으로 노선을 전환하는 속에서 고조된 향학열과 맞물려 전개되었다. 동맹휴학의 원인도 ① 무능하거나 부적격한 교장 및 교사의 배척, ② 교수방법 및 교과과정의 시정, ③ 학교 시설의 확충, ④ 학교 승격 요구 등과 같은 학내 문제와 교육 환경의 개선에 집중되었다.[13] 이것은 신지식의 수용이라는 문명화를 이룩하는 데에 필요한 조건들을 세우고, 그로부터 벗어나는 것을 혐오하거나 배척하는 '배제'의 논리에 기반한다.

교장 및 교사의 배척은 1920년대 전·후기를 막론하고 학생들이 맹휴를 일으킨 가장 큰 원인이었다. 1921~1928년간의 동맹휴학에서 교원배척 요구가 제기된 것은 모두 434건으로, 이 가운데 교원의 인격 및 소행·언행 문제가 123건, 교수법에 대한 불만이 120건으로 전체의 과반 이상을 점하였다. 민족별로는 일본인 교원을 문제 삼은 것이 228건, 조선인이 199건, 외국인이 7건으로 일본인 교원이 다수를 차지하였다.[14] 이 시기 일본인 교원보다 조선인 교원이 더 많은 수를 차지했다는 것을 감안하면, 1920년대 학생운동의 이념은 일본식 교육에 대한 저항으로 이해되기 쉽다. 그렇다면, 이 시대 동맹휴학의 이념은 어떻게 소설화될 수 있었을까.

1926년 4월 4일부터 1926년 9월 19일까지 『매일신보』에는 「참말로 잇든 처녀들의 동맹휴학」이라는 제목의 소설이 연재된다. 식민지

13 김호일, 앞의 책, 180~181면.
14 장규식, 앞의 책, 215면.

시대에 '동맹휴학'을 표제로 내세운 유일한 소설이다. 이 소설의 작가는 '눈으로 본 사람'이라는 필명으로 작품을 발표하였다. 『한국현대장편소설사전』[15]에 간략한 내용이 정리되었으며, 최근에 개신교계 여학교 동맹휴학의 일단을 보여주는 자료로 소개[16]된 바 있다. 이 작품은 '참말 잇든'이라는 제목이나 '눈으로 본 사람'이라는 필명이 주는 수기 혹은 르포르타주의 이미지, 작가가 장기간에 걸쳐 소설을 연재하며 자신의 이름을 쓰지 않았다는 것, 소설에 구체적 공간이나 시간이 언급되지 않았다는 점에서 주목을 요한다.

선행연구와 신문 자료를 토대로 볼 때, 이 작품은 1924년 2월 22일 공주 영명여학교에서 일어난 동맹휴학을 바탕으로 작성된 것이다. 한규무는 영명여학교 동맹휴학의 실상 및 소설 속 주인공의 모델이 된 실제 인물을 밝혔다. 그에 따르면, 「참말로 잇든 처녀들의 동맹휴학」의 배경이 된 영명여학교의 동맹휴학은 교장 해치Miss. Hazel. A. Hatch의 독단적 언행과 경영, 그에 복종하는 이사회에 대한 불만이 요인이 된 '반선교사적 성격'을 띤다.[17] 그렇다면, 『매일신보』가 이 소설에 지면을 할애한 이유는 이 동맹휴학이 항일운동의 차원이 아니라, 미션스쿨에서 일어난 선교사 집단에 대한 저항을 서사화했기 때문일 것이다.

1920년대 매일신보사는 조선적인 것을 강조하는 문화정책을 펼쳤으며, 조선 독자들을 통합하여 수용하기 위해 연재소설에서 순국문체

15 송하춘, 『한국현대장편소설사전』, 고려대 출판부, 2013, 461면.

16 한규무, 「『每日申報』 연재 「處女들의 同盟休學」(1926)을 통해 본 개신교계 여학교 동맹휴학」, 『역사와 교육』 23, 동국대 역사교과서연구소, 2016. 이 글에는 공주 영명학교 및 개신교계 학교에서 일어난 동맹휴학의 개요가 정리되어, 당대 동맹휴학의 발생 원인과 규모에 대해 알 수 있다.

17 위의 글, 176면.

를 활용했고, 조선의 신진 작가들을 적극적으로 유입했다. 이러한 문예물의 대중화 정책은 순종의 붕어와 6·10만세운동 등과 같은 사회적 사건으로 인해 조선 민심이 악화됨을 의식하여 조선 독자를 달래기 위한 회유책의 한 방법으로 이뤄진 것이다.[18] 이 같은 상황에서 「참말로 잇든 처녀들의 동맹휴학」의 작가는 의도적으로 자신을 '비가시'의 영역에 두고 실제로 목격한 동맹휴학에 대해 증언하는 방식을 취한다. 작가는 자신을 지운 상태에서 동맹휴학을 '반일'의 문제가 아니라 '특정 기독교 학교 당국과 선교사의 교육정책에 대한 저항과 개선 요구'의 문제로 축소한다. 그리고 집회와 인쇄 행위 등 학교 규칙을 통해 금지[19]된 동맹휴학의 과정을 구체적으로 묘사한다.

소설은 기독교 선교사가 경영하는 여학교에서 일어난 동맹휴학의 발단부터 결말까지를 담고 있다. 작품에는 기독교의 교육 방침을 강요하는 서양 선교사 교장, 교장에게 아첨하는 배 선생과 호 선생, 유능하고 학생들이 따르는 한 선생과 서 선생이 주요 인물로 등장한다. 동맹휴학은 한 선생을 모함하는 배 선생의 말을 듣고 교장이 한 선생에게 사직 권고를 하는 데에서 기인한다. 학생들은 교사로서의 역량을 갖추지 못한 배 선생이 아니라 덕망과 실력을 갖춘 한 선생이 사직을 당해서는 안 된다는 뜻을 모아 동맹휴학을 결의한다. 그들은 교장과 이사회를 향한 자신들의 '요구 조건'을 문서화하고, 비밀리에 등사판으로 문

18 매일신보사는 1926년에 보다 많은 조선인 작가를 유입하기 위하여 '연작소설'이라는 새로운 형태의 소설 연재를 최초로 시도했으며, 조선인 창작의 소설 현상 모집을 실시하기도 한다. 김희정, 「1920년대 식민지 동화정책과 『매일신보』 문학 연구」, 『현대소설연구』 38, 한국현대소설학회, 2011, 291~313면.

19 이혜영 외, 『한국 근대 학교 교육 100년사 연구』 2, 한국교육개발원, 1997, 301면.

서를 찍어 학부형에게 전달하는 일들을 감행한다.[20] 이 과정에서 서 선생은 학생들이 작성한 문서를 교열하고, 조언자가 되어 준다. 학생들의 동맹휴학 소식을 접한 교직원들은 배와 호 선생을 제외하고 모두 '동맹 총사직'을 결의한다. 결국에 학교 측에서는 모든 일이 배 선생과 호 선생의 계획에 의한 것이었음을 알고, 학생들의 요구 조건을 일부 수용한다. 학생들은 학교에 다시 등교하지만, 교장과 교사들은 학생들의 등교가 자신에 대한 굴복이라 생각하여 학생들을 더 억압한다. 이 때문에 학생 중 일부는 전학을 가고 일부는 퇴학을 한다.

이 소설은 미션스쿨 선교사의 고압적 교육 방식, 내부 권력자 및 교사 간의 알력 다툼, 무능한 교사에 대한 학생들의 배척 등을 폭로한다. 작가는 이를 통해 진정한 교육은 조선의 문화에 적합한 것이어야 하며, 교사로서의 자질을 갖춘 인물에 대한 가치 평가가 필요하다는 것을 드러낸다. 그리고 학교의 발전을 위해서는 동맹휴학이 필요함을 역설하기까지 한다. 소설의 내용상 이 작품은 기독교 학교라는 상징질서의 제한이나 금지에 대한 위반을 욕망하면서 외국인 선교사나 무능한 조선인 교사에 저항하는 형태를 띤다. 그렇다면, 매일신보사에서는 '작자 미상'의 이 소설이 가진 위와 같은 의미들에 동조하여 6개월 동안 지면을 내주었을까. 소설이 창작된 시기가 동맹휴학을 조선총독부의 감시와 처벌 대상

20 학생들이 학교 측의 일방적 통제에 대항해 자신들의 의견을 표현하는 방식은 진정서나 청원서 제출과 맹휴, 기숙사 퇴사, 자퇴, 전학 등이었다. 학생들은 학교에 제출했던 진정서에 대해 학교 측의 답이 없거나 학생들의 요구가 받아들여지지 않은 경우 맹휴를 단행했다. 학생들은 처음부터 맹휴에 돌입했던 것이 아니라 건의, 진정, 청원 등과 같은 단계적 수순을 밟아 최종적인 수단으로 맹휴를 선택했다. 「참말로 잇든 처녀들의 동맹휴학」의 작가는 그와 같은 동맹휴학의 과정들이 매우 구체적으로 묘사한다. 1920년대 동맹휴학의 실상에 대해서는 김성은, 앞의 글, 98면.

참말로 잇든 處女들의 同盟休學 (十二)
눈으로 본 사람

〈그림 9〉「참말로 잇든 처녀들의 동맹휴학 (12)」, 『매일신보』, 1926.6.27.

으로 삼고 있던 때였다는 점을 감안하면 의문은 더욱 증폭된다.

그러나 관점을 달리하여 생각해보면 동맹휴학이 한창 유행이던 때, 이 소설은 표제만으로도 독자의 주목을 받을 수 있었을 것이다. 그렇다면, 이 작품이 매일신보사가 기획한 '교육소설'일 가능성에 대해 생각해 볼 수 있다. 미션스쿨 내부의 문제에만 집중하여 소설이 전개되고 있다는 점, 일본인이 아니라 서양 선교사와 조선인 교사를 배척 대상으로 삼고 있다는 점, 학생들의 동맹휴학에 자극을 받아 교직원의 동맹 총사직을 결의한 교사 가운데 '일본인'이 섞여 있다는 점, 학교로 다시 돌아간 학생들이 결국 교장의 폭압에 견디지 못해 전학을 가거나 자퇴를 했다는 점에서 그러하다.

> 그들은 이런 일 始作할 때에 얼마나 가슴이 쓰렷섯스랴. **同盟休學에도 一部 可憎한 不良學生이 煽動함도 잇지만 이 學校 이번 일은 當然한 일로 볼수밧게 없다고 一般先生도 是認한다고 말하얏다.** 이러한 不祥事가 잇슬 것을 豫想하고 韓徐 두 先生은 種種 忠告한 바가 잇스나 그들은 이것을 反抗이 다하여 極力으로 中傷을 이고 단엿다. 營門 모르는 日人先生은

"무슨 까닭입니가."

하고 徐先生에게 무릿다.

"學生들이 同盟休學하얏습니다."

"무슨 條件으로인가요."

"校長과 先生들 排斥이랍니다. 그런데 두 先生은 누구인지 몰으겟습니다."

하고 짐짓모르는듯키 하얏다.

"나는 알겟습니다."

"아서요 누구누구임닛가."

"나하고 裵先生이겟지요."

徐先生은 校長과 裵胡 두 先生排斥과 韓先生 留任을 願하는 盟休임을 말한즉 그는 벙그레우스며

"何如間에 生徒들이 成功하기를 바람니다. 그런데 胡先生은 무슨 까닭입니가."

(…중략…)

"理事會에서 엇더케 處理할지 모르나 萬一 裵先生을 擁護하여 學生要求를 안드르면 엇더케들 하시겟습니가"

하고 여러 先生에게 물엇다.

"그럴 수가 잇나요."

"안니요. 西洋人이 안이면 그저 그러그러한 사람들인데요."

"글세요. 그도 그럴듯합니다."

"내 生覺갓흐면 萬一 理事會게서 秋毫라도 學生에게 對하여 無誠意하게 處理한다면 裵胡를 除한 職員全部는 同盟總辭職하는 것이 엇덜가 합니다."

"조흔 말씀임니다."

"암 그럿치오. 罪업는 學生들 中에서 犧牲이 잇스면 되겟습니가."

"나도 贊成임니다."

徐先生은 다시 日本말로 日人先生에게 이 뜻을 하니 그도

"저도 贊成임니다. 갓흔 步調로 가겟슴니다."

하야 學生들은 同盟休學을 하엿고 職員들은 同盟辭職할 것을 決議하엿다.[21]

소설 12회분이 신문에 연재된 것은 1926년 6월 27일로 '6・10 만세운동'이 일어난 직후이다. 동맹휴학이 일어나자 교사 배척의 대상이 자신일 것이라 짐작하는 일본인 교사가 등장하고 그가 교사의 동맹 총사직 결의에 찬성하는 태도는 시기상 조선인 독자들의 의식 상태를 반영한 것임에 틀림없다. 일본인 교사의 개입은 소설 내 동맹휴학의 당위성을 확보하는 방식이자, 동맹휴학을 제국과 식민지의 대립 구도로 파악하는 사회적 통념을 뒤집는 설정이다. 또한 1921년부터 1928년까지 조선총독부가 조사한 맹휴 건수는 404건으로, 관공립보통학교가 156건으로 가장 많다.[22] 이렇게 볼 때, 이 소설은 미션스쿨에서 일어난 동맹휴학이라는 사건의 이면을 폭로하기 위해 시작되었을지라도 그것에 기대어 제국이 조선인을 상대로 식민지 문명화의 진정성을 호소하는 수단으로 변질된 형태를 띤다.

이제 '작자 미상'에 대해 생각해보자. 작자 미상은 작가가 자신의 이름을 밝힐 수 없을 때, 신문사에서 작품의 작자가 누구인지 굳이 드러내지 않아도 될 때 성립할 수 있는 글쓰기의 조건이다. 우선, 조선인 작가는 직접 목격한 미션스쿨의 비리를 고발하면서 자신의 이름을 드러

21 「참말로 잇든 처녀들의 동맹휴학 12」, 『매일신보』, 1926.6.27.

22 朝鮮總督府警務局 編, 『朝鮮に於ける同盟休學の考察』, 1929, 6~9면.

낼 수 없었을 것이다.[23] 또한 관립학교가 아닌 미션스쿨에서 일어났고, 교육적 당위성을 확보한 동맹휴학을 소재로 삼은 이 소설을 신문사에서는 특정 작가의 이름 없이 연재하는 것에 동의할 수 있었을 것이다. 특히 이 소설의 말미는 결코 동맹휴학을 권유하는 방향성을 띠고 있지 않다. 마지막 회에서 "원만히 해결"된 것으로 마무리될 것 같았던 작품에는 다음과 같은 '후일담'이 부기되어 있다.

> 그 後 學校當局者의 態度는 엇더하엿는가. 校長을 爲始하야 여러 先生은 學生의 登校를 自己에게 굴복할 것인줄 生覺하고 變치 안는 威脅, 壓迫, 恐喝, 欺瞞으로만 對하얏다. 안이 前日보다도 一層 酷甚하고 一層 猛烈한 것이엿다. 학교의 回答을 信賴하얏든 여러 學生들은 다시금 쓰린 눈물에 울게 되엿스며 그 中에 몃몃 學生은 다른 學校로 轉學하고 또는 壓迫에 견듸기 어려워 退學한 學生도 數十名이나 되엿다.[24]

인용문의 내용은 앞서 교직원들이 학생들의 동맹휴학에 동조하여 동맹 총사직을 결의하던 것과는 매우 대조적이다. 물론 이 소설의 스토리 시간과 연재의 시간적 거리를 고려할 때, 1920년대 전반기의 경우 동맹휴학이 감행된 뒤에는 학교의 처벌이 가해지는 게 상례였다.[25] 당시 신문기사를 보면, 영명여학교 이사회에서는 교장을 교체하고 교사를 충원한

23 영명여학교 동맹휴학 관련 기사는 다음과 같다. 「公州永明女校 盟休」, 『동아일보』, 1924.2.25; 「永明女校 盟休圓滿解決 理事會를 연 結果」, 『동아일보』, 1924.2.27; 「永明女校 盟休裡面」, 『동아일보』, 1924.3.25.

24 「참말로 잇든 처녀들의 동맹휴학 19」, 『매일신보』, 1926.9.19.

25 장규식, 앞의 책, 241면.

다는 약속을 했으나 그 약속을 지키지 않아, 교사들이 총사직하고 고등과 학생들도 학교를 떠난 정황이 나타난다. 다음은 신문 기사의 일부이다.

> 교댱 불신임(敎長 不信任) 외 두어 조건으로 고등과학생 일동이 맹렬히 동맹휴학을 하엿다함과 그 후 그 학교 리사회(理事會)의 주선으로 두 편이 다 원만히 해결되엿다함은 임의 보도한 바어니와 수일 전에 이르러 학생 전부가 또한 동요되야 그중에는 퇴학하야 다른 학교로 전학이나 입학수속을 하는 자도 잇스며 또 퇴학을 당한 자도 잇다 하며 남녀 교원 십일 명은 전부 사직을 하고 각각 고향으로 도라가게 되야 학교는 부이게 되엿다는데 (…중략…) 불평과 분개가 폭발되야 일장풍파가 이러나며 욕설이 비오듯하야 참아 말할 수 업는 비극을 이루고 퇴학하기를 선언하얏다는데 퇴학하는 자 퇴학당한 자도 잇서서 고등과는 학생이 다 업서진듯하고 교원도 남녀 십일 명이 총사직을 하얏슨즉 문뎨 중에 잇는 교댱 하나쁜인데 이 교댱을 톄임치 아니하면 장차 엇지될는지 공론이 분분한 중 교원 총사직된 내용은 남녀 십일 명 교원 중에는 자격이 잇는 사람은 일절 동맹휴학사건에 관계되야 그 동긔(動機)를 이르킨 내막도 잇고 자격이 불충분한 자도 잇다 하며 그중에 행위(行爲)가 부정한 자도 잇슴으로 전부 사직케 된 것이라더라.[26]

많은 이들의 걱정과 동정 속에서 성취된 여학생들의 동맹휴학이 후일담에 이르러 매우 비극적인 귀결을 보인다. 결과적으로 이 작품은 기독교 선교사와 미션스쿨에 대한 배타의식, 일본인은 조선인의 진정한 문명화를

26 「永明女校 盟休裡面」, 『동아일보』, 1924.3.25.

지지한다는 인상, 동맹휴학에 대한 회의감을 형성하는 데 영향을 미친다.

작가는 동맹휴학을 중심 사건으로 다루면서 학생들을 죽여버리겠다고 '일본말로' 야단을 치는 교사, 학생들의 동맹휴학을 바라보며 교사가 느끼는 공허감과 불안감, 일본인 교사의 안심하는 미소, 학교의 정황을 전혀 모르는 교장 앞에서 학생들이 '와글와글' 떠드는 소리, 그 속에서 터져 나오는 여학생의 발언 등 갑자기 발생한 사건이 주는 충격 상태를 묘사한다. 그러나 작품은 마지막에 이르러 무능하고 폭압적인 교장과 교사에 대한 보고의 문장으로 마무리된다. 이때, 동맹휴학은 사건성이 삭제된 채로 미션스쿨 비리의 일부분, 혹은 슬픈 에피소드로 축소되어 버린다. 작가도 신문사도 독자가 '참말로 잇던 동맹휴학'이 도래한 순간의 복합적인 충격 상태에 충실할 수 있는 여지를 허용하지 않는다.

이 소설의 작가에게 문학적 정의란, 완고한 선교사 교장이라는 '비정상적인 질서'가 교육장을 압도하고 있을 때, 다시 말해 교육적 정의라는 것이 완전히 무너져버렸을 때, '상징질서를 위반하는 문학'을 도모하며 '비합리성에 대한 폭로'를 시도하는 일에 놓여 있다. 또한 "불의不義"[27]를 아는 소녀들이 싸운 그때의 순간을 기록하되, 미진한 채로 종결될 수밖에 없었던 학생운동(을 그린 소설)의 이면을 상상하게 한다는 데에서도 문학적 정의를 찾아볼 수 있다. 이 소설이야말로 동맹휴학을 '눈으로 본 사람'이 본 것에 대해 자기를 숨기고 말해야 하는 작가의 운명을 담고 있기 때문이다.

---

27 「참말로 잇든 처녀들의 동맹휴학 4」, 『매일신보』, 1926.4.25.

3. 선동자 없는 반역과 위협의 정치성

동맹휴학은 매우 사소한 문제에서 발단되는 경우가 많았지만, 그 결과는 사회 여론을 일으켜 학생뿐만 아니라 학부형, 동창생, 일반 민중까지 가담하는 방향으로 확대되었다. 1920년대 중반에는 사회주의의 영향을 받아 1924년 조선학생총연합회, 1925년 조선공학회・경성학생연맹・서울학생구락부・조선학생과학연구회 등이 조직되었다.[28] 송영의 「선동자」는 사회주의의 유입 속에서 학생들의 동맹휴학이 교사와 학생, 학부형들 사이에서 '불온한 것'으로 인식되는 순간을 포착한 소설이다. 송영은 이 소설이 1923년 함경남도 홍원의 사립중학교에서 실제 있었던 일을 목격하고 창작한 작품이라고 기록한 바 있다.[29] 1926년 3월 『개벽』지에 발표되었지만, 작가가 실제 창작한 것은 1925년 12월 3일이라고 작품의 말미에 기록해 두었다. 이 작품에서 동맹휴학은 사회주의자를 향한 집단 테러의 단초가 되기 때문에, '사건의 기원이 되는 사건'이라 할 수 있다.

저자가 조사한 바에 따르면, 송영이 소설로 형상화한 사건은 1925년 1월 '함남 홍원군 육영학원 여자부'에서 발생한 '맹휴'이다. 신문 기사를 보면, 이 학교에서 근무하던 김근식 교사의 사임에 어떤 "암류暗流"가 있음은 전 홍원 사회가 알고 있었던 것이다. 학생들이 김 교사의 복

28 김호일, 앞의 책, 215면.

29 송영, 「어두운 밤 폭풍을 뚫고」, 『나의 인간수업, 문학수업』, 인동, 1990, 99~100면. "1923년에 함남 홍원 어떤 사립중학교에서 친일적인 교무 주임을 상대하여 학생들이 동맹휴학을 일으킨 일이 있다. 그때 학교 당국은 학생들의 정당한 요구를 들어주는 대신 일제 경찰과 결탁하여 이 동맹 휴학 사건이 어떤 공산주의자의 책동이라고 모함하였다. 그때 나는 마침 홍원에 문예 강연 사업으로 나가 있다가 이것을 친히 목도하였다. 그래서 그것을 형상화한 것이 단편 「선동자」다."

직을 위한 진정서를 원장에게 보냈으나, 그 진정서를 육영학원 남자부 한좌건 교사가 수중에 두고 학생들의 경거輕擧를 훈계하는 방향으로 일을 마무리 지으려 한다. 그러나 학생들이 학원 당국에 회답의 독촉장을 다시 보내자 한 교사는 학생들을 다시 훈계하여 학교로 복교시키려 하나 그중 팔구 명이 학교로 돌아오지 않는다.[30] 며칠 후, 신문에는 육영학원 여자부의 맹휴가 "학생 자의가 아니오 그 후면에 선동자가 잇섯다"라는 기사가 실린다. 그리고 그 기사에는 육영학원 남자부 학생 수십 명이 떼를 지어 선동자로 인정하는 신동진, 지학현 씨를 장시간 조사하고, 선동의 혐의가 있는 이재웅 씨, 증인 신동진, 김엄순 씨를 청해 담판한 후, 학교를 망하게 하는 자라며 폭행한 것으로 기록되어 있다. 그리고 기사는 이 씨가 맹휴 선동자임을 부인하며 학생들과의 담판 시에도 자신은 변명의 시간을 얻지 못하였다고 말한 것으로 전한다.[31]

시기를 잘못 기록하긴 했지만, 송영은 그가 문예 강연 사업을 위해 홍원에 갔다가 실제 목격한 사건의 이면을 소설로 형상화한다. 소설 속 학교와 교사들의 이름에 쓰인 약호가 신문 기사에 등장한 육영학원 여자부 동맹휴학 사건과 정확히 일치한다는 점이 그것을 뒷받침한다. 송영은 이 소설에 대해 "친일적인 교무 주임을 상대하여 학생들이 동맹휴학을 일으켰으나, 학교 당국은 학생들의 정당한 요구를 들어주는 대신 일제 경찰과 결탁하여 동맹휴학 사건을 공산주의자의 책동이라고 모함했다"[32]고 회고한다. 그렇다면, 송영이 소설을 창작한 의도는 신문에

30 「育英女子部의盟休」, 『동아일보』, 1925.1.12.
31 「男子部의直接行動」, 『동아일보』, 1925.1.20; 「育英女子盟休裡面」, 『동아일보』, 1925.1.20.
32 송영, 앞의 책, 99면.

기사화되지 못한 사건의 이면을 폭로하는 데서 찾을 수 있다. 그는 소설을 통해 여학생들이 일으킨 동맹휴학의 진정성을 확보하여, 친일적인 교무 주임을 비판하고 선동자의 누명을 벗기는 일을 감행한다. 여기에서 더 나아가 송영은 동맹휴학 사건에 휘말린 교사들, 선동자로 지목된 청년의 심경을 서사화하여 사건을 이끌어가는 잠재적 요소가 무엇인지 생각하게 한다. 다음은 소설의 내용이다.

소설의 주인공 필승은 홍원 C신문지국의 기자이다. 그는 취재 나갔던 삼호역에서 Y학원 여자부 생도들이 울고 있는 것을 목격한다. 학생들은 Y학원 C선생의 모함 때문에 쫓겨나게 된 K선생을 배웅하고 있다. 생도들은 이 일을 문제 삼아 동맹휴학을 시작하고, 학교에서는 맹휴의 배후로 사회주의자 필승을 지목한다. Y학원의 H교무를 비롯한 교사들은 Y학원 남자 생도들을 자극하여 홍원 읍민 전체가 필승을 적으로 보게 만든다. 그리고 동맹휴학을 감행했던 여학생 한 명에게 필승이 맹휴의 배후에 있다는 거짓 증언을 하게 만든다. 필승은 남자 생도들의 폭력에 피를 흘리면서도 남학생들이 이미 H교무에 의해 "마비"되었다고 생각하며 그들에게 대항하지 않으려 한다. 그러나 극도의 공포 속에서 끝내 그도 학생들에게 폭력으로 맞서 죽을 위기에 처하지만 필승은 어머니의 절규 속에서 극적으로 살아남는다.

송영은 학생들의 교사 배척 문제를 '계급'의 문제로 치환하여 형상화한다. 가난하지만 교사로서 자질을 갖춘 K선생과 그녀를 지지하는 여학생들, K선생을 T학원에서 쫓아내는 C선생 및 H교무와 같은 내부 권력자의 대립 구도가 그러하다. 송영은 필승이라는 인물을 내세워 교사의 폭력과 그에 저항하는 학생들의 동맹휴학이라는 구도를 벗어난다.

작가는 자신에게 가해지는 맹휴 주모자의 혐의를 부인하기보다는 그에게 쏟아지는 T학원 교사와 남학생들의 폭력을 감내하며, '폭력의 순환구조를 절단하고 진리의 복원'[33]을 시도한다. 학교 내 권력을 비판하는 학생들의 동맹휴학에 사회주의 사상을 덧씌워 선동자를 색출하는 방법은 학생운동의 본질을 흐리면서 학교와 학생을 모두 희생자의 위치에 놓을 수 있는 방법이다. 공공의 적을 만들어 무고한 사람에게 책임을 추궁하며, 교사와 학생 그리고 마을 사람들은 모두 싸울 권리를 획득한다.

필승은 T학원 교무와 그에게 설복당한 남학생들을 비롯한 군중에게 폭력으로 대응하지 않으며 맞고 있다가 극도의 공포 속에서 자신에게 "유전적으로 내려오는 반역의 피빨"[34]을 느낀다. 이 소설에는 세 개의 '반역'이 등장한다. 양반을 욕하다 맞아 죽은 필승 아버지의 반역, 학교의 권력에 동맹휴학으로 저항하는 여학생의 반역, 홍원 사람들이 적대시하는 사회주의를 통해 사회 변혁을 꿈꾸는 필승의 반역이 그것이다. 소설에서 여학생들의 동맹휴학은 필승과 필승의 아버지가 감행한 반역에 대해 사람들이 가지고 있던 정념을 한 자리에 집중시킨다.

①

불평과 반역과 또는 공포가 쌔인 여러 학생들의 시선과 시선의 충돌에는 침묵의 대화가 가득히 차서엿다. 리도 얼마큼 깃벗섯다. 그러나 한편으로 이즉까지 저들의 행위에 대한 의심도 업지는 안엇다.

---

33 최병구, 「본성, 폭력, 사랑－정념의 서사로서 프로문학의 조건(들)」, 『한국어문학연구』 61, 동악어문학회, 2013, 19면.

34 송영, 「선동자」, 『개벽』, 개벽사, 1926.3, 16면.

②

어른과 산아희는 아희와 계집애보다 한층 우월한 인간이라는 것을 알아오고 또는 그것이 이세상의 공변된 진리가티 생각하든 머리를 가진 그들이기 때문에 괘심한 것은 물론이고 한층 더 나아가서 미운 생각까지 낫다. 하여서 될 수만 잇스면 모다 일제히 퇴학을 식히여서 자긔들의 위엄을 보히고들 십헛다. 그리하여 다 각각 머리 속에는 퇴학을 당한 어린 학생들이 울며불면서 사죄를 하고 다시 복교(復校)를 식혀달나는 모양들을 그리여 가면서 일종 승리자의 쾌감을 늣기고들 잇다.

③

군중은 군중 자체도 모르는 리유 아래에서 흥분이 되엿다. 피떠러지는 리필승이의 시톄(屍體)가 보고 십헛다. 필승이 하나만 죽이면 텬하가 태평할 듯이 생각되엿다. 재래인습에 교양바든 그들의 머리 속에는 선텬심으로 반역의 긔풍이 잇는 리가 미웟다. 아니… 찰하리 그들은 리지(理智)가 업다. 다만 선도자의 지도대로만 돌진하는 양떼와 갓햇다. 그리고 피를 보고 십허하는 동물적 — 원시적 — 갈망은 통일되고 잇다.[35]

인용문 ①에는 학생들이 동맹휴학을 도모하는 순간에 보이는 복합적 감정과 침묵의 순간이 담겨 있다. ②에는 동맹휴학 소식을 접하고, 교장을 비롯한 교사들이 "공변된 진리"가 무너진 순간에 느끼는 미움과 쾌감의 엇갈림이 그려져 있다. ③에는 동맹휴학의 주동자로 사회주

35 위의 글, 9~21면.

의자 필승을 지목하고 그에게 폭력을 행사하며 대중이 경험하는 흥분과 동물적 갈망이 형상화되어 있다. 소설에서 동맹휴학은 예기치 않았던 순간에 복합적인 감정과 욕망의 분기를 낳는 사건이다. 죄 없는 대중에게 저항할 수 없어 그들의 폭력을 온몸으로 받으며 필승이가 경험하는 "초인적 광란"은 사건에 대한 충실함 그 자체이다.

필승이 죽음이라는 공포 앞에서 결국 폭력으로 대항하여 또 하나의 사건이 시작되려 할 때, 필승의 어머니가 등장하여 그 사건을 정지시킨다. 아들을 잃게 된 "늙은 어머니의 목소리"는 군중들을 "무서운 꿈"에서 깨어나게 한다. 이때 군중들은 "사람이 느끼는 공포", "무위", "비애와 참회", "방향불명方向不明한 원망"을 느낀다. 송영은 이를 통해 반역의 기본 윤리에 대해 생각하게 한다. 반역의 힘은 각자의 내면에서 분출되는 것이지 선동자에 의해 만들어지는 것이 아니다. 그리고 그것은 폭력에 의해 성취되는 것도 아니다. 송영이 1923년에 홍원에서 목격한 동맹휴학은 사건의 시작과 정지를 가능하게 하는 힘에 대해 사유하게 한다. 작가는 폭력의 소음 속에서 군중을 각성시키는 '늙은 어머니의 목소리'를 구별해내고 그것에서 모든 갈등을 정지시키는 전지적 힘을 발견한다. 모든 권력과 무력을 넘어서는 힘, 선동자를 추궁할 수 없는 힘인 모성애에서 송영은 감성의 혁명을 본 것이다. 여학생들의 동맹휴학은 그 절대적 혁명에 이르기 위한 사건의 시작이다.

소설의 마지막 부분에서 다섯 달 만에 홍원 거리에 나타난 이필승의 웃는 얼굴과 홍원 사람들의 눈에 "새로운 광채"가 번뜩이게 되었다는 내용은 새로운 사건의 가능성을 암시한다. 애초부터 이필승은 어떤 행동을 취함으로써 자신의 존재성을 획득한 인물이 아니다. 동맹휴학 소식을 접하고 그 배후가 있을 것이라 가정한 교사들이 이필승을 떠올린 후, 결국 그가 선동자임에 분명하다고 확신하는 과정을 보자.

"반드시 이런 자는 상당히 징치를 해야할 필요가 잇습니다. 물론 현대에 잇서서는 ××××의 리상은 진선미이겟지만 도저히 우리 조선가튼 모두 가난한 나라에서는 될 수가 업는 것입니다. 오히려 더한층 생활의 불안만 지을 뿐이며 그리고 순박한 인심만 과격하게 해놀 뿐이지요."

"더욱이 어른 아희를 아라보지 못한다든지, 학생이 건방지게 선생을 업수히 녀긴다든가, 자식이 애비를 몰나 본다든가, 계집이 머리를 깍고 남녀동등을 부르짓는 다든가, 참으로 한심한 노릇이지요"

하고 도도하게 부르지젓다. 그의 머리 속에는 사상상으로 적대시하든 모든 ××××者들의 초최한 모양이 어린거렷다. 그리고 항상 홍원사회에 잇서서 지식계급의 제일위를 뺏고잇든 리필승이를 우연한 긔희에 잇서서 너머틔리게 된 일을 생각하고는 복수뎍 심리도 한 모퉁이에서 활동을 하엿다.

교장도 항상 미워하든 리필승이 — 더욱히 ××××자 — 을 생각하고 흥분이 되엿다.

"아니 이번 일은 리필승이가 분명하오."[36]

동맹휴학에 대해 교사들이 느끼는 거부감과 불안은 집단행동의 원인을 찾는 방향이 아니라, 그 사건을 통해 교사들이 느낀 감정과 비슷한 감정을 느끼게 했던 사회주의자에 대한 복수 심리로 이어진다. 그리고 동맹휴

---

36 위의 글, 12면.

학의 주모자는 자연스럽게 사회주의자 이필승으로 귀결된다. 이것은 교사들이 동맹휴학과 사회주의에 대해 느끼는 동질적 거부감이 사실성이나 현실성의 문제와 연결됨을 의미한다. 브라이언 마수미는 이런 현상을 "정동적 사실"[37]이라 부른 바 있다. 미래에 도래할 위협을 생각하며 사람들은 일어나지 않은 일, 혹은 잠재적 가능성을 더 현실적으로 느낀다.

송영은 소설을 통해 이필승을 두고 보이는 적대감이 교사-남학생-마을 사람들로 확대되는 양상을 그린다. 동맹휴학의 배후에 이필승이 있을지 모른다는 잠재적 위협은 앞으로 일어날 어떤 사건에서도 소진될 수 없다. 그렇기 때문에 소진되지 않는 잠재성의 잉여가 잔존하면서 군중들은 위험에 대응하는 또 다른 사건을 도모한다. 이 소설은 실재적이라고 '느껴졌기' 때문에 실재적이게 된 '위협'[38]에 대해 생각하게 한다. 사라질 수 없는 '잠재적 위협'은 어떤 사건에 대한 가혹한 처벌이나 폭력적 대응을 야기한다. 일제강점기에 동맹휴학이 일단 감행된 뒤에는 그에 따르는 무자비한 처벌이 학생에게 가해지는 것이 상례였다. 학교당국자, 총독부학무국뿐 아니라 경찰력까지 동원해서 1차적으로는 정학·무기정학·퇴학을 단행하고, 2차적으로 구속·기소·형사처벌까지도 자행했다. 동맹휴학 때문에 처벌을 받은 학생은 1921~1928년 사이 7,675명에 이른다. 이는 조선인 학생이 각종 학교에 입학하여 졸업하는 수보다 퇴학하는 수가 많았음을 의미한다.[39] 강력한 처벌은 문제의 해결이 아니라, '동맹휴학의 불가능성'을 목적으로 삼았기 때문에

37 브라이언 마수미, 「정동적 사실의 미래적 탄생」, 최성희 외역, 『정동 이론』, 갈무리, 2015, 96면.
38 위의 책, 99면.
39 김호일, 앞의 책, 202~203면.

발생한 것이다. 위협의 대상을 제거하여 동맹휴학의 잠재성을 근절하는 방식을 택했을 때, 권력은 더 큰 권력을 동원하여 실제 지시 대상이 없는 '위협'을 정치적인 것으로 만들어 버린다.

송영의 이 소설에서 우리가 읽어내야 하는 것은, 학생들이 동맹휴학을 일으켜 권력에 저항했다는 점이 아니라 동맹휴학이라는 사건이 사회주의와의 관련 속에서 왜곡되어 결국 교육적 권력을 무능하고 부정한 것으로 만들었다는 사실이다. 이 소설은 우리가 '사건에 대해 갖는 통념'을 위반하는 것에서부터 시작한다. 사건은 실제-사실적 차원에서 발생할 뿐 아니라, 사상적 위협이 그 자체를 작동시키는 정동적 차원에서 발생할 수 있다. 우리가 동맹휴학을 기억할 때 자연스럽게 연상하는 민족주의, 사회주의, 반일운동과 같은 이념들도 그 시대 조선인과 일본인이 가진 공포심이 만들어낸 사건의 허수들 속에서 확장되고 일반화된 것이었을지 모른다. 식민지 권력체제를 향한 대응과 그것의 의미에 대한 물음은 다시금 정치적 '사실들'의 구성 원리 속에서 사유되어야 한다.

4. 소설을 쓰는 참 목적과 위반의 윤리

동맹휴학은 전국 각지에서 각급 학교설립운동이 전개된 1922~1923년과 6·10만세운동 이후인 1927~1928년에 특히 활발하였으며, 광주학생운동이 일어난 1929년에도 그 흐름을 이어갔다. 동맹휴학은 이 광주학생운동이라는 정점에 이르기 위한 과정처럼 인식되기도 했다. 그렇다면, 이 역사적 사건을 작가는 어떻게 소설적 사건으로 재구성할 수 있었을까. 염상섭의 장편소설 『광분狂奔』은 '시정 20주년 기념 조선박람회'와 '광주학생운동'을 배경에 둔다. 이 작품은 1929년 10월 3일부터 1930년 8월 2일까지 모두 231회에 걸쳐 『조선일보』에 연재된 장편소설이다. 작가는 1929년 10월 소설 연재를 시작하면서 그해 9월 12일부터 10월 31일 사이에 경복궁에서 열린 조선박람회와 11월에 일어난 광주학생운동을 자신의 소설에 도입한다. 작가는 이 소설을 연재하기에 앞서 다음과 같은 '작자의 말'을 발표한다.

> 작자는 이제 큰 문제의 하나인 **성욕 문제**를 중심으로 하여 인생의 한 구절을 그려보려 합니다. (…중략…) 그러나 만일 독자 여러분이 나의 **이 소설을 쓰는 참 목적** 앞에는 눈을 가리고 그 추잡한 지악만이 흥미의 전체로 여러분의 머리에 인상된다면 나도 또한 세상의 꾸지람을 감당치 못할지니 내가 **이 소설로 하여 죄(?)를 짓고 아니 짓는 것은 오로지 독자 여러분의 이 소설에 대한 태도와 이해 여하에 달렸다** 할 것입니다.
>
> 나는 **참된 예술에 있어서는 미(美)와 선(善)이 합치함**을 믿는 자입니다. 미와 선이 합치되는 데에 비로소 진(眞)이 있기 때문입니다.[40]

염상섭의 말은 '작가가 소설을 쓰는 참 목적'이 무엇인지 묻게 한다. 그것에 답하기 위해서는 작가가 '미와 선이 합치'된 '진'의 상태로 그려낸 인물이 누구인지 발견하는 과정이 선행되어야 한다. 소설은 식민권력과 결탁하여 사업을 유지하는 재산가 민병천의 집을 들고 나는 인물

---

40 염상섭, 「작자의 말」, 『조선일보』, 1929.10.2.

들을 중심으로 전개된다. 소설에는 동경 유학생 출신의 음악가 민경옥, 민병천의 후처 숙정, 적성단의 단장 주정방, 민병천의 집에 기거하는 제국대학 의과생 이진태, 숙정을 이용해 민병천의 재산을 빼돌리려는 변원량, 숙정의 하인 을순 등이 등장한다. 이들은 남녀가 계급과 나이를 초월하여 삼각관계를 이루며, 그 관계에는 돈과 성욕의 문제가 개입한다. 인물들의 관계는 모두 소설이 발표되던 시기 경복궁에서 열렸던 조선박람회와 그보다 두 달 앞서 일어나 전국으로 확산된 학생운동과 연결되어 있다. 이 같은 구성 때문에 『광분』은 '계획적으로 광주학생운동을 중심으로 쓴 작품', '사회현실의 소설적 수용과 그에 대한 비판이라는 고유의 작의를 보다 뚜렷이 드러내는 소설', '자본가의 부도덕한 섹스 스캔들을 광주학생운동과 같은 정치운동과 결합시켜 작가의 정치적 비전을 담은' 소설로 언급되었다.[41]

작가의 말처럼 이 소설에서 일어나는 사건은 인간의 성욕과 관련되어 있다. 변원량은 박람회에 투자할 돈을 얻기 위해 자본가의 아내와 성관계를 맺고, 더 많은 재산을 가로채기 위해 자본가의 딸 경옥을 죽인다. 주정방은 민병천의 딸 경옥을 사랑하면서도 자신이 단장으로 있는 적성단의 유지를 위해 민경옥의 혼인 문제를 두고 계모 숙정에게 거짓말을 한다. 박람회장에서 공연을 하던 중 누군가 공연장 안에 뿌린 유인물 때문에 주정방이 체포된 후, 적성단은 좌경화된 일본의 축지소극장의 항쟁적 정신을 이어받았을 뿐 아니라 단장인 주정방과 배우들이 프롤레타

41 김승환, 「염상섭 소설에 나타난 가족 중심의 인간상 고」, 서울대 석사논문, 1983, 196면; 김경수, 「염상섭 소설의 전개 과정과 『광분』」, 『광분』, 프레스21, 1996, 521면; 박정희, 「1920~30년대 한국소설과 저널리즘의 상관성 연구」, 서울대 박사논문, 2014, 160면.

리아 운동 정신을 가졌다는 이유로 당국에 의해 해체된다. 이진태는 조선 여학생에 대한 일본 남학생의 희롱 사건의 여파로 일어난 광주학생운동의 실상을 알리는 유인물을 박람회에 모인 대중에게 살포하려다가 검거된다. 을선은 진태를 짝사랑하는 인물로, 경옥과 정방, 숙정과 원량 사이의 불륜관계를 알고 그것 때문에 경옥과 숙정에게 이용당하지만 상전의 불미함을 함부로 내뱉지 않으며 자신의 본분을 지킨다.

이 작품에서 '진'의 상태에 가장 가까운 인물로 진태와 을선을 꼽을 수 있다. 이들은 민병천의 집 내부에 있지만 성욕과 돈의 문제에 휘말리지 않으며, 자신의 안위를 위해 다른 사람을 음해하거나 모함하지 않는 인물이다. 특히 진태의 경우 소설의 배경인 박람회 학생 의거의 중심인물로 등장하며, 을선은 그런 진태를 동정하고 사랑하는 위치에 서 있다. 이진태가 학생운동에 가담하게 된 것에 대해 작가는 두 가지 이유를 꼽는다. 첫째는 자신이 가진 "정열의 한 조각도 이성에게 빼앗"기지 않았기 때문이며, 둘째는 민병천의 집에 기숙하며 "부르주아의 퇴폐광분한 가정 속에서 보고 들은 것이 사상의 동요"[42]를 일으켰기 때문이다.

작가는 '경성제대 학생' 진태가 학생운동을 하는 모습을 보여줌으로써 일본 식민정책의 방향성을 묻는다. 식민 제도의 중심에서 자신의 사회적 지위를 버리고 투쟁자가 되는 것은 분명 정치적 '위반'이다. 진태는 감옥에서 나온 이후 특별히 사상적 행보를 보이지는 않지만, 일본이나 미국보다 중국으로 가서 의학 공부를 할 수밖에 없다고 판단한다. 진태는 소설 속에서 어떤 행동도 실행해보지 못한 채 검거되어 매우 온

---

42 염상섭, 『광분』, 프레스21, 1996, 206면.

건한 주의자의 형상을 보인다. 작가는 진태의 사상적 변화를 서서히 드러내지 않고 급작스런 사건으로 제시한 후, 원인이나 동기를 설명하는 방식을 취한다. 이것은 일종의 서사적 '단절'로, 소설의 완성도를 문제 삼을 수 있는 부분이다. 그러나 소설에 '틈입'한 이 사건은 작가의 확고한 결정의 결과이며, 소설의 독자는 작가가 마련한 이 '사건'을 받아들여야만 한다. 작가는 박람회 학생의거에 가담한 동경제대 학생의 자기 결심을 광주학생운동과 겹쳐 놓음으로써 매우 '선언적 사건'으로 만든다. 그것은 1929년의 광주학생운동이 출신 학교에 기반한 학생들의 일상투쟁으로서의 동맹휴학을 항일 민족운동으로 자리 잡게 한 '선언적 사건'이라는 점에서 유사하다.

박람회에서 벌어진 학생운동의 열기와 검거 열풍은 민병천의 집을 둘러싸고 벌이는 갈등과 매우 긴밀하게 연결되어 있다. 민경옥이라는 신여성의 죽음은 인간의 부도덕한 가정의 이면에 잠재한 식민지 현실을 환기한다. 그러므로 소설의 제목 '광분'은 두 가지로 해석될 수 있다. 민병천의 집 내부에 초점을 맞추면 소설의 제목 '광분'은 인간이 가진 극단적 욕망을 가리키는 말이 된다. 작가가 쓴 "퇴폐광분"의 축약 표현이 되는 것이다. 다른 한편으로 제목 '광분'은 학생 단체와 적성단 단원과의 연락 속에서 이루어진 운동의 열기를 비유한다. '일본을 향한 분노'의 다른 표현이 되는 것이다. 염상섭은 민경옥에 대한 성적 호기심을 충족시키기 위해 일본에서부터 조선으로 건너오는 피아니스트 나카무라中村를 두고 조선의 신문에서 "내선융화"[43]라고 기사화했을 때,

---

43 위의 책, 349면.

민경옥에 대한 조선인들의 부정적인 시선을 부각한다.

사사로운 가족사를 이야기로 전개하되, 작가는 일제강점기에 개최된 박람회 가운데 가장 큰 규모였던 '시정 20주년 기념 조선박람회'와 근대 조선에서 일어난 학생운동 중 가장 큰 규모였던 '광주학생운동'의 여파를 환기한다. 1920년대 조선에서 일어난 사회 변동은 세계대공황으로 인한 일본의 경제 수탈, 3·1운동 이후 일본의 문화정책과 관계를 맺고 있다. 박람회는 경제 불황과 잇단 가뭄으로 국내 여론이 좋지 않은 상황에서 열렸으며, 돈벌이를 위해 모여든 지역 촌민들의 전시장과 같았다. 학생들은 전국에서 한몫 잡으려고 박람회에 모여 든 조선인을 상대로 광주학생운동의 실정을 유인물에 담아 선전하고, 극장에서 연설을 하며 "민중의 촉각"[44]을 움직이게 한다. 그러므로 염상섭이 소설을 통해 궁극에 보여주고 싶었던 것은 성욕이 아니라, 성욕과 물욕에 고여 있던 조선인들을 한데 모이게 한 "기운과 분위기"[45]이다.

작가는 불과 몇 달 전 일어난 일련의 사건과 추이 과정을 비유적으로 소설에 담았으며, 실제 사건을 소설의 이야기 시간으로 가져와 작가의 현실관과 문학관을 드러내는 데 활용했다. 사건의 추상적 묘사는 검열을 빗겨나기 위한 방법이지만, 조선의 상황을 가장 현실감 있게 상상하고 재해석할 수 있게 하는 전략이기도 하다. 염상섭은 『광분』이라는 소설에서 이진태를 통해 '사건에 대한 사유'의 시간을 마련한다. 민병천의 집을 오가는 사람들에게 '일상적이지 않은 것', 지극히 '예외적인 일'을 열어두고 결국엔 이 사건이 소설에 등장하는 모든 사람에게 얽힌

44 위의 책, 211면.
45 위의 책, 211면.

일이었음을 드러낸다.

> 유월 중순경이었다. 박람회를 앞에 두고 전 조선의 경계가 차츰차츰 엄중하여가는 판에 어느 날 저녁때 이 반도의 남편 한 귀퉁이에서 조그만 불똥이 반짝하고 튀었었다. 성욕의 불길이 깊이 감춘 조그만 청춘의 혀끝이 옴지락할 때 뉘라 능히 이 강산에 폭풍우가 올 것을 짐작하였으랴!
>
> 남조선의 조그만 도읍, 사람이 복작대는 정거장이었다. 날마다 날마다 같은 시간에 같은 차를 타고 다니는 아리따운 여학생의 양자는 물건너에서 온 소년에게도 아름답게 보였던 것이다. 아름다움과 아름다움에 대한 욕심에는 국경이 없고 민족적 감정을 초월하였던 것이었다. 그러나 주책없이 시룽대는 방종한 말 한마디가 귓가에 지나칠 때 거기에는 다시 거둘 수 없는 감정의 모닥불이 쏟아지는 것이었다. 장강대하로 국경을 막고 고산준령으로 민족적 성벽을 세우는 것이다. 그리하고 이 불똥은 사방으로 흩어졌다. 이 물결은 전도에 범람하였다. 이 성벽은 간 곳마다 쌓였다. (…중략…)
>
> 칠월에 들어서는 전 조선 학생계에 대동란이 일어났다. 여전히 신문에는 한 줄도 보도할 자유가 없었다. 박람회, 동요, 선전, 잠입, 불온, 정보…… 이러한 다각형의 프리즘은 오직 혼란과 난무(亂舞)의 그림자를 비쳐내었다.[46]

염상섭은 '신문에는 한 줄도 보도할 자유가 없었다'는 내용의 어구를 여러 번 소설에서 반복한다. 신문에 공개될 수 없는 사건을 소설로 쓰는 행위는 실제 있었던 일을 기록해야 한다는 작가적 강박과 소설적

---

46 위의 책, 204~205면.

정의를 전제한다. 다른 한편으로 신문에 보도할 수 없는 사건을 장편소설의 형식으로나마 '신문에 보도할 자유'를 가졌다는 것은 소설가의 특권이기도 하다. 소설은 종종 독자에게 비유들을 해석하도록 요청한다. 하지만 우리는 염상섭의 작품을 통해 이제 한 단계 더 나아가 소설 '자체가' 비유로써 스스로를 드러낸다고 말할 수 있게 되었다.[47] 이것은 1940년대에 이광수가 소설가의 특권을 '광주학생운동'에 대한 비판론으로 보여주었던 것과 매우 대조적이다.

> 그때에는 조선 청년들 중에 아직도 그릇된 민족주의 관념이 남아있었다. 더구나 광주학생사건으로 하여서 이러한 감정이 심각하였다. (…중략…) 그러하기 때문에 그들은 학교 선생께 대하여서나, 동창에게 대하여서 항상 일종의 반항심과 적개심을 가졌던 것이다. 이것이 조선사람에게 어떻게 오랫동안 불행의 원인이 되었는가는 다시 말할 것도 없거니와, 그러한 불행한 상태가 그 후에도 얼마동안 계속하였던 것이다. 만일 그때부터 그 청년들이 우리는 천황의 적자요 일본 나라의 신민이라는 자각과 감격을 가졌던들 조선사람은 더 많은 진보와 행복을 얻었을 것이다.[48]

여기서 중요한 것은 두 작가가 소설을 쓰는 시간이나 이념의 차이가 아니다. 오히려 그 차이에도 불구하고, 두 작가가 광주학생사건이 분명

---

47 소설을 읽음으로써 우리는 이 특정한 세계를 상상하기 위한 일련의 구체적인 이미지들을 얻을 뿐 아니라, 보다 중요하게는 세계에 접근하기 위한 보편적인 마음의 자세를 얻을 수 있다. 마사 누스바움, 박용준 역, 『시적 정의－문학적 상상력과 공적인 삶』, 궁리, 2016, 104면.

48 이광수, 「그들의 사랑」(『신시대』, 1941.3), 이경훈 편역, 『진정 마음이 만나서야말로』, 평민사, 1995, 144~145면에서 재인용.

어떤 '시작'이었으며 그것이 야기한 '감정의 변화'에 주목하고 있다는 점이다. 이 두 용어를 결합하면, 그것은 '혁명'에 가까워진다. 이광수는 '광주학생사건'의 혁명성을 인정하면서도 그 사건이 발생하고 10년 이상 지난 시점에서 소설을 쓰며 식민지 조선인을 '불행한 사람(상태)'으로 언급한다. 이는 소설 쓰기에 역사적 원근법이 작동하는 순간을 보여준다. 이와 달리 '전 조선 학생계의 대동란'이 가졌던 기운과 분위기 속에서 소설을 썼던 염상섭은 식민지 조선인을 '분노한 사람'으로 형상화한다. 불행과 달리 분노는 행동을 유발하는 위력을 지닌다. 염상섭은 소설 속 인물들의 성욕 문제를 중심에 두고, 그 '부적절한 정념·열정'이 가진 힘을 섣불리 어떤 상태로 귀결시키지 않는다. 그것이야말로 그가 특정 이념이 아니라 사건을 서사화하며, 작가로 존재할 수 있게 한 원동력이었기 때문이다.

5. 실상을 전하는 허구의 기획

지금까지 1920년대 실제 발생했던 동맹휴학을 주요 사건으로 다룬 소설 세 편을 살펴보았다. 작자 미상의 「참말로 잇든 처녀들의 동맹휴학」은 공주 영명여학교에서 발생한 동맹휴학 사건을 바탕으로 미션스쿨의 억압성과 학교 내부 권력의 문제를 고발하는 관점을 취한 소설이다. 결말의 후일담에 이르러 이 작품의 동맹휴학은 사건성이 삭제된 채로 미션스쿨 비리의 일부분, 혹은 슬픈 에피소드로 축소되어 버린다. 그러므로 이 작품은 기독교 선교사와 미션스쿨에 대한 배타의식뿐 아니라, 일본인은 조선인의 진정한 문명화를 지지한다는 인상, 동맹휴학에 대한 회의감을 형성하는 데 영향을 미친다. 이 소설은 일제 통치 정책의 영향 속에서 작가가 사건을 바라보는 관점과 서술하는 전략 사이의 모순을 보여준다. 송영의 「선동자」는 홍원 육영학원 여자부에서 발생한 동맹휴학이 친일적인 교사에 의해 사회주의자 선동 문제로 왜곡된 것을 바로잡는 작품이다. 작가는 동맹휴학을 사회주의적 관점에서 사건화하고, 동맹휴학의 진정성을 훼손하는 학교 당국의 태도를 비판한다. 사회주의자를 동맹휴학 선동자로 지목하고 집단 테러하는 마을 사람들의 모습을 형상화하여, 작가는 동맹휴학의 원인과 본질을 다른 문제로 왜곡하는 순간 분기하는 정념의 폭발력을 제시한다. 염상섭의 『광분』은 광주학생운동 전후 주요 공립・사립학교에서 광주학생운동의 전국화를 위해 동맹휴학을 도모하는 과정, 학생과 민중의 총궐기를 촉구하는 격문 살포 사건 등을 담고 있다. 작가는 성욕으로 소진되지 않은 인간 내부의 힘이 집단적 기운과 분위기 속에서 어떻게 학생운동의 열정으로 전이되는지 비유적으로 형상화한다. 이 소설들은 각기 다른 관점에서 창작되었으나, 규율 권력을 위반하는 사건을 서사화한다는 점에서 공통점을 지닌다.

또한 식민지 현실 속에서 작가들이 감행한 쓰기의 사례'들'은 1920년대 동맹휴학이 위반을 통해서 비로소 문학적 사건이 될 수 있었음을 암시한다. 작가들은 역사적 사건 혹은 그것의 기록에 대해 독자들이 가질 수 있는 통념을 위반하면서 동맹휴학을 서사화한다. 각각의 소설들은 제국의 통치 사상으로 '굴절'된 증언, '정동'의 층위에서 현실성을 확보한 반역, '비유'로만 존재할 수 있는 진상의 가능성을 열어 보인다. 이 작품들은 사실 자체보다 사건을 겪었을 때의 느낌, 단일하지 않은 당대의 기분이나 의식을 담고 있다. 소설 읽기의 과정에서 독자들은 복수의 서사들 속에서 감정 이입을 통한 상상, 비판적 판단과 같은 '공동-추론'[49]을 지속하며 작가가 의도하지 않은 가치까지도 발견할 수 있다. 사건들 사이의 겹침과 어긋남은 그 자체로 사건이 가진 복합적인 층위의 문제들을 의미하기 때문이다. 조선에서 일어난 학생운동의 사건성을 보다 명징하게 파악하려면, 더 많은 자료를 섭렵하고, 그 자료들 사이의 비교 연구가 불가피하다. 이 장은 보다 확장된 연구를 위한 시론에 불과하다.

---

49 '함께(co)'와 '도출하다(ducere)'를 합친 단어 '공동-추론'은 지속적인 대화와 비교, 풍부한 맥락 검토 등을 통해 세상과 사람에 대한 내러티브 속에서 가치를 발견하는 경험을 의미한다. Wayne C. Booth, *The Company We Keep : An Ethics of Fiction*(Berkeley and Los Angeles : University of California Press, 1988, pp.70~77), 마사 누스바움, 박용준 역, 앞의 책, 40면에서 재인용.

제4장
학병세대의 교양과 전장 위의 문학어

1. 강제 지원의 모순과 수치심의 논리

1943년 10월 20일, 조선총독부는 학도지원병제도를 실시했고 1944년 1월 20일, 조선인 학병들은 전쟁에 동원되었다. 이 시기 신문 사설은 육군특별지원병 채용규칙이 '대학 전문의 교양'을 갖춘, '배운 자에 대한 신뢰'하에 발표되었음을 언급한다.[1] 신문 사설은 학병 지원이 '주어진 기회'임을 강조함으로써 조선의 지식인들에게 군인 되기를 종용했다. 그러나 이 제도명에 내재한 '지원'이라는 단어가 가진 자발성과는 달리, 1943년 11월 10일 지원병제도 실시를 공포한 총독의 담화문에는 '지원하지 않는 자에 대해서는 징용할 것'이라는 내용이 언급되어 있다. 당대 매체는 시혜와 협박의 언어를 통해 조선의 청년들을 출정케

1 「學徒여 蹶起하라」, 『매일신보』, 1943.10.28.

했던 것이다.

일제 말기 청년 관련 담론과 소설에는 '망설임', '번민', '도피'와 같은 단어들이 가득하다. 이러한 시대적 분위기는 해방 이후 간행된 잡지 『신천지新天地』에 실린 '학병거부자學兵拒否者의 수기手記' 「신판임꺽정新版林巨正」을 통해서도 추측할 수 있다. 이 글을 쓴 주체는 당시 중앙대학 법학부 학생 하준수로, 그는 학병 거부를 결심하고 입산한 인물이다. 그는 글에서 당대 조선 학생들이 학병이 되었던 원인으로 '일인의 꼬임', '형사들의 감시'를 들고 있다. 그리고 학병제도가 "强制 志願"[2]이라는 모순 속에서 이루어졌음을 폭로한다. 하준수의 글을 통해 일제 말기 많은 청년들은 '학병' 혹은 '징용 기피자'[3]가 되어 출정과 입산이라는 두 가지 전장을 선택해야 했음을 알 수 있다. 이 시기 가족 전체가 위험해진다는 협박의 말이나 '불령선인不逞鮮人'의 레테르를 없애주겠다는 유혹의 말은, 세계 지배라는 위대한 환상이나 아시아인의 명예를 회복하겠다는 허황한 약속과 동일한 목적을 지닌다. 청년을 향한 언어는 그들을 전장으로 이끄는 데 지향점을 두고 있었기 때문이다.

자신이 가족을 지켜주지 못할 수도 있다는 두려움, 민족이 식민 상태로 상존할지 모른다는 불안감. 당대 학생들은 그 불안과 오욕으로부터 자신을 구원하는 하나의 방식으로 출정을 선택한다. 이때, 출정은 나약하고 무능력한 조선이라는 수치로부터 조선인을 구원할 수 있는 계기로 의식된다. 이처럼 일제는 수치심과 그것의 방어를 정치도구로 삼았

---

2 하준수, 「新版林巨正」, 『신천지』 1(3), 1946.4, 21면.

3 하준수, 「新版林巨正」, 『신천지』 1(4), 1946.5, 46면. "그지음 智異山에는 徵兵과 徵用을 拒否한 同類들이 군데군데 數三百名이나 몰이여서 集團生活을 하여가며 奸惡한 總督政治와 싸우고 있었다."

다. 조선인 학생의 전사를 대서특필했던 당대 신문들의 내용 역시 그러한 수치심과 수치심 방어의 심리적 메커니즘을 갖고 있다.

일제 말기 학병 지원을 권유하는 신문·잡지 기사의 필자들은 지원하지 않는 학생들을 "이기주의자",[4] "비겁한 徒輩",[5] "비非국민, 사회의 낙오자"[6]로 명명한다. 또한 해방 이후 학병 출신 청년의 글을 통해 일제 말기 매체가 미未지원자를 "스파이"[7]로 낙인찍었음을 알 수 있다. 시혜이든 협박이든 학생들을 전장으로 끌어들이는 언어에는 지식인을 향한 수치심의 논리가 내재한다. 대학 전문의 교양과 지성을 갖춘 자라는 구별 짓기, 강제징용이라는 치욕스러움이 그것을 대변한다. 그리고 그 수치심은 전염된다. 이런 이유로 조선인들은 자기 자신 때문에 부끄러워할 뿐 아니라 유약한 구성원 혹은 자신의 종족이나 민족 때문에 수치심을 느끼기도 한다. 이는 수치심이라는 심리가 개인을 넘어 민족이라는 집단 내에서 공유되고 있음을 보여준다. 이러한 양상은 파시즘의 메커니즘이 영웅적이고 냉소적인 세계상을 강조하는 동시에 부드러운 감정과 인간적 가치들을 배척했던 것과 밀접하다.

종래의 식민주의는 개인으로 대표되는 것이 아니라 하나의 체제로 구현될 때가 많았다. 그리고 그 체제는 스스로를 유지하기 위해 억압과 강제를 필요로 할 때가 많다. 그러나 식민지 체제는 그 안(밖)에서 스스로에게 '나는 누구인가'라는 물음을 던지는 피식민자의 '개체성' 역시 안고 있다. 그것은 유진오가 '계속되는 경이적인 전과에 감격하고 玉碎

---

4 金本光治, 「皇國大生命」, 『매일신보』, 1943.11.3.

5 「빨리 志願하자」, 『매일신보』, 1943.11.8.

6 「應徵學徒의 入所」, 『매일신보』, 1943.12.7.

7 허호, 「志願 當時의 苦悶」, 『學兵』 창간호, 1946.1, 88면.

의 충혼에 감동되어 반도사람 속에서도 이미 2계급 승진의 용사까지 나오는데도, 무언가 서먹함을 느끼고 얇은 막을 통해서 보는 듯한 느낌밖에 가질 수 없었던'[8] 자신에 대해 서술한 것과 통한다. 식민지 조선인이 자신에게 던졌던 물음에 답하거나 자신도 알 수 없는 심리에 대해 사유하기 위해 보내야 했던 시간들은 훨씬 더 치밀한 고찰을 요구한다.

지금까지 학병 관련 연구들은 학병이 가진 세대적 특이성,[9] 과거를 기억하는 방식,[10] 해방 이후와의 역사적 연속성[11]에 주목해왔다. 김윤식은 '학병세대'라는 범주를 마련하고, 이들의 글쓰기가 자신의 체험을 논리화하는 과정임을 강조한다. 이를 통해 글쓰기가 그들에게 역사 속에서 희생되었던 자신을 위로하는 방식이되, 자기를 드러내는 방식일 수 있음을 언급한다. 이는 학병세대의 글쓰기가 '기억'에 의존하고 있으며, '기억의 왜곡과 망각'을 수반하고 있음에 주목하는 최지현, 최영욱의 논의에 근거를 제공해줄 수 있다. 전장으로부터 귀환한 자들이나 학병제도를 거부했던 당대 청년들은 식민지를 경험했던 자신을 민족의 영웅, 혹은 시대의 희생자로 기억한다. 이 연구들은 학병 체험을 가진 이들의 수기와 소설을 통해 학병세대의 '기억'과 '정체성' 문제가 '민족'의 문제와 관련되어 있음을 밝힌다. 앞선 연구들이 학병세대의 글쓰기가 무엇에 기인하는가에 주목하고 있다면, 이혜령의 연구는 해방기 총을 든 청년들의 폭력성이 '학병' 체험, 즉 식민지 경험의 재구성에 기

---

8 兪鎭午, 「曉闇の 感激! 半島出陣學徒を送りて」, 『國民總力』, 1944.2, 16면.

9 김윤식, 『일제 말기 한국인 학병세대의 체험적 글쓰기론』, 서울대 출판부, 2007.

10 최지현, 「학병의 기억과 국가」, 『한국문학연구』 32, 동국대한국문학연구소, 2007; 최영욱, 「해방 이후 학병 서사 연구」, 연세대 석사논문, 2009.

11 이혜령, 「해방(기)-총 든 청년의 나날들」, 『상허학보』 25, 상허학회, 2009.

반하고 있음을 언급한다. 이는 해방 후 학병세대의 의식이 일제강점기와의 연속선상에서 고찰될 수 있음을 보여준다.

선행연구들은, 해방 이후 학병세대가 자신의 과거를 되새기는 일이 어떤 의미를 지니는지 고찰해왔다. 이 때문에 과거가 서사화되는 방식, 기억이 왜곡되는 양상, 과거와 현재가 관계 맺는 양상이 주된 내용으로 언급된다. 이는 글을 쓰는 지금-여기가 갖는 시공간성, 해방이라는 시대적 변화, 좌우익 갈등이라는 정치적 상황에 따라 과거가 소환되는 양상이 달라지는 것과 관련된다. 그러나 학병 생활을 하는 일제 말기 1944년부터 1945년을 놓고 볼 때, 작품 속에서 가장 두드러지는 것은 '학생'과 '병사'라는 두 개의 자기 사이에서 겪을 수밖에 없는 '정체성 혼란'의 문제이다. 해방 이후, 민족을 위한 숭고한 행위로 봉합되었던 학병 체험은 전장에서 어떤 갈등과 번민을 내재하고 있었던가.

이 장에서는 학병이 특정 학력 이상의 조건을 갖춘 지식인이었다는 것에 주목한다. 그런 의미에서 유학생 출신 청년들의 '교양주의'가 태평양전쟁, 해방과 같은 역사적 사건과 만나는 지점에 주목한 김윤식의 논의는 시사하는 바가 크다. 조선의 학생들이 흡수했던 교양주의는 "천하국가를 어떻게 해보겠다고 하는 명치적 야심에 대해서, 개인의 내면과 인격을 존중하는 것"[12]과 관련된다. 지금까지 그들이 전장에서 읽고, 생각하고, 글을 쓰는 일을 통해 자신의 살아 있음을 증거하고, 폭력적인 현실 속에서 문학을 통해 자신을 비유하며 자기 소멸에 대한 불안을 극복할 수 있었다는 점은 아직 언급된 바 없다.

12 高田里惠子, 『文学部をめぐる病い』, つくま文庫, 2006, 191면.

글쓰기는 사회적 목적에 의해 변모된 문학적 언어로, 창조와 사회의 관계를 드러낸다. 또한 그것은 대문자 역사의 커다란 위기들과 연결된 형태를 갖는다.[13] 동일한 형태의 군복을 입고 같은 사상에 부응하기 위해 전장에 나선 집단 내에서, 지식인이었던 학병이 자신의 개체성을 확보할 수 있는 길은 무엇이었을까. 지식인은 자신에게 결핍된 것, 자신의 지적 활동을 약화시키는 것을 혁명적 관점에서 말하지 않을 수 없다.[14] 이 때문에 그들이 쓴 작품의 '주체·주제sujet'는 '이야기하는 자'이자 동시에 '이야기되는 것'이다. 주체와 대상의 경계는 이동하고 소멸한다. 학병들은 소설과 수기에서 사회와 제도가 지식인인 자신에게 강제했던 소외 현상들에 대해 말한다. 그리고 이것은 전장에서 학병이 느꼈던 수치심과 연결되어 있다.

수치심이 외부적인 요인(타인의 시선)에 의해 일어난다면, 죄의식은 내부적 요인(양심)에 의해 일어난다. 죄의식은 반성을 통해 벗어날 수 있지만, 수치심은 당사자에게 오점으로 남는다. 죄의식은 피해를 입은 자인 이인칭 '너'와의 관계에서 발생하는 반면, 수치심은 독백의 성격을 지니는 나르시시즘에 속하는 감정이다.[15] 학병을 기억하는 해방기 선배 작가들의 글쓰기를 추동하는 것이 죄의식이라면, 학병세대의 자의식이나 글쓰기를 추동하는 것은 수치심이다. 선배 작가들은 자신의 내면을 고백하는 과정에서 학병세대의 내면을 기억하고 재구하는 일에 가담한다. 그러므로 학병세대의 글쓰기를 논의하는 과정에서 그들을 기억하는 선

13 롤랑 바르트, 김웅권 역, 『글쓰기의 영도』, 동문선, 2007, 19면.
14 롤랑 바르트, 김웅권 역, 『목소리의 결정』, 동문선, 2006, 207면.
15 슈테판 마르크스, 신종훈 역, 『나치즘, 열광과 도취의 심리학』, 책세상, 2009, 123면.

배 세대의 작품을 고찰하는 일은 중요한 전제가 된다. 일본이 탈현실화, 영웅주의와 이상화, 감정의 차단 등을 전쟁 공포에 대한 방어의 메커니즘으로 이용했다면, 소설과 수기에서 조선인들은 감정과 욕망의 문자들로 이를 균열한다. 이 장에서는 학병에 대한 선배 세대의 글쓰기를 통해 당대 학병의 내면을 재구하고, 개인적 '감정'과 '욕망'의 발현을 억압받았던 학병세대의 감수성이 소설이나 수기를 통해 어떤 방식으로 발화되는지 살펴보는 것에 목적을 둔다.[16] 그리고 그들의 글쓰기에 내재된 갈등과 번민, 비애의 정서가 당대 황군을 둘러싼 내선일체 사상에 균열을 일으키는 지점을 찾고, 그것이 지닌 의미를 구명하겠다.

2. 역사적 부채감과 학병을 기억하는 글쓰기

해방 이후, 이태준과 채만식은 자기반성의 내용을 담은 소설을 썼고 이광수는 고백체의 회고담을 썼다. 이 작품들에는 공통적으로 '나'를 찾아왔던 학병과의 대화가 한 장면을 구성한다. 그들의 글쓰기는 일인칭 '나'와 학병 사이에 발생한 '죄의식'과 관련되어 있다. 그들은 글을 쓰는 주체로서 자신의 내면을 드러내는 동시에, 당대 학병의 내면을 드러내기도 한다. 학병이 민족 수난의 십자가를 졌던 희생자라면, 그들의 학병 지원을 권유하고 묵인했던 자들은 그 희생 제의에 가담한 사람들이다.

16 이 글이 발표된 이후 학병 서사에 관한 연구가 다른 연구자들에 의해 진행되었기에, 논의가 심화된 부분에 주석을 달아 두었다. 조영일은 탈출을 한 학병의 글쓰기가 수기로, 잔류를 선택한 학병의 글쓰기가 소설로 이어졌음을 언급했다. 조영일, 「학병서사 연구」, 서강대 박사논문, 2015.

귀환한 학병들은 그 희생 제의에 가담한 사람들의 죄의식을 불러일으키고, 그것의 해소를 '지연'시킨다는 점에서 불편한 존재이다.[17] 작가들이 그 '불편한 존재'들을 기억하고 호명하는 의도는 무엇일까.

1943년 말, 최남선과 이광수가 참석한 '동경대담'과 같은 공적인 장소에서 학병 지원을 앞둔 조선 학생들은 대동아를 향한 기백, 생사 관념에 대한 확신을 가진 존재들로 언급된다.[18] 이 대담은 1943년 11월 24일 동경 메이지대학에서 열린 '조선 학도 궐기대회' 이후, 대회에 참석했던 이광수와 최남선 그리고 마해송이 나눈 대화 내용을 담고 있다. 이 대화 중 마해송이 최남선과 이광수에게 던진 질문은 의미심장하다. "학생들이 거꾸로, 선생들 쪽의 기분은 과연 어떠한 것인가, 신뢰할 만한가, 라는 질문을 갖고, 선생 쪽을 테스트하며 질문하는 경우는 없었는가"하는 내용이 그것이다. 이에 대해 최남선과 이광수는 '전혀' 없었다고 대답한다. 그러나 이 문면에 나타난 완전무결한 '부재'에는 학생들의 수많은 질문과 학생들과의 '사적인' 면담이 있었다는 사실은 은폐되어 있다. 이 사실은 이광수의 「나의 고백」이나 해방 이후 작성된 학병들의 수기에서 살펴볼 수 있다.

학도 지원 종용 연설을 했던 이광수와 그를 찾아온 학생들의 대화를 담은 수기는 해방 이후 작성되었다는 점을 감안한다면, 왜곡의 여지가 있다. 그러나 이광수가 자신의 말을 왜곡한 지점은 인정하더라도, 연설이 끝난 후 학생들이 그를 찾아갔다는 것, 학생들이 그에게 무언가를 물었다는 것은 사실로 받아들일 수 있다. 그렇다면, 이광수의 대답을 소거

17 이혜령, 앞의 글, 14면.

18 「東京對談」, 『조선화보』(조선문화사, 1944.1), 김윤식, 앞의 책, 405면에서 재인용.

한 자리, 학생들의 질문만을 조합해본다면 그들의 언어에는 무엇이 내재해 있을까.

> 내가 학병 권유로 도쿄에 갔을 때의 일이다. 하루는 밤늦게 대학생 셋이 내 여관에 찾아왔다. 나는 열이 나서 누워 있을 때였다. 그중 한 학생이,
> "우리가 나가 죽으면 분명히 우리 민족에게 이익이 되겠나?" 하고 입을 열었다.
> 이윽고 다른 한 사람이,
> "우리가 나가서 피를 흘리면 그대는 우리의 피값을 받아주겠는가?" 하고 물었다. 이것은 참말로 큰 물음이었다.
> "우리들이 피를 흘려서 우리 동생들에게 조금이라도 도움이 된다면 조금도 한이 없겠다."
> 하고 그들은 가버렸다. 물론 나는 그들의 성명은 모른다.
> 바로 그들이 나간 뒤에 웬 청년 둘이 들어오더니 너붓이 조선 절을 하기로, 나는 황망히 일어나서 답배를 하였다. 그런데 그들은 절을 하고 꿇어앉아서는 한마디도 말이 없고, 좔좔 눈물만 흘리고 있었다. 그러기를 한 십 분이나 하더니, 다시 일어나서 절하고 가버렸다.[19]

학생들이 이광수에게 던진 앞선 세 가지 질문에는 동일하게 '죽음'과 '죽음에 대한 명분 찾기'가 전제되어 있다. 이들에겐 죽음에 대한 공포보다도 자기의 죽음에 대해 그 이유를 찾아야 한다는 절박함이 존재한다. 이들이 가장 견딜 수 없는 것은 죽음이 아니라, '가치 없는' 죽음

---

19 이광수, 「나의 고백」, 『이광수 전집』 7, 삼중당, 1972, 279면.

을 맞을지도 모른다는 사실이다.[20] 당시 현장에서 연설을 들었던 김붕구의 회고담에도 대회에 참석했던 학생들이 육당과 춘원이 묵었던 여관에 찾아갔다는 사실이 언급되어 있다. 그리고 그의 회고담에는 열변을 토하는 최남선과 "학병이라는 문제에 부딪혀 기로에서 고민하는 젊은이들의 애타는 눈동자들"[21]이 묘사되어 있다. 이광수와 김붕구의 회고는 도쿄대담에서 지웠던 학생들과의 개인적인 만남에 대한 기억, 학생들이 느꼈던 번민과 비애의 감정을 소환한다.

앞서 살펴본 이광수의 글에서 그는 청년들의 방문과 관련한 회고의 다음 내용에 유학생 강연이 끝나고 여학생들이 찾아와 자신에게 "이렇게 저희만 있는 곳에서 더 하실 말씀은 없습니까"[22] 하는 질문을 했던 기억을 떠올린다. 그리고 그는 '천근 무게로 가슴이 눌리는' 것을 느꼈던 기억을 서술한다. 이 기억은 그들 앞에서 자신이 느낄 수밖에 없었던 죄책감의 무게를 일컬음이며, 자신의 친일 행위에 대한 변호이기도 하다. 그리고 이 장면에는 이광수가 공적인 장소에서 발화한 내용에 대한 학생들의 질책과 그 이면의 사적인 진언에 대한 기대심리가 담겨 있다. 이 장면은 역사의 중심이 학병세대로 넘어가는 순간을 포착하고 있다. 이광수가 해방 이후 자신의 글에서 학병과 관련한 기억은 꼭 밝혀 두고 싶다고 말한 것은, 과거 그들이 자신에게 던졌던 질문에 대한 답

20 일본의 전황이 불리해져 참전이 곧 죽음임을 각오해야 했던 1943년 말 학병 동원의 시점에서, 조선인이 '무엇을 위해 죽을 것인가'라는 질문에 직면하게 되고, 그 물음 앞에서 피식민자의 결사가 제국의 동화 이데올로기로 회수되지 않았던 국면에 대한 논의가 이후 구체화된 바 있어 밝혀 둔다. 윤영실, 「네이션, 죽음, 애도 (2)－최남선의 학병 동원 논리와 식민지의 민족 사상」, 『한국현대문학연구』 55, 한국현대문학회, 2018, 161～170면.

21 김붕구, 「한국의 지식인상」, 『신동아』, 1967.3, 74면.

22 이광수, 앞의 글, 280면.

을 들려주기 위해서가 아니다. 오히려 그 이후 지금까지 자신이 그 기억의 무게에 시달리고 있었음을 말하고자 했기 때문이다. 그렇다면, 이광수의 글은 그 문장보다 기억이 전제하고 있는 '시간의 길이' 면에서 선배 지식인이 느낀 부채감을 증거한다고 하겠다.

역사적 부채감이 글쓰기를 유도하는 양상은 이태준과 채만식의 소설에서 더욱 극대화된다.

> 일반 지원병제도와 학생특별지원병제도 때문에 뜻 아닌 죽음이기보다, 뜻 아닌 살인, 살인이라도 내 민족에게 유일한 희망을 주고 있는 중국이나 영미나 소련의 우군을 죽여야 하는, 그리고 내 몸이 죽되 원수 일본을 위하는 죽음이 되어야 하는, 이 **모순된 번민**으로 행여나 무슨 해결을 얻을까 해서 더듬고 더듬다가는 한낱 소설가인 현을 찾아와 준 청년도 한둘이 아니었다. 현은 하루 이틀 동안에 극도의 **신경쇠약**이 된 청년도 보았고 다녀간 지 한 주일 뒤에 **자살하는 유서**를 보내온 청년도 있었다. 이런 심각한 민족의 번민을 현은 제 몸만이 학병 자신이 아니라 해서 혼자 뒷날을 사려해가며 같은 불행한 형제로서의 울분을 절제할 수는 없었다.[23] (강조는 인용자)

'한 작가의 수기'라는 부제를 가진 자전소설에서 작가 이태준이 말하고자 했던 것은 학병에 나가야 하는 학생들 앞에서 자신도 "형제로서의 울분"을 느꼈다는 점이다. 작품에는 자신 또한 역사의 폭력성 속에서 침묵하지만은 않았다는 사실이 드러나 있다. 이 소설에서는 윤직원

---

23 이태준, 「해방 전후」, 『이태준 문학전집』, 깊은샘, 1995, 14면.

영감과 현의 대화를 통해, 학병 지원을 거부하는 매부를 경방단에 넘긴 처남의 이야기가 언급되기도 한다. 자신의 안위를 위해 가족을 전장에 보낼 수밖에 없는 역사적 비애는 청년들의 희생 제의를 묵인했던 현 자신에 대한 역사적 알리바이를 제공해준다. 그러나 여기에서 중요한 것은 "모순된 번민" 때문에 "신경쇠약"과 "자살" 충동에 시달리는 청년들이 존재했고, 그들이 역으로 '현'의 의식을 일깨우고 있다는 사실이다. 또한 현을 찾아온 청년들의 유서나 현의 수기는 모두 내가 아무것도 할 수 없었다는 것을 말하기 위해 쓰였다는 점이다. 여기서 글쓰기를 유도하는 것은 의식 가운데 가장 '짓눌린 의식'이다.

'혈서'로 지원의 결심을 보여주는 조선 청년에 대한 기사가 일제 말기 황국 정신의 표상이 되었다면, 지원을 앞둔 조선 청년의 '유서'는 황국 정신의 단일성에 균열을 일으킨다. 시대적 상황 앞에서의 번민, 유서 쓰기와 보내기는 '지식인'이 할 수 있는 행위이다. 지식인이 죽음 앞에서 자신의 죽음에 의연해질 수 있는 방법은 '죽음의 명분'을 찾는 일이다. 학병 지원을 앞둔 청년들이 선배에게 진심을 토로하는 자리를 마련하는 장면은 채만식의 「민족의 죄인」에서도 나타난다. 지원을 강요받는 학병이 선배를 찾는 일은, 명분 찾기인 동시에 자신의 출정을 반대하는 누군가가 존재하리라는 믿음 때문이다.

이때, '대화의 장'이 마련된다는 것에 주목해야 한다. 청년들은 가르침을 받고자 한다고 말하지만, 이들이 듣고 싶은 것은 자신들이 사회에서 강요받는 사상이 잘못된 것임을 증거하는 일이다. '황군위문대' 강연이 끝나고 청년들은 '나'를 찾아오지만, 나는 전쟁터에 나서야 하느냐는 그들의 질문에 대해 "친일파의 괴설"을 늘어놓고 만다. 그리고 그

무리 중 한 청년이 다시 자신을 찾아왔을 때에야 비로소 전쟁에 나가지 말라고 말한다. "꿋꿋한 정신"을 당부하는 자리에서 둘은 서로를 보며 '눈물'을 흘린다. 채만식은 이 작품에서 자신을 "보기 싫은 양서동물兩棲動物"[24]에 비유한다. 작가는 자신을 물속이나 땅 위 양쪽에서 살아갈 수 있는 양서동물에 비유함으로써 기회주의자인 자기비판을 실행한다. 자신이 처한 상황에 대해 선배와 대화할 줄 아는 학병세대의 감수성이 문제적인 이유는 그들의 의식이 자기 세대뿐 아니라, 앞 세대의 의식에까지 영향을 미치기 때문이다.

이광수와 이태준, 채만식에게 반성의 글쓰기가 가능했던 것은 학병 거부라는 저항을 통해 민족 독립을 위해 헌신한 사람이 존재했기 때문이다. 채만식의 「낙조」에서 사람들에게 '학병 거부'는 "소극적으로 세상을 피하여" "독서와 사색으로 무료히 세월을 보내"[25]는 행위로 비춰지지만 실상 나의 제자인 '최'는 그러한 "캄플라지 밑"에서 적극적으로 '적색해방 투쟁단체'의 일을 행한다. 이는 학병 거부가 조선 독립을 위한 하나의 수단, 일제강점기 조선인 착취로 축재한 조선 관리에 대한 응징의 계획으로 이어짐을 드러낸다. 소설 속에서 '나'는 제자 최 군과의 대화를 통해 자신보다 10년이나 어린 사람인 그가 시국과 세계 대세에 대해 세밀하고 예리한 관찰을 가졌음에 놀란다. 그리고 그에 비해 자신은 "맹추", "멍텅구리"에 지나지 않음을 느낀다.

일제 말기 학생들은 학병이라는 '신조어'를 통해 새로운 주체가 되고, 그들보다 앞선 지식인들은 후배의 처지를 통해 지식인인 자기를 응

---

24 채만식, 「민족의 죄인」, 『채만식 전집』 8, 창작과비평사, 1989, 439면.
25 채만식, 「낙조」, 위의 책, 386면.

시하고 환멸을 느낀다. 그러나 해방이 된 후, 4개월이 채 지나지 않은 때에 간행된 어린이 잡지에는 이미 '학병'이라는 단어가 여러 역사적 사실을 함축한 채 기입되어 있다. 해방기 어린이 잡지 『별나라』에는 독자를 위해 마련해 놓은 「별나라 사전」란이 있다. 편집자는 이곳에 학병이라는 단어를 '이해하기 어려운 단어'로 분류하여 해설해 놓는다. 잡지에서 '학병'이라는 단어는 '일본 제국주의가 무너지는 판에 생각해낸 것이니, 전문학교 이상의 학생을 병정으로 강제로 끌고 가는 것'[26]이라 풀이되어 있다. 일제 말기에 태어나 해방기에 학생이 된 독자들은 이제 학병이라는 단어가 가진 역사적 강제성을 번민 없이 받아들이고 학습하게 된다.

해방 이후, 학병을 기억하는 글쓰기가 중요한 이유는 작가들이 사후적으로 그들의 죽음에 숭고한 정신을 기념했기 때문이 아니다. 오히려 신문기사와 같은 역사적 기록에서는 발화될 수 없었던 일제 말기 학생들의 번민과 비애가 소설과 수기 같은 문학 텍스트를 통해 형상화되었기 때문이다. 또한 그들을 바라보는 선배 세대의 죄의식이 학병에 대한 기억을 통해 공론화되고, 사상과 시대의 변화가 이론이 아닌 학병에 대한 심상을 통해 각인될 수 있었기 때문이다. 학병 지원을 강요받았던 청년들은 전장에 나가기 전, 선배의 강연을 듣고, 선배를 향해 진담을 요구한다. 이들에겐 공적인 발화와 사적인 발화를 구별하는 능력, 선배의 말을 참조할 줄 아는 지적 감각이 있었다. 그러나 선배의 자리에 놓였던 작가들은 이 상황을 내선일체의 언어들로 모면하거나 침묵한다.[27] 그 순간에 교차하는 청

26 「별나라 辭典」, 『별나라』 창간호, 1945.12, 24면.

27 1943년 11월, 학병 동원을 위해 일본에 파견된 '선배격려단'의 활동과 감성 동원의 논

년들의 기대와 번민, 작가들의 죄책감과 수치심은 시간적 간극을 두고 서사화된다. 해방 후에야 작가들은 일제강점기에는 말할 수 없었던, 살고 싶다는 욕망으로부터 자유롭지 못했던 자신을 고백하며 자책한다.

학병들의 질문에 대한 선배 작가의 답은 유예되어, 반성문의 형태로 발화된다. 이 때문에 작가는 다른 얼굴을 가지지 못한 채, 글을 쓰는 사람인 동시에 글에 씌어진 사람이 된다. 해방 이후 이광수와 채만식이 학병을 '기억'하며 쓴 글에는 역사를 기억하는 작가적 사명감과 정치적 자기반성이 개입되어 있다. 또한 그들의 글쓰기는 자신이 느끼는 죄의식과 수치를 반복해 말함으로써 자신이 느끼는 심리에 논리를 부여하는 과정이기도 하다. 작가인 이들은 '글쓰기'를 통해 자신의 감정 혹은 정서를 대상화할 수 있었다. 이러한 글쓰기는 스스로를 표상하면서 그 안에서 개방된다. 그러므로 그들의 글은 끝없이 자신을 반성하고, 자기 자신의 가능성에 대해 고통스러운 질문을 던지듯 전개된다.[28] 그들의 작품은 글쓰기의 욕망이 아니라, 글쓰기의 의무감에 의해 작성된 것이다. 작가들은 자신의 감정을 대상화하는 동시에 학병의 내면을 역사화한다. 작가들에게 전쟁의 체험은 학병을 통해 간접화되어 있다. 전장에서 죽음의 가능성을 체험했거나 경험할 사람과 만나는 일, 그것이 작가에게 전쟁을 피부로 느낄 수 있는 유일한 방법이었기 때문이다.

리, 그에 대한 학병들의 기억에 주목한 논의가 이후 심화된 바 있어 밝혀둔다. 류시현, 「태평양전쟁 시기 학병의 "감성동원"과 분노의 기억-학병수기집 『청춘만장』을 중심으로」, 『호남문화연구』 52, 전남대 호남학연구원, 2012.

28 자크 데리다, 남수인 역, 『글쓰기와 차이』, 동문선, 2001, 108면.

3. 지식인 병사, 자기 안의 에트랑제

학병의 소설이나 수기에는 자신이 읽었던, 읽고 있는 책의 내용을 바탕으로 자기 상황을 사유하고 비유하는 장면들이 많다. 이는 전문학교 이상의 학력을 가진 그들이 애초부터 읽고 생각하는 일이 생활이 된 지식인이라는 것과 관련된다. 종래의 연구들은 일본과 조선이 제국과 식민지라는 지배적 관계 속에서 학병을 고찰했기 때문에 학병이 정치적, 민족적 희생물로 환원되는 경우가 많았다. 이때, 학병의 내면은 식민지인의 저항적 속성이나 민족 독립을 염원하는 해방의 의지로 환원될 가능성이 농후하다. 이병주, 이가형, 장준하, 김준엽 등 학병 관련 소설과 수필을 쓴 이들은 대학 내에서 일본인과 교유했던 학생이다. 이들을 일본인과 '관계'했던 인물이라는 전제에서 바라본다면, 학병의 내면은 훨씬 더 다채롭게 조망될 수 있다.

김윤식은 지식인으로서 학병세대의 이념이 소화 교양주의에 있으며, 제국 일본의 침략전쟁의 모순을 초극하는 방도가 학병 가기였다고 말한 바 있다.[29] 그는 이 교양의 초월성에 운명이 가진 초월성을 대입시켜 당대 청년의 학병 되기를 운명의 문제와 관련짓는다. 그렇다면, 지식인인 당대 청년들이 자신에게 주어진 그 운명을 '어떻게' 자기화했는지, 그리고 그것이 어떤 방식으로 표상되었는지가 중요하다. 학병세대의 교양주의는 '철학이나 역사 등의 인문서 독서를 통한 인격주의', '학력 엘리트 문화'이다.[30] 그들은 예술을 일상 속에서 향유하며, 독서 과정

29 김윤식, 앞의 책, 53면.

30 竹内洋, 「教養知識人のハビトオスと身体」, 青木保 外編, 『知識人』, 岩波書店, 1999, 103면.

안에서 자아를 발견하고, 인생의 단면을 문학적으로 비유할 줄 아는 지식인이었다.

이병주의 『관부연락선』에서 유태림은 자신의 학병 되기가 경찰서장의 권유, 이광수의 강연, 가네무라 류사이金村龍濟의 애국시, 장혁주와 현영섭의 글 때문이 아니라고 말한다. 이것은 유태림이 자신의 출정에서 '정치적 이념성'을 소거하려는 의도를 담고 있다. 그는 "병정은 그저 병정이지 어느 나라를 위해, 어느 주의를 위한 병정이란 것은 없다. 죽기 위해 있는 것"[31]이라는 깨달음을 얻고 학병이 된다. 그가 이 깨달음을 얻는 데에는 김광섭의 시가 가진 "애상", 헤로도토스의 『역사』 속 '사시死屍', 두보 시편 속 '병정의 눈물'이 작용한다.[32] 그는 자신에게 강요된 '애국, 일본과 반도인의 동등성, 민족성의 결함, 일본화'와 같은 언어들 대신 '죽음, 청춘의 상실, 애수, 눈물'이라는 비극적이되, 지금의 자기에게 어울리는 단어들을 떠올린다. 이 단어들은 지금의 자기를 가리키면서도, 누구에게나 있을 수 있다는 점에서 초월성을 띤다. 그 단어들은 민족도 국경도, 이념도 뛰어넘은 자리에 놓여 있다. 그의 이러한 의식은 그가 속한 세대의 감각을 통해 보면 더욱 확연해진다.

『관부연락선』은 일본 A대학 전문부 문학과에서 만난 '나'와 E가 '유태림'이라는 친구의 수기와 그에 관한 이야기를 서로 주고받는 형식으로 진행되는 소설이다. 이 시절 일본의 대학은 '모파상의 소설을 원문으로 읽지 못해도 프랑스문학을 논하고, 칸트와 콩트를 구별하지 못해도 철학을 말하는' "문학을 좋아하는 기풍"이 가득한 공간이었다. 이

31 이병주, 『관부연락선』 2, 한길사, 2006, 364~365면.
32 위의 책, 363~364면.

소설에서 일본인 E와 H, A, J, 유태림, 최종률, 황은 동인지 '문'을 만들 계획을 갖는다. 그리고 이들은 '문'의 방향을 "자아에 있어서의 에트랑제의 발견"에 둔다.

"A군의 말뜻은 이런 게 아닐까. 이런 게 우리는 우리의 운명을 우리 아닌 어떤 힘에 송두리째 맡겨버리고 있다. 자기 의사가 아닌 남의 의사로써 우리 생활을 규제당해야 한다. 구체적으로 말하면 우리의 힘으론 어떻게 할 수 없는, 즉 가진 참여하지도 못한 정치의 작용을 받고만 산다. 이런 심정이 에트랑제로서의 심정이 아닌가. 이런 뜻이지, A군?" (…중략…)

이렇게 말해놓고 E는 '문'이란 동인지의 당분간의 방향으로서 '자아에 있어서의 에트랑제의 발견'에 두자고 했다.

"우리 조선 사람이 있으니까 그런 억지 방향을 만드는 것은 아니겠지."

최종률이 무뚝뚝하게 한 말이었다.

"그럴 리가 있나?"

하고 H가 말했다.

"에트랑제의 자각에 있어선 너희들이 우리들의 선생님이겠지. 그러나 우리의 상황을 곰곰이 생각해보면 너희들이나 우리들이나 근본적으로 다를 것은 하나도 없어."[33]

일본 청년이든 조선 청년이든 이들은 모두 자신을 '정치의 작용에 의해 생활을 규제'당하는 인간으로 인식한다. 이들이 표방하는 '자아에

33 위의 책, 205면.

있어서 에트랑제의 발견'은 자기 안에 있지만, 낯설고 이질적인 '외부성'을 찾는 일일 것이다. 그것은 조선인에게 일본인일 수 있고, 일본인에게 조선인일 수 있다. 또한 태평양전쟁 시기 주어진 정치적 상황에서 원치 않는 입장을 취할 수밖에 없는 자기 자신일 수도 있다. 유태림은 이를 통해 모두가 자기 안에 저마다의 '에트랑제'를 갖고 있다는 것을 보여준다. 그리고 작가는 그것의 발견이 극대화되는 것이 바로 국경을 넘어 전장에 선 순간임을 보여준다.

학병 체험을 다룬 소설에서 조선인 학병은 조선인을 차별하고 폭력적으로 대하는 일본 군인에 대한 증오감을 갖는다. 그러나 '버마'나 '중국' 전선의 학병을 재현한 소설이나 수기에 가장 빈번하게 드러나는 것은 포로 감시원이나 위안부, 심지어 일본인 간부가 타고 다니는 말보다 나을 게 없는 자기 자신에 대한 모멸감, 수치심이다. 이병주의 『관부연락선』이나 이가형의 『분노의 강』에서 주인공은 현실에 대한 환멸을 느낄 때, "보들레르"의 시구를 연상한다. 이병주는 소설에서 '보들레르'와 '지드'에 열광하던 당대 학생들의 지적 분위기를 언급한다. 그리고 유태림을 빌려 전쟁 속 인간의 모순을 보들레르의 시어로 표상한다. 이병주에게 보들레르가 전장에서 무디어져 가는 자신의 "뇌수에 불이 켜지는" 느낌을 주었다면, 이가형에게 보들레르는 자신이 처한 '상황을 대리하는 언어'를 제공한다.

『관부연락선』에서 유태림은 일본 군대의 60사단 연료창고 보초를 서며 '짐승의 잠을 자라'고 외친 보들레르를 떠올린다. 그가 떠올린 것은 보들레르의 「깊은 심연 속에서」라는 시이다. 그는 "공포와 모독이" 떠도는 "어둠"[34]을 시화하며 그 어둠 속에서 잠들 수 있는 짐승에 대해 말했던 보들레르의 시를 연상하고, 60만이 잠들어 있는 소주성을 응시한다. 이 순간, 유태림이 선 전장은 '공포와 어둠'의 인접성을 통해 보들레르 시에 나타난 심연과 비유의 관계를 맺는다. 보들레르는 예술을 '선'이나 '미'에 종속시키려 했던 종래의 고정관념에 저항하며, 불안하고 절망적이며, 거짓되고, 추악하고, 더럽고, 천박한 세계로서 현대를 그린 시인이다.[35] 유태림은 보들레르의 시를 떠올리며, 보초의 눈은 전쟁소설이나 전쟁영화에서처럼 사납고 용감스러운 눈이 아니라, "슬픔에 가득한 눈", "노예의 지쳐 있는 눈"이라 말한다. 이처럼 그는 미화된 군인의 이미지를 벗어나 현재의 자기를 응시한다. 그리고 보들레르의 시를 연상하며 밝아진 자신의 의식을 놓치지 않으려 노력한다. 그는 일본의 패망을 믿고 있는 처지, 그날이 빨리 오길 기원하는 처지에 놓인 자신이 그 일본을 위해 보초를 서야 한다는 "모순" 때문에 고통을 느낀다. 그가 문학에 이르는 이유는 그 언어의 표상, 언어에 대한 사유 속에서 고통을 유예할 수 있기 때문이다.

①

'짐승의 잠을 자라'고 외친 보들레르는 짐승의 잠은커녕 사람의 잠도 제대로 잘 수 없었던 이단자로서의 오만을 가졌었다.

유태림은 터무니없는 국면에서 보들레르의 이단을 모방한 스스로의 오만에 야릇한 감회를 느껴보면서 자기가 하잘것없는 일본군의 보초임을 새삼스럽게 깨닫고, 잠자지 못하는 하잘것없는 보초가 잠들어 있는 사람들에게 대

34 샤를 피에르 보들레르, 윤영애 역, 『악의 꽃』, 문학과지성사, 2003, 88면.
35 윤영애, 『파리의 시인 보들레르』, 문학과지성사, 1998, 16면.

해 깨어 있는 자의 오만을 모방해본다는 것은, 거리를 끌려가는 사형수가 그 뒤를 따르는 구경꾼에게 대해 느껴보는 허망한 오만과 비슷하지 않을까 하는 생각도 가져보았다.

입맛이 썼다.

태림은 안간힘을 다해 뇌수 속의 불을 끄지 않으려고 했다.[36]

②

엄지 손톱을 이의 피로 붉게 물들이면서 잇수를 하나, 둘, 셋…… 하고 세고 있는 나의 꼴사나운 모습은 포로감시원이나 위안부보다 더 나을 것이 조금도 없지 않았던가.

나는 문득 보들레르가 생각난다.

거지들이 몸에 이를 기르듯
우린 사랑스러운 뉘우침을 기른다.

나의 끝도 갓도 없는 괴로운 뉘우침이 수많은 이가 되어 꿈틀거리고 있는지도 모른다.[37]

①에서 유태림이 보들레르를 통해 '뇌수 속의 불' 즉 지식인으로서의 의식을 지키기 위해 안간힘을 쓴다면, ②에서 『분노의 강』의 이와모토는 버마의 폭력적이고 더러운 전장에서 『악의 꽃』 '서문―독자에게'[38]의

36 이병주, 앞의 책, 108~109면.
37 이가형, 『분노의 강』, 경운, 1993, 71면.

일부분을 떠올린다. '거지'가 자기 몸에 이와 벼룩을 기르듯, 인간은 모두 죄를 저지르지만 느슨한 '회한'을 가지고 살아간다는 내용의 시집 서문을 통해 이와모토는 자기 몸의 이가 자신이 가진 '괴로운 뉘우침'의 다른 모습일지 모른다고 생각한다. 이때 시는 이와모토가 현실 속 자신을 응시하되, 자신이 놓인 처절한 순간을 관념화할 수 있게 한다. 절망에 빠진 그가 암송하는 것은 "옴 아라나야 훔 바탁!"[39]이란 불경의 한 구절이다. 전장의 현실 속에서 문학적 언어들은 그의 의식을 추동하고, 의미 모를 불경의 단어들은 살아남기 위한 기도가 된다. 그 단어는 아무런 의미 없이 내가 가진 삶의 욕망을 대변한다.

불문학을 전공한 이와모토는 군대에서 점점 의식이 흐려질 정도로 행군을 하고 폭행을 당할 때 '끈질기게' 시를 연상한다. 그는 자신의 가장 친한 친구가 좋아해서 자신도 좋아했던 일본 시인 하기와라 사쿠타로萩原朔太郎(1886~1942)의 「군대軍隊」라는 시를 연상한다. 하기와라 사쿠타로는 보들레르의 영향을 받은 시인으로, '근대인의 병적인 심리'를 그려낸 작가이다.[40] 이와모토는 일본인 상사에게 맞으면서 "이 흉악한 군대가 딛고 가는 곳 / 어디서나 풍경은 퇴색하고"[41]와 같은 시구를 생각한다. 견딜 수 없는 상황에 대해 자아는 그 상황의 현실성을 제거(탈현실화)해버리는 것으로 대응한다. 이때, 자아는 전쟁의 참상으로부터 멀리 벗어나 관찰자적 시선을 취함으로써 참혹한 현실은 단지 자신이 관찰하는 장면으로 존재한다.[42] 이것은 죽음에 대한 공포를 받아들였을

38 샤를 피에르 보들레르, 윤영애 역, 앞의 책, 35면.
39 이가형, 앞의 책, 161면.
40 이선영, 『문예사조사』, 민음사, 2000, 486면.
41 위의 책, 136면.

때 시작되는, 폭력을 두려워하는 주체의 해체, 소멸과 관련된다.[43] 여기에 살기 위해 고군분투하며, 끈질기게 시에 의존하는 '나'가 등장한다. 보들레르 시를 공유하는 유태림과 이와모토는 시를 매개로 생각하는 존재, 살아있는 존재일 수 있었던 것이다.

『분노의 강』에서 이와모토에게 시는 자신의 상황을 대변하는 언어인 동시에, 자기를 '위안하는 언어'가 된다. 조선인 학병인 이종철과 박순동이 자신을 남겨 두고 탈출했을 때, 이와모토는 박순동의 배낭에서 나온 『당시선唐詩選』에서 두보의 칠언고시 "빈교행貧交行"을 찾아내 외운다. 그리고 자신의 처지를 이 시에 꿰어맞추려 한다. 일본의 구제고등학교 입학시험 준비 때, 참고서에서 배워 알고 있었던 그 시를 이와모토는 일본어식으로 읽으며 조선어식으로 새긴다.[44] 그리고 탈출한 그 둘에게 '우정'과 '배신감'을 동시에 느낀다. 이와모토는 이 고시를 외우며, 조선인 학병 동지에게서 배반당한 우정을 일본인 전우 요시다에게서 발견한다. 누군가의 도움을 받을 때마다 이와모토는 '빈교행'을 외우며 자신을 버리고 탈출한 이종철과 박순동을 떠올리고, "민족을 초월한 전우애"를 생각한다. 동족 전우로부터 버림받았다는 배신감과 수치심은 자신이 증오했던 일본인 군인에 대한 우정으로 전이된다. 이처럼 전장에서 버림받았다는 기억은 자신의 처지를 시의 내용과 동일시함으로써 각인된다.

지식인에게 언어의 힘은 문화적 결핍 상태에 놓여 있을 때 극대화된

---

42 슈테판 마르크스, 신종훈 역, 앞의 책, 219면.

43 도미야마 이치로, 임성모 역, 『전장의 기억』, 이산, 2002, 167면.

44 이가형, 앞의 책, 240면.

다. 이와모토는 버마에서 식량을 약탈하기 위해 민간인의 집에 들어가지만 식량 대신 "스벤 헤딘의 『극에서 극으로*From Pole to Pole*』라는 책"을 훔쳐가지고 나온다. 그리고 자신에게 '최초의 약탈은 한 권의 책'임을 생각하며, 그 책을 몰래 배낭 속에 집어넣는다. 그는 그 책을 통해 버마 역시 영국의 식민지임을 생각하고, 버마의 민가에 침입한 것을 부끄럽게 생각한다. 이와모토는 낙오자가 되어 배낭의 물건을 버릴 때에도 이 책을 가장 마지막으로 버린다. 대열의 낙오자가 되면서도 그가 배낭에서 버리지 않은 것은 『마사제요馬事提要』와 『극에서 극으로』이다. 전자가 말과 소를 관리하는 조선인 학병에게 생활의 문제였다면, 후자는 정신의 문제와 관련된다. '탐험기'인 그 책은 전장에서 낙오자인 동시에 이방인인 이와모토에게 자신을 지구의 끝부터 끝까지 걷는 탐험가라고 환상할 수 있는 계기를 마련해줄 수 있다. 탐험은 위험하되, 폭력과 억압의 이념성을 지운 자발적 여정일 수 있기 때문이다.

이병주와 이가형, 김준엽과 장준하의 글쓰기는, 당대 중심에 놓여 있던 대동아전쟁의 관념을 다시 생각하게 하는 '가치적 충동'[45]에서 비롯된 것이다. 이들은 역사적 주체로서 자신을 기억하고, 그들이 체험한 사건은 서술 행위를 통해 '의미'로 대체된다. 문학을 전공했던 이병주와 이가형은 학병 체험을 반영하여, 전장의 상황을 문학적 감수성으로 극복해나간 인물을 소설로 형상화한다. 이 때문에 그들의 소설은 학병이 전장에서 느낀 심리-폭력적 상황에서 피해자가 느끼는 분노와 모욕감, 민족을 넘어선 동지애나 가해자의 위치에 선 조선인 학병의 자기

---

45 루이스 밍크, 윤효녕 역, 「모든 사람은 자신의 연보 기록자」, 『현대 서술이론의 흐름』, 솔, 1997, 225면.

응시를 담고 있다. 그에 반해, 사학과 신학을 전공했던 김준엽과 장준하는 일본군으로부터 탈출한 자신의 체험을 민족 독립을 위한 투쟁의 서사로 쓴다. 이 때문에 이들 수기에는 황군의 정신을 모독하는 지식인의 자의식-사학도의 민족주의적 실천 정신이나 신학도의 기독교 정신에 대한 독실함이 내재한다.[46]

황군 탈출기 『장정』을 쓴 사학자 김준엽은 고향에서 징발되어 평양의 일본 부대로 가는 날, 베르그송의 『웃음의 철학笑まひの哲學』 일역판을 배낭에 넣어 간다. 김준엽은 광복군으로의 탈출을 치밀하게 계획하고 전장에 나갔던 인물이다. 그는 집을 떠날 때, 탈출에 필요한 물품과 베르그송의 책만을 챙겨갔다는 구절을 쓰며, "죽더라도 웃으면서 죽고 싶은 심정"[47]이 담겨 있었다고 회고한 바 있다. 군가를 부르며 전의를 다짐하는 입영열차 안에서 그는 '웃음'을 통해 출정의 두려움을 상쇄하고 황군 정신의 숭고함을 모독한다.

그리고 그는 중국에서 탈출을 감행하기 위해 벽을 넘는 순간, 도스토옙스키의 『죄와 벌』에서 나온 살해 장면을 떠올린다. 조선인 학병이 황군을 탈출하는 순간 소설 속 살해 장면을 떠올리는 것은 무엇을 의미하는가. 그가 떠올린 소설의 장면은 가난 때문에 대학의 학업을 중단한

46 잡지 『신시대』에는 학병제도 시행에 있어서 당대 학생들이 법문계통전문대학의 교육을 중지하고, 그 계통 학도의 출진을 감행하는 것에 대해 "法文系統學問의 輕視와 理工系統教育의 偏重與否에 對한 疑惑이 濃厚"했음이 나타난다. 당대 학생들이 보여주는 '의혹'의 목소리는 미디어가 환기하는 '지원'의 자발성과는 간극을 갖는다. 학병 관련 서사에 대한 역사적, 심미적 접근에는 교양주의의 영향뿐 아니라, '법문계통' 학생들이라는 구별 짓기와 전공 분야에 따른 성향이 작동하고 있었음도 간과할 수 없다. 駱駝學人, 「時局解說－半島學兵의 出陣譜」, 『신시대』 3(12), 1943.12, 37면.

47 김준엽, 『장정－나의 광복군 시절』, 나남, 1991, 68면.

라스콜리니코프가 돈밖에 모르는 전당포 여주인을 죽이는 순간이다. 전장에서 자신이 속한 군대를 탈출한다는 것은 스스로 죽기를 결심했다는 것이다. 『죄와 벌』에서 가난한 주인공은 돈 때문에, 그리고 돈을 위해 노파에게 앙심을 품고 타자를 살해한다. 이에 반해 김준엽은 조국의 해방을 위해 제국에 대한 앙심을 품고 자신이 죽을 결심으로 탈출을 감행한다. 라스콜리니코프와 김준엽은 실존의 욕망을 가진 자들이고, 범행과 탈출이라는 행위를 통해 공통적으로 '경계'를 넘는다. 김준엽이 자신의 탈출 욕망을 라스콜리니코프의 살해 충동과 겹쳐보는 것은 죽음과 맞닿아 있는 '위반'의 상황에 기인한다.

일본 신학대학을 다니다가 학병이 된 장준하는 일본말 성경과 『가다야마』독일어 소사전, 희랍어 성경과 사전을 들고 일본 군대에 간다.[48] 목사의 아들이었던 그는 집안에 닥칠 불행을 생각하고 '스스로를 설득하여' 입영을 결심한 후, 천황이 아닌 하느님의 뜻을 통해 자신이 처한 상황을 타개할 방도를 간구한다. 제국의 시선으로 볼 때에, 일본 군대에 성경책을 들고 입영하는 장준하의 태도는 이미 천황의 정신을 모독하는 '불령선인'의 것이라 치부될 만하다. 그는 이후에도 자신이 속한 부대가 중국으로 향한다는 말을 듣고 임시정부에 닿을 수 있다는 환상으로 군대생활을 견뎌나간다.

그리고 김준엽과 장준하는 탈출에 성공하여 중국 유격대에서 조우한다. 이들은 중국 유격대를 떠나 임천 군관학교에 입학한 후, 형식적인 도수 제식 훈련과 간단한 혁명사 강의에 지루함을 느끼고 서로 전공이

48 장준하, 『돌베개』, 세계사, 1995, 37면.

다른 학병들끼리 돌아가면서 자기가 대학에서 전공한 것을 발표하는 강좌를 만든다. 이들이 느끼는 지루함은 학병들 대부분이 일본에 유학했거나 조선에서 전문학교 이상의 지식을 가진 학생들이었다는 데 기인한다. 반복되는 군관학교 교육 내용이 얼마나 상식적이고 초보적 수준의 것인지 알 수 있을 정도로 그들은 지적으로 성숙해 있었던 것이다. 학병들은 전장에서 읽고, 쓰는 욕망을 발현한다. 지식인이라는 자의식을 가진 이들이 폭력과 억압 속에서 자신을 지키는 유일한 수단은 생각하고, 읽고 쓰는 일이다. 지식인에게 진정한 문제는 억압보다는 충동의 결핍, 즉 욕망의 부재이다. 거기에는 구속보다 더 심층적인 소외, 거세가 있기 때문이다.[49] 전쟁이 일어나고 있는 순간에도 이들은 타자를 통해 지식을 얻고, 계몽하는 일에서 기쁨을 느낀다. 이들은 각자가 강의한 내용을 모아 "돌려보는 교양서"로 만든다. 이들은 전장에서 만들어진 교양을 통해 학습하는 인간으로서의 욕망을 버리지 않았던 것이다.

일본 게이오대학 재학 중 학병에 지원하게 된 김준엽은 탈주하는 중에 중국사를 떠올린다. 그리고 그는 필사적인 탈주에서도 중국사의 한 토막을 생각하는 자신을 이해할 수 없다고 생각한다.[50] 광복군에 합류하기까지 4개월 동안 그는 이곳에서의 생활이 '일본에 대한 반격의 개시'이며, '중국을 공부하는 학도로서의 실제연구'와 같은 것이라고 생각한다.[51] 그는 전장에서 자신이 지식에 대한 욕망을 얼마나 강하게 가진 사람인지 깨닫는다. 학병에게 읽고 쓰는 일은 지식인이었던 자신을

---

49 롤랑 바르트, 김웅권 역, 『목소리의 결정』, 동문선, 2006, 300면.
50 김준엽, 앞의 책, 111면.
51 위의 책, 138면.

기억하는 방식이다. 전장에서 시와 소설, 전공 지식을 읽고 생각하는 순간, 조선인 학병은 자기 안의 에트랑제와 조우하고, 살아있는 자기를 확인했던 것이다.

4. 기밀문서가 된 학병 수첩과 전장의 동인同人

학병 체험을 소설이나 수기로 쓴 작가들은 증언자가 되어 사명감으로 글을 쓰거나, 전쟁의 트라우마로부터 벗어나기 위해 글을 쓴다. 이들은 봉인된 과거를 소환하고, 자신의 체험을 서사화함으로써 역사적 의미를 획득한다. 이병주와 이가형의 소설 그리고 장준하와 김준엽의 수기는 서술적・은유적 기호이지만 방대한 정치적 지식을 담고 있다. 그들의 소설과 수기는 두 개의 층위를 갖는다. 해방 이후 글을 쓰는 '나'와 전장에서 글을 쓰는 '나'이다. 그들은 과거의 '나', 과거의 나를 둘러싼 '그들'을 대상화하고, '자기 자신을 인용'함으로써 존재의 고통을 가늠한다.

정치・사회적 확장에 의해 문학 영역은 새로운 유형의 필자scripteur를 생산해냈다. 김준엽과 장준하, 이병주와 이가형은 전장에서 '조선어'로 글을 썼다. 그들은 투사와 작가 사이의 중간에 위치하며 전자로부터는 참여적 인간의 이상적 이미지를, 후자로부터는 씌어진 작품이 하나의 행위라는 관념을 끌어낸다. 이때, 지식인이 작가를 대체함과 동시에, 문체에서 완전히 해방된 투사적 글쓰기의 형태가 나타난다. 이 글쓰기는 '존재하고 있음présence'을 보여주는 언어와 같다.[52] 전쟁에 나간 학병들에게 가장 일상적이고 유일한 글쓰기 도구는 '학병 수첩'이다. 이가

형과 김준엽, 장준하는 학병에 나간 후 매일 일기를 썼다고 언급한 바 있다. 학병 수첩에 쓴 일기는 조선인에게는 살아 있음에 대한 '증거'인 동시에 삶의 '기록'이지만, 일본인에게는 군사적 '기밀'일 수 있다. 조선인으로서의 수치심, 전장에 선 병사에 대한 혐오, 자살하거나 미쳐버린 군인들의 모습은 건전한 정신을 가진 황군과는 거리가 멀다. 이런 기록들은 이와모토와 같은 학병에겐 일상이되, 제국 일본에는 기밀이 될 수 있다. 이가형의 『분노의 강』에는 학병 수첩에 대한 다음과 같은 기록이 서술되어 있다.

> 며칠 전엔가 중대장은 중대 전원을 집합시켰다. 우리는 명령대로 출발 준비를 하고 모여들었다. 중대장은 소지품 일체를 발밑에 내려놓게 했다.
>
> 나는 그동안 종전 직후부터 이날까지 일기체로 긁적거린 종이쪽을 내놓을까 말까 망설였으나 복장 검사를 할까봐 내놓았다.
>
> 조선어로 썼으니까 당장은 알아보지 못하겠지만 일본군을 좋게 쓴 글은 아니었다. 그러나 조금도 일본 병사를 나쁘게 쓴 것도 아니었다.
>
> 중대장은 준위나 상사를 시켜 병사들의 소지품 중에서 무기로 사용될 만한 것, 군표, 그리고 기록이나 서류 같은 것을 모두 압수했다.[53]

이가형의 소설에 서술된 이 내용에는 두 가지 문제가 개입한다. 전쟁 후 문서가 가질 수 있는 위험성과 조선어 글쓰기의 내밀함이 그것이다. 학병세대는 모국어 대신에 일본어를 국어처럼 써야 했던 불행을 가지

52 롤랑 바르트, 김웅권 역, 『글쓰기의 영도』, 동문선, 2007, 28면.
53 이가형, 앞의 책, 349면.

고 있다. 그런 기억을 가진 청년에게 조선어로 쓴 학병 수첩의 압수는 억울한 사건일 수밖에 없다. 이가형은 소설의 후기에 한국어와 일본어로 이 소설을 작성했으며, 한일 양국의 언어로 글을 쓰면서 일제 말 청년기의 외상이 "치유되는 기분"을 느꼈다고 말한 바 있다. 이것을 소급 적용해 볼 때, 『분노의 강』의 주인공 '나'-이와모토의 조선어 글쓰기는 전쟁에서 자신이 유일하게 해방감을 느꼈던 지점이라 할 수 있다. 일본인이 당장 알아볼 수 없으며, 일본군을 대상화했다는 점에서 이는 이중의 쾌감을 제공한다.

이와모토는 일찍이 조선어 편지를 부치지 못한 기억을 가진 인물이다. 그는 일본군이 쓰라고 지시한 두 장의 군사 우편 엽서 중 한 장에는 아버지에게 보내는 편지를 일본어로 쓴다. 그리고 다른 한 장에는 친구 윤병철에게 보내는 편지를 조선어로 쓴다. 그는 아버지에게 건강하다는 거짓말을 써서 보내지만, 친구에게 쓴 엽서는 구겨서 버린다. 이와모토는 가장 친한 친구, 학병을 거부한 윤병철에게 보내는 편지에 "나날이 지옥으로 우리는 떨어진다"라는 보들레르의 시 한 구절을 "조선어"로 쓴다. 이와모토는 그 편지를 부치지 못한다. 조선어로, 보들레르의 시라는 문학적 비유로만 쓸 수 있는 '전장=지옥'의 동일시. 이 장면은 조선 학병이 겪었던 처절함을 대변한다. 그러나 이와모토는 아버지와 친구에게 보내는 유서를 쓰고 상쾌함을 느낀다. 함부로 발설할 수 없었던 죽음에 대한 강박과 지옥의 공포를 그는 글을 쓰며 해소했던 것이다.

편지 쓰기가 불안 해소의 수단이 되고, 그 편지의 언어가 암호화되는 장면은 장준하와 김준엽의 수기에서도 볼 수 있다. 장준하는 성경 구절을 인용하는 방식으로, 김준엽은 일본인의 편지 쓰기 방식을 모방하는 방법으로 탈출 소식을 가족에게 전한다. 장준하는 가족에게 보내는 편지에 "나의 형제, 곧 골육의 친척을 위하여 내 자신이 저주를 받아 '그리스도'에게서 끊어질지라도 원하는 바로다"라는 로마서 9장 3절을 인용한다.[54] 그리고 김준엽은 일본인이 편지의 말미에 자주 쓰는 "경구敬具", "돈수頓首", "초초草草"라는 인사말을 암호로 만들어 자신의 소식을 알린다.[55] 그는 자신의 편지가 '검열'될 것을 예상하고 일본인의 주목을 피하기 위해 '엽서'에 '일어'로 쓴다. 자기 글을 일부러 공개하고 암호를 통해 본래의 뜻을 왜곡한다는 발상은 일본의 식민지 우편 관리체계와 일본인의 의식을 역이용함을 의미한다. 이들은 일본 신학대학에서 배운 성경지식과 교육제도 내에서 반복적으로 학습한 글쓰기의 방식을 이용해 무사히 검열을 통과하는, '글쓰기의 전유' 양상을 보인다. 그리고 이들에게 글쓰기는 '자기 위로'의 방식이 된다.

탈출에 성공한 이들은 중국군 임천 군관학교에 편입된 후, 상식적 강의와 교육에 '지루함'을 느끼고 학병들끼리 뜻을 모아 잡지 『등불』을 만든다.

> 우선 각자에게 강좌내용을 원고로 작성시키고 시, 단편, 수필, 희곡, 만화까지 모집했다. 우리는 이 작품에 손을 보아 베끼는 한편, 체제며, 배열순서 등을 진지하게 의논, 김준엽 동지의 그림솜씨로 컷과 삽화를 넣어가면서 똑같은 잡지 두 권을 손으로, 붓글씨로 써서 만들게 되었다.
>
> 이것이 나와 잡지와의 최초의 인연이 되었다. 말하자면 효시인 것이다. 세

54 장준하, 앞의 책, 27면.
55 김준엽, 앞의 책, 67면.

상이 말하는 출판업자나 잡지 발행인으로서의 그 출발이 이때부터 시작된다. 그러나 적어도 나는 그 이상의 긍지를 가지고 있다. 그 이상의 것이다.

또다시 못난 조상이 되지 않기 위하여 나는 붓글씨 한 자 한 획을 그을 때마다 손에 힘을 넣었고 그 힘은 나의 신념에서 솟아 흘렀다.[56]

해방 이후에 잡지 『사상계』를 발행하게 되는 장준하는 학병 시절 전장에서 처음 잡지를 간행한다. 그는 그때, 전장에서 "최초의 사명감"을 느꼈다고 회고한다. 전쟁 중 중공군 학교에서 종이를 어렵게 얻어 발행한 잡지에 이들은 자신의 신념을 각인한다. 김준엽은 이 잡지에 〈천손강림天孫降臨〉이라는 제목의 만화를 그리는데, 그것은 연합군의 낙하산 부대가 하늘로부터 내려오는 내용이다. 이것은 일본 국사의 패러디로, 사학자 김준엽이 일본의 역사를 희화화한 것이다. 여기서 중요한 것은 이들이 총이 아니라 '붓'을 들었을 때, 사명감과 신념을 의식한다는 사실이다. 그것은 군인이 아닌 지식인의 자의식에서 비롯한다. 탈출에 성공한 학도병들은 이 『등불』 한 권으로 "공복의 괴로움을 잊으려" 한다. 장준하는 수기에서 이 잡지를 한국전쟁 때 분실한 것으로 서술한다. 현재 잡지의 실체는 없지만, 탈출병들은 잡지를 간행한 '동인同人'들임에 분명하다. 이들은 전장에서 글쓰기에 대한 사명감과 욕망을 통해 전쟁이 자신에게 줄 수 있는 육체적·정신적 고통과 끝 모를 전쟁에 대한 막막함을 견뎌냈던 것이다. 이들에게 글쓰기는 삶, 곧 해방의 의미를 지닌다.

장준하와 김준엽은 중경의 임시정부에 도착해서도 이 잡지의 속간

---

56 장준하, 앞의 책, 130~131면.

을 만드는 데에 주력한다. 이들의 잡지 간행은 임정 내의 파쟁과 난립 상태에 심각한 회의를 느낀 데에서 비롯한다. 김준엽은 『걸리버 여행기』를 인용하여 임정지도자들을 풍자하는 만화를 그려 청사의 회의실에 붙여놓기도 하는데, 학병들은 이처럼 잡지 발행이나 만화 붙여놓기를 통해 임정을 향한 '비판'과 '호소'의 뜻을 전한다. 임시정부에 대한 환상 속에서 죽음을 무릅쓰고 탈출을 감행했던 이들이 임정에 도착해서 할 수 있는 일은 독립운동가들을 향한 글쓰기였던 것이다. 그들은 잡지를 만드는 동안 연안의 조선독립동맹에서 항일 투쟁을 하던 김두봉金科奉의 딸 김상엽金尙燁이 간행하던 『부斧』와 『등불』을 합병하기도 한다.[57] 그리고 이범석 장군을 따라 시안의 유격대에 가담했을 때 이들은 『제단祭壇』이라는 잡지를 내놓는다. 잡지의 이름에는 국내 잠입에 학병들의 모든 것을 내어 놓는다는 의미가 함축되어 있다. 장준하는 이 잡지를 만들며 이것을 자신이 "모국어를 사랑한 증거"[58]로 삼는다. 중국 땅에서 일본군 학병이 조선어로 잡지를 만들어 광복군과 중경에 있는 정부 요인들에게 발송했다는 것은 문자가 가진 힘에 대한 확신을 보여준다. 장준하는 국내 잠입을 앞두고, 자신의 물건을 정리하며 자신이 쓴 일기장과 잡지들이 자신을 대신할 것이라 말한다.

> 나의 일기는 일군을 탈출하던 1944년 7월 7일부터 이날에 이르기까지 계속해서 써온 일곱 권의 노트였다. 이것을 써놓은 다행스러움이 나를 떨리게 했다. 실히 소포 하나는 될 분량이었다.

57 김준엽, 앞의 책, 473면.
58 장준하, 앞의 책, 278면.

다음으로는 내가 만든 『등불』 다섯 권과 『제단』의 1호와 채 제본이 끝나지 않은 2호였다. 이것은 나의 모든 정성이, 나의 나라사랑이 깃들여 만들어진 잡지였다.

아내와 부모와 민족과 이웃과 친구와 동포와 송두리째 조국을 빼앗긴 나로서는 나의 애정을 기울인 단 하나의 대상, 그것이 『등불』이요, 『제단』이었다.

나의 보람의 기록이요, 내 사랑하는 모든 사람에게 내 죽은 뒤 나의 애정을 보여줄 유일한 증거였다.

내 사랑 다 쏟을 곳 없어, 깨알처럼 붓으로 쓰고 매만지고 하여, 마음 쓸 곳 찾아 만들어낸 일곱 권의 잡지. 그것은 나의 영원한 기념물이요 나의 망명생활 속에 그린 망향물이었다.

내 이제 사라진 뒤 김신철을 대신할 것은 단 이 두 가지뿐이었다. 일기나 잡지. 그것은 죽어버린 나보다 오히려 더 중요한 나의 유산이 될 것이다. 아니, 그때는 그 잡지가 곧 김신철이가 아닐까?[59]

인용문에 언급된 '김신철'은 장준하가 국내 잠입을 앞두고 마련한 가명이다. 그는 잡지가 자신이 가립한 또 하나의 '나'-김신철이라 생각한다. '『등불』과 『제단』=김신철'의 동일시는, 그가 지식인으로서의 자기와 투쟁하는 병사로서의 자기를 합일시킨 데서 비롯한다. 그가 전장에 들고 갔던 성경책과 사전은 일기와 잡지에 그 자리를 내어준다. 그의 탈출기는 지식인이 학습하던 종교적 언어가 혁명의 언어로 발화되는 과정의 서사화라 할 수 있다.

59 위의 책, 288면.

혁명적 글쓰기의 정체성을 형성하는 것은 역사적 상황들의 독특성이다.[60] 장준하와 김준엽의 수기에는 "내가 써놓고 온 유언대로 나는 죽더라도 조국의 광복을 위해 싸우다가 죽게 된다는 것을 어머님이나 형님들이 알아주기를 빌었다"처럼 중간 중간 필자의 자의식이 삽입되는 경우가 있다. 이는 '역사의 증언'을 전체 형식으로 삼은 글에서 '글쓰기의 당위성'을 획득하는 문제와 관련된다. 해방 이후, "誤解를 받지 않으면 안될 슬픈 經驗"[61]을 가진 학병 출신 청년들은 전장 위의 학병들이 가졌던 저항의 목소리를 증언한다. 그들이 만들어낸 흔적으로서의 글쓰기는 자기 소멸에 대한 불안에 의해 구성된 것이다.[62] 그것은 시대의 희생자로서 학병들을 기념하는 방식이되 혁명 지사로서 자기를 드러내는 방식이기도 하다.

장준하와 김준엽의 수기를 고찰할 때 눈에 띄는 것은, 김준엽이 장준하의 수기를 참조하고 인용하며 서술하고 있다는 점이다. 이들에겐 분명 전쟁 체험에 대한 '동감'의 감각이 존재한다. 증언에서 중요한 것은 '대신해서 말하는' 이야기의 위치이다.[63] 이들은 전장에서 자신이 느꼈던 것을 타자도 느꼈을 것이라는, 자기와 타자의 동일시 상태에서 수기를 작성한다. 그것은 이들이 1인칭 지식인이 아닌, 3인칭 '조선인 학병'의 입장에서 수기를 작성할 때에 두드러진다. 이런 부분에서 그들의 수기는 집단이 다 함께 말하는 글이 된다. 본인만이 알 수 있는 개별적 체험과 대립하지 않는 증언, 그들의 전쟁 체험 이야기는 개인이 집단에

60 롤랑 바르트, 김웅권 역, 『글쓰기의 영도』, 동문선, 2007, 25면.
61 이춘영, 「學兵은도라왓읍니다」, 『학병』 창간호, 1946.1, 10면.
62 자크 데리다, 남수인 역, 앞의 책, 361면.
63 도미야마 이치로, 임성모 역, 앞의 책, 94면.

봉합되어 서술되는 경우가 많다. 그것은 그들이 이미 김신철과 김신일이라는 가명의 세계, 유격대원의 세계에서 수기를 서술하고 있기 때문이다. 그 서술의 집단성은 늘 재구성될 수밖에 없는 기억의 속성에 기반한다. 지식인이 자신의 소외를 말하되, 그것이 타자들의 소외를 표상할 때, 그 말은 혁명의 언어가 된다.

5. 비국민과 불령선인 사이의 존재론

지금까지 학병을 기억하는 작가들의 소설, 학병 출신 작가들의 수기, 학병 관련 신문・잡지 등을 통해 일제 말기 학병을 둘러싼 기억, 전장 속 학병들의 내면을 고찰해 보았다. 일제 말기 학병 지원을 권유하는 담론에서 학병은 서양을 타도해야 할 '동양의 전사'로 표상되었다. 또한 학병 지원을 하지 않는 학생들을 '비겁자', '비국민'으로 낙인찍어 '수치심'을 불러일으켰다. 그러나 학병 담론이 표방한 대동아공영권을 위한 '숭고의 정신'은 이태준의 「해방전후」, 채만식의 「민족의 죄인」, 이광수의 「나의 고백」 등의 작품에 나타난 학병들의 '비애, 번민'의 정조와 거리감을 갖는다. 학병들의 눈물을 기억하는 이태준, 채만식, 이광수의 글은 일제 말기 내선일체 사상의 허구성을 폭로한다. 그리고 이들의 글은 공통적으로 작가 자신을 반성하거나 변호하는 기능을 한다. 반성문 형태의 소설 및 수필을 쓴 세 작가에게 공통적으로 학병이 기억되는 이유는, 신문 기사와 같은 공적 기록에서는 발화될 수 없었던 일제 말기 학생들의 내면이 문학 속에서는 형상화될 수 있었기 때문이다. 또한 선배 세대의 죄의식이 학병에 대한 기억을 통해 공론화되고, 사상과 시대의 변화가 이론이 아닌 학병에 대한 심상을 통해 각인될 수 있었기 때문이다.

학병에 관한 서사를 고찰할 때, 전제해야 할 것은 이들이 지원병과는 다르게 전문학교 이상의 학력을 가진 '지식인'이라는 점이다. 이들은 세계 속에서 조선인을 조망할 수 있는 식견을 갖추고 있었으며, 유학 시절 일본을 풍미했던 교양주의의 열기 속에 놓여 있었다. 그런 점에서 학병 체험을 가진 이병주의 「관부연락선」, 이가형의 「분노의 강」, 김준엽의 「장정」, 장준하의 「돌베개」는 지식인이 전장에 섰던 자신을 기억하거나 자기 안의 에트랑제를 발화한 글쓰기라는 점에서 의미가 크다. 대학에서 문학을 전공한 이병주와 이가형은 학병 체험을 반영하여, 전장의 상황을 문학적 감수성으로 극복해나간 인물을 소설로 형상화한다. 이 때문에 그들의 소설은 학병이 전장에서 느낀 심리-폭력적 상황에서 피해자가 느끼는 분노와 모욕감, 민족을 넘어선 동지애, 가해자의 위치에 선 조선인 학병의 자기 응시를 담고 있다. 그에 반해, 사학과 신학을 전공했던 김준엽과 장준하는 일본군으로부터 탈출한 자신의 체험을 민족 독립을 위한 투쟁의 서사로 쓴다. 이 때문에 이들 수기에는 황군의 정신을 모독하는 지식인의 자의식-사학도의 민족주의적 실천정신이나 신학도의 기독교적 독실함이 내재한다.

학병들이 경험했던 다양한 심리는 민족이나 개인 모두를 놓고 봤을 때, 나라 없는 이가 겪을 수 있는 모욕, 즉 수치심과 연결되어 있다. 이는 일본이 학병 지원자에게 불러일으키려고 했던 청년으로서의 수치심이 식민지 지식인의 자의식과 만나 역작용을 일으킨 것이라 할 수 있다. 해방 이후 학병 체험을 가진 지식인들은 자신이 전쟁 속에서 겪었던 조선인으로서의 수치와 고통을 서사화함으로써, '황군'이었던 자신에게 쏟아질 수 있는 질타의 시선을 불식하려 한다. 이들은 과거의 체험을 현재의 시점에 맞춰 전개해 나가면서 제국의 권위주의적 언술이나 지배 이념과의 간극을 통해 기존의 역사를 탈신비화한다.

이병주, 이가형, 김준엽, 장준하의 작품에서 전장에 선 지식인들은 책을 읽고, 글을 쓴다. 그들이 읽은 활자는 그들이 처한 폭력적이고 비인간적인 상황을 대변한다. 그리고 그들이 썼던 학병 수첩과 일기, 전장에서 간행한 잡지는 체험적 글쓰기의 원동력이 된다. 내선일체나 천황사상 대신 보들레르 시와 성경 구절을 연상하고, 식량 대신 책을 훔치는 군인, 하루도 빠짐없이 일기를 쓰고, 전장에서의 지루함과 두려움을 잡지 만들기로 타개하는 탈출병. 이들은 문학을 통해 살아있는 존재로서 자기를 감각하고, 자신이 처한 상황을 탈현실화한다. 그들을 전장으로 이끌었던 '문약한 조선인'이라는 레테르는 오히려 '생각하는 사람', '불령선인'이라는 군인상으로 굴절된다. 이들은 읽고, 생각하고, 글을 쓰는 행위를 통해 내선일체의 단일성에 '균열'을 일으킨다. 이렇듯 해방 이후 작가의 글쓰기, 학병세대의 글쓰기는 조선 학병을 재구성하고, 역사 속에서 작가의 존재 근거를 마련했던 것이다.

제4부

노동 개념의 형성과 노동자의 공부

제1장 — 교과서로 배우는 노동, 근대 노동 개념의 감성적 수용
근대 초기 미국·일본·조선의 교과서를 통해 본 노동 개념

제2장 — 노동자 교육을 둘러싼 지식의 절합과 계몽의 정치성
유길준의 『노동야학독본』(1908) 읽기

제3장 — 유길준의 『노동야학독본』과 『노동야학』 비교 고찰

제4장 — 식민지 조선의 교육적 실천, 소설 속 야학의 의미

제1장

교과서로 배우는 노동, 근대 초기 노동 개념의 감성적 수용

근대 초기 미국·일본·조선의 교과서를 통해 본 노동 개념

1. 노동 개념의 번역과 교육

근대 사회에서 노동은 개인의 삶과 사회 구조, 그리고 국가의 생존 능력을 가늠하는 축이었다. 특히 식민지 조선에서 '노동'은 새로 유입된 번역어로서 언어적 위상을 지닌 동시에, 정치·사회적 실재 안에서 사람들이 자신의 현실을 인식하고 표현하는 문제의 중심에 놓여 있었다. 노동에 대한 인식은 시간의 흐름에 따라 변화했으며, 그 속에서 노동 개념은 재구성되었다. 개항 이후, 조선인은 다양한 직업에 노출되었으며, 그 직업을 위해 새로운 기술을 습득하고 자신을 지칭하는 노동자라는 단어를 인지하게 된다. 또한 야학과 같은 교육장에서 조선인들은 서로 다른 직업에 종사하는 사람들 속에서 자신의 상황을 가늠해보고, 교과서를 통해 타국의 노동자와 자신의 경우를 비교해볼 수 있었다. 그렇다면, '노동'이라는 개념은 근대 초기 조선 사회에서 어떻게 만들어

지고 대중에게 학습되었을까.

기존의 노동(자) 관련 연구는 1920~1930년대에 집중되어 있기 때문에 그 개념이 어떠한 체계 속에서 만들어지고 민족이나 국가, 계급을 위한 행위로 전이될 수 있었는지 보여주지 못했다. 그러나 근대 조선의 노동 혹은 노동 개념에 대한 논의는 개항 이후 농민 집단의 분화가 이루어지고 임노동자가 출현한 시기로 소급될 필요가 있다. 1890년대부터 이미 조선에는 근대적 공장들이 출현하고 일본 자본이 생산에 투자되면서 근대적 노동자층이 형성되기 시작했다.[1] 조선의 농민들은 현물이 아닌 돈으로 노동의 대가를 받기 시작했으며, 광산 사업과 철도 사업의 시작, 조선 내 회사의 증가 추세 속에서 다양한 직업군으로 분화된다. 그리고 지주나 일본 경영인의 부당한 대우에 저항하는 움직임을 보였다. 이러한 노동운동은 1918년까지 증가하다가 1919년 3·1운동이라는 사건으로 이어진다. 3·1운동이 지식인 중심의 민족운동에서 대중운동으로 확산될 수 있었던 것은, 조선 지식인뿐 아니라 노동자들의 각성이 전제되었기 때문이다. 이들을 각성시킨 것은 신분제 폐지의 사회적 분위기, 아무리 노력해도 벗어나기 어려웠던 가난, 노동자에 대한 부당한 처우, 그리고 신지식을 통한 교육의 힘이라 할 수 있다.

노동 개념 및 노동자 교육과 관련하여 주목할 수 있는 논의는 다음과 같다. 첫째, 조선인의 노동관이 식민지라는 상황 속에서 어떻게 변화했는가를 살핀 연구다.[2] 둘째, 교육장에서 교재로 활용된 매체가 노동에 대한 계몽의 방식과 내용을 보여줄 수 있음을 언급한 논의다.[3] 셋째, 조

1 강만길 외, 『한국노동운동사』 1, 지식마당, 2004, 10면.
2 조경달, 정다운 역, 『식민지 조선의 지식인과 민중』, 선인, 2012.

선 후기부터 1990년대까지 한국 근대 노동 개념을 근면주의와 이상주의라는 성격 속에서 조망한 연구다.[4] 앞선 연구들은 공통적으로 개화, 식민화, 산업화와 같은 역사적 사건 속에서 노동이 강조되는 양상을 살핀다. 이 같은 연구의 시각 속에서 '노동(자)' 개념은 역사적으로 재조명되고, 의미를 획득할 수 있었다. 이 장은 그간의 연구 성과를 계승하면서도 노동 개념이 외부로부터 번역·수용되고 학습되었다는 점, 개념을 규정하고 유통하는 교과서라는 매체의 특성에 착안하여 작성되었다. 1900년대 전후의 미국, 일본, 조선의 교과서를 비교 분석하여 '노동' 개념이 형성되고, 그 개념이 조선의 교육장에서 민족 계몽의 논리로 전화되는 과정, 노동 개념을 둘러싼 수사학적 특성이나 감성적 기제

---

3 최기영, 『한국 근대 계몽운동 연구』, 일조각, 1997; 김종진, 「개화기 이후 독본 교과서에 나타난 노동 담론의 변모 양상」, 『한국어문학연구』 42, 한국어문학연구학회, 2004; 이병담, 「조선총독부 초등학교 수신 교과서에 나타난 실업교육과 이데올로기」, 『일본문화연구』 17, 동아시아일본학회, 2006; 배수찬, 「「노동야학독본」의 시대적 성격에 대한 연구」, 『국어교육』 119, 한국어교육학회, 2006; 박주원, 「1900년대 초반 단행본과 교과서 텍스트에 나타난 사회 담론의 특성」, 『근대 계몽기 지식의 발견과 사유 지평의 확대』, 소명출판, 2006; 김서은·김순전, 「『普通學校國語讀本』을 통해 본 시기별 실업교육 양상」, 『일어일문학』 53, 대한일어일문학회, 2012; 조윤정, 「노동자 교육을 둘러싼 지식의 절합과 계몽의 정치성」, 『인문논총』 69, 서울대 인문학연구원, 2013. 이 연구들은 『유년필독』, 『노동야학독본』과 『교육월보』, 『보통학교국어독본』, 『보통학교 수신서』 등 교육장에서 교재로 활용된 근대 초기 독본과 잡지의 발간 상황과 구성 방식에 대한 개괄을 시도한다. 노동과 관련한 매체 분석은 대부분 『노동야학독본』과 조선총독부가 간행한 보통학교 교과서에 대한 개별적 고찰에 한정된 측면이 있다. 그러므로 선행연구의 경향은 동시대 다른 교육자료들과의 관계 속에서 총체적으로 고찰될 필요를 환기한다.

4 김경일, 「한국 근대 노동 개념의 성격과 변화」, 『사회와 역사』 99, 한국사회사학회, 2013, 20면. 김경일은 근대 초기 계몽주의자들의 노동개념이 근면주의와 이상주의의 성격을 가진 점에 대해 언급한 바 있다. 그는 당대 계몽주의자들이 근대 자본주의 생산관계 안에서 노동을 이해하기보다 개인의 욕망 추구나 부의 획득, 민족의 보존이나 국가의 융성을 제시하는 경향을 보인다고 분석한다. 그러나 마르크스주의가 틈입하면서 계급관계 안에서 노동(자)의 개념이 '해방', '투쟁'의 주체, '집단'으로서 의식된 것이지, 노동자의 인격과 평등에 대한 사상이나 노동의 가치에 대한 의식은 개화기 자료들에서도 찾아볼 수 있다. 이 시기의 노동 개념은 분명 가치 있는 활동이라는 자각 속에서 학습되었다.

들을 추출하는 작업은 이루어진 바가 없기 때문이다.

1910년까지 조선에 설립된 관·공·사립학교의 수는 173개에 달한다. 또한 이 시기 조선 내 야학은 1000여 개에 이른다. 이 같은 교육장의 증가 추세 속에서 만들어진 교과서는 당대 지식의 표준을 자처하며 대중교육의 도구로 활용되었다. 유길준과 남궁억이 노동야학을 염두에 두고 『노동야학독본』(1908)과 『교육월보』(1908)를 간행한 것 역시 이러한 사회적 분위기 속에서 이해할 수 있다. 또한 1900년대 초 조선의 교육장에서는 '독본讀本', '필지必知', '필독必讀'과 같은 제명을 가진 공간·민간의 교과서가 동시에 활용되었다. 근대 초기 조선의 교육적 상황과 지식체계를 가늠할 수 있는 것은 신문과 잡지 같은 매체, 사전과 교과서 같은 서적이다. 특히 교과서는 '다양한 장르와 영역'을 포괄하면서도, 사회적으로 지식의 '보편성'을 인정받으며 개념을 '유통'시키는 텍스트이다. 그 다양성과 보편성 안에서 노동이라는 단어가 조선의 교과서에 본격적으로 등장하고, 조선의 교육열 속에서 하층민에게까지 확대되었다. 그러므로 사회주의가 조선에 유입되기 이전부터 통용되었던 노동 개념의 존재 양상을 살피는 일은, 그것이 다른 이념 속에서 환기되고 학습될 수 있었던 원인을 밝히는 일과 연결되어 있다.

개념은 정치, 사회적 맥락에서 수행되는 언어행위speech act의 요소이다. 그러므로 누가, 어떤 상황에서, 누구에게, 어떤 어휘를, 어떤 의도로, 어떻게 사용하는가에 따라 개념의 사용과 의미는 달라질 수 있다.[5] 실제로 노동 개념은 역사적 변화 과정에서 기존 의미가 변형되거나 새로운 의미

---

5 나인호, 『개념사란 무엇인가』, 역사비평사, 2011, 39~40면.

가 첨가, 생략되는 등 일련의 변화를 겪는다. 또한 개념은 생각과 행동을 정향하고 감정을 표현한다. 근대 초기 노동 개념이 자본과의 종속관계를 넘어 종교나 윤리, 열정의 차원에서 재현되고 내면화되는 이유는 그 특성과 맞물려 있다. 어떤 행위나 이성은 그것을 촉진하는 '배후감정 back-ground emotion'[6]을 필요로 한다. 감정은 사회 구조와 행위를 연결시킨다. 이 때문에 공통의 구조적 상황을 공유하는 사람들은 '집단 감정'을 경험한다. 지식체계 역시 특정 가치에 대한 감정적 지지를 포함한다. 지적운동에 앞서 새로운 종류의 감정이 출현하는 것이다.[7] 지식으로서의 노동 개념을 고찰할 때에도 그것을 추동하는 감정에 대한 고찰을 요한다. 근대 초기 교과서로 활용된 독본과 잡지에서 볼 수 있는 감정 언어들은 노동을 둘러싼 지식장의 배후 감정과 집단 감정의 원리에 기초하기 때문이다. 그러므로 노동 개념의 수용과 의의는 그것이 사람들의 사고와 심성에 끼친 영향이라는 측면에서 재고될 필요가 있다. 노동 '개념'은 다양한 장르와 분야 안에서 그것을 사용하며 표현하고자 했던 의미의 층위, 그리고 언어 구사자들이 지녔던 욕망의 층위를 담고 있다. 그 구조를 밝히기 위해서는 노동이라는 단어가 유통된 매체에 대한 분석과 함께 그 안에서 이루어진 의미의 교섭과 경쟁 관계를 살피는 일이 선행되어야 한다.

이 장에서는 신지식으로서 그 보편적 가치를 인정받으며 대중들에게 개념을 유통시켰던 교과서를 통해 노동 개념을 추적하고자 한다. 특히 근대 초기 조선의 교과서가 미국과 일본 교과서의 영향 속에서 편찬되었다는 점을 감안하여, 미국・일본・조선의 교과서를 대상으로 삼아 노동

---

6 잭 바바렛(Jack Barbalet), 박형신 역, 『감정과 사회학』, 이학사, 2009, 8면.

7 위의 책, 258면.

개념을 비교 분석하고, 그 개념이 교육제도를 통해 조선인에게 내면화된 양상을 고찰할 것이다. 이 같은 논의는 근대 초기 교과서가 노동과 지성, 감성의 문제를 결합하는 텍스트임을 부각하는 데 기여할 수 있을 것이다.

2. 미국-일본-조선의 교과서, 지식의 교섭과 경합

서구 선진국을 모델로 삼아 근대화를 이루어야 했던 조선에서는 전통적인 세계관과 상징체계를 바꾼 '개념의 혁명적 변화'가 근대를 출현시키고 각인시킨 주요 동인으로 작용했다. 그와 같은 분위기에서 조선의 교과서는 미국과 일본 교과서의 참조 속에서 편찬되어, 새로운 이념들을 보급하고, 개념어를 창출했다. *New National Reader*와 *The Union Reader* 같은 미국 교과서가 일본의 『고등소학독본』이나 『심상소학독본』과 같은 교과서에 영향을 미치고, 조선의 『국민소학독본』과 『신정심상소학』이 미국과 일본의 교과서 및 주미전권공사 박정양의 『미속습유』(1888)의 참조 속에서 만들어졌음은 선행연구에서 밝혀진 바 있다.[8] 교과서 간의 상호 텍스트성은 교과서를 중심으로 이루어졌던 지식 교류의 양상을 보여준다. 그렇다면, 조선의 실정에 맞게 외국 교과서의 내용을 요약 발췌하고, 번역하는 과정에서 '노동(자)' 개념은 어떻게 변용되었을까.

노동 개념은 근대의 교육장에서 유통되었던 다양한 이념들과 교섭하

---

8 강진호, 「'국어' 교과서의 탄생과 근대 민족주의-『국민소학독본』(1895)을 중심으로」, 『상허학보』 36, 상허학회, 2012; 박승배, 「갑오개혁기 학부 편찬 교과서 편찬자가 활용한 문헌 고증 (2)-국민소학독본과 신정심상소학을 중심으로」, 『교육과정연구』 31(3), 한국교육과정학회, 2013.

고 경합하는 양상을 보인다. 미국 교과서의 노동 개념에서 가장 많이 엿볼 수 있는 것은 기독교에 바탕을 둔 소명의식이다. 소명은 노동의 종류를 가리키는 것이 아니라 노동에 대한 태도를 가리킨다. 이러한 의식은 누구나 자신의 일에서 의미를 찾을 수 있도록 보증해주었다. 그리고 이 보증은 소명 개념이 종교적 의미를 상실한 후에도 지속된다. 그것은 노동에서 세속적인 쾌락의 추구를 엄격하게 제한하고, 금욕주의를 생겨나게 했다.[9] 직업 소명관에 기초해 금욕과 근면을 말하는 프로테스탄티즘의 직업윤리가 자본주의를 만들어내는 데 중요한 전제 조건이 된다는 것은 막스베버가 지적한 바 있다. 미국 교과서로부터 영향을 받은 일본과 조선의 교과서가 표방하는 것은 '직분론'과 '국부國富'의 사상이다. 이것은 미국 교과서의 중심에 놓인 기독교적 소명의식을 일본과 조선의 교과서 편찬자들이 애덤 스미스의 국부론 및 새무얼 스마일스의 자조론, 중국 고전의 영향 속에서 변용한 데서 기인한다. 이 같은 측면은 당대 교과서가 처해 있던 사회문화적 맥락에서 재독될 수 있다.

미국 교과서의 경우, 그것을 한 인물이 편찬했더라도 교과서를 구성하고 있는 글들의 대부분은 저자가 밝혀져 있다. 이 때문에 그 글을 쓴 필자를 통해서도 내용이 가진 특징을 재조명해볼 수 있다. 실제로 노동 개념을 중심으로 미국 교과서 속 글의 저자를 살펴보면, 노예해방론을 펼쳤던 목사, 소설가나 시인으로 활동한 찬송가 작사자, 잡지사 편집자 등 다양한 영역에서 활동했던 인물들임을 알 수 있다. 이들은 기본적으로 기독교의 자장 속에서 글을 썼으며, 그들이 보여주는 노동 개념도

9 조안 B. 시울라(Joanne B. Ciulla), 안재진 역, 『일의 발견』, 다우, 2005, 86~87면.

기독교적 수양론의 자장 속에서 읽을 수 있다. 그러나 여기서 주목할 것은 편찬자가 이들의 글 중 일부분을 교과서에 재수록하고 개제改題했으며, 내용상의 변형을 꾀함으로써 다른 관점에서 노동 개념을 사유할 수 있게 했다는 사실이다.

아래의 글은 노예해방론자였던 목사 헨리 워드 비처Henry Ward Beecher(1813~1887)의 것으로, 『생활의식*Life Thought*』(1858)에 실린 내용 중 일부를 옮기고 제목을 붙인 형태를 띤다. 이 책은 사람이 살면서 생각해보아야 할 가치를 짤막하게 정리한 것들을 모아 놓은 일종의 수양서다. 비처가 쓴 이 책의 내용들 중 가족, 우정, 목표, 용서, 걱정 등과 관련된 몇 개의 문장은 유명한 명언이 되었고, 한국에서도 자주 회자되는 것들이다. 교과서의 편찬자는 이 책의 내용 중에서 열 곳을 선택하고, 내용과 어울리는 제목을 각각 달아 교과서에 수록했다. 그러므로 한 권의 책에서 특정 단락을 선택하고, 그것에 제목을 붙인 것은 교과서 간행자의 자의식이 투영된 결과다. 그중에 「일하라, 걱정하지 말고」는 이 책의 80면에 수록된 부분이다.

> It is not work that kills men; it is worry. Work is healthy; you can hardly put more upon a man than he can bear. Worry is rust upon the blade. It is not the revolution that destroys the machinery, but the friction. Fear secretes acids; but love and trust are sweet juices.[10]

사실, 이 내용의 주제는 '걱정하지 말라'에 놓여 있다고 해도 과언이

---

10 Henry Ward Beeche, "Work, not Worry," *Union Reader* 6, New York : Ivison Blakeman Taylor & Co., 1862, p.533.

아니다. 그리고 걱정과 대립관계를 이루는 것은 노동, 건강, 혁명, 사랑과 믿음이다. 그러나 교과서의 편찬자는 그 내용 중에 특히 노동의 가치를 부각한다. 이러한 선택과 학습의 과정 때문인지, 비처의 이 글은 대부분 앞의 첫 문장이 명언으로 인용되는 경우가 많다. 노동의 가치를 강조하려 한 교과서 편찬자의 의도에 따라 걱정에 대한 경계는 노동을 권하는 격언으로 변화한다.

다음은 찬송가 작사가이자 시인인 엘렌 헌팅톤 게이츠Mrs. Ellen Huntington Gates(1835~1920)의 「그대의 사명」이란 시이다. 이 작품은 교과서에 실릴 때, 「노동의 현장」으로 개제된다.[11] 이 시는 1860년에 창작된 것으로, *Your Mission*이란 시집의 표제작이기도 하다. 이 작품은 후에 찬송가로 더 유명해지는데, 그 내용 중 일부가 교과서에 수록된다. 그중 마지막 연을 보자.

Do not then stand idly waiting
For some *greater work* to do;
Fortune is a lazy goddess,
She will never come to you.
Go and toil in *any* vineyard,
Do not fear to do or dare;
If you want a field of labor,
You can find it *anywhere*.

11 Mrs. Ellen Huntington Gates, "Fields for Labor," *Union Reader* 5, New York : Ivison Blakeman Taylor & Co., 1872, pp.55~56.

특히 이 시의 마지막 연은 시의 원문과 달리, "greater work"와 "anywhere"를 이탤릭체로 강조한 형태를 보인다. 그것을 수정된 제목에 대응하여 읽어보면, 교과서 편찬자가 무엇을 중심에 두고 이 시를 인용했는지 알 수 있다. 개제된 제목, "Fields for Labor"를 염두에 두고 시를 읽으면, 이 작품의 마지막 연의 내용은 기독교의 소명의식을 넘어 자본주의에서 강조하는 근면주의 혹은 노동자의 개척 정신으로 해석된다.

미국 교과서에 나타난 노동 개념이 프로테스탄티즘과 자본주의의 관계 속에서 사유되었다면, 일본과 조선의 근대 초기 교과서에서 노동 개념은 미국 교과서에 영향받되, 유교적 논리 속에서 변용되는 양상을 보인다. 노동은 천명天命이기 때문에, 귀천을 따지지 않고 인간은 모두 노동해야 하며, 성실한 노동은 결국 '입신'을 가져온다는 내용이 그러하다. 또한 여기에 상업의 중요성이나 저축의 가치 등 근대적 경제관념이 개입한다. 일본과 조선의 초기 교과서는 교육자의 이력을 가졌거나 계몽운동에 가담한 인물이 저자나 편자로 발행하는 경우가 많다. 그러나 이 같은 민간 교과서든 문부성이나 학부 발행의 교과서든 글의 출처가 제시되는 경우는 없다.

『수신구감修身亀鑑』, 『수신훈修身訓』, 『수신실화修身実話』, 『수신총담修身叢談』(1894) 등 수신서를 간행한 이력을 가진 이시이 료이치石井了一와 이시이 후쿠타로石井福太郎의 『고등소학수신구수교안』은 다년간 소학교 교사로 종사해온 두 사람이 학생들을 가르치던 교안을 정리하고 편집하여 간행한 것이다. 이 책 제16장의 제목은 "노동은 천명天命이기 때문에, 존비尊卑를 물론하고 인간은 모두 노동해야 한다"이다.[12] 이 장은 '구라모치 덴고로倉持傳五郞'의 예화와 그 예화의 내용과 관련한 7개의 질문으로 구성되어 있다. 그 예화는 백부로부터 빌린 돈으로 상업을 시도했다가 실패했지만, 자신을 믿어준 백부의 뜻을 헤아려 공부하고 근면하게 일해 결국 부자가 된 인물의 성공담이다. 그에 따른 질문은 모두 입신의 방법인 노동의 중요성을 강조하는 내용으로 구성되어 있다. 이 글에서 주목할 수 있는 것은 입신의 수단이 '상업'이라는 점이다. 천시의 대상이었던 상업으로 부를 획득한 그의 이야기는 시대의 변천 속에서 근대 일본인의 노동 관념을 갱신하고, 근면을 유도하는 '미담'으로 거듭난다.

이 예화는 『상인출세의 경商人出世の鏡』 2, 『수신총담』, 『소학수신경小学修身経』 1과 같은 수신서에 반복적으로 실려, 일본 아동의 근면주의와 노동 교육에 차용된다.[13] 이 수신서들은 일본 전래의 이야기를 모아 놓은 형태를 띠며, 학생들에게 교훈을 주고 처세와 입신의 방향을 제시하는 내용으로 집약되어 있다. 특히 『상인출세의 경』에 실린 글들은 이시이 료이치와 이시이 후쿠타로우의 수신서에 반복 게재되는데, 16장의 제목과 '구라모치 덴고로우倉持傳五郎'의 예화는 이 책에서 그대로 모방했다 해도 과언이 아니다. 그러나 『고등소학수신구수교안』은 근대 교육제도 속에서 학생들의 수업 방식에 맞게 이야기의 핵심을 질문으로 재구성함으로써, 학생들이 그에 답하는 과정에서 스스로 상업과 근면의 중요성을 각인하는 단계를 거치게 되어 있다. 교과서를 살펴보면, 일본의 근대화 과정에서 상인은 '출세'뿐 아니라, '호걸豪傑', '입지立志'와 같은 수식어를 갖게 된다. 노동(자)을 미화하는 이 같은 수식어들은

---

12 石井了一・石井福太郎, 『高等小學修身口授敎案』 2, 目黒書店, 1892, 33면.

13 川田孝吉 編, 『商人出世の鏡－児童教育』 2, いろは書房, 1888; 石井了一, 石井福太郎 編, 『修身叢談－家庭教育』, 目黒甚七, 1894; 天野為之 編, 『小学修身経－訂正 高等科教師用』 1, 富山房, 1895.

일본인의 성공에 대한 욕망을 자극하고, 과거에 천시되었던 대상을 다시 바라보게 하는 효과를 낳는다.

이와 같이 사회의 재편 속에서 재인식되는 것은 노동만이 아니다. 이제 가난은 누구나 겪을 수 있으며 동시에 누구나 극복할 수 있는 것이 된다. 이 때문에 노동은 흔히 절약이라는 덕목과 결합한다. 『고등소학수신구수교안』 4에서 절약은 '절식'으로 구체화된다. '사사이 와시무스메笹井わし女'라는 인물의 예화에서 강조되는 것은 그녀의 '절식노동節食勞動'이 그녀를 100세 '건강 장수'로 이끌었다는 점이다.[14] 이 예화의 중간에는 『양생훈養生訓』이 인용된다. 『양생훈』은 일본 에도시대 유학자 가이바라 에키켄貝原益軒(1630~1714)이 고대 중국으로부터 전해지는 많은 자료들을 인용하여 작성한 일본인들의 건강 비결서이다. 이처럼 당대 교과서는 건강과 장수에 대한 인간의 욕망을 자극하며 학생들의 절제와 근면을 유도한다. 절약과 노동은 개인이 획득할 수 있는 건강과 부富를 넘어 국가의 것으로 확장되는 경우가 많다. 산업화의 과정에서 국민 개개인은 다양한 가능성을 실현할 수 있는 주체로 급부상한다. 유학의 전통 속에서 근대를 사유한다는 것은, 이처럼 전래의 서사를 새롭게 읽고, 개인의 노(동)력을 유인하는 전유의 과정을 내포한다.

조선의 지식인 정윤수와 현채는 모두 유학의 전통 속에서 관리가 된 인물이지만, 근대적 교육제도를 창출하고 발전시킨 인물이다. 정윤수의 『초목필지』에 실린 「실업實業」[15]이란 장은 『맹자』의 양혜왕梁惠王편 상上의 '무항산무항심無恒產無恒心'을 인용하여 서술되어 있다. 맹자는 이

14 石井了一·石井福太郎, 『高等小學修身口授教案』 4, 目黒書店, 1892, 1~2면.

15 鄭崙秀, 「實業」, 『樵牧必知』, 普文社, 1909, 52~53면.

를 통해 경제적 안정이 없는 백성은 정신적으로 불안정하여 쉽게 동요할 수밖에 없음을 강조하며 민본사상이 정치의 근본임을 강조했다. 그러나 『초목필지』의 저자 정윤수는 맹자의 내용을 다시 읽는 과정에서, 항산항심은 왕에 의해 주어지는 것이 아니라 조선인 각자가 획득하는 것이라 말한다. 그는 직업이 없는 자는 항산도 항심도 없어 결국 '불의'를 저지르고, '패가망신'할 수밖에 없음을 말함으로써 항산항심의 중요성을 강조한다. 그리고 그는 항산항심은 조선인이 '귀천을 따지지 말고' 일을 하는 과정에서 획득될 수 있음을 강조한다.

현채가 간행한 『신찬초등소학』의 「株를 守ᄒᆞ야 兎를 待ᄒᆷ」[16]은 『한비자韓非子』 '오두편五蠹篇'의 수주대토守株待兎의 내용을 변용한 것이다. 한비자가 이 이야기로 고지식하고 융통성이 없이 구습과 전례를 고집하며 세상의 변화에 대응하지 못하는 정치가들을 비꼬았다면, 조선의 지식인 현채는 이 고사를 '자기의 직업에 힘쓰지 않고 요행을 바라는 것'에 대한 비유로 삼는다. 현채는 노동하지 않고 요행을 바랄 경우 낭패를 보게 될 것이라 경고함으로써 무위도식하려는 조선인들을 비판하고, 근면을 강조한다. 또한 여기서 주목할 것은 그가 단순히 노동과 그에 대한 성실을 강조하는 데 머물지 않고, '자기의 직업'에 힘써야 한다고 말한 부분이다. 교과서 속 노동 개념은 노력이라는 광의의 개념으로부터 벗어나 분야, 상하, 자본 등 다양한 의미와 관계 맺으며 '직업'으로 구체화된다.

미국의 교과서로부터 영향을 받되 일본을 경유한 조선의 교과서가 가진 특이성은, 동일한 소재를 가진 교과서의 내용을 고찰할 때 더욱 두드러

16 玄采, 「株를 守ᄒᆞ야 兎를 待ᄒᆷ」, 『新纂初等小學』 3, 普成社, 1909, 4~6면.

진다. *The Union Reader* 2의 「바쁜 벌」과 *New National Reader* 2의 「프랭크와 그의 소원」이란 장을 보면, '벌'은 근면의 상징으로 나타난다. 여기에는 동물의 생태를 인간의 노동으로 치환하여 근면의 이데올로기를 창출하는 계몽적 의도가 작동하고 있다. 이 글에서 벌의 노동은 인간의 노동을 비유하며, 육체적 노동과 정신적 노동을 포괄하는 단어 'work'가 벌의 일과 학생의 공부를 표현하는 데 동원된다. 「바쁜 벌」의 시작 부분에 '게으른 소년소녀는 바쁘게 일하는 벌로부터 유용한 가르침을 얻을 수 있다'고 언급되어 있다.[17] 이 단원에서는 일벌이 미래를 대비하기 위해 근면하게 노동하는 것을 언급하는 동시에, 일벌은 게으른 수벌이 사는 것을 결코 용납하지 않고 쏘아 죽인다는 점을 강조한다. 그러므로 이 글은 노동과 게으름의 대립관계를 통해 노동의 중요성을 강조하고 노동하지 않는 자가 겪어야 할 비극적 죽음을 부각하여 경계의 대상으로 삼는다.

이 같은 내용은 학부 편찬 『보통학교학도용 국어독본普通學校學徒用 國語讀本』 권5의 「밀봉蜜蜂」에서 찾아볼 수 있다. 그러나 조선의 교과서에서는 벌의 생태에 덧붙여 마지막 부분에 벌이 인간에게 꿀을 주는 긴요한 곤충임을 강조하고, 조선에 양봉을 생업으로 삼는 자가 적지 않다는 내용이 덧붙어 있다.[18] 이는 벌을 통해 근면의 이념을 보여주는 것에서 더 나아가 양봉이라는 직업을 소개하여 조선 학생들의 관심을 유도하고자 하는 실용적 목적을 담고 있다. 『보통학교학도용 국어독본』은 학부에서 편집하고 대일본도서주식회사에서 인쇄한 것으로, 학정 참여관 미츠지 주조三土忠造의 주도하에

17 Charles W. Sanders, "The Busy Bees," *Union Reader* 2, New York : Ivison Blakeman Taylor & Co., 1875, p.23.

18 學部, 「蜜蜂」, 『普通學校學徒用 國語讀本』 卷5, 大日本圖書株式會社, 1907, 32~33면.

간행된 것이다. 그러므로 이 교과서는 조선 학생들을 산업인력으로 양성하고자 하는 의도하에 기획된 교과서다. 조선의 교과서가 미국 교과서와 다른 전개를 보이는 것은 그와 같은 식민지 교과서 발행의 정황과 연결되어 있다.

「프랭크와 그의 소원」은 학교에 가는 것보다 노는 것을 좋아하는 소년 프랭크가 '아무것도 하지 않는' 벌과 새처럼 되고 싶다고 생각하다가, 모든 벌과 새가 열심히 일하는 것을 보고 학교로 달려간다는 내용이다.[19] 이 글에서 일work은 '놀이의 재미'와 대립관계를 이룬다. 이 때문에, 인간을 비롯한 생물이 가진 노동은 근면의 당위성과 관련을 맺는다. 이 같은 문맥에서 어린 소년의 놀고 싶다는 '소원'은 스스로 반성해야 할 만한 일이 되어버린다. 벌이나 새가 생계를 위해 활동하는 것과 소년의 수업 듣기가 'work'라는 단어로 환기됨으로써 이 단어는 노동과 공부라는 의미를 모두 포괄한다. 이 글의 저자는 'work'라는 단어가 가진 의미망 안에서 벌의 성실한 노동을 보여주고, 그것을 통해 학생이 행할 수 있는 근면의 방향성을 제시한다. 그러므로 벌의 생태를 통해 학습을 독려하는 미국 교과서와 양봉이라는 직업을 소개하는 조선 교과서의 거리감은, '노동'이라는 개념을 '산업인력의 양성'과 '직업'이라는 범주 안에서 사유하게 했던 일본 교육관의 개입에서 비롯한 것이다. 이처럼 일상적으로 통용되던 개념을 그것이 만들어진 시기의 자료들을 바탕으로 재구성하는 일은 자료로 활용된 텍스트를 역사적, 문화적 맥락으로 되돌리는 일이기도 하다.

---

19 Charles J. Barnes, *New National Reader* 2, New York : A.S. Barnes & Co., 1883, pp.15~16.

3. 계몽의 논리로 변용된 노동 개념의 축소 과정

서양에서 'labour(노동)'는 통상 토지를 일구거나 경작한다는 의미를 지녔지만 육체노동을 포함해 힘이 드는 일이나 노력 전반을 가리키는 쪽으로 확대되었다. 사회적 활동 일반을 지시하며 추상성을 지니게 된 'labour'는 성경, 밀턴과 골드스미스와 같은 작가들의 문학작품에서 인격화되고 의인화되었다. 그리고 이 용어는 애덤 스미스의 『국부론』(1776)에서 정치경제학적 용어로 도입되어 측정 가능하고 계산 가능한 요소로 사용된다. 19세기 중반이 되면, 'labour'는 두 개의 의미로 발달한다. 하나는 노동이라는 행위를 지시하는 경제학상의 추상개념이며, 다른 하나는 노동과 관련된 사회계층을 일컫는 추상개념이다.[20] 'work' 역시 'toil(고생)'이라는 중세적 의미가 내포되어 있으며, 14세기에 힘든 노동이라는 의미를 갖게 되었다. 17세기에도 'work'는 활동이라는 일반적인 의미로 사용되었으며, 자본주의적인 생산관계가 발달한 결과 임금이 지불되는 고용으로 한정된다. 그리고 19세기 초에 'working(일하는, 노동의)'이라는 의미의 하나가 계급에 대한 정의를 배경으로 'working class'로 한정된다.[21]

이와 같이 의미의 변화 과정을 거친 'labor', 'work'는 근대 초기 미국 교과서에서 육체적 정신적 노동이라는 의미를 모두 포괄한다. 1880년대 교과서를 보면, 교과서에 사용된 단어의 정의에서 labor는 work, toil과 같은 의미로 제시되어 있다.[22] 미국 교과서에서는 주위에서 쉽게

---

20 레이먼드 윌리엄스, 김성기 · 유리 역, 『키워드』, 민음사, 2013, 265~267면.

21 위의 책, 511면.

22 Charles W. Sanders, "The Busy Bees," *Union Reader* 2, New York : Ivison Blakeman Taylor & Co., 1875, p.23; Charles J. Barnes, "Definition," *New National*

볼 수 있는 예화, 시와 같은 문학작품을 통해 노동에 대해 학습할 수 있게 한다. *New National Reader* 4의 「이집트와 그 유적」에서 labor는 '노역'의 의미를 강하게 보인다.[23] 이때, 역사 속에서 살필 수 있는 유적과 그것의 규모는 인간의 노동이 창출할 수 있는 생산력을 보여준다. 다른 한편, 노동은 이집트가 번창한 시기의 왕조가 가졌던 부와 권력을 암시한다.

또한 「좋은 투자」에서 labor는 '책상에서의 일', '업무', 글의 맥락상으로는 회계를 의미한다.[24] 이 글은 『상인의 잡지』, 『숙녀의 잡지』, 『주간 여행가』, 『청소년 수필』 등의 잡지를 편집·간행하고, 1856년 『가치와 자산 *Worth and Wealth*』이란 저서를 펴낸 프리 맨 헌트(1804~1858)의 글로 표기되어 있다. 실제로 이 이야기는 그의 『가치와 자산』에 "The Investment"라는 제목으로 실린 바 있다. 이 글은 젊은 청년의 소매업을 위해 2천 달러를 투자했던 사업가가 그 청년의 도움으로 7만 5천 달러의 부채를 청산하게 되었다는 내용이다. 그러나 서사의 초점은 가난한 청년의 사업 성공에 놓여 있지 않고, 젊은 청년의 장래성에 투자한 투자가의 안목에 놓여 있다. 이 글에서 labor는 회계인 동시에 투자이며, 투자는 가치 있는 관계를 창출할 수 있는 원동력으로 해석될 수 있다. 여기에는 노동 개념이 자본주의 교환관계를 넘어 증여의 관계 속에서 작동한다. 저자는 시혜자와 수혜자의 관계를 전도시켜 노동의 가치가 자본의 창출을 초월한 '관계'의 영역에서 조망될 수 있음을 보여준다.

일본의 경우, labor 혹은 work는 노동과 공부라는 의미로 번역되고

Reader 4, New York : American Book Company, 1884, p.377.

23 Charles J. Barnes, Ibid., p.364.

24 Freeman Hunt, "A good Investment", *New National Reader* 5, New York : A.S. Barnes & Co., 1884, p.159.

사용된 흔적을 보여준다. 『심상소학교수학약설』에서 그 예를 볼 수 있는데, 이 교과서에서는 아동의 신체와 정신건강을 위해서는 노동勞働과 일락逸樂을 번갈아 전환하는 일이 필요함을 역설한다.[25] 이때, 노동은 '학습'에 가까운 의미로 쓰인다. 이 때문에 정신적인 '과업科業'은 '자유로운 운동유희', '휴식' 등과 대립적 관계를 이룬다. 일본 교과서에 나타난 개념의 혼종 상태는 점차 교환가치로서의 노동 개념으로 정착되어 간다.

『고등소학독본』 5의 「화폐는 근로를 교환하는 매개다」라는 장은 화폐의 도구성과 공용성을 설명하는 과정에서 '화폐는 근로의 값'[26]임을 언급함으로써 노동의 교환가치를 보여준다. 특히 이 글에서 노동의 교환가치는 '근로'라는 단어에서 알 수 있듯 성실성을 전제한다. 노동의 성실성이 돈으로 환산될 수 있다는 감각은 화폐의 매개성에 입각해 볼 필요가 있다. 이것은 민족계몽운동이 표방한 근면주의에 틈입한 노동의 자본화, 수치화를 보여주기 때문이다. 노동을 둘러싼 자본주의의 논리는 『고등소학독본』 6의 「직업의 선택職業ノ選擇」이라는 단원에서 더욱 구체화된다. 이 단원에서는 직업을 선택할 때에 동업의 경쟁이 적고, 수요가 많으며, 자기의 기호와 능력에 적합한 것으로 정해야 함을 강조한다.[27] 이 글에서 '노역勞役'은 곧바로 경쟁과 수요에 따른 '임금'으로 치환된다.

1901년에 출판된 『경제학교과서』에 이르면, 노동은 'Labour'의 역어임이 명시되어 있다. 이 글에서 노동은 재물을 생산하기 위해 이용하

25 今泉源一郎, 「勞働ト逸樂トテ輪換スヘキ事」, 『尋常小学教授学略説』, 岩本米太郎, 1887, 112~113면.

26 文部省編輯局, 「貨幣ハ勤勞ヲ交換スル媒介ナリ」, 『高等小學讀本』 5, 大日本圖書會社, 1889, 117면.

27 文部省編輯局, 「職業ノ選擇」, 『高等小學讀本』 6, 大日本圖書會社, 1889, 111~112면.

는 인간의 신체 및 정신의 활동을 총칭한다.[28] 글의 저자는 '인류가 자연물을 이용하여 그 욕망을 만족시키기 위해서는 반드시 다소의 사고[腦力] 혹은 체력을 필요로 한다'고 말한다. 그는 노동을 7가지로 구분하는데, 발견, 발명, 점유, 조제粗製, 물건의 생산, 공업工業, 배분, 근로[29]가 그것이다. 이 글에서 노동은 철저히 '생산력'과 동일시되어 있다. 그러므로 노동자는 생산자로 치환될 수 있다. '노동자가 증가하면 노동의 방법에 의지하기 때문에 인구 증가에 따라 분업을 취한다'는 말에서 우리는 자본주의 생산체제에 구속된 인간의 운명을 감지할 수 있다.

조선의 교과서에서도 초기 노동 개념은 노동과 공부라는 의미를 내포하되 다양한 형태를 띤다. 1895년에 간행된 조선 최초의 관찬 교과서인 『국민소학독본』의 「노농석화老農夕話」에는 '무업務業', '근로', '노동'이라는 단어가 함께 쓰인다.[30] 이 글에서는 노동의 주체를 동물, 농부, 왕후장상, 학생 등 다양하게 제시하지만, 노동을 구분하는 관점은 나타나지 않는다. 이 글에서 근로는 귀천을 불문하고, 각자의 위치에서 직분을 지키는 수준에서 언급된다. 1907년에 간행된 『고등소학독본』 2권에서는 개와 사람이 가진 의무를 모두 '직職'으로 서술한다.[31] 이것은 직업이 아닌 직분으로 해석할 수 있다. 같은 해 간행된 『초등소학』 권8에서는 소, 말과 같은 가축의 일에 대해 '노역勞役'이라는 표현이 나타나기도 한다.[32] 1909년에 간행된 『초목필지』에서도 "근로勤勞"라는

---

28 二宮基成, 『経済学教科書』, 六盟館, 1901, 22면.

29 이 글에서 근로는 교사, 의사, 관리 등의 노력으로 구체화되어 있다.

30 學部, 「老農夕話」, 『國民小學讀本』, 學部編輯局, 1895, 31~33면.

31 徽文義塾編輯部, 「義犬吠盜」, 『高等小學讀本』, 徽文義塾印刷部, 1907, 58~59면.

32 大韓國民教育會, 「家畜」, 『初等小學』 卷8, 國民教育會, 1907, 27~28면.

단어는 '공부', '영업營業'과 자연스럽게 결합하여 쓰인다.[33] 이처럼 근대 초기 조선의 교과서에서 '노동'은 손과 발을 움직이는 것[34]으로부터 공부, 직분에 이르기까지 다양한 의미를 포괄한다. 그러나 노동(자)이라는 개념은 실업, 직업과 같은 단어들의 등장과 함께 그 의미가 '돈 벌이'로 구체화되고, 서열화를 내포하게 된다. 특히 이 같은 양상은 유길준의 『노동야학독본』, 남궁억의 『교육월보』처럼 노동자의 학습을 위한 교재가 간행되었던 1908년경에 두드러진다.

이 시기 노동에 대한 글 중에는 '농·공·상', '심지心智와 근력'처럼 직업을 특정 기준에 의해 구분하여 설명하고, 그것의 중요성을 언급한 사례를 자주 발견할 수 있다. 이 같은 글은 노동자이거나 잠재적 노동자인 학생들이 학습을 통해 일찍부터 직업에 대해 생각하게 하고, 근면의 이념을 내면화할 수 있는 동기가 된다. 이 같은 글들에서 우리는 직분, 근로, 무업, 노역 등과 유의관계에서 치환될 수 있을 정도로 서술되던 노동 개념이, 인간의 육체적 정신적 노동 전반을 일컫되, '직업에 힘쓰는 것'이라는 의미에 접근하는 현상을 살펴볼 수 있다. 학부 편찬 『보통학교학도용 국어독본普通學校學徒用 國語讀本』에서도 농부, 어부 목수 등을 제시하고, 이들이 자신의 직업을 수행하는 것에 노동이라는 단어를 사용한다.[35] '성근誠勤'과 같은 단어는 노동이 아닌 직업과 결합하여 쓰이며, 다양한 직업은 국가의 부유함과 관련하여 서술된다.[36] 이 때문에 사람마다 자신의 "장기長技"에 맞는 직업을 선택해야 이익을 얻을 수

33 鄭崙秀, 「辨勤勞懈怠」, 『樵牧必知』, 普文社, 1909, 44면.
34 玄采, 「입」, 『新纂初等小學』 卷2, 普成社, 1909, 10면.
35 學部, 「職業」, 『普通學校學徒用 國語讀本』 卷3, 大日本圖書株式會社, 1907, 48~51면.
36 鄭寅琥, 「匠工의 職業」, 『最新初等小學』, 右文館, 1908, 27~29면.

있다는 점이 강조된다. 현채의 『신찬초등소학』에서 "우리들은 農工商 중에 셰 가지 中에 한 가지 業이 잇셔야 사름된 직분"[37]이라는 내용을 통해서도 알 수 있듯, 당대 교과서는 열심히 일하는 것에서 더 나아가 어떤 분야에서 자신의 직업을 선택하고 수행하는 일로부터 사람됨을 인정받는 것의 중요성이 강조된다. "학교에셔 工夫ᄒᆞ야 才藝를 닥고 몸을 츙실하게 ᄒᆞ며 職業"에 힘쓰는 것이 집과 나라를 부유하게 하는 일[38]이라는 내용도 같은 맥락에서 읽을 수 있다. 노동 개념은 점차 직업, 실업이라는 개념으로 범위를 좁혀간다.

『초등소학』 권8에는 "國民의 農工商을 業ᄒᆞᄂᆞᆫ 者를 實業家라 總稱ᄒᆞᄂᆞ니 實業家ᄂᆞᆫ 人民의 必要ᄒᆞᆫ 物品을 製造ᄒᆞ며 또 賣買ᄒᆞᄂᆞᆫ 者라 實業의 盛ᄒᆞᆷ은 國家가 繁昌ᄒᆞᄂᆞᆫ 基本이니라"[39]라는 내용이 있다. 이 글의 저자는 생산 경제에 입각하여 노동자를 실업가로 총칭한다. 그는 실업가에게 필요한 덕목을 세 가지(근면, 절검, 신실)로 언급한 후 설명한다. 동시에 그는 '노동'을 국가 경제 발전에 중요한 역할을 수행하는 산업이라는 관점에서 보여주고, 노동의 분화, 자본의 창출 등 국가의 경제 상황 속에서 노동을 파악한다. 또한, 유길준은 농공상을 강조하되 그것을 심로心勞와 구분하고, '힘을 수고하는 일로, 근력에 의지하여 형상에 드러나는 일'이라 규정한다.[40] 이 같은 시각은 노동에 집중되었던 관심의 방향을 직업의 유형, 직업의 위계 속에서 '노동자'의 문제로 돌려놓는다.

1908년 정인호의 『최신초등소학』과 유길준의 『노동야학독본』, 남

37 玄采, 「農工商」, 앞의 책, 1909, 19면.
38 玄采, 「朝鮮」, 위의 책, 35면.
39 大韓國民教育會, 「實業者의 德義」, 『初等小學』 卷8, 國民教育會, 1907, 22면.
40 유길준, 「力役」, 『勞動夜學讀本』, 경성일보사, 1908, 25면.

궁억의 『교육월보』에는 '노동자'라는 단어가 등장한다. 앞의 두 교과서에서 주목할 수 있는 것은, 노동자가 삽화로 제시되어 있으며, 그 이미지가 크게 다르지 않다는 점이다. 노동자는 왜소하게 그려져 있고, 삽화 주위의 언어는 노동자가 "하등인물"이며 '배워야 할' 인물임을 명시한다. 『최신초등소학』에서 노동자는 마부로 그려져 있으며, 『노동야학독본』의 노동자는 노동야학회 고문인 유길준에게 고마움을 표시하는 학생으로 그려져 있다. 또한 남궁억이 발행한 『교육월보』에서 주목할 수 있는 것은, 노동자를 "막별이ᄒᆞᄂᆞᆫ 쟈로 지목"하는 부분이다. 이 같은 노동자의 이미지는 노동자를 바라보는 당대 조선인의 시선을 대변한다.

①

人이 乘하난, 馬車난, 馬도 됴코, 車도 됴코 馬夫의 服裝도 鮮明한데 뎌 馬夫난 勞動者 中에도, 下等人物갓쇼이다. 우리난 工夫를, 어셔어셔 잘하고, 學問을 널니하야, 上等人物이되야 됴흔 馬의, 됴흔 車를 타고 服裝이 鮮明한 馬夫를, 압헤, 안치고, 大路上에, 馳騁하면 좀 됴켓쇼. 아모죠록 上等人物이 되고자 하노라.[41]

②

로동이란것은 ᄆᆞ음이ᄂᆞ 신톄를 수고롭게 ᄒᆞᄂᆞᆫ것을 닐음이어ᄂᆞᆯ 근일에 말ᄒᆞᄂᆞᆫ바 로동이란것은 막별이ᄒᆞᄂᆞᆫ 쟈를 지목ᄒᆞ야 로동쟈라ᄒᆞ야 경홀히 ᄉᆡᆼ각ᄒᆞ기도ᄒᆞ고 쳔히녁이기도ᄒᆞ야 로동이라면 빈궁ᄒᆞᆫ 인민이 죽지 못ᄒᆞ야 ᄒᆞᄂᆞᆫ

41 鄭寅琥, 「馬車」, 『最新初等小學』 卷4, 右文館, 1908, 14~15면.

것으로 ᄉᆡᆼ각ᄒᆞ거니와 세샹 쳔만가지 일이 모다 로동이 아니면 되지못ᄒᆞᄂᆞ니 (…중략…) 이졔 셔양각국 로동샤회의 형편을 샹고ᄒᆞ건ᄃᆡ 그 권리 의무와 ᄒᆡᆼ동 거지가 졍졍 방방 ᄒᆞ야 비록 신톄로동은 ᄒᆞᆯ지언뎡 무식ᄒᆞᆫ 쟈가 별노업ᄂᆞᆫ ᄭᆞᄃᆞᆰ에 시세 형편을 짐작ᄒᆞ야 지금시ᄃᆡ에ᄂᆞᆫ 막벌이ᄒᆞ야 먹어도 동류끼리 단톄가 되지 안코ᄂᆞᆫ 살수 업ᄂᆞᆫ쥴을 알고 여러 막벌이군이 일심 합력ᄒᆞ야 로동회샤를 조직ᄒᆞ고 셔로 ᄉᆞ랑ᄒᆞ며 셔로 의지ᄒᆞ야 벌어 먹으되 품삭이던지 무ᄉᆞᆷ 공젼 ᄀᆞᆺ흔것도 밧ᄂᆞᆫ 규측이 잇ᄂᆞᆫᄃᆡ 그 규측에 어긔ᄂᆞᆫ 일이 잇스면 결단코 시ᄒᆡᆼ치 아니ᄒᆞ고 만일사ᄅᆞᆷ 만히 고용ᄒᆞᄂᆞᆫ 큰 회샤 ᄀᆞᆺ흔데셔 공젼을 젹게 준다던지 무리ᄒᆞ게 릉욕ᄒᆞᄂᆞᆫ 일이 잇스면 그 로동샤회에셔 여러 로동쟈가 동ᄆᆡᆼ파공ᄒᆞᄂᆞᆫ 일이 잇ᄂᆞ니 동ᄆᆡᆼ파공이란것은 그 수다ᄒᆞᆫ 로동쟈가 일졔히 ᄆᆡᆼ세ᄒᆞ고 그 샤회 고용을 ᄌᆞ퇴ᄒᆞ고 일ᄒᆞ야 주지 안ᄂᆞᆫ것이니 그런즉 여러 쳔만명 로동쟈 부리던 회샤에셔ᄂᆞᆫ 큰 손해가 나ᄂᆞᆫ 고로 부득이 그 로동사회 규측을 쥰ᄒᆡᆼ치 안을수 업ᄂᆞᆫ지라.[42]

①의 글에는 당대 노동자 사이에 서열이 존재하며, 하등 노동자의 삶을 벗어나는 방법으로 공부가 제시되어 있다. ②의 글에서 노동은 '빈궁한 인민이 죽지 못해 하는 것'으로 전락한다. '단체', '로동회사', '동맹파공'과 같은 방계의 단어들을 통해 저자가 서양으로부터 유입된 사회주의의 영향하에서 노동 개념을 사유하고 있음을 알 수 있다. 특히 위의 두 인용문에서 우리는 노동자가 '집합명사'로 쓰이게 되었음을 발견할 수 있다. 또한 교과서 속 노동 개념의 쓰임 속에서, '활동-공부/일

42 남궁억, 「론셜」, 『교육월보』 2, 1908, 1~3면.

-직업에 힘쓰는 것-육체노동-가난한 인민의 생업'으로 그 개념의 범위가 축소되어간 과정을 살필 수 있다.

이 같은 의미 변화의 과정은 'labor'가 일본과 조선에서 노동으로 번역, 정착한 양상을 보여준다. 애초에 이 단어는 '일'과 '공부'라는 두 개의 의미로 번역되었으며 이후 '노동'으로 번역, 1920년대에 이르러서 "노동(ᄒᆞ다)"과 "고심苦心(ᄒᆞ다)"이라는 의미로 집약된 것이다. 사전을 통해 보면, 1890년 선교사 언더우드에 의해 간행된 『한영ᄌᆞ뎐』에서 labor는 "일(ᄒᆞ오)"과 "공부"라는 두 가지 의미로 번역되었다. 1891년 선교사 스콧에 의해 간행된 *English-Corean dictionary*에서도 labor는 "일ᄒᆞ다"와 "공부ᄒᆞ다"로 번역됨으로써 이러한 양상은 반복된다. 그리고 이 단어는 1914년에 이르러서 역사役事, 공역公役, 중역重役으로 번역되다가 1924년에 이르러 게일에 의해 『삼천자전三千字典』에서 "로동勞動"으로 번역되고, 1925년 언더우드에 의해 간행된 『한영자전*An English-Korean dictionary*』에서 "로동(ᄒᆞ다)"과 "고심苦心(ᄒᆞ다)"로 번역된다.[43] 이처럼 사전에 등재된 '노동'이라는 단어는 당대 신문과 잡지, 사회과학 서적, 교과서와 같은 매체 안에서 다른 지식과 결합하는 가운데 대중에게 유통·확산된 것이다.

번역어로서의 노동이라는 개념을 고찰할 때 유의할 점은, 서구어와 조선어 사이의 교환관계가 완전히 성립하지 않고, 관습화되지 않았던 시기에 이 단어의 개념이 '만들어졌다는' 사실이다. 그렇다면, 이 단어의 개념을 보편적인 것으로 만들고, 서구어와 조선어 사이의 교환관계가 성립하도록 만들 수 있었던 힘은 무엇이었을까. 조선인을 '계몽'하

---

43 황호덕 외, 『근대 한국의 이중어사전』, 박문사, 2012, 495~496면.

고자 했던 서양과 일본 지식인의 욕망, 개화의 분위기 속에서 서구(어)와 조선(어)의 대등관계를 열망했던 조선인의 관념이야말로 두 언어 사이의 간극을 좁혀 나간 원동력이 되었을 것이다.

4. 노동 개념을 둘러싼 욕망과 공감의 구조

교과서는 그 안에 담긴 단어들뿐 아니라, 그 단어가 응축하고 있는 관념과 감성들을 대중화하면서 시대적 대표성을 획득할 수 있었다. 그리고 교과서는 교육제도이지만, 그것이 지향하는 바를 균열하는 자리에서 생산되고 학습되었다는 점에서 의미를 지닌다. 실제로 여러 장르의 텍스트 속에서 노동 개념은 다양한 수사 및 비유체계들과 관계 맺는다. 또한 노동 개념을 둘러싼 감정언어들은 노동(자)의 이미지를 만드는 데 영향을 미친다. 노동 개념을 추적하다 보면, 노동과 유의 관계에 놓인 '직업', '실업', '노역勞役', '근로勤勞', '역사役事'와 같은 단어들 외에도 이 단어들을 수식하는 '경쟁심', '수치(심)', '열심', '열정', '행복', '기쁨', '불안', '공포'와 같은 감정언어들을 발견하게 된다. 이 단어들은 노동을 둘러싼 사회·문화적 문제를 개인적인 것으로 환원해 버리는 것처럼 보인다. 그러나 역으로 감정언어들은 학습자인 개인이 노동을 주관화하되, 종교적 금욕주의나 민족주의 같은 이념적 차원에서 그것을 봉합해버리는 결과를 낳는다. 이러한 양상은 우화나 일화와 같은 텍스트 외에도 노동을 권장하는 논설, 노동을 정의하는 설명문, 노동을 미화하는 시에서도 발견할 수 있다. 다양한 형태의 노동 지식은 개인적 감정을 공적인 것으로 변모시킨다.

앞서 살펴본 것처럼 교과서에서 노동은 흔히 '돈'과 연결되어 나타난다. 미국 교과서의 경우, 아버지가 집안일을 통해 자식에게 노동의 소중함이나 노동의 경제적 가치 등을 일깨우고 저축, 소비 등을 몸소 체험하게 한다는 점에서 일상적인 서사의 형태를 보인다. *New National Reader* 2의 「존은 어떻게 10센츠를 벌었나」[44]를 그 예로 들 수 있다. 이 글에서 존은 돼지 돌보는 일을 어렵게 수행한 뒤 자신이 번 돈을 저축한다. 그리고 성인이 되어 그 돈으로 좋은 일을 하면 그것이야말로 자신에게 '행복'을 가져다줄 거라고 믿는다. 이 글에는 돈을 벌기 위해서는 노동의 피로와 고통을 감내할 줄 알아야 한다는 것, 노동의 대가인 돈을 바르게 사용해야 행복할 수 있다는 점이 강조된다. 여기서 노동과 자본은 성취감과 이타적 사용에 연결됨으로써 이상화된다.

노동을 미화하는 것은 저널리스트이자 작가인 조시아 길버트 홀랜드Josiah Gilbert Holland(1819~1881)의 「일의 결과」[45]에서도 살펴볼 수 있다. 그는 글의 시작부터 독립과 자존은 행복의 필수 조건이며, 성실한 노동이 없이는 그것을 얻을 수 없음을 말한다. 그는 '바르고 진지한 노동은 신에게 이르는 황금 길'이라는 비유를 보여준다. 이 글은 기독교적 영향 속에서 쓰였으나, 편찬자가 의도적으로 강조한 부분들을 살펴보면, '행복한 사람'과 '노동의 품격'이 대응되고, '인류의 기록'은 '노동의 기록'에 대응됨을 발견할 수 있다. '훌륭한 사람'이 보는 '성취의

44 P. Frenzeney, "How John Earned Ten Cents", *New National Reader* 2, New York : A.S. Barnes & Co., 1883, p.56.
45 Dr. J.D. Holland, "Results of work", *Union Reader* 5, New York : Ivison Blakeman Taylor & Co., 1872, pp.175~178.

빚', '하는 일'과 '해야 할 일' 같은 요소들은 모두 노동이라는 행위에 수렴된다. 그러므로 이 글은 기독교 윤리가 자본주의와 만나 창출한 노동론의 형태를 보여준다.

시 같은 문학작품은 학생이 노동(자)에 대해 배우되, 그것을 감성적으로 수용하고 이미지화할 수 있는 매개체로 작용한다. 캐롤라인 프란시스 오른Caroline Frances Orne(1818~1905)의 시 「노동Labor」[46]과 같은 작품이 그러하다. 작가는 이 시가 단순한 사건, "물론 힘듭니다. 그러나 아무것도 하지 않는 것이 더 힘듭니다"라는 목수의 대답에서 암시받은 것임을 주석에 밝혀 놓았다. 이 시에서 1~4연의 노동은 '고역toil'으로 이미지화되어 있다. 노동의 시공간을 환기하는 '모루anvil, 황무지, 바다, 겨울바람, 타는 뺨, 지친 밤, 긴 시간'과 같은 단어는 노동자가 처한 비참한 상황을 환기한다. 또한 '거친, 어려운, 쉼 없음'과 같은 단어들은 노동자가 감내하고 있는 육체적·정신적 고통을 독자에게 전이한다.

그러나 시인은 가장 마지막 연에서 노동을 '고역'의 이미지가 아닌, '분투'로 표현한다. 그는 노동을 '고상한 힘, 영광스러운 특권, 인간의 가장 고귀한 자질, 영혼의 진실을 밝히는 것'이라 말한다. 이를 통해 시인은 노동자의 현실을 고발하는 동시에, 노동의 성스러움을 드러낸다. 시인은 노동의 성과 속을 묘사함으로써 노동(자)이 처한 이상과 현실 사이의 괴리를 실감케 한다. 시의 끝에는 9개의 문제가 제시되어 있는데, 대부분의 질문이 시의 내용을 다시 인용하고, 그 행위가 무엇이며 행위의 주체가 누구인지 묻는 형식이다. 이것은 시를 학습하고 가르치

---

46 Caroline F. Orne, "Labor", *Union Reader* 4, New York : Ivison Blakeman Taylor & Co., 1869, pp.167~168.

는 자가 노동의 중요성과 노동자의 현실을 함께 사유하는 방법이 될 수 있다. 노동 개념은 이처럼 이상과 현실 사이의 메워지지 않는 간극 속에서 내면화되고, 갱신되어야 할 대상이었던 것이다.

미국 교과서의 노동 담론이 인간의 독립과 행복을 말하되 그것을 신의 섭리 속에서 서술하고 있다면, 일본과 조선의 교과서는 노동 개념을 인간이 추구하는 가치들과 연결 짓되 국가와 민족, 문명화의 사명과 관련해 해석하는 경우가 많다. 노동 개념은 개인의 경쟁심과 열정을 자극하되 유교에서 강조하는 '인품', '항심恒心'[47]을 가늠하는 기준이 되고, 종래에는 '문명론'과 '실력 양성론'으로 굴절된다.

일본의 『고등소학독본』 7권과 『농업보습학교독본』 3권의 「사람의 노동人ノ勞動」에서 노동은 '행복', '천도인도天道人道'와 직결되어 있다.[48] "노동에 익숙한 자녀는 장차 행운을 얻고, 입신출세하며, 일생을 유덕유복하게 보내는 자 많다", "손발을 애쓰며 일하는 것은 실로 하늘로부터 명받은 법으로 사람이 존중하여 지켜야 할 도리다"는 내용에 그것이 집약되어 있다. 이는 노동 개념에 개입한 경제성과 이상성을 보여준다. 이 글에 따르면, 사람은 천명을 받아 노동을 하지만, 그 노동을 통해 행복을 추구하고, 자신의 미래後來를 만들어갈 수 있는 주체이다. 그렇기 때문에 노동을 천한 자의 일이라 오인하고 무지하고 빈천한 자의 일이라 경멸하는 것은 참된 도를 잃는 일로, 경계의 대상이 된다. 노동은 당대 부귀빈천의 위계에서 제일 하급의 위치를 차지하는 것으로 서열화되어 있었지만, 하늘이

47 鄭崙秀, 「辨勤勞懈怠」, 『樵牧必知』, 普文社, 1909, 44면; 鄭崙秀, 「實業」, 같은 책, 52~53면.
48 池永厚·西村正三郎, 「人ノ勞動」, 『高等小學讀本』, 普及舍, 1887; 篠原貞次郎, 「人ノ勞動」, 『高等小學讀本字引大全』 7, 普及舍, 1889, 12~13면; 近藤有地藏 外 編, 「人ノ勞動」, 『農業補習学校読本』 3, 近藤有地藏, 1898, 23~26면.

내린 의무이면서 행복의 기초라는 의미로 학습된다. 우리는 이 같은 논리 속에서 노동이 당대인들에게 '불명예不面目', '천한 일賤シキ業'로 인식되고 있었기 때문에, 그 시각을 교정하기 위해 노동을 신성하고 경제적인 것으로 재구성하는 움직임이 있었음을 발견하게 된다.[49] 이 글은 육체노동자들을 가르쳐 인도하고, 균등한 행복 이익을 얻을 수 있게 하려는 의식이 필요함을 역설하는 데까지 나아간다. 그런 맥락에서 이 글은 노동론을 통해 발화된 행복론이되, 그 행복의 범위가 일가一家에 머물러 있다는 점에서 사회주의에 대한 인식이 부재한 상태의 노동 개념을 보여준다.

『고등소학독본』 4의 「절검節儉」이라는 장에서 절약은 미래에 대한 불안을 통해 강조된다. 절제는 불시에 일어날 수 있는 '실업' 상황에 대한 걱정과 연결되며, 저축은 '후일의 직업을 위한 자본'의 증식 방법으로 언급된다. 이 글에서 직업은 생업, 노동으로 대체될 수 있다.

> 사욕을 절제하고 그 전력을 직업에 다할 것이다. 이리하여 절검(節儉)이 각 사람을 면려분기(勉勵奮起)시키는 것이라면, 일국의 인민 모두가 이것을 각별히 지키는 데에 이르면, 그 나라의 융성됨은 과연 어떠하겠는가.[50]

이처럼 당대 일본 교과서에서 노동은 불안, 걱정과 같은 부정적 심리를 통해 자극되고, 개인의 절제는 금욕주의, 근면주의와 연동하여 국가

---

49 노동이 단순한 경제 문제가 아니라, 도덕 문제와 결합되어 있다는 점은, 근대 조선의 자료들을 통해 노동 개념의 변화 과정을 고찰한 김경일의 논문에서도 언급된 바 있다. 그의 논의를 통해 이러한 현상이 1920년대에 이르러서도 되풀이됨을 알 수 있다. 김경일, 「한국 근대 노동 개념의 성격과 변화」, 『사회와 역사』 99, 한국사회사학회, 2013, 11면.

50 文部省編輯局, 「節儉」, 『高等小學讀本』 4, 大日本圖書會社, 1889, 81면.

의 발전으로 이어진다. 이 글은 후에 대한국민교육회가 편찬한 『초등소학』 권7의 「사람人의 직업職業」이란 장에 일부 차용된다.[51] 조선의 교과서에도 일본의 교과서에서 강조하는 저축과 근면의 중요성, 집의 번창이 곧 나라의 번창이라는 논리가 반복된다. 그러나 조선의 교과서에서는 중간에 '신분과 재능에 적합한 직업의 학습'에 방점을 둠으로써 학생에게 가장 중요한 일은 교육임이 강조된다.[52] 교육이 미래의 직업을 획득하는 기본이 될 수 있다는 논리는 단순하게 근면과 절제를 주입하는 노동 담론과 다르다. 노동하기 위한 공부, 직업을 선택하고 수행하기 위한 학습이 필요함을 전제한다는 점에서 교과서의 내용은 이제 조선인이 다양한 직업에 노출되고, 자신과 시세에 맞는 직업을 선택하기 위한 준비가 필요하게 되었음을 암시한다. 이것은 애국계몽의 논리와 식민지 실업교육론의 혼종 속에서 해석될 수 있다.

조선 교과서의 경우, 노동을 유인하는 힘은 '수치심'과 '경쟁심'인 경우가 많다. 『국민소학독본』의 「노농석화老農夕話」라는 글에는 한 농부가 게을러서 일할 마음이 없었는데, 물고기와 새가 부지런히 일하는 것을 보고 '수치'를 느껴 분발하니 '행복'하게 되었음을 고백한다. 그리고 이 글의 마지막에는 동물들이 근로하는 것은 행복을 구하는 것이듯, 학생들 역시 근로해야 행복을 얻을 수 있으며, 나라의 부강은 국민의 근로에 있으므로 평생 근로를 잊지 말아야 함이 강조된다.[53] 이것은 조선에서 '개미'를 근면의 상징으로 표현하는 맥락과 유사하다. 미국 교과

---

51 大韓國民教育會, 「人의 職業」, 『初等小學』 卷7, 國民教育會, 1907, 17~18면.

52 노동을 위한 교육의 중요성은, 특히 『노동야학독본』과 『교육월보』에서 지속적으로 강조된다.

53 學部, 「老農夕話」, 『國民小學讀本』, 學部編輯局, 1895, 32~33면.

서에서는 일벌이 수벌과 대립관계를 이루고 있어 계몽의 발화가 직접적으로 제시되지만, 조선의 교과서에서는 우화의 형식을 차용하여 비非노동에 대한 경계를 수치심의 차원에서 느끼게 한다. 조선의 교과서에 실린 개미와 귀뚜라미蟋蟀 이야기에서도 부지런히 일할 것과 귀뚜라미의 게으름에 대한 "경계"가 제시되어 있긴 하다.[54] 그러나 조선의 교과서에 실린 우화는 서사 읽기의 흥미를 제공하면서, 노동하지 않는 자가 미래에 겪을 수밖에 없는 고통과 후회, 친구의 냉정함 앞에서 감내해야 하는 '수치'를 독자 스스로 느끼게 한다는 점에서 차이를 지닌다.

이처럼 (비)노동의 이력은 자신감과 열등감, 긍지와 수치심 같은 감정의 주요 원천이 된다. 노동과 관련한 수치심은 실업자가 느끼는 것이기도 하지만, 직업의 서열화 문제가 개입될 때에는 노동자가 느끼는 것이기도 하다. 사회가 변화함에 따라 개인이 욕망하고 주장할 수 있는 지위를 결정하는 것은 개인이 행하는 '노동의 유형'이 된다. 노동은 사회적 위치를 결정짓는 주요 요소이자 자기 평가의 주요 요소가 된 것이다. 유길준이 『노동야학독본』의 「사람의 직업人의 職業」에서 직업을 구분하고 근력으로 일하는 사람에게 '부끄러워하지 말 것'을 당부하는 점은 그와 같은 맥락에서 이해할 수 있다. 또한 남궁억이 『교육월보』의 「론셜」에서 조선 노동자의 현실을 슬퍼하는 것도 마찬가지다. 지식인으로서 그가 느끼는 슬픔은 노동자의 수치심과 맞물려 있기 때문이다.

> 나라도 亦(또한) 그 백셩의 직업으로以(써) 其(그) 목심을 삼나니 國人(나라사람)에 직업 잇는 者(쟈)가

54 大韓國民教育會, 「蟻와 蟋蟀」, 『初等小學』 卷5, 國民教育會, 1906, 34면.

多(만)ᄒᆞᆫ즉 그 나라가 昌(창셩)ᄒᆞ고 少(적)은즉 衰殘(쇠잔)ᄒᆞ는지라. 故(고)로 나라를 愛(사랑)ᄒᆞ는 人(사람)은 怠(게으르)히 遊(노)지 안코 勤(부지)런히 事(일)ᄒᆞ나니라. (…중략…)

職業(직업)이 千萬(천만) 가지로 分(나노)혀시나 그 實狀(실샹)은 二路(두길)에 出(나)지 아니 ᄒᆞ니 曰(갈오)대

一(일) 心(마암)을 勞(수고)ᄒᆞ는 者(쟈)이니 곳 心智(마암실긔)로 事(일)ᄒᆞ는 사람

二(이) 力(힘)을 勞(수고)ᄒᆞ는 者(쟈)이니 곳 筋力(근력)으로 事(일)ᄒᆞ는 사람

金章燦爛(금쟝찬란)ᄒᆞᆫ 禮服(례복)을 身(몸)에 둘느고 정부에 안졋다고 자랑ᄒᆞ지 말지어다 사람의 직업이니라 해진 衣(옷)에 지개 졋다고 붓그러 말지어다 ᄯᅩᄒᆞᆫ 사람의 직업이니라[55]

슯흐다 우리나라 로동쟈들도 사ᄅᆞᆷ은 일반이어ᄂᆞᆯ 엇지ᄒᆞ야 남과 ᄀᆞᆺ치 ᄃᆡ졉밧을 일을 몰나셔 단톄가 무엇인지 공부가 무엇인지 국가의 공익이 무엇인지 몰으고 다만 푼푼젼젼이 사쇼 리익만 취ᄒᆞ랴ᄒᆞ니 열어 겹 실은 튼튼ᄒᆞ고 홋실은 쉽게 ᄭᅳᆫ어지ᄂᆞᆫ 모양으로 무식ᄒᆞ고 의지업고 허여져 규측 업ᄂᆞᆫ쟈를 누가 ᄃᆡ졉ᄒᆞ리오[56]

유길준과 남궁억의 글에는 노동자를 천하게 보는 사회적 시선이 투영되어 있다. 노동자는 이제 당대의 사회적 구조를 내포한 채 평등을 향한 열망을 반영하는 용어가 된다. 남궁억이 그와 같은 상황을 개탄하며 노동자에게 필요한 다양한 분야의 지식을 전달하는 방식을 취한다면, 유길준은 노동의 유형을 둘러싸고 일어날 수 있는 노동자의 열망이나 수치심을 나라 사랑하는 마음으로 봉합해버리고 근면을 촉구한다.

---

55 유길준, 「人의 職業」, 『勞動夜學讀本』, 경성일보사, 1908, 8면.

56 남궁억, 앞의 글, 4~5면.

이 같은 문명화의 논리는 타국과의 경쟁심과 연결되어 있다. 경쟁심은 진화론과 관계 맺는 것으로, 서양과 일본의 정치적 개입 속에서 조선인의 불안과 공포심을 자극하여 조선인의 분발을 촉구하는 방향을 취한다. 유길준은 「분발」에서 외국 사람들이 조선에 들어오는 상황을 환기하고, '외국 사람의 욕심', "남의 죵 될 샏이라"[57]와 같은 내용을 통해 조선인이 외국 사람들에게 종속될 수 있음을 암시한다. 그는 급변하는 사회 속에서 '위기'를 조장함으로써 조선인의 소유욕과 독립심을 자극한다. 이처럼 노동은 행복, 독립, 평등에 대한 열망과 함께 위기에 대한 불안을 동인으로 삼아 시작되고 지속되어온 것이다.

노동 개념을 둘러싼 감정언어들은 '공감'과 '욕망'의 문제를 담고 있다. 노동을 통해 행복을 획득할 수 있다는 열망은 노동을 고역이 아닌 가치 있는 것으로 의식하게 했다. 교과서에서 노동은 개인, 사회, 체제의 세 층위를 접합시키는 중심점[58]처럼 언급되었지만, 노동자의 실재는 그것을 따르지 못했다. 그렇다면, 노동의 실제와 개념 사이에 존재했던 커다란 간극은 무엇에 기인하는가. 그것은 직업의 다양성 속에서 열악한 상태로 정체된 노동자의 현실과 개화의 분위기 속에서 노동을 거룩한 것으로 학습해야 했던 문명화의 속도가 만들어낸 간극이다. 그러므로 교과서에 담긴 노동 개념의 정리와 분석은 감성적 기제들이 노동하는 주체를 자극하고, 주체가 개인-사회-세계를 의식하며 노동자를 인식하고 내면화하는 과정을 추적하는 일이다. 그리고 그 사이에 개입한 불일치의 지점들을 점검하는 일이기도 하다. 신지식에 틈입한 감성의

57 유길준, 「奮發」, 앞의 책, 78~79면.
58 지그문트 바우만, 이수영 역, 『새로운 빈곤』, 천지인, 2010, 39면.

논리는 시대에 따라 계몽의 언어로 전이되고, 사회주의 계급투쟁의 언어로 변용될 수 있다. 노동 개념을 둘러싼 감성의 메커니즘이 어떤 이념과 결합하느냐에 따라 노동자는 민족, 계급, 식민지인으로 호명되고 환원될 수 있었던 것이다.

5. 근대 초기 노동 개념의 문화사적 의의

지금까지 근대 초기 미국-일본-조선 교과서의 비교 분석을 통해 노동 개념을 둘러싼 지식의 교섭 양상을 고찰했다. 이를 통해 노동 개념이 수용되는 과정에서 그 의미가 변화되고, 계몽의 논리와 결합하는 양상을 살필 수 있었다. 근대 초기 자료를 통해 노동 개념을 살폈던 선행연구들은 개별 텍스트의 분석을 통해 교과서가 노동의 개념을 제시하고 조선인에게 노동자의 정체성을 부여했다는 측면에 한정하여 이루어졌다. 그러나 노동 개념에 대한 연구는 기본적으로 일상화된 노동을 학습의 대상으로 인지한 데서부터 출발할 필요가 있으며, 그것이 외부로부터 유입된 것임을 의식한 상태에서 진행할 필요가 있다. 또한 노동 개념이 유교, 기독교, 민족주의, 자본주의, 사회주의 등의 담론과 교섭·경합하며 의미의 변화를 겪었음을 생각해보아야 한다. 그러므로 근대 초기 야학을 포함한 조선의 교육문화는 조선 외부의 지식을 변용하여, 노동의 문제와 노동자라는 주체를 환기하고 노동자가 학습의 주체인 동시에 대상이 될 수 있음을 보여준다는 점에서 가치 평가될 수 있다.

노동은 무엇인가, 노동자는 누구인가?라는 질문은 노동(자)의 개념을 묻는 일인 동시에 사회, 문화, 정치에 작동하는 포섭과 배제의 경계를 묻는 일이기도 하다. 우리는 노동과 유의・대립관계에 놓인 단어들을 통해 유교사상, 기독교 의식, 민족주의, 자본주의, 사회주의 등 다양한 사상의 영향 속에서 노동 개념이 '활동-공부/일-직업에 힘쓰는 것-육체노동-가난한 인민의 생업'으로 점차 변화, 축소되어가는 과정을 살펴보았다. 또한 조선의 교과서가 미국과 일본 교과서의 영향 속에서 기독교적 소명의식과 금욕주의를 계승하되 노동 개념을 문명론과 민족계몽의 논리로 전유한 양상을 고찰했다. 이는 근대 초기 개화의 분위기와 일본의 실업교육론 속에서 노동의 가치를 부각하고, 노동윤리를 만들어간 과정과 관련되어 있다.

노동 개념을 둘러싼 감성적 논리와 수사에 대한 고찰은 노동 개념과 그것의 실제 사이에 놓인 균열의 지점들을 파악하는 데 일조할 수 있다. 교과서 속 논설, 연설, 설명, 우화, 일화 같은 서사들에 틈입한 감정언어들은 당대 노동을 유인하는 욕망과 공감의 구조를 보여주기 때문이다. 미국과 일본, 조선의 교과서에서 노동은 공통적으로 인류의 의무이자, 미래를 대비하는 행위로 언급되었다. 그리고 그 과정에서 근면주의, 금욕주의와 결합한다. 이때, 노동은 행복, 평등과 같은 단어를 통해 강조되기도 하지만 불안, 걱정과 같은 심리를 통해서도 유인된다. 특히 조선의 교과서에서는 경쟁심과 수치심을 자극하는 방향에서 노동 개념이 내면화되고, 그것이 다시 독립과 애국이라는 공적인 가치로 전이되는 양상이 두드러진다. 신지식에 틈입한 감성의 논리는 당대 노동 개념이 노동 가치를 둘러싼 감정적 지지에 기반한 것임을 의미한다. 이 같은 논의의 결과가 근대 초기 조선의 노동 관련 지식의 생산과 유통 과정을 추적하고 수용된 양상을 드러내는 데에서 나아가 1920~1930년대 사회주의 담론이나 노동문학의 가능성을 분석하는 데 일조할 수 있기를 바란다.

제2장
노동자 교육을 둘러싼 지식의 절합과 계몽의 정치성

유길준의 『노동야학독본』(1908) 읽기

---

1. 노동자의 양의성과 보통지식의 이상성

1905년을 전후로 조선에는 공립과 사립학교뿐 아니라 야학이 급증한다. 1890년대부터 이미 조선에는 근대적 공장들이 출현하고 일본 자본이 생산에 투자되면서 근대적 노동자층이 형성되기 시작한다.[1] 이 과정에서 농민 집단의 분화가 이루어지고 임노동자가 출현한다. 조선의 농민들은 현물이 아닌 돈으로 노동의 대가를 받기 시작했으며, 광산과 철도 사업, 조선 내 회사의 증가 추세 속에서 다양한 직업군으로 분화되어 간다. 유길준이 노동야학을 염두에 두고 『노동야학독본勞動夜學讀本』을 간행한 것 역시 이러한 사회적 분위기 속에서 이해될 수 있다.

『노동야학독본』은 유길준이 이상으로 삼았던 모든 국민의 교육을

1 강만길 외, 『한국노동운동사』 1, 지식마당, 2004, 10면.

실행하는 데 있어 시작점에 놓인 작업이라 해도 과언이 아니다. 독본의 내용에서 주목할 수 있는 것은, '국가의 근본'으로서 조선 동포 전체를 포섭하는 노동자와 사회적 혜택을 받지 못하고 '배제된 계급'인 노동자의 의미가 공존한다는 사실이다. 『노동야학독본』은 교육의 대상으로 삼고 있는 노동(자)의 개념과 윤리를 담고 있을 뿐 아니라, '노동자의 양의성'을 발견할 수 있는 자료다. 독본의 기저에 깔린 노동자의 양의성이야말로 독본을 통해 계몽할 대상과 내용을 결정짓는 동시에, 독본을 발간했던 지식인이 노동자를 바라보는 시선, 당대 노동자가 자신을 인식하는 방식을 내포한다.

지금까지 『노동야학독본』에 대한 논의는 첫째, 야학의 교재로 간행된 이 독본을 통해 구한말 야학과 유길준의 독본 간행이 갖는 정치적 의미에 대한 연구,[2] 둘째, 교과서적 특성에 대한 분석과 지식체계가 갖는 시대적 성격에 대한 연구,[3] 셋째, 독본의 담론상 특징에 대해 언급한 연구[4]로 집약된다. 첫 번째 연구는 야학이 성행했던 구한말의 시대적 분위기 속에서 교육활동에 가담했던 유길준의 이력에 비추어 『노동야학독본』의 특성을 규명하고, 그 한계를 유길준의 정치적 이념이나 이

---

2 이훈상, 「구한말 노동야학의 성행과 유길준의 『노동야학독본』」, 『두계 이병도 박사 구순기념논총』, 지식산업사, 1994; 윤병희, 『유길준 연구』, 국학자료원, 1998; 양재만, 「대한제국기 유길준의 국가관과 교육방침」, 서울대 석사논문, 2000.

3 박붕배, 『한국국어교육전사』 상, 대한교과서주식회사, 1987; 구자황, 「독본을 통해 본 근대적 텍스트의 형성과 변화」, 『상허학보』 13, 상허학회, 2004; 배수찬, 「『노동야학독본』의 시대적 성격에 대한 연구」, 『국어교육』 119, 한국어교육학회, 2006.

4 김종진, 「개화기 이후 독본 교과서에 나타난 노동 담론의 변모 양상」, 『한국어문학연구』 42, 한국어문학연구학회, 2004; 박주원, 「1900년대 초반 단행본과 교과서 텍스트에 나타난 사회 담론의 특성」, 『근대 계몽기 지식의 발견과 사유 지평의 확대』, 소명출판, 2006; 김현주, 「'노동(자)', 그 해석과 배치의 역사」, 『근대지식으로서의 사회주의』, 깊은샘, 2008.

력 속에서 해명하려는 시도이다. 이 논의가 저자의 사상을 중심에 두고 진행되어 독본의 내용을 왜곡하거나 특정 부분을 부각할 위험을 내포한 데 반해, 두 번째 연구는 근대 초기 교과서의 내용과 구성 방식에 대한 고찰을 시도함으로써 노동자 교육의 양상과 그 이념 및 가치를 밝히는 방향에서 진행된다. 그리고 세 번째의 연구는 독본의 내용을 당대 중심 담론과 연계하여 고찰함으로써 근대 초기 노동 개념의 해석과 교육이 지향한 이념적 성격을 살피는 방향으로 확대된다. 기존의 선행연구들은 모두 매체에 담긴 교육열과 국가 이데올로기를 언급하는데, 이는 근대 조선의 지식으로서 노동 개념의 형성과 교육의 문제를 살피는 데 중요한 사상적 기반으로 간주될 수 있다. 그리고 이 같은 선행연구는 역으로 민족이나 국가 중심의 사상에 근거해 번역되고 유통된 노동(자)의 의미와 지식체계가 텍스트 내부와 외부에서 빚어낸 균열의 지점을 내포할 수밖에 없음을 암시한다.

우리가 노동자라고 부르는 대상은 사실 단일한 주체가 아니라 대립하는 양극 사이를 오가는 변증법적 진동이라고 할 수 있다. 개화기 노동자에게 부여된 산업인력으로서의 중요성과 계급적 소외의 현상은 노동자의 정치적 위치와 통한다. 한편에는 총체적이고 일체화된 정치체로서의 노동자가 있고, 다른 한편에는 가난하고 배제된 자들의 부분적이고 파편화된 다수로서의 노동자가 있다. 또한 한편에는 나머지라곤 없는 듯이 보이는 포함적 개념이 있고, 다른 한편에는 아무런 희망도 주지 못한다고 생각되는 배제적 개념이 있다. 한 쪽 극에는 주권과 일체화된 시민들의 완전한 국가가 있고, 다른 쪽 극에는 비참한 자, 억압받는 자, 정복당한 자로 구성된 금지 영역이 있다.[5] 이런 맥락에서 볼 때, 노동자라는 용어가 지시하는 단 하나의 압축적인 대상은 그 어디에도 존재하지 않는다. 노동자는 두 극단 사이의 복잡한 관계와 이중의 운동 속에 놓인 개념이다. 이 말은 곧 노동자가 하나의 정치체로 구성되려면 근본적인 분열을 거치게 된다는 뜻이기도 하다.

『노동야학독본』에서 노동자라는 용어는 구성상의 정치적 주체를 가리키는 동시에, 사실상 정치로부터 배제된 계급을 가리킨다. 이런 양의성 속에서 만들어진 독본은 지식인인 유길준이 노동자를 바라보는 관점에서 비롯한 것인 동시에 개화기 조선에서 야학이 갖는 특성에 근거한다. 이 책에는 노동자와 야학이 갖는 양의성이 공존한다. 유길준은 이 책을 통해 '보통지식'의 보급을 추구했다. '노동'과 '야학'이라는 표제어 속에는 '국민'이나 '보통', '초등'과 같은 '국민적 교과과정'으로 향해 가는 경향이 잠재해 있다. 이러한 문제는 이 책이 신지식에 대한 열망을 가진 노동자들의 야학 개설 열기와 산업인력을 부각하려는 정치적 의도가 교차하는 지점에서 발간되었다는 사실과 관련된다. 독본 편찬자가 학교에서 가르치는 교과과정의 수준을 참조하되, 충실한 노동력의 양성을 목적으로 삼을 때, 그 텍스트는 상식 수준의 지식과 국민으로서의 윤리적 덕목을 내용으로 삼은 저학년의 수신 교과서나 국어 교과서의 성격을 갖기 쉽다.[6] 노동야학을 염두에 두고 간행된 이 책

---

5 조르조 아감벤, 김상운 · 양창렬 역, 『목적 없는 수단』, 난장, 2009, 40면. 노동자의 양의성에 대한 관점은 근대 유럽에서 '인민(popolo)'이라는 용어의 정치적 의미에 관한 아감벤의 논의를 참고했다.

6 선행연구자들이 특정 과목명을 내세우지 않은 『노동야학독본』을 수신 교과서로 분류하거나(윤병희, 71면; 이훈상, 752면), 국어학습용 · 어문교육용 교과서로 분류하여(박붕배, 141면; 배수찬, 601면) 분석할 수 있었던 이유도 이 같은 자료의 특성과 관련하여 생각해 볼 수 있다.

의 내용적 특성과 한계는 바로 이 지점에서 찾을 수 있다.

『노동야학독본』의 특성은 동시대 간행된 야학 관련 도서와의 비교 고찰을 통해서 구명될 수 있다. 남궁억이 노동야학을 염두에 두고 통신강의록으로 활용할 수 있게 발행하여 많은 인기를 얻었던 잡지 『교육월보教育月報』, 조선과 달리 야학이 정규 교육기관으로 기능했던 일본에서 간행된 『야학독본夜學讀本』(堀江秀雄, 1905),[7] 일본의 야학 교과서로 편찬된 『일본청년독본日本青年讀本』과 『청년야학독본青年夜學讀本 정편종正篇終』(小谷重, 1908; 1911)[8]을 그 비교 대상으로 삼을 수 있다. 호리에 히데오의 『야학독본』은 야학의 교과서라기보다 야학을 설립하려는 노동자와 지식인이 알아두어야 할 사항들을 정리한 안내서의 성격이 강하다. 이 책은 야학의 개설부터 활동과 내용, 영향에 이르기까지 야학 자체에 대한 분석적 지식을 담고 있어 야학에 대한 이해와 야학의 지속적인 창출을 목적으로 삼는다. 또한 고다니 시게루의 『청년야학독본』은 개인의 활동 및 권리부터 은행과 회사에 대한 지식, 신문 잡보, 농촌 자치의 문제에 이르기까지 노동자에게 필요한 실용적 지식을 담고 있어 충량한 신민의 양성을 목적으로 삼되,

---

7 호리에 히데오(堀江秀雄)의 『야학독본』은 1903년에 초판이 발행되었으며, 저자가 확인한 자료는 1905년 간행된 것임을 밝혀 둔다.

8 고다니 시게루(小谷重)는 지리 역사, 수신, 서간 등 교육용 도서 발간에 주력했던 지식인이다. 그는 일본 청년교육을 위한 청년 야학 독본으로 『일본청년독본(日本青年讀本) 정편(正編)』(金港堂, 1908)을 편찬했으며, 이 책은 제1장 청년과 학문(青年と學問)에서 제60장 수신이십칙(修身二十則)까지 구성되어 있다. 주로 비료, 회사, 병역 등 노동하는 청년이 갖추어야 할 상식을 다룬다. 그는 청년 야학 교육을 위한 교재를 지속적으로 간행했으며, '청년야학독본'이라는 제목으로 독본을 편찬하는 과정에서도 내용상의 변화를 추구한다. 이는 1911년 간행된 『청년야학독본』의 내용과 1912년에 간행된 동일 제명의 도서 내용이 차이를 보이는 것에서도 알 수 있다. 1911년 독본에는 1912년 간행된 독본에서는 찾아볼 수 없는 '朝鮮'이라는 장이 구성되어 있다. 이는 1910년 한일병합의 상황과 『조선지리역사(朝鮮地理歷史) 보습용(補習用)』을 간행했던 이력과 연관하여 생각해 볼 수 있다.

청년 노동자에게는 생활과 밀접한 상식과 전망을 제시한다. 이 책은 처음 간행된 1877년부터 1912년까지 70판의 재판을 찍은 것으로 보아 그 인기가 상당했음을 짐작할 수 있다.

이 장에서는 1908년 조선에서 간행된 유길준의 『노동야학독본』의 내용과 체계의 특이성을 살피되, 동시대 간행된 야학 교과서와의 비교 고찰을 병행하고자 한다. 교과과정의 정치학은 그것이 제도권 내에 있다는 점에 있다.[9] 그러나 조선의 노동자와 야학은 제도권 내부에 놓여 있되 외부를 환기한다는 점에서 문제적이다. 유길준은 (대문자) 노동자와 (소문자) 노동자 사이에 존재하는 정치적 균열을 메우기 위해 후자의 계몽이라는 방식을 선택했다. 이러한 방식은 공부하는 노동자상을 만들어 낸 동시에, 노동자를 호명하고 그들을 계몽하는 지식인상을 창출했다. 이는 노동자 계몽의 논리에 내재한 현실과 이상 사이의 간극과 모순을 드러낸다. 독본의 분석을 통해 개화기 노동자에 대한 계몽의 논리와 그에 내재한 분열의 양상을 고찰하여 독본의 정치・문화적 위상과 한계를 밝혀 보자.

---

9 데이비드 허다트, 조만성 역, 『호미 바바의 탈식민적 정체성』, 앨피, 2011, 219면.

2. 『노동야학독본』의 편찬 배경과 노동자 계몽의 논리

유길준의 교과서 편찬사업은 1907년 설립된 흥사단興士團 활동과 관련되어 있다. 우리에게 잘 알려진 도산 안창호의 흥사단은 기실 김윤식, 유길준 등이 창립한 흥사단의 정신을 계승한 것이다. 유길준은 근대적 시민을 육성하는 데 그 모델을 전통의 '선비'에서 발견했다. 여기에서 선비士는 전통적인 사농공상士農工商의 질서에 있는 '사'가 아니라 근대적 지식과 도덕을 갖춘 사람을 의미한다. 흥사단은 '국민 모두를 선비로 만든다'로 실천 목표를 정하는데, 이는 교육으로 '선비'를 창출하여, 새롭게 형성된 '선비'가 전국에 사풍士風을 일으키고 국가의 제반 산업을 담당하여 부국강병을 이룩함을 의미한다.[10] 일반 국민에게 교육을 보급할 목적으로 조직된 흥사단은 흥사단 규칙 제3조 1항으로 교과서 편찬 사업을 들고 있다.[11] 유길준은 흥사단에서 부단장을 역임하며, 국어독본과 수신 교과서를 편집한다.[12] 흥사단에서는 교과서 편찬 사업을 위해 1908년 동문관同文館이라는 인쇄소를 설치한다. 이 인쇄소에서는 1909년 흥사단편집부의 『초등본국지리初等本國地理』, 『초등본국역사初等本國略史』와 같은 소학교용 지리・역사 교과서와 유길준의 동생인 유성준이 저술한 『신찬 소박물학新撰 小博物學』, 유길준이 저술한 『대한문전大韓文典』 등이 간행된다.

그러나 유길준의 『노동야학독본』은 일본인 경영의 경성일보사에서 간행된다. 동문관에서 본격적으로 도서가 간행된 것이 1909년이라는

---

10 유길준전서편찬위원회 편, 『유길준 전서』 2, 일조각, 1971, 364~367면.

11 위의 책, 371면.

12 「유씨열심(俞氏熱心)」, 『황성신문』, 1907.12.28.

〈그림 10〉『노동야학독본』에 수록된 삽화

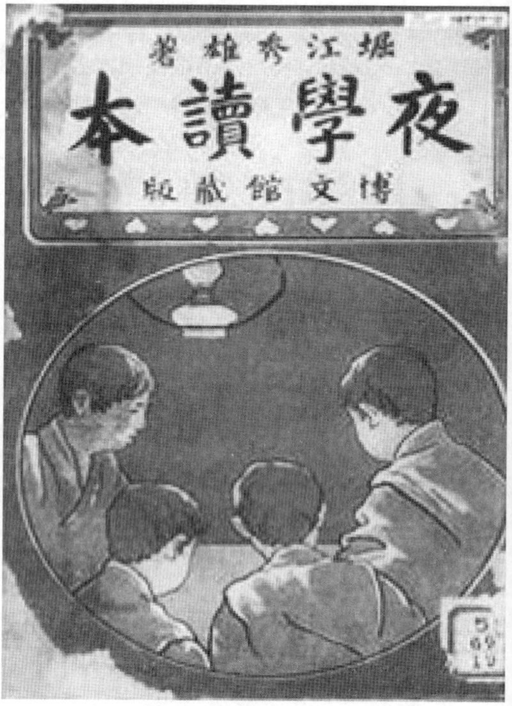

〈그림 11〉『夜學讀本』의 표지

점을 감안해 보면, 1908년 7월 유길준의 독본을 출판하기에는 동문관의 사정이 아직 여의치 않았다는 점을 추측할 수 있다. 또한 경성일보사의 출판 기획과 유길준의 교육사업의 방향이 통했다는 점을 생각해 볼 수 있다. 『경성일보』는 1906년 9월 1일 통감 이토 히로부미伊藤博文의 지시에 따라 통감부 기관지로 창간된 신문이다. 당시 경성일보사에서는 통감부의 『한국사정요람韓國事情要覽』(1907)과 주정균의 『법학통론法學通論』(1908)이 발행된 상태였다. 전자는 통감부가 조선의 관제, 세입·세출, 일본인의 무역, 산업 기관 등을 조사하고, 일본 거류민단의 상황을 파악한 자료이며, 후자는 조선 사회에서 개인-사회-국가, 법률 및 권리 의무, 계약 등의 개념을 수용하고 각인하는 단계에서 출판된 도서다. 그런 의미에서 『노동야학독본』은 조선의 노동자에게 보통교육을 베풀어 노동자의 의식을 개화하기 위한 유길준의 계몽열과 조선 민중을 상대로 한 도서 간행을 통제하고 산업인력인 노동자를 각성하려는 통감부의 정치적 욕망이 교차하는 지점에서 탄생한 교과서라고 할 수 있다.

『노동야학독본』의 첫 장에는 한편의 삽화가 수록되어 있다. 삽화에는 노동야학회 고문 유길준과 노동자가 이야기를 주고받는 장면이 담겨 있다. 노동야학회는 교육사업을 하던 한영규韓榮奎, 김태유金泰裕 두 사람이, 정부 및 사회에서 주의를 기울이는 중등 이상의 교육과 달리 하등자에 대한 교육이 이루어지지 않음을 애석하게 생각하여 설립한 것이다. 흥사단 활동을 하던 유길준은 이 단체의 고문 역할을 한다. 노동야학회의 취지를 밝힌 『황성신문』의 기사에서는 노동을 "심로心勞"와 "역로力勞"로 이분하고, 전자를 '상등인의 노동上等人之勞動'으로, 후자를 '하등인의 노동下等人之勞動'으로 언급한다. 여기에 '상하가 비록 다르지만 노동은 하나다'라는 말을 덧붙이고, 요순堯舜과 공맹孔孟의 주장을 환기한다. 실제로 『노동야학독본』을 살펴보면, 전통적인 사유는 유길준이 독자에게 제시하는 이념이나 주장의 근본이 되고 있는데, 이는 앞서 살펴본 흥사단의 활동 목표가 전통적 사유체계의 근대적 변용을 꾀한 것과 같은 맥락에서 이해할 수 있다.

> 무릇 노동자는 본래 아무것도 가진 것이 없어 가난하여 부모를 모시고 처자식을 거느리는 자 모두 취업하니 어찌 여유롭게 문필을 즐기랴. 그 사정을 돌

아보고 슬퍼하노라. 이제 좋은 일에 뜻을 둔 사람들이 한 모임으로 규합하여 이름 부르길 노동야학회라 하니 이 또한 상등노동인(上等勞動人)의 두터운 심력 가운데에서 나온 것이라. 오직 원컨대 우리 노동 제군은 속히 나아가고 또 나아가 낮에 노동하고 밤에 학교에 가며 매우 부지런하고 꾸준히 하여 겉에 드러난 이름과 그 실상을 가르기를 바란다.[13]

이 글의 내용에서 주목할 것은, 노동야학회의 설립 취지이다. 글쓴이는 가진 것이 없어 문필을 멀리 할 수밖에 없는 노동자의 사정을 '슬퍼하여' 뜻있는 자들이 모여 노동야학회를 만들었으며, 이는 '상등노동인의 노력' 속에서 비롯했음을 강조한다. 그러므로 노동야학회는 교육사업을 하는 지식인이 스스로를 노동자로 자처하며 만든 조직이며, 상하의 구별 속에서 하등 노동자에 대한 연민과 동정, 조선 지식인으로서의 책임의식에 기원을 두고 있다. 노동야학회는 노동이 하나라는 통합과 동일화의 논리를 강조하지만, 그 이면에는 상하의 간극이나 구별 짓기의 논리가 작동한다.

이는 계몽이 추구하는 바와 관련된다. 계몽은 통일된 체계를 꿈꾸기에 구성 요소들은 체계 속에서 적당한 위치를 차지해야 하며, 각각의 요소들은 체계와 유용한 기능적 관계를 맺어야 한다.[14] 계몽의 전개 과정은 "유용성의 척도에 들어맞지 않은 것"[15]을 제거하는 과정과 동궤에

13 「노동야학회」, 『황성신문』, 1908.3.19. "凡於勞動者ㅣ當初에 赤手無資ᄒᆞ야 艱於奉率者擧皆就業則何暇遊於翰墨乎아 顧其情則憾矣라 今有志君子糾合一會ᄒᆞ야 名曰勞動夜學會라ᄒᆞ니 是亦上等勞動人의 多費心力中所出者也라 惟願我勞動諸君은 急進又進ᄒᆞ야 晝出勞動ᄒᆞ고 夜入學校ᄒᆞ며 勤勤孜孜ᄒᆞ야 以副名實이 是所願望哉"

14 노명우, 『계몽의 변증법』, 살림, 2005, 120면.

15 테오도르 아도르노 · M. 호르크하이머, 김유동 역, 『계몽의 변증법』, 문학과지성사,

놓인다. 유길준을 포함한 노동야학회의 중심인물들은 조선 민족 모두를 노동자로 단일화하는 방식으로 계몽을 도모하지만, 민족을 구성하는 다양한 군상들을 교육이라는 행위에 적합하게 배치하고자 상하등의 구별을 인정할 수밖에 없었다. 삽화 속에서 교육적 시혜자로서의 유길준이 '나라 위해 일할 것'과 '배워야 함'을 말하고, 노동자는 그의 말에 사의를 표하는 것은 이 같은 맥락에서 이해할 수 있다.

양복을 차려입은 유길준과 한복에 짚신을 신은 노동자 사이의 거리감은 이 책의 저자와 독자 사이에 존재하는 위계와 거리감을 함축한다. 또한 유길준에 비해 왜소한 노동자의 모습 때문에 둘은 서로 악수를 하고 있음에도 불구하고, 넓은 의미의 노동자라는 범주에 융화된 지식인과 노동자의 관계가 부각되기보다 '노동야학회 고문' 유길준이 두드러지는 효과를 낳는다. 유길준의 말에 대한 노동자의 '고맙소'라는 대답은 기실 노동자의 것이 아니라 유길준의 언어, 즉 유길준이 노동자로부터 듣고 싶은 말이라 해도 과언이 아니다. 이 책은 개화기의 시대 상황 속에서 국민으로서 노동자를 호명하지만, 노동자를 호명하는 지식인의 자의식이 과잉된 양상을 보인다.

모든 국민이 노동자라는 논리에 담긴 지식인의 시혜와 희생의식은 남궁억의 『교육월보』나 일본 야학 독본의 논리와 비교해 볼 때 명징해진다. 이 야학 교재들은 공통적으로 모든 국민의 '학자學者' 되기를 지향한다. 그것은 조선이나 일본인이 가지고 있던 향학열을 전제한다. 남궁억과 호리에 히데오, 고다니 시게루는 이 같은 사회적 분위기에 힘입어 노

2001, 25면.

동자의 학습을 자극하고, 그것을 집단화한다. 유길준, 남궁억, 호리에 히데오, 고다니 시게루의 야학 교재가 가진 계몽의 논리는 '인민을 향하는 동시에 인민의 폐지를 목표로 하는 노동운동 특유의 아포리아'[16]와 연결되어 있다. 그러나 방법론상으로 남궁억이나 일본 지식인은 노동자를 동일성의 순수한 원천으로 보고, 상황에 따라 자기를 재규정하고 정화할 수 있는 대상으로 형상화한다. 이에 반해 유길준은 노동자를 본질적으로 결핍된 대상으로 보고 그들이 존재하기 위해서는 자신과 대립하는 상대와의 관계 안에서 스스로를 부정하는 과정을 거치도록 한다.

일본 지식인 호리에 히데오가 저술한 『야학독본』의 표지에 실린 그림을 보면, 『노동야학독본』에 나타난 노동자의 위상을 더욱 분명하게 파악할 수 있다. 1902년 『국자개량논찬國字改良論纂』을 편찬하고 1907년 『언문일치문범言文一致文範』을 간행한 호리에 히데오는 1909년 『대한문전』을 통해 언문일치를 강조했던 유길준의 지적 이력과 공유하는 바가 많은 지식인이다. 그는 '세상의 잠자고 있는 무리를 각성시킬 책략에 대한 생각'을 모아 이 독본을 썼다고 말하며, 자서自序에서 이 책이 한 지방의 '미풍'이 되고, 그것이 '전국'에 이르고 '천하'를 더할 수 있기를 기대한다고 서술한다.[17] 그는 산간벽지의 책을 든 세 명의 소년이 야학의 시발점이 될 수 있음을 언급하며, 그 모임을 조직하고, 규칙을 정하고, 사업을 일으키는 과정을 독본에 자세히 소개한다. 그리고 이렇게 조직된 야학회가 마을과 회사 내에서 다시 확장과 번식을 이뤄나가는 과정을 제시한다.

---

16 조르조 아감벤, 김상운·양창렬 역, 앞의 책, 42~43면.
17 堀江秀雄, 『夜學讀本』, 博文館, 1905, 3면.

『야학독본』의 표지는 저자가 생각하는 야학회의 조직 및 기본 정신과 관련하여 해석할 수 있다. 네 명의 청년이 등불 아래 모여앉아 마주보며 이야기를 나누는 모습은, 유길준에게 당부의 말을 듣는 삽화 속 노동자의 개인성과는 대조적이다. 호리에의 독본은 낮에 일하는 노동자, 가난한 집의 소년들이 배우고자 하는 욕망으로 모이고, 그 모임을 확장해 나가는 원리에 의해 구성되기 때문에 네 명 중 누가 가르치는 주체인지, 배움을 얻는 대상인지는 중요하지 않다. 동일하게 학문의 장려를 목적으로 삼고 있지만, 유길준의 독본은 '상등노동자인 지식인에 의해 조직되고, 호명되고, 교육받는' 노동자를 중심에 두고 있기에 노동자 이전에 지식인의 입장에서 구성되고 서술된 내용이 많은 부분을 차지한다. 개화기 조선의 사회적 주체로 급부상한 노동자는 바로 이러한 지식체계와 관계망 속에서 자기를 인지하고, 자기의 노동을 나라와 연결하여 사유할 수 있었던 것이다.

3. 유길준의 교육론, 전통사상을 통해 전유한 사회진화론

노동야학은 공교육의 혜택을 받지 못한 노동자들이 새로운 시대에 대한 정보와 지식을 얻을 수 있도록 만들어 낸 교육장이다. 노동자들은 이 속에서 인간과 노동, 집단, 더 넓게는 사회, 국가라는 범주를 상상할 수 있게 된다. 그 교육과정 속에서 독본은 중요한 매개체로 기능한다. 유길준의 『노동야학독본』은 총 50과로 구성되어 있다. 이 책에서 유길준은 1~13과에 인간의 조건과 도리, 환경에 대해 언급하고, 14~30

과에 근대 사회의 물질적 조건과 노동의 의의 및 노동의 종류와 특징 등에 대해 설명하며, 31~50과에 국민이 지녀야 할 자질과 덕목에 대해 역설한다. 이 속에서 유길준은 비유, 분류, 비교, 대조, 예시의 방식을 통해 노동에 대해 설명함으로써 노동(자)의 개념을 각인한다.

14~50과에 저자의 의도가 집약되어 있으며, 주요 독자를 노동자로 상정한 점에 입각해 볼 때 14~30과에 독본의 핵심에 해당하는 내용이 담겨 있다고 하겠다. 이 부분에서 유길준은 노동이 국가 및 사회의 근본이며 부강, 문명의 원천이라 하여 노동자 스스로 노동의 소중함을 깨우치고 자신의 역할에 자부심을 갖게 한다. 산업의 발달이 나라의 운명을 좌우하는 현실에서 유길준은 노동에 대한 기존의 인식을 버리고 대중이 노동의 의의와 노동자의 존재 가치를 깨닫도록 유도한다. 그리고 노동자가 신지식(사상)을 습득함으로써 국민의 자격을 획득할 수 있음을 언급한다.

독본에 따르면 노동은 '국가를 건립하는 것', '사회를 건립하는 것'인 동시에 '세계를 움직이는 것'으로 확대된다. 유길준은 나라나 법을 의인화하는데, 이는 눈에 보이지 않는 대상을 독자에게 설명하고, 이해시키기 위해 고안된 방식이다. 나라는 "백성의 직업"을 "목숨"으로 삼는다는 표현이나, "나의 몸은 다른 사람이 가지지 못하되 만일 죄를 범하면 법이 가져간다"와 같은 표현이 그러하다. 이때, 개인의 일은 나라의 일이 되며, 애국심은 성실, 의무, 도덕심, 근검절약, 건전한 경쟁과 같은 일상적 가치들과 연결된다. 설명의 과정에서 노동은 과거의 개념으로부터 그 범주를 확대하고 구체화하게 되며, 노동자는 개인을 넘어 '사회-국가-세계'의 지형도 안에서 자신을 바라보게 된다. 이처럼 『노동야학독본』에는 국가 담론 속에서 노동자의 정체성이 만들어지고, 그것이 독자에게 이양되는 과정이 담겨 있다.

유길준은 노동을 둘러싼 개념에 대한 설명을 하되, 기존의 조선 노동자에 대한 인식과 태도를 비판하는 자리에서 논의를 시작한다. 그는 귀천, 근면과 나태 등의 대립항 속에서 서사를 이끌어 가며, 조선의 노동자가 가졌던 부정적 요소들을 제거하고 바른 방향으로 나아가도록 유도한다. 이 같은 양상은 유길준이 일제의 보호국화를 사회진화론적 시각에서 인정하여 적대할 대상을 자신에게서 찾는 논리와 관련되어 있다. 이는 당시 실력 양성론을 주창했던 애국계몽운동의 논리이기도 하다. 애국계몽운동의 역사 인식은 문명 지상주의로, 정치적 불행을 문화적 열등의 소치로 돌리는 경향을 보였다.[18] 이 같은 경향 속에서 유길준은 조선 노동자의 반성과 문명화를 강조한다.

유길준은 노동자에 대한 서술에 앞서 '사람', '나'와 관련한 주제로 논의를 시작하는데, 이는 노동자가 노동자이기에 앞서 인격을 가진 사람임을 강조하는 부분이다. 유길준은 "사람의 자격은 사람 노릇ᄒᆞ는 知識이 잇신 然後에 비로소 가쵸나니"[19]라고 말함으로써 '동물과 분별된 존재'가 되기 위해 무지한 노동자는 배워야 함을 당부한다. 그리고 지식의 습득이 집과 나라, 사회를 이롭게 하는 방식임을 언급한다. 1~13과의 경우, '사람'이나 '나'를 '국민', '노동자'로 치환하여도 내용상 무리가 없을 정도인데, 이는 저자가 국가라는 체계 속에서 노동자의 사회적 위치, 권리 및 의무를 문제 삼기 때문이다.

---

18 정용화, 『문명의 정치사상–유길준과 근대 한국』, 문학과지성사, 2004, 109면.

19 유길준, 「人의 資格」, 『노동야학독본』, 경성일보사, 1908, 6면. 『노동야학독본』의 내용을 인용할 때, 각주상의 제목에는 덧말을 생략했다.

유길준은 근대 조선에 생겨난 직업의 다양성을 인지하고, 그 직업을 크게 정신노동과 육체노동으로 나누어 설명한다. 그리고 육체노동을 다시 "定業"과 "雜業"으로 나누고 그것을 농공상으로 분류하여 설명한다. 그는 그중에서도 잡업, 즉 뜬 일에 종사하는 노동자들의 가난과 불안, 무지를 언급하며 '가련하다'고 말한다. 앞서 노동야학회의 취지를 알리는 신문 기사에서 살펴봤던 '슬퍼하다'와 같은 단어에서 알 수 있듯이 하층 노동자에 대한 감정적 표현은 노동자에 대한 지식인의 동정적 시선이 투영된 부분이다. 이처럼 『노동야학독본』은 개화기 조선에 형성되어 있던 노동의 분야와 형태를 알려주는 동시에, 노동자를 둘러싼 감정의 기원들을 접할 수 있는 자료다. 그것은 개화기의 노동자에 대한 사회적 가치평가와 지식인의 상대적 시선이 굴절되어 반영된 것이다. 노동자에 대한 지식인의 감정은 노동자의 각성을 유도하는 동시에 노동자의 감정으로 조장된다는 점에서 문제적이다.

> 職業(직업)이 千萬(천만)가지로 分(나노)혀시나 그 實狀(실샹)은 二路(두길)에 出(나)지 아니ᄒᆞ니 曰(갈오)대
> 一(일) 心(마암)을 勞(수고)ᄒᆞ는 者(쟈)이니 곳 心智(마암실긔)로 事(일)ᄒᆞ는 사람
> 二(이) 力(힘)을 勞(수고)ᄒᆞ는 者(쟈)이니 곳 筋力(근력)으로 事(일)ᄒᆞ는 사람
> 金章燦爛(금쟝찬란)ᄒᆞᆫ 禮服(례복)을 身(몸)에 둘느고 정부에 안졋다고 자랑ᄒᆞ지 말지어다 사람의 직업이니라 해진 衣(옷)에 지개 젓다고 붓그러 말지어다 ᄯᅩᄒᆞᆫ 사람의 직업이니라[20]

위의 내용은 「人의 職業」이라는 장의 내용으로, 『맹자』의 '등문공상滕文公上'편에 근거한 것이다. 유길준은 모든 사람에게는 직업이 있고, 그 직업에

20 「人의 職業」, 위의 책, 8면.

는 귀천이 없는 것처럼 말한다. 그러나 다스리는 자와 다스림을 받는 자의 구조를 '천하에 통용되는 의天下之通義'로 언급했던 맹자와 달리, 그는 '자랑'과 '부끄러움'에 대한 금지와 부정을 덧붙임으로써 노동에 대한 사회적 가치평가를 비판하는 태도를 취한다. 이는 「노동勞動의 거록巨祿ᄒᆞᆫ 일事」에서 "나진 일이라고 실혀마오 버리ᄒᆞ기에ᄂᆞᆫ 貴賤이업나니다"[21] 와 같은 내용을 통해서도 반복된다. 독본에서는 조선의 모든 사람이 노동자라는 논리와 함께 근력으로 일하는 육체노동자에 대한 구분과 교화의 논리가 공존한다. 이때, 육체노동자는 가난과 수치라는 수식어로부터 자유롭지 못하다. 유길준의 언어는 노동자에 대한 기존의 통념을 비판하고 노동의 중요성을 부각하지만, 상대적으로 정신노동의 우월함과 육체노동의 열등함을 부각하는 결과를 초래한다. 이는 유길준이 독본을 통해 부자의 오만과 빈자의 수치를 비판하지만, 노동자의 문명화 노력이 개인과 국가의 부富로 연결된다는 논리로 계몽을 시도하여, 결국 모순을 드러내는 것과 같은 맥락에 놓여 있다.

근대 사회에서 빈곤과 무지에 근거한 배제는 경제적·사회적일 뿐만 아니라 매우 정치적인 범주다. 그러므로 그의 독본 발간은 배제된 자들인 노동자에 대한 고정관념을 근본적으로 배제함으로써 국민을 분할하던 분열을 메워보려는 시도로 이해할 수 있다. 개화기에는 발전에 대한 강박관념이 큰 위력을 발휘했는데, 그것이 균열 없는 하나의 국민을 창출하려는 정치적 계획에 부합했기 때문이다. 『노동야학독본』에서 「노동의 거록ᄒᆞᆫ 일」, 「용기勇氣」, 「단합團合」, 「분발奮發」, 「경쟁競爭」, 「경

21 「勞動의 巨祿ᄒᆞᆫ 事」, 위의 책, 36면.

쟁연설競爭演說」과 같은 장은 사회진화론의 영향을 보여준다. 이 글들은 우승열패가 지배하는 시대에 노동자의 자각이 부국강병, 자주독립을 도모하는 근본임을 강조한다. 그 내용은 서양의 경우를 예시로 삼아 서술된다. 유길준은 이 글에서 노동의 힘을 사회-국가-세계로 확장하고, 노동자의 개화가 국가의 세계적 경쟁력을 획득하는 길이라고 주장한다. 그는 경쟁의 논리를 세계로 확장하고, '천하 만국사람'을 경쟁자로 상대화하여 조선인의 "一心團體"[22]를 주장한다.

유길준이 후쿠자와 유키치福澤諭吉, 모스Edward Sylvester Morse, 프랜시스 웨일랜드Francis Wayland 등을 통해 사회진화론을 접했으며, 그것이 『서유견문』에 반영된 사실은 언급된 바 있다.[23] 그러므로 그가 접한 사회진화론이 교육사상을 통해 어떻게 조선적으로 변용되었는지를 고찰하는 일은, 망명 이후 조선에 돌아온 그가 '교육사업'에 투신한 근거를 드러내는 데 일조할 것이다. 사회진화론은 사회의 조화적·점진적 발전을 주장하고 자본주의사회의 존속을 정당화하며, 혁명운동을 사회 존속에 대한 파괴 활동으로 본다. 동시에 생존경쟁·자유경쟁에 의한 사회발전을 주장하고, 사회에서 자본가의 지배적 지위를 적자생존의 결과로 본다. 이 때문에 유길준은 원론적인 내용에서는 노동의 가치를 고귀한 것으로 언급하지만, 「노동연설4」, 「노동연설5」처럼 현실적인 맥락에서는 힘써 벗어나야 하는 것으로 언급한다. 독본의 내용은 애국이나 개화의 차원에서 노동에 의미를 부여하고 그 가치를 적극적으로 알리지만, 노동자

22 「경쟁연설」, 위의 책, 85면.

23 이은송, 「유길준의 『서유견문』의 교육론 구상 전사(前史)」, 『교육사연구』 18(2), 한국교육사학회, 2008.

는 '무식한 사람'의 신세를 벗어나기 위해 배움을 가져야 한다는 귀결을 보인다. '사람의 자격은 지식의 유무에 따라 결정된다'는 논리나, '노동하는 일은 빈천한 자의 일이다'라는 논리가 그와 관련된다. 의병을 부정적으로 보는 시각이나,[24] 귀천과 상하의 질서가 존재하는 것은 자연의 도리[25]라고 말하며 노동자의 직분을 강조하는 논리 역시 노동자를 다시금 사회적 하층민으로 규정하고 배제하는 결과를 낳는다.

유길준이 『서유견문』에서 프랑스혁명에 가담한 사람들을 '잔악무도殘惡無道한 폭도暴徒'[26]로 지칭한 것에서 알 수 있듯이 그는 노동자의 정치 참여, 사회변혁을 위한 혁명적 움직임을 부정적으로 바라본다. 그러한 시각은 유길준이 부르주아 중심의 근대 사회를 구상해 왔다는 것과 관련된다. 유길준에게서 노동자가 애국하는 방법은 정치에 참여하는 것이 아니라 각자의 직분에 맞게 일을 함으로써 나라의 발전에 기여하는 것이다. 그리고 그 과정에서 노동자는 '부세 바치는 일, 병정 되는 일, 자녀 가르치는 일'을 의무로 갖는다. 그에게 노동자는 통치되고 교화되는 대상이며, 사회개혁의 주체로는 서기 힘든 '대상'으로 각인되어 있다. 이처럼 『노동야학독본』에는 전통적 관념으로서의 노동자와 근대적 관념으로서의 노동자가 혼재하는데, 이는 노동자가 갖는 양의성에서 중요한 부분이다. 그리고 이 점은 총체적이고 일체화된 정치체로서의 노동자와 배제된 자들의 부분적이고 파편화된 다수로서의 노동자라는,

24 "나라의위태ᄒᆞᆫᄯᅢ에義兵이라假稱ᄒᆞ고盜의事을행ᄒᆞᆷ은의도아니며용맹도아니니라." 유길준, 「용기」, 앞의 책, 75면.

25 "貴ᄒᆞᆫ쟈가잇신즉賤ᄒᆞᆫ쟈도잇심이며富者가잇심으로貧ᄒᆞᆫ쟈도잇심이라이갈온社會의平等치아니ᄒᆞᆷ이니ᄯᅩ한사람살기에自然ᄒᆞᆫ道理니라" 「질서」, 위의 책, 80면.

26 유길준전서편찬위원회 편, 『유길준 전서』 1, 일조각, 1971, 134면.

노동자의 양의성이 갖는 간극을 매개하는 중요한 요소다. 이 같은 양상은 유길준이 전통과 근대의 혼재 속에서 지식의 교섭과 길항을 경험하며 자신의 지식체계를 구축한 인물이라는 점과 관련된다.

유길준은 '경쟁'에 대해 서술하는 부분에서 옛 사람의 말을 인용하는데, 그것은 『논어』의 「팔일八佾」편에 기원을 두고 있다. 그는 '겸손'과 '양보'의 도를 아는 군자의 다툼에 관한 공자의 말을 인용하면서, '경쟁의 역량'이 가진 중요성을 말한다.[27] 그리고 '세계의 진보는 경쟁'에 있음을 설파한다. 유길준은 신지식으로서 사회진화론을 받아들이되, 불가피한 경쟁을 할 때에는 힘을 과시하는 다툼이 아니라 예와 덕을 갖추고 형세를 살피는 방식을 강조한다. 이는 경쟁이나 진보 자체에 방점을 둔 것이 아니라, 경쟁과 진보의 방식과 태도를 문제 삼은 것이라 할 수 있다. 이것은 예의를 모르는 경쟁, 즉 제국주의와 식민화에 대한 비판이라 해도 과언이 아니다. 그가 「외국外國사람과 교제交際ᄒᆞ는 일事」에서 일본, 중국, 영국, 미국 사람이 다 외국 사람이며, 그들에게 고용되어 일을 하더라도 근면, 정직, 성실함을 지키고 사랑하는 마음으로 교제하되 사람의 권리를 범하는 것을 허락하지 말 것을 당부하는 것 역시 같은 맥락에서 이해할 수 있다. '재래의 공맹 사상을 통해 전유한 사회진화론'이야말로 유길준이 조선에서 기획한 교육론이라 할 수 있다.

그러므로 그는 문명화에 대한 필요성을 역설하며 서양을 예로 들지만, 외국 사람을 상대화하여 식민 상황에 대한 경각심을 일으키고 분발을 촉구하는 방식을 취한다. 그 내용에는 조선인의 나태만이 아니라,

---

27 유길준, 「경쟁」, 앞의 책, 1908, 84면.

조선을 향한 외국 사람의 무분별한 욕심에 대한 인식과 비판도 개입되어 있다. 유길준은 독본에서 자신이 중요하다고 생각하는 부분에는 강조점을 붙여두는데, 가장 많은 강조점이 있는 다음의 글을 살펴보자.

> 天下萬國(천하만국)이셔로通(통)ᄒᆞ야外國(외국)사람이물미듯오는셰샹에아모노릇도아니ᄒᆞ고팔쟝끼고놉히안져코노래나불으거나느진쑴을깁히들어대낫으로밤을삼고편히노니팔자됴타빈졍거려ᄒᆞ는말삼내집일도못ᄒᆞ거든나라일을엇디알니그럭뎌럭되는대로이렁뎌렁살어가면외국사람그져잇나샛별갓튼두눈동자휘휘둘너이리뎌리살히면서두쥬먹을불큰쥐고보는대로욕심내며닥치며ᄂᆞᆫ가져가니그장사의ᄒᆞ는말삼네돈이내돈이다그농군의ᄒᆞ는말삼네짱이내짱이다그장색의ᄒᆞ는말삼네물건이내물건이다그즁에도그션배의ᄒᆞ는말삼을들어보소네디식이얼마되나켜켜묵은머리쌔로샹투아래썩은골이배혼다니오쪽ᄒᆞ며생각ᄒᆞᆫ달므엇ᄒᆞᆯ고녯사람의찟거기ᄂᆞᆫ이셰샹에쓸데업다새학문을닥지아니ᄒᆞ면네노릇은남의죵될쑨이라ᄒᆞ나니다
>
> 분발ᄒᆞᆯ지어다同胞(동포)들아同心合力(동심합력)이어차이나라를이릐키셰살랴거든죽기를므릅쓰소[28]

이 글에서 '새 학문을 닦지 않으면 남의 종이 된다'는 구절은, 「경쟁연설」에서 "벌서 얼마즘 우리가 지고 안씨 아니 ᄒᆞ얏소 어서 정신 차리시오 우리도 남보다 잘ᄒᆞ야 봅시다"[29]라는 구절과 만나 노동자의 불안과 공포심을 자극하고, 분발을 촉구하는 효과를 낳는다. 당대 조선 노

28 「분발」, 위의 책, 78~79면.

29 「경쟁연설」, 위의 책, 86면.

동자의 임금 수준이 일본인 노동자의 1/2~1/3 수준에 불과한 것이었다[30]는 점을 생각해 보면, 노동자가 일본인에 대해 느꼈을 적대감이나 조선 노동자들 사이의 집단 심리를 추측해 볼 수 있다. 경쟁, 분발과 관련한 내용을 자세히 들여다보면, 외국 '선비'가 하는 말이나 '우리'와 '동심합력'이라는 단어에서 알 수 있듯 유길준의 목소리는 노동자뿐 아니라, 전대의 지식인 그리고 자기 자신을 향해 있기도 하다. 그는 자신이 강조했던 용기와 분발을 실천하는 방법으로 조선인의 교육을 생각했던 것이다.

4. 노동자가 읽(지 않)는 교과서, 노동자를 읽은 교과서

유길준은 『노동야학독본』에 상당한 기대감을 갖고 3,000부를 간행한 후 지속적으로 광고를 내지만, 이 책은 거의 팔리지 않았다고 한다.[31] 1908년에 간행된 『노동야학독본』에는 '제1권'이라는 권수가 붙어 있다. 그것은 저자인 유길준이 이후 1권에 이은 독본을 더 간행하려고 했음을 보여준다. 그러나 그는 후속으로 2권을 발행하지는 않는다. 1908년 6월에 간행된 『교육월보』가 야학에서 교과서로 채택될 정도로 널리 쓰인 것과 대조적이다.[32] 당대 신문 기사는 『교육월보』의 흥행 소식을 전하며, 조선 민족의 반을 차지하는 '부인동포'와 조선의 80~

30 강만길 외, 앞의 책, 186~193면.
31 「노동교과발간」, 『대한매일신보』, 1909.7.25.
32 「흥명기흥(興明其興)」, 『황성신문』, 1909.9.7.

90%를 차지하는 '노동사회'에 '보통지식'을 전수하기 위해 간행된 서적에 대한 기대감을 표명하기도 한다.[33] 이훈상은 일본과의 관계에서 국민들에게 좋지 않은 인상을 안겨 준 유길준과 달리, 반일의 입장에서 애국계몽운동을 전개했던 『교육월보』의 편집진, 잡지에 수록된 논문이 노동단체의 결성을 촉구하는 내용을 담고 있다는 점 때문에 『교육월보』가 『노동야학독본』에 비해 노동야학의 참여자들의 호응을 얻은 것이라 진단한 바 있다.[34]

그 이 외에도 원인을 찾아보면, 『노동야학독본』은 노동자들이 구입해 보기에 비싼 가격(30전)의 책이라는 점을 들 수 있다. 이는 월간으로 발행되는 『교육월보』의 구독료가 15전이라는 점을 생각해 보면 쉽게 이해할 수 있다. 1900년대 초 경부선을 건설하던 철도 노동자의 임금은 식사를 제공하지 않을 경우 14~50전, 광산 노동자의 임금은 지역에 따라 20~50전이었다. 당시 쌀값이 현미 1두에 최고 80전이었으므로 일당 40전이면 근근이 생계를 꾸려 나갈 수 있을 정도였다. 당시 임금은 일당으로 지급되는 경우가 많았는데 월급이 아닌 일급의 형태는 노동에 따른 위험 부담률을 노동자에게 전가하는 것일 뿐 아니라, 안정적 생활을 불가능하게 해 노동조건을 한층 악화시키는 것이었다.[35] 이러한 상황에서 노동자가 하루 일당에 해당하는 금액을 들여 독본을 사본다는 것은 어려운 일이었음을 생각해 볼 수 있다. 특히 『교육월보』 측이 애초부터 잡지 광고에 의존하여 경영할 것을 천명하며 4,000부를 찍어 전국에

33 「교육월보의 효력」, 『황성신문』, 1909.4.17.

34 이훈상, 앞의 책, 751~762면.

35 강만길 외, 앞의 책, 186~193면.

배포했으며, 나중에는 독자들의 구독료가 수거되지 못해 경영난을 겪게 된다[36]는 점은 유길준의 독본과 차이를 보이는 부분이다.

『노동야학독본』이 독자들의 호응을 얻지 못한 또 다른 원인으로는, 비실용적인 내용과 난해성, 순응적 노동자상에 대한 강요 등을 들 수 있다.[37] 『노동야학독본』은 국문체의 사용을 위해 훈독을 시도하며, 민중을 의식한 글쓰기를 보여준다. 유길준은 글뿐 아니라 말과 행실의 중요성을 언급하며, 배우기 쉬운 국문을 익히면 바른 행실을 할 수 있다고 생각했다. 그리고 "漢文도 쓸 데 업고 日本文도 쓸 데 업고 英國文은 더군다나 쓸 데 업시니 우리나라 사람에게는 우리나라의 國文이라야"[38] 한다고 말함으로써 배움은 자국의 언어로부터 시작해야 함을 강조한다. 그는 독본의 중간에 〈육조가六條歌〉, 〈애국가愛國歌〉, 〈노동가勞動歌〉와 같이 4·4조의 노래를 삽입하여 앞에 서술한 내용을 정리한다. 이러한 기획은 독자가 리듬감 있는 짧은 형태의 가사로 읽기 쉽고, 암기하기 쉽고, 즐겁게 공부할 수 있도록 배려했던 저자의 뜻을 담고 있다. 또한 저자는 연설의 형태로

---

36 최기영, 「구한말 『교육월보』에 관한 일고찰」, 『서지학보』 3, 한국서지학회, 1990, 23~24면.

37 배수찬은 『노동야학독본』이 문맹에 가까운 노동자들에게 지나치게 어려운 근대적 개념을 문어적으로 설명하고 있는 텍스트로, 실무를 가르쳐야 할 이들에게 노동이라는 새로운 근대적 추상어를 가르치는 이론 교육에 독본의 편집 방향이 잡혀 있음을 언급한 바 있다. 그는 교육적 실효의 관점에서는 유길준의 『노동야학독본』이 실패했을지 몰라도, 노동경제학적 내용과 노동 및 노동자의 성격과 자질에 대한 설명은 노동자가 숙지하고 있어야 할 시대적 지식이었다는 측면에서 그 내용상의 가치는 인정받아야 한다고 주장한다. 또한 이훈상은 노동자들이 사회로부터 차별받아온 구조적 모순을 고려하지 않은 채 그들에게 상하의 위계질서를 준수할 것을 강조한 내용을 들어 유길준의 독본이 노동자로부터 배척받게 되었다고 언급한 바 있다. 이 장은 노동(자)에 대한 독본의 내용이 갖는 시대적 가치와 한계를 지적하는 데에서 더 나아가 그 내용을 전하기 위해 도입한 다양한 서술방식의 체계와 지식의 교섭 및 경합의 양상을 분석하여 『노동야학독본』의 정치, 문화적 의미를 밝히는 방식을 취한다. 배수찬, 앞의 글, 603~604면; 이훈상, 앞의 책, 761~762면.

38 유길준, 「노동연설 4」, 앞의 책, 46면.

서술되는 「노동연설勞動演說」 1~5와 「연설演說에 대對ᄒᆞ는 답사答辭」, 「경쟁연설」이라는 장을 마련하여 대화체로 노동의 중요성과 노동자의 권리와 의무를 설명하는 태도를 취한다. 이 같은 부분 역시 지식에 대한 접근과 이해를 돕는다.

그러나 『노동야학독본』에는 노동자의 현실과 거리가 먼 내용이 많다. 유길준에 의해 창출된 노동자의 목소리가 담긴 「연설에 대ᄒᆞ는 답사」의 내용을 살펴보자. 「노동연설」을 들은 노동자의 답사는 유길준의 계몽 논리를 그대로 답습하고 있으며, 노동자 교육에 힘쓰는 유길준에게 감사의 뜻을 전하는 내용으로 구성되어 있다. 그러므로 이 글은 유길준의 노동자 교육이 지향하는 바를 노동자의 목소리로 들려주는 셈이다.

> 우리가勞動(로동)은ᄒᆞ지오만은우리도大韓帝國(대한뎨국)의백셩이온즉백셩되는義務(의무)ᄂᆞᆫ힘써야ᄒᆞᆯ지며
>
> 大皇帝陛下(대황뎨폐하)의신하이온즉신하되는忠誠(츙성)은다ᄒᆞ여야ᄒᆞᆯ지니그도리ᄂᆞᆫ달름아니라우리ᄒᆞ는노릇을잘ᄒᆞ기에잇다ᄒᆞ압니다
>
> 션생의가라치시는말삼이간절ᄒᆞ며샹쾌ᄒᆞ야마대마대우리의깁흔잠읎
>
> 가이시며우리의묵은병을다사리사정신을쌥나이시고긔운을이릐키시니
>
> 우리ᄂᆞᆫ마암에박으며肝(간)에삭이어忘(닛)지아니ᄒᆞ는中(즁)에배호라ᄒᆞ시는일과子女(자녀)가라치라ᄒᆞ시는일과遠(머)은생각으로쥰비ᄒᆞ라ᄒᆞ시는일에對(대)ᄒᆞ야우리가感謝(감샤)ᄒᆞ올섇아니오라그리ᄒᆞ여야ᄒᆞ올必要(필요)를깨달앗사온즉우리勞動學會(로동학회)에서션생의말삼대로ᄒᆞ기를의론ᄒᆞ오니됴흔方法(방법)을만히가라쳐쥬시기를바라압나이다[39]

---

39 「연설에 대ᄒᆞ는 답사」, 위의 책, 52~53면.

인용문의 앞에는 지식과 문견이 없어 나아갈 방향을 알지 못하고 살아가는 노동자의 처지가 바람에 이는 잎사귀나 물새는 배, 어둔 밤에 비유되어 장황하게 서술되어 있다. 이것은 문맹에 가까운 노동자의 목소리가 아니라, 그 목소리를 빌린 유길준의 언어다. 이 글은 '우리가 노동은 하지만은'과 '우리도 대한제국의 백성이니 백성 되는 의무는 힘써야 할 것'이라는 내용에서처럼 노동자에게 투영되었던 양의적 시선이 발화되는 순간을 보여준다. 이 글은 노동야학회에서 연설을 듣고, 공부하여 각성된 노동자의 태도를 담고 있다. 이 같은 내러티브의 기획은 아직 교육받지 못한 노동자를 계몽하는 방식인 동시에 노동야학회를 알리는 방식이다. 그리고 노동자의 목소리로 노동자의 개화를 위해 교육하고 헌신하는 유길준 자신을 드러내는 방식기도 하다. 노동자의 현실과 그 현실에 근접하지 못한 유길준은 노동자의 목소리로 지식인의 자의식을 표출하는 부자연스러움 속에서 노동자 교육을 시도했던 것이다.

『노동야학독본』은 문맹에 가까운 노동자들에게 근대의 개념을 설명하지만, 관련된 삽화가 제시되어 있지 않다. 또한 노동자와 같은 민중에게 재미와 흥미를 줄 수 있는 이야기의 활용, 구체적인 지명이나 인물을 동원한 지식 등을 발견할 수 없다. 이러한 양상은 유길준이 『노동야학독본』에서 설명하는 내용이 구체적인 삽화나 일화로 제시하기에는 어려운 추상적인 개념들을 주제로 삼는 경우가 많은 데서 기인한다. 유길준은 독본에서 근면, 정직, 성실, 의무, 권리와 같은 개념을 설명한다. 이 개념들은 교육의 목적인 동시에 내용이며, 국민으로서 노동자의 외연과 내포를 구체적으로 드러내는 역할을 한다. 유길준은 이 개념들을 설명하기 위해 '비유'와 '예시'의 방법을 쓰며, 그것은 중심 개념 및 그것과 대립관계에 놓인 개념을 동원하는 방식으로 구성되어 있다. 이 설명의 방식은 성공한 노동자인 동시에 선량한 국민상을 만드는 방향으로 수렴된다.

근대적 개념의 설명체계 속에서 노동자는 근면하거나 정직하지 못하면 '국가의 좀', '사회의 도적'[40]이 되고, 노동자로서 의무와 책임을 다하면 '착한 백성'[41]이 되는 극단적 상황에 놓여 있다. 유길준은 착한 백성과 개화한 노동자가 갖춰야 할 덕목들을 말하지만, 경성일보사에서 간행된 이 독본의 내용은 기실 일본의 입장에서 볼 때 충량한 신민을 만드는 수단으로 활용될 여지를 안고 있다. 그 점은 노동자를 위한 독본에 직업 수행에 활용될 과학적 지식, 일상생활에 유용한 법률적 지식이 아예 소거되고 윤리적 덕목이 강조되어 있는 점과 관련해서 생각해 볼 수 있다. 물론 독본에는 대한제국의 법률에 대한 설명이 제시되어 있기는 하나, '국민 되는 의무'를 설명하는 과정에서 "法律命令에 服從하는 일"[42]을 강조하기 위한 전제로 기능하는 측면이 강하다. 이러한 양상은 식민지 조선에서 강조된 '지식의 위계와 절합'을 드러내는 부분이다.

독자들의 호응을 얻지 못했던 『노동야학독본』이 국어와 수신의 절합을 보인다면, 남궁억이나 일본 지식인의 야학 독본은 국어와 수신, 과학, 산술 등 다양한 지식의 병렬적 활용을 보여준다. 고다이 시게루의 『청년야학독본』이 '재미와 실용'과 거리가 먼 교과서의 폐해를 지적하고, "즐겁게 독서하는 동안에 유익한 지식과 교훈을 얻는 것에 주의

---

40 「노동연설 3」, 위의 책, 45면.
41 「국민되는 의무」, 위의 책, 56면.
42 위의 글, 55면.

하여"[43] 간행된 교과서라는 점을 생각해 볼 때, 노동자를 대상으로 한 유길준의 교과서가 가진 한계를 알 수 있다. 그 점은 남궁억의 『교육월보』와의 비교를 통해 더욱 분명히 드러난다. 이 잡지는 보통지식을 지향하며, "勞働及學校年限外同胞ᄭ지" 학식을 얻게 하고자, 순국문으로 간명하고 쉽게 간행한 점에서는 유길준의 독본과 비슷한 지점에 놓여 있다. 그러나 남궁억은 여기서 더 나아가 "實地事業을 진행"하기 어렵지 않게 내용을 구성하고 서술하기 위해 노력한다.

근일 시국의 풍조가 날로 변화하므로 국민의 사상이 차츰 열리니 학교 설립이 어디서나 마주 보이고 교과서적이 점차 발행되어 이제 막 한창인 모양이 있으나 일반 국민에게 보통교육을 실시함은 아직이니 근일에 이르러 각처에 노동학교가 잇달아 흥하니 이는 보통개명(普通開明)의 장본이니 어찌 진실로 찬하(攢賀)하지 않으랴. 그러나 그 교과가 간명하고 알기 쉬운 국문으로 저술된 서적이 없으므로 창졸간 번역하고 가르치는 것이 오직 형세가 급함을 탄식함이 있을 뿐이라 또한 완전한 교과가 되지 못할 지로다. 이에 사회유지(社會有志)가 교육 보급의 방침을 연구하여 교육월보(教育月報)를 발행하는데 무릇 동국역사(凡東國歷史)와 대한지지(大韓地誌)와 만국역사(萬國歷史)와 만국지지(萬國地誌)와 산술(筭術), 물리학(物理學), 위생론(衛生論), 가정요결(家庭要訣), 한문초학(漢文初學) 등을 모두 순국문으로 편집 간행하니 그 읽기 쉽고 깨닫기 쉬운 방법(方法)이 부인 여자(婦人女子)와 농상공사회(農商工社會)와 초동목수(樵童牧豎)라도 호수에 따라 책을 읽으면 삼사

43 小谷重, 『青年夜學讀本』, 金港堂書籍株式會社, 1911, 2면.

개월을 지나지 않아 그 학리(學理)를 해득하여 실지사업(實地事業)을 진행하기가 어렵지 않을지니 이 어찌 천하의 비결이 아니리오.

그러므로 이 월보가 발달하는 날이면 우리 대한 민족이 모두 유식한 학자가 되는 날이니 이 목적에 도달하면 우리 국가를 유지할 수 있을 것이오 우리 종족을 보전할 수 있을 것이오 문명한 민족과 동등 자격을 점유할 수 있을지니 오직 우리 동포는 이 점에 주의하여 혹 노동의 틈과 침식(寢息)의 여유와 배와 수레 가운데에 있으면 반드시 이 월보를 읽되 학리(學李)를 연구하여 지식을 넓게 깨우치고 국성(國性)을 배양하여 의무를 힘써 행하기로 충분히 힘써 꾀할지어다.[44]

"東國歷史와 大韓地誌, 萬國歷史와 萬國地誌, 筭術, 物理學, 衛生論, 家庭要訣, 漢文初學 等"을 모두 순국문으로 편집 인쇄한다는 내용에서 알 수 있듯이, 『교육월보』는 다양한 지식을 섭렵한 종합 교과서의 형태를 띤다. 1909년 4월 「교육월보教育月報의 효력效力」이라는 신문 기사를 보면, 제10호부터는 '농업요설農業要說'과 '형법대요刑法大要'가 잡지의 내용

44 "挽近時局의 風潮가 日劇홈으로 國民의 思想이 漸開ᄒᆞ니 於是乎學校設立이 隨處相望ᄒᆞ고 教科書籍이 逐漸發行ᄒᆞ야 方興未艾의 象이 有ᄒᆞ나 一般國民의게 普通教育을 施홈은 未及이러니 近日에 至ᄒᆞ야 各處에 勞動學校가 相繼而興ᄒᆞ니 此ᄂᆞᆫ 普通開明의 張本이니 豈不誠攢賀萬萬哉아 然其教科가 簡明易知ᄒᆞᆫ 國文으로 著述ᄒᆞᆫ 書籍이 無홈으로 倉猝間翻譯而教授ᄒᆞᄂᆞᆫ 것이 但窘急의 嘆이 有홀ᄲᅮᆫ 不是라ᄯᅩᄒᆞᆫ 完全ᄒᆞᆫ 教科가되지못홀지로다 於是에 社會有志가 教育普及의 方針을 研究ᄒᆞ야 教育月報를 發行ᄒᆞᄂᆞᆫᄃᆡ 凡東國歷史와 大韓地誌와 萬國歷史와 萬國地誌와 筭術、物理學、衛生論、家庭要訣、漢文初學等을 皆純國文으로 編輯印行ᄒᆞ니 其易讀易解ᄒᆞᆫ 方法이 婦人女子와 農商工社會와 樵童牧竪라도 逐號閱讀ᄒᆞ면 三四朔을 不過ᄒᆞ야 其學理를 解得ᄒᆞ야 實地事業을 進行ᄒᆞ기가 不難홀지니 此엇지 天下의 妙訣이아니리오 然則此報가 發達ᄒᆞᄂᆞᆫ 日이면 我大韓民族이 擧皆有識ᄒᆞᆫ 學者가되ᄂᆞᆫ 日이니 此目的에 得達ᄒᆞ면 吾의 國家를 可以維持홀것이오 吾의 種族을 可以保全홀것이오 文明ᄒᆞᆫ 民族과 同等資格을 可以占有홀지니 惟我同胞ᄂᆞᆫ 注意於此ᄒᆞ야 或勞動의 暇와 寢息의 餘와 舟車의 中에 在ᄒᆞ야반다시 此報를 閱讀ᄒᆞ되 學李를 研究ᄒᆞ야 知識을 開廣ᄒᆞ고 國性을 培養ᄒᆞ야 義務를 勵行ᄒᆞ기로 十分懋圖홀지어다." 「교육월보」, 『황성신문』, 1908.7.1.

에 첨가되었음을 알 수 있다. 특히 통신 강의록의 형태를 도모하고 있었던 이 잡지는 노동자들에게 매달 최신의 유용한 지식을 학습하고 실생활에 적용할 수 있는 기회를 제공한다. 『교육월보』는 제2호에 「노동샤회에 권고홈」이라는 글에서 서양 각국의 노동 사회의 형편을 말하며, "노동회샤의 조직"과 "동밍파공"에 대해 소개하기도 한다. 『노동야학독본』이 애국심을 중심에 두고 노동자 단결과 협동을 언급하거나, 외국 사람이 사람의 권리를 범하는 일을 허락하지 말 것을 당부하는 정도에 그치는 것과 비교할 때, 『교육월보』의 구성이 조선 노동자의 주체성이나 권익을 도모하는 관점에서 서술되고 있음을 알 수 있다.

유길준은 개인, 자유, 의무, 권리, 평등, 사회, 국가 등의 개념을 통해 노동자를 설명하고, 결국 '사람', '사랑', '도덕' 등을 말함으로써 근대적 차원의 인간 이해의 방식을 보여준다. 노동자가 노력을 통해 자신의 상황을 변화시킬 수 있고, 그를 위해 교육을 받아야 한다는 의식은 분명 조선 사회에 노동자의 개념을 확정하고, 세분화된 노동의 가치를 재해석하는 데 일조한다. 그러나 유길준은 상하계급과 빈천의 구별이 질서유지를 위한 자연의 도리라는 내용을 통해 노동자의 자기 갱생과 사회변혁의 욕망을 차단하는 모순을 드러낸다.

「질서」에서 노동자는 아랫사람의 도리를 지키지 않으면, 질서를 문란케 하는 죄인이 된다.[45] 이때, 죄인은 법이 허락하지 않은, 국민으로서의 권리를 박탈당한 존재를 의미한다. 유길준은 위아래의 조화로 표현했지만, 그것은 상하등의 위계다. 상하귀천의 위계를 조화나 질서로

45 유길준, 「질서」, 앞의 책, 81면.

표현하고, 이를 국권 회복의 원동력으로 가르치는 논리는 국권 상실에 대한 불안 속에서 대중을 통합하기 위한 방법이기도 하다. 『노동야학독본』에 내재한 이 같은 논리적 상충은 개화기의 시대적 사명을 한 몸에 지녔던, 또 스스로 그렇다고 믿었던 지식인의 내적 모순을 드러낸다.

유길준은 국가의 발전과 독립을 향한 노동자의 문명화를 계몽의 목표로 삼는다. 그는 그것을 위해 근면, 노력 등 인간 의지의 활성화를 계몽의 수단으로 취한다. 그리고 새 학문을 최상위 개념으로 내세우면서 신지식과 인간의 본분 사이의 일치 가능성을 시험한다. 이 때문에 사람의 도리, 사람의 자격과 같이 인간적인 것에 방향을 잡고 있는 유길준의 계몽은 보편적이며 추상적인 성격이 강하다. 그는 개인의 인간성, 즉 사람됨의 실현으로서의 계몽이 개인 외적인 사회 상황과 충돌할 때 생기는 모순을 이해하지 못한다. 그는 인간으로서 노동자의 본분과 국민으로서 노동자의 본분을 분화하지 않은 상태에서 논의를 진행한다. 그 결과 계급과 직업에 구속되어 제한적인 국민 계몽과 무제한적인 인간 계몽을 같은 선상에서 논의할 때 발생할 수 있는 모순을 드러낸다. 그는 노동자 계몽을 다만 일반적이고 추상적으로 각자의 지위에 합당한 상황에서 인간의 본질을 실현시켜 나가는 점진적 과정으로 보았던 것이다.

당시 노동야학의 성행은 노동자들이 지식인들과 관계를 맺고 교육을 매개로 자신의 이익과 국가의 운명을 합치시켜 이해하려 한 새로운 노력[46] 속에서 일어났다. 당시 노동자들에게 필요했던 것은 인간의 도리, 자유와 평등이라는 개념들보다 노동자들이 단합하여 자신의 권리

46 이훈상, 앞의 책, 754면.

를 획득하는 방법, 일상생활에 필요한 과학적 지식이 아니었을까. 유길준이 노동자들에게 줄 수 있는 가장 효과적인 계몽과 감화의 방식은 누구보다 해외 체험이 많았던 그가 경험했던 세계 속 노동자들의 생활, 그들이 삶 속에서 경험하는 자유와 평등, 독립의 실질적 사례들이었을 수 있다. 이것이야말로 '노동자' 계급이 경제적 구성체의 한정된 범주로부터 빠져나와 스스로 사회적 문화적 구성체가 되게 할 수 있는 방법이기 때문이다.

『노동야학독본』에서 사람과 국민을 연결하기 위해 동원된 '노동'과 '지식'은 결국 현실의 긴박함과 거리를 둔 채, 일반적이고 추상적인 개념들 속에서 노동자를 여전히 계몽하고 구제해야 할 타자로 남겨둔다. 그러나 유길준이 1856년에 태어나 50세가 넘은 나이에 『노동야학독본』을 썼다는 세대적 감각을 생각해 볼 때, 독본이 지닌 한계는 그 노동 지식의 체계와 선진성을 넘어서기 어렵다. 또한 '노동자'나 '야학'처럼 교육의 중심으로부터 배제된 대상을 계몽의 중심에 두고 사유할 수 있었던 가능성은 일찍이 없었다는 점, 이 독본이 1권에서 끝났다는 점을 감안한다면 그 한계를 사료적 가치보다 부각하기 어려운 것 또한 사실이다.

5. 『노동야학독본』의 의미와 한계

지금까지 『노동야학독본』의 분석을 통해 유길준이 기획했던 노동자 교육의 내용과 논리 및 그 한계를 살펴보았다. 『노동야학독본』은 개화기 노동 관련 지식이 구성되고 그것이 국가 담론과 결합되는 방식을 드러내는 자료이다. 독본이 천명하는 보통지식의 이상 속에는 국가의 기본으로서 노동자가 지닌 정치성이 개입되어 있지만 그것은 역으로 정치적으로 배제되어 있는 노동자의 위치를 환기한다. 노동자에 대한 이러한 양의성은 조선에서 노동자의 개념이 확립되고 정착되는 과정에서 나타난 사회적 시선, 특히 지식인의 시선을 드러낸다. 조선인의 선비화를 목표로 삼았던 흥사단의 시작점에 존재하는 유길준의 교육활동은 노동자 교육과 교과서 발간으로 구체화된다. 하지만 그것은 노동자를 중심에 둔 것이 아니라, 노동자를 개화하는 지식인을 중심에 둔 형태를 띤다. 노동자를 노동의 주체이면서 학습의 주체로 인정한 상태에서 발간한 남궁억의 『교육월보』, 호리에 히데오와 고다이 시게루의 야학 독본과의 비교를 통해 우리는 유길준의 『노동야학독본』이 가진 특성과 한계를 발견할 수 있었다. 그는 개인-사회-국가-세계의 구조 속에서 노동자의 중요성과 발전 가능성을 강조하다가도 귀천의 구별과 상하의 위계에 대한 순응이 질서를 위한 자연의 도리임을 말하는 모순을 드러내기도 한다. 유길준은 노동자의 자기 갱생과 사회변혁의 욕망을 받아들이지 못하고 노동자 교육을 도모했던 것이다.

독본에 드러난 논리상의 모순은 노동자에 대한 그의 교육이 일정 부분 사회진화론과 같은 신지식을 적용하되, 『맹자』, 『논어』와 같은 전통사상에 의한 변용을 거친 데 기인한다. 또한 그것은 개인의 인간성, 즉 사람됨의 실현으로서의 계몽이 개인 외적인 사회 상황과 충돌할 때 생기는 문제를 고려하지 않은 데에서 비롯한 것이기도 하다. 유길준은 인간으로서 노동자의 본분과 국민으로서 노동자의 본분을 분화하지 않은 상태에서 논의를 진행한다. 그 결과 계급과 직업에 구속된 국민 계몽과 무제한적인 인간 계몽을 같은 선상에서 논의할 때 발생할 수 있는 모순을 드러낸다. 노동자에게 필요한 실용적인 지식과 거리를 둔 채, 인간의 본분을 노동자가 습득해야 할 신지식으로 대치한 독본의 일반적이고 추상적인 내용은 그러한 맥락에서 이해할 수 있다.

지식인의 입장에서 서술된 독본은, 적은 임금으로 생활하는 노동자의 경제적 사정이나 문맹에 가까운 지적 수준을 헤아리지 못하여 비싸고 난해한 교과서의 형태를 띤다. 이 때문에 『노동야학독본』은 노동자의 호응을 얻지 못한다. 이점은 재미와 실용을 추구했던 일본의 야학독본이 재판을 거듭하며 내용상의 변화를 추구했던 사례, 다양한 영역의 지식을 다루는 동시에 노동조합이나 동맹파업의 가능성을 제시함으로써 노동자의 권리를 생각하게 했던 『교육월보』가 야학에서 교과서로 활용되었던 사례와 비교해볼 수 있다. 유길준의 독본은 노동자를 계몽하는 지식인의 관점과 권위를 강조함으로써 노동자가 자유로운 주체로서 교육에 참여하고, 스스로 문화를 창출할 수 있는 가능성을 제시하지 못한 한계를 지닌다.

그러나 이 독본이 근대 초기 노동야학과 노동자 교육의 시작점에 놓여 있다는 부분에 방점을 둘 때, 『노동야학독본』은 그 한계에도 불구하고 노동(자)의 근대적 가치와 개념을 부각했으며, 산업인력인 노동자의 교육을 근대의 국가 이념 속에서 해석하고 실천으로 옮긴 사례라는 점에서 의의를 지닌다. 또한 노동자 계몽에 내재한 국가 이데올로기와 지식인의 자의식이 결합된 양상, 노동자 교육을 둘러싼 지식의 절합과 노동자의 지식 선택의 문제 등을 살펴볼 수 있는 자료라는 점에서도 그 가치를 언급할 수 있다. 그러므로 이 독본이 갖는 의미와 한계는, 구한

말 조선의 지식문화사 안에서 교육제도의 외부에 놓인 노동자와 야학을 전면에 내세워 하나의 지식체계가 구성될 수 있다는 가능성을 제시하려는 의도 안에 이미 함축된 것이었다고 하겠다.

제3장
유길준의 『노동야학독본』과 『노동야학』 비교 고찰

1. 1908년의 유길준과 두 권의 노동야학 교과서

1908년 7월 13일 유길준은 『노동야학독본』을 발행하고, 1909년 1월 10일 『노동야학』을 발간한다. 해가 바뀌긴 했지만 6개월 정도의 격차이며, 『노동야학』의 인쇄를 1908년 12월 15일에 했다는 점을 감안하면, 두 권의 책은 같은 해에 나왔다고 해도 과언이 아니다. 지금까지 학계에는 유길준이 발간한 『노동야학독본』만이 알려져 있었지만, 『근대서지』 17호(2018)를 통해 그가 같은 해 두 버전의 노동야학 교과서를 발간했다는 사실이 밝혀졌다. 그는 왜 6개월 만에 『노동야학』을 출판했을까. 『노동야학』의 의미와 발간 의도를 보다 명확히 알기 위해서는 『노동야학독본』과 『노동야학』의 비교 분석을 통해 두 판본의 차이가 무엇인지 밝혀야 할 것이다.

두 책의 비교에 앞서 『노동야학』 출판 경위에 관한 몇 가지 가설을 세워볼 수 있다. 첫째, 『노동야학독본』이 치안법 위반으로 금서 처분된 것[1]을 고려할 때, 유길준이 학부의 검정을 받아 책을 출판・유통할 수 있는 선에서 내용을 조절했을 가능성이다. 둘째, 노동야학회 고문인 유길준의 위상에 변화가 생겼을 가능성이다. 이는 노동야학회 고문인 유길준의 모습을 부각한 『노동야학독본』의 삽화가 『노동야학』에는 없다는 점을 통해 짐작할 수 있다. 셋째, 국민 교육을 중심에 둔 흥사단 활동을 하면서 노동자 교육의 실제에 더 적합한 형태의 교과서로 내용이나 문체를 조절하여 다시 발행했을 가능성이다.

이 같은 가설을 뒷받침하는 데에 가장 크게 기여할 것은 『노동야학독본』의 선행연구로, 다섯 가지 방향으로 나눠볼 수 있다. 당대 노동야학의 성행이나 노동회의 활동과 관련해 『노동야학독본』의 출현 배경을 살핀 연구,[2] 국민교육 담론을 바탕에 두고 『노동야학독본』의 교과서적 특성을 분석한 연구[3] 유길준의 실업 활동과 노동관에 비춰 『노동야학독본』의 부르주아적 편향성을 지적한 연구,[4] 유길준의 노동 개념에 천착하여 노동의 위계에 대한 인식과 그것의 시대적 의미를 드러낸 연구,[5] 『노동야학독본』의 문체 실험에 관한 연구[6] 등이다. 이 연구들은 유

1 백순재, 「해제」, 한국학문헌연구소 편, 『한국개화기교과서총서』 2, 아세아문화사, 1977, 8면.

2 이훈상, 「구한말 노동야학의 성행과 유길준의 『노동야학독본』」, 『두계 이병도 박사 구순기념논총』, 지식산업사, 1994; 윤진호, 「대한제국기 '노동회'의 성격과 활동에 관한 연구―한국 노동운동의 기원과 관련하여」, 『경제발전연구』 18(1), 한국경제발전학회, 2012.

3 김종진, 「개화기 이후 독본 교과서에 나타난 노동 담론의 변모 양상」, 『한국어문학연구』 42, 한국어문학연구학회, 2004; 박주원, 「1900년대 초반 단행본과 교과서 텍스트에 나타난 사회 담론의 특성」, 이화여대 한국문화연구원 편, 『근대 계몽기 지식인의 발견과 사회 지평의 확대』, 소명출판, 2005; 배수찬, 「『노동야학독본』의 시대적 성격에 대한 연구―지식체계와 교재의 구성 방식을 중심으로」, 『국어교육』 119, 국어교육학회, 2006.

4 강재순, 「한말 유길준의 실업활동과 노동관」, 『역사와 경계』 50, 부산경남사학회, 2004.

5 김현주, 「'노동(자)', 그 해석과 배치의 역사―1890년대에서 1920년대 초까지」, 『상허학보』 22, 상허학회, 2008; 조윤정, 「노동자 교육을 둘러싼 지식의 절합과 계몽의 정치성」, 『인문논총』 66, 서울대 인문학연구원, 2013; 김경일, 『노동』, 소화, 2014; 김윤희, 「근대 노동 개념의

길준이 당대 노동자의 사회·경제적 역할을 인지한 상태에서 노동자를 교육하고, 일반 독자에게 노동(자)의 개념과 중요성을 환기하는 도구가 필요했음을 드러냈다.

1907년 8월 귀국한 유길준은 정치·사회·교육 활동을 벌인다. 우선, 흥사단興士團(1907.11), 흥상단興商團·흥농단興農團·흥공단興工團(1907) 설립을 들 수 있다. 또한 그는 대동학회大東學會 회원(1908.2), 한성위생회漢城衛生會 평의원(1908.4), 노동야학회勞動夜學會 고문(1908.3), 제국실업회帝國實業會 회장(1908.9), 한성부민회漢城府民會 회장(1908.11) 등을 역임했으며 수진측량학교(1908.5), 융희학교(1908.8) 등을 경영하였다.[7] 이 가운데 유길준이 고문으로 활동했던 노동야학회는 경성에 체류하는 목공, 대공, 석공, 연와장, 도배장, 역부 등 만여 명이 입회한 단체였다. 기존 연구에서 이 단체의 설립을 주도한 윤시병, 최영년 등 임원 상당수가 일진회 간부였고, 이 단체가 표면적으로는 노동 계몽을 표방하였으나 실제는 경성 지역 노동자 조직의 장악과 그를 통한 이권을 노린 것이라고 지적된 바 있다.[8] 그러나 단체 내에서 유길준이 일진회 세력과 치열한 주도권 경쟁을 벌였다는 점,[9] 유길준의 인맥이 송병준과 이용구 같은 일진회의 중심 인물이나 일진회를 조종한 일본인이 아니라 일본 망명 중에 형성된 일부

위계성-『서유견문』에서 『노동야학독본』까지」, 『사림』 52, 수선사학회, 2015.

6 윤병희, 『유길준 연구』, 국학자료원, 1998; 김영민, 「근대 계몽기 문체 연구-유길준을 중심으로」, 『동방학지』 148, 연세대 국학연구원, 2009; 황호덕, 「자본과 언어, 유길준의 『노동야학독본』의 노동 개념과 문체의 테크놀로지」, 『개념과 소통』 14, 한림과학원, 2014.

7 유길준이 귀국 이후 행한 활동에 대해서는 강재순과 마스타니 유이치의 논의를 참고할 수 있다. 강재순, 앞의 글, 1~32면; 마스타니 유이치, 「유길준의 인맥에 대한 연구-1907~1914」, 『한국사학보』 68, 고려사학회, 2017, 197~226면.

8 강재순, 앞의 책, 12면.

9 위의 책, 15면.

에 한정되었다는 점[10] 역시 밝혀졌다. 이 사실은 그가 교육과 산업 중심의 인맥을 유지하면서 자강운동을 기획했으며, 『노동야학독본』이나 『노동야학』 역시 그 맥락에서 출판했음을 짐작케 한다.

『노동야학독본』에는 교육가, 정치가, 실업가로서 대한제국의 노동자를 계몽하려는 유길준의 견해가 집약되어 있다. 『노동야학독본』에서 유길준은 사람의 자격, 권리, 의무, 환경 등을 논하고 노동의 개념, 종류, 의의 등을 설명했다. 그리고 국가의 문명화 담론과 근대국가의 구성원이 지녀야 할 지식 및 생활 태도 등을 관련지어 강조했다. 그런 측면에서 볼 때, 『노동야학』은 『노동야학독본』과 많은 부분 겹친다. 그러나 두 책은 인쇄소, 제목, 분량, 가격, 구성, 내용, 문체 면에서 차이가 있다. 이본異本에 대한 검토는 연구의 심화를 위해서 필요하며, 단순한 대비 작업을 넘어서 저자의 내적, 외적 계기들이 저술에 미치는 영향을 고찰하는 데까지 나아가야 한다. 그러므로 이 장에서는 1908년경 유길준을 둘러싼 정치 사회적 환경 및 『노동야학독본』과의 관계 안에서 『노동야학』의 특성과 의의를 분석할 것이다.

10 마스타니 유이치, 앞의 글, 220면.

2. 경성일보사와 동문관

『노동야학독본』과 『노동야학』을 비교할 때, 우선 눈에 띄는 것은 인쇄 기관이 서로 다르다는 점이다. 『노동야학독본』은 통감부의 기관지인 『경성일보』를 발행했던 경성일보사에서 인쇄되었으며, 『노동야학』은 흥사단 산하의 동문관同文館에서 인쇄되었다. 유길준은 왜 6개월 사이에 인쇄소를 바꿔 교과서를 간행하기로 한 것일까. 당시 경성일보사와 동문관의 상황을 통해 살펴보자.

『경성일보』는 통감부가 '배일사상'의 선동에 큰 힘을 지니고 있던 대한매일신보의 세력을 몰아내는 동시에 일본의 시정방침을 천명할 필요성 때문에 창간한 신문이다.[11] 현재 유길준이 경성일보사에서 책을 인쇄하게 된 경위는 정확히 알 수 없지만, 노동야학회의 특성을 고려하여 경성일보사와 노동야학회 사이의 접점을 찾아보는 것은 가능하다. 1908년 3월에 조직된 노동야학회는 경성에 체류하는 만여 명의 노동자를 회원으로 두었으며, 각 지역에 지회를 설립 중이었다. 또한 노동야학회가 1908년 7월에 노동야학교 설립을 학부에 청원했다는 점[12]으로 미루어보아 학회가 점점 그 세력을 확장 중이었음을 확인할 수 있다. 경성일보사 측에서는 책의 앞부분에 삽화를 싣고 고문 유길준의 사회적 위상을 빌려 노동자 계몽의 필요성뿐 아니라, 노동야학회를 상징적으로 내세운다.

창립 당시 노동야학회의 임원은 총재 윤시병尹始炳, 부총재 이봉래李鳳

---

11 兒玉秀雄, 「誕生當時思出」(『경성일보』, 1933.4.27), 정진석, 『언론조선총독부』, 커뮤니케이션북스, 2005, 37면에서 재인용.

12 「勞働夜校」, 『대한매일신보』, 1908.7.23.

來, 회장 최영년崔永年, 부회장 서정주徐廷柱 총무 한영규韓榮奎, 평의장 강영균康永勻 등[13]이다. 이들 중 총재 윤시병, 부총재 이봉래, 회장 최영년이 모두 일진회에서 활동하던 인물이다. 노동야학회가 노동자 계몽을 표방하였으나 실제로는 경성 지역을 중심으로 한 위생 사업이나 치도 사업 등 노동자 조직의 장악과 그를 통한 이권을 노린 것[14]이라는 점을 상기해보자. 당시 일본은 식산흥업의 목적을 달성하기 위해 조선에서 근대적 산업 시설을 마련하고, 그에 맞는 노동관을 노동자에게 교육하는 과정을 밟아야 했다. 그러므로 통감부의 입장에서는 그 정치 경제적 목표를 실현하는 데에 일진회 멤버를 중심에 둔 노동야학회가 중요한 역할을 하리라 판단했을 것이다. 노동야학회와 그 학회의 고문인 유길준을 전면에 내세운 『노동야학독본』은 경성일보사의 통솔 기관인 통감부의 입장에서도 충분한 가치를 지닐 만하다.

유길준은, 경성일보 2대 사장 오오카 치카라大岡力가 신문사를 운영할 때 『노동야학독본』을 인쇄했다.[15] 오오카는 동경 『중앙신문』의 주필로, 일선융합을 도모했던 인물이다. 조선의 명망 있는 실업가이자 교육가인 유길준의 저서를 경성일보사에서 인쇄하는 일은 그에게 두 가지 의미를 지녔을 것이다. 첫째는 조선의 유력 인사를 회유・포섭하는 방책이고, 둘째는 자신이 신문사의 경영을 맡은 후부터 늘어난 부채[16]를 해

---

13 「노동학회 조직」, 『황성신문』, 1908.3.24.

14 강재순, 앞의 책, 12~14면.

15 오오카와 유길준의 인연은 1908년 이후에도 지속된다. 1909년 4월에 오오카는 조선의 실업가 1백여 명을 일본 시찰 관광단으로 파견했다. 이는 일제가 이른바 '한일합방'을 목전에 두고 조선의 고위층과 유력층을 회유하여 활용하기 위한 방법 중 하나였다. 유길준은 이 관광단 중 한 명이었다. 한규무, 「한말 한국인 일본관광단 연구-1909~1910」, 『국사관논총』 107, 국사편찬위원회, 2005, 1~2면.

소하는 수단이다. 그러나 오오카는 그 목적을 달성하지 못한다. 유길준은 노동야학회 내에서 일진회와 노선을 달리했다.[17] 또한 『노동야학독본』이 제대로 유통되기도 전에 유길준이 동문관에서 『노동야학』을 인쇄하기 때문이다.

당시 『대한매일신보』 기사에는 윤시병이 노동야학회를 설시하는 일에 대해 '일진회장 이용구가 여러 번 반대하였다'[18]는 사실이 보도된다. 이는 일진회 내에서도 노동야학회를 설립하고 운영하는 데에 의견이 모아지지 않았음을 의미한다. 통감부는 대규모 사업을 실시하여 각지에서 활동하는 의병세력을 약화하려 했고,[19] 노동야학회는 그 사업을 청부받아 노무 공급권을 장악하려 했다. 그 과정에서 노동야학회 간부는 사회적 영향력을 확보하고, 재산을 축적할 수 있었다. 그러나 노동야학회의 활동은 역으로 노동자의 각성과 집단의식을 고취하는 역할을 할 수 있기에 일진회에서도 의견이 하나로 모아지기 어려웠을 것이다.

특히 유길준의 『노동야학독본』은 교육의 중요성, 애국심, 국왕에 대한 충성심, 집단정신을 강조한다. 이는 교과용 도서에 대한 통감부의 정책과 맞지 않는 내용이다. 통감부에서는 1908년 8월 28일 '교과용도서검정규정'을 공포하였다. 그 이전에도 교과용 도서에 대한 검인정 절차는 있었다. 『황성신문』 1908년 7월 23일 자 기사에는 "興士團 副長 兪吉濬氏가 幼蒙教科書를 苦心編纂ᄒᆞ야 學部에 檢定을 請ᄒᆞ얏더니 認

---

16 오오카는 자신이 경성일보 사장이 된 이후 늘어난 부채 문제에 책임을 져야 하는 상황이었으며, 그는 통감부가 조선총독부로 바뀌면서 물러난다.

17 강재순, 앞의 책, 15~18면.

18 「리씨반대」, 『대한매일신보』, 1908.4.5.

19 「譏察演說續報」, 『황성신문』, 1908.8.23.

許를 得지못ᄒᆞ야 該本을 還推ᄒᆞ얏다ᄂᆞᆫᄃᆡ 其損害가 六千餘圜이라더라"[20] 와 같은 내용이 실린다. 『대한매일신보』 1908년 7월 25일 자 기사는 유길준이 학부의 검정을 받지 못한 교과서를 검정 조건에 맞게 고쳐 다시 검정 요청할 계획임을 알린다.

> 흥ᄉᆞ단 부단장 유길쥰 씨가 유년교과셔 편즙ᄒᆞᆫ ᄉᆞ건에 ᄃᆡ하야 학부에셔 검뎡ᄒᆞ기를 허락지 아니ᄒᆞᆷ으로 편즙ᄒᆞᆫ 즁에 합당치 못ᄒᆞᆫ 죠건은 쟝ᄎᆞ 기뎡ᄒᆞ야 다시 학부에 검뎡ᄒᆞ기를 쳥원ᄒᆞᆫ다더라.[21]

최근 유길준의 미발굴 자료가 공개되면서 흥사단의 교과서 검정 청원 목록이 밝혀졌다.[22] 1907년 『황성신문』 기사에서는 유길준이 소학교과서로 국어독본과 수신 교과서를 자담하고 기타 교과서도 편집 중임을 알린다.[23] 검정 시기와 『황성신문』 예고 기사를 고려했을 때, 『보통학수신서』와 『초등소학독본』이 겹친다. 당시 교과서 검정은 배일사상이나 애국심을 고취하거나 민족의 독립이나 자부심을 강조하는 내용이 들어있는지의 여부에 집중되었다. 이 때문에 소학, 수신, 윤리, 역사 계통의 도서가 금지 도서에 많이 포함되었다. 1908년부터 1910년까지 검정을 신청한 도서와 그 결과를 보면, 1910년 5월 말까지 검정을 신

---

20 「不許檢定」, 『황성신문』. 1908.7.23.

21 「검뎡쳥원」, 『대한매일신보』, 1908.7.25.

22 Kim Soyoung, "Textbook Inspection and Censorship in Korea during the Protectorate Period : A Study of Inspection Copies of Textbooks Compiled by the Young Korean Academy," *International Journal of Korean History* 21(2), 고려대 한국사연구소, 2016, 90~95쪽.

23 「兪氏熱心」, 『황성신문』, 1907.12.28.

청한 도서는 117종인데 이 중에서 검정을 통과한 것은 55종에 불과하고 나머지는 출판 금지되거나 인가가 보류되었다.[24] 그 점을 감안하면, 유길준이 현실적 제약 속에서 문제가 되는 부분을 수정했고, 동문관에서 교과서들을 다시 인쇄했음을 알 수 있다. 이는 국민의 교육과 교과서 발간을 향한 흥사단 내부의 의지를 드러낸다.

『노동야학독본』은 노동야학회의 사회적 영향력을 내세워 경성일보사에서 인쇄될 수는 있었지만, 차후에 흥사단 산하의 동문관에서 『노동야학』으로 개정・인쇄된다. 동문관에서 인쇄된 『노동야학』에는 노동야학회 고문인 유길준을 담은 삽화가 사라진다. 1908년 9월, 학부가 공포한 '학회령學會令'에 따라 노동야학회는 노동회로 개명하고, 노동야학교는 개인이 운영하기로 한다.[25] 이에 따라 노동회는 교육보다 노동회사적 성격이 강한 단체가 된다. 또한 노동회 내부에서는 총재 윤시병과 회장 서정주가 공금을 빼돌리는 사건이 일어나고, 결국 총재와 회장이 해임된다.[26] 노동자 교육을 내세워 출발한 노동야학회의 성격이 변질된 시점에서, 유길준이 『노동야학독본』을 노동야학회의 영향력하에 둘 명목은 사라진다. 결국 흥사단 내의 교과서 발간 사업을 담당하던 그는 『노동야학독본』을 『노동야학』으로 개제하여 동문관에서 다시 인쇄한 것이다.[27]

유길준은 『노동야학독본』이나 『노동야학』을 출판할 때, 저술을 자

24 강윤호, 『개화기의 교과용 도서』, 교육출판사. 1975, 68면.

25 「勞動夜學會改名」, 『대한매일신보』, 1908.9.10.

26 「獨立就學」, 『대한매일신보』, 1908.5.16; 「勞金犯用」, 『황성신문』, 1909.1.8; 「以勞辯勞」, 『황성신문』, 1909.1.20.

27 「연설에 대ᄒᆞ는 답사」에 쓰인 '勞動學會'라는 말은 두 책의 본문에서 그대로 유지된다.

기 명의로 발행한다. 1910년대 초 금서 처분된 도서를 보면, 당시 저술과 발행을 동시에 하는 것은 드물지 않은 현상이었음을 알 수 있다. 이러한 분위기 속에서 유길준 역시 저술만큼 발행을 중시하는 출판인으로서의 모습을 보이고, 자신의 저술을 통해 어느 정도의 '상리商利'를 추구하였다.[28] 흥사단의 인쇄소에서 발간하고 검정을 통과한 『노동야학』은 신문 서책 광고에 자주 등장한다. 광고에서 학부의 검정과 내부 인가를 받은 도서라는 점이 강조되기도 한다.[29] 이는 그보다 앞서 발간되었던 『노동야학독본』의 광고를 당시 신문에서 찾아보기 어려운 것과 대조적이다.

『노동야학』이 발굴되기 이전, 선행연구에서 『노동야학』 광고는 『노동야학독본』의 것으로 언급되었다.[30] 그러나 이것은 『노동야학독본』이 아닌, 『노동야학』 광고이다. 1909년 1월 26일 『황성신문』 광고는 이 독본이 노동자의 덕성 함양과 지식의 계발을 목적으로 간행되었을 뿐 아니라, 보통지식을 갖춘 동포도 읽을 수 있음을 보여준다. 신문 광고가 매체를 이용해 독자에게 책의 소비를 유도하는 의도적인 활동이라는 점을 감안한다면, 유길준이 광고를 통해 주요 독자층을 노동자에서 동포의 영역으로 확대했다고 생각해 볼 수 있다. 그러므로 광고의 내용은 역으로 교육적 이력이 없는 노동자를 대상으로 한 야학의 교재인 이 독본이 초

28 당시 금서 처분된 도서 가운데 저술 겸 발행인에 자신의 이름을 올린 사람은 원영의, 정인호, 안국선, 반우거, 현채, 현공렴, 이채우, 유길준 등이다. 이중연, 『'책'의 운명』, 혜안, 2001, 429면.

29 『書籍原賣廣告』, 『황성신문』, 1909.12.10.

30 저자는 「노동자 교육을 둘러싼 지식의 절합과 계몽의 정치성」(『인문논총』 69, 서울대 인문학연구원, 2013)에서 『노동야학』 광고를 『노동야학독본』 광고로 오인했으나, 『노동야학』이 발굴됨에 따라 그것을 바로잡을 수 있게 되었다.

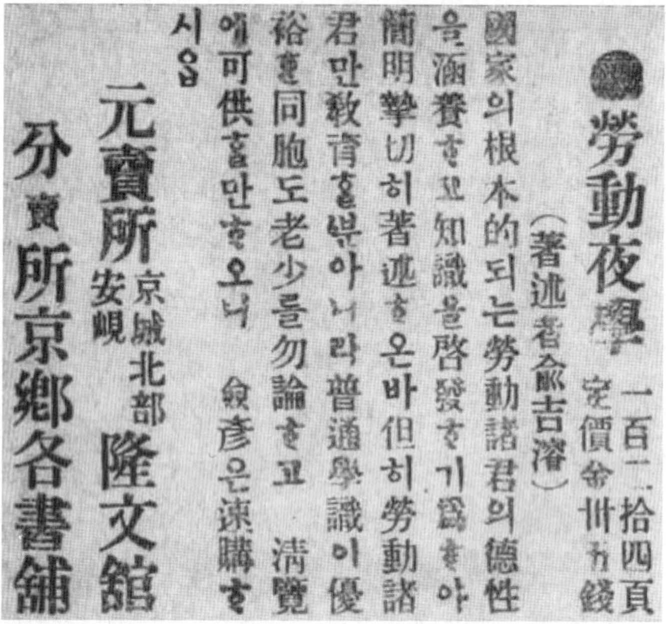
勞動夜學 一百二拾四頁 定價金卅五錢
(著述者兪吉濬)
國家의根本的되ᄂᆞᆫ勞動諸君의德性
을涵養ᄒᆞ고知識을啓發ᄒᆞ기爲ᄒᆞ야
簡明摯切히著述ᄒᆞᆫ바但히勞動諸
君만敎育ᄒᆞᆯ뿐아니라普通學識이優
裕ᄒᆞᆫ同胞도老少를勿論ᄒᆞ고 淸覽
에可供ᄒᆞᆯ만ᄒᆞ오니 僉彦은速購ᄒᆞ
시옵
元賣所 京城北部安峴 隆文館
分賣所 京鄕各書舖

〈그림 12〉 1909년 1월 26일에 『황성신문』에 실린 『노동야학』 광고

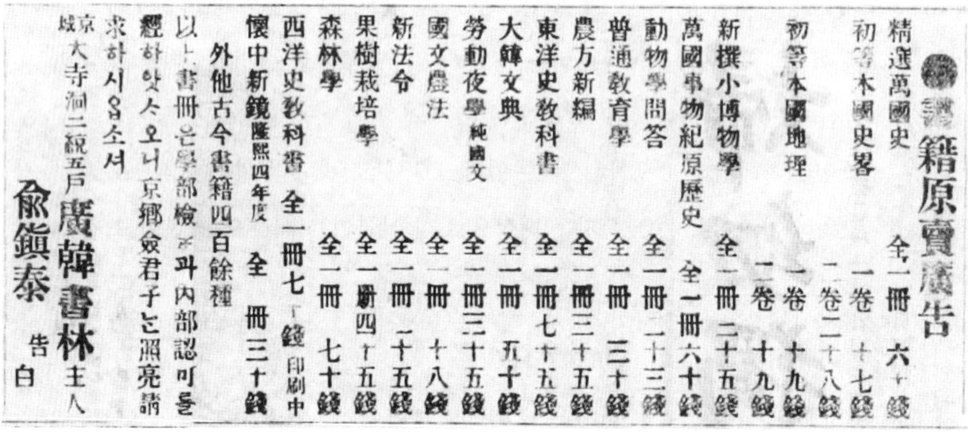
書籍原賣廣告
精選萬國史 全一冊 六十錢
初等本國史畧 一卷 十七錢
二卷 二十八錢
初等本國地理 一卷 十九錢
二卷 十九錢
新撰小博物學 全一冊 二十五錢
萬國事物紀原歷史 全一冊 六十錢
動物學問答 全一冊 二十三錢
普通敎育學 全一冊 三十錢
農方新編 全一冊 三十五錢
東洋史敎科書 全一冊 七十五錢
大韓文典 全一冊 五十錢
勞動夜學 純國文 全一冊 三十五錢
國文[illegible]法 全一冊 十八錢
新法令 全一冊 二十五錢
果樹栽培學 全一冊 四十五錢
森林學 全一冊 七十錢
西洋史敎科書 全一冊七十錢 印刷中
懷中新鏡 隆熙四年度 全 冊 三十錢
外他古今書籍四百餘種
以上書冊은學部檢定과內部認可를
經ᄒᆞ얏ᄉᆞ오니京鄕僉君子ᄂᆞᆫ照亮請
求ᄒᆞ시옵소셔
京城 大寺洞二統五戶 廣韓書林 主人
兪鎭泰 告白

〈그림 13〉 1909년 12월 10일 『황성신문』에 실린 광한서림의 서적원매광고. 광고 말미에 학부 검정과 내부 인가를 거쳤음을 강조하는 문구가 눈에 띈다. 『노동야학』의 책 제목 아래에는 조그만 글씨로 '순국문(純國文)'이라는 말이 덧붙어 있다.

급자를 대상으로 한 (어학)교재의 수준을 넘어선 내용을 담고 있음을 방증하는 자료이기도 하다. 광고에도 불구하고 『노동야학』은 독자들에게 인기를 얻지 못했던 것 같다. 『대한매일신보』 기사에는 '유길준이 노동학교 교과서 삼천 부를 발간하여 노동자의 학문을 계발코자 했으나 그 책을 인쇄한 후에 구람하는 자가 희소하여 유길준이 호남학회 총무를 심방하여 그 책 60여 권을 기부'[31] 한 사실이 보도되기 때문이다.

『한국개화기교과서총서』 해제에는 『노동야학독본』이 1909년 치안법 위반으로 금서 처분되었다고 기록되어 있지만, 현재 그와 관련한 자료를 찾을 수가 없다. 1909년 2월 23일 출판법이 통과되어 2월 26일에 반포되었으나, 그 이전에도 서책 압수와 저자의 가택 수색[32] 등의 조치가 있었으므로, 그 가능성을 배제할 수는 없다. 『노동야학』을 발행하고 3개월 후, 경시청 순사가 유길준의 집에 가서 그의 신분상 이력을 소상히 탐문[33]했다는 기사가 있다. 이는 유길준이 회장으로 있던 한성부민회에서 편찬 발간한 민회규약民會規約을 경시청에서 압수한 사건[34]이 보도되고, 4일 뒤의 소식이다. 당시 통감부에서 유길준의 활동과 서적 편찬을 예의 주시하고 있었음을 알 수 있는 대목이다. 유길준은 『노동야학독본』에서 많은 부분을 삭제하고, 새로운 내용을 추가하여 학부의 검정과 내부 인가를 거쳐 1909년 1월 10일 『노동야학』을 발행한다. 그러나 이 책은 1913년 7월 19일 치안법 위반으로 금서 처분된다.[35]

---

31 「로동교과발간」, 『대한매일신보』, 1909.7.25.

32 대한제국기 출판법 제정 과정에 대해서는 송민호의 논의를 참고했다. 송민호, 『대한제국시대 출판법의 제정과 출판검열의 법-문자적 기원』, 『한국현대문학연구』 43, 한국현대문학회, 2014. 19~20면.

33 「履歷探問」, 『대한매일신보』, 1909.4.21.

34 「民會規則押收」, 『황성신문』, 1909.4.17.

3. 삽화를 생략하고 국문체로 글쓰기

『노동야학독본』을 언급할 때, 강조되는 것 중 하나는 바로 목차 앞에 실린 '삽화'이다. 그런데 『노동야학』에는 그 삽화가 빠져 있다. 우선, 노동자와 달리 '노동야학회 고문'이라는 특정 레테르를 지닌 채 삽화에 등장했던 유길준이, 동문관에서 『노동야학』을 간행하며 특정 수식어에 갇히지 않은 상태를 지향했을 가능성이 있다. 『노동야학』은 노동야학회가 '노동회'로 개명하고, 노동야학교를 별도 운영하기로 한 이후에 간행되기 때문이다. 노동자에 비해 상대적으로 크고 권위 있는 모습으로 그려진 유길준의 형상에 대해 노동야학 관련 서적에 걸맞지 않다고 판단했을 가능성도 있다. 또는 유길준과 노동자 개인의 계몽적 관계에서 벗어나 『노동야학』을 훨씬 다층적인 독자에게 읽힐 수 있는 텍스트로 확장하기 위한 방법일 수 있다. 책의 서문 격이었던 삽화가 생략되어 독자는 유길준에 의한 노동자 계몽이라는 단선적 관계로부터 벗어나 이 책을 접하게 된다.

1909년 1월 26일 『황성신문』 광고에 제시된 것처럼 『노동야학』은 노동자만을 위해서가 아니라, 보통 학식을 갖춘 동포가 노소老少를 불문하고 볼 수 있게 간행된 책이다. 기존의 제목에서 '독본'이라는 단어를 삭제해, 노동야학의 교과서라는 느낌을 상쇄한 것은 그 맥락에서 이해할 수 있다. 각 단원의 제목이 쪽번호 위에 제시되었으며, 문장 내에 끊어 읽을 수 있는 곳에 쉼표를 찍어 둔 것도 이전과 다른 부분이다. 이는 독자

35 월간 신동아 편집실 편, 『일정하의 금서 33권』, 동아일보사, 1980, 259면.

를 배려한 방향에서 『노동야학』이 편집되었음을 의미한다. 분량은 기존에 91쪽이던 것이 118쪽으로 늘어났다. 지면이 늘어난 탓인지 책값도 30전에서 35전으로 비싸졌다.

또한 『노동야학』에는 『노동야학독본』에 비해 한자 표기가 줄어든다. 특히 『노동야학독본』의 문체적 특성인 한자의 훈독과 부속국문 표기가 사라진다. 『노동야학독본』의 『육조가六條歌』의 경우, 특이하게 "말삼(言)으로 통정(通情)ᄒᆞ고 / 글자(文字)로ᄂᆞᆫ 가라치니(教)"처럼 노래를 국문으로 표기하고 부속으로 한자를 달아두었다. 그러나 『노동야학』의 『육조가』에는 한자로 부속 표기한 것을 지웠다. 한자 표기되었던 것들을 한글로 풀어서 쓰고, 최소한의 한자만 남겨 두었다. "肉身(고기 몸)"[36]처럼 훈독한 국문 어휘가 어색한 것들을 "육신"[37]처럼 과감히 음독한 채로 두었다. 또한 "집을興(이르키)는쟈ᄂᆞᆫ사람의도리를修(닥그)며"[38]처럼 풀어쓴 국문만으로도 뜻이 통하는 표현에서는 "집을 이르키는쟈ᄂᆞᆫ, 사람의도리를 닥그며"[39]처럼 한자를 삭제하고 훈독한 국문만 남겼다. 한자를 한글로 풀어쓴 결과, 『노동야학』은 『노동야학독본』에 비해 단원 수가 줄었음에도 전체 분량은 늘어난다.

『노동야학독본』의 문체에 대해서는, 유길준이 『노동야학독본』의 원고를 원래 국한문이 아니라 한글로 쓴 후, 부속국문체로 바꾸어 인쇄한 것이라는 견해가 제기된 바 있다.[40] 국한문체는 한문을 사용하던 사람

---

36 유길준, 「第九課 我身」, 『노동야학독본』, 경성일보사, 1908, 13면.
37 유길준, 「第九 내몸」, 『노동야학』, 동문관, 1909, 17면.
38 유길준, 「第二課 人의道理」, 앞의 책, 1908, 3면.
39 유길준, 「第二 사람의 道理」, 앞의 책, 1909, 3면.
40 김영민, 「근대 계몽기 문체 연구－유길준을 중심으로」, 『동방학지』 148, 연세대 국학연구원, 2009, 411면.

배화보셰 배화보셰

第九課 我身

사람이世에나매氣과血를父母에게바다셔肉身이되야其形을나탄ᄒᆞ고靈ᄒᆞᆫ性은하날에바닷나니此갈온靈魂의知覺이니라

千萬사람이各기셔로我가잇시니나의몸은나의형샹이오나의목숨이라母갓튼至親이라도그먹는食이子의飢을구원치못ᄒᆞ고兄갓튼至情이라도그립는衣이弟의寒를막지못ᄒᆞᆫ즉나의몸은내가護ᄒᆞ며내가養나니라

나의몸은내가持고남에게依차말지며남에게屈지말지어다사람의삭을밧고力드는일을ᄒᆞᆯ진대이는나의힘을賣음이오智쓰는일을ᄒᆞᆯ진대이는나의디혜를팔음이니나의몸은他人이가지지못ᄒᆞ대만일罪를犯ᄒᆞᆫ則法이가져가나니라

且념금과어버이며나라에向ᄒᆞ야는我의身을獻나니그러ᄒᆞᆫ고로死

勞動夜學讀本 第一　一三

〈그림 14〉『노동야학독본』의 제8~9과 원문

닛(忘)지말(勿)고행(行)ᄒᆞ여라
사람되는우리의무(義務)라
뛰여나(超出)게놉(高)히오자
사람되는우리자격(資格)
부(勤)지런이힘(務)쓰오자
사람되는우리직업(職業)
질(樂)거옵게누(享)리오자
사람되는우리복록(福祿)
디식(知識)업시ᄒᆞᆯ수잇나
졍셩(精誠)으로배화보셰
배호고도배호며는
못되는일업나니라
어화어화됴ᄒᆞᆯ시라

질거웁게누리오자
사람되는우리복록
지식업시ᄒᆞᆯ수잇나
정셩으로배화보세
배호고도배호며는
못되는일업나니라
어화어화됴ᄒᆞᆯ시라
배화보세배화보세

第九 내몸

사람이 世上에 나매、긔운과 피를 父母에게 바다서、육신이 되야、그형상을나탄ᄒᆞ고、신령ᄒᆞᆫ셩품은 하날에 바닷나니、이 갈온 령혼의지각이니라

勞動夜學第一　八여섯가지노래 第九내몸　一七

〈그림 15〉『노동야학』의 제8~9과 원문

第八 여셧가지노래

우리노릇할양이면
큰근본이여셧가지
쉬지말고닥그어라
사람되는우리도리
곳치말고직히어라
사람되는우리권리
닛지말고행ᄒᆞ여라
사람되는우리의무
뛰어나게놉히이자
사람되는우리자격
브지런히힘쓰오자
사람되는우리직업

들과 국문을 사용하던 사람들 모두에게 계몽의 메시지를 전달하려는 욕구로 나타난 절충적인 문체였다는 점에서, 독자의 범위를 넓히기 위한 현실적인 시도였다. 즉 당대 지식인들이 국한문체를 국문체로 나아가는 과도기적 문체로 인식하고 있었다고 보기는 어렵다. 당시에는 국한문체가 다양한 편차를 드러낸 채 공존하면서 여러 시험의 과정을 거치고 있었기 때문이다.[41] 유길준의 문체 구사 방식이 한문체-국한문혼용체-국문체의 단선적 진화를 거쳤는지의 여부는 유길준의 당대 저술을 두루 살핀 가운데 논의될 문제이다. 특히 경성일보사나 홍사단 편집부를 통해 발행된 교과서와 비교될 필요가 있다.

유길준이 『노동야학독본』을 출판한 1908년, 주정균朱定均은 경성일보사에서 『법학통론法學通論』을 국한문혼용체로 발간한다. 그리고 이 책에 유길준이 국한문혼용체로 서문을 썼다. 이러한 사실은 경성일보사 측에서 부속 국문체나 한자어의 훈독을 요청한 것이 아님을 방증한다. 주정균은 경제학자이자 교육자였던 유승겸이 보성전문학교에서 가르쳤던 제자이다. 유승겸은 유길준과 7촌 사이로, 두 사람은 국민학계國民學契, 국민교육회國民教育會, 대한구락부大韓俱樂部, 대동학회大東學會, 기호흥학회畿湖興學會 등의 자강운동 단체에 함께 참여했다. 또한 이 책은 판검사와 변호사로 활동했던 장도張燾가 교열을 했는데, 그는 개화기에 한국인이 저술한 법률서적 가운데 가장 대표적인 것으로 꼽히는 『형법론총칙刑法論總則』(1906)과 『신구형사법규대전新舊刑事法規大全』(1907)을 발간한 인물이다. 『신구형사법규대전』은 국한문체로 서술되었으며, 남궁억이 한문체로 쓴 서문이

41 문혜윤, 『문학어의 근대』, 소명출판, 2008, 13~14면.

실려 있다. 장도는 흥사단 창립 임원으로, 대한구락부와 기호흥학회[42] 같은 자강운동 단체에도 참여했다.

동문관은 유길준이 흥사단에 부설하여 인쇄, 발행 사업을 관장한 기관이다. 설립 초기에는 인쇄소로 출발하였으나 점차 발행 사업에도 관여했다.[43] 동문관에서 1909년 유길준의 『대한문전大韓文典』,[44] 윤성준의 『신찬소박물학新撰小博物學』,[45] 흥사단 편집부[46]의 『초등본국약사初等本國略史』 1~2권, 『초등본국지리初等本國地理』 1권을 출판했다. 1908년 안악군 면학회에서 발행된 『대한문전』 초판에 실렸던 이상재의 서문은 1909년 동문관에서 발행될 때 유길준의 자서自序로 대체된다. 한문체에 가까운 이상재의 서문을 뺀 자리에, 유길준은 국한문체로 '언문일치言文一致의 정신精神'[47]을 강조하는 서문을 싣는다. 『초등본국약사』와 『초등본국지리』에는 따로 서문이 없다. 이는 『노동야학』이 서문 없이 발간된 것과 같다.

흥사단 편집부가 저술 편찬한 『초등본국약사』 1~2권, 『초등본국지리』 1권은 국한문혼용체를 기본으로 하되 한자를 음독하여 오른쪽에

42 마스타니 유이치, 앞의 책, 211~213면.

43 김봉희, 『한국 개화기 서적문화 연구』, 이화여대 출판부, 1999, 48면.

44 『대한문전』은 1908년 1월 안악군면학회(安岳郡勉學會)에서 초판이 나왔고, 그해 6월 재판이 나왔다. 이 책의 저자가 최광옥(崔光玉)으로 표기되어 있어 유길준이 1909년에 동문관에서 발행한 『대한문전』과 다른 종류의 책으로 알려져 왔으나, 두 책 모두 유길준의 저서로 밝혀졌다.

45 이 책은 1907년 6월에 광학서포에서 초판, 1907년 11월에 국민교육회에서 재판, 1909년에 동문관에서 3판이 발행되었다. 이 책의 출판 이력은 윤성준이 흥사단, 흥사단에 합류한 국민교육회와 대한구락부, 국민교육회의 전신인 국민학계의 회원이었던 사실과 관련이 있다.

46 흥사단의 편집부장인 박정동은 한성사범학교를 졸업하고 관립 소학교와 남원군의 공립 소학교, 한성사범학교에서 교사 생활을 했다. 그는 휘문의숙에서 이학(理學)을 강의하기도 했다. 그리고 기호흥학회와 교남학회, 흥사단 등 각종 학회에서 두드러진 활동을 벌인 인물이다. 김봉희, 앞의 책, 123면.

47 유길준, 「大韓文典自序」, 『大韓文典』, 동문관, 1909, 7면.

부속국문체로 표기하였다. 이는 1908년 『노동야학독본』이 경성일보사에서 간행될 때, 한자를 훈독한 부속국문체로 표기된 점에 비춰 주목할 부분이다. 『초등본국약사』 1~2권과 『초등본국지리』 1권은 표제를 통해 초등 교육용 교과서로 기획된 것임을 알 수 있다. 노동자를 대상으로 한 도서에는 한자를 한글로 훈독하여 현토로 달아두고, 학생을 대상으로 한 도서에는 한자를 한글로 음독하여 현토로 달아둔 것이다. 이는 독자를 감안하여 문체를 달리해야 한다는 저자(및 편집자)의 의식이 반영된 결과이다. 이후, 유길준이 노동야학을 국문체로 발간한 사실 역시 이를 뒷받침한다.

유길준의 문체는 시간의 흐름에 따라 한문체에서 국문체로 나아갔다고 보기 어렵다. 그는 같은 해에 발행한 서적에서도 독자를 고려하여 문체를 달리 선택했다. 황호덕이 언급한 것처럼 '유길준은 독자와 교양의 배치를 고려하여 여러 문체 실험을 했고, 독자의 중층성이 유길준 문체의 선형적 변화를 허용하지 않았'[48]던 것이다. 물론 '노동에 대한 이해를 도모하고 노동자를 계몽하는 일반 식자층'과 '노동자'를 위해 두 권의 책을 저술하는 과정에서 유길준이 국문체를 지향한 것은 분명하다. 『노동야학』의 광고에서 '순국문'을 강조한 것은, 유길준이 한문을 쓰던 사람과 국문을 쓰던 사람 모두를 독자로 포섭하려는 절충성을 포기했음을 의미한다. 인쇄자본주의의 영향을 받아 표준화된 활자어가 보급되는 지역 안에서 독자들은 자신이 특정 민족에 속해 있다는 상상의 관념을 가지게 된다.[49] 당시 국문체가 선택된 데에는, '국민'이라는

48 황호덕, 앞의 책, 103~104면.
49 베네딕트 앤더슨, 윤형숙 역, 『상상의 공동체』, 나남, 2004, 65~67면.

이름을 부여하기 위한 언어의 민주화 과정과 '국가'의 통합을 위한 언어의 표준화 과정에서 한문이 배타적인 것으로 인식된 점이 주요한 원인으로 작용하였다.[50] 유길준은 국문체를 선택하여, 노동자를 국어의 민주화와 표준화의 근거로 삼는다.

유길준의 노동 교과서는 그가 「소학교육小學教育에 대對ᄒᆞᄂᆞᆫ 의견意見」이란 논설에서 강조했던 바를 실천하는 방향으로 나아갔다. 그에 따르면 소학교육은 "國民의 根本 教育"이며, "人世의 普通知識"을 습득하는 일이다. 그리고 "1. 國語로 以ᄒᆞ는 事 2. 國體에 恊ᄒᆞ는 事 3. 普及을 圖ᄒᆞ는 事"[51]를 방법으로 삼아야 한다. 유길준의 관점에서 볼 때, 소학교육의 대상은 유년에만 한정된 것이 아니다. 배움이 없이 살아온 성인이 보통지식을 내면화하기 위해서는 그 수준에 맞게 소학교육의 방식을 적용할 수 있어야 한다.

노동야학회는 정부 및 사회에서 주의하는 중등 이상의 교육을 위한 것이 아니라 '하등인'의 교육을 위해 '상등 노동인의 심력' 속에서 설립되었다.[52] 노동야학회의 교육사업은 상하의 구별 속에서 하등 노동자에 대한 상등 노동인의 연민과 동정, 책임의식을 그 기원에 두고 계몽을 위한 기능적 관계(가르치는 자/배우는 자, 시혜자/수혜자)를 전제하고 있었다.[53] 이 때문에 『노동야학독본』의 문체는 순국문체가 아니라, 노동자를 가르치는 식자층을 감안하여 국한문혼용의 부속 국문체일 수밖에 없었다. 그러나 유길준은 흥사단의 교과서 발간 사업을 진행하는 중에

50 문혜윤, 앞의 책, 15면.

51 유길준, 「小學教育에 對ᄒᆞᄂᆞᆫ 意見」, 『황성신문』, 1908.6.10.

52 「勞動夜學會」, 『황성신문』, 1907.3.19.

53 조윤정, 앞의 책, 416~417면.

『노동야학』을 간행하며, 문체의 중심을 지식인이 아닌 노동자로 돌려놓는다. 그는 『노동야학』 저술 과정에서 국문체를 지향하여 국민 계몽에 대한 자신의 의지를 투영, 확장한 것이다.

4. 교과서 검정에 따른 저술과 편집의 변화[54]

유길준이 『노동야학』을 펴내며 시도한 구성 및 내용상의 변화를 살피기 위해서는 우선 목차의 비교가 필요하다. 『노동야학독본』과 『야학독본』의 전체 구성은 〈표 3〉과 같다

『노동야학독본』과 『노동야학』은 구성과 내용상 많은 부분 겹친다. 크게 나눠볼 때, 제1～14과는 사람과 사람을 둘러싼 환경, 제15～31과는 노동의 개념·특성·의의·종류·덕목, 제32～47과는 국민이 지녀야 할 자질과 소양·사회를 구성하고 유지하는 이치 등으로 정리할 수 있다. '인간-노동-국민의 자질과 도덕'으로 이어지는 기본 체제는 『노동야학』에서도 유지된다. 유길준은 근대 사회로의 전환을 위해서는 교육적 혜택을 받지 못한 노동자의 계몽만이 아니라, 노동(자)에 대한 국민 전체의 의식 변화가 필요하다고 생각했다. 두 판본 모두 그 입장을 공유한다.

---

54 4장은 「유길준의 『노동야학』 해제」(『근대서지』 17, 근대서지학회, 2018)에 수록한 표와 2～3장의 내용이 포함되어 있다. 이 장에서는 해제에서 언급하지 못했던 지점, 유길준이 『노동야학』을 발간하며 문장 및 단락 단위의 대체나 첨가를 시도한 부분에 대한 검토를 새로 추가하여 보완했다.

〈표 3〉『노동야학독본』과 『야학독본』의 목차 비교

노동야학독본		야학독본		노동야학독본		야학독본	
과	주제	과	주제	과	주제	과	주제
1	人(사람)	1	사람	26	勞動演說(로동연셜) 三	26	勞動演說 二
2	人의道理(사람 도리)	2	사람의道理	27	勞動演說(로동연셜) 四	27	勞動演說 三
3	人의權利(사람 권리)	3	사람의權利 ▲	28	勞動演說(로동연셜) 五	28	勞動演說 四
4	人의義務(사람 의무)	4	사람의義務 ▲★	29	勞動演說(로동연셜) 六	29	勞動演說 五
5	人의資格(사람 쟈격)	5	사람의資格	30	演說에對ᄒᆞ는答辭(연셜 대 답사)	30	勞動演說 六
6	人의職業(사람 직업)	6	사람의職業 ▲	31	高皇帝의子孫되는國民(고황뎨 자손 국민)	31	演說에대ᄒᆞ는답사
7	人의福祿(사람 복록)	7	사람의福祿	**32**	~~國民되는義務~~(국민 의무)	32	高皇帝의子孫되는國民
8	六條歌(육조가)	8	여섯가지노래	33	道德(도덕)	**33**	**친구**
9	我身(내몸)	9	내몸	34	사람의自由(자유)	34	사람의自由 ▲
10	我家(내집)	10	내집	35	人의相助음(사람 셔로도)	**35**	**나라의法令**
11	吾君(우리님금)	11	우리님금 ▼	36	錢(돈)	36	道德 ★
12	我國(우리나라)	12	우리나라 ★	37	儉約(검약)	37	사람의셔로도음
13	~~愛國歌~~(애국가)	**13**	**父母에게孝ᄒᆞ라**	38	約束(약속)	38	돈(錢)
14	食과衣과家(밥 옷 집)	14	밥과옷과집	39	眞言ᄒᆞ는일(참말삼)	**39**	**時間은財産이라**
15	我活는노릇(나사)	15	나사는노릇	**40**	~~慈善~~(자션)	40	儉約ᄒᆞ라 ▲
16	力役(힘역사)	16	힘역사	**41**	~~淸潔~~(청결)	**41**	**貯蓄ᄒᆞ라**
17	勞動의定業(로동 뎡업)	17	勞動의定業	**42**	~~勇氣~~(용긔)	42	約束을직히라
18	勞動의雜業(로동 잡업)	18	勞動의雜業	**43**	~~團合~~(단합)	43	참말삼ᄒᆞ는일
19	勞動의正直(로동 졍딕)	19	勞動의正直	**44**	~~奮發~~(분발)	44	競爭
20	勞動의誠實(로동 셩실)	20	勞動의誠實	**45**	~~秩序~~(질셔)	45	競爭演說
21	勞動의勤勉(로동 근면)	21	勞動의勤勉	**46**	~~獨立~~(독립)	46	外國사람과교졔ᄒᆞ는일
22	勞動의巨祿ᄒᆞᆫ事(로동 거록 일)	22	勞動의거룩ᄒᆞᆷ	47	競爭(경쟁)	47	ᄉᆞ사로도음
23	勞動歌(로동가)	23	勞動歌	48	競爭演說(경쟁연셜)	48	
24	勞動演說(로동연셜) 一	**24**	**樹木을심으라**	49	外國사람과交際ᄒᆞ는事(외국 교졔 일)	49	
25	勞動演說(로동연셜) 二	25	勞動演說 一	50	自로助음(ᄉᆞ사 도)	50	

취소선으로 표시한 과는 『노동야학독본』에 있었으나 『야학독본』에는 삭제된 내용
고딕체로 표시한 과는 『야학독본』에 새로 추가된 내용
▼ 표시가 있는 과는 문장 단위 이상의 삭제가 일어난 단원
▲ 표시가 있는 과는 문장 단위 이상의 추가가 일어난 단원
★ 표시가 있는 과는 문장 단위 이상의 대체가 일어난 단원

1) 삭제된 내용

『노동야학독본』에 있었으나 『노동야학』에는 삭제된 단원이 있다. 유길준은 『노동야학독본』에서 9개의 단원을 삭제하고 『노동야학』에 6개의 단원을 추가했다. 그 결과 『노동야학』에는 3개의 단원이 줄었다. 기존의 내용에서 삭제된 것은 '13과 애국가, 32과 국민되는 의무, 40과 자선, 41과 청결, 42과 용기, 43과 단합, 44과 분발, 45과 질서, 46과 독립'이다. 이 단원들이 삭제된 이유를 살펴보자.

『노동야학독본』은 전체의 20%가량이 노래, 연설, 답사 형식으로 이루어져 있다. 이 단원들은 앞선 내용을 정리하여 독자의 이해를 돕기 위한 것이다. 『노동야학』에서는 이 노래와 연설 중 〈애국가〉만 빠지고, 〈육조가〉, 〈노동가〉, 「노동연설 1~6」, 「연설에 대하는 답사」가 남는다. 여기에는 선택적 배제의 논리가 작용한다. 〈애국가〉는 '우리나라'에 대한 사랑을 강조하며, 이천만 동포가 '일심단체' 되어 나라를 지키자는 뜻을 담고 있다. 국민의 '자주독립' 실현을 강조하는 이 글은 대한제국의 위태로운 상황과 연결해 읽으면, 그 의미가 더욱 분명해진다. 이 노래가 삭제된 맥락은, 『노동야학독본』에서 빠진 다른 과의 내용을 통해서도 짐작할 수 있다.

유길준은 이밖에도 13과 애국가 이 외에 32과 국민되는 의무, 40과 자선~46과 독립 단원을 삭제하는데, 이 단원들은 공통적으로 국민의 본분을 강조한다. 당시 유길준을 비롯한 대한제국의 지식인에게는 근대의 경제적 관계가 만들어 낸 노동자라는 새로운 하위계급을 의무와 도덕으로 묶어 내는 테크놀로지가 개발될 필요가 있었으며, 이를 다시 정치의 영역에 재등기할 필요도 있었다.[55] 삭제된 단원은 그에 따라 요청된 내용들이다. 특히 32과나 42~46과는 국민의 법률적, 군사적, 도덕적, 교육적, 경제적 의무를 강조한다. 그리고 나라를 위한 국민의 용맹, 충의, 단합, 필사의 정신을 역설하여 국가의 독립을 환기한다.

兵丁(병정)아니될수잇나內亂(내란)이잇는ᄯᅢ에鎭定(진뎡)ᄒᆞᆯ지오外國(외국)의侵(침노)잇신즉君(님금)을위ᄒᆞ며國(나라)를위ᄒᆞ야死(죽)기로싸호지아니치못ᄒᆞᆯ지니라[56]

兵(군사)가되야外國(외국)과싸호거든죽기로써맹셔ᄒᆞ야용맹을다ᄒᆞᆷ이可(가)ᄒᆞ거니와나라의위태ᄒᆞᆫᄯᅢ에義兵(의병)이라假稱(가칭)ᄒᆞ고盜(도적)의事(일)을행ᄒᆞᆷ은츙의도아니며용맹도아니니라[57]

사람이何(므삼)일을ᄒᆞ든지그일에精誠(정셩)을다ᄒᆞ야반다시國家(나라집)으로以(써)근본을삼고雖彼(비록뎌)버리ᄒᆞᄂᆞᆫ노릇이라도農(농사)든지工匠(공장)이나商(쟝사)든지士(션배)가皆(다)갈오대此(이)ᄂᆞᆫ나라를위ᄒᆞᆷ이라ᄒᆞ야千萬(쳔만)사람의마암이國(나라)위ᄒᆞ는一路(한길)에注(ᄶᅩᆺ)칠진대其氣運(그긔운)이웅장ᄒᆞ며그졍신이堅固(견고)ᄒᆞ야텬하에대젹이업나니라[58]

새학문을닥지아니ᄒᆞ면네노릇은남의죵될ᄲᅮᆫ이라ᄒᆞ나니다

분발ᄒᆞᆯ지어다同胞(동포)들아同心合力(동심합력)이어차이나라를이릐키셰살랴거든죽기를므릅쓰소[59]

秩序(질셔)를守(직히)어上下(우아래)가和(화)ᄒᆞᆫ然後(연후)에야國權恢復(국권회복)이될지니라[60]

---

55 황호덕, 앞의 책, 111면.

56 유길준, 「第三十二課 國民되는 義務」, 앞의 책, 1908, 55면.

57 「第四十二課 勇氣」, 위의 책, 75면.

58 「第四十三課 團合」, 위의 책, 76면.

59 「第四十四課 奮發」, 위의 책, 78~79면.

> 사람이能히其一身의獨立을守어야其國의獨立을保ᄒᆞ나니國사람이다獨立ᄒᆞ는사람이된연후에야國家의獨立을全히ᄒᆞᆯ지니라[61]

인용문은 삭제된 과의 일부분이다. '외국의 침노', '나라의 위태한 때'와 같은 표현이 대한제국의 정치적 상황을 암시한다면, '죽기로써 맹세', '충의', '단합', '동심 합력하여 나라를 일으키세' 등의 내용은 그 위기 앞에서 국민이 보여줄 수 있는 집단정신, 희생 의지 등을 자극한다. 그리고 '국권 회복', '국가의 독립' 같은 어휘는 유길준이 지녔던 구국에 대한 열망을 드러낸다.

한 단원 전체는 아니지만 『노동야학독본』에서 삭제된 부분을 살피면 『노동야학』의 검열 여부가 더욱 분명해진다. 「우리 님금」에서 삭제 처리된 "우리목심바친후에千百番을死드라도世世로生제마다大韓人으로태여나서"[62]와 같은 표현도 대한제국 국민으로서의 정체성을 환기하고 나라를 위한 헌신을 역설한 부분이다. 이런 내용들은 당시 독자가 정치적으로 민감하게 반응할 부분이 『노동야학』 간행 과정에서 삭제된 것이라 판단할 수 있는 단서들이다.

앞서 살핀 것처럼 한말의 통감부는 국내의 신문 잡지 단행본 등 출판물에 사전 검열을 강행하여 내용의 삭제를 명령하거나 사후에 압수 처리했다. 특히 교과서는 학부의 검인정 철차를 거쳐야 했다. 그러므로 유길준이 동문관을 통해 『노동야학』을 간행하는 중에 학부의 사전 검

60 「第四十五課 秩序」, 위의 책, 81면.
61 「第四十六課 獨立」, 위의 책, 83면.
62 「第十一課 吾君」, 위의 책, 16면.

열을 거치며, 해당 단원의 삭제 명령을 받았을 가능성이 높다. 40과 자선, 41과 청결은 정치적으로 강경한 어조를 띤 단원은 아니다. 그러나 다른 단원에서 간단하게 언급한 내용이고, 바로 뒤에 이어오는 단원들이 통째로 삭제되는 상황에서 남겨진 앞뒤 단원들을 자연스럽게 연결하기 위해 삭제했을 가능성이 높다. ‘돈’, ‘검약’, ‘약속’, ‘진언’을 주제로 삼은 단원과 ‘경쟁’을 중심에 둔 단원을 어색하지 않게 이어주기 위해 유길준은 ‘자선’, ‘청결’ 관련 단원을 삭제하고 ‘시간’, ‘저축’ 관련 단원을 첨가한다. 이처럼 그는 어그러진 체제상의 문제를 해결하기 위해 과감한 편집 능력을 발휘한다. 그러므로 『노동야학』은 저자-독자라는 단순한 관계를 넘어 저자-검열자-(편집자로서의)저자-독자라는 새로운 틀 속에서 읽어야 할 텍스트이다.

2) 대체된 내용

『노동야학』에는 『노동야학독본』의 일부분이 다른 내용으로 교체된 사례가 있다. 목차 비교 표에서 확인한 것처럼 제목의 수식어를 서술어로 변경한다든지, 돈을 세는 단위가 “돈”에서 “량”으로,[63] “法國(법국)이 조타”가 “법국이 셩ᄒᆞ다”,[64] “二千萬同胞(이천만동포)”가 “二千萬百姓”[65]으로 바뀐 것처럼 단어 수준의 변화가 많다. 무엇보다 建立(건립)”이 “세우는”으로 바뀐 것처럼 한자어를 국문으로 바꿔 쓴 예가 가장 많다. 이 책이 전체적으로 국문체를 지향하였으나 유길준은 노동, 문명, 귀, 천, 세상, 국민, 대

63 유길준, 「第二十 勞動의 誠實」, 앞의 책, 1909, 42면.

64 「第二十二 勞動의 거룩흠」, 위의 책, 46면.

65 「第三十二 高皇帝의 子孫되는 國民」, 위의 책, 72면.

한, 재물 등의 경우 『노동야학독본』에서 국문으로 표기하였던 것을, 『노동야학』에서는 "勞動"과 "文明", "貴", "賤", "世上", "國民", "大韓", "財物"로 바꿔 썼다. 국문체의 저술에서 몇 가지 단어가 한자어로 쓰였을 때, 그것이 더욱 두드러져 보이는 효과를 지닌다. 유길준은 『노동야학』에서 중심이 되는 이 단어들을 한자로 써서 강조하고, 독자가 자꾸 보아 그 의미까지 되새기게 하였던 것이다.

이밖에 문장이나 단락 수준의 변화가 나타나는 부분도 있다. 이때, 유길준은 노동자에게 백성으로서 의무가 부과될 수밖에 없는 이유를 설명하거나, 나라의 부강이 백성에게 미치는 영향을 강조하는 방향에서 기존의 내용을 수정한다. 그런데 여기서 주목할 공통점은 '나라를 지키기 위해'와 같은 표현, 즉 대한제국의 정치적 상황이나 그것의 극복 의지가 포함된 부분에 수정이 이루어진다는 것이다.

> 나라의民(백셩)되야ᄂᆞᆫ最大義務(가쟝큰의무)가二(두)가지라
>
> 하나ᄂᆞᆫ曰(갈오)대賦稅(부셰)를納(들이)는義務(의무)이니나라일은재물아니고ᄂᆞᆫ하지못ᄒᆞᆫ즉나라일ᄒᆞ기爲(위)ᄒᆞ야부셰를들임이오
>
> 둘은갈오대徵兵(징병)에應(응)ᄒᆞ는義務(의무)이니나라守(직히)기ᄂᆞᆫ군사아닌즉능치못ᄒᆞ는고로나라직히기위ᄒᆞ야징병에응ᄒᆞᆷ이라[66]

> 사람은, 다만 자긔혼자 살지못ᄒᆞ고, 반다시 무리지어살며, ᄯᅩ 다만 무리만 지어살지못ᄒᆞ고, 그지은무리가 반다시 나라를 셰워 그목심과 재산과 권리ᄅᆞᆯ,

66 유길준, 「第四課 人의 義務」, 앞의 책, 1908, 5면.

그 나라에 의탁ᄒᆞ나니라

이러케, 나라의백셩이 되야, 나라의보호를 밧는고로, 나라에 대ᄒᆞ야, 백셩되는의무가 잇나니, 그의무ᄂᆞᆫ, 한두가지가 아니나, 그즁 뎨일 중대ᄒᆞᆫ것은, 나라에서 쓰는재물을 만들기위ᄒᆞ야, 부셰를밧치며, 또 나라에 향ᄒᆞ야, 충셩으로 복종홈이니라[67]

유길준은 『노동야학독본』의 「사람의 의무」에서 백성이 세금을 내고 병정이 되는 일을 강조한다. 그러나 『노동야학』에서는 백성의 의무를 설명하기 위해 '나라'의 필요성을 전제로 세우고, 백성이 나라의 보호를 받기에 감수해야 하는 의무를 부세와 충성으로 집약한다. 세 개의 문장을 교체하면서 앞서 징병이라 표현했던 부분을 '충성'으로 대체했음을 확인할 수 있다. 「도덕」이란 단원에서도 "병뎡되기를 실혀아니ᄒᆞ는류ᄂᆞᆫ公(공본)된 일이니라"는 문장이 "子女가라치기를 브지런히 ᄒᆞ는류ᄂᆞᆫ 공된일이니라"로 바뀐다. '병정'과 관련한 부분이 충성이나 교육로 대체된 현상은 당시 '의병'에 대한 통감부의 민감함이 반영된 결과로 볼 수 있다.

「우리나라」의 경우에는, 세 단락이 통째로 수정된다. 이 단락에는 '우리나라는 우리가 지키는', '우리나라의 독립은 우리가', '우리나라의 자주도 우리가', '이천만동포의 성명은 대한인이니 존중한 성명을 굳센 힘으로 호위하여', '나라의 목숨', '나라를 위하여 죽는 일도 피치 못하니라'[68]와 같은 표현이 포함되어 있다. 삭제된 단락이 있던 부분에는 나라의 "문명부강"을 위한 "백성의 의무"[69]가 필요하다는 내용이 들어선

67 유길준, 「第四 사람의 義務」, 앞의 책, 1909, 6~7면.
68 유길준, 「第二十課 我國」, 앞의 책, 1908, 17~18면.

다. '우리나라'라는 대한제국의 정체성이나 '독립'과 '자주'와 같은 구국의 의지는 검열 과정에서 지워진다. 그 자리에 들어서는 것은, 능력과 상태의 차이가 빚어낸 현재의 열악한 환경을 벗어나기 위해 생산과 생존이라는 공동의 목표에 참여해야 한다는 노동의 당위성이다.

3) 추가된 내용

유길준이 『노동야학』에 새롭게 추가한 내용은 어떤 특징을 지닐까? 새로 추가된 단원은 '13과 부모에게 효하라, 24과 수목을 심으라, 33과 친구, 35과 나라의 법령, 39과 시간은 재산이라, 41과 저축하라'이다. 삭제된 단원을 대신하여 들어선 이 내용들은 『노동야학독본』이 지닌 정치적 경향성을 완화한다. 또한 노동(자)의 기본 조건인 동시에 노동의 가치인 것들에 대해 생각하게 한다.

「부모에게 효하라」는 『노동야학독본』의 「애국가」를 대체한 글이다. 나라가 위태로운 상황에서 유길준은 '애국' 대신 '효'를 쓴다. 이 글에서 유길준은 임금이나 나라를 향한 충성의 기본은 효임을 강조한다. "노동하는 청년들"을 호명하며 저자는 부모가 있기에 '나'가 있고 '나의 노동'이 가능하며, 그 노동이 결국 '부모를 봉양'하고 '공경'하는 밑거름이 됨을 말한다. 이는 '자신의 이익만을 추구하는 노동에는 반대하나, 도덕성에 근거한 노동에는 반대하지 않았'[70]던 전통적 노동 관념과 통한다. 『노동야학독본』에서 국권 회복과 독립으로까지 확장되었던 노동의 의미는 인간의 생존과 인간성의 실현 조건으로 축소된 듯하다. 그

69 유길준, 「第十二 우리나라」, 앞의 책; 1909, 24~25면.
70 김경일, 『노동』, 소화, 2014, 170면.

러나 노동이 단순한 경제 문제가 아니라 도덕 문제와 결합되어 있다는 점에서 그 특성은 변하지 않는다.

「수목을 심으라」는 수목의 경제적 효용을 강조하며, 나무 심기를 역설하는 글이다. 나무는 노동자가 집을 짓는 데에 꼭 필요한 재목일 뿐 아니라, 나무를 심는 일 자체가 임금을 받을 수 있는 노동이다. 유길준은 수목을 쓰는 사람의 수효가 이전보다 늘어난 상황에서, 수목 심기는 노동이면서 노동의 재료를 마련하는 일임을 알려 준다. 당시 지식인들은 나라를 부강케 하는 데 상공업의 발달이 필요하다는 점은 인정했지만, 국민의 대부분이 대대로 농업에 종사해 온 실정에 비춰볼 때 일차적으로 농림업을 발달시켜 놓고, 이것을 토대로 다른 산업의 발전을 도모해야 한다는 견해를 지니고 있었다. 이런 인식을 바탕으로 농림 중시론과 농림에 관한 실업교육의 중요성이 강조되었다.[71] 그러므로 이 글은 1908년 1월 21일 자로 통감부가 삼림법을 공포한 이후 홍사단이 1908년 5월 25일에 설립한 수진측량학교, 1908년 11월 발기한 대한삼림협회에 유길준이 관여한 점과 연결하여 읽을 때 의미가 심화된다. 사람의 생활과 국가의 경제에 큰 영향을 미치는 삼림의 조성, 전국의 임야 측정과 소유권 확보, 임업의 발전을 도모하는 일에 참여했던 유길준은 노동자에게도 삼림과 식수의 중요성을 강조하고, 그 안에서 국가와 노동자의 살 길을 전망한다. 이러한 의식 속에서 그는 1909년 10월에 융희농림강습소의 소장직을 맡아 운영하기도 한다.[72]

---

71 林雄介, 「愛国啓蒙運動の農業重視論について－西友学会・西北学会の実業論を中心に」(『朝鮮史研究會論文集』 29, 朝鮮史研究會, 1991, 173~200면), 윤병희, 앞의 책, 172면에서 재인용.

72 「隆興擴張」, 『대한매일신보』, 1909.10.12.

「친구」는 '참친구'의 의미를 새기는 글이다. 언뜻 이 책의 성격과 글의 제목만으로 내용을 추정할 때, 노동자들의 협동심을 상상할 수 있으나 유길준은 독자를 노동자에 한정하지 않는다. 글을 전개하면서도 호명하는 대상을 노동자가 아닌 '청년들'로 확장한다. 이 글은 『노동야학독본』에 실렸던 「자선」과 「단합」에서 강조했던 '자선심'이나 '나라 사람의 일심' 같은 어휘가 연상케 하는 집단성을 소거한 채, 지극히 내밀한 소규모의 관계성을 전제한다. 자선사업과 단합이 구국운동이나 노동자 조직으로 비약할 수 있는 시점에서 저자는 인간관계를 '친구' 단위로 축소한다.

특히 당대 신문에 실린 해외 노동자 파업 관련 기사, 1905년 이후 인력 회사와 노동야학의 증가에 따른 인력 거래와 노동자의 조직화는 노동운동을 불온의 이미지로 연상케 했다. 『황성신문』을 통해 유통되었던 해외 노동자의 동맹파업에 관한 기사들은 노동자의 파업이 경제발전에 걸림돌이라는 내용으로 구성되어 있었다.[73] 또한 1900년대 초 노동야학은 노동자를 모집하여 인력 회사에 제공하는 역할을 담당했다. 이 때문에 노동야학에 지방의 자산가와 노동자의 참여가 확대되어 1908년 노동회의 이권을 둘러싼 일진회와 유길준의 갈등이 있었고, 노동회에 의해 조직된 노동자의 임금 투쟁이 사회적 이슈로 등장할 수 있었다.[74] 이런 상황에서 유길준은 노동자가 국가와 사회의 발전에 기여할 수 있는 가능성을 부각하되, 노동자 조직이 집단 투쟁으로 비약할 수 있는 부분은 삭제한다.

---

73 김윤희, 앞의 책, 189~190면.
74 윤진호, 앞의 책, 143~197면.

이밖에도 유길준은 법령, 저축, 시간 등 노동자를 포함한 독자들이 일상생활에서 의식해야 할 항목을 추가한다. 「나라의 법령」은 『노동야학독본』에 실린 「국민되는 의무」 앞부분과 겹치는 글이다. 유길준은 「국민되는 의무」를 '부세 바치는 일', '병정되는 일', '자녀 가르치는 일'로 나누어 설명했으나, 「나라의 법령」에서는 '법령의 강제력'과 '백성이 법령 지킬 의무'에 초점을 맞춘다. 특히 저자는 법령이 하고 싶지 않은 일을 명하고, 하고 싶은 일을 금하더라도 그것은 백성을 위한 것이기에 '백성의 제일 큰 의무는 그 나라 법률 명령에 복종하는'[75] 것임을 강조한다.

「시간은 재산이라」는 근대의 시간관념과 함께 노동에 연결된 근면주의를 상기시키는 글이다. 저자는 '시간-노동-재산'으로 이어지는 관계성을 언급하며, 시간을 헛되이 보내는 것이 재산뿐 아니라 몸과 마음의 건강을 잃는 일이라 주장한다. 이는 수고와 고통을 중심에 둔 노동관에서 탈피하여 개인이 자기 시간을 운용하고, 그것을 다시 자본화한다는 인식을 깔고 있다. '시간은 돈'이라는 말에는 시간의 물질화가 내재한다. 『노동야학』의 16과 「힘역사」에서 언급한 '시간 벌이하는 노동', '날삯파는 노동' 등의 용어에서 알 수 있듯, 유길준은 시간이 노동의 기본 조건이면서 '정직', '성실', '근면' 등 노동자의 자질과 노동의 효율을 판단하는 경제적 기준임을 명시한다. 그러므로 「시간은 재산이라」는 근대사회를 살아가는 독자에게 시간의 중요성만이 아니라, 시간의 상대성을 환기하는 글이다.

「저축하라」는 노동자가 돈을 절약하여 모으는 행위의 중요성을 알린

75 유길준, 「第三十五 나라의 法令」, 앞의 책, 1909, 84~85면.

다. 유길준은 사람이 노동하는 데에 유한한 존재이면서도 물건에 대해서는 무한한 욕망을 지닌 존재라는 점을 들어 저축의 필요성을 강조한다. 특히 이 글에서 유길준은 은행이 돈을 맡아주고, 돈에 변리를 붙여주면서도 그에 상응하는 삯을 받지 않는다는 점을 말한다. 이는 단순히 돈을 모으는 것을 강조하는 데에 그치지 않고, 은행에 돈을 맡기는 일 자체가 이익을 창출하는 경제활동임을 보여준다. 다만, 유길준은 은행을 둘러싸고 일어나는 자본의 흐름에 대해서는 언급하지 않는다. 게으름을 악으로 간주하고, 성실한 노동과 절제로 가난을 극복하고 앞일에 대비할 수 있다고 전망할 뿐이다. 이 책은 노동을 둘러싼 경제 구조에 대한 앎을 노동자에게 제공하기 위해서가 아니라, 무지한 노동자 계층이 근대 경제에 적합한 상태에 이르는 것을 목적으로 삼고 있기 때문이다.

한 단원처럼 큰 단위는 아니지만, 유길준은 『노동야학』에서 독자의 이해를 돕기 위해 문장을 다듬고 추가하거나 단어를 첨가하는 등의 보완작업을 행한다. 「검약ᄒᆞ라」에서 "검약이라ᄒᆞᆷ은, 검소ᄒᆞ고 간약ᄒᆞ다ᄒᆞᆷ이라"[76]처럼 기존에 없었던 중요 개념을 추가 설명하는 현상이 대표적 사례다. 특히 「사람의 자유」처럼 한 과를 마무리하는 부분에 설명을 추가하는 사례가 가장 많다. 「사람의 권리」, 「사람의 의무」, 「사람의 직업」에서 마지막 부분에 첨가한 내용을 보자.

> 또, 짐군이 그언약ᄒᆞᆫ대로 밧지못ᄒᆞ면, 이ᄂᆞᆫ자긔의권리ᄅᆞᆯ 남에게 사양ᄒᆞᆷ이니라 이러ᄒᆞᆫ지라, 사람이되고서, 그권리ᄅᆞᆯ 앗기지아니ᄒᆞ며, 그 권리ᄅᆞᆯ 직히지아

76 유길준, 「第四十 儉約ᄒᆞ라」, 앞의 책, 1909, 94면.

니ᄒᆞ는쟈ᄂᆞᆫ, 죽은사람과 달흠이업나니 서양사람의말삼에, 사람의권리ᄂᆞᆫ, 고기의물과갓ᄒᆞ다니라[77]

그러ᄒᆞᆫ고로, 남에게대하야, 의무를 지거든, 속히 행ᄒᆞᆯ지니, 그럿치아니ᄒᆞᆯ진대, 자기의권리가 완젼치못ᄒᆞ야지나니라[78]

이와갓치 사람의직업은 貴賤의분별이 업나니, 그러ᄒᆞᆫ즉, 엇더ᄒᆞᆫ직업을 일하든지, 그힘과 마암을 다ᄒᆞᆯ지어다, 그러ᄒᆞ여야, 그몸이 편안ᄒᆞ고, 그집이 부ᄒᆞ며, 그 나라가 셩ᄒᆞ나니라[79]

『노동야학독본』에서 「사람의 권리」는 짐꾼에게 정해진 삯을 주지 않으면, 그것이 짐꾼의 권리를 침노하는 일이라 서술한 데서 끝났다. 그러나 『노동야학』에서는 짐꾼 스스로 자신의 권리를 지키지 않으면 죽은 사람과 같다고 비유하고, 서양 사람의 말을 인용하여 인간의 기본권을 강조한다. 유길준은 「사람의 의무」에서도 사람의 권리를 지키기 위해서 남에 대한 의무를 다해야 함을 부연한다. 「사람의 직업」에서는 『노동야학독본』보다 직업의 귀천 없음을 강조하여, 몸과 집 그리고 나라를 위해 성실하게 일할 것을 당부한다. 추가된 문장들은 노동자를 부리는 자본가의 윤리적 태도뿐 아니라 노동자의 주체성, 노동관을 자극하는 전략을 담고 있다.

유길준은 『노동야학독본』에서 강조했던 국민으로서의 정체성과 구

77 「第三 사람의 權利」, 위의 책, 5~6면.
78 「第四 사람의 義務」, 위의 책, 8면.
79 「第六 사람의 職業」, 위의 책, 12면.

국에 대한 열망 등을 일정 부분 포기하면서 『노동야학』을 출판한다. 그러나 분명한 사실은 유길준이 노동자를 교육하려는 의지를 지녔으며, 통감부의 법률적 경계를 넘나들며 노동과 노동자의 현실을 직시하고 독자에게 그것의 변화를 상상하게 한다는 점이다. 노동은 역사를 통해 탄생한 물질적이며 사회적인 세상의 변화와 불가분의 관계를 맺고 있다. 그리고 노동의 성격이 변하는 것은 사회적 발전에 필수적인 요소이다.[80] 『노동야학』에서 사라진 독립, 자주, 국권 회복과 같은 어휘들은 노동과 노동자의 삶에서 절대적으로 요청되었을 것들이다. 유길준은 말할 수 없어서 더 간절한 것들을 지우고, 노동(자) 교육의 실천을 선택한다.

5. 정치적 맥락에서 본 독본의 변화

지금까지 유길준의 『노동야학독본』과 『노동야학』을 비교 고찰하였다. 두 판본에서 나타난 변화를 고찰할 때 가장 유의해야 할 부분은 이 책을 저술, 발행한 유길준이 처해 있던 당대의 정치, 사회적 환경이다. 특히 노동야학회의 변질과 흥사단의 발기, 그의 실업계 활동 등은 유길준이 이 책들을 간행할 때 노동자 계몽에 관심을 두고, 그것을 지속할 수밖에 없었던 정황을 보여준다. 또한 『노동야학독본』이 몇 개월 사이에 다시 발간되며 삭제, 대체, 추가의 과정을 거친 내용은 교과서 검인정 제도에 따른 출판 검열의 강화 여부를 드러낸다.

80 윌리 톰슨, 우진하 역, 『노동, 성, 권력』, 문학사상, 2017, 25면.

노동은 과거부터 생존과 직결된 문제이면서 신분적 위계에 따른 역할 차이로 여겨졌다. 유길준의 『노동야학』은 그 점을 인정하면서도 노동과 교육을 국민의 도덕으로 강조한다. 그는 교육가이면서 실업가, 정치가였다. 근대의 경제가 미성숙했던 당시의 유길준이 국부론에 기대어 노동과 노동자에 관해 말하면서도 정치・경제의 언어를 많은 부분 생략할 수밖에 없었던 이유는 그의 사회적 역할 때문이다. 그는 노동(자)의 의미와 계몽에 관해 말하지만, 그의 발화는 귀천의 구분과 상하 질서를 유지한 상태, 실업의 근절과 생산력 증대를 지향하는 선에서 유지되어야 했다.

『노동야학』은 『노동야학독본』에 비해 책이 발간된 정치적 정황이나 위기의식이 잘 드러나지 않는다. 그러나 저본과 비교해 읽으면 의도적으로 지워져 결국 드러난 것들이 『노동야학』의 의의를 일깨운다. 무엇보다 『노동야학』은 유길준이 학부의 교과서 검정과 같은 제약 속에서 책을 편집하고 발간했음을 보여준다. 한말의 정치 상황을 환기하고 국권 회복 노력을 촉구하는 내용을 담은 단원들의 삭제는, 텍스트가 매개하는 사회 시스템과 불온한 지식의 경계에 대해 생각하게 한다. 사회적으로 배제되어 있던 노동자를 『노동야학독본』을 통해 구국이라는 과제하에 국민으로 통합하려 했던 유길준의 정치적 기획은, 분명 노동자뿐 아니라 노동자를 호명하고 그들을 계몽하는 지식인상을 부각하는 효과를 낳았다. 그에 반해 『노동야학』은 국민으로서 의무를 실천하는 노동자와 그들의 기본적 권리를 더욱 집중적으로 보여주게 된다.

그리고 『노동야학』에 새롭게 추가된 내용은 노동의 도덕적, 경제적, 사회적 가치를 환기하며 근대 사회에서 노동자가 의식해야 할 요건들을 알려준다. 이는 자본과의 관계에서 노동에 관해 사유할 가능성을 열어준다. 동시에 노동자만이 아니라 자본가도 생산성 향상을 위해 계몽의 언어를 필요로 했음을 드러낸다. 유길준은 두 책에서 노동의 윤리 및 의의 그리고 인권이 자본에 선행하는 가치 판단의 기준이 되어야 한다는 원론적인 입장을 고수한다. 이것은 당대 노동자의 현실과 유리된 것처럼 보일 수 있다. 그러나 유길준이 독자들에게 노동자를 가시화하고 그들의 교육을 주창하며 도덕을 강조한 이유를 생각해 보자. 그는 발전, 평등, 진보 같은 희망의 언어를 말하며 독자에게 희망할 자격에 관해 말하는 것이다. 해야 할 일을 실천하여 희망할 자격을 갖춘 자만이 희망을 꿈꿀 수 있다는 평범한 논리야말로 가장 현실적이고 계몽적인 언어이기 때문이다.

그렇다면, 유길준이 노동자 계몽이라는 희망을 위해 실천한 것은 무엇일까. 노동 개념을 설명하고 근대 사회에서 노동자의 의미, 직업 윤리 등을 제시했다는 점에서 『노동야학』은 『노동야학독본』의 연장선에 놓여 있다. 그러나 『노동야학』을 발간하기 위해 그가 가장 먼저 행한 것은 바로 『노동야학독본』이 실패작임을 인정하는 일이었을 것이다. 그 기반 위에서 유길준은 『노동야학』의 구성, 내용, 문체상의 변화를 도모하여 노동자를 포함한 일반 독자가 노동의 개념과 가치를 쉽게 이해하고 노동자의 권리와 의무를 깨달을 수 있는 방향으로 나아갔다. 무엇보다 그는 『노동야학독본』이 노동자 교과서로서 실패했다고 평가받는 원인이었던 문체를 국문체로 전환하여 가독성을 높였다. 그런 의미에서 『노동야학』은 저본을 극복한 개정본일 뿐 아니라, 한말을 살았던 유길준이 노동자를 의식한 저술-편집-출판의 실천적 수행으로 구국을 희망할 자격을 안겨준 셈이다.

제4장
식민지 조선의 교육적 실천, 소설 속 야학의 의미

1. 학교 밖의 학습장場, 야학 안의 향학열

조선에 학교가 들어서고 신식 교육에 대한 조선인들의 지적 열망이 고조되자, 학교와 함께 생겨난 것이 '야학'이다. 사립학교와 공립학교가 증가한 이후에도 많은 조선인들은 정치, 경제, 문화적 이유로 학교 교육의 혜택을 받지 못했다. 그러므로 식민지 조선에서 취학자의 증가는 미취학자의 상대적 박탈감을 고조하는 결과를 낳았다. 야학은 성인과 무산 자녀를 위한 초등교육 기관으로 성인들에게 문해교육, 교양교육, 보통학교 과정의 교육을 했다. 무산 아동은 학교에 입학하지 못하는 경우가 많아 야학은 학령난學齡難을 해소하는 데 중요한 역할을 했다.

1920년대에는 한국 야학의 역사에서 가장 많은 야학이 설립・운영되었고, 야학을 이용한 대상은 수적으로 사립학교와 비슷한 규모를 유지할 정도였다. 1920년대 후반기에는 노동자, 농민의 의식화를 위한 민중 야학이 형성되었다.[1] 일제는 1920년대 후반기부터 노동, 농민 야학에 대한 탄압의 수위를 높인다. 이처럼 야학 증가의 이면에는 폐쇄되거나 운영자가 피검된 야학의 수도 함께 증가한다는 사실이 은폐되어 있다. 이 시기 야학의 증가는 교육열의 고조와 맞물려 있다. 그러므로 '3·1운동의 주도층이 학생'이었던 점, '조선 본위의 교육'에 주안점을 둔 신간회의 결성, '사회주의운동의 실천성' 등을 고려하여 고찰할 필요가 있다.

1930년대에 이르러 농촌 특히 빈농의 자녀들은 학비에 대한 부담감 때문에 평균 10명 중 3명만 학교를 다니고 있는 실정이었다. 이러한 상황에서 『동아일보』와 『조선일보』는 브나로드운동과 문자보급운동을 통해 농촌 사람을 계몽하는 일에 나선다. 농촌계몽운동이 저널리즘의 주도로 이루어진 점은, '브나로드'를 바라보는 이분화된 관점 속에서 1930년대 야학운동을 고찰한 것과 관련된다. 첫째, 『동아일보』의 브나로드운동이 신문사의 상업주의와 조선총독부의 승인하에 이루어진 정치적 순응주의의 반영물이며, 부르주아 민족주의의 산물이라 인식하는 입장을 들 수 있다.[2] 둘째, 식민 권력의 탄압에 저항하는 민족교육운동의 일환으로, 학교 교육의 혜택을 받지 못한 민중들에게 교육의 기회를 확대한 사회교육운동으로 평가된 것이 다른 하나이다.[3] 두 연구는 외면상으로 대척점에 놓인 것처럼 보이지만 브나로드운동이나 문자보급운

1 천성호, 『한국야학운동사』, 학이시습, 2009, 100~101면.

2 최민지·김민주, 『일제하 민족언론사론』, 일조각, 1978; 권희영, 「1930년대 초 언론기관의 농촌계몽운동」, 『해군 제2사관학교 논문집』 1, 해군 제2사관학교, 1979; 지수걸, 「일제시기 브나로드운동 재평가해야」, 『역사비평』 11, 역사비평사, 1990.

3 정태호, 「일제하 브나로드운동의 성격에 관한 교육사적 고찰」, 중앙대 석사논문, 1995.

동의 주도층이 저널리즘 및 조선총독부와 관계를 맺고 있었고, 그 영향력이 막대했다는 점을 공유한다. 그러나 그 관계성이 야학이라는 실재적 공간에서 굴절된다는 점을 생각해 보면, 정책적으로 허가된 문자보급운동이 바로 체제 영합과 동일시되기는 어렵다.

당대 이루어진 문자보급운동은 크게 두 갈래로 구분이 가능하다. 첫 번째는 실력 양성론을 중심으로 지식인, 지방 유지, 관리 등에 의해 설립된 야학 그룹이다. 두 번째는 사회주의 계열의 청년, 노동, 농민 야학 등 진보적 야학운동 그룹이다. 최서해의 『호외시대』(『매일신보』, 1930.9.20~1931), 이광수의 『흙』(『동아일보』, 1932.4.12~1933.7.10), 심훈의 『상록수』(『동아일보』, 1935.9.10~1936.2.15), 이무영의 「흙의 노예」(『인문평론』, 1940.1)가 전자에 해당된다면, 이효석의 「마작철학」(『조선일보』, 1930.8.9~8.20), 이기영의 『고향』(『조선일보』, 1933.11.15~1934.9.21), 강경애의 『인간문제』(『동아일보』, 1936.8.1~12.22)가 후자의 경우에 해당한다. 지금까지 이 작품들은 농촌계몽소설의 범주 속에서 논의되었으며, 논의의 대상이 이광수와 심훈, 이기영의 작품으로 한정된 경우가 많았다. 그간의 연구들은 이 소설들이 가진 계몽의 '이상성'과 '한계'에 대해 언급한다.[4] 특히 지식인이 민중

4 송백헌, 「심훈의 『상록수』－희생양 이미지」, 『심상』, 심상사, 1981; 오양호, 「『상록수』에 나타난 계몽의식의 성격 고찰」, 『한민족어문학』 10, 한민족어문학회, 1983; 김병광, 「『흙』과 『고향』의 비교 연구」, 단국대 박사논문, 1989; 조진기, 「이기영의 『고향』 연구」, 『한민족어문학』 20, 한민족어문학회, 1991; 지수걸, 「식민지 농촌현실에 대한 상반된 문학적 형상화」, 『역사비평』 22, 역사비평사, 1993; 조남현, 「『상록수』 연구」, 『인문논총』 35, 서울대 인문학연구소, 1996; 강선보・고미숙, 「농촌계몽운동에 나타난 계몽주의 사조의 성격고찰」, 『안암교육학연구』 3, 안암교육학회, 1997; 손종업, 「계몽성의 재고－1930년대 계몽소설의 내적 형식」, 『극장과 숲』, 월인, 2000; 김윤식, 「문화계몽주의의 유형과 그 성격－『상록수』의 문제점」, 경원대 편, 『언어와 문학』, 역락, 2001; 김경연, 「1930년대 농촌・민족・소설로의 회유－심훈의 『상록수』론」, 『한국문학논총』 48, 한국문학회, 2008; 김현경, 「민중에 대한 빚」, 『언론과 사

각성의 매개자로 해석되거나, 지식인의 고향 회귀와 시혜적인 자세를 문제 삼는 경우가 많았다.[5] 이 장에서는 농민과 노동자들의 의식 각성에 지식인이 중요한 매개자의 역할을 한다는 점은 수용하되, 지식인과 농민이 만나는 공간이 '야학'이며, 야학이 식민지 조선에서 하나의 교육제도로 기능하는 과정에 주목한다.

위에서 언급한 작품들은 공통적으로 1930년대 초 '야학'이라는 공간을 공유한다. 야학이 동시대 학교 제도에 대한 '대안 교육'인 동시에 '민중교육운동'으로서 의미를 지닌다면, 식민지 시대 야학 역시 당대 교육 정책과 이 시대 학교문화, 당대 조선인의 지적 열망, 민중문화운동 등과 관련하여 논의될 필요가 있다. 그런 의미에서 『동아일보』와 『조선일보』의 문자보급운동에서 중등학교 재학 이상의 학생들이 문자보급운동의 주체로 호명되었음을 강조한 이혜령의 논문은 시사하는 바가 크다. 이혜령은 브나로드운동이 학교 교육의 수혜자 수에 근거하여 문맹자를 산출하고, 문맹이라는 새로운 인구를 발견하여 학교 교육에 기초한 리터러시의 위계를 환기한 점에 대해 언급한다.[6] 이 장에서는 브나로드운동이 상대적으로 문해자인 학생을 부각한다는 이혜령의 견해를 수용하되, 식민지 시대 '야학'을 당대 학교 제도와의 관계 속에서 고찰하고, 논

회』 16(3), 성곡언론문화재단, 2008.

5 지수걸은 이광수와 이기영의 소설을 1930년대 정주와 천안 지역 전조선농민사(全朝鮮農民社) 계열의 농민운동, 농민조합운동과 비교한다. 이를 통해 이광수와 이기영이 소영웅주의에 빠진 혁명적 지식인들을 부각하고 상대적으로 농민들을 무지하고 무기력한 인물로 형상화함으로써 투쟁 주체로서 농민의 역할을 간과한 측면에 대해 비판한다. 이러한 논의는 당대 야학운동을 민중문화운동으로 확대하여 논의할 수 있는 여지를 마련해준다. 지수걸, 앞의 글, 195~203면.

6 이혜령, 「신문・브나로드・소설」, 『한국근대문학연구』 15, 한국근대문학회, 2007, 169~170면.

의 대상을 확장하여 소설 속 야학의 의미를 제시할 것이다. 야학은 문해를 '표준'에 두고, 문맹을 '비정상'에 두었을 때, 확산될 수 있는 교육운동이다. 둘 사이에 존재하는 지적 위계와 지식인에 대한 선망의식, 지식인이 농민과 노동자를 바라보는 시선이 조망되었을 때, 야학의 시대적 의미가 명확하게 고찰될 수 있다. 특히 이광수, 박화성, 강경애, 김유정, 이무영 등의 작가가 야학 교사 경험이 있다는 사실은, '야학'을 배경으로 한 여러 편의 소설에서 야학에 가담한 자들의 의식과 그것을 그리는 작가의식의 층위를 다채롭게 분석할 수 있는 여지를 남긴다.

식민지 조선에는 일제 식민 교육의 목적과 배치되는 교육의 모순적 성격이 공존했다. 이 시대 야학은 조선 청년들의 향학열 증가에 미치지 못하는 학교의 수, 1926년 사립학교의 폐지 문제, 무산 아동의 월사금 미납에 따른 학교 측의 강경책에 대한 대응으로 해석할 수 있다. 또한 야학은 조선 지식인들에 의한 '조선적 교육'의 필요성 제기, 조선 지식인의 정치적 움직임을 막기 위한 조선총독부의 방책, 조선총독부의 사설 야학의 폐쇄 문제 등과 연결되어 있다.

신학문의 습득이 출세와 동일시되었던 근대 조선에서 학교는 지식권력을 가져다주는 제도로 인식되었다. 그런 의미에서 권력은 금지, 불허의 형태가 아니라 생산적 유효성, 긍정성을 가진 것으로 이해할 수 있다. 식민지 시대 조선인은 학교라는 제도를 통과하며 조선총독부 학무국에 의해 통제받았지만, 그 속에서 지식 권력을 획득하기도 했다. 그러므로 권력은 그것이 작용할 대상을 일정하게 구획하고, 그 대상이 스스로 권력을 수행하도록 한다.[7] 그러나 권력은 저항을 수반하며, 그 저항은 다양한 형태를 가질 수 있다. 주체가 획득한 권력은 힘의 관계를 수정하여 권력에 대해 저항하거나 권력을 전복시키는 힘을 지닌다.[8] 발악하듯 책을 읽는 어린이들이나, 육체적 희생으로 배움을 전이하는 여성들, 침묵이나 파업을 통해 농민이나 노동자의 힘을 보여주는 청년들이 모두 그 예가 될 수 있다.

일제가 행한 금지 또는 배제의 규율 권력 배후에는 학교가 가르쳐준 신지식의 선진성에 몰두한 수많은 조선인이 존재했다. 문맹이란 인구의 발견이 상대적으로 '중등학생' 이상의 사회문화적 위치를 부각하고 강화하는 효과를 동반할 수밖에 없었던 것[9]도 이와 관련된다. 야학이라는 제도는 애초에 기획된 '앎의 영역'이 확산 변형되는 지점에 위치한다. 중요한 것은 야학을 통해 이 포함과 배제의 이분화된 논리 속에 '계몽'이라는 실천성이 개입되었다는 사실이다. 계몽은 자신을 고안하고 발명하려는 '태도', 개인이 자기를 주체로 만들어가는 과정과 연결되어 있다. 야학과 관련한 작품을 분석하는 일은, 계몽에 대한 질문이 제기되는 공간을 고찰하는 것과 같다. 식민지 조선에서 '계몽은 무엇인가', '계몽은 어떤 맥락에서 어떻게 작용하는가', '계몽은 억압적인가 해방적인가'와 같은 질문이 근대 조선의 교육, 특히 야학이라는 예외적인 공간에 대한 지형을 분석하는 데 유용하게 작용할 것이다.

야학은 문맹의 상황을 극복하려는 의지에 의해 발전하고 확산된다. 글자를 안다는 것, '문해(력)'는 세 가지 담론 체제의 복합체로서 이해될 수 있다. 즉, '지시적 표현referential', 그 표현이 의미를 가지는 '사회관계

---

7 미셸 푸코, 이규현 역, 『성의 역사』 1(앎의 의지), 나남, 2005, 34~36면.
8 양운덕, 『미셸 푸코』, 살림, 2009, 21면.
9 이혜령, 앞의 글, 175~176면.

적 맥락contextualization', 그리고 그 전체를 둘러싸고 있는 '이데올로기 체제ideological system'의 중층적 복합체가 그것이다.[10] 지식 권력에서 알 수 있듯, 문해와 비문해(혹은 '문맹')의 구분은 문화 행위 전반에 걸쳐서 나타나는 문화 정치학적 포함inclusion과 배제exclusion의 논리를 드러낸다.[11] 중요한 것은 브나로드운동이나 문자보급운동에 내재한 이분화된 도식을 인정하되, 계몽의 동일성이 숨기고 있는 차이, 권력/지식의 관계성을 드러내는 일이다.

이 장에서는 작가라는 지식층이 1930년대 야학을 어떻게 문학 속에 형상화했는지 문제 삼는다. 브나로드운동의 영향하에서 창작된 소설이라 하더라도 야학을 형상화하는 작가의 시선에 따라 그 운동의 양상은 다르게 나타날 수 있다. 그러므로 이 장에서는 제국에 의해 창출된 학교 교육이 조선에서 어떤 방식으로 적용 및 굴절되는지, 문맹의 상황을 탈피한 '식자識者'가 어떤 역할을 하게 되는지 살펴보고자 한다. 특히 야학이 식민지 지식인에 의해 시작되고, 운영되는 과정이 식민지 학교 제도를 '전유'한 것임에 주목한다. 제국의 교육제도로부터 이탈한 형태인 야학의 '외부성'이 오히려 규율 권력이 가진 '중심'에 영향을 미치고 제국의 반응을 야기했다는 사실은, 당대 야학의 교육적 실천을 적극적으로 해석하는 데 유효한 시각을 제공할 것이다.

---

10 James Paul Gee, "Discourse Systems and Aspirin Bottles : On Literacy," Candace Mitchell and Kathleen Weiler, eds., *Rewriting Literacy : Culture and Discourse of the Other*, New York : Bergin and Garvey, 1991, p.124.

11 한숭희, 「문해의 문화정치학」, 『교육개발』 107, 한국교육개발원, 1997, 89면.

2. 지식인의 자의식, 계몽운동의 원동력

야학은 교사가 될 지식인의 자발성에 기인한다. 1930년대 브나로드 운동에서는 그 자발성이 사회에 의해 요구된 것이라는 점에서 문제적이다. 농촌계몽을 둘러싸고 있는 '문맹'이란 단어는 문자해득력에 대한 기술뿐만 아니라 그것을 둘러싸고 있는 지식의 권위, 구조적 경계 및 그에 더한 사회계급의 중층적 구조를 반영하는 정당화 기제로 창출된 개념이다.[12] 야학은 지식인의 권위뿐 아니라, 배우지 못한 조선인에게 느끼는 지식인의 부채감에서 비롯한다. 신교육을 받은 지식인들은 문맹이라는 부정적인 은유에 갇혀 있는 대중을 계몽의 대상으로 삼는다. 그리고 지식인은 그들을 가르치는 과정에서 자기 발견의 실감을 느낀다.

계몽은 현실과 관련된 존재 양식, 자발적 선택, 즉 사유하고 느끼는 방식으로서의 '태도'와 연결되어 있다.[13] 야학운동에 작용하는 사회적 요구는 이광수의 『흙』, 심훈의 『상록수』에서처럼 저널리즘의 농촌계몽운동에 기인한 것이기도 하지만, 기본적으로 식민지 조선이 처한 사회적 결핍에 연결되어 있다. 최서해의 『호외시대』의 경우, 학교의 경영난에 따른 학교 폐쇄가 교사에게 야학 활동의 시작점이 되었다면, 이효석의 「마작철학」과 이기영의 『고향』은 지식인이 하층민을 각성시키는 공간으로서 '야학'을 개설하는 데 그 시작점이 놓여 있다.

최서해의 『호외시대』는 야학을 그리지만, 그 공간적 배경이 경성이

---

12 위의 글, 89면.

13 미셸 푸코, 장은수 역, 「계몽이란 무엇인가」, 김성기 편, 『모더니티란 무엇인가』, 민음사, 1997, 350면.

라는 점이 특이하다. 이 소설은 농촌의 궁핍 속에서 교육적 혜택을 받지 못한 농민들을 보여주기보다는 월사금 문제로 학교를 다니지 못하는 학생들을 위해 설립된 사립학교가 어떤 보호도 받지 못하고 경영난 때문에 문을 닫게 되는 상황을 환기한다. 실제로 학무국은 사립학교에서 부정한 분위기가 조성되는 것을 통제하고자 1908년 사립학교령, 1911년 사립학교 규칙, 1915년과 1922년의 사립학교령을 통해 통제를 강화하여 자율성을 침해한다. 그리고 교원의 자질, 교과 내용, 학교 재정 등의 기준을 내세워 학교의 인가 조치를 막거나 폐쇄 기준을 강화한다.[14] 교사인 찬영과 정애는 재직하던 학교가 폐쇄되자, 동대문 밖에 야학을 개설하고 연령의 경계 없이 학생들을 가르친다. 이 작품은 브나로드운동이 본격화되기 이전에 발표된 작품으로, 교사는 야학의 존속을 위해 비윤리적 행위에 연루되기도 한다. 이들이 가진 교사로서의 사명감은 직업으로서의 교사에 한정되지 않는다. 교사인 찬영은 야학을 살리기 위해 친구인 두환의 죄를 뒤집어쓰고 감옥에 가는데, 두환이 저지른 범죄도 자신을 공부시킨 찬영의 아버지가 세운 학교를 구해내기 위함이다. 고학생, 공장 직공, 실직자들과 함께 "상업 야학"에 다녔던 두환은 '상업학교 이년급 보결시험'에 합격하여 자신의 "지식욕"을 채우면서도 자신과 함께 공부했던 상업 야학의 사람들을 생각하며, 기쁨과 번민을 함께 느낀다. 두환의 이러한 지적 이력과 심리 상태는 학교를 구원하기 위한 공금횡령으로 이어진다. 학교가 폐쇄된 이후, 찬영과 정애가 차린 야학을 방문한 두환은 '문화의 중심지인 서울에서 교육기

14 오천석, 『한국신교육사』, 현대교육총서출판사, 1964, 261면.

관으로서의 야학'을 "긔형ㅅ적"[15]이라고 표현한다. 조선의 야학을 수식하는 '기형적'이라는 말은, 많은 교육기관이 존재함에도 불구하고 야학에서 공부해야만 하는 식민지 교육 상황에 대한 상징적 표현이다.

이기영의 『고향』은 희준이 유학 후 돌아온 고향에 이미 청년회가 결성된 상황으로부터 시작한다. 청년회는 "긔미년 이후에 도처에서 향학열이 고조"[16]되었던 때에 창설된 것이다. 향학열이 식어가던 차에 청년회가 유명무실해지고, 유학생 희준은 고향에 돌아와서 노동야학의 무용을 개탄하며 그것을 쇄신하기 위한 활동에 앞장선다. 이러한 양상은 1919년 이후 야학의 증감, 1927년 신간회 발기에 의한 교육의 중요성 강조, 사회주의 세력에 의한 민중 야학의 증가, 1930년대 초 문자보급운동의 영향으로 야학이 증가하는 상황과 일맥상통한다. 여기서 중요한 것은 고향에 결성되어 있던 청년회의 위원장이 '○○일보사 지국장'[17]이며, 청년회의 중심에 있으면서도 농촌 사람들을 자기와 부류가 다른 사람으로 도외시한다는 점이다. 이 작품의 경우, 야학운동은 신문사에서 행하는 계몽운동이나 브나로드운동의 연장선에 놓여 있기보다는 그에 대한 반작용에 기인한다.

지식인이 가진 비판적 태도는 『고향』의 김희준이 신문사 지국장에게 느꼈던 지식인과 농민 사이의 경계, 그 시대적 경계에 대한 질문으로 나타난다. 계몽은 경계에 대한 인식과 그에 대한 반응에 연결되어 있다. 희준이 청년회를 운영하면서 '열정'과 '공허'를 함께 느끼는 이유는, 사

---

15 최서해, 「호외시대 (201)」, 『매일신보』, 1931.4.15.
16 이기영, 「고향 (46)」, 『조선일보』, 1934.1.16.
17 이기영, 「고향 (13)」, 『조선일보』, 1933.11.30.

욕에 사로잡혀 변화하지 못하는 농촌 청년들과 그들을 지도하는 자신 사이의 경계를 인식했기 때문이다. 그러나 '경계-태도l'attitude-limite'[18]는 주어진 경계 내에 마련된 사고와 행위의 궤도를 그대로 따르기보다는 그 경계를 '위반'하는 실천력을 모색하는 데에서 의미를 획득한다. 희준이 농민들에게 문자를 가르치되, 그들이 하나의 집단을 형성하는 데 앞장서는 것도, 자신과 농민 사이의 경계가 문해력의 정도에 따라 고착되어서는 안 된다는 신념에 기인한다. 농민들에게 계몽은 문자 습득에 한정될 수 없다. 희준이 야학을 운영하며 농민들과 조우하는 과정에서 자기의 "인테리 근성을 자책"[19]하는 일을 반복하는 것은, 야학 내에서 이루어지는 계몽의 방향성이 자신을 향한 것이기도 하기 때문이다. 희준과 농민 사이의 경계를 넘어서는 일은 농민들이 마름에 맞서는 사건을 주도함으로써 가능해진다. 희준은 안승학이라는 대타항을 설정하고, 농민과 담합함으로써 농민과 자신 사이에 놓인 경계를 허문다. 그리고 농민들은 이 집단의 형성을 통해 지주와 소작인이라는 계급적 경계에 저항하는 실천성을 획득한다.

이광수의 『흙』은 지금까지 브나로드운동의 연장선에서 해석되었다. 브나로드운동은 여름과 겨울방학 때 봉사 차원에서 학생들을 모집하여, 교육적 혜택을 받지 못한 농민들의 문해력을 증진하고, 교양적 차원의 계몽을 목적으로 한 것이었다.[20] 그러나 이광수의 소설에서 허숭

18 미셸 푸코, 장은수 역, 앞의 책, 362면.

19 이기영, 「고향 (69)」, 『조선일보』, 1934.2.11.

20 「브나로드 二천용사 어제밤에 완전동원」, 『동아일보』, 1932.7.18. 브나로드 관련 『동아일보』의 기사에는 학생들에게 전하는 '실지운동에 다섯 가지 주의'라는 내용이 게재되어 있다. 이 중 두 번째 항목은 브나로드운동이 사상운동으로 변질될 것을 우려한 것에 대한 경계로 해석할 수 있다.

이 변호사로서의 지위를 포기한 상태에서 야학을 운영하기 위해 고향에 내려간다는 설정은 '학생의 봉사' 차원의 문자보급운동과는 성격을 달리한다.

『흙』은 브나로드의 실천력과 직접 연결된다기보다는 지식인이 농촌에 가서 농민들과 함께 생활한다는 것이 얼마나 힘든지 보여주는 소설로 읽힐 필요가 있다. 실제로 이 소설은 허숭과 허숭의 아내가 살여울에 정착하는 과정을 담고 있다. 그 과정에서 이광수는 관청의 농업기수가 '정조식' 모내기를 감시하러 왔다가 조선 여자 유순을 모욕하는 사건을 전경화한다. 이 사건이 계기가 되어 농업기수의 행동을 방어하던 한갑은 범죄자가 되고, 한갑을 취조하던 경찰은 한갑의 배후에 허숭이 있다고 판단한다. 이때, 경찰은 한갑이 "보통학교를 졸업했을 뿐 무산대중이니 부르조아 제국주의 정부니 하는 말을 할 지식이 없"다는 점에 주목한다. 그리고 "지식계급에 있는 불량배의 선동"을 의심한다. 한갑의 지적 정도를 파악하는 경찰은 '보통학교'라는 일반화된 교과과정이 조선총독부 정책에 대한 비판의 단계에 이를 수 없음을 전제한다. 한갑의 범죄가 교과과정을 넘어선 '잉여의 지식'에서 비롯된다는 판단은 '야학'을 교육제도의 일탈로 파악하는 당대의 시선을 암시한다. 이때, 야학 교사인 허숭은 '불량배'로 전락한다. 실제로 이 시기는 일제가 조선에서 '농촌진흥운동'을 벌이던 때이다. 이광수는 이러한 시대적 배경 속에서 관리와 조

---

① 지방에 잇는 동지들과 협력하야 이 운동을 건실하게 할 것
② 글과 세음(數) 외에는 아무런 것도 이 운동에 혼합하지 말 것
③ 지방 지국의 알선을 바더 당국의 허가를 어든 후에 할 것
④ 이 운동은 동포에 대한 봉사임으로 그 정신은 즉 민중정신의 긔초가 되니 특히 품행에 주의할 것
⑤ 건강에 주의할 것

선인 사이의 갈등을 형상화한다. 그는 허숭이 농촌에서 야학을 개설하고 농민들을 계몽한 일에 대해 스스로 발화하도록 하는데, 그것이 경찰소장의 취조 과정을 통해 이루어진다는 점에서 문제적이다.

"애써 고학을 해서 변호사까지 되어가지고, 무슨 까닭에 이 시골구석에 와서 묻혓느냐 말이야?"

"살여울은 내 고향이니까, 고향을 위해서 좀 도움이 될까 하고 와 잇소."

하고 숭은 흥미 없는 대답을 하엿다.

"어떠케 돕는단 말인가?"

"글 모르는 사람은 글도 가르쳐주고, 조합을 만들어서 생산, 판매, 소비도 합리화를 시키고, 위생사상도 보급을 시키고, 생활개선도 하고, 그래서 조곰이라도 지금보다 좀 낫게 살도록 해보자는 것이오."

"무슨 다른 목적이 잇는 것 아닌가. 지금 그런 일은 당국에서 다 하고 잇는 일인데, 네가 그 일을 한다는 것은 당국이 하는 일에 대해서 불만을 가지고 당국에 반항하자는 것이 아닌가." (…중략…)

"그것은 잘못 생각하신 것이오. 농민들이 야학을 세우고 조합을 만들고 하는 것은 순전히 문화적, 경제적 활동이지, 거기 아모 정치적 의도가 포함된 것은 아니라고 믿소. 또 촌 농민들에게 무슨 정치적 의도가 잇을 바가 아니오. 문화적으로, 경제적으로 더 잘 살아보겟다고 하는 인민의 노력을 죄로 여긴다면, 그야말로 인민으로 하여곰 반항할 길밖에 없게 하는 것이오."[21]

---

21 春園, 「흙 (152)」, 『동아일보』, 1933.6.7.

소설의 내용을 통해 보면, 허숭의 "야학 설립"은 소장에게 "총독부 정책에 대한 반항", "범죄"로 해석된다. 결국 허숭은 "××××을 목적으로 농민을 선동하야 협동조합과 야학회를 조직하엿다는 죄로 치안유지법 위반으로 징역 5년"[22]을 선고받는다. 『흙』의 이러한 장면은 1930년대 초 무산 농민과 그 자녀들에게 공산주의 의식과 교양을 강화하고 소작쟁의를 촉진했던 농민조합운동과 관련되어 있다. 이 시기 농촌에서는 야학을 비롯한 프롤레타리아 문화운동(프로칼운동)이 이뤄지고 있었으며, 이 때문에 조선총독부는 지역사회운동의 좌경화를 통제하기 위해 농촌개량운동을 제한적으로 허용하고, 치안유지법 강화를 통해 좌익운동을 탄압한다.[23] 『동아일보』의 브나로드운동과 그 영향하에서 창작된 소설이 조선총독부의 사전 검열을 통과했기에 조선 농민을 위한 것이기보다 일제의 농촌계몽 정책의 하나로 읽혀야 한다는 논리는, 위와 같은 문제의식을 가진 『흙』의 내용과 괴리를 갖는다.

이광수의 『흙』은 농촌운동을 다룬 소설이지만, 작품 속에서 농촌을 배경으로 야학 활동을 하는 장면은 많은 비중을 차지하지 않는다. 이 소설은 오히려 지식인이 농촌에 정착하는 '과정'을 담고 있다. 땅의 주인이나, 농업기수, 순사, 허숭의 아내인 정선 모두가 농민을 '무지'와 '비위생'으로 규정짓는다. 특히 자신의 다리를 잃고서야 살여울에 정착하게 되는 정선은 시골을 "야만인이 사는 외국"[24]이라고 생각하던 인물이다. 이러한 분위기 속에서 허숭은 농민들에게 가르침을 주고 변호인

22 春園, 「흙 (157)」, 『동아일보』, 1933.6.14.
23 지수걸, 『일제하 농민조합운동 연구』, 역사비평사, 1993, 62~78면.
24 春園, 「흙 (49)」, 『동아일보』, 1932.9.20.

역할을 하지만, 살인과 부녀자 유인의 누명을 쓴다. 신문에서는 성공리에 마무리된 브나로드운동에 대한 기사[25]가 회를 거듭하며 신문 지면을 장악하고 있을 때, 이광수는 소설을 통해 식민지 조선에서 농촌운동을 한다는 것, 서울생활에 익숙해진 지식인이 농촌생활에 적응한다는 것이 얼마나 어려운지 보여준다. 허숭, 정선, 선희, 갑진과 같은 인물이 '수치'나 '육체적 훼손'을 겪고서 농촌에 정착하게 되는 것이 이를 방증한다. 같은 신문에 배치된 이러한 비균질적 지면은 작가의 의도가 개입되지 않고서는 불가능한 일이다. 그런 의미에서 장편 『흙』은 지식인이 농촌(살여울)에 이르는 길을 보여주는 동시에 브나로드운동의 허상을 폭로하는 소설이기도 하다.

이광수는 소설이 미완으로 끝나게 된 이유를 "살여울이 아직 미성품이기 때문"[26]이라고 말한다. 이는 이광수가 말한 것처럼 작품 자체가 미완되었다기보다는, 작품이 대상으로 하는 살여울, 조선이 아직 완성품 단계에 이르지 못했음에 대한 비유일 수 있다. 살여울은 하나의 공간적 표상인 동시에 도달하기 힘든 이상향을 의미한다. 완성될 수 없고, 도달할 수 없는 이상향을 열망한다는 것이 이 소설이 완결될 수 없는 이유이다. 그런 의미에서 인간이 가진 모든 욕망을 채워가며 살아가던 정선이 육체적 결함을 갖게 되어서야 비로소 농촌에 이를 수 있다는 설정은 의미심장하다. 이는 허숭이 정선을 비롯한 가족을 포기하고, 농촌운동을 하게 되는 것과 마찬가지이다. 여기에는 세속적 생활을 영위하면

---

25 「今年 夏休利用 第一回 브나로드運動 總決算」, 『동아일보』, 1931.10.21; 「第二回 브나로드運動 總決算」, 『동아일보』, 1932.10.5; 「第三回學生夏期啓蒙運動 總決算」, 『동아일보』, 1933.10.6.

26 春園生, 「흙을 끝내며」, 『동아일보』, 1933.7.13.

서 숭고한 것에 도달할 수 없다는 작가의식, 농촌운동에 대한 당대의 낭만성에 대한 비판적 시선이 담겨 있다. 조선의 농촌계몽이 어려운 문제이며, 생활의 문제임을 보여주는 것이 1930년대 이광수가 식민지 조선과 대면하는 방식이었던 것이다.

이광수가 『흙』 연재를 중단한 이후, 『동아일보』에는 이 작품의 속편이 쓰여지기를 바라는 독자의 글이 2회에 걸쳐 실린다.[27] 이 글은 소설의 주인공 허숭이 아닌, 김갑진에 대한 내용으로 작성되어 있다. 세포洗浦에 살고 있는 독자는 방탕한 생활을 하던 김갑진이 자신이 살고 있는 고장 근처의 '검불랑'으로 가서 농촌운동을 하게 된 사실을 환기한다. 그리고 이광수가 「『흙』을 끝내며」에서 속편으로 암시한 한선생의 농촌운동보다 갑진의 농촌운동에 대해 기대감을 표시한다. 당대 독자는 타락한 지식인인 김갑진이 자기 고장을 통해 재생되었다는 설정에 호감을 느낀다. 이것은 독자가 당대 농촌계몽운동과 이광수의 소설, 자신의 삶을 같은 맥락에서 실감하고 있음을 의미하며, 독자가 느낀 농촌운동에 대한 기대감을 보여준다. 이광수가 소설을 통해 농촌이나 농촌운동과 조우했던 것처럼 독자는 이광수의 소설을 통해 농촌운동 그리고 농촌운동에 참여하는 지식인과 조우할 수 있었던 것이다.

식민지 시대 야학을 형상화한 소설에서 지식인의 각성이 바로 농촌계몽운동의 성과로 이어질 수 없음을 보여주는 것이 바로 이무영의 「흙의 노예」이다. 어렸을 때, 야학을 경험한 수택은 신문기자 생활을 하다가 귀농한다. 학생 시절 야학 교사 생활을 하기도 했던 그는 귀농

27 檀南生, 「검불랑의 흙이 될 갑진군을 위하여－춘원의 『흙』을 읽고서」, 『동아일보』, 1933.7.8~7.19.

한 이후에는 선뜻 야학에 뛰어들지 못한다. 그는 고향에 돌아와 청년회와 노동 야학, 부인 야학이 생겼던 중학 시대를 생각하며, 자신이 야학에서 처음 "평등이니, 계급이니, 무산자니 하는 말"을 듣고, "자기가 뒤진 것을 깨달았던"[28] 기억을 떠올린다. "농업학교에 다니다가 학비 관계로 이 학년에서 퇴학하고 왔다는 빈혈증인 왜소한 소년"이 교사로 있는 야학은, 경제문제로 퇴학한 자가 배움에 대한 욕망을 가진 학생들에게 앎을 전이하는 장소이다. 독자는 소설에서, 배우지 못한 것이 가르침의 원인이 되는 장면을 목격할 수 있다.

> 모든 것이 二십년전 그대로였다. 칠판도, 사람도, 아이들도. 변한것은 오직 자기 뿐 이다. 그때의 그 정렬을 잃었고, 그만큼 약해졌고 공리적으로 변한 자기가 있을 뿐 이었다. 아르키는 사람의 생각과 배우는 사람의 생각도, 二십년 전 그때와 추호도 다른게 없을게며 또 달러질수도 없을것이었다. 한자라도 더 그러고 잘 아르키자, 한자라도 더 그러고 또 빨리 배우자 — 이 진리에 연대가 하관이며 시대변천이 하관이랴! 오직 거기에는 배우려는 정렬과 아르키려는 정렬이 있을 따름이었다.
>
> 사실 수택등이 어려서 심심 파적으로 한 '교육사업'이 그후 그들의 실생활을 얼마나 윤택하게 했든가를 二십년후 지금서야 발견했던 것이다. (…중략…) 지금 생각해도 좋은일을 했다 싶었다. 그러나 지금 세대에 누가 그런 생각을 하랴 했었다. 첫째 그 자신에게 그런 용기가 없다는 것을 발견하고 있는터였었다. (…중략…)

---

28 이무영, 「흙의 노예－續「第1課 第1章」」, 『인문평론』 2(4), 인문사, 1940.4, 208면.

그 후로는 김소년과도 자조 만났다. 석유만은 아이들이 매달 三전씩 보태서 사나, 분필과 기타는 김소년 자신이 부담하고 있다는것을 알고는 그것만은 자기가 떠 안었다. 아르키고 싶은 정렬에서가 아니라 그런 용기를 잃어버린 자신에게 대한 서글픈 동정에서였다.[29]

수택은 서울생활에 대한 회의 때문에 고향에 돌아와 농사를 짓기 시작한 인물이다. 일류 신문기자가 농촌에 와서 땅을 파는 것을 본 고향 사람들은 경이를 표시하고, 수택은 이 시선에 대해 만족과 우월을 느낀다. "허영" 속에서 농사를 짓던 수택은 몇 가지 계기로 깨달음을 얻는다. 아버지와 자신이 부치고 있던 논의 소작권이 떨어지게 된 점, 학비 때문에 농업학교를 자퇴한 소년이 야학을 운영하는 사실을 알게 된 점, 농사만 알고 살던 아버지가 병이 들자 약값을 아끼기 위해 자살을 하게 된 점이 그것이다. '흙'과 관련한 일에 대해서 수택은 아버지의 뜻을 받아들이기 위해 농사를 짓고 원고료로 땅을 산다.

그러나 그는 야학과 관련한 일에 대해서는 학생들의 학용품 비용을 감당하는 경제적 후원자의 수준에서 자신의 역할을 한정한다. 그리고 수택은 자신과 달리 배움에 대한 열정을 가지고 살아가는 김 소년과 아이들을 보면서 '자기에 대한 동정'을 느낀다. 아직 야학이 진행 중이라는 사실에 수택이 놀라는 이유는, 그에게 야학은 '과거의 것'이기 때문이다. 그에게는 교육정책을 거스르는 '야학'을 통해 자신을 증명할 열정이 결여되어 있다. 그가 선택한 길이 철저히 '흙의 노예'가 되는 것으

29 위의 책, 215면.

로 귀결되었을 때, 그가 돌아가기로 마음먹은 곳은 바로 자연이다.

1931년 브나로드운동이 한창이던 때 창작되었던 소설들이 야학에 대한 열정이나 계몽에 위한 희생을 형상화했다면, 일제 말기 이무영의 소설에 이르러서는 그 야학이라는 것이 지식인에 의해 '관조'되는 형태로 나타난다. 이것은 일제 말기의 시대적 분위기가 지식인에게 당대 교육제도에 대한 저항을 유인하기 어려웠기 때문이다. 이 시기 많은 지식인들이 농촌에 대한 회귀를 그리거나 허무의 정조를 드러내는 것은, 조선의 젊은이들이 학생이 아닌 군인 되기를 종용받는 시대에 자신의 문학을 선전의 메타포로 전락시키지 않으려는 전략이다. 고향 야학의 학생들을 가르치고 인도하기보다는 그들의 학문적 신념을 지지해주는 원조자 혹은 동정자의 역할을 자처한 수택의 행위는, 소극적이나마 현실의 폭력성을 우회하는 방법으로 이해할 수 있다.

3. 신학문 습득을 통한 각성과 야학 통제의 정치성

'문해文解'보다는 '문맹文盲'이 우리에게 친숙한 이유는 문해자에 대한 존경보다 비문해자에 대한 경멸이라는 부정적 강화기제를 통하여 지적 서열을 유지하고 정당화해 왔기 때문이다.[30] 근대적 학교 교육이 제도화된 이상, 문해력이 학력과 비례하는 것은 불가피하다. "文盲打破의 本路인 普校의 增設도 甚히 遲하야, 普校教育에 依해서 리터러시를 向上시

30 한승희, 앞의 글, 89면.

키는 率은 極히 적을 것이다. 朝鮮人 리터러시 向上은 普校敎育이 義務敎育이 되기까지는 民間의 運動에 期待하지 아니하면 아니될 것이다"[31] 라는 기사에서처럼 문맹은 학교 설립에 의해 상대적으로 심각성이 부각되었으며, 신문사의 문자보급운동은 식민지 교육 현실에서 촉발되었다. '학교 교육에 의거한 문해 능력의 위계를 구조화하는 방식으로 진행된 문자보급운동이 사회문화적 위계와 불평등을 자연화하는 효과를 낳았던 것'[32]이라는 비판은, 식민지 시대 교육 상황을 보여주는 동시에 한국 사회에 만연한 '학력주의'의 기원을 생각해보게 한다.

1930년 문맹률 조사 결과에 의하면, 조선 전체 인구의 77%가 한글과 가나를 읽지 못했다.[33] 문자보급운동이 시작점에서 문맹자의 통계적 수치를 강조하고, 그들을 계몽시킬 지식인을 상대적으로 부각하는 효과에서 비롯된 것은 사실이다. 그러나 지식인과 농민, 노동자의 관계 변화와 의식 변화를 두고 봤을 때, 야학의 역할은 그것에 한정되지 않는다. 오히려 야학은 학교 밖의 교육장을 통해 조선인들이 문자를 습득하고 그것을 내면화함으로써 '자기'의 처지를 인식하는 단계에 이르렀다는 점에서 주목을 요한다. 향학열이 농민이나 노동자를 통한 야학의 확대를 초래하거나, 폐쇄 위기에 처한 야학을 유지하기 위해 식민정책 위반을 야기했던 것은, 지적 서열화나 순종하는 조선인을 기획했던 규율 권력의 의도와 거리가 멀다.

일제강점기 조선총독부가 조선인의 평준화, 충량한 신민을 목표로

---

31 「男女學生에게 懇告－今夏의 啓蒙運動에 對하야」, 『동아일보』, 1933.5.9.

32 이혜령, 앞의 글, 180면.

33 朝鮮總督府, 「讀ミ書キノ程度別人口」『朝鮮國勢調査報告－全鮮篇』 1, 1930, 72~79면.

독본을 간행한 것과 달리, 식민지 조선의 학생들은 독본을 학습하여 새로운 세계를 경험하고, 지식인들은 농민과 노동자들을 위한 독본을 간행한다. 농민과 노동자는 독본 읽기와 쓰기를 통해 제국이 기대하지 않았던 향학열을 발산한다. 이 향학열은 하나의 사건성을 획득하는데, 그 예가 바로 야학에서 이루어지는 '독본 읽기'이다. 독본은 농민과 노동자를 새로운 독자와 필자로 호명한다.

①

금번에 조선교육협회(朝鮮教育協會)에서는아즉도문맹의설음에서써나지못하고잇는자들과 특별히 농촌에서 학교에다니지못한 부녀들을표준한『노동독본』을 발행하얏다는데 총판매소는 京城水標町四二新少年社(振替京城一二八二二)이며 定價는산술책이나 조선어책이나 첫재권이 十五錢 둘재권이 二十錢이라더라.[34]

②

성인교육, 문맹타파, 문자보급, 識字운동-다 같은 말이어니와 조선의 急務 중의 하나다. 夜學, 夏期學校, 短期講習의 유행은 이 사업의 민간적 熱度를 보이는 척도다. 교재가 적당치 못하야 곤란이 많앗엇다. 小學用 朝鮮語讀本은 그 교재의 수량이나 질이나 다 성인 교육에는 적합치 아넛다. 할 수 없으니 그것을 사용할 뿐이엇다. (…중략…)

全朝鮮農民社의 발간한 것이 「농민독본」이라 命名되엇다. 특히 그 내용의

34 「노동독본」, 『동아일보』, 1928.12.14.

제재에 잇어서 매우 노력한 점이 보인다. 著者 李晟煥君은 농민운동에 隻眼이 잇는 이라 그 재료의 선택에 특히 用意한 것을 알 수가 잇다. 이리하야 농민에게 글자만을 가르킬 뿐 아니라 동시에 일반 상식을 넓히며 또한 농민이 가저야 할 의식을 고취하자 함이 그 근본의인 듯하다.

경제, 역사, 지리에 관한 특수 지식을 注重하얏으며 특히 농민의 보수적 미신과 습성의 해를 역설했다. 조선 역사에 관한 工課와 같은 것은 아직도 조선에서 처음 되는 과학적 필치로서 이를 서술코저 한 노력이 보인다.[35]

위에 제시된 ①의 인용문은 『노동독본』의 발행 소식을 알리는 기사이며, ②의 인용문은 이성환이 쓴 『농민독본』의 내용 소개이다. ①과 ②의 인용문은 모두 "문맹의 설움"을 지닌 이들을 위한 독본의 간행 소식을 알리고 있으며, 당대 '문맹 타파'에 대한 사회적 분위기를 암시한다. 제시된 글에는 '표준'과 '일반'이 강조되어 있다. 이것은 하향 평준화를 지향한 조선총독부의 교육정책을 반영한 것이 아니라, 학교 교육을 받지 못한 '독자를 고려하여' 편찬된 교재의 특성을 보여준다. 또한 학습 기회의 평등성을 추구한 교재 편찬자의 의식을 드러낸다. 인용문에서 알 수 있듯, 독본은 농민과 노동자들에게 그들이 "가져야 할 의식을 고취"하는 데 목적이 놓여 있다는 점에서 문제적이다. 평준화를 넘어선 독본 읽기가 가진 전유의 양상은 야학연맹회에서 배부하는 『농민독본』을 당국에서 '압수'했다는 기사[36]를 통해서도 짐작할 수 있다.

집단 혹은 제도나 국가 간 권력관계의 불균형이 존재하는 곳에는 지

35 「독서실」, 『동광』 17, 동광사, 1931.1, 85면.
36 「介川夜學聯盟서 農民讀本 配付」, 『동아일보』, 1931.2.13.

식 생산의 문제가 생겨난다.[37] 야학에서 애독되었던 『노동독본』, 『여성독본』, 『어린이독본』과 같은 독본류의 발행에서 알 수 있듯, 이들은 권력관계에서 소외된 노동자, 여성, 어린이를 대상으로 한다. 어떤 사람을 하나의 주체 혹은 개인으로 구성해가는 과정에서 한 사람에 대한 지식을 생산한다는 것은 결국 그 사람을 담론의 대상, 즉 권력/지식의 대상으로 만듦을 의미한다.[38] 주변화된 사람들을 담론의 대상으로 삼는다는 것은 당대 사회에서 담론의 생산자가 이들에 집중하게 되었음을 의미한다. 지식인이 가진 문명화의 사명이 이들에 대한 관심을 증폭했다면, 하층민이 주도적인 입장에서 습득하고 생산하는 지식은 사회계급체계를 바꾸는 잠재력을 지닌다. 노동자와 여성이 독본을 통해 습득한 내용을 자기화하여 사회 변화의 원동력으로 이용한 점이 그것을 증명한다.

소설 속에서 지식인과 농민들이 야학에 모여 행하는 '글 읽기와 글쓰기는 역사적인 결속 행위'이다.[39] 『고향』에서 희준이가 가르치는 야학에 다니며 『조선어독본』을 읽는 청년과 부인들, 『상록수』에서 영신과 함께 '발악하듯' 『농민독본』을 외는 어린 학생들은 독본을 읽으며 그 안에서 관계를 형성한다. 그러나 소설 속에서 글을 읽고 쓰는 주체들은 동일한 지향성이 담긴 언어를 읽되, 다른 방식으로 그 앎을 실천한다.

『고향』의 인동이는 가난 때문에 보통학교 2학년을 중도 퇴학하고 농사를 짓는 청년이다. 그는 야학에서 '조선어독본'을 읽으며 "글자 세계의 신비한 문이 열리고", "이 세상의 꼬투리를 엿볼 수 있"게 된다. 그가 후에

37 사라 밀스, 임경규 역, 『현재의 역사가 미셸 푸코』, 앨피, 2008, 138면.

38 위의 책, 145면.

39 롤랑 바르트, 김웅권 역, 『글쓰기의 영도』, 동문선, 2007, 19면.

농촌운동을 하는 희준과 농민들 사이를 이어주는 역할을 할 수 있게 된 것은 야학을 통해 계몽되었기 때문이다. 인동은 "개명한 글"[40]을 읽고 난 후, 자신이 무엇을 '생각할 수 있음'을, 그리고 그 '생각이 절실'해짐을 느낀다. 대상을 바라보는 '선험적 인식틀의 탈피가 근대적 자아와 내면의 탄생을 가져오는 것'[41]처럼, 인동은 절대적으로 믿었던 땅과 자신을 분리해 생각함으로써 '내면'을 갖고, 내면을 가진 존재로서의 자기를 응시하게 된다. 희준이가 청년회를 주도하는 일에 대해 부정적인 시각을 갖고 있던 노인들도, 희준이 두레라는 조직을 만들고 야학이라는 교육장을 공유하는 것은 긍정적으로 바라본다. 이 시선에는 두레와 야학이 공유하는 비폭력적 집단성과 평등의 실현이라는 특성이 전제되어 있다. 야학에 참여하지 않으면 마을에서 농사짓기가 힘들 정도였다는 회고담[42]은 야학을 중심으로 한 마을 공동체의 형성이 얼마나 막대한 힘을 발휘했는지 증명한다.

일제하 전 시기에 걸쳐 야학운동은 연인원 평균 300만 명이 참여했다.[43] 야학이 증가하고 그 성격이 사회주의 사상의 주입이나, 일제에 대한 저항의 실천으로 나아가는 경향을 보이자 일제는 야학에 대한 감시에 집중한다. 『흙』에서 허숭을 유순의 죽음과 관련하여 심문하면서도 야학과 유치원 설립, 조합의 결성을 중점적으로 문제 삼는 것, 『상록수』에서

40 이기영, 「고향 (166)」, 『조선일보』, 1934.6.9.

41 가라타니 고진, 박유하 역, 「내면의 발견」, 『일본 근대문학의 기원』, 소명출판, 1996, 62~102면.

42 야학이 설립되면서 마을 내부에서도 야학에 끼지 않고는 살아남을 수 없었다. 모심기나 타작할 때·품앗이가 되지 않아 농사를 지을 수 없었다고 한다. 그러니 동네 사람들은 야학을 중심으로 생활 방식을 설계할 수밖에 없었던 것이다. 김민남 · 조정봉, 「1930년대 칠곡지역 야학 재발견」, 『중등교육연구』 42, 경북대 사범대학 부속 중등교육연구소, 1998, 17면.

43 최근식, 「일제시대 야학운동의 규모와 성격」, 『사총』 46, 고대사학회, 1997, 149면.

면협의원이자 금융조합 감사인 기천이 농우회원들을 끌어들이고, 청년회관을 사려고 하는 것 역시 야학에 대한 견제의 분위기를 보여준다. 동혁은 회관을 팔라고 하는 기천의 제안에 대해 회관을 "붉은 정신으로 쌓아 논 기념탑"[44]에 비유하며 '정신'은 돈으로 살 수 없음을 강조한다. 이러한 동혁의 태도는, 농우회관을 중심으로 형성된 야학이 농촌운동의 이념성에 기반하고 있음을 보여준다. 작품의 말미에 허숭과 동혁의 부재로 야학이 중지되고, 유치원과 농우회관이 폐쇄되는 것은, 농민들의 집단화를 막고 그들이 각성의 단계에 이르지 못하게 하려는 일제의 정책과 관련되어 있다.

『상록수』에서 영신이 순사에게 주목을 받고, 야학의 인원을 제한당하는 장면은 야학에 대한 당대의 억압 상황을 잘 보여준다. 심훈은 영신이 주재소 주임에게 불려가서 나누는 대화 내용을 상세하게 기록하지 않지만, 요약 제시를 통해 정황을 암시한다.

> "첫째는 예배당이 좁고 후락해서 위험하니 아동을 八十명 이외에는 한 사람도 더 받지 말라는 것과, 둘째로 기부금을 내라고 돌아다니며, 너무 강제 비슷이 청하면, 법률에 저촉이 된다"
> 는 것을 단단히 주의시키는 것이엇다. 영신은 여러 가지로 변명도 하고 오는 아이들을 아니 받을 수 없다고, 사정사정 하엿으나
> "상부의 명령이니까 말을 듣지 아니하면 강습소를 폐쇄시키겟다"
> 고 얼러메어서, 영신은 하는 수 없이 입술을 깨물고 주재소 문 밖을 나왓다.[45]

---

44 심훈, 「상록수 (62)」, 『동아일보』, 1935.11.23.
45 심훈, 「상록수 (46)」, 『동아일보』, 1935.11.5.

주재소에서 나온 영신은 130명의 학생들 중 80명만을 데리고 수업을 진행한다. '월사금 60전을 못 내고 보통학교에서 쫓겨난 아이들'이 '학교의 모자표를 붙인 채' 찾아오지만, 영신은 그들을 가르칠 수 없는 고통에 시달린다. 아이들이 교과서로 쓰는 『농민독본』을 펴들고 "발악을 하는 것처럼" 읽는 장면은 야학 폐쇄 위기에 따른 영신의 번민과 나란히 놓임으로써 비극을 더한다. 학생들과 영신에게는 배울 수 없고, 가르칠 수 없다는 것이 '공포'와 '슬픔'으로 다가온다. 학생들이 학생 제한의 소식을 "무서운 선고"로 받아들이게 되는 것은 이 시대 향학열의 정도가 얼마나 높은지 암시한다. 야학은 1930년대 중반을 넘어서면서 일제의 탄압으로 감소한다. 일제강점기 전 시기 중 폐쇄된 야학, 그리고 운영자가 피검된 야학을 집계하면 3000여 개소가 넘는데, 거의 대부분이 1928~1934년에 집중된다.[46] 심훈의 『상록수』에는 식민지 시대 이러한 야학 통제의 상황이 잘 나타나 있다. 이처럼 『동아일보』에는 브나로드운동의 열기 이면에 존재하는 배우지 못한 자의 비애가 공존한다.

심훈은 자신의 수필에서 "시래기 죽을 먹고 겨으내 '가갸거겨'를 가르치는 것을 天職이나, 義務로 녁이는 純眞한 啓蒙運動者는 '히틀러', '뭇소리니'만 못지안흔 朝鮮의 英雄"[47]이라고 말한 바 있다. 작가는 야학당의 종소리가 들리는 농촌의 한 마을에 살면서 야학생들을 바라보며, '백 명의 이론가, 천 명의 예술가'보다도 한 사람의 '농촌청년'이 소중하다고 말한다. 그의 심중에는 실천력을 갖지 못하는 지식인의 자기 냉소가 담겨 있다. 1927년 신간회는 조선인의 교육이 조선적으로 이루

46 최근식, 앞의 글, 155면.

47 심훈, 「筆耕舍雜記–朝鮮의 英雄」, 『동아일보』, 1936.3.18.

어져야 함을 강조한다. 이 과정에서 노동자, 농민의 문맹 탈피 문제가 언급되고, 각 조직이 노동자, 농민, 무산아동을 교육시키려는 과제를 실천했으며, 이는 민중의 교육열과 맞물려 더욱 확장된다.[48] 신간회와 같은 사상단체가 해소되어 지도 기관이 부재한 때에도 각 지역의 활동가들은 분산적으로 전개되는 농민의 의식 계몽 노력을 위해 야학운동을 군 단위의 통일적인 지도 기관 밑에 결합시키고자 노력했다.[49] 야학은 문해와 문맹이라는 이분화된 경계를 넘어서려는 민중들의 열기가 존재하는 곳이며, 전복의 속성을 가진 공간으로 읽힐 수 있다.

조선총독부는 사상단체의 움직임을 다른 방향으로 돌리거나, 교육혜택 부족에 대한 비난을 빗겨가기 위해 저널리즘의 문자보급운동을 허가한다. 그러나 조선총독부는 사실상 조선인이 정책적 허가 속에서 집단을 형성하고, 암암리에 행하는 사상 교육의 움직임을 다시 차단할 방법을 모색해야만 했다. 1928년 조선헌병대 사령부가 야학에 대해 보고한 내용을 보면, 야학은 노동자 농민에 대한 교육기관으로서 "左傾主義者와 勞動運動者들에 의한 鬪士養成 機關"으로 파악된다.[50] 당대 『조선일보』, 『동아일보』, 『조선중앙일보』, 『중외일보』 등에는 야학 금지 명령에 의해 폐쇄되는 야학 관련 기사를 쉽게 찾아볼 수 있다. 일제는 야학을 불온시하여 폐쇄, 중지 명령을 내리는데, 주된 이유는 '인가가 없다, 시설이 부족하다, 교사가 미비하다' 등이다.[51] 이 시기 신문사를

48 천성호, 앞의 책, 99면.

49 지수걸, 앞의 책, 257~262면.

50 朝鮮憲兵隊司令部 編, 「輓近ニ於ケル鮮內勞動農民ノ情勢－勞動者教養機關ノ狀況」, 『輓近ニ於ケル鮮內思想運動ノ情勢』, 1928, 310면.

51 「改革團 云云하고 夜學會閉鎖處分」, 『중외일보』, 1928.3.14; 「道認可업다고 勞動夜學禁止」, 『중외일보』, 1930.9.5; 「江陵 農民夜學 閉鎖를 命令－긔초 박약타는 등 리유로」,

통해 이루어지는 문자보급운동이 '학교'라는 공공기관과의 연계 속에서 이루어진다는 것은 일제의 허락 없이 운영되는 야학을 억압했던 상황과 관련된다.

실제로 『조선일보』와 『동아일보』는 문자보급운동 제2회부터 참여인원을 각 중등학교 관계자를 통해 받는다.[52] 참가 신청 방식의 변경은 참가자들의 신원 증명을 더 확실하게 하기 위함이며, 이 운동을 합법성의 경계 내부로 제한하기 위함이라 할 수 있다. 두 신문사가 사업의 대상이자 주체로 내세운 '학생'은 학교라는 합법적 교육제도가 매개되어 그 신분이 일차적으로 보증 가능한 사회적 존재였던 것이다.[53] 주최 측은 서울에 있는 중등학교 이상의 학교 교장이나 책임자를 초청하여 운동 방법을 토의하거나 협조를 구한다.[54] 『상록수』의 농촌운동이 '자퇴'라는 행위로부터 시작한다는 것은 이들이 학생이라는 기득권을 포기함으로써 농민들과의 공존을 생활의 문제로 받아들이는 것을 암시한다. 또한 이들이 일제의 정책적 허가로부터 벗어나 야학을 새롭게 시작함을 의미한다.

브나로드운동을 주도하는 매체는 '성공', '운집' 등의 언어로 야학을 형상화한다. 그러나 식민지 시대 야학에는 문자 습득이 가져온 희열과

『동아일보』, 1931.2.17; 「노동학원에 돌연 해산령, 농민시위운동의 관계?」, 『중외일보』, 1931.6.14; 「認可 없다고 양지리 야학 폐쇄, 아동들은 낙루 방황」, 『조선중앙일보』, 1933.9.27.

52 「第二回 브나로드運動 總決算」, 『동아일보』, 1932.10.5.

53 이혜령, 앞의 글, 173~174면.

54 동아일보사는 제2회와 제3회 브나로드운동을 앞두고 경성 내에 위치한 각 학교 교장을 초청하는데, 여기에는 배제고보, 중동학교, 경신학교, 양정고보, 보성고보 등의 관계자들이 참여했다. 「全朝鮮學生이 烽火들 本社브나로드運動 夏休압두고 第二回開催準備 各學校長招請討議」, 『동아일보』, 1932.5.16; 「市內各學校長招請 啓蒙運動根本策協議」, 『동아일보』, 1933.5.9.

함께 교육장 폐쇄의 '위기'와 '공포'가 공존한다. 저널리즘과 실제 사이의 이러한 간극 속에 당대 야학을 둘러싼 균열이 존재한다. 그 균열은 계몽의 단일성에 흠집을 내고, 일본인 혹은 지식인의 일방적 시혜라는 통념을 깨뜨린다. 배운 사람과 배우지 못한 사람이라는 이분법적 도식에 문제 제기하는 과정, 이 지적 서열의 경계 넘기가 야학이라는 공간을 창출하고 지속시킬 수 있었던 것이다.

4. 생生의 열정을 가져온 야학의 집단성

식민지 시대 야학은 일제강점기 초등교육 기관의 부족, 일본인과의 차별 구조, 식민화 교육에 대한 저항, 학비 조달의 어려움 등으로 교육의 기회를 박탈당한 민중에게 초등교육과 견줄 만큼의 대안적인 교육의 기능을 했다.[55] 이효석의 「마작철학」과 강경애의 『인간문제』에 노동자의 문자 습득과 자본주의에 대한 각성이 수반된다면, 이기영의 『고향』에는 "글자세계의 신비"를 경험하고, "세상은 노동의 힘으로 움직여 간다"[56]는 깨달음을 얻은 농촌 청년들의 열기가 자리한다. 푸코는 주체가 자신을 구성하는 방식을 분석하기 위해 지식, 권력, 윤리적 틀이 어떤 공간에서 정상적인 주체를 생산하는지 추적한 바 있다. 야학 역시 하나의 시스템이며, 여러 가지 모순된 충동들과 고유의 작동 방식, 목표를 가지고 있는 제도이다.[57] 그러므로 야학을 분석하는 데에는

---

55 천성호, 앞의 책, 160면.

56 이기영, 「고향 (164)」, 『조선일보』, 1934.6.5.

〈그림 16〉 심훈의 「상록수」 4화에 실린 삽화(『동아일보』, 1935.9.13)

반드시 제도 내외에 존재하는 개인과 집단의 요구, 저항의 방식을 함께 검토해야만 한다. 이러한 시각은 권력을 사유하는 데 수동적 억압과 순응보다 저항에 초점을 맞출 수 있는 계기를 제공하며, 계몽의 전략이 전제하는 것을 폭로하고 그 지반을 공략할 수 있다. 그런 의미에서 심훈의 『상록수』에서 브나로드운동에 참여했던 동혁이 다른 학생들 앞에서 경과보고를 하는 장면은 주목을 요한다.

동혁은 "민중에게 희망의 정신과 용기를 길러주기 위해 노력하는 것을 계몽운동 대원의 가장 큰 사명"으로 꼽는다. 이 말이 있은 후, 사회자는 계몽운동과 사상운동을 혼동하지 말 것을 당부한다.

"높직이 앉어서 민중을 관찰하거나 연구의 대상(對象)으로 삼으려는 태도를 단연히 버리고, 그네들이 즉 우리조선사람이, 제힘으로써 다시 살어나기

57 사라 밀스, 임경규 역, 앞의 책, 103면.

위한, 그 기초공사를 해야겟습니다! (…중략…) 무엇보다도 먼저 모든것을 지배하고, 온갓 행동의 원동력이 되는 정신! 요샛말로 '이데오르기'를 통일하기 위해서 전력을 기우려야 하겟습니다!" (…중략…)

"그러나 현재의 정세로 보아서 어느 시기까지는 계몽운동과 사상운동을 절대로 혼동해서는 아니됩니다. 계몽운동은 어디까지든지 계몽운동에 그칠따름이지, 부질없이 다른데다 혼동해가지고 공연헌데까지 폐해를 끼칠 까닭은 털끝만치도 없읍니다." 하고 단단히 주의를 시킨다. 그때에 한구석에서

"에그, 추어……"

하고 일부러 어깨와 목소리를 떠는 대원이 잇섯다.[58]

사회자의 당부는 당대 조선총독부의 승인하에서 브나로드운동을 진행할 수 있었던 저널리즘의 입장을 대변한다. 이 장면은 브나로드운동이나 문자보급운동이 일제의 감시 속에서 이루어졌음을 보여준다. 그리고 많은 학생들이 계몽운동의 장 안에서 사상운동의 역동성을 발휘하고자 했음을 암시한다. 인용문에서 알 수 있듯이, 사회자의 주의가 있자 학생은 '일부러' 반응한다. 학생의 이러한 태도는 신문사 측의 입장과 브나로드운동에 참여하는 학생들의 견해가 완전한 일치를 보지 않은 상태임을 드러낸다. 이렇듯, 당대 농촌계몽운동에는 주최자 측과 학생 사이의 균열이 있었다. 농촌계몽운동을 사상의 반열로 승화하는 학생과 농민은 그 운동을 유행으로부터 구제하며, 농촌운동에 내재한 제국주의적 기획을 내파한다.

58 심훈, 「상록수 (4)」, 『동아일보』, 1935.9.13.

야학은 새로운 지식에 대한 욕망인 '앎의 의지will to know'에서 비롯한다. 앎의 의지는 불변의 것이라기보다는 다양한 교육제도에 의해 강화되거나 새롭게 재구성될 수 있다. 최서해의 『호외시대』에서 찬영이 감옥에 들어간 후 야학생들을 가르치게 된 두환은, "사람이 글을 가르치는 것이 문제가 아니라, 사람이 사람을 가르치는 것이 문제"[59]라고 독백한다. 이때, 야학은 문자 학습의 장을 넘어 사람에게 자기와 타자를 의식할 수 있는 공간, 생의 의지를 발현할 수 있는 공간이 된다. 찬영이 감옥에서 얻은 병의 후유증으로 죽게 되었을 때에도, 두환은 야학생들의 글소리를 들으며 슬픈 중에도 "법열과 충동"[60]을 받는다. 이는 야학이 이미 두환에게도 삶의 이유로 승화되었음을 의미한다. 이처럼 '야학'을 전경화하는 소설에서 야학 교사와 학생 사이에 형성되는 '정적 관계'는 생生의 문제로 이어진다.

소설에서 학생을 비롯한 지식인에게 글자를 배우는 농민이나 노동자들은 처음엔 글자를 배우는 것에 희열을 느끼다가, 야학이라는 집단 혹은 교육제도에 대한 애착을 보이고, 자신이 처한 현실에 대한 각성의 단계에 이른다. 이러한 양상은 교육을 받는 야학생들에게만 한정되지 않는다. 『흙』의 정선이 농촌생활을 통해 "새로운 인생을 발견"[61]하게 되는 것처럼, 농촌은 지식인과 농민 모두에게 깨달음을 상호 전이하는 공간이 된다. 여기에는 지적 욕망 충족에 대한 기쁨과 함께 하나의 공간을 여러 사람이 공유하고 같은 것을 익힌다는 '공통감각'이 존재한

---

59 최서해, 「호외시대 (289)」, 『매일신보』, 1931.7.11.
60 최서해, 「호외시대 (310)」, 『매일신보』, 1931.8.1.
61 春園, 「흙 (156)」, 『동아일보』, 1933.6.10.

다. 이 평등의 의식이 부조리한 외부 세계에 대한 각성을 이끌고, 그 각성을 하나의 집단적 저항이나 비판의 목소리로 승화한다. 『상록수』에서 선진적인 학문을 배우기 위해 일본으로 유학을 떠났던 영신은 교육 과정에 대한 실망과 고독, 향수에 시달리다가 병을 얻고 다시 청석골로 돌아온다. 영신의 회유 지점은 청석골의 야학이되, 야학에 대한 '애착심'이 "고향을 떠나기 전보다 몇 곱이나 더해져서 육신의 고통을 참아 나가는 힘"을 지닌 공간으로 변모한다. 이것은 야학이 가르치는 자에게도 '생의 의지'를 주는 공간임을 의미한다. 『호외시대』, 『흙』, 『인간문제』에서도 각성의 순간은 죽음이나 감옥행과 같은 부재의 상황, 장애 체험과 같은 신체적 상흔의 대가로 주어진다.

식민지 시대 소설에서 폐쇄 위기에 놓여 있던 야학은 교육 자금 기탁에 의해 회생의 가능성을 보게 된다. 그것은 이 시기 교육이 계몽의 이념만으로는 이루어질 수 없음을 뜻한다. 또한 조선총독부의 억압 속에서 야학을 운영해야 하는 현실적 제약의 정도를 드러낸다. 『상록수』에서 동혁이 모범촌을 견학하며 열악한 환경 속에서 야학생에게 '도둑글'을 가르치는 장면을 보며, "경제운동"과 함께 긴밀한 연락을 통한 "통일된 농촌운동"을 열망하는 것도 이와 연관된다. 이러한 상황은 일본이 강조한 '보통교육'의 이념이 누구에게나 기본적으로 주어질 수 있는 평등교육의 이상과는 거리가 먼 것임을 드러낸다. 1930년대 야학을 형상화한 소설은 불평등을 전복하는 향학열과 혁명적 열기를 담고 있으며, 신문이 광고하는 농촌진흥운동이나 브나로드운동의 성과가 조선인의 희생을 전제하고 있음을 폭로한다.

강경애의 『인간문제』와 이효석의 「마작철학」에서 '야학'은 노동자의 문해력에 영향을 미칠 뿐 아니라, 노동자의 단결과 파업으로 이어진다는 점에서 주목할 수 있다. 1920년대 말부터 1930년대 초까지 야학 운동은 계몽적 성격으로부터 민중문화운동의 성격을 갖는 민중 야학으로 전화되어 간다.[62] 실제로 노동야학의 교육 과정에서 야학 교사들은 노동자들의 단결된 행동이 필요하다고 가르쳤다.[63] 또한 1910년대부터 야학이 인근의 다른 야학과 운동회 및 문화 행사 등을 하면서 연대를 꾀했다는 점은, 야학이 문해력 증진에 국한하지 않고 하나의 '집단적 결속력'을 전제했음을 뜻한다.

『인간문제』에서 대동방적공장에 들어간 선비가 '야학'이라는 말을 듣고, 제일 먼저 떠올린 것은 덕호가 공부시켜주겠다는 빌미로 자신의 '정조를 유린하던 장면'[64]이다. 선비는 그 공포의 기억을 떠올리면서도 간난이와 함께 '야학'에 가며, 야학이 공장 감독의 노동력 착취에 합리성을 부여하는 수단으로 전락한다는 것을 깨닫는다. 선비의 향학열은 선비에게 위험의 요소가 되는 동시에 위험의 상황을 직시하게 하는 계기가 된다. 작품에서 야학은 노동자들의 유인 수단으로 전락하지만, 간난이는 야학에서 공장 감독이 한 연설을 신철에게 보내고, 신철은 연설 내용을 해설하여 다시 간난이를 통해 노동자들에게 전달한다. 노동자들은 야학에서 배운 읽기 능력으로 몰래 연설을 '다시 읽고', 계급의식에 눈뜬다. 비록 선비는 공장에서 얻은 병으로 죽음을 맞지만, 선비의 죽음은 사상 전환을 한 신철에게 자기비판의 계기를 제공한다. 선비를 비롯한 노동자에게 자본가와

---

62 김경일, 『일제하 노동운동사』, 창작과비평사, 1992, 516면.
63 김윤환, 『한국노동운동사』 1(일제하 편), 청사, 1982.
64 강경애, 「인간문제」, 『강경애 전집』, 소명출판, 2002, 357면.

노동자 사이의 계급관계를 알려준 사람은 신철이지만, 노동자를 통해 다시금 부조리한 현실을 직시하게 되는 것은 지식인인 신철이다. 이러한 설정은 지식인과 노동자 사이의 관계가 지적 위계 안에 고정된 것이 아님을 보여준다. 신철은 "수많은 인간들이 뭉침"[65]으로써만 인간 문제가 해결될 것이라 생각한다. 그는 학교 밖에서 각성된 선비를 통해 다시금 계급의식에 눈뜨게 되고, 이것은 학교에서 배운 지식의 한계를 드러낸다.

이효석의 「마작철학」은 강 선생의 야학 교실에서 "운동"과 "절대반대"[66]와 같은 단어들을 습득한 노동자들이 정어리 공장주의 횡포에 맞서는 내용을 담고 있다. 이 소설에서 중요한 것은 공장주가 노동자의 파업 때문에 경제적 타격을 입고도 파업이라는 행동을 다른 각도에서 해석하게 된다는 점이다. 공장주는 파업을 당하고 "수많은 노동자들의 단결에서 생기는 힘!"[67]을 두려우면서도 부러운 힘으로 생각하게 된다. 그리고 공장주는 자신 역시 대재벌의 무도한 힘에 억압받고 있음을 느끼며, 노동자들 속에서 '새로운 철학'을 발견한다. 그는 대학에서 배운 사업 이론에 회의를 느끼고, 노동자들이 존경하고 사모하는 야학의 강 선생을 만나러 간다.

이 소설은 노동자의 열정이 정주사의 마작놀이와 정어리 사업 사이에 놓여 있다는 점에서 상대적으로 노동의 가치를 부각하는 작품이다. 마작과 정어리 사업은 '일확만금'을 꾀하는 사람들의 물질적 욕망을 공유한다. 정주사의 아들인 공장주는 정어리 공장주로 있었던 2년 동안의 해변 생활이 '대학에서 배운 사업의 이론과 비결'의 몇 곱절 이상의

---

65 위의 책, 413면.
66 이효석, 「마작철학」, 『이효석 전집』 1, 창미사, 2003, 165면.
67 위의 책, 180면.

의미를 그에게 주었음을 느낀다. 그는 야학에서 배움을 얻은 노동자들로부터 새로운 깨달음을 얻는다. 공장주는 남을 억압할 수 있는 돈, 지위, 지식과 같은 기제들로부터 해방되었을 때, 비로소 감격의 눈물을 흘린다. 정주사가 사업과 재산 때문에 압박을 느끼다가 마작에서 '헐려가는' 철학을 느낀 순간과 공장주가 강 선생을 만나야겠다는 충동을 느낀 순간은 일치한다. 두 인물이 겪은 깨달음의 접점에는 노동과 생산의 결여에 대한 자기 각성이 놓여 있다.

노동자들은 생산의 현장에서 배움을 얻고, 이 배움을 다른 이에게 전이한다. 이때, 야학이 내포한 집단성은 공장이라는 장소에서 가장 높은 학력을 가진 공장주를 각성시킬 수 있는 힘을 지닌다. 노동의 부재가 공장주의 손해를 낳고, 노동자들의 학습이 공장주의 학습으로 이어진다는 소설 구조는, 자본가와 노동자의 상호 예속성을 사제 간의 상호 예속성으로 치환하는 순간을 담는다. 이 소설은 계몽의 정점에 강선생을 두지 않고, 공장주에게 깨달음을 준 노동자들을 둔다. 지식인을 정점에 두지 않은 계몽의 설정은 지식인에게서만 희망을 찾는 종래의 소설 구조와 차이를 지닌다.

야학이 『인간문제』와 「마작철학」에서처럼 노동자들을 각성하거나, 『흙』이나 『고향』에서처럼 농민 각성의 수단으로 나아가는 것은 조선총독부의 감시를 강화시킬 수밖에 없다. 조선총독부는 야학의 증가를 막기 위해 학교와 연계를 하는 것 이 외에, 관제 야학을 증설하는 방법을 취하기도 한다. 일제의 관제 야학(간이학교)은 민중의 교육열에 대한 불만을 해소하면서 일제하 민족해방운동을 잠재우기 위한 목적에서 진행되었다. 특히 간이학교는 1933년에 전국에 무려 3,900여 개소가 무더기로 설치되기 시작하여, 1938년 조선어금지령과 함께 확산되어 1939년까지 전국적으로 2만 6,000개소가 설치된 것으로 보고된 바 있다.[68] 일제강점기 야학에서 학습했던 이종의 회고에 의하면, 이 시대 많은 청년들은 문학작품을 통해 야학문화의 열기를 체험할 수 있었으며, 조선인들에 의한 야학의 열기가 조선총독부 교육정책하에서 하나의 '일탈'로 간주되었음을 알 수 있다.

이종은 식민지 시대 야학당이 하나의 '사회제도'였으며, 당대 야학에 관련된 소설이 많이 발표되었고, 자신 역시 '심훈의 『상록수』와 이기영의 『고향』이란 소설의 독자'였음을 회고한다. 그의 회고에 의하면, 일본 총독부가 야학을 장려하자, 야학 교사는 그 정책을 따르는 체하며 일본어로 가르치고, 속으로는 사회주의운동에 관한 자료를 수집해서 가르친다.[69] 이는 조선총독부가 관제 야학을 증설하고 조선어금지령을 내리자, 야학 교사들이 야학 운영을 위해 표면상으로는 교육정책에 순응하는 모습을 보이면서, 내부로는 거부의 행동을 취했음을 드러낸다. 일본 교육정책의 혜택 속에서 외래 사상을 수용한 지식인이 다시 조선인에게 사상을 전달하는 과정은, 야학이 행한 '교육적 전유'를 뜻한다.

1930년대 중반부터 조선에 관제 야학이 증가하는 것은 조선총독부가 조선인이 마련한 야학의 외부성을 다시 규율 권력 내부로 끌어들여 통제하려는 전략과 관련된다. 이처럼 식민지 조선의 야학은 제국이 마련한 학교 제도를 일탈한 형태의 교육제도로서, 공공성을 훼손하고 오

---

68 천성호, 앞의 책, 152면.

69 야학21 편집부, 「인터뷰 : 일제시대의 야학운동—1930년대를 중심으로」, 『야학21』 5, 1999.

히려 중심이 외부를 모방하여 새로운 교육제도를 마련하는 결과를 낳는다. 그런 의미에서 관리에 종속되지 않는 야학의 생명력은 조선총독부에 위협적 요인이 되었을 것임을 짐작할 수 있다. 야학은 식민지의 '실천하는 지성'이었고, 그 지성이 공동체를 지향했기에 평등과 해방의 이념을 전이할 수 있었던 것이다.

5. 문해와 문맹의 이분법을 넘어서기

지금까지 일제강점기 소설에 나타난 '야학'을 통해 조선의 향학열이 제국의 규율 권력을 전복하는 양상을 살펴보았다. 식민지 시대 야학은 당대 교육정책과 학교문화, 조선인의 지적 열망 등과 관련되어 있다. 야학이라는 제도는 애초에 기획된 '앎의 영역'이 확산·변형되는 지점에 위치한다. 야학은 식민지 조선이 처한 사회적 결핍에 연결되어 있었으며, 최서해는 문화의 중심지인 경성의 야학을 '기형적'이라 표현하기도 한다. 농촌을 배경으로 한 이기영, 이광수, 심훈의 소설은 저널리즘에 의한 농촌계몽운동의 연장선에 놓여 있기보다 그에 대한 반작용에 기인한다는 특이성을 지닌다. 이 작품들은 공통적으로 지식인과 농민 사이의 경계, 그 시대적 경계에 대한 질문으로 나타난다. 그리고 그 경계를 그대로 따르기보다는 '위반'하는 실천력을 모색하는 데에서 의미를 획득한다. 신문에서 성공리에 마무리된 농촌계몽운동에 대한 기사가 지면을 장악하고 있을 때, 작가들은 지식인의 농촌생활에 대해 갖는 낭만성을 오히려 지식인이 경험하는 '수치'나 '신체적 훼손', '범죄자의 낙인' 등의 방식으로 균열한다.

문맹은 학교 설립에 의해 상대적으로 심각성이 부각되었으며, 신문사의 문자보급운동은 식민지 교육 현실에서 촉발되었다. 야학은 이러한 조선의 교육 현실에 기인하며, 제국이 마련한 교육제도의 영역을 일탈한 '학교 밖의 교육장'에 해당한다. 농민이나 노동자의 향학열이 야학의 발전 및 확대를 초래하거나, 폐쇄 위기에 처한 야학을 유지하기 위한 교육정책 위반의 힘을 발휘했던 것은, 조선총독부가 기획한 지적 서열화나 순종하는 조선인의 상과는 거리가 멀다. 농민과 노동자는 『농민독본』과 『노동독본』과 같은 '독본 읽기'를 통해 새로운 독자와 필자로 호명되고, 함께 읽기의 공통감각을 통해 새로운 '관계'를 형성한다. 야학은 문해와 문맹이라는 이분화된 경계를 넘어서려는 민중들의 열기가 존재하는 곳이며, 그 이분화된 의식을 전복하는 속성을 띤 공간이다.

야학이 증가하고 그 성격이 사회주의 사상의 교육이나 일제에 대한 저항의 실천으로 나아가는 경향을 보이자 일제는 야학에 대한 감시에 주력한다. 또한 농촌계몽운동의 참가자를 신문사와 학교와의 연계 속에서 한정함으로써 문자보급운동을 합법성의 경계 내부로 제한한다. 야학을 그린 소설에서 교사와 학생이 감시당하거나, 제도로부터의 이탈자 혹은 범죄자의 위치에 서게 되는 상황은 당대 야학 통제의 상황과 일제의 정책으로부터 이탈하여 야학을 운영하려는 조선인의 교육열을 암시한다. 신문에서 농촌계몽운동을 수식하는 성공, 운집 등의 단어가 '바람직한' 농촌운동의 상을 제시하고 있다면, 작가들은 야학 내의 교사나 학생들이 느끼는 '공포'와 '슬픔'을 통해 저널리즘과 실제 사이의 간극을 드러내고, 그 간극을 통해 일제의 농촌계몽운동의 단일성에 흠집을 낸다.

소설 속 야학에서 학생은 문자 습득의 희열, 공동 공간에 대한 애착, 자기 처지에 대한 각성의 단계를 경험한다. 이러한 희열, 애착, 각성의 심리는 교사에게도 나타난다는 점에서 문제적이다. 소설에서 야학은 깨달음을 상호 전이하는 공간이며, 새로운 삶을 전망함으로써 '생의 의지'를 부여하는 공간이다. 강경애와 이효석의 소설에서 야학이 내포한 집단성은 단결과 파업으로 이어지고, 이 사건을 통해 가장 높은 수준의 학력을 가진 공장주와 지식인은 집단과 노동에 대한 각성을 경험한다. 식민지 교육정책 속에서 외래 사상을 수용한 지식인이 조선인에게 사상을 전달하고, 그 배움이 자기비판의 계기로 작용하는 과정은 야학이 가진 교육적 전유를 의미한다. 이러한 앎의 전이 과정은 부조리한 외부 세계에 대한 각성을 이끌고, 그 각성을 하나의 집단적 저항이나 비판의 목소리로 승화하여 교육적 실천력을 획득한다.

참고문헌

기본자료

『개벽』, 『경성일보』, 『경신』, 『교육월보』, 『국민총력』, 『대한매일신보』, 『동광』, 『동아일보』, 『매일신보』, 『문교의 조선(文敎の朝鮮)』, 『배재』, 『배재학보』, 『배화』, 『백광』, 『백합화』, 『별건곤』, 『별나라』, 『사상계』, 『삼천리』, 『삼천리문학』, 『소년』, 『숭실학보』, 『숭실활천』, 『신동아』, 『신시대』, 『신여성』, 『신인문학』, 『신천지』, 『여성』, 『여자계』, 『연희』, 『이고』, 『이습』, 『이화』, 『인문평론』, 『정신』, 『조광』, 『조선농민』, 『조선문단』, 『조선문학』, 『조선일보』, 『조선중앙일보』, 『조선총독부관보』, 『중앙』, 『중외일보』, 『청춘』, 『태극학보』, 『학병』, 『학생』, 『학지광』, 『한성순보』, 『현대문학』, 『현대평론』 『황성신문』, 『휘문』.

강경애, 이상경 편, 『강경애 전집』, 소명출판, 1999.
강매, 『中等朝鮮語作文法』, 창문사, 1928.
강진호·허재영 편, 『조선어독본』, 제이앤씨, 2010.
계용묵, 『계용묵 전집』, 민음사, 2004.
김구, 배경식 역, 『백범일지』, 너머북스, 2008.
김동인, 『김동인 전집』 4, 조선일보사, 1988.
김준엽, 『장정―나의 광복군 시절』, 나남, 1991.
나혜석, 『나혜석 전집』, 태학사, 2000.
박세영 외, 『우리시대의 작가수업』, 역락, 2001.
박종화, 『달과 구름과 思想과』, 휘문출판사, 1965.
______, 『靑苔集』, 영창서관, 1942.
박화성, 『박화성 문학전집』 2·14, 푸른사상, 2004.
변영로, 『수주 변영로 전집』 1, 한진출판사, 1981.
송영 외, 『나의 인간수업, 문학수업』, 인동, 1990.
심훈, 『상록수』, 양우당, 1994.
안수길 외, 『재만조선인친일문학작품집』, 보고사, 2008.
양주동, 『文酒半生記』, 신태양사, 1960.
염상섭, 『광분』, 프레스21, 1996.
유길준, 『노동야학독본』, 경성일보사, 1908.
______, 『노동야학』, 동문관, 1909.

_____, 『대한문전』, 동문관, 1909.
유종호, 『나의 해방 전후』, 민음사, 2004.
윤치호, 『윤치호 일기』, 역사비평사, 2002.
이가형, 『분노의 강』, 경운, 1993.
이광수, 『이광수 전집』 1~10, 삼중당, 1972.
_____, 『島山 安昌浩』, 대성문화사, 1959.
_____, 『흙』, 문학사상사, 1992.
_____, 이경훈 편역, 『진정 마음이 만나서야말로』, 평민사, 1995.
이기영, 『고향』, 문학사상사, 1994.
이병주, 『관부연락선』 1~2, 한길사, 2006.
이인직, 권영민 외편, 『한국신소설선집』 1, 서울대 출판부, 2003.
이종극, 『모던조선외래어사전』, 한성도서주식회사, 1936.
이태준, 『이태준 문학전집』 5~8, 깊은샘, 1988.
_____, 『상허문학독본』, 서음출판사, 1988.
_____, 『사상의 월야』, 깊은샘, 1996.
_____, 『딸삼형제』, 깊은샘, 2001.
_____, 『청춘무성』, 깊은샘, 2001.
_____, 『화관』, 깊은샘, 2001.
_____, 『무서록』, 깊은샘, 2003.
_____, 『달밤』, 깊은샘, 2004.
이효석, 『이효석전집』 1, 창미사, 2003.
이해조, 권영민 외편, 『한국신소설선집』 5, 2003.
오산학원 편, 『오산 백년사』, 2007.
장준하, 『돌베개』, 세계사, 1995.
정병욱, 『바람을 부비고 서 있는 말들』, 신구문화사, 1999.
채만식, 『채만식 전집』 8, 창작과비평사, 1989.
최서해, 『호외시대』, 문학과지성사, 1995.
최승만, 『나의 회고록』, 인하대 출판부, 1985.
한국학문헌연구소 편, 『한국개화기교과서총서』 2, 아세아문화사, 1977.
홍사용, 『나는 王이로소이다』, 근역서재, 1976.
현진건, 『현진건 문학전집』 2, 국학자료원, 2004.

姜華錫, 『婦幼獨習』, 皇城新聞社, 1908.

國民教育會, 『初等小學』, 國民教育會, 1906.
李覺鍾, 『實用作文法』, 博文書舘, 1912.
兪吉濬, 『勞動夜學讀本』, 京城日報社, 1908.
鄭崙秀, 『樵牧必知』, 普文社, 1909.
_____, 『最新初等小學』, 右文館, 1908.
朝鮮總督府 編, 『普通學校 朝鮮語及漢文讀本』, 朝鮮總督府, 1913.
____________, 『女子高等普通學校修身書』 2~3, 1926.
朝鮮總督府, 김순전 외역, 『보통학교국어독본』, 제이앤씨, 2014.
朝鮮總督府, 『普通學校國語讀本自卷一至卷八編纂趣意書』, 朝鮮印刷株式會社, 1925.
__________, 『普通學校國語讀本』 5~8, 朝鮮總督府, 1912~1915.
__________, 『朝鮮國勢調査報告－全鮮篇』 1, 1930.
朝鮮總督府警務局 編, 『朝鮮に於ける同盟休學の考察』, 1929.
朝鮮總督府警務局, 「學生の盟休と秘密結社」, 『高等警察報』5, 1935.
________________, 『現行教科書編纂の方針』, 1921.
朝鮮憲兵隊司令部 編, 『輓近ニ於ケル鮮內思想運動ノ情勢』, 1928.
學部, 『普通學校 學徒用 國語讀本』, 大日本圖書株式會社, 1907.
學部編輯局, 『國民小學讀本』, 學部, 1895.
玄采, 『新纂初等小學』, 日韓印刷株式會社, 1909.
____, 『幼年必讀』, 徽文館, 1907.

サミユエル・スマイルス, 竹村修 譯, 『勞働論』, 內外出版協會, 1907.
久保天隨, 『實用作文法』, 実業之日本社, 1906.
堀江秀雄, 『夜學讀本』, 博文館, 1905.
貴田忠衛, 『朝鮮人事興信錄』, 朝鮮人事興信錄編纂部, 1935.
今泉源一郎, 『尋常小学教授学略説』, 岩本米太郎, 1887.
大和田建樹, 『作文寶典』, 博文館, 1905.
稻垣國三郎, 『國定讀本 教授用 修辭法 及 取扱』, 同文館, 1912.
文部省編輯局, 『高等小學讀本』 5~6, 大日本圖書會社, 1889.
____________, 『高等小學讀本』, 大日本圖書會社, 1890.
石井福太郎, 『高等小學修身口授教案』 2, 目黒書店, 1892.
__________, 『高等小學修身口授教案』 4, 目黒書店, 1892.
小谷重, 『青年夜學讀本』, 金港堂書籍株式會社, 1911.
篠原貞次郎, 『高等小学読本字引大全』 7, 普及舎, 1889.

野村泰亨, 『增訂 新佛和辭典』, 大倉書店, 1924.
二宮基成, 『経済学教科書』, 六盟館, 1901.
長尾松三郎・田村作太郎, 『坪内博士の読本を使用する国語教授法』, 村上書店, 1901.
井上圓了, 『(修訂)修身要鑑』, 學海指鈞社, 1906.
坪內雄藏(逍遙), 『高等 国語讀本』, 富山房, 1900.
河井又平, 『新體詩作法』, 博文館, 1912.
好樹堂 譯, 『佛和辭典』, 米國長老派傳道敎會, 1871.
芦田惠之助, 『第二讀み方敎授』, 芦田書店, 1925.
徽文義塾, 『高等小學讀本』, 徽文義塾, 1906.

Alévêque, Charles, 『법한ᄌ뎐』, Seoul Press, 1901.
Alexander Bain, *English Composition and Rhetoric : A Manual*, New York : D. Appleton and Company, 1867.
Barnes, Charles, J., *New National Reader* 4, New York : American Book Company, 1884.
Sanders, Charles, W., *Union Reader* 4, New York : Ivison Blakeman Taylor & Co., 1869.
__________, *Union Reader* 5, New York : Ivison Blakeman Taylor & Co., 1872.
Sanders, Charles, W., *Union Reader* 2, New York : Ivison Blakeman Taylor & Co., 1875.
Webster, W. F., *English : Composition and Literature*, New York : Houghton Mifflin Company, 1900.

단행본

가라타니 고진, 박유하 역, 『일본 근대문학의 기원』, 소명출판, 1996.
가메이 히데오, 김춘미 역, 『메이지 문학사』, 고려대 출판부, 2006.
가야트리 스피박, 태혜숙 역, 『교육기계 안의 바깥에서』, 갈무리, 2006.
가와다 준조, 이은미 역, 『소리와 의미의 에크리튀르』, 논형, 2006.
강만길 외, 『한국노동운동사』 1, 지식마당, 2004.
강신재 외, 『좋은 글 잘된 문장은 이렇게 쓴다』, 문학사상사, 1993.
강윤호 『개화기의 교과용 도서』, 교육출판사, 1975.
강진호, 『국어 교과서의 탄생』, 글누림, 2017.
권보드래, 『한국 근대소설의 기원』, 소명출판, 2012.
김경일, 『일제하 노동운동사』, 창작과비평사, 1992.
_____, 『한국 근대 노동사와 노동운동』, 문학과지성사, 2004.
김경일, 『노동』, 소화, 2014.

김도태, 『남강 이승훈전』, 문교사, 1950.
김봉희, 『한국 개화기 서적문화 연구』, 이화여대 출판부, 1999.
김부자, 조경희 · 김우자 역, 『학교 밖의 조선 여성들』, 일조각, 2009.
김석, 『에크리』, 살림, 2007.
김성수, 『한국 근대 서간문화사(書簡文化史) 연구—서간 · 서간문학의 리터러시와 계몽의 수사학』, 성균관대 출판부, 2014.
김성연, 『서사의 요철』, 소명출판, 2017.
김용덕 · 미야지마 히로시 편, 『근대 교류사와 상호인식』 2—일제강점기, 아연출판부, 2007.
김윤식, 『우리 소설을 위한 변명』, 고려원, 1990.
김윤식, 『이광수와 그의 시대』 1, 솔, 1999.
______, 『한국 근대문학 사상사』, 한길사, 1984.
김윤식, 『일제 말기 한국인 학병세대의 체험적 글쓰기론』, 서울대 출판부, 2007.
김윤식 · 정호웅, 『한국소설사』, 문학동네, 2000.
김윤식 외, 경원대 편, 『언어와 문학』, 역락, 2001.
김윤환, 『한국노동운동사』 1—일제하 편, 청사, 1982.
김은희 외, 『신여성을 만나다』, 새미, 2004.
김재용 외, 『이태준 문학의 재인식』, 소명출판, 2004.
김정명 편, 『조선독립운동』 1, 原書房, 1967.
김진균 · 정근식 외, 『근대 주체와 식민지 규율 권력』, 문화과학사, 1997.
김창현, 『한국적 장르론과 장르보편성』, 지식산업사, 2005.
김학이 외, 『현대의 기억 속에서 민족을 상상하다』, 세종출판사, 2006.
김현, 『미셸 푸코의 문학비평』, 문학과지성사, 1989.
____, 『시칠리아의 암소』, 문학과지성사, 1990.
김형목, 『대한제국기 야학운동』, 경인문화사, 2005.
김호일, 『한국 근대 학생운동사』, 선인, 2005.
김홍중, 『마음의 사회학』, 문학동네, 2009.
나인호, 『개념사란 무엇인가』, 역사비평사, 2011.
노영택, 『일제하 민중교육운동사』, 학이시습, 2010.
도미야마 이치로, 임성모 역, 『전장의 기억』, 이산, 2002.
독립운동사편찬위원회, 『독립운동사』 2, 독립유공자사업기금운용위원회, 1971.
데이비드 블레이니 브라운, 강주헌 역, 『낭만주의』, 한길아트, 2001.
데이비드 허다트, 조만성 역, 『호미 바바의 탈식민적 정체성』, 앨피, 2011.
라인하르트 코젤렉, 한철 역, 『지나간 미래』, 문학동네, 1998.

레이먼드 윌리엄스, 박만준 역, 『문학과 문화이론』, 경문사, 2003.
레이먼드 윌리엄스, 김성기・유리 역, 『키워드』, 민음사, 2013.
로제 샤르티에, 이영림 역, 『사생활의 역사』, 새물결, 2003.
롤랑 바르트, 김웅권 역, 『목소리의 결정』, 동문선, 2006.
__________, 김희영 역, 『텍스트의 즐거움』, 동문선, 2007.
__________, 김웅권 역, 『글쓰기의 영도』, 동문선, 2007.
루드비히 포이어바흐, 강대석 역, 『종교의 본질에 대하여』, 한길사, 2006.
뤼디거 자프란스키, 임우영 외역, 『낭만주의, 판타지의 뿌리』, 한국외대 출판부, 2012.
리차드 빌라데서, 손호현 역, 『신학적 미학』, 한국신학연구소, 2007.
마사 누스바움, 박용준 역, 『시적 정의』, 궁리, 2016.
마틴 맥퀼런, 이창남 역, 『폴드만과 탈구성적 텍스트』, 앨피, 2007.
멜리사 그레그 외, 최성희 외역, 『정동 이론』, 갈무리, 2015.
문혜윤, 『문학어의 근대』, 소명출판, 2008.
미셸 푸코, 오생근 역, 『감시와 처벌』, 나남, 1997.
________, 장은수 역, 『모더니티란 무엇인가』, 민음사, 1997.
________, 이정우 역, 『담론의 질서』, 서강대 출판부, 2002.
________, 이규현 역, 『성의 역사』 1-앎의 의지, 나남, 2005.
________, 허경 역, 『문학의 고고학』, 인간사랑, 2015.
민경배, 『한국 민족교회 형성사론』, 연세대 출판부, 1974.
_____, 『한국 기독교회사』, 연세대 출판부, 2007.
민족문학사연구소, 『탈식민의 역학』, 소명출판, 2006.
박계주・곽학송, 『춘원 이광수』, 삼중당, 1962.
박명규・서호철, 『식민권력과 통계-조선총독부의 통계체계와 센서스』, 서울대 출판부, 2003.
박붕배, 『한국국어교육전사』 상, 대한교과서주식회사, 1987.
박영혜 외, 『한국근대여성연구』, 숙명여대, 1987.
박헌호, 『이태준과 한국 근대소설의 성격』, 소명출판, 1999.
배수찬, 『근대적 글쓰기의 형성 과정 연구』, 소명출판, 2008.
배재백년사편찬위원회, 『배재 백년사』, 학교법인배재학당, 1989.
백철, 『조선신문학사조사-현대편』, 백양당, 1949.
베네딕트 앤더슨, 윤형숙 역, 『상상의 공동체』, 나남, 2004.
베르너 콘체, 이진모 역, 『코젤렉의 개념사 사전-노동과 노동자』, 푸른역사, 2014.
벨 훅스, 박정애 역, 『행복한 페미니즘』, 백년글사랑, 2004.
보성80년사 편찬위원회, 『보성 80년사』, 학교법인 동성학원, 1986.

빠올로 비르노, 김상운 역, 『다중』, 갈무리, 2004.
사라 밀스, 임경규 역, 『현재의 역사가 미셸푸코』, 앨피, 2008.
샤를 피에르 보들레르, 윤영애 역, 『악의 꽃』, 문학과지성사, 2003.
서정민, 『이동휘와 기독교』, 연세대 출판부, 2007.
손인수, 『한국근대민중교육사』, 배영사, 1989.
_____, 『한국근대교육사』, 연세대 출판부, 1992.
손종업, 『극장과 숲』, 월인, 2000.
송민호, 『대한제국시대 출판법의 제정과 출판검열의 법-문자적 기원』, 『한국현대문학연구』 43, 한국현대문학회, 2014.
송인화, 『이태준 문학의 근대성』, 국학자료원, 2003.
송하춘, 『한국현대장편소설사전』, 고려대 출판부, 2013.
수전 손택, 홍한별 역, 『우울한 열정』, 이후, 2005.
슈테판 마르크스, 신종훈 역, 『나치즘, 열광과 도취의 심리학』, 책세상, 2009.
스즈키 사다미, 김채수 역, 『일본의 문학개념』, 보고사, 2001.
스티븐 모튼, 이운경 역, 『스피박 넘기』, 앨피, 2005.
스티븐 J. 볼 외, 이우진 역, 『푸코와 교육』, 청계, 2007.
신현정, 『개념과 범주화』, 아카넷, 2000.
아베 요시오, 정명희 역, 『군중 속의 예술가』, 고려대 출판부, 2006.
안우식, 심원섭 역, 『김사량 평전』, 문학과지성사, 2000.
알랭 바디우, 이종영 역, 『윤리학』, 동문선, 2001.
앤드류 포터, 노시내 역, 『진정성이라는 거짓말』, 마티, 2016.
야마구치 마사오, 오정환 역, 『패자의 정신사』, 한길사, 2005.
양운덕, 『미셸푸코』, 살림, 2009.
오성철, 『식민지 초등교육의 형성』, 교육과학사, 2005.
오천석, 『한국신교육사』, 현대교육총서출판사, 1964.
윌리 톰슨, 우진하 역, 『노동, 성, 권력』, 문학사상, 2017.
윌리엄 제임스, 김재영 역, 『종교적 경험의 다양성』, 한길사, 2002.
윤병로, 『미공개 월탄일기 평설 박종화의 삶과 문학』, 성균관대 출판부, 1998.
윤병희, 『유길준연구』, 국학자료원, 1998.
윤여탁 외, 『국어교육 100년사』 1・2, 서울대 출판부, 2006.
윤영애, 『파리의 시인 보들레르』, 문학과지성사, 1998.
이권희, 『메이지기 학제의 변천을 통해 본 근대 일본의 국민국가 형성과 교육』, 케포이북스, 2013.
이만열, 『한국 기독교 문화운동사』, 대한기독교출판사, 1989.

이사야 벌린, 강유원 외역, 『낭만주의의 뿌리』, 이제이북스, 2005.
이상경, 『임순득』, 소명출판, 2009.
이상린, 『수치심의 철학』, 한울, 1996.
이선영, 『문예사조사』, 민음사, 2000.
이소마에 준이치, 심희찬 역, 『상실과 노스탤지어』, 문학과지성사, 2014.
이승원, 『학교의 탄생』, 휴머니스트, 2005.
이중연, 『'책'의 운명』, 혜안, 2001.
이혜영 외, 『한국 근대 학교 교육 100년사 연구』 II, 한국교육개발원, 1997.
임마누엘 칸트, 이한구 역, 『칸트의 역사철학』, 서광사, 1992.
__________, 정명오 역, 『순수이성비판/실천이성비판』, 동서문화사, 2007.
임춘성, 『중국 근현대문학사 담론과 타자화』, 문학동네, 2013.
자크 데리다, 남수인 역, 『글쓰기와 차이』, 동문선, 2001.
자크 랑시에르, 양창렬 역, 『무지한 스승』, 궁리, 2008.
__________, 유재홍 역, 『문학의 정치』, 인간사랑, 2009.
장규식, 『1920년대 학생운동』, 독립기념관 한국독립운동사연구소, 2009.
장 프레포지에, 이소희 외역, 『아나키즘의 역사』, 2003.
잭 바바렛, 박형신 역, 『감정과 사회학』, 이학사, 2009.
정용화, 『문명의 정치사상—유길준과 근대 한국』, 문학과지성사, 2004.
정진석, 『언론조선총독부』, 커뮤니케이션북스, 2005.
제라르 주네트, 석경징 외편역, 『현대 서술 이론의 흐름』, 솔, 1997.
조경달, 정다운 역, 『식민지기 조선의 지식인과 민중—식민지 근대성론 비판』, 선인, 2012.
조동일, 『한국문학통사』, 지식산업사, 1982.
조르조 아감벤, 김상운·양창렬 역, 『목적 없는 수단』, 난장, 2009
조안 B. 시울라, 안재진 역, 『일의 발견』, 다우, 2005.
조앤 W. 스콧, 공임순 외역, 『페미니즘 위대한 역설』, 앨피, 2006.
조영복, 『1920년대 초기 시의 이념과 미학』, 소명출판, 2005.
조지 모스, 서강여성문학회 역, 『내셔널리즘과 섹슈얼리티』, 소명출판, 2004.
주디스 버틀러, 양효실 역, 『불확실한 삶—애도와 폭력의 권력들』, 경성대 출판부, 2008.
지그문트 바우만, 이수영 역, 『새로운 빈곤』, 천지인, 2010.
지수걸, 『일제하 농민조합운동 연구』, 역사비평사, 1993.
진교훈 외, 『인격』, 서울대 출판부, 2007.
진은영, 『니체, 영원회귀와 차이의 철학』, 그린비, 2007.
천두슈·후스 외, 김수연 편역, 『신청년의 신문학론』, 한길사, 2012.

천성호, 『한국야학운동사』, 학이시습, 2009.
천정환, 『근대의 책 읽기』, 푸른역사, 2003.
최경봉, 『우리말의 탄생』, 책과함께, 2006.
최기영, 『한국 근대 계몽운동 연구』, 일조각, 1997.
최동호 외, 『한국 근현대 학교간행물 연구』, 서정시학, 2009.
최민지・김민주, 『일제하 민족언론사론』, 일조각, 1978.
최원식, 『문학』, 소화, 2012.
최혜실, 『신여성들은 무엇을 꿈꾸었는가』, 생각의나무, 2000.
최승만, 『나의 회고록』, 인하대 출판부, 1979.
칼 마르크스, 강유원 역, 『헤겔 법철학 비판』, 이론과실천, 2011.
켄틴 스키너, 황정아 ・ 김용수 역, 『역사를 읽는 방법』, 돌베개, 2012.
테리 이글턴, 이재원 역, 『이론 이후』, 길, 2010.
테오도르 아도르노・M. 호르크하이머, 김유동 역, 『계몽의 변증법』, 문학과지성사, 2001.
페터 지마, 김혜진 역, 『데리다와 예일학파』, 문학동네, 2001.
프레더릭 바이저, 김주휘 역, 『낭만주의의 명령, 세계를 낭만화하라』, 그린비, 2011.
피에르 부르디외, 하태환 역, 『예술의 규칙』, 동문선, 1999.
______________, 정일준 역, 『상징폭력과 문화재생산』, 새물결, 1997.
피터 게이, 주명철 역, 『계몽주의의 기원』, 민음사, 1998.
하승우, 『아나키즘』, 책세상, 2008.
하타노 세츠코, 최주한 역, 『『무정』을 읽는다』, 소명출판, 2008.
한규무, 『광주학생운동』, 독립기념관 한국독립운동사연구소, 2009.
허재영, 『일제강점기 교과서 정책과 조선어과 교과서』, 경진, 2009.
______, 『근대 계몽기 어문 정책과 국어 교육』, 보고사, 2010.
헬렌 켈러, 윤문자 역, 『헬렌 켈러 자서전』, 예문당, 1998.
호미 바바, 나병철 역, 『문화의 위치』, 소명출판, 2003.
홍문종, 『조선에서의 일본 식민지 교육정책』, 학지사, 2003.
황호덕 외, 『근대 한국의 이중어사전』, 박문사, 2012.
후카이 토모아키, 홍이표 역, 『사상으로서의 편집자』, 한울, 2015.
휘문70년사편찬위원회, 『휘문 칠십년사』, 휘문중 ・ 고등학교, 1976.
히라타 유미, 임경화 역, 『여성 표현의 일본 근대사』, 소명출판, 2008.
J.M.머리, 최창록 역, 『문체론 강의』, 현대문학, 1990.

高田里惠子, 『文学部をめぐる病い』, つくま文庫, 2006.

大野謙一,『朝鮮教育問題管見』, 朝鮮教育會, 1936.
酒井直樹,『日本思想という問題 ―飜譯と主體』, 岩波書店, 1997.
竹内洋,「教養知識人のハビトオスと身体」, 青木保 外編,『知識人』, 岩波書店, 1999.
Booth, Wayne C., *The Company We Keep : An Ethics of Fiction*, Berkeley and Los Angeles : University of California Press, 1988.
Chatterjee, Partha, *Nationalist thought and the colonial world : a derivative discourse*, Minneapolis : University of Minnesota Press, 1993.
________________, *Texts of power : Emerging Disciplines in Colonial Bengal*, Minneapolis : University of Minnesota Press, 1995.
Mitchell, Candace and Kathleen Weiler, eds., *Rewriting Literacy : Culture and Discourse of the Other*, New York : Bergin and Garvey, 1991.

논문

강내희,「식민지시대 영어교육과 영어의 사회적 위상」,『안과 밖』 18, 영미문학연구학회, 2005.
강선보·고미숙,「농촌계몽운동에 나타난 계몽주의 사조의 성격고찰」,『안암교육학연구』 3, 안암교육학회, 1997.
강재순,「한말 유길준의 실업활동과 노동관」,『역사와 경계』 50, 경남사학회, 2004.
강진호,「'국어' 교과서의 형성과 일제 식민주의―국어독본(1907)과 조선어독본(1911)을 중심으로」,『현대소설연구』 46, 한국현대소설학회, 2011.
_____,「일제강점기『국어독본』(일어)과 차별적 위계 교육」,『문학교육학』 49, 문학교육학회, 2015.
구명숙,「『여자계』를 통해 본 신여성 담론과 詩」,『여성문학연구』 4, 한국여성문학학회, 2000.
구자황,「독본을 통해 본 근대적 텍스트의 형성과 변화」,『상허학보』 13, 상허학회, 2004.
_____,「근대 독본의 성격과 위상 (2)―이윤재의『문예독본』을 중심으로」,『상허학보』 20, 상허학회, 2007.
_____,「1920년대 독본의 양상과 근대적 글쓰기의 다층성」,『인문학연구』 74, 충남대 인문과학연구소, 2008.
_____,「근대 독본문화사 연구 서설」,『한민족어문학』 53, 한민족어문학회, 2008.
권두연,「소설의 모델, 독자, 작가―이희철의 문학적 행보에 대한 고찰」,『비평문학』 42, 한국비평문학회, 2011.
권영민,「계급 리얼리티의 선봉장 이기영」,『고향』, 문학사상사, 1994.
권희영,「1930년대 초 언론기관의 농촌계몽운동」,『해군 제2사관학교 논문집』 1, 해군제2사관학교, 1979.

김경수, 「염상섭 소설의 전개 과정과 『광분』」, 『광분』, 프레스21, 1996.
김경연, 「1930년대 농촌·민족·소설로의 회유—심훈의 『상록수』론」, 『한국문학논총』 48, 한국문학회, 2008.
김경일, 「한국 근대 노동 개념의 성격과 변화」, 『사회와 역사』 99, 한국사회사학회, 2013.
김광식, 「조선총독부 편수관 아시다 에노스케와 조선동화 고찰—조선총독부 『조선동화집』과의 비교를 중심으로」, 『일본연구』 37, 중앙대 일본연구소, 2014.
_____, 「조선총독부 편찬 일본어교과서 『국어독본』의 조선설화 수록 과정 고찰」, 『연민학지』 18, 연민학회, 2012.
김동식, 「한국의 근대적 문학 개념 형성 과정 연구」, 서울대 박사논문, 1999.8.
김민남·조정봉, 「1930년대 칠곡지역 야학 재발견」, 『중등교육연구』 42, 경북대 사범대학 부속 중등교육연구소, 1998.
김병광, 「『흙』과 『고향』의 비교 연구」, 단국대 박사논문, 1989.
김서은·김순전, 「『普通學校國語讀本』을 통해 본 시기별 실업교육 양상」, 『일어일문학』 53, 대한일어일문학회, 2012.
김성은, 「1920년대 동맹휴학의 실태와 성격—선교회 여학교를 중심으로」, 『여성과 역사』14, 한국여성사학회, 2011.
김소영, "Textbook Inspection and Censorship in Korea during the Protectorate Period : A Study of Inspection Copies of Textbooks Compiled by the Young Korean Academy", *International Journal of Korean History* 21-2, 고려대 한국사연구소, 2016.
김순전 외, 「조선총독부 발간 여자고등보통학교수신서의 여성상」, 『일본학연구』 21, 단국대 일본연구소, 2007.
김승환, 「염상섭 소설에 나타난 가족 중심의 인간상 고」, 서울대 석사논문, 1983.
김영민, 「이광수 초기 문학의 변모 과정」, 『현대문학의연구』 34, 한국문학연구학회, 2008.2.
김영민, 「근대 계몽기 문체 연구—유길준을 중심으로」, 『동방학지』 148, 연세대 국학연구원, 2009.
김윤희, 「근대 노동 개념의 위계성—『서유견문』에서 『노동야학독본』까지」, 『사림』52, 수선사학회, 2015.
김종진, 「개화기 이후 독본 교과서에 나타난 노동 담론의 변모 양상」, 『한국어문학연구』 42, 한국어문학연구학회, 2004.
김주리, 「이태준 장편소설에 나타난 모성의 의미 고찰」, 『여성문학연구』 14, 한국여성문학학회, 2005.
김지영, 「최남선의 『시문독본』 연구」, 『한국현대문학연구』 23, 한국현대문학회, 2007.
_____, 「문학 개념체계의 계보학—산문 분류법의 변화 과정을 중심으로」, 『민족문화연구』 51, 고려대 민족문화연구원, 2009.

김지영, 「근대적 글쓰기의 제도화 과정과 변환 양상 연구」, 서강대 박사논문, 2009.
김현경, 「민중에 대한 빚」, 『언론과 사회』 16(3), 성곡언론문화재단, 2008.
김현주, 「'노동(자)', 그 해석과 배치의 역사－1890년대에서 1920년대 초까지」, 『상허학보』 22, 상허학보, 2008.
김형석, 「理想鄕 龍洞과 五山學校」, 『한국 기독교사 연구』, 한국기독교역사학회, 1985.
김홍규, 「장르론의 전망과 경기체가」, 『백영 정병욱 선생 환갑기념 논총』, 신구문화사, 1982.
김희정, 「1920년대 식민지 동화정책과 『매일신보』 문학 연구」, 『현대소설연구』38, 한국현대소설학회, 2011.
남궁원, 「개화기 글쓰기 교재 『실지응용작문법』과 『문장지남』 연구」, 『한문고전연구』 12, 한국한문고전학회, 2006.
노지승, 「한국 근대 소설의 여성표상에 관한 연구」, 서울대 박사논문, 2005.
노치준, 「일제하 YMCA의 기독교 사회주의 사상 연구」, 『사회와 역사』 7, 한국사회사학회, 1987.
류시현, 「태평양전쟁 시기 학병의 "감성동원"과 분노의 기억－학병수기집 『청춘만장』을 중심으로」, 『호남문화연구』 52, 전남대 호남학연구원, 2012.
마스터니 유이치, 「유길준의 인맥에 대한 연구－1907～1914」, 『한국사학보』 68, 고려사학회, 2017.
박정애, 「1910～1920년대 초반 여자 일본유학생 연구」, 숙명여대 석사논문, 1999.
박정희, 「1920～30년대 한국소설과 저널리즘의 상관성 연구」, 서울대 박사논문, 2014.
박제철, 「죄책감과 수치심 사이에서의 윤리」, 『문학동네』 55, 문학동네, 2008.
박주원, 「1900년대 초반 단행본과 교과서 텍스트에 나타난 사회 담론의 특성」, 『근대 계몽기 지식의 발견과 사유 지평의 확대』, 소명출판, 2006.
박지영, 「식민지 시대 교지 『이화』 연구」, 『여성문학연구』 16, 한국여성문학학회, 2006.
______, 「『학생계』 연구」, 『상허학보』 20, 상허학회, 2007.
박진숙, 「이태준 문학과 종교적 이상주의」, 『작가세계』 71, 세계사, 2006.
박찬승, 「3·1운동기 지하신문의 발간경위와 기사내용」, 『동아시아문화연구』 44, 한양대 동아시아문화연구소, 2008.
박헌호, 「근대문학의 향유와 창조」, 『한국문학연구』 34, 동국대 한국문학연구소, 2008.
______, 「동인지에서 신춘문예로－등단제도의 권력적 변환」, 『대동문화연구』 53, 성균관대 대동문화연구원, 2006.
______, 「식민지 조선에서 작가가 된다는 것」, 『상허학보』 17, 상허학회, 2006.
______, 「『연희』와 식민지 시대 교지의 위상」, 『현대문학의연구』 28, 한국문학연구학회, 2006.
______, 「근대문학의 향유와 창조－『연희』의 경우」, 『한국문학연구』 34, 동국대 한국문학연구소, 2008.

박현수, 「김기진의 초기 행적과 문학 활동」, 『대동문화연구』 61, 성균관대 대동문화연구원, 2008.
_____, 「박영희의 초기 행적과 문학 활동」, 『상허학보』 24, 상허학회, 2008.
박혜경, 「『무정』의 계몽성과 근대성 재고」, 『국어국문학』 129, 국어국문학회, 2002.
방은수, 「일제강점기 보통학교 국어 교과서의 식민주의 연구—2기 보통학교 국어독본에 수록된 서사물을 중심으로」, 『청람어문교육』 55, 청람어문교육학회, 2015.
배수찬, 「『노동야학독본』의 시대적 성격에 대한 연구」, 『국어교육』 119, 한국어교육학회, 2006.
_____, 「일제강점기 '국어교육'의 식민지 근대성 연구 서설」, 『한국언어문화』 39, 한국언어문화학회, 2009.
소영현, 「근대소설과 낭만주의」, 『한국 근대문학 양식의 형성과 전개』, 깊은샘, 2003.
_____, 「젠더 정체성의 정치학과 '근대/여성' 담론의 기원」, 『여성문학연구』 4, 2006.
손정수, 「1910년대 이광수의 문학론과 작품의 관련 양상에 대한 고찰」, 『한국학보』 85, 일지사, 1996.
송명희, 「이태준 소설의 여성 이미지 연구—「신혼일기」를 중심으로」, 『한국문학이론과 비평』 22, 한국문학이론과비평학회, 2004.
송백헌, 「심훈의 『상록수』—희생양 이미지」, 『심상』, 1981.
송병선, 「포스트콜로니얼리즘과 증언소설의 시학」, 『서어서문연구』, 서어서문학회, 2002.
송인화, 「이태준 장편소설에 나타난 계몽과 여성의 관계—『청춘무성』을 중심으로」, 『인문연구』 49, 영남대인문과학연구소, 2005.
신수정, 「한국 근대소설의 형성과 여성의 재현 양상 연구」, 서울대 박사논문, 2003.
신지연, 「이광수의 텍스트에 나타나는 동성 간 관계와 감정의 언어화 방식」, 『상허학보』 21, 상허학회, 2007.
심진경, 「이태준의 『성모』 연구」, 『상허학보』 8, 상허학회, 2002.
양재만, 「대한제국기 유길준의 국가관과 교육방침」, 서울대 석사논문, 2000.
양진오, 「이태준 장편소설 분석」, 『서강어문』 10, 서강어문학회, 1994.
엄미옥, 「한국 근대 여학생 담론과 소설적 재현 연구」, 서강대 박사논문, 2006.
여태천, 「교지의 글쓰기 양식과 문학적 반응」, 『한국학연구』 31, 고려대 한국학연구소, 2009.
염은열, 「글쓰기 개념 생태계 기술을 위한 시론」, 『한국초등국어교육』 22, 한국초등국어교육학회, 2003.
오문석, 「식민지 시대 교지 연구 (1)」, 『희귀잡지로 본 문학사』, 깊은샘, 2002.
오양호, 「『상록수』에 나타난 계몽의식의 성격 고찰」, 『한민족어문학』 10, 한민족어문학회, 1983.
유용태, 「근대문학독본류의 미의식과 이데올로기 연구」, 『어문논집』 73, 중앙어문학회, 2018.
윤영실, 「네이션, 죽음, 애도 (2)—최남선의 학병 동원 논리와 식민지의 민족 사상」, 『한국현대

문학연구』55, 한국현대문학회, 2018.
윤진호, 「대한제국기 '노동회'의 성격과 활동에 관한 연구— 한국 노동운동의 기원과 관련하여」, 『경제발전연구』 18(1), 한국경제발전학회, 2012.
윤치부, 「국민소학독본의 국어 교과서적 구성양상과 그 의미」, 『새국어교육』 64, 한국국어교육학회, 2002.
이명희, 「이태준 소설의 여성주의적 층위」, 『상허학보』 6, 상허학회, 2000.
이병담, 「조선총독부 초등학교 수신 교과서에 나타난 실업교육과 이데올로기」, 『일본문화연구』 17, 동아시아일본학회, 2006.
이상경, 「『조선출판경찰월보』에 나타난 문학작품 검열 양상 연구」, 『한국근대문학연구』 17, 한국근대문학회, 2008.
______, 「1930년대 후반 여성문학사의 재구성」, 『페미니즘 연구』5, 한국여성연구소, 2005.
이송희, 「신여성 나혜석의 민족의식과 민족운동」, 『여성연구논집』 17, 신라대 여성문제연구소, 2006.
이승익, 「기독교 학교 교육이 한국 근대문화에 미친 영향에 관한 연구」, 『원광대학교 학위논총』, 원광대, 1984.
이은송, 「유길준의 『서유견문』의 교육론 구상 전사(前史)」, 『교육사연구』 18-2, 한국교육사학회, 2008.
이재선, 「형성적 교육소설로서의 『무정』」, 『문학사상』 232, 문학사상사, 1992.
______, 「『무정』과 가르침의 시학」, 『문학사상』 317, 문학사상사, 1999.
이정찬, 「근대 전환기 작문론 연구」, 서울대 석사논문, 2006.
______, 「작문사적인 관점에서 본 근대 초기 작문 교재 연구」, 『한국언어문학』 79, 한국언어문학회, 2011.
______, 「근대 전환기 국어(조선어) 독본(讀本)과 근대적 문학 교육의 형성」, 『문학교육학』 46, 한국문학 교육학회, 2015.
이태숙, 「여자 유학생의 근대 인식과 공유장」, 『국어국문학』 159, 국어국문학회, 2011.
이혜령, 「신문・브나로드・소설」, 『한국근대문학연구』 15, 한국근대문학회, 2007.
______, 「해방(기)—총 든 청년의 나날들」, 『상허학보』 25, 상허학회, 2009.
이훈상, 「구한말 노동야학의 성행과 유길준의 『노동야학독본』」, 『두계 이병도 박사 구순기념논총』, 지식산업사, 1994.
임상석, 「1910년대 초 한일 "실용작문"의 경계」, 『어문논집』 61, 민족어문학회, 2010. 3.
장석원, 「『徽文』의 이태준」, 『한국학연구』 31, 고려대 한국학연구소, 2009.
장성규, 「이태준 문학에 나타난 이상적 공동체주의」, 『한국문화』 38, 서울대 규장각한국학연구원, 2006.

장신, 「조선총독부 학무국 편집과와 교과서 편찬」, 『역사문제연구』 16, 역사문제연구소, 2006.
전도현, 「『배재』를 통해 본 高普 학생들의 현실인식과 문예의 특성 고찰」, 『한국학연구』 31, 고려대 한국학연구소, 2009.
정경은, 「『연희시온』에 나타난 1930년대 중반의 기독교 인식과 문화사적 의의」, 『한국학연구』 29, 한국학연구소, 2008.
_____, 「1920~1930년대 학생문학에 나타난 희생양 이미지의 의의」, 『문학과 종교』 15-2, 한국문학과종교학회, 2010.
정병호, 「'예술'의 이데올로기—1880년대의 미술계와 『소설신수』의 교섭」, 『소설신수』, 고려대 출판부, 2007.
정선이, 「1910년대 기독교계 고등교육의 특성」, 『교육사학연구』 19, 교육사학회, 2009.
정우봉, 「근대 계몽기 작문 교재에 대한 연구—『실지응용작문법』과 『문장지남』을 중심으로」, 『한문교육연구』 28, 한국한문교육학회, 2007.
정우택, 「『문우』에서 『백조』까지」, 『국제어문』 47, 국제어문학회, 2009.
정태헌, 「일제하 노동자 인식의 타자성과 정체성의 변증법적 노정」, 『한국민족운동사연구』 40, 한국민족운동사학회, 2004.
정태호, 「일제하 브나로드운동의 성격에 관한 교육사적 고찰」, 중앙대 석사논문, 1995.
정희모, 「이광수의 초기사상과 문학론」, 『문학과 의식』 29, 화서, 1995.
조남현, 「『상록수』 연구」, 『인문논총』 35, 서울대 인문학연구소, 1996.
조영일, 「학병서사 연구」, 서강대 박사논문, 2015.
조진기, 「이기영의 『고향』 연구」, 『한민족어문학』 20, 한민족어문학회, 1991.
지수걸, 「일제시기 브나로드운동 재평가해야」, 『역사비평』 11, 역사비평사, 1990.
_____, 「식민지 농촌현실에 대한 상반된 문학적 형상화」, 『역사비평』 22, 역사비평사, 1993.
채호석, 「이태준 장편소설의 소설사적 의미」, 『상허학보』 1, 상허학회, 1993.
최근식, 「일제시대 야학운동의 규모와 성격」, 『사총』 46, 고대사학회, 1997.
최기영, 「구한말 『교육월보』에 관한 일고찰」, 『서지학보』 3, 한국서지학회, 1990.
최병구, 「본성, 폭력, 사랑—정념의 서사로서 프로문학의 조건(들)」, 『한국어문학연구』 61, 동악어문학회, 2013.
최영욱, 「해방 이후 학병 서사 연구」, 연세대 석사논문, 2009.
최지현, 「학병의 기억과 국가」, 『한국문학연구』 32, 동국대 한국문학연구소, 2007.
파르타 차테르지, 강내희 역, 「탈식민지 민주국가들에서의 시민 사회와 정치 사회」, 『문화과학』 25, 문화과학사, 2001.
표영수, 「'평양학병의거사건' 판결문」, 『한일민족문제연구』 1, 한일민족문제학회, 2001.
하정일, 「계몽의 내면화와 자기 확인의 서사」, 『상허학보』 3, 상허학회, 1996.

한규무, 「한말 한국인 일본관광단 연구(1909~1910)」, 『국사관논총』 107, 국사편찬위원회, 2005.

_____, 「『每日申報』 연재 「處女들의 同盟休學」(1926)을 통해 본 개신교계 여학교 동맹휴학」, 『역사와 교육』23, 동국대 역사교과서연구소, 2016.

한상도, 「3·1운동 직후 『自由晨鐘報』 간행을 통해 본 국내 독립운동계의 동향」, 『한국근현대사연구』 52, 한국근현대사학회, 2010.

한승희, 「문해의 문화정치학」, 『교육개발』 107, 한국교육개발원, 1997.

황호덕, 「자본과 언어, 유길준의 『노동야학독본』의 노동 개념과 문체의 테크놀로지」, 『개념과 소통』 14, 한림과학원, 2014.

허병식, 「한국 근대소설과 교양의 이념」, 동국대 박사논문, 2005.

허형, 「한국 개화기 초의 교과서 국민소학독본에 나타난 주제 분석」, 『교육과정연구』 12, 한국교육과정학회, 1993.

鈴木貞美, 「共同研究「出版と学芸ジャンルの編成と再編成」報告 (一)」, 『日本研究』, 国際日本文化研究センター, 2008. 3.

西川暢也, 「山縣悌三郎著 『小学国文読本』について」, 『国語科教育』 42, 全国大学国語教育学會, 1995.

熊木勉, 「李泰俊の日本体験－長編小説『思想の月夜』の「東京の月夜」を中心に」, 『朝鮮学報』 216, 朝鮮学会, 2010.

邢鎭義, 「近代日本における「國語」構築と「口語」概念の發生」, 一橋大學大學院 博士學位論文, 2004.

_____, 「近代日本における音聲中心主義と假名遣」, 『日本語教育』 42, 韓國日本語教育學會, 2007.

초출일람

1부 – 앎의 경합과 근대의 지식장

「근대 초기 학교와 조선인의 지적 욕망—이광수의 1910년대 문학을 중심으로」, 『정신문화연구』 33(1), 한국학중앙연구원, 2010.

「유학생의 글쓰기, 사상의 오독과 감정의 발현—잡지 『女子界』를 중심으로」, 『대동문화연구』 73, 대동문화연구원, 2011.

「이태준 소설에 재현된 식민지 조선의 학교」, 『상허학보』 28, 상허학회, 2010.

2부 – 학교가 가르쳐 준 글쓰기의 방식과 그 전유

「근대 조선의 독본과 문종 개념의 인식」, 『한국근대문학연구』 32, 한국근대문학회, 2015.

「입시지옥에서 읽는 조선어독본」, 『한국문화』 64, 규장각 한국학연구원, 2013.

「독본의 독자와 근대의 글쓰기」, 『반교어문연구』 29, 반교어문학회, 2010.

「법, 국어, 교육—편찬취의서를 통해 본 『보통학교국어독본』」, 『한국현대문학연구』 50, 한국현대문학회, 2016.

3부 – 교육적 실천, 배운 사람들의 목소리

「작문수업과 문예부, 문학청년의 망탈리테」, 『상허학보』 34, 상허학회, 2012.

「근대 조선의 미션스쿨과 종교적 감수성—미션스쿨 교지를 통해 본 기독교의 수용과 글쓰기의 논리」, 『민족문화연구』 63, 고려대 민족문화연구원, 2014.

「동맹휴학의 사건성과 위반으로서의 소설적 대응」, 『현대소설연구』 64, 한국현대소설학회, 2016.

「전장의 기억과 학병의 감수성」, 『우리어문연구』 40, 우리어문학회, 2011.

4부 – 노동 개념의 형성과 노동자의 공부

「교과서로 배우는 노동, 근대 초기 노동 개념의 감성적 수용—근대 초기 미국·일본·조선의 교과서를 통해 본 노동 개념」, 『민족문학사연구』 54, 민족문학사학회, 2014.

「노동자 교육을 둘러싼 지식의 절합과 계몽의 정치성—유길준의 『노동야학독본(勞動夜學讀本)』 고찰」, 『인문논총』 69, 서울대 인문학연구원, 2013.

「유길준의 『노동야학독본』과 『노동야학』 비교 고찰」, 『구보학보』 19, 구보학회, 2018.

「식민지 조선의 교육적 실천, 소설 속 야학의 의미」, 『민족문화연구』 52, 고려대 민족문화연구원, 2010.

간행사 동아시아 심포지아·메모리아 총서를 펴내며

'동아시아 심포지아'와 '동아시아 메모리아'는 한국연구원과 성균관대학교 비교문화연구소가 공동으로 기획하여 출간하는 총서다. 향연을 뜻하는 라틴어에서 딴 심포지아는 플라톤의 『심포지온』에서 비롯되었으며, 오늘날 학술토론회를 뜻하는 심포지엄의 어원이자 복수형이기도 하다. 메모리아는 과거의 것을 기억하고 기념하기 위해 현재의 기록으로 남겨 미래에 물려주어야 할 값진 자원을 의미한다. 한국연구원과 성균관대학교 비교문화연구소는 지금까지 축적된 한국학의 역량을 바탕으로 새로운 동아시아 인문학의 제창에 뜻을 함께하며, 참신하고 도전적인 문제의식으로 학계를 선도하고 있는 신예 연구자의 저술을 적극적으로 지원하기 위해 학술 총서 '동아시아 심포지아'와 자료 총서 '동아시아 메모리아'를 펴낸다.

한국연구원은 학술의 불모 상태나 다름없는 1950년대에 최초의 한국학 도서관이자 인문사회 연구 기관으로 출범하여 기초 학문의 토대를 닦는 데 기여해 왔다. 급속도로 달라지고 있는 학술 환경 속에서 신진 학자와 미래 세대에 대한 후원에 공을 들이고 있는 한국연구원은 한국학의 질적인 쇄신과 도약을 향한 교두보로 성장했다. 성균관대학교 비교문화연구소는 2000년대 들어 인문학 연구의 일국적 경계와 폐쇄적인 분과 체제를 극복하기 위해 분투해 왔다. 제도화된 시각과 방법론의 틀을 벗어나기 위해서는 서로 다른 영역이 끊임없이 대화하고 소통하면서 실천적인 동력을 찾아내야 한다는 것이 성균관대학교 비교문화연구소가 지닌 문제의식이자 지향점이다. 대학의 안과 밖에서 선구적인 학술 풍토를 개척해 온 두 기관이 힘을 모음으로써 새로운 학문적 지평을 여는 뜻깊은 계기가 마련되리라 믿는다.

최근 들어 한국학을 비롯한 인문학 전반에 심각한 위기의식이 엄습했지만 마땅한 타개책을 찾지 못하고 있다. 한편으로는 낡은 대학 제도가 의욕과 재량이 넘치는 후속 세대를 감당하지 못한 채 활력을 고갈시킨 데에서 비롯되었고, 또 다른 한편으로는 시대의 변화를 선도하는 학문 정신과 기틀을 모색하지 못했기 때문이라는 것이 우리의 진단이자 자기반성이다. 의자 빼앗기나 다름없는 경쟁 체제, 정부 주도의 학술 지원 사업, 계량화된 관리와 통제 시스템이 학문 생태계를 피폐화시킨 주범임이 분명하지만 무엇보다 학계가 투철한 사명감으로 대응하지 못했을 뿐 아니라 오히려 자발적으로 길들여져 온 것이 엄연한 현실이다.

지금 우리에게 절실한 과제는 새로운 학문적 상상력과 성찰을 통해 자유롭고 혁신적인 학술 모델을 창출해 내는 일이다. 이를 위해서는 다음 시대의 학문을 고민하는 젊은 연구자에게 지원을 망설이지 않아야 하며, 한국학의 내포와 외연을 과감하게 넓혀 동아시아 인문학의 네트워크 속으로 뛰어들기를 두려워하지 말아야 한다. 그 첫걸음을 '동아시아 심포지아'와 '동아시아 메모리아'가 기꺼이 떠맡고자 한다. 우리가 함께 내놓는 학문적 실험에 아낌없는 지지와 성원, 그리고 따끔한 비판과 충고를 기다린다.

한국연구원 · 성균관대학교 비교문화연구소

동아시아 총서 기획위원회